曼陀罗悬疑馆

给您最好看的原创悬疑小说

海棠经雨胭脂透

剧本原著——聂磊 钱俪

小说改编——孙闰慧

贵州出版集团
贵州人民出版社

图书在版编目（CIP）数据

海棠经雨胭脂透 / 剧本原著　聂磊　钱俪　小说改编　孙闰慧--贵阳：贵州人民出版社，2019.10

ISBN 978-7-221-15699-0

Ⅰ.①海… Ⅱ.①孙… Ⅲ.①长篇小说 - 中国 - 当代

Ⅳ.①I247.5

中国版本图书馆CIP数据核字（2019）第243420号

海棠经雨胭脂透　HAITANGJINGYUYANZHITOU

剧本原著—聂　磊　钱　俪

小说改编—孙闰慧

总 策 划	陈继光
责任编辑	陈继光
特约编辑	Echo
装帧设计	陈　晨
封面设计	源画设计
出版发行	贵州人民出版社有限公司（贵阳市观山湖区会展东路SOHO办公区A座）
印　　刷	长沙鸿发印务实业有限公司（长沙市黄花工业园3号）
版　　次	2019年11月第1版
印　　次	2019年11月第1次
印　　张	25
字　　数	400千字
开　　本	710mm × 1000mm　1/16
书　　号	ISBN 978-7-221-15699-0
定　　价	49.00元

主要人物简介

顾海棠

性别：女。

年龄：20 岁。

身份：化妆师。

性格外貌：敢爱敢恨，初心未泯，善良宽仁，坚强执着，是个灿若春华、姣如秋月的精致女子。

经历：为找寻父亲失踪的下落来到昆杨，身怀绝佳化妆技术，很有新时代思想魅力。与朗家二公子朗月轩不打不相识，后进入朗家的胭脂工坊工作，阴差阳错结识龙莫婳、朗家大公子朗月明等一众与其父亲相关的人物。她受朗月明深爱却遭受了一场闹剧婚礼，得知自己所嫁非人，痛恨朗月轩的欺骗，向朗家许诺以医治月明毁容的脸来换取一纸休书，继而发现父亲与朗家隐晦的秘密，同朗家两位公子、龙莫婳产生难解难分的爱恨纠葛，命运也随着这个动荡的时代而波折不断。

朗月轩

性别：男。

年龄：22 岁。

身份：江南朗家二公子，胭脂制造商人，起初不问生意，之后成为朗家家产的继承人。

性格外貌：潇洒英俊，看似狂傲不羁，其实爽朗、自信、风趣、有善心。

经历：他童年时有着不为人知的秘密，与朗家、顾家有着千丝万缕的联系，被朗家收养，待如亲生。但他对兄有义、为爱而暖、生于顺境，因家族与顾海棠的变故而饱受挑战，极有商业头脑，但他始终坚持自己所爱与原则，面对重重压力，争取与顾海棠一起，在国仇家难中不计前嫌，团结一致，拯救家族生意，合力将“罗里春”这一民族品牌发扬光大，让自己的爱情与事业成为传颂的佳话。

朗月明

性别：男。

年龄：24 岁。

身份：江南朗家大公子，胭脂制造商人。

外貌性格：本有玉树临风之气，但因脸上有疤而丑陋，常年自卑忧郁，腹黑阴暗。

经历：儿时，为救弟弟朗月轩导致脸上留疤。他一直躲藏在家中，羞于见世。直到遇见顾海棠才心扉打开。他得知弟弟朗月轩与顾海棠的爱情后，羡慕嫉妒，从而因爱生恨，不仅夺走“罗里春”的经营权，还想拆散朗月轩跟顾海棠。他是朗月轩与顾海棠的劫难，也是他们爱情的助攻。

龙莫婳

性别：女。

年龄：20 岁。

身份：军阀千金。

性格外貌：身贵优雅，容貌尚可，骄傲但又重情义，心怀正义，爱打抱不平。

经历：对朗月轩的感情执着而沉迷，与顾海棠的相遇戏剧而充满女生之间的温暖。但在发现朗月轩与好朋友顾海棠相爱后，爆发出偏激的态度，不惜为爱施诡计滑入歧途，从而使自己内心备受煎熬。

朗斯年

性别：男。

年龄：50 岁。

身份：江南“罗里春”当家人，胭脂制造商、商会会长。

性格外貌：虽至中年，但仍有英气逼人，沉稳精明、杀伐果断。

经历：与施杭露的老板施济周自年轻时就是商业上的竞争对手，与朗月轩的生母曾是相爱的恋人，但碍于家世背景不得不分离，更与顾海棠父亲死亡有着千丝万缕的联系。

施迪文

性别：男。

年龄：21 岁。

身份：江南施家大少爷。

性格外貌：温文尔雅、脾性温和、不喜争斗。

经历：是施家收养的义子，与朗月轩是好友，但在处理父亲与朗家生意上较为懦弱，也为朗月轩带来不小的麻烦。

妙　兰

性别：女。

年龄：24 岁。

身份：朗家少奶奶、寡妇。

性格外貌：清秀温婉、郁郁寡欢。

经历：被迫嫁给朗家病入膏肓的小少爷冲喜，做了寡妇。一直暗恋朗月轩，且对顾海棠嫉妒不已，暗中针对并挑拨其与朗月轩的感情。虽一直讨好朗太太，但从不被喜欢。对自己的命运十分不满，怨天尤人。

海棠经雨胭脂透

目

楔子　霖祭

第一章　缘来是你 /3

第二章　饮尽风华 /9

第三章　非你不可 /15

第四章　寤寐求之 /21

第五章　有匪君子 /24

第六章　初窥朗府 /28

第七章　花前月下 /34

第八章　夜语撩心 /37

第九章　争风吃醋 /43

第十章　秘密花园 /48

第十一章　冷月侵人 /53

第十二章　蜡炬成灰 /60

第十三章　去无多路 /64

第十四章　重回金笼 /68

第十五章　旧怨新情 /75

第十六章　为爱成痴 /79

第十七章　　孤心难圆 /83

第十八章　　意乱情迷 /87

第十九章　　花神劫难 /91

第二十集　　棠棣之华 /95

第二十一章　初露锋芒 /98

第二十二章　缘木求鱼 /104

第二十三章　尔虞我诈 /109

第二十四章　双姝焚情 /113

第二十五章　飞来横祸 /120

第二十六章　乱象丛生 /126

第二十七章　阴谋败露 /133

第二十八章　九死一生 /139

第二十九章　重获新生 /145

第三十章　　争情夺爱 /151

第三十一章　桃夭灼灼 /157

第三十二章　明月蒙尘 /164

第三十三章　霞露美人 /170

第三十四章　鸿雁泄密 /178

第三十五章　祸起萧墙 /182

第三十六章　兄弟阋墙 /187
第三十七章　波谲云诡 /194
第三十八章　浴火灼心 /201
第三十九章　金兰断义 /209
第四十章　碧海青天 /216
第四十一章　温情绕香 /221
第四十二章　金风玉露 /225
第四十三章　平地惊雷 /228
第四十四章　柳暗花明 /234
第四十五章　此情可待 /240
第四十六章　满庭寒霜 /245
第四十七章　暗流涌动 /250
第四十八章　风雨欲摧 /256
第四十九章　恩断义绝 /263
第五十章　添油炽薪 /270
第五十一章　山重水复 /275
第五十二章　静水流深 /283
第五十三章　只欠东风 /288
第五十四章　欺天罔人 /295

第五十五章　径情直遂 /299
第五十六章　不虞之变 /303
第五十七章　季孙之忧 /309
第五十八章　弥天大谎 /315
第五十九章　花残月缺 /319
第六十章　　暗箭难防 /325
第六十一章　安忍无亲 /329
第六十二章　终天之戚 /333
第六十三章　牢狱之灾 /338
第六十四章　浮云翳日 /344
第六十五章　真相渐显 /347
第六十六章　狭路相逢 /353
第六十七章　掀风播浪 /359
第六十八章　身世之谜 /365
第六十九章　惊心秘辛 /374
第七十章　　恨海如沸 /379
尾　　声　　海棠花开 /384

楔子 ◎霖 祭◎

暗云倾轧，风雨如晦。幽暗密林中，“咔嚓”一声厉响，伴随着轰隆隆的雷声，一道刺眼的闪电劈断了树干，掉落的枝丫砸在水坑里，溅起的泥泞甩在仓皇奔来的两人衣衫上。

“快跑，别停下！”一位身着长衫的青年男子，带着一个约莫六岁出头的男孩拼命狂奔。二人带着恐惧与失措的、交织的喘息声，冲进倾盆而来的骤雨之中，向看不见尽头的密林深处飞奔而去。急雨如利刃般划在二人脸上，模糊了他们的视线。

身后紧追不舍的脚步声越发清晰。二人不知道该继续往哪儿跑，却知道不能停下。尖利的树枝划破他们的脸、肩头、衣袖。衣衫上因伤痕洇开的淡淡血色，混着雨水，一遍又一遍地冲刷着他们如擂鼓般的心口。

小男孩第一次感到了窒息般的绝望，就在他几欲瘫软之时，天空再次炸开巨响。银白色的闪电分毫不差地劈头盖下，撕扯着眼前这片黑暗。

他胆战心惊地回头望去，只见数个举着尖刀的黑影正在逼近，掠起阵阵寒风。他的瞳孔猛地大张，心头狂跳，脚下绊到树干，猝不及防地跌落潭中。

冰冷的潭水瞬间淹至他的胸口，无孔不入的寒意瞬间裹挟着他。

他惊慌失措地想要爬上岸，却见返身回来救他的男子突然扑倒在潭内。

一股浓稠地鲜血从男子身上洇开，慢慢染红水面。小男孩惊恐中本能地抓住男子，拼命将他拉上岸。

“别管我，快跑！”男子推开小男孩，声嘶力竭地催促道。

“顾叔叔……”小男孩颤抖着去抓男子，出口的话已落了哭腔，稚嫩的声音在危机四伏的雨夜支离破碎。

“走……”男子的脸色泛出死亡前的惨白。他忽地瞪直了眼，凭借最后一丝力气，将小男孩推远。奈何天无怜意。小男孩脚下踉跄，头一下磕在尖利的岩石角上，晕死过去。

水潭蓦地平静下来，只余雨水溅起层层波纹和缓缓下沉的两具躯体，追杀的人忽而消失无踪。

一道闪电再次划破天际，在天将欲亮的晨光里无端骇人。顾海棠猛地从梦中惊醒，尖叫一声，坐直了身体，她深深喘息着，额间不停渗出冷汗。良久，年幼的她才从梦魇中缓过神儿来，抬头看向窗外，昨夜的暴雨不知何时已经停了。

一群白鸽飞起，划过不远处高大的教堂，似是再也不会回来。

第一章 ◎缘来是你◎

车水马龙的昆杨城内，有一条繁华无俦的街道，名唤落红。街道上，有一间世代承营的胭脂香粉铺，名唤朗里春。

现下阳春初入，百花齐盛，正是好颜色的姑娘们三两结伴出行，往妆匣里多添几份新妆面的时刻。可当下的朗里春店内却遍地狼藉，香粉四散，毫无往日闹景。只有同样狼藉的顾海棠正抱着皮箱，闷头儿坐在里头。

她看着伙计将她先前打碎的瓶瓶罐罐一一摆放在铺里的桌子上，心里泛起一丝不好的预感。

果然，刚刚被她用香粉盒子误伤的男人，正用湿毛巾捂住口鼻，从店铺里间走出来，坐在她对面，二郎腿一跷，直截了当地说："算算吧。"

顾海棠瞪大了双眼："算什么？"

男人拿下湿毛巾，露出一张英俊的脸，他指着桌子上被打碎的化妆品残骸，语气不容商量："这些都是你摔坏的，你得赔！"

顾海棠顿觉今天出门忘了看皇历。她省吃俭用，好不容易将弟弟夏合与母亲天瑜接到这昆杨城，脚还未站稳便被一个开车不看路的司机溅了一身水。这还不算，转眼又被一个小偷趁机抢走了她的皮箱。不得已，她只好先让弟弟带着痴傻的母亲到她提前租好的地方落脚，她独自一人追小偷追到朗里春，情急之下，她利用店里的胭脂香粉阻拦小偷抢回了皮箱。

可万没想到，慌乱中，她将眼前这个出手相帮的男人误认为小偷，还将他打伤。思及此，顾海棠下意识地抓紧皮箱，也佯装理直气壮道："我没钱！"

男人粗略地扫了她一眼，目光在她的皮箱上多停留了几秒，随口道："没钱就把箱子留下，等有钱了过来赎。"

"凭什么？这箱子是我……哎？是你！"顾海棠噌的一下站起来，立马把皮箱护在身后，端详了男人几秒后，立时变了语气。这人不就是先前那位不长眼的缺德司机吗？

瞬间，她底气十足，大声道：“好啊，原来就是你溅了我一身水！要不是你乱开车，小偷能顺走我的箱子吗？我不抓小偷，能跑到这家店里来吗？我不跑到这里来，能砸坏这么多东西吗？”

男人又好气又好笑：“那这事说到底还要怪我？”

顾海棠立即顺着杆子往上爬：“不然呢？你看看你把我弄得一身脏，我一会儿还要赶去参加考试呢！”

男人还真就跟强词夺理的顾海棠抬杠上了，他起身撸胳膊挽袖子来到桌前：“行，你要这么说，咱们就来算算账。你看你把我这鼻子打的，要不是我，你能抓着小偷吗，能拿回皮箱吗？”

顾海棠一时语塞，又见男人指着伙计整理好的瓶瓶罐罐道：“还有这些被你打碎的东西，都是店里上好的东西，你一句没钱就想完事了？”

他说着拿起一个破碎的瓶子：“这个，‘玉女桃花粉’，祖上传下来的皇宫御用品，是昆杨城里最昂贵的香粉，每瓶十块银元，还有这个玫瑰头油，光瓶子就值十块银元……”

“停，停！”顾海棠赶忙打断，气愤填膺道，“你这是讹人啊，你谁啊你！”

一旁垂手肃立的掌柜全叔睨视了一眼顾海棠，立即接腔：“他是我们这儿的老板，朗家二公子朗月轩。”

顾海棠上下打量朗月轩一番，又神思一顿，猛然看向此前一直未曾注意过的全叔，打量间狐疑顿起，心中暗起思忖：这体态还真有些像。记得父亲说过，是昆杨一个大户人家请他。娘还形容过来人的大致样子。娘虽神志时有不清，但总归有些话是对的。这个全叔会不会和父亲的离开有关？朗家会不会也难逃干系？

“发什么愣呢？被吓住了吧？瞧你那脸色……”朗月轩的话打断了顾海棠的思绪。

顾海棠回过神儿来，轻咳一声，拉长了语调，意味深长地说：“这不能吧，朗里春可是大店呢！”

朗月轩没错过她眼里的鄙夷之色，微微皱眉：“什么不能？”

“朗里春要是有你这样亲自出来碰瓷的老板，买卖还能做下去吗？”顾海棠眉梢眼角尽是嘲讽之情。

朗月轩面色微愠，不耐烦道：“赶紧地，把箱子留下，我一会儿还有事呢，没时间跟你在这儿胡搅蛮缠。”

“我胡搅蛮缠？分明是你这个无赖想讹钱！”顾海棠拔高了音调，冷笑着指着散落的瓶瓶罐罐，“你的‘玉女桃花粉’分明是用普通的蚌粉、蜡脂制成的，只不过是加了少许的壳麝和益母草罢了，颜色、香味都非上乘，凭什么要卖十块银元？”

朗月轩一愣，正视面前这个突然冒出来的“村姑”，仔细打量她，道：“你竟然懂这个？”

顾海棠微扬下颌，目光灼灼，三分磊落、七分自信道：“你这瓶玉女桃花粉的材质不纯，所以才会刺激小偷的眼睛，这是桃花粉的第一大弊病，况且粉可溶于油，而玫瑰头油洒在我脸上时，桃花粉却没有完全溶解，这说明不是粉不好就是油不好。”

朗月轩若有所思地看着顾海棠，想起小偷被香粉迷眼的片段，恍然一笑，不由得对顾海棠生出几分好奇，他走到她面前，客气道：“你这样……”

忽然，墙上的大钟响了起来，吓了顾海棠一跳。

“糟了，要来不及参加考试了……”顾海棠看清时间，神色一变，惊慌地推开朗月轩，夺门而出。

朗月轩看着狼狈逃窜的海棠，脸色阴晴不定，终是轻笑了起来。这时，全叔走到朗月轩身旁，恭敬地提醒一句：“少爷，您下午不是还有事吗？”

“我这就走。”朗月轩这才回过神儿来，目光却仍盯着顾海棠离开的方向，喃喃地说着，心里想着：她这冒冒失失地又要去哪儿呢？

顾海棠去的地方正是朗里春招工考场。

春日午后的太阳不算毒辣，反倒有几分和煦的暖意，将城里的人们吸引到了街上，一派熙熙攘攘的景象。

顾海棠挤过人群，跑到考场大门外，看了一眼“考试开始，禁止入场”的告示，气得直跺脚，却也不免神思飞驰，先是暗骂朗月轩成事不足、败事有余，后又想起如果考中，朗月轩岂非成了自己的老板，万一自己被发现，日后会不会吃不了兜着走……

但踌躇间，她还是回归了理智。她心心念念的事业与梦想，怎能因一个纨绔子弟而放弃？想罢，她深吸一口气，环顾一周后，只见她狡黠一笑，紧了紧双手，趁看门人不注意，抬腿就往内冲去。

考场内，考生们正在各自的座位上辨识着桌上的香粉、精油，更有几个打扮精致的年轻女考生，根本不看桌上的物品，而是时不时地偷瞄此次的考官——朗家二少爷朗月轩，好似她们来到这里考试，只是为了近距离一睹朗月轩帅气的容颜。

朗月轩看出她们的心思，不点破，不拒绝，只负手在考生间游走，步履轻缓，体态挺拔。正当他拿起某考生桌上的一瓶香粉轻嗅时，一个冒失的人影突然闯入，惊得他手一抖，香粉扑撒一脸，俊朗的脸顿时像极了一个唱花旦的戏角儿。

“对不起！我来晚了！真的……”顾海棠气喘吁吁地甩开追喊的看门人，站在考场门口，躬身一礼，抬头看到朗月轩熟悉的身影后声音戛然而止，她盯着他，欲笑又忍，暗道不妙。

“怎么又是你？”朗月轩接过一个考生借机递来的手绢，一边擦拭着脸上的香粉，一边漠然地盯着顾海棠，语气虽有不悦，但眼神中却显露出一分微不可察的惊喜。

顾海棠紧了紧手上的皮箱，声音不如方才在店铺里高扬，但气势却丝毫不减：“我还想问你呢，你为什么会在这儿？”

目瞪口呆的考生们齐齐倒吸一口冷气，不少爱慕朗月轩的女考生的眼神中都流露出不满。

朗月轩倒是不甚在意，不答反问：“你要参加的考试就是这个？”

顾海棠嘴一撇，目光在其他考生的桌子上流连“废话，不然我过来干什么？”

朗月轩饶有兴趣地多瞧了顾海棠两眼，挑眉道：“那你知道我是这次考试的主考官吗？”

顾海棠有意不去看他，视线与一个考生对上，心想：不会这么倒霉吧?

可考生们的反应却将她怀揣的最后一丝希冀彻底破灭。

顾海棠忆起朗月轩先前在店里的态度，她慢慢地往后挪动步子，试图离开，奈何难逃魔爪。朗月轩逼近两步，高声道：“你给我坐下。”

顾海棠心头一跳，下意识地就坐在了就近的椅子上，戒备地盯着朗月轩：“你，你想干吗？”

朗月轩一脸笑意：“不干什么，既然你来考试，我就好好考考你。”说完，他又朝余下的考生道：“至于你们，刚刚考试通过的，明天就可以来上班，薪水方面会专门有人找你们协商，你们可以走了。”

考生们陆续离开，伙计识趣地关上门。朗月轩坐在顾海棠面前，似笑非笑地看着她。

“我不考了。”顾海棠被看得头皮发麻，猛地起身要走。朗月轩跷着二郎腿，从容道：“行啊，不考就赔钱啊。”“你欺人太甚！”顾海棠脚步一顿，回身怒目而视。

朗月轩毫不在意地笑笑，再一次发问：“考，还是不考？”

顾海棠瞪了朗月轩一眼，重新坐下，咬牙道：“考！有什么了不起的，你考就是了！”

“早这样不就得了。”朗月轩悠闲地靠在椅背上，微睨视着顾海棠，忽然问，“结婚了吗？”

顾海棠诧异地抬头：“这和考试有什么关系？”朗月轩不以为然道：“当然有关系，你只要照实回答。”顾海棠语气不忿：“没有。”

“有男朋友吗？”

顾海棠深觉朗月轩是在戏耍她，没作声。

朗月轩慢悠悠地威胁道：“这是考场，你来到这儿，就要守我的规矩，你要是没真本事，害怕了，可以离开。我再问一遍，有男朋友吗？”

顾海棠气恼不已，拳头紧了又松，最后妥协道：“没有！”

朗月轩满意地点点头：“你家住哪儿？”顾海棠敷衍道：“这道题我不会。”朗月轩没忍住，不由得扬起了嘴角，继续问：“你叫什么名字？”

“顾海棠。”

朗月轩脸上的笑意顿时凝住，不大确定地问：“什么？”

顾海棠无语地翻了一个白眼，大声道：“我叫顾海棠，满意了吗？”朗月轩一个激灵，坐直了身体：“你说你叫顾海棠？”不知为何，他隐隐觉得这名字有些熟悉，却又想不起在哪儿听过。

顾海棠眉头轻皱，不耐烦道：“你耳背吗？”谁料，朗月轩也不生气，而是定定地看向顾海棠，认真地问：“你想来这里上班吗？”

顾海棠摇头：“开始想，现在不想。”

“为什么？”朗月轩眉头微皱，似有所想。顾海棠白了朗月轩一眼：“你这不是明知故问吗？”朗月轩笑道：“你认为我一直在故意刁难你？”

“难道不是吗？”顾海棠抓过一旁的纸笔，不想再在这里浪费时间，“行了，我认输，我赔钱。不过，我现在身无分文，我可以先写欠条，立字据……”朗月轩抢过她手中的纸笔丢在一旁，趁机拉走了她的皮箱。顾海棠急忙起身就要去抢：“你这人怎么……”

朗月轩把箱子拉在身后，挡住顾海棠：“只要答应我三件事，钱就不用你赔了，箱子也还给你。”顾海棠无可奈何，一脸愤懑地犹豫道：“哪三件事？”朗月轩满意地点点头：“这就对了，明天昆杨城里有一件大事，昆杨名媛成人礼，你可知道？”

顾海棠微微一怔，摇了摇头。

朗月轩一副就知道的模样，眉眼微扬，悠悠地解释道：“这昆杨城自古以来有两大盛会：一是名媛成人礼；二是胭脂桃花会。所谓名媛成人礼，便是从昆杨城所有即将成年的大家闺秀或小家碧玉中选出最美‘花魁’，至于那胭脂桃花会——”

朗月轩说着故意拉长声调，斜着眼瞧了一下，听得一脸认真的顾海棠，故弄玄虚道：“等你做好了答应我的事，我再告诉你。”

勾起的兴致被打断，顾海棠恼怒万分，也没了好脾气，烦躁地道：“那你到底要我做什么？”旋即她想到什么似的，又颇为紧张的双手抱着胳膊往后退了一步，警惕道：“难道你想邀请我参加成人礼？我告诉你啊，我可不是随便的女孩！”的

朗月轩“扑哧”一笑：“你放心，我再随便也不会邀请你，明天一早你来这里报到，这是第一件事。”顾海棠松了一口气，但仍狐疑：“来这里报到做什么？”

朗月轩再细细看了一眼狼狈到看不清真容的顾海棠，笑得意味深长：“到了明天我自会告诉你，到时候昆杨所有有头有脸的人物都会云集在此，你可不许给我搞砸了。”

“放心，我东西还在你手上，怎会故意捣乱给自己找不痛快？”顾海棠没好气地瞪了朗月轩一眼，目光止不住往他身后瞧，又问，“剩下两件事是什么？”

他眼底闪过一抹饶有兴味之色，不由得对箱子里头的东西生出几分好奇，道：“剩下两件事我还没考虑好，等我想好再说。这个箱子先押在我这儿，明天你把事情办完，我再给你。”说完，他迅速起身，提着箱子，转身朝门口走去，留下一脸愤慨又无奈的顾海棠在原地。

第二章　◎饮尽风华◎

农历三月廿十一日，风柔日暖，宜冠笄。顾海棠在母亲再三祈拜早日寻到父亲的痴念中匆匆出门，生怕误了时辰，让那斤斤计较的朗月轩寻到由头挤兑她。

此时，昆杨名媛成人礼的礼堂外，已热闹非凡。相继而来的显赫贵人、俏丽佳秀们正彼此寒暄，在门卫的热情接待下款款步入礼堂之内。

顾海棠瞧着眼前的华丽场面，颇为兴奋，她奋力挤入人群，想细睹此番盛景，然而刚迈出半个步子，就被一辆急速驶来的敞篷车逼退。那车坠着白紫两色的气球花束，招摇显眼至极。

顾海棠忙稳住身形，不悦地朝那辆车喊道："会不会开车？没见着这里人多吗？"

那车顿时一个急刹，在顾海棠的指责声中停下。紧接着，一个衣着光鲜的高大身影从车内潇洒跳出，惹得周边前来为此次成人礼助兴的啦啦队少女们发出一阵尖叫欢呼。

"朗二少，朗二少！看这里！"

顾海棠闻言内心登时咯噔一下，已然知晓敞篷车的车主是谁。她见那熟悉之人正朝自己走来，暗忖晦气，感觉定是与他天生八字相冲，才会一而再、再而三地被他的车给"戏弄"。

"哟，还挺准时的。"朗月轩走至顾海棠面前，绕着她转了一圈，一边打量一边夸赞道，"没想到你长得还挺顺眼，之前我一直以为你是个村姑，今天你把脸洗白净了，倒也不比昆杨城的名媛们差到哪儿去。"

顾海棠心中有气，只觉朗月轩是在明褒暗贬，瞪了他一眼，冷哼道："我的箱子呢？"朗月轩脸上的笑意顿时敛了，对顾海棠丝毫不被自己的魅力影响而感到丝丝挫败，问道："你眼里就只有你的箱子？"

"不然呢？"顾海棠没好气地回了一句。朗月轩讨了个没趣，轻咳一声以掩尴尬："放心，等事情办完就还你箱子，你先去当啦啦队员。"他说着随口吩咐一个体形与顾海棠相似的姑娘，“美玉，给她弄套衣服穿。”

“等等！”顾海棠看着啦啦队少女们身上花里胡哨的裙装洋服，顿觉眼皮一跳，连连摆手拒绝，“不用了！我自己的衣服就挺好。”朗月轩微眯起眼，拉长了尾音：“你还要不要箱子了？”

顾海棠扬起首，露出修长白皙的脖颈，态度坚决地说：“箱子自然要，那也没必要穿上这么一身不伦不类的衣服！”

“不伦不类？”朗月轩微愣，没想到他特地结合西方装扮而设计的衣服会被人说难看。

“当然！”顾海棠目露嫌弃，直言道，“你知道什么是啦啦队？这么漂亮的姑娘，打扮得跟死鱼一样，一点儿活力都没有，你是给人提气，还是让人泄气？”朗月轩上下扫了一眼顾海棠虽保守却能凸显出她身形的衣服，忽地笑了起来，唇角微弯，道：“你这么厉害，那展示一下啊。”

“行，我来教你。”顾海棠双眸明亮，如昨日在店里轻而易举指出香粉有异时一般，自信而又朗艳。

朗月轩心中生出期待，只见她走向美玉，扯下她的发钗。随即，油亮整齐的青丝瞬间如瀑布般滑落。紧接着，她又不由分说地将美玉的裙摆撕下。

在众人的惊疑声中，顾海棠妙手挽花，三两下便将撕下的裙摆挽成一个彩球花束，扔给了美玉。短短两分钟，仅仅几个动作，美玉的形象就立马发生了翻天覆地的变化。

“好漂亮！”目瞪口呆的姑娘们惊呼不已，立时争相效仿起来，为自己重新装扮。

“看到没？这才叫真正的啦啦队。”顾海棠斜睨了朗月轩一眼，语气少见地露出了少女的娇俏与得意。

这一幕着实令人眼前一亮，朗月轩看向顾海棠的眸光兴味更浓，正欲开口，一个工作人员突然急匆匆地跑了过来：说：“朗少，里面的工作人员不够，后台已经乱作一团了，能不能派人过去帮个忙？”

还没等朗月轩回答，一旁的顾海棠已抢先站了出来：“我去！”朗月轩有些意外地看向她。“你这么看着我做什么？”顾海棠对这名满昆杨的名媛成人礼分外感兴趣，自然不会放过进内场的机会。然而她表面却佯装生气地对朗月轩道：“我既然答应帮你做事，就要做得像模像样！”

也不知朗月轩是信了顾海棠一本正经的说辞，还是想着顾海棠能给他带来什么惊喜。他接过工作人员手上的衣服，递给顾海棠，挑眉笑道：“你要记住，内场不比在外，要是出了纰漏，我可饶不了你……”

顾海棠不耐烦地摆摆手，拿过衣服套在身上就往里走，连一个多余的眼神都不肯给他。

朗月轩哭笑不得，想迈起脚步跟过去看看，忽然被人叫住。

“月轩，月轩！”那声音中气十足，满是兴奋，“你今天可让我开眼了！咱们朗二少就是厉害，把土得掉渣的传统成人礼办得这么新鲜养眼！你可别说，国外那套可全都被你给用上了，放眼望去，到处都是美女啊……”

朗月轩回头，就见身着亮色西装、头发梳得油光锃亮的施迪文朝他跑来，途中还不忘欣赏各色美人。“月轩，刚刚那女孩谁啊？怎么好像没有见过！”施迪文伸长脖子往顾海棠离开的方向看了几眼，好奇地问道。

朗月轩拍开施迪文放在他肩头上的手，虽是笑着，语气里却不难听出认真：“你小子给我收起你那心思，这女孩你可不能碰！”施迪文凑得更近了，挤眉弄眼道：“哟，有情况啊，咱们迷倒万千少女的朗二少这是要铁树开花了？”

“少胡说八道。”朗月轩拍了施迪文一巴掌，转移话题道，“怎么，你家那老头子没来？”施迪文的脸色顿时严肃起来：“怎么可能没来？这不在里面和龙大帅还有你爹说着话呢！要不是我机灵趁机跑了出来，哪儿还能见着你啊！”

施迪文这话毫不夸大，若说朗家“朗里春”是昆杨城数一数二的老字号店铺，那施家“施杭露”便是仅存的能与之相较的竞争对手。如此背景，两家关系自是微妙。可偏偏作为施家下一代接班人的施迪文，也不知怎么就和朗月轩看对了眼，日常无事便跟在朗月轩后头游手好闲，可把他的父亲施济周好一顿气。两人又嬉笑怒骂了几句，便勾肩搭背地往会场里走去。

此时，顾海棠已到了忙乱的后台，一踏进后台，一面镜子兀地砸在她脚下，发出“哐当”一声脆响。她刚避开破碎的玻璃碴儿，又听一道尖厉跋扈的女声响起：“谁让你把镜子放我桌上的？我就砸了怎么着！”

“你，你不讲理……”另一个控诉的声音却细如蚊吟，隐隐带着哭腔。

顾海棠见那名叫凡真的势弱少女想去捡地上的镜子碎片，不由得皱了皱眉，走上前握住她的手，道：“小心伤了手，我来。”凡真睁大了眼，目光中满是感激。顾海棠笑着眨了眨眼，她进内场虽存着私心，但也不想事情出什么差错，更何况她也瞧不惯对方仗势欺人的做派。

她正准备蹲下身去捡破碎的镜子碎片，那名叫新巧的跋扈少女却突然上前，一把将她推倒，指着她高声斥骂："一个打杂的也敢多管闲事！"

凡真忙去扶顾海棠，担心地道："你没事吧？"

"没事。"顾海棠摇摇头，借力站稳，看向新巧的目光多了几分凛肃，不卑不亢道，"这位姑娘，你打碎了她的镜子，还动手伤人，你该向我们道歉。"

新巧闻言恼意大盛，冲上去就欲给顾海棠一巴掌："哪儿来的野丫头，竟敢让我道歉？我看你是欠教训！"

看热闹的姑娘们忍不住惊呼出声，却无人敢阻止。千钧一发之际，新巧扬起的手骤然被人抓住，一声响亮的耳光反倒掴在了她的脸上。

新巧捂着红肿的脸，不可置信地盯向来人，眼含怒火："你敢打我？"

来人一身厚重锦服，满身的珠光宝气，明明是个年轻靓丽的姑娘，却硬生生被她那不协调的装扮给加了龄。就见她嫌弃地甩了甩手，不屑地瞥了新巧一眼，满脸高傲："打的就是你，我龙莫婳还没欺负人，什么时候轮到你了？识相的赶紧滚，别碍了我的眼。"

"龙莫婳"这三个字一出，在场的姑娘们都变了脸色。

雄霸昆杨一方的龙大帅的掌上明珠，谁敢得罪？

嚣张的新巧也灭了气焰，只恨恨地瞪了几眼，转身欲走，却一不小心将头发挂在了龙莫婳凸出的黄金头饰上，这一下可捅了马蜂窝。

"臭丫头，你故意的？"龙莫婳气急，一边喊丫鬟小玉过来帮忙，一边扯新巧的头发，疼得新巧哇哇直叫。

顾海棠见状忙过去帮忙，可越扯，两人缠得越紧。情急之下，顾海棠只好散开龙莫婳的头发，拿下头饰，这才让她们得以分开，可龙莫婳精心梳理的发髻也因此被弄散开了。

眼见成人礼即将开始，龙莫婳气得直跺脚，她怒目直视顾海棠："你看看你干的好事，把我弄成什么样子了！"顾海棠见龙莫婳钗横鬓乱，心生歉意，解释道："抱歉，我实在……"

龙莫婳不耐烦地打断她的话，道："强词夺理，现在该怎么办？"

"没关系，可以重新梳……"顾海棠说着想上前帮龙莫婳绾发，却被龙莫婳一手拍开，接着愤怒地推开，执起桌上的物件就往地上砸：“什么重新梳！我天刚亮就坐在这儿才梳好，现在比赛要开始了你说重新梳？你成心捣乱是不是？我好不容易盼到这一天，都被你给毁了！你给我滚！”

顾海棠看着情绪失控的龙莫婳，长叹一声，不计较对方的恶语相向，朝外场跑去，快速寻到朗月轩。朗月轩心情颇好地调侃：“这么火急火燎地找我，难不成又惹出什么麻烦了？”

顾海棠无暇闲聊，问：“我的箱子在哪儿？”朗月轩笑意止住，心中划过一丝微不可察的失落，语气略显浮躁：“不是说等事情办完再给你？”

顾海棠秀眉紧蹙：“急用，你先还给我，剩下的两件事无论做什么我都答应！”能让顾海棠这性子的人这样承诺可不容易，朗月轩俊眉一挑，压住好奇，应道：“爽快，箱子在车上。”

顾海棠不做半分停留，拿到箱子便来到后台，见衣着扎眼的龙莫婳正伏在案桌上哭。顾海棠走到她身边，安慰道：“你别急，我来帮你重新化妆。”龙莫婳闻言抬起头，脸上怒气尤甚：“就凭你？”

“对，就凭我。”顾海棠心平气和地把箱子放在台面上，“啪”的一声打开，各式化妆护肤品尽数映入眼帘。

周遭瞧见的姑娘们无不惊奇艳羡出声：“好漂亮，她怎么有这么多好看的化妆品？”

龙莫婳亦是吃了一惊，眼里的恚意转为讶异，道：“你到底是做什么的？这些都是从哪儿来的？”顾海棠边拿出需要的工具一边将龙莫婳按在椅子上，道：“说来话长，总之有了这些宝贝，一定不会耽误你上场。”

顾海棠将龙莫婳的脸正对着镜子，神采奕奕地道：“给我十分钟，我一定把你变成全昆杨最美丽的女人，你愿意吗？”龙莫婳对上那双清澈的明眸，鬼使神差地点了点头。

时间一分一秒地过去，随着顾海棠的动作，镜中人渐渐蛾眉若黛、朱唇添绛、红梅缀额，活脱脱一位绝世佳人。龙莫婳恍若梦中，小心翼翼地碰了碰陌生的俏脸，喃喃道：“这是我吗？”

“当然是你。”顾海棠收好箱子，见龙莫婳喜欢，眉目间也溢上了笑意。她择了布裙挽成花束，递到龙莫婳手中，柔声道：“去吧，去完成你的成人礼。”

此时，一阵悠长的号声从大堂传至后台，昆杨名媛成人礼正式开始。龙莫婳握着花束的手紧了紧，本想说些什么，最终还是别扭地留下一句“本小姐就勉为其难原谅你”，而后昂首挺胸地迈进会场。

顾海棠眉眼弯弯，目送着龙莫婳离开，见证着她成为全场的焦点，轻舒口气，满心欢喜。身为裁判的龙德水却是浑身一震，立时坐直了身子，问道：“那是我的女儿？”

坐在朗月轩身旁的施迪文同样惊得合不拢嘴，愕然道：“乖乖，龙家小姐乌鸦变凤凰了！”

仍在琢磨顾海棠刚才言行的朗月轩，懒散的目光落在龙莫婳带着的熟悉花束时，不由得怔住，随即迅速起身。

施迪文纳闷道：“你去哪儿？”

“找人。”朗月轩头也不回地说。虽然他答得干脆，心里却在问自己：为什么会思先于行地去找她？找她干什么？只是调侃？

他边走边想，很快得出了一个不甚满意的答案：真的仅仅只是想接近她，想看她笑语盈过春风闲，看她生气蹙眉动心尖，想看与她有关的一切，就因为此前的那一场不快的见面，激起了他探究的兴趣，就这么简单又奇怪。他朗月轩是什么人啊？别人眼里的集潇洒、风流、才华、多金于一体的昆杨第一少爷，是众多女孩倾慕的对象，想得到的，从没失手过，何况区区一个顾海棠。想罢，他嘴角一扬，加快步伐。

可就在此时，舞台突发爆炸。霎时间，混乱、尖叫、硝烟充斥礼堂，满目狼藉，危机四伏。

朗月轩被人群阻隔，只能眼见着父亲与施济周被几名刺客以枪围堵，顾海棠也未能寻到。

第三章 ◎非你不可◎

礼堂突发的纷乱，终在龙德水指挥若定下得以平息。爆炸是几名刺客为扰乱秩序，趁机发难制造，但终是刺杀未遂，死伤逃窜。然而，看似风波定，实则乱局犹未平息。

是夜，月光如练，透过朗府书房的窗户，洒在朗斯年沉重的脸上，也衬得朗月轩的神色分外冷峻。

“父亲，我总觉得今天礼堂的刺杀有些不对劲。我看到那几个刺客已经控制了你和施伯父，但他们却好像有什么顾虑，没有直接出手。”

朗斯年冷哼道：“那是龙德水的人。众人皆知龙大帅好色贪财，每次张口要钱总要寻点儿花头，前年是要娶姨太太，去年是要赈灾放粮，今年嘛，干脆玩起了苦肉计，真是荒唐。方才，他把咱们召集在会议室说的那一番冠冕堂皇的话，不过是心虚的遮掩罢了。”说罢，他狠狠嘬了一口烟，眯眼瞧着天上月，意味深长地道：“开枪的女杀手才是真正想要我的性命。商会会长选举在即，看来觊觎这个位置的人，不在少数。”

朗月轩微微一愣，旋即无奈地道：“哎呀，商会会长吃力不讨好，还争得你死我活的，父亲你干脆主动退让，谁想干让谁干呗。咱安全第一。”

朗斯年摆摆手，回身走到案桌前，将半截烟碾碎在烟缸，拧眉道：“没这么简单，昆杨自古以来就是胭脂水粉供应集散地。朗家的祖上一直为皇宫后院提供御用香粉胭脂，世代流传至今。如今落红街里赝品充斥，传统严谨的工艺正一步步被简化，长此下去，传下来的那点儿技艺恐怕要一点儿一点儿消失。商会会长尊为全昆杨商贾之首，有权掌控整个行业，做了会长能做点儿归正之实，如能拨云见日扭转乾坤，也算对得起朗家列祖列宗。”

朗月轩撇撇嘴，坐在沙发上，漫不经心地说：“父亲，您都一把年纪了，就不能……”

“能什么？能放心？能完全交给你？”朗斯年睨视着儿子，话里尽是恨铁不成钢的意思，“我还要问你。上个月的账本是怎么回事？总店零散销售数字持平。各种产品中除了朗家祖传‘鹅蛋粉’卖得还不错之外，分店的各样收账都在下滑。照这样下去，朗家在昆杨胭脂的第一块招牌，恐怕要被人取代。还有工坊这边的产量，每个月都在下降，南洋的那几份订单离交货的时日也不远了，你到底是怎么安排生产计划的？听说工坊熟手女工流失严重，这些事情你到底有没有过问、考虑过？你是想让祖上传下来的朗里春招牌，毁在你的手里吗？”

朗月轩见父亲越说越急，忙起身缓和气氛，郑重道：“父亲，你别生气嘛，我已经找来几个非常不错的女工，有信心把她们培养成朗里春的顶梁柱。招工的事我也会长期进行下去，以此达到优胜劣汰、良性循环。还有，施杭露从我们这里挖女工，就让他挖呗。南洋的几个订单已经完成得差不多，接下来是胭脂行业的淡季，最快到明年开春才有活儿做，他们这么高的价钱把人拉过去就得养着，只能无形中提高了成本。再说零散销售成绩，成人礼刚刚落下帷幕，肯定是个成交的下滑期，不过，很快会举办慈善晚宴，胭脂香粉不就又有需求了？爹你现在明白我天天和女孩子混在一起的苦衷了吧？至于朗里春的招牌，我想也是时候要搞点创新，老祖宗留下的那点家底，总归是越吃越淡。最近，我时常琢磨，想把祖上传下来的飞燕胭脂发扬光大。”

朗斯年微愣，竟也听出几分道理，不免感觉好笑，他神态放松几分，抬手虚点了儿子额头几下，话锋一转：“今天龙家千金莫婳惊艳夺魁，倒是实至名归。不过，能看得出有人专门帮她打造。这人很有才华，朗里春急需人才，那人一定要拢为朗家所有。还有，那个救我的姑娘，一定要找到，好好答谢。”

“知道。父亲早休息，我还有事，不打扰您。”朗月轩实在不想继续听父亲唠叨，勉强敷衍着，退出书房。他没有告诉父亲顾海棠就是他要找的人，并非不想找，而是，除了拢为己用，他又存了点儿别的心思。

今日在礼堂，顾海棠于九死一生中，救下他父亲时的勇敢、果决和聪明，让他再次刮目，他忽然觉得，在场所有曼妙女子的美丽妆容，都抵不过顾海棠的自信善良与临危不惧。

真正的风华，当由内而外，当无须粉妆玉砌。

想着，他不由嘴角微扬，踩着一地月光，快步走在曲径通幽的花园内，心情舒畅，错过了嫂子妙兰小心翼翼投来的爱慕视线，敷衍着妹妹朗青青的撒娇与要求，更没有发现不远处的阁楼窗户内投来的阴冷目光，只期盼龙莫婳真能将顾海棠带来。

其实，在白天，龙莫婳邀请他出游时，他便借机提出带上为她化妆的人的要求。现在，他只翘首待相见。

龙莫婳对朗月轩的心思，在昆杨的富家儿女间，无人不知。她听了朗月轩的要求，满口答应，即刻用父亲的关系，找到顾海棠的家，亲自登门拜访。

对顾海棠，龙莫婳很欣赏，又羡慕她的漂亮与化妆技巧，也记着礼堂危难时，彼此生死相助的情义，再次见面，自然抱着真诚相交的心。

龙莫婳的来意，在短暂的笑谈后暴露。顾海棠实在耐不住对方以终身幸福的成败做理由，在几番软磨硬泡下妥协。

于是，便有了四人迎霞踏花的登山之旅。

“海棠，快看看我的妆有没有花，月轩就来了。”龙莫婳紧张地跑向顾海棠，双颊微红。

顾海棠看着五十米外，越来越近的朗月轩与施迪文，翻了一个白眼，理了理已足够标致的龙莫婳的前襟，道：“我说过你已经很美了，我真是不明白你约会为什么非要拉着我一起来。”

龙莫婳更显女儿娇媚：“哎呀，你别抱怨，我一看到月轩就紧张，一紧张我就出汗，一出汗妆就花了，离了你我肯定不行。好海棠你就安心跟着我吧，我保证付你双倍工资。”说罢，她转身向朗月轩迎去，羞怯而期待地看着对方。

朗月轩着实对龙莫婳的装扮惊喜，但惊喜一分，便更欣赏顾海棠一分。他对龙莫婳投以温柔一笑，一双如星粲然的眼睛转而锁住端庄秀雅的顾海棠，道：“顾小姐，别来无恙啊。”

顾海棠懒得搭理他，匆匆回了一个“嗯”字，便兀自站在一边，哈欠连天。

气氛未因顾海棠的冷漠而尴尬。在龙莫婳的执意要求下，四人骑单车赏景，只是车仅两辆。龙莫婳坐在朗月轩骑的单车后，甜蜜无比，举目便是良辰美景。顾海棠则不情愿地坐在施迪文身后，百无聊赖，昏昏欲睡，直到朗月轩叫她，才恍然而醒。

“顾海棠，你在花魁赛上救了我父亲，谢谢你。”朗月轩逆着阳光，眉梢眼角浸透温暖。

顾海棠朝他望去的第一眼，竟莫名觉出一点儿缱绻，心如石落平湖，惊起道道涟漪。

不得不说，朗月轩虽然渣了点儿，但的确生了一副好皮囊。她暗自赞叹，但面上不动声色：“不用说得这么严重，我也是误打误撞，何况我手无缚鸡之力，哪里来的救人的本事？”

朗月轩轻笑：“了不起，你会这么想，真难得。”顾海棠不解，皱眉道：“难得？因为我是女子？”朗月轩见她似当真，忙解释：“我没别的意思，我是想说你胸襟宽广，不拘小节，是个干大事的人。对了，莫婳的妆是你给化的吗？”

见顾海棠点头，他掩不住欣喜，接道：“那天你答应我做三件事，现在我想起来要你做的第二件事了。”顾海棠闭上眼，冷冷道：“对不起，我脑子一时失忆不好使，想不起来了。”

“什么？”朗月轩登时瞠目，回头死死地盯着顾海棠，连前方的路也顾不得看，结果碾到了一块石头，车子一颤，他与龙莫婳齐齐栽倒在地。

见龙莫婳摔得晕厥过去，顾海棠与施迪文忙下车去扶她，却不小心碰到了龙莫婳的痒痒肉，她忍不住地甜笑起来。

朗月轩转惊为喜：“行了，她装的。”龙莫婳精神抖擞地起身，笑盈盈地抖落身上的泥土，道：“差点儿就把你们骗到了，可惜没忍住，不然就让月轩背着我去医院了！”

顾海棠无奈地抬起龙莫婳的胳膊：“你还闹，你看看你的胳膊，都流血了！”

朗月轩呵呵一笑：“我看你摔得还是不疼。”

龙莫婳走近朗月轩，满脸的娇气，完全不在乎胳膊上擦破的伤口：“本来疼，听说你要背我，就不疼了。”朗月轩略有些不耐烦：“你就是没事找事！”

顾海棠不满地瞪着朗月轩：“你怎么说话呢！她从你的车上摔下来，你一点歉意都没有，还在这儿说风凉话，你看她都摔成什么样了！”朗月轩不以为意，理直气壮道：“谁让她故意骗我们呢！谁让你言而无信，害得我精神分散呢！”顾海棠气结：“哪有你这样的男人，一点儿度量都没有！跟女孩较劲算什么英雄！”

龙莫婳忙拉着顾海棠的衣角，大大咧咧道：“我没事，我爹是当兵的，我从小就跟着他摸爬滚打，这点儿小伤不算什么！”

这话听着更让顾海棠揪心，哪有女孩子愿意摸爬滚打的？

一旁的施迪文见状不好，忙打圆场：“就是就是，出来玩儿大家高兴就行，一会儿我做东，请你们吃饭，给莫婳小姐压压惊。”龙莫婳刚要拍手称好，忽听朗月轩严肃道:“我一会儿还有事呢！我也不喜欢和言而无信的人待在一起。”

施迪文搡了搡朗月轩，低声道：“别这么扫兴，给点儿面子！”

龙莫婳急忙一瘸一拐地忍痛拦住朗月轩，道：“对不起，我不该跟你开玩笑。”说罢，她又看向顾海棠，委屈巴巴地恳求，“海棠，你就答应月轩吧。他让你做的事，肯定不会害你的。”

“为什么跟他说对不起？他该向你道歉！”顾海棠被龙莫婳的卑微气到咬牙切齿，勃然而怒地说道。说罢，她转身向山坡处走去。

朗月轩见顾海棠果真生气了，知道自己弄巧成拙，暗自悔恨，顾不得龙莫婳的挽留，回头嘱咐施迪文：“你在这儿守着莫婳，我跟上去看看。”

顾海棠发现朗月轩追来，翻了一个白眼，没好气地问:“你跟着我干吗？”朗月轩气定神闲道：“没跟着你，是顺路。”

顾海棠便加快脚步，嗤笑道：“我去采草药给莫婳治腿，你也顺路？”见朗月轩无言以对，她又鄙夷道，“我实话跟你说了吧，你这种自以为是的人很招人讨厌，可能别人会觉得你很有个性，但我觉得这是幼稚，是不懂得尊重别人的表现，说白了就是没素质，我不想和这样的人有任何来往。”

朗月轩毫不在意地笑道:“我没让你和我来往。”顾海棠不耐烦地说:“那你到底要干吗？”

“我就是想告诉你一下，你现在对我的态度，只有两种解释。一种，是你想引起我的注意，就好比小男孩动手去打小女孩，他并不是讨厌她，而是想引起她的注意，与其建立关系，成为朋友，这是一种潜移默化的主动。还有一种，那就是真的讨厌，讨厌我不按你喜欢的方式与你交流接触，讨厌我不明白你的心意，着急烦恼。现在问题来了，你是哪一种？”

顾海棠站住，一脸厌恶地回望着朗月轩：“这两种可能只存在于你的想象中，你是一个很自卑的人，你人前故作潇洒，穿戴时髦，油头粉面，但这一切无法掩饰住你内心的脆弱。你不善于直接与人交流，面对问题经常选择逃避，你不但幼稚，而且愚蠢，最可怕的是你还不觉得。”

朗月轩毫不在意：“你已经回答我了，你两种都是。”

顾海棠从未见过如此厚颜无耻之人，被说得竟没了脾气，只能长吁短叹，客客气气地请对方去忙自己的正经事。可朗月轩仍不依不饶，蹲在正分辨伸筋草的顾海棠身边，凑近她耳畔，轻声道："找你就是我的正经事，你要履行诺言来当我的工人，这是你答应做的第二件事。"

顾海棠向旁挪了挪，瞧都不瞧道："我原来正有此意，但我不喜欢你这个老板。"朗月轩嘴角一扬，揪起一根狗尾巴草，甩来甩去，端的是万般无赖："你可以不喜欢我，但你需要钱，不应该因为一个小小的误会而闹脾气，而且，依着莫婳的脾气，她一定会说服你为我做事。我们的时间都很宝贵，不要把时间浪费在这种已知结果的事情上。"

朗月轩津津乐道，可很快发现对方好似充耳不闻，甚至起身走到了十米开外，他怏怏道："你有没有在听我说话？"顾海棠正盯着树下的一小片伸筋草欣喜，决定暂时不计前嫌，对朗月轩喊道："还待在那干吗？快来帮忙！"

朗月轩情绪低落，扔了狗尾巴草，快跑过去，小声嘟囔着："对株草都比对我上心。我是倒了八辈子霉才……"

可话还未尽，他便戛然而止。

暖阳斜照在顾海棠的身上，像镀了一层薄薄的金色光晕，更将她清丽的姿容衬托得令人怦然心动，可谓俏胜三春之桃、雅比白玉之兰，漫山姹紫嫣红不及她。朗月轩也因此看得愣了愣神儿，顿时消了抱怨之气，默默走到她身边一起挖药，直至快要结束，也不愿出声打扰这一刻的美好。

二人整理好最后一株伸筋草返回时，顾海棠少见地没有介意朗月轩与她并肩而行，她眺望着蔚蓝天际，淡淡开口："我答应你去朗里春做工，只是，你要对莫婳好些。"

说话时，她没有正视朗月轩，卷翘的睫毛在阳光斜照下，投下细碎的阴影，像暗淡的蝶翅，扑簌着掩盖了眼中的情绪。但朗月轩却满心欢喜，他侧头看她的眼神中，闪动着连自己也未料到的如获至宝般的惊喜。

第四章　◎痞寐求之◎

拐过熙攘的落红街尽头，再走几里便是鸣锣巷。那里残垣断瓦，破败不堪，与落红街似为两个世界，却是顾海棠一家落脚的地方。

龙莫婳受伤后，四人已无心游玩，便打了招呼，各回各家。可刚近鸣锣巷，顾海棠却发现自己被人明目张胆地尾随着。

行了十余米，她长舒一口气，睨视身后亦步亦趋的朗月轩："你不去送莫婳，跟着我干什么？我答应进工坊，不会食言，你无须小人之心。"

朗月轩稳了稳手中提着的几包礼品，郑重地递到顾海棠面前，笑得一脸无辜："送你。"

顾海棠侧身躲过，眉头皱得更紧："无事献殷勤，我可消受不起。"说完，她就要离开，朗月轩忙跑到她面前拦住："哎，可不是我想送的，之前你救了我爹一命，我爹特意让我拿点儿礼物登门道谢！"

顾海棠烦躁地道："那谢过令尊，礼就不必，只求你能离我远点儿。"朗月轩的笑意僵住，顿觉受伤，幽幽道："为什么？好歹我们也是共患过难的人，你这也太不近人情了吧！"

顾海棠不满地瞪向朗月轩，冷哼道："只要有你在，无论是跑步还是骑车，准出事。"朗月轩愕然地睁大了眼，只觉分外憋屈："太不讲理了吧？"

"跟你讲理可是世间难题之一！"顾海棠耐性耗尽，甩给朗月轩一个冷眼，推开他往前走。"哎，等等！"朗月轩急忙跟上，凑到顾海棠耳边，一对剑眉挑得老高，颇为无赖地道："既然这样，你大可默默走路，享受我的护送就好。"

耳边立时传来酥痒，顾海棠朱唇下意识地一咬，脸颊作势发热，但又受惊似的往旁边一跳，朝朗月轩恼怒而视："说话就说话，靠这么近做什么？"

朗月轩瞥了一眼顾海棠微红的耳垂，眼里闪过一道亮光，不退反进，打趣道："你该不会是害羞……"然而就在这时，不远处传来的争执声与少年委屈的哭声打断了顾海棠反驳的话。

她听出那是弟弟顾夏合的声音，心头一紧，拔腿就往声源处奔去。朗月轩大喊无果，只得紧紧跟在后头。

二人到时，窄窄的巷口聚集着一大群人。顾海棠一眼瞧见被围在中间的夏合与母亲，她立即冲进人群，把他们护在身后。

“夏合，这是怎么回事？”顾海棠面显忧色，压低声音问。顾夏合像是找着了依靠，收住哭腔，三言两语说清了事情的来龙去脉。

原来，夏合带母亲逛街时被眼前围堵的易小姐认定是小偷。顾夏合自知母亲脑子不灵光，这其中必有误会，但争辩不清，只好赔了钱，不承想对方不依不饶，追到了家门口。

顾海棠一脸的严肃，瞧着母亲已然受惊，她一咬牙，对易小姐正色道：“这位姑娘，事已至此，我们有口莫辩，你说吧，我们怎么做才能赔偿你？”

易小姐眼皮都不曾抬，扫向顾海棠的目光中藏着不易察觉的轻蔑，扬声道：“事先说清，我来这儿是找人的，可不是为了什么丝线，不过你……”

易小姐话音未落，安静的天瑜忽然拼命拽起顾海棠的衣袖，惊恐道：“海棠，海棠，我要回家……”顾海棠连忙转身安慰母亲。易小姐却脸色突变，走到顾海棠面前，讶异道：“你就是顾海棠？”

这一刺耳的发问让天瑜更为不安，顾海棠忙将她往顾夏合身侧护，看向易小姐的眼神里浮起怒意，语气不善道：“是我，怎么了？”

易小姐面露喜色，一改先前态度，热情道：“先前可真是一场误会，是我错怪了小兄弟。”顾海棠对易小姐突然的示好分外警惕：“你认识我？”

“原先不认识，但现在不就认识了？”易小姐笑吟吟地想去拉顾海棠，被顾海棠避开也不恼，而是意味深长地瞥了一眼四周污糟的环境，继续道，“海棠，我想跟你交个朋友，聘请你当我的造型师。当然，我会给你工资，而这份钱足以改变你的生活，让你离开这里。”

顾海棠神色一凛，淡淡道：“交朋友要看缘分，我们并不投机，况且，我的生活很好，不需要改变。”说完，她和顾夏合搀扶着母亲往里走。

“顾海棠，我劝你还是好好想想……”易小姐想追上去，却被看够了戏的朗月轩挺身拦阻，他微眯着眼道：“这位小姐，强人所难可不是名门淑女的作风，还是请回吧。”

“你！”易小姐本欲骂，待认出朗月轩的身份后脸色青红相错，最终只得带着用人愤愤离去，但心里却恨恨道：给我等着！

“啧，不愧是我看中的人，这么惹人惦记。”送走麻烦，朗月轩暗忖，忙大步流星地追上，随顾海棠进了家门。

“你进来干什么？”顾海棠神情不悦，但看他刚刚出手相帮的分上，没将人赶出。

朗月轩瞧着虽简朴却整洁雅致的院落与小屋，眼里闪过一抹赞赏之色，调侃道：“这么冷漠，你看我拎了这么多东西来，好歹请我坐坐吧？”

顾海棠拒绝的话还未说出，恢复情绪的天瑜忽然出现，她拉着朗月轩往里走：“小石头，来呀，一起进来吃饭！”朗月轩先是茫然，随即露出喜意，问顾海棠：“你妈认识我？你和她说过咱俩的事？”

“美得你！”顾海棠不大自在地解释，看向天瑜的目光有些黯然，“小石头是我以前的邻居，我妈她……有点儿糊涂，不太认识人。”朗月轩神色微震，难得正经道：“明白，包在我身上。”

顾海棠还没明白什么意思，就见朗月轩竟和母亲言语融洽，颇为投缘。她看着努力逗母亲笑的朗月轩，目光渐渐温柔，忽觉这人也不是那么讨厌。

闲聊几时，朗月轩到底没留下用饭。顾海棠送他到门口，见他一步三回头，踌躇不肯离开，难得有了点儿耐心，似笑非笑道：“朗二少，还有何事？”朗月轩犹豫着低声开口：“你母亲为何……”

顾海棠了然，轻描淡写道：“我从小没了爹，我娘因此落下病根。”昏黄的光色落在顾海棠身上，将她单薄挺直的身影拉成一道长长的剪影，直直映进朗月轩眼底。

家世如此，拮据又坚强，求财但取之有道，为梦执着却不失原则。顾海棠的确是一个与众不同的女子。朗月轩心里风云激荡，但又蓦地泛起一丝酸楚，眼中含笑，眉眼柔和地唤了一声她的名字。

“海棠。”

顾海棠疑惑地瞧着他，颤动的睫毛镀上一层橘色，让她清丽的五官都似调了蜜，分外暖人。朗月轩脸上的笑意加深，语调轻扬：“没事，就是想提醒你，明天第一天上工，别迟到了。”

“废话。”顾海棠被这温柔无比的语调惹得一个战栗，把门“砰”的一关，麻利地回了屋子，独留下朗月轩一人站在门外，迟迟不肯离去。

第五章 ◎有匪君子◎

“自明崇祯年间至今，我们‘朗里春’生产胭脂香粉的历史已有三百年。历年御用进贡，莫说昆杨，乃至全中华，也非我‘朗里春’莫属……”

有条不紊的朗里春工坊内，朗月轩清朗醇磁的声色，和着从石臼处悠悠渗出的花蔻汁，如暖风细雨般闯进新招收的女员工耳里，惹得怀春的少女们纷纷羞红了脸，不停地偷瞧这英俊倜傥的少东家。

却有一人除外，那便是如约前来赴工已有月余的顾海棠。

此时的她心不在焉，正双眼无神地盯着细密篾帘上形成的晃荡光影，满脑子都是圣约翰学校拒收弟弟顾夏合的事。她好不容易领到薪水凑齐了钱，想在入夏前将弟弟送进学校，却被管理此事的易主任以“顾夏合人品不佳”为由驳回。

顾海棠与其争辩无果，但也不相信品行端正的弟弟会出错，直到先前与她有过龃龉的易小姐寻上门，她才知道这背后竟是易小姐的手笔！

易小姐因对顾海棠之前拒绝做她的造型师之事怀恨在心，故意在她父亲易主任面前污蔑夏合猥亵女生，导致夏合被拒之门外，她想让顾海棠也尝尝求人被拒的滋味。

顾海棠满心愤懑，却只能自认倒霉，暗中想办法证明弟弟清白。可她最近忙于学习朗里春胭脂的制作工艺，一时抽不出身，也不知从何下手。思及弟弟渴望入学的目光，她便愁肠百转，夜不能寐，也渐渐无心工作。而她此番恍惚的状态，恰被莺莺燕燕围着的朗月轩看在眼里。

朗月轩调笑着哄开身侧的女学徒们，看似不在意地走到顾海棠身后，轻声吟诵道：“影随朝日远，香逐便风来。顾海棠，你来说说，这里的玫瑰花是哪一种色号？”

顾海棠握着色卡的手一顿，甫一回头。唇角竟几欲擦到朗月轩侧脸。她微愣，浮起浅浅情愫的心，却因烦乱被极快地忽略。可风流惯了的朗月轩却有些回不过神儿，他下意识地看向了顾海棠温润的唇瓣。

顾海棠眉头轻皱，后退一步，毫不留情面地道：“你刚刚那两句说的是梅花吧？”朗月轩讪讪回神儿，面上尴尬一闪而过，随即再次笑起，毫不在意地道：“走，去看玫瑰花。”

就在这时，腿脚不便的全叔忽然急忙前来，压低声音对朗月轩道：“二少爷，老爷让您回去一趟。”朗月轩不知想到什么，神色微变，眼里的散漫之意退去，朝在场的女学徒们简单吩咐几句便快速离开。

终于摆脱朗月轩的顾海棠，长舒一口气，敛起思绪，与女工们进入净身浴室，完成制作胭脂前的最后一项准备工作。

另一边，朗府书房内却气氛凝肃，针落可闻。

朗月轩坐在沙发上，肃目看向朗斯年，道：“他们为什么要这么做？”

朗斯年冷笑一声，道：“还能为什么？无非是商会会长选举在即，施济周见不得我们朗家势大，开始一而再、再而三地使下三烂的手段。成人礼上的女刺客也是他安排的。”

当下所论之事，应从前几日一批卖到南洋的货说起。朗家好端端的上等货竟被人偷梁换柱，掺了劣质香粉。若不是朗月轩在运货前发现猫腻，及时让人把货召回，朗里春的招牌怕是要砸了。更令朗月轩可急可气的是，这批货的交货时间将至，若赶不出，必定损失惨重。

朗斯年将烟袋往烟缸处敲了敲，愠声道：“我亲自去和施济周那老狐狸摊了牌。这事错不了。”朗月轩总是带着三分笑意的脸上浮起怒意，道：“施家如此着实过了，我们不能坐以待毙！”

朗斯年欣慰地看了儿子两眼，悠悠吐出一个烟圈，似笑非笑道：“你爹我早就礼尚往来，借龙德水的手封锁了施家送货的水路，他们现在的处境也好不到哪儿去。”朗月轩讶异，对朗斯年的雷厉风行生出几分佩服，但心底仍放心不下：“既然已给了他们下马威，谅他们一时之间也不会再寻衅滋事。我先去催工坊赶货，这样才能彻底解决麻烦。”

朗斯年赞同地点点头，摆摆手让朗月轩离开。为确保能赶上交货日期，朗月轩一路计算着工人的生产进度，却在研磨室见工人将带有玫瑰残枝的花瓣倒入石臼，沾染进已磨好的花浆内。

眼见花浆作废，极可能延误工期，朗月轩大怒，气势汹汹地走进花仓，寻到提供那篓花的顾海棠，见她还神游天外，怒上心头，厉声道：“顾海棠，你把花瓣放下。出来！”

顾海棠一愣，随即意识到发生了什么，抿唇看了一眼手上的刺伤，连忙走到朗月轩面前。因施家卑鄙行径，朗月轩本就火气上涌，加之顾海棠无心工作，此时再不忍耐，劈头盖脸就是一顿说教：“你把带刺的玫瑰残枝混进了挑好的花瓣里，污染了研磨中的花浆。这满满一缸花浆，全部作废！你知道这意味着什么吗？”

顾海棠心神一震，紧紧捏着刺伤的手指，后悔不及：“对不起，我刚走神儿，一时疏忽戳了手指……”朗月轩无心续听，盯着顾海棠，心头忽然腾起一股失望，声色更冷，说了字字顿挫惊心的话：“你们从沐浴更衣，进入花仓的那一刻，就应该抛开杂念，心无旁骛。要想心事就别进来！不要用任何事情当借口！你是对不起我吗？你是对不起这里所有的人！那么多人付出的努力，就这样浪费。一缸花浆，几十斤的花瓣，是从数百斤玫瑰中精选而出，却因为你的疏忽毁于一旦，你对不起这天地的精华，你不配摸那些花！”

顾海棠耳畔嗡鸣，狠狠用指甲捏着伤口裂开的手指，却感觉不到疼意，声音干涩又认真地道：“对不起，请给我一次弥补的机会。”

朗月轩冷笑道：“弥补？你拿什么弥补？”

“朗少爷，龙莫婳小姐来了，说要找海棠姑娘！”门口传来尚师傅的声音。

朗月轩听着备觉烦躁，心知她是借着海棠的幌子，来见自己，他摆摆手，示意其帮自己打发。

若是能轻易被打发的就不是她龙莫婳了。她一直在门外等到工厂下班，搞得朗月轩觉得再不搭理她就会内疚。但也正是这一次情非所愿的见面，让朗月轩得知了顾海棠工作失误的真正原因，也让他备觉疼惜，听着龙莫婳对易小姐愤愤地批判，他心中有了计较。

次日，他一身西装，气宇轩昂地走进圣约翰学校，一番激将言辞，终说服易主任与他一起去鸣锣巷，观察顾夏合的真实样子。

顾夏合是一个闲不住的孩子，除了看书自学，平日总喜欢与街坊邻里闲聊，有时也会帮忙做点儿事，到昆杨时间不久，口碑却出奇的好。此时，他刚好经过路边的水果铺，见老板吃力地从板车上搬下一筐筐水果时腰一闪，差点儿歪倒，忙眼疾手快地帮他一把。

水果铺老板朝着夏合感激地笑道：“谢谢小伙……”他话还没说完，只见身后闪出一个调皮的小孩，飞快地拿了两个苹果转身就跑。水果铺老板大骂小偷，忙要去追。

顾夏合却趁老板不注意，赶紧拿出钱放在一边的台上，再拉住水果铺老板："王叔，他给了钱啦，在那儿。"王叔看了看那钱，无奈摇头，道了一句："嘿，你这孩子真是善心。"

顾夏合朝着王叔淡淡一笑，便改了方向，朝着巷尾的僻静处去，却不知朗月轩与易主任都跟在身后，看到了方才的一幕，也随即听到顾夏合语重心长地教育那偷苹果小孩的话语。

"是一个品行优良的孩子，我确实不能只凭一面之词去判断。"易主任五味杂陈，喃喃自语着，似自检，也似说与朗月轩。说罢，他朝着顾夏合离去的方向大步流星走去。

但这一次，朗月轩没有跟随。他知道易主任的去意，也知道顾海棠今天被自己放了假，多半在家，顾及她的性格与平日对自己的态度，终究选择回避，况且真正的关心，何须讨要恩情?

易主任果真敲开顾海棠的家门，在一家人惊讶的注视中，走到顾夏合面前，露出微笑，道："我正式宣布，经过亲自走访，又有本市名绅朗月轩先生作保，顾夏合同学正式被圣约翰学校录取。望你好好学习，保持本真。"

喜从天降，海棠简直不敢相信自己的耳朵，与弟弟拥抱在一起，又忙不迭地对易主任鞠躬。几句感言罢，顾海棠忽然想到了什么，忙向门外看，可见依旧是那旧墙砖、空巷子，眼中难掩失落。但失落之余，她又不禁神思飞驰，耳根染上微红，眉目间涌动温暖。

她想起了昨日为弥补过失，晚间独自加班时，朗月轩在花仓，执意为她包扎受伤手指的样子，忽然觉得他指尖的温热、微锁的眉宇、认真的表情，一举一动都让她心跳如鼓。

第六章 ◎初窥朗府◎

气派非凡的朗府高门徐徐打开，匠心独运的中西建筑风格立时扑面而来，令顾海棠看得眼花缭乱，大为震撼。她紧紧跟在全叔身后，拘谨垂首间忍不住用余光扫了一眼四周景致，暗忖果真是大户人家，怪不得养出朗月轩那般不务正业的公子哥来。

不多时，全叔领她穿过大道尽头，到了朗夫人冯春言的厢房外，面无表情道："进去吧，别让太太等急了。"

顾海棠自知这里不是问话的地方，张张嘴，到底将那句"我们是否在哪儿见过"的念头压下，转而向全叔道了声谢。

前日，她在工坊无意中得知朗太太想找个合意的姑娘梳妆后便毛遂自荐，只为验证从女学徒口中听到的有关朗家早逝二少爷的传闻，希望能探出与父亲失踪有关的消息。只是能顺利待在朗家，还需讨得朗太太欢心。而她听说，这朗太太喜怒无常，有时待人慈善，有时刻薄，实在不好伺候。

思及此，顾海棠微微吐出一口气，紧了紧特意携带的化妆箱，沉稳端庄地步入厢房，落落大方地朝朗太太施礼。

朗太太，听了顾海棠的介绍，没有睁眼也没有言语，只点点头。

顾海棠犹豫两秒，大胆上前，动作柔和地将冯春言的秀发从上至下地梳理顺滑，手法灵活亦让人舒适。眼见朗太太的神情渐为放松，她从化妆箱里拿出一瓶头油，均匀地抹在朗太太的头发上。

闻到幽香的朗太太缓缓睁开眼睛，睨了眼映在镜中专注梳发的顾海棠，问道："这是什么味道的头油？"

"太太，这是我自己调配的梳头油。"顾海棠将头油放置在桌前便于朗太太细看，又拿起黑面漆花的篦子，一边细梳发尾一边介绍道，"一般的梳头油大多以桂花为料，香味过浓。我这瓶用的是冰麝油的配方，除了麝香、冰洋、大茴、月桂、甘松、广木香这些香料药材外，还加了会春花、侧柏、丁香等花卉泡制，香味虽不浓郁，但更清淡香远，利于定型的同时亦能滋润头皮，太太大可放心使用。”

朗太太享受着这股沁人心脾的清香，冷漠的眼里闪过一抹欣赏之色，放松地靠在椅背上，问道：“你刚才说，你叫什么名字？”顾海棠面露喜意，悄声道：“学徒，顾海棠。”

朗太太淡淡地“嗯”了一声，重新闭上眼：“从今以后，你便留下为我梳头。”

“是，太太。”顾海棠喜不自胜。从朗太太房间出来后更是脚步轻快，一路来到花园边，好心情地对着一株颜色独特的花朵自言自语。

一直挂心顾海棠梳头始末的朗月轩，自顾海棠进入朗太太屋子后，并未去工坊，而是一直待在屋外的公园中等待。得知顾海棠被朗太太留下，他甚是开心，正巧看见这一幕，便饶有兴致地走至她身后，俯身调侃道：“这位姑娘，你怎么跟一株花聊上了？没人陪你聊天可以找我啊。”

顾海棠吓了一跳，想到自己犯蠢的行为已落入他眼中，只觉耳根滚烫，连忙站起，露出少见的羞态，窘道：“你为什么偷听我说话？”

朗月轩双眼一亮，揶揄道：“姑娘，这是朗府，朗府的一花一木都是我的，你跟我的花说话，我还不能听吗？”顾海棠恼羞成怒：“你这是强词夺理，难道朗府所有的东西都归你管吗？”朗月轩竟认同地点点头，“那是自然。”

顾海棠正想嘲讽一番，但忽地想起女学徒提起的朗府怪谈，眼眸一转，问道：“那鬼呢？我听说朗家自古以来能在众多胭脂工坊中独拔头筹，是因为朗家一直养着一个胭脂鬼……”

朗月轩笑意稍顿，但随即抬手轻敲了一下顾海棠的头，挑眉笑道：“无稽之谈，这你也信？”顾海棠嗔怒地瞪了朗月轩一眼，揉揉头。“也许有缘之人真能遇上也说不定！”她又不死心地问，“难道你真的没见过？”

朗月轩嗤之以鼻，奚落道：“我本以为你是一位有些见识的新女性，不料还是满脑袋愚昧落后的思想，还信什么鬼神之说。”谁知，顾海棠瞬间敛起笑容，正色道：“天地万物，自有存在的理由和故事，都值得尊重。”

朗月轩微微一愣，看向顾海棠的目光若有所思，忽然笑道：“你说的也不无道理，只是你为什么这么想知道朗府有没有鬼？”顾海棠眸光微闪，快速道：“好歹现在我给太太梳头，也算是府上的人了，什么都不知道多丢人呀。”

“府上的人？”朗月轩别有深意地看了一眼振振有词的顾海棠，突然凑近，语气尤为暧昧：“所以从现在起，你也归我管了？”顾海棠立时心如鹿撞，羞赧地将人推离，狠狠瞪他一眼：“你胡说八道什么！”

只是这一眼毫无威慑，反倒让朗月轩瞧清她宛若榴花晕开的娇俏双颊。他心头微动，折了一枝花递给顾海棠，笑吟吟道：“好花配佳人，送你！”

依着顾海棠的态度，根本没打算接，可偏偏被误会。只见一只纤白的嫩手忽然横在两人之间，直接将花抢了去，随即响起一个饱含怒意的少女的声音：“你们在干吗？哥，你这么高贵的身份，怎么在院子里跟一个下等人拉拉扯扯？”

朗月轩不悦地皱了皱眉，看向放学归来的朗青青，训责道：“怎么说话呢？这么大了还口无遮拦。”

“我又没说错！她不就是一个梳头的下人吗？你为什么给她送花？你是不是喜欢她！”朗青青见向来宠她的朗月轩竟为一个下人说话，怫然大怒，还上前推搡顾海棠，跳脚道，“我知道了！一定是你勾引我哥，你想飞上枝头变凤凰，想都别……”

朗月轩赶紧冲上来制止朗青青，一边将其连拖带抱地拉走，一边不好意思地朝顾海棠解释：“我这个妹妹看到花就间歇性兴奋过度，你别放在心上，我晚点儿再来找你。”

顾海棠看着两人远去的背影，想起和弟弟顾夏合打闹时的场景，忍不住笑了起来，对方才的责骂倒也不甚在意。她轻吸一口气，整装离开，却在迈步的一瞬间，隐隐感觉有一道阴冷的目光落在自己身上，心尖一颤，猛然回头去寻，可只能看到苍木背后露出的阁楼一角，旁的什么也瞧不着。

她冷不丁想起先前与朗月轩提到的胭脂鬼，不禁背脊发凉，加快脚步，险些在转角处与一名失魂落魄的女子相撞。

两人齐齐惊呼，还是顾海棠先定神儿，认出对方是她初来时在偏房接待过她的少奶奶妙兰。只是此时的妙兰面色苍白，脸颊处还有一道血痕，看上去好不狼狈。顾海棠立即担忧地上前询问她出了何事。妙兰却低头掩饰，不愿多说，下意识地拿起沾上胭脂水粉的手帕往脸上擦。

顾海棠眼疾手快地拦住，急道“别用脏手帕擦，我这里有干净的纱布手帕。”说着，她拿出随身携带的手帕，不由分说地就帮妙兰轻轻按压擦拭，语气严肃：“虽然伤口不深，但脸面上的事情大意不得，万一留下疤痕就糟了……”

然而妙兰毫不领情，不待顾海棠将她脸上的血痕擦净就如同蜷缩成团的刺猬般连连后退，僵硬地道了声谢便快速离开。

顾海棠举着手愣在那里，她想起妙兰因冲喜而嫁入朗府的童养媳身份，瞬间理解了她的抗拒，心底不由得生出几分同情，忙追上前去将她叫住，温和道："妙兰姐姐，我有一样东西想给你，不仅可以治愈你脸上的伤口，还可以将它遮住。"

妙兰眸底微弱的惊喜一闪而过，随即复垂下眼，低声道："不用了，谢谢。"顾海棠见妙兰要走，便跟在她身侧，巧笑倩兮地劝道："妙兰姐姐，你长得这么好看，日后脸上若是留一个疤那多可惜，不如就让我帮帮你？"

"真的不用了，谢谢你的好意。"两人说着已经到了妙兰房间，妙兰进去后想关门，却被顾海棠挡住，她兀自走到桌前打开化妆箱，从中拿出一小袋白色粉末，眉眼弯弯地笑道："妙兰姐姐，我既已经来了，不妨让我试试。你这儿可有干净的碗和水？"

妙兰眉头微皱，显然不喜顾海棠不请自来，刚想回"没有"，就见顾海棠已经找到了需要的东西，正往碗里倒入点点粉末，加上清水后用一支精美的玉簪将其搅拌成乳状。

妙兰脸上的薄怒渐渐转为好奇，看着顾海棠用玉簪挑起妆膏，逐渐向顾海棠靠近。

"妙兰姐姐，这个需要涂到伤口上，一开始会有点儿凉，但很快就好。"

妙兰忙用手去挡："不劳海棠姑娘，我自己来就好。"

"不行，你没经验。"顾海棠说着趁妙兰不注意迅速将妆膏敷上她的伤口，而后见她不再反抗，再细细涂匀，为她抹上温和的胭脂遮掩，道："有了这层妆膏遮瑕，再加上脂粉的作用，不仅能掩盖伤痕，而且脂粉也不会进入伤口引起感染。"

妙兰看着镜子里恢复如初的脸，惊喜之余却想起顾海棠顶了自己为朗太太梳头的位置，瞬间对她多了几分嫉妒与警惕，打量着她的化妆箱，道："海棠姑娘果然是艺高人胆大，难怪敢进朗府给太太梳头。"

顾海棠为妙兰的妆容浅做修饰，令其更为明艳照人，摇头笑道："海棠才疏学浅，是妙兰姐姐天生丽质呢。"妙兰似笑非笑地开口："哦？这么说来，倒不是你手艺高了？那我一会儿可要回了太太，说新来的海棠没什么本事，送她回去算了。”

顾海棠一愣，脸色有些难看。妙兰妙目流转，忽地掩嘴轻笑，打趣道：“说笑而已，瞧你，脸都变了，看来对给太太梳头这件事是真在乎。”

顾海棠不大自在地笑笑，扯开了话题：“妙兰姐姐，你的五官特别适合化妆，你平时真应该多打扮打扮，让二少爷惊艳一番。”

妙兰怔了片刻，旋即看向顾海棠，似乎在探寻她话里的用意，语气渐冷：“你当真不知道？”顾海棠一脸茫然，困惑道：“知道什么？”

妙兰意味深长地多看了顾海棠几眼，起身走向卧室深处，道：“跟我来。”顾海棠看着妙兰步入暗处的背影，目光微闪，连忙跟上，果不其然，在后头见到一个供奉着的灵位。

妙兰冷笑一声，有意吓唬顾海棠：“给你介绍一下，这就是我丈夫，你口中的朗家二少爷，朗月圆。”可顾海棠非但不惧，反而大胆地向前走了一步，仔细地看着灵位上刻着的名字，问道：“这位月圆少爷，是哪一年死的？”

妙兰眉头轻皱，警惕道：“你问这干什么？”顾海棠忙对上妙兰的眼，诚心实意道：“没有，就是……替妙兰姐姐感到心疼。”妙兰淡淡地瞥了她一眼，转而看向灵位，似有恨意一瞬即逝：“他命短，七岁就死了，我嫁过来给他冲喜也没能延他的寿。”

顾海棠眼睑微垂，没作声，不知在想些什么。妙兰以为顾海棠终于知道怕了，语气有几分嘲弄：“现在明白了吧？我以过来人的身份好心提醒你一句，深府大宅，可不是你想的那么好待。我算是一辈子断送在这里了，你不想步我后尘的，就趁早找个借口逃离了出去。什么给太太梳头，不过还是个丫鬟，你以为能飞黄腾达到哪儿去呢。”

顾海棠却好似没听进她的劝诫，不答反问：“妙兰姐姐，你一嫁过来月圆少爷就死了，那你嫁过来多少年了？”妙兰狐疑地看向顾海棠：“你问题还真多。”

顾海棠摸了摸鼻子，讪讪笑道：“我就是想着，妙兰姐姐不知在这里受了多少年的苦……”

“反正我来这儿十五年了，你自己算吧。”妙兰失了与顾海棠交谈的兴致，冷声说完便朝外走去，走了几步不见顾海棠跟上，转头就瞧她正迅速掐着手指头算，嘴里不知在嘀咕些什么。妙兰不禁柳眉皱起，面露古怪之色：“你在干什么？算命？”

谁知，顾海棠却忽然说了声告辞，匆匆离去。

妙兰看着顾海棠远去的身影，轻轻抚摸着因梳头不利而被朗太太划伤的脸，失神地喃喃道：“我嫁进来多年，还抵不上一个刚入府的梳头丫鬟……顾海棠，你若识趣，我便当你不存在，可你若是……”

不知被人记恨上的顾海棠，心思沉重地快步回到朗府为她安排的独屋内，倚在门上，双眉越皱越紧，自言自语道：“十五年前……不对，年份不对啊……那位朗家二少爷竟然不是那一年死的，比爹失踪早了整整一年。难道爹的失踪和朗家没有关系？可是，可是……娘明明说过爹去过昆杨朗家……”

第七章 ◎花前月下◎

夜幕低垂，朗府的朱甍碧瓦在暗色中隐没棱角，似猛兽蛰伏，稍不留神便会被吞入其中。顾海棠盯着屋内还未熄灭的微弱烛火，了无睡意。

“怎么会毫无关联呢？到底是我的方向错了，还是我遗漏了什么……”她正坐在椅子上喃喃自语，执起茶壶，为自己倒了一杯热水。

茶杯透出的热度让她困顿的大脑忽地闪过父亲当年离家时跟着的那道黑色背影，恰与腿脚有碍的全叔极为相似。她眼眸骤亮，世间哪儿有如此巧合之事，全叔和那朗家人讳莫如深的胭脂鬼定有问题！想到此处，她猛地站起，却不小心打翻茶水，烫伤了手。

看着肿起的指尖，思及明天还要为朗太太梳头，她只好将心间烦绪压下，踏着夜色去寻治伤草药。

现夜已过半，屋外明暗相叠，在时隐时现的月色中竟有一种鬼魅阴沉之感。顾海棠紧了紧心神，加快脚步，凭着记忆寻至苍木后的苗圃，找到颜如翡翠的佛甲草。

偶有骤风吹过，四周树木簌簌生响，犹如鬼泣。顾海棠心尖生颤，胭脂鬼的传闻不停地在她脑中晃荡，她忙将佛甲草兜进衣里往回溜。却在此时，远处忽然传来一声呼喝：“谁在那里？”

顾海棠紧张地蹲下身子，掩在草丛之后。眼看那道黑影越来越近，她不再坐以待毙，紧紧抱着佛甲草一跃而起，慌不择路地拼命飞奔，直到躲进一片黑树林，才甩开了紧追不舍的黑影。

然而未待她松一口气，身后又突然响起一道幽幽的声音：“出来吧，我已经发现你了。”顾海棠的心猛地狂跳起来，听出这声音耳熟，重重地松了一口气，从树后悻悻走出，对站在月色下的朗月轩道：“你怎么会在这儿？”

朗月轩瞧着顾海棠头发散乱，气喘难缓的狼狈样，目光在她护着的衣兜前扫过，戏谑道：“这话该我问你才是，这三更半夜的，你偷了什么？”顾海棠眼神躲闪，拢着衣兜往里藏，梗着脖子道：“你这人才是，张口就这么没礼貌，你哪只眼睛看见我偷东西了？”

朗月轩清朗地笑出了声，他分外喜欢逗弄羞恼的顾海棠：“你这人更是，帮你解围连句谢谢都没有。”顾海棠愣住，她还以为是自己运气好未被抓到，不承想是朗月轩在背后帮忙。

朗月轩趁顾海棠走神儿抓住她的手想“逼她就范”，却不小心碰到她的伤口。顾海棠痛嘶出声，挣扎着让朗月轩放开。朗月轩神色微变，看清她手上红肿的水泡，放轻力度，言语里露出他自己都未曾察觉到的担忧：“怎么回事？”

顾海棠没能抽回手，为避免多受罪，也就任由他去，解释道：“不小心烫伤了，所以借你园子里的佛甲草一用。”说着，她怕朗月轩不同意，又加了一句，“一点儿佛甲草换一个梳头姑娘的巧手，你不亏的。”

朗月轩看伤势不算严重，放开道：“看不出来你还善辨草药，上次是伸筋草，这次是佛甲草，还有什么是你不会的？”顾海棠不愿深谈这个问题，扬起草药，道：“那么，你这是同意出借了？”

朗月轩笑意更甚，饶有兴味地看着顾海棠，“本少爷一向不会拒绝美女的请求。”

“那我可谢谢您了。”顾海棠无心搭腔，敷衍地说了一句就要离开，忽又想到什么似的折回来，压低声音道，“我问你，朗府有鬼的传言是真的吗？”朗月轩意外地看着她：“你怎么还在想着这事？”

顾海棠犹豫道：“因为我刚才好像真的……撞到了鬼……黑黑的，很高，忽然就不见了……”她没告诉朗月轩的是，就在刚才，她依旧有一种被人窥视的心悸感。

朗月轩微微一愣，继而坏笑：“哈，你该不会是怕黑，想让我送你回去吧？”顾海棠心底那点儿惧意顿时消散，白他一眼：“谢了，不用。”

朗月轩悻悻地看着她离开的背影，也不动，反而唇角笑意不减，像是笃定了什么。果然，就见顾海棠转过身，面露窘色，吞吞吐吐道：“我刚刚……跑得太急，不认得回去的路了。”

朗月轩看着顾海棠懊恼垂首的模样，竟觉有些可爱，“扑哧”一笑道：“好说，本少爷也一向不放心美女独自夜归。”最后一句让顾海棠赧然，亏得有夜色掩护，不然又要被朗月轩调侃一番。

朗月轩护送的途中，倒也安静，没有再说什么揶揄打趣的话语，而是目视前方，似在赏景，又似在思考。

顾海棠则心猿意马，她对自己最近面对朗月轩时就忍不住脸红的行为感到极为无语，想着之前与他的一幕幕，不断地反问与提醒自己：他这种不把别人放在眼里的纨绔子弟最惹人厌恶，心高气傲，油嘴滑舌，满心都是他的缺点。可是，为什么我总是时不时地想起他，有他在的场合，总会时不时地惦记他，惦记他站在哪里，在干些什么，我怎么可能会注意上这样的一个人？这不可能，也不应该！我来到朗府内院是为了寻找爹的下落与线索，而朗月轩绝不是我可以招惹的人！

月光皎皎，直直照亮二人的路，将他们送至屋前。朗月轩站在楼外，淡淡一笑，恢复惯常调戏的口吻："你我二人的时候，你可以叫我月轩。"顾海棠轻咳一声，不卑不亢道："谢谢你，朗少爷。"

朗月轩双手放在裤兜里，笑道："我朗少爷也是一个怜香惜玉之人，用不着谢。"顾海棠坚持道："我还要谢谢你，夏合入学的事，我知道是你帮了我。"

朗月轩微微一愣，旋即微偏了头，目光躲闪："可没帮你们啊。夏合入学了？那可实在太好了，你终于可以不再心不在焉地在我工坊里闯祸了。"顾海棠垂眸须臾，忽然看向朗月轩的眼睛，认真道："朗少爷，有时我觉得你明明良善赤诚，有时候又做出风流浮夸、玩世不恭的样子。你说我到底该说你好还是不好呢！"朗月轩一时语塞，避开了海棠的直视，嬉皮笑脸地说："你觉得我好就好呗！"

话音未落，便要着酷转身离开，留下顾海棠一人望着他的背影愣愣出神儿，心思翻腾。

第八章　◎夜语撩心◎

朗府的客厅庄重肃穆，顾海棠走进客厅，还未站稳脚跟，龙莫婳已然风风火火地奔过来，将她一把抱住："海棠海棠，我刚才看见月轩啦！开着他的敞篷车，飞一样，别提多帅啦！他还扭头对我笑！"

龙莫婳一脸痴迷，正是少女含春，逗得顾海棠忍俊不禁："哦，原来你是来看朗少爷的，不是看我啊。"

龙莫婳要去一个慈善晚宴，左右寻不得合意的帮她打扮之人，便来到朗府，要顾海棠同去。虽说顾海棠应了朗太太的差，但又见龙莫婳亲自来请，朗太太也就只能应允。

顾海棠一惊，退了一步："别闹了，我给你化个妆就行了，晚宴可就算了。"但龙莫婳哪肯，只是软磨硬泡，生生央了顾海棠，不去不行。说着那舞会上何等热闹，谁家有何趣闻，海棠执拗不过，只好应允。

顾海棠本对晚宴不感兴趣，但看着那觥筹交错、红男绿女相聚一堂，把酒言欢的模样，倒也起了一点儿兴致。龙莫婳妆容再变，一身优雅的洋装和略显成熟的装扮，迷人亮眼，而在她身边的，正是光亮一新的顾海棠。两人仅仅立着，就已成了全场最耀眼夺目的姐妹花，众人或明或暗地发出赞叹声和投来艳羡的目光。

朗月轩此时正被一群女孩围在中间，谈笑风生。他不经意间看到了海棠，一时愣了，也不顾施迪文呼来喊去，饶有兴致地上下打量着顾海棠。而他的目光，落入龙莫婳眼中。龙莫婳激动不已，想去找朗月轩，却又不敢，只得踌躇不前，甚是别扭。

顾海棠看着痴痴的莫婳，长叹一声，朝着朗月轩而去，在一群娇艳女子不满的目光中，露出妩媚笑容，风情万种地拉着月轩离开众女孩的包围圈，将朗月轩带到了礼堂一角。

顾海棠拉着朗月轩上楼梯，郑重地道："我是为了莫婳才把你拉出来的。

你之前答应过我对她好点儿，但你没有做到。”朗月轩脸上露出戏谑的笑：“你泡妞的本事也很强嘛。”

“逗你们玩玩，别当真，莫婳人呢？刚才还在这儿的。”顾海棠下意识地看了一眼刚才龙莫婳所在的地方，不见人影，忽然焦急起来。朗月轩却毫不在意龙莫婳的去向，趁着顾海棠四下张望之际，凑近了她的脸，似是要亲上去。

顾海棠一惊，猛然回头：“你……干吗？”可朗月轩充耳不闻，一边把她向着环形楼梯拐角处的栏杆逼近，一边笑道：“其实我很厌恶男尊女卑的说法，女孩主动一点儿怎么了，为什么就不能主动跟男性大胆说出你的心意！”

“流氓！”顾海棠心跳加速，急忙推开朗月轩。

朗月轩则玩味地接道：“欲擒故纵！有心机，有情趣，有意思。”顾海棠耳根泛红，紧抿着嘴，狠狠瞪了他一眼，转身匆忙离去。对她而言，是一场讨厌的闹剧，可对环形楼梯下的其他女孩而言，是令人嫉妒的调情。也正因此，她在去洗手间时，遭到几个跟踪而来的女孩佯装无意的拦截，裙子从后领至腰部被对方事先备好的剪刀生生划出几道口子。

本是不可方物，奈何小人作祟，一身狼狈相。但顾海棠又岂是那任人欺负的笨女孩，她自然明白那几个女孩的心思，愤怒之余，灵机一动，将衣裙成功地变成露背装，深V字露出玉背，而长发则巧妙地一遮，玉背若隐若现，诱惑无比。

当她伴着舞曲，顺着楼梯走下，刚与朋友交谈完走回原地的龙莫婳眼神中尽是艳羡，其他人亦连连赞叹。那几个女孩也登时傻眼，一脸懊恼与气馁，只恨自己怎么不将那裙子划得更碎。

朗月轩更是瞠目结舌，如亲眼见证揽尽芳菲、胜众人风采的海棠花开，娇而不媚，一颦一笑平淡却又不凡。他看得痴迷，不觉间已穿过人群，径直朝顾海棠走去。所有人自然地为他让开一条道路，静静地目视着他将手优雅地伸向海棠。

而顾海棠则是有些尴尬地看向龙莫婳，迟迟没有伸出自己的手，而是反应极快地拉起龙莫婳的手，送到朗月轩手心。

龙莫婳如触电一般，刷地红了脸，忙将手收回，在顾海棠恨铁不成钢的眼神注视下，将她推到了朗月轩身前，甜甜地笑着：“去吧，替我好好跳。”顾海棠还是犹豫，想要拒绝，却已被朗月轩搂住腰，带进了舞池，随着音乐翩翩起舞。

“想要我请龙莫婳跳舞，你需要答应我一个条件。”朗月轩看出顾海棠的心思与顾虑，邪邪一笑。“你怎么那么多条件？”顾海棠简直无语，忽然想起前日收到莫名其妙的情诗，没好气地问：“你是不是写过什么恶俗的藏头情诗来整我？”

其实，那情诗倒也不是真的恶俗。当她读着“三世暗尘锁楼空，顾日抚琴旦愁浓，海墨难书相思意，棠棣忘忧月明中”时，感觉还不错，只是觉得如果是朗月轩搞怪，那便是极大的讨厌。

朗月轩听到“情诗”二字，眼中有怅惘一闪而过。他没有回答，而是轻轻一笑，紧了紧搂着顾海棠的腰的手，贴近她耳畔：“也看对谁，对你，我有无限的条件。”

顾海棠最受不住的就是朗月轩咬耳朵这一招，当即心神一颤，想要躲避，却被箍得动弹不得。她只好答应，问是什么，却又得到了与此前一样的回答：“还没想好。”

朗月轩倒也言而有信，曲罢，确实邀请龙莫婳一舞，只是有点儿心不在焉，眼睛总瞟着顾海棠。

当真是一夜笙歌漫，才子佳人心辗转，曲终人已散，人影一双把家还。

顾海棠在朗月轩执意之下，一路拌着嘴，并肩走进朗府。两人都穿着晚宴的服装，月轩的西服外套披在海棠肩上，一对长影落地砖，时而微叠，时而散，煞是好看，却见一个瘦长的黑影，从府内的一角探出，看着二人远去，落寞而孤寂。

顾海棠别了朗月轩，步入房间，坐在凳子上，回想着舞会的种种，愣愣出神儿。她隐隐感觉，这一场舞会，动了她的步调，也动了她的心。可绝不能这样，她用手点了点自己的脑袋，提醒自己清醒些，又点起油灯，拿了书，准备读书平复心情。

却在这时，她突然感觉门口似有窸窸窣窣的碎响。难道有人？是谁？是爹吗？

顾海棠神经紧绷，立刻起身开门，却见走廊空空，但看了一眼地上细微的泥沙，确定方才一定有人在此。她站在走廊，向窗外看去，只见那最高的阁楼里，泛出昏黄的灯光，摇曳中依稀有人影晃动，匆忙而又似惊魂未定。

她死死盯住那亮光之处，下了决心，今晚要夜探小楼。然而，就在她身影没入楼中之时，那灯光忽地灭了。

她并未慌乱，而是慢下脚步，让眼睛慢慢适应黑暗，小心翼翼地继续往上走。一扇门出现在眼前，她推开门，见这分明是一间整洁的书房，稍稍心安，再仔细观察，只见布置雅致大方，各种用品四处摆放着，显然是有人居住。整面墙都是书架，放满了书。屋子一角放着琴案，上有一架古琴，旁边还摊着琴谱。

这时，巨大的书架后，有一个黑影正从书架缝隙里，好奇地打量着她，看她好奇地四处触碰，一举一动都那么可爱。黑影忽然觉得，顾海棠在这房间里，一切都是那么妥帖，令人痴迷。

月光仍晦暗不明。就在顾海棠要看《仕女图》时，却因看不清而撞了额头。她忍着疼，四处张望，想找镜子看看伤处，却先找到了一个铜镜，走过去，仔细一看，不禁后退两步，只见那铜镜竟然牢牢蒙着黑布。

这也太怪异了吧？何人能不用镜子？既然用着，何必蒙着？怕在镜中看到鬼？顾海棠疑惑地皱起眉头，心中有些发慌，放眼环顾四周，并走动起来："有人吗？"

黑影吓得缩了缩身子，不承想碰到书架，发出声响。"是谁？"海棠听到声音忙问，不见人出来，海棠听到声音忙问，她立刻警觉地向着黑影的方向走去，"我知道你在这儿，我听到声音了。"

那黑影忽然惊呼，声音有一丝颤抖："不要过来！"顾海棠眼神满是期许："我想知道你是谁，可不可以告诉我你是谁，你是不是，是不是……"她想问是不是失踪了多年的父亲。但黑影只是道："对不起，我不方便见人，你走吧。我不想说话，你快走。"最后一句话甚为急切。

顾海棠一愣，犹豫片刻，只能一步三回头地向门外走去，离开房间。因为黑影的最后一句话让她坚信，他不是她的父亲。

顾海棠跑回自己的房间，关上房门，却突然发现，自己手里，还攥着在那楼里下意识地抓在手里自保的玉蟾蜍镇纸。她在灯下细细欣赏着镇纸，灯光映照中，玉蟾蜍显得更翠绿剔透，可也让她捉摸不透：那黑影会是谁？是传言中朗府的胭脂鬼吗？

顾海棠不知在她走后，那个黑影穿着黑色斗篷从书架后走出来，到书桌前，点亮油灯，又坐在铜镜前，一把扯掉黑布。映入镜中的人赫然就是朗家的大少爷、朗月轩的哥哥朗月明。他对着铜镜，盯着自己脸上狰狞的疤痕，就这样呆呆地坐了一夜。

直到朗月轩来到，他低沉而痛苦的眼神儿才有些明亮起来。

朗月轩强颜欢笑地走近朗月明，想要打趣几句，缓和一下沉郁的气氛，却无意中看到了在书桌上的画卷。他拿起画卷端详，吃惊道：“哥，你画了她那么多次，为什么不直接走出去，面对她一次呢？总是在暗处，她又怎能知道你的心思？”

朗月明一愣，旋即摇摇头，不言语。朗月轩拿着画，沉吟道：“她是闯进来的吧？这个女孩子有时候真拿她没办法。”

“海棠，海棠，人如其名。”朗月明兀自轻吟着，想起了近日与她的回忆。从顾海棠初进朗府的那一刻，他便看到了她，起初只觉得她有趣，与府中其他人不同。随后，他便出于好奇，时不时注意着她，未料竟渐渐地喜欢上她。她的善良机智、不卑勇敢，或娇憨或明媚或羞怯的模样，一动一静，一笑一语，都可带起十里春风，让冰雪消融，也如暖光照进他心里。

他再难将目光从她身上离开，可脸上丑陋的疤痕，让他望而却步。所以，他只能暗中观察她。那夜，她出门找寻草药医治伤手，撞到的黑影是他；在她被朗青青扮鬼吓坏，帮她教训对方的是他；一直在她屋子周边徘徊，见她生病发烧，在她神志不清时喂她吃药，照顾她的也是他；写下一首“三顾海棠”的情诗相送的人也是他……他究竟看了她多少次，他自己也数不清。

朗月轩笑吟吟地将画放在桌上，道：“哥，你要是不好意思去，我就带她来呗。”朗月明紧张道：“不行，我会吓跑她的，那样就再也见不到她了。”

朗月轩有些着急：“可是你不能这样生活在阴暗里一辈子吧？你总要面对，总要走出来的，也许现在就是这个时机。海棠姑娘不是庸碌之辈，慢慢向她解释，她能够明白，能够理解的。”

朗月明腾地起身，有些疾言厉色：“不要告诉她！我不想让她看见我！”朗月轩心中苦涩，轻声安抚道：“哥，你跟我们都一样，不，你比我更有才情和美德。你不要再囚禁自己了，试着去跟人接触，他们会接受你的。”

朗月明苦笑扶额，道：“我就是没有勇气，没有勇气出现在她面前，那简直比死还难受。”朗月轩的神色黯淡：“我想你能享受和朋友交谈的快乐，相处的快乐，一个正常人的快乐。”

朗月明眼中闪动着希冀的光：“你可以替我跟她交谈啊。当我看到你跟她说话的时候，就想象是我在和她交谈……真的，月轩，你是我唯一的兄弟、朋友，我们不分彼此，你完全可以代替我啊。你替我喜欢她，爱她，保护她，可好？”

“哥，有些事，我没法代替你。”朗月轩怔怔地看着兄长憧憬的神态，怅然若失，低低地说了声，“我宁愿和你交换。”朗月明淡然一笑，拿来酒，为各自斟满，不顾朗月轩阻拦，连饮几杯罢，醉意朦胧地拍拍朗月轩肩膀，神色颓唐地说：“我只求你这一件事。”

窗外月光皎洁，却冷清无比。屋内，兄弟默默对饮，却心思各异。

第九章　◎争风吃醋◎

几日下来，顾海棠并没有发现关于父亲的蛛丝马迹，有些气馁，加之整日除了为朗太太梳妆，再无其他事可做，着实烦闷。斟酌后，她做了一个两不耽误的决定，与朗太太约定，上午为其梳头，下午回到工坊上班，除了喜欢胭脂研制，更抱着工坊可能有父亲线索的希冀。可没想到，刚回到工坊便被以新巧为首的一众女工排挤。

新巧在顾海棠想要搬竹篓经过她身旁时，故意伸腿一踢，把竹篓踢倒。险些被砸中的顾海棠一怔，新巧对顾海棠瞟了一个白眼："哎呀，原来高枝不是谁都能攀得上的，镀不上金被赶回来可不是比泥塑的还不如。"

随即，一旁的众女工嘻嘻哈哈的嘲笑声，此起彼伏。

顾海棠猜到了她们的心思，有些不满，皱了皱眉，但也不想计较，只是伸手去捡篓子，却被新巧一脚踩住。顾海棠动作一顿，抬起身子，不卑不亢地盯着新巧，道："麻烦让一让。"新巧双眸闪过一抹戾气，故意拉长了音调，讽刺意味十足地道："哎，梳头丫鬟，朗太太的头皮味儿可香啊？"

一句话说得女工们笑得更是欢畅。

顾海棠眼神一冷，不再忍耐，可刚想出口反驳，突然被一只手从背后一把拉了过去，回头一看，原来是朗月轩。

朗月轩将顾海棠拉到身后，冷了脸，环视众人。众女工见老板神色不佳，赶忙噤声，各自归位工作。

新巧也收敛许多，带着一抹讪笑，走向自己的桌案，然而刚迈两步，忽被朗月轩叫住，只见他严肃地说："新巧，你知不知道你是我们工坊里最有天赋的一个。"

新巧看着朗月轩的俊脸，被这突来的夸赞得面上一红，语气带了羞涩："您这是从何说起呀？"朗月轩似笑非笑地夸赞道："我一直看好你。刚才我进门时，听到新巧在说人头皮的味道问题，非常好，不了解头皮，我们怎么能制作出上好的头油。新巧，你很用心，理应获得朗里春的奖赏。”

新巧一听有奖赏顿时心花怒放，忙不迭地说着感谢的话。其他女工也纷纷露出羡慕的神情。

顾海棠睨视了一眼朗月轩，嘴角微微一扬，眸中带着细微的亮光。她听出来了，这哪儿是奖赏，根本是先礼后兵的套路。

果然，朗月轩见新巧上钩，话锋一转：“我现在就给你一个任务，去给工坊所有的人员洗一遍头，针对不同发质的头发，区分干性、油性、中性头皮，并写一篇评估报告，探讨一下如何有针对性地制作出适合不同发质的头油。”新巧得意的笑容僵在脸上，脸色渐渐惨白，但又一时语塞，说不出话来。

众人也被这句话吓得不知应该如何是好，只得面面相觑。顾海棠忽然想到新巧为众人洗头的样子，不禁想笑，但又理智地压住，悄悄拉了拉朗月轩的袖子，用眼神示意其适可而止，莫要过分，吓吓就行。

朗月轩偷偷瞄了一眼顾海棠，余光带着温润的笑意，让顾海棠心旷神怡，却又摸不透他是何用意。他则继续看着狼狈的新巧，随手将调制胭脂水粉的香料盒子递给她：“看起来你好像不太乐意。那就换个问题，用我教给你们的方法，说出你眼前的这盒香料里面含有哪些成分，说对了，工资双倍。”

这个问题可比洗头好太多。新巧急忙接过盒子，细闻。这时，朗月轩笑着走到门口，猛地开门。风顿时吹进，盒子里的香粉立刻糊了新巧一脸。正巧她用力吸着鼻子辨识香料的味道，香粉冲进鼻腔，呛得她涕泪横流！随即，她一吸气就呛得咳嗽，不吸气却憋得慌，好不狼狈。

顾海棠一愣，也没了看热闹的心情，急忙和众人拿着手绢给新巧擦去满脸的香粉。朗月轩露出得逞的笑容，看向顾海棠，等待着她赞许的目光。

可未料，等来的却是顾海棠满是气恼的腔调：“朗少爷，我们在工坊辛苦劳作，一丝不苟，每个人都兢兢业业，你凭什么刁难我们？”朗月轩看顾海棠生气了，心想“这丫头怎不知里外”，嘴上却振振有词：“我这是在考核大家的业务水准。”

顾海棠并不领情，理直气壮地道：“你不尊重你手下的员工，你又怎么会得到我们的尊重！”言毕，甩了脸色，快步离开。

朗月轩很是尴尬，但仍是不动声色，假装威严，对众人道：“好了，好了，大家散了吧，上工期间，不允许再聚众聊天，如果发现了，就罚扣当月工钱！

听到了吗？”说罢，转身的瞬间，他委屈得嘴角一撇，皱眉嘀咕：“吃错药啦，脾气这么大！我可是好心……”

见顾海棠与朗月轩相继离去，新巧愤愤地将顾海棠为自己擦脸的手帕扔在地上，连踩三脚。

顾海棠知道，新巧是个容易心生嫉妒、有仇必报的主，但万万没料到，她会从龙莫婳身上下手。

龙莫婳几乎天天都要来朗里春工坊找顾海棠，以借机接近朗月轩，也恰被新巧来了个天时、地利、人和的利用。这天下午三点，在工坊回廊见到龙莫婳的新巧，忽然想起刚才路过工坊仓库时，恰见朗月轩向另一女工询问顾海棠所在。

有时，感情一事，局外人看得最清。连日下来，朗月轩那藏于心底、显于眉目、高于纯粹雇佣工作的情感，新巧已猜得几分，料想一会儿见着了一准有暧昧，便借机整治顾海棠一番。她见了龙莫婳，微笑着礼貌地道：“龙大小姐这是来见我家月轩少爷？”随即，她神色怅然，摇摇头，道，“哎，这么漂亮的龙大小姐，与我家月轩少爷倒是般配，只是可惜了。”

龙莫婳听出话中意有所指，紧张道：“什么意思？”新巧抬手指了指工坊仓库的方向，意味深长地道：“龙小姐自己去看就知道了。这朗里春工坊谁不知道，月轩少爷啊，早迷上了别人，却不是龙小姐，刚才还和那人在研磨室走得近乎。”

龙莫婳怒火丛生，立刻朝仓库跑去。此时，朗月轩已找到了顾海棠。顾海棠拿着一瓶花露正打算走出去，看到朗月轩进来，赶紧躲到一边的货架后面。朗月轩看到地上的影子，了然于心，挑眉笑道：“出来吧，每次都躲不干净还老用这招，怎么就跟一个小偷似的？”

顾海棠面露尴尬，从货架后走出：“我哪有偷东西啊？是尚师傅让我来拿的。”朗月轩看了顾海棠一眼，双手环胸，想要逗一逗顾海棠，便道：“那你躲什么？不会是在躲我吧？”

顾海棠低了头，喃喃道：“这还不够明显吗？”朗月轩啧啧两声，没有回答，而是突然靠近顾海棠，一手放在她的肩膀上，一手勾起她下颌，佯装嫌弃道：“你是不是女孩子，唇膏都擦到外面了。”说着，伸手去擦她嘴角的唇膏。

二人咫尺之距，呼吸交汇，端的是十分暧昧。他微凉的指尖与她温润的唇刚一触碰，如水火相碰，本不相融，本应此消彼长，却生生幻出丝丝温柔缠绵的味道。顾海棠有些呆愣，朗月轩也似神思有恙，轻轻抹去她溢出的唇膏，迟迟不肯放手。

门外，目睹这一幕的龙莫婳更是目瞪口呆，泪水再难忍住，转身跑开。她一路直奔，想要赶快逃离这个伤心地，却和新巧撞了满怀。新巧知道事情已成，心中得意，面上却关切："哎哟，龙小姐您……"

龙莫婳猛地推了一把新巧，泣不成声。新巧斜睨着龙莫婳落寞的背影，转身朝仓库走去。她要去看看顾海棠知不知道自己已经伤了好朋友的心，不知道就要告诉她一下，知道则要欣赏一下她的愁容满面。果然，顾海棠并不知道，可在她得知后，惊愕、愧疚、担忧，溢于言表，直至下班仍觉郁闷不乐。

更让顾海棠意外的是，回家后，看到了龙莫婳。

"莫婳！我最近简直忙得无暇自顾，都没空儿去找你，别在院子待了，快请进来坐吧。"顾海棠心情复杂地拉着龙莫婳向屋内走。

龙莫婳却将手从顾海棠手中抽出，一脸坚决地说："不了。我们出去谈谈。"顾海棠这才发现龙莫婳眼睛红肿，素面朝天，特别是那眼神，凄凄楚楚，顾海棠心下一软："好，咱们姐妹找一个地方好好聊聊吧。"

二人选了一个空荡荡的公园，坐在秋千上，映着霞光，自在而又单薄。

龙莫婳吸吸鼻子，平静地道："最近我的心情特别不好。我已经很久没见过月轩，本来我觉得他已经对我有好感了，又是跟我约会，又是请我跳舞……我已经跟他越走越近了，我都开始幻想我成为他新娘的样子了！可是忽然，他又那么冷漠，我的心好疼好疼。海棠你说，朗月轩他到底是怎么想的啊？"

顾海棠一时语塞，斟酌了一会儿，道："他怎么想的我哪儿知道啊……"龙莫婳看着顾海棠，故意道："你说，月轩会不会喜欢上别的什么人了？"

顾海棠一惊，心头狂跳，却不知怎么回答，只能搪塞莫婳："这……这我也不知道……不过，有时候，看到的、听到的不一定是你想的那样。不要误会，免得伤及自己。"龙莫婳点点头，忽然伸过手来，紧紧拉住顾海棠的手："海棠，还记得我们结下的金兰盟誓吗？你是我最好的朋友，你一定会帮我追月轩的，对不对？"

顾海棠满心无奈，道："当然记得，我一定会帮你。"龙莫婳脸上露出喜色，忙挽着顾海棠的胳膊，笑道："我喜欢朗月轩比谁都早，比谁都深，谁都不能把我的朗月轩抢走！如果有别的女人来抢朗月轩，顾海棠，你一定要跟我一起同仇敌忾！”

顾海棠怔怔地点点头，回味着龙莫嫣的一字一句，一股难以言喻的情愫涌上心头。龙莫嫣又凑近顾海棠，肢体亲密，但话语严厉：“平常你在工坊里，经常能看见朗月轩，帮我留意着点儿，那儿有鬼心眼的女孩子可不少。要是有哪个骚浪的小贱人想勾引朗月轩，赶快告诉我，我要她好看！为了朗月轩，我什么都做得出来！”

顾海棠心一沉，不语。龙莫嫣摇着顾海棠的胳膊，追问：“最近有这样的贱人吗？顾海棠，你一定要帮我看好了。”顾海棠呼吸一滞，赶忙摇了摇头：“没，没有。以后……我会帮你留意。”

龙莫嫣亲热地抱住顾海棠，呵呵地笑道：“顾海棠你最好了，我知道你一定会帮我的。”顾海棠看着龙莫嫣的笑颜，喉头苦涩哽住，最终还是露出笑容：“嗯，别担心了。”

龙莫嫣知道自己的目的已达到，便不再多留，寒暄几句后匆匆离去。

送走了龙莫嫣，顾海棠失神地走回自家院子，今日与朗月轩相处的画面不时出现在脑海，龙莫嫣的声音也一直回荡在耳畔。她孤单地立在小院中，仰头望着皎洁的明月。

这一夜，注定难眠。

第十章　◎秘密花园◎

顾海棠觉得近几日的朗府上下，有些不同寻常，尤其是几个丫头、下人看自己的眼神总带着一股怪异，说不上坏，但又不算好。

“希望万事大吉，自己一切顺利。”顾海棠提着化妆箱，按照约定的时间，一边朝朗太太屋子去，一边心里祈祷。

奈何天不遂人愿。顾海棠进了屋子，低眉顺眼道：“太太，我来了。”

此时的朗太太正在佛龛前诵经，恍若未闻。顾海棠又叫了一声，见其仍不理睬，只好无奈地原地站着。又等了一会儿，她有点儿站不住，大着胆子把头抬起来，伸起脖子打量，此时朗太太忽然开口说话：“你来晚了。”

顾海棠连忙低下头，心中慌乱，忙道：“对不起，太太。”见朗太太坐到梳妆镜前，顾海棠连忙走上来，熟练地摆好一系列要用的东西。在顾海棠打开头油盒子的时候，朗太太忽然翕动着鼻翼，皱起眉头：“什么味儿？”

顾海棠忙解释道：“这是冰麝油的味道，您一贯不是喜欢的吗？”朗太太动也不动，语气却带了不满：“不是说这个，是有股子汗味儿。”顾海棠一窘，悄悄侧头闻闻自己身上。

朗太太摇了摇头：“两股子味儿，合在一起特别难闻。雅致就是雅致，鄙俗就是鄙俗，水火不相容。这股子合起来的腥臊味，我怕熏了我佛堂的宁静馨香。”顾海棠心道不妙，忙赔了笑脸，道：“对不起朗太太，都是我的错，在路上跑得急了……”朗太太却只是冷笑：“好心好意地留你，自己愿意跑出去弄得一身腌臜。所以，贫贱出身就是贫贱出身，想扶都扶不起。”

这话实在伤人。

顾海棠低着头，努力压制着涌起的怒火，甚觉委屈，若不是为了留在朗府，她又何须如此？朗太太瞥了一眼噤声伤感的顾海棠，仍没好气，不耐烦地道“快把这头油罐合起来。”

顾海棠慌忙去将头油罐合上，朗太太的手也伸向头油罐子，两只手相碰之间，顾海棠一慌，竟然一下子把头油打翻了。头油快速沿桌子淌下，滴在朗太太的衣裙上。

"放肆！"朗太太噌地站了起来，厉声呵斥，声音里透着刮骨的寒。顾海棠吓得连忙跪下，想用手绢给朗太太擦衣服，反被朗太太一脚踢翻在地，朗太太接着便是变本加厉的责备："说上两句还反到我头上来了？来人啊，把这不识抬举的东西给我捆起来！"

话音刚落，朗家两名家丁便冲了上来，时间准得似早有准备。顾海棠被这一连串的变故惊呆，见绳子将要上身，惊骇不已，声音有些薄怒："太太，你这是做什么？我不过是不小心打翻……"

危急之时，房门被猛地推开，朗月轩飞身闯将进来，将顾海棠护在身后道："娘，你这是做什么？"朗太太没有理朗月轩，对两个家丁冷冷道："该做什么做什么。"

家丁看了一眼朗月轩，有些为难。朗月轩有力的手牢牢抓住顾海棠的手腕，对朗太太肃然道："娘心里有气都是因为儿子，你不用把气都撒在海棠身上，儿子这就把她带走，不让娘见着心烦！"说罢，他不等朗太太反应，拉着顾海棠就走。

顾海棠仍在惊骇和讶异之中，大脑一片空白，还没想明白为什么朗月轩会出现，且那么及时，便步履踉跄地被拖出了门。她跟着朗月轩，来到了敞篷汽车旁边，话都没来得及说便被塞了进去。

她坐在副驾驶座上，看着朗月轩坚毅英挺的侧脸，心神震荡，分不清是什么心情，开口道："你刚才为什么出现，你一直在门外？"朗月轩喉结滚动两下，张了张嘴，却没出声，而是发动车子，一声轰响，冲了出去。

那速度太快，顾海棠被冲得贴紧座背。她看出朗月轩似有隐秘，不好追问，总之救了她便是好的，便默然地紧紧抓住把手，望着前路。

汽车很快开出了朗府的大门，奔驰在郊外的林荫道上，繁花、绿草、垂柳一一飞驰而过。顾海棠感觉速度越来越快，不禁担心安全，急忙道："你这是要开去哪里？"朗月轩仍不发一言，继续开车，那眉头却越皱越紧，双目如有燎原之火涌动。

直到树林忽然消失，只见前面一片湖水，眼前豁然开朗。朗月轩才把车猛地停住，下车来到另一侧帮顾海棠打开车门。顾海棠被眼前的美景吸引，朝湖边走去："真是太美了，想不到昆杨城外还有这样的景色。"

朗月轩的脸上这才露出笑容，他盯着顾海棠，语气温柔："知道我为什么拉你来这里了吧？当我心中有烦恼的时候，就会来这里，在湖边静静地坐一个下午，烦恼也被洗净了。"顾海棠一愣，不解笑道："你这样的富家公子，会有什么烦恼？今天的饭菜太咸了？"

朗月轩怅怅一笑，道："你不是我，怎知我没有烦恼？饭菜太咸可不是小事，长此以往，身体抱恙。"顾海棠仔细观察他神态，感觉真似有什么重要的问题，便不再取笑，淡淡说了个"也对"。

朗月轩望着波澜不惊的湖面，长长舒了一口气，沉吟片刻，才感慨道："我在想我是谁，从哪里来，到哪里去。"顾海棠顿觉气氛严肃，不似玩笑，微笑道："你这样我好不习惯。"

"哦？"朗月轩话音拉得老长，在停止时乘机凑到顾海棠脸前，坏笑道："所以说，女人还是喜欢坏坏的男人，对吗？"顾海棠对他的阴晴不定实在头疼，不想接话，一本正经地道："好了，美景也看到了，可以送我回家了，我没时间浪费在你这个富家公子身上。"

朗月轩丝毫没有离开的意思，反倒是环臂胸前，歪着脑袋，饶有兴致地看着顾海棠又窘迫又无奈的样子，话一句比一句暧昧："回去？回哪儿去？你忘了我是把你搭救出来的，这相当于私奔啦，接下来不该是浪迹天涯什么的吗？"

顾海棠有点儿羞赧与气恼，留下一句话，就要离开："你要是再这么跟我开玩笑，我马上就走。"朗月轩急忙拉住顾海棠："唉！如此美景，你能不能表现得小女人点儿？你温柔起来的样子挺好看的！"

顾海棠知道朗月轩的性子，便控制了脾气，回头一笑，端的是无尽柔情："那好，请问，少爷，我们什么时候回去？"朗月轩松了手，顺势躺在草地上，拔起手边的狗尾草，在嘴里咬着，惬意地看着天："顾海棠，我想问你一句话。"

顾海棠无奈地随着坐下，道："什么？"朗月轩干脆的语气中带着一丝微不可察的紧张："你喜欢什么样的男人？"顾海棠想了想，脸上装出来的柔情已不见踪影，反而渐渐郑重起来，目光落在一处花草间，迟迟没有回应。

朗月轩直起身子，凑近看着她，急忙道："也许就是我这样的，对吗？如果，我是说如果，我没有做那些让你讨厌的事，如果我……如果我从头到尾对你都认认真真，我不会让你再觉得我吊儿郎当，没有安全感，我用所有的时间去追求你，你有可能……有可能选择和我在一起吗？”

顾海棠一愣，随即心如擂鼓，竟不知应当如何回答，想要扭头避开，却被朗月轩扳过身子，步步进逼。她在他眼中看到了迫切与希冀，心中一阵慌乱，几句不过脑子的话迅速蹦出：“其实，没有你说得那么讨厌，你可能有些孩子气，但我并不讨厌你。你说的我没办法回答你，因为你所说的一切都是如果，你并没有做，你让我怎么去感觉到你说的这一切呢？”

朗月轩开心一笑，按在顾海棠肩膀的手收了收力：“好，那我从今以后就认真去做，将如果变成事实。”这话太直白。顾海棠惊愕无言，但每一根神经，都清晰感觉到他的意思已如春风化雨般融进她的眼里、心里，再难抹去。

阳光穿越树林，星星点点的光斑洒在二人身上，美不胜收。朗月轩躺回草地，偏头专注地看着顾海棠，仿若总也看不够。顾海棠仍悸动未消，只觉得这注视太过火辣，停一分就要与他一起被燃烧。她突然起身，向一旁跑去，回头道：“你就打算一直留在那里吗？”

朗月轩咧嘴一笑，急忙跟上，拉着顾海棠的手，漫步在密林之中。林中四处皆是奇异景象，各色蜂蝶艳舞，如阆苑仙葩。风乍起，花瓣似雨，沾在二人衣袖，如落了点点胭脂。

顾海棠怔怔地瞧着朗月轩俊朗的眉目，本想挣脱的手，不知不觉安稳地停在他手心，步调轻快地似要与他一起乘风而起，揽尽天地繁华。

二人跑至一处，累了便停下歇息。朗月轩指着一只蓝色翅膀的美丽蝴蝶，对顾海棠解释道：“这叫翠蓝眼蛱蝶，并不算稀少。但它身上最漂亮的就是这种宝蓝色光泽。如果能模仿这种光泽制作出一款胭脂香粉，一定会很特别。”

顾海棠认同地点着头，见朗月轩看到身边的藤上结着一串串小红果，要摘一串往嘴里放，急忙抓住他的手制止：“山里的果子不要轻易吃，越漂亮的越危险，万一有毒可就完蛋了。你饿了暂且忍一下，我们再往前走走，看到认识的果子再吃。”

朗月轩一笑，晃了晃小红果，将一枚小红果一扔，用嘴接住：“好吃，真是酸甜多汁啊！”

“你……”顾海棠见朗月轩如此，赌气地自顾自往前走。朗月轩只好又重新采了一些野果，将一个野果用自己的衣襟擦干净捧到顾海棠面前，讨好道：“方才那是五味子，好吃又可入药。”

顾海棠对朗月轩十分了解山野植被的能力十分惊讶，接过野果咬了一口，赞许不已。随即，也不知朗月轩从哪儿找来红薯模样的瓜，掰开后跟顾海棠一人分一半。

顾海棠笑道：“你认识的植物真多呀。”

朗月轩得意道：“不是说大话，这片林子里的一草一木一只小虫子，估计没有我叫不上名字的。这片密林就是我发现的，我想象自己就是这里的国王，没事儿就来巡查一番。地瓜哨，你有没有坚守岗位啊？五味子，最近有什么情况要反映啊？”

顾海棠被逗得一笑，开心地吃，畅快地聊。时光流逝，直至流云滚滚，落日熔金，朗月轩才带顾海棠上了车，像来时那样，急速开车回家。轻薄云雾踞空而盘，夕阳乘着空隙迸射条条绛色霞彩，宛如汪洋大海中的游鱼，偶然翻滚着金色的鳞光，只一次，便惊艳难忘。

顾海棠望着那旖旎风光，突然在想，若是一路这样下去，永远别停下，那该多好。

第十一章　◎冷月侵人◎

翌日，浮云蔽日，晨间露重，给长长的鸣啰巷涂上了一层轻薄的凉意。顾海棠搓了搓冰冷的胳膊，决定主动前往朗府求得朗太太谅解。

她自知昨日之事定是惹恼了朗太太，可父亲的下落还未查明，她万不可此番就被赶出朗府。却不想，今日的朗太太竟丝毫不见先前怒态，非但允她继续梳头，还待她比往常更为亲厚，甚至说出将来兴许能成为一家人的话来。

顾海棠暗道奇怪。虽说朗太太喜怒无常，但这转变也忒突然了些。她细细回想昨日之事，忽觉朗太太那时颇有几分借题发挥的意思。再加上朗月轩带她走之前说的那句“娘心里有气，都是因为儿子”，她隐隐觉得他们像是在刻意隐瞒什么。

顾海棠心情复杂地告别朗太太回到鸣啰巷，却看到昔日僻静的弄巷今儿不知为何一反常态，邻居三三两两围在她家附近窃窃私语。她乍一见到如此场景，以是家中出了变故，急忙冲过人群奔向屋内，却见天瑜一脸喜色，跑过来搂着她说：“海棠，你看，那位朗少爷来下聘礼了。”

顾海棠震惊地看着一屋子贵重聘礼，只觉大脑一片空白，心跳骤然加剧，难以相信地问道：“娘，你是说朗月轩？”天瑜不见平日半点儿傻气，打趣道：“我的乖女儿这是高兴傻了，不是朗月轩还能是谁，娘早就看出了你的心思，就给应下了……”

顾海棠却更觉荒谬，昨天他们一同在郊外时，他都不曾透露过半句，怎么会突然来求亲？忽然，她不顾天瑜担忧的叫喊，猛地跑了出去。然而刚跑到朗家门口，就遇到同样来寻朗月轩的龙莫嫣。

龙莫嫣上来就狠狠甩了她一巴掌，眼里满是恨意，痛骂道：“顾海棠，你这个叛徒！”顾海棠捂着热辣辣的脸，不可置信地看向龙莫嫣：“莫嫣，你疯了吗？”

龙莫嫣直眉倒竖，愤愤地指着顾海棠：“你才疯了！原来你一直在利用我勾引月轩！亏我还拿你当朋友，什么话都跟你说！你不要脸！”顾海棠一下明白了龙莫婳怫然作色的原因，顾海棠强迫自己冷静，尽量心平气和地道：“我们谈谈吧。”

谁知龙莫婳已失去理智，伸手就去抓顾海棠的头发：“谈什么？聘礼都收了，你已经把我最爱的男人给抢走了，我和你没什么好谈的！”

龙莫婳如此不可理喻，就算泥人也有三分脾性，何况被好友误会的滋味实在不好受。顾海棠亦变了脸色，伸手去挡龙莫婳，厉声道：“我若真喜欢朗月轩，犯得着利用你去勾引他吗？更何况我有我的感情自由，我就算真喜欢他，也犯不着你来管！”

龙莫婳闻言大怒，手上力气更重，直往顾海棠脸上抓。幸而朗月轩赶到，及时制止龙莫婳，呵斥道：“你在干什么！”龙莫婳委屈不已，哽咽地控诉：“月轩，原来你喜欢的是她，不是我。那你为什么要跟我约会，邀我跳舞？为什么你给了我希望，又让我彻底绝望！”

朗月轩眉头皱起，语气冷淡：“我做这些只是因为我们是朋友，是你想多了。”龙莫婳顿觉当头一棒，心神俱颤，尖声道：“朗月轩，你什么意思？”

“就是字面意思。”朗月轩不想和龙莫婳纠缠，拉起失了主心骨一般的顾海棠就欲走。龙莫婳立马慌了，上前将人拦住，放低姿态，乞求道：“月轩，是不是我哪里做得不够好？你告诉我，我可以改正！但是你不能就这样抛弃我！”

朗月轩见龙莫婳仍执迷不悟，沉浸在自己的幻想中，眉眼染上厉色，道：“你怎么永远跟一个孩子一样？这世界上不是所有的事情都能够遂你的心意，你怎么想是你的事，但是你不可能去控制别人的思想，我劝你学会冷静。”

“好，我听你的，我冷静，可我就想问问你！”龙莫婳深吸一口气，指向顾海棠，“她到底哪里比我好？”

“她哪里都比你好，更不会像你这般当街撒泼。”朗月轩感受到顾海棠的挣扎，用力抓紧她的手腕，快速道，“龙莫婳，你的这份情意我无法承受，也请你不要骚扰与之无关的人。”说完，他将顾海棠塞进停在门口的车内，立即驱车而走，不给顾海棠任何拒绝的余地。

顾海棠听到身后传来龙莫婳撕心裂肺的叫声，立刻转头去看，就见龙莫婳几近癫狂地追着车，连鞋子飞了、膝盖磕伤了都不在意。

她忙叫朗月轩停车，朗月轩却头也不回，近乎无情地道："不能停，我了解她，从小就没有她得不到的东西，所以一旦希望破灭，她就会抓狂，我不想让她再抱有任何幻想，顺着她，就是害了她。"

顾海棠无法辩驳，怔怔地看着龙莫婳的身影从视线中消失，对朗月轩道："你不喜欢莫婳，那你就喜欢我吗？我看见聘礼了。"朗月轩一愣，放在方向盘上的手倏地握紧又松开，将车停在鸣锣巷附近，露出与往日无二的笑容，道："你既已经看见了，又怎么还问我这个问题？"

顾海棠捂上胸口，面露迷惘："这一切来得太突然了，我觉得特别不真实。"朗月轩握住顾海棠的肩膀，让她直视自己，温柔道："我站在你的面前，你看我真实吗？你说的不真实是什么呢？"

顾海棠对上朗月轩专注的双眸，瞧见他眼底满是自己的身影，心跳不由得加快，但还是摇摇头道："我不知道，我心里很是不安。"

朗月轩眉毛微挑，脸上闪过失落，旋即又笑起，安慰道："没事的，你不用急着回复我，我会给你时间好好考虑。"顾海棠心乱如麻地点点头，从车上下来，目送朗月轩离开。

翌日清晨，彻夜未眠的顾海棠早早赶去朗府为朗太太梳头。面对态度越发和蔼的朗太太，疲惫的顾海棠无心应对，趁着旁人不注意，鬼使神差地再次走进那栋阁楼，发现了一摞画中人与自己面貌极为相似的《仕女图》。

顾海棠心头泛起暖意，不由得想起那首"《三顾海棠》"的藏头诗，想起那片种满了海棠花的花圃，想起与朗月轩相识后的种种，眼角微涩，感动得把《仕女图》抱在怀中，失神自语："没想到，他这么在乎我……"

忽地，顾海棠似乎听见了轻微的脚步声，紧张又欣喜地问："有人吗？谁在这里？是月轩吗？"然而四下无声，一片寂静。垂头丧气的顾海棠还不知身后有一道近乎贪婪的目光，正远远地注视着她。

离开阁楼后，顾海棠面上的愁云散去不少，她像是下了某个决定，把朗月轩约到了咖啡馆。朗月轩看着对面精心装扮过的女子，眼底溢满惊艳，但随即泛起一抹苦涩，急忙用笑意掩饰道："这还是你第一次主动约我。"

顾海棠眉梢微扬，兴致不错地让服务员拿了红酒，笑道："怎么，约你你还不乐意？"朗月轩连连摆手，恢复风流脾性，语气颇为暧昧："我自是希望你能天天约我。"

顾海棠也不恼，反是执起红酒杯，一饮而尽，面色微红道：“以后，会有机会的。”朗月轩一怔，似是想到了什么，有些急切地追问：“为什么这么说？”

“因为，我考虑好了……我愿意嫁给你。”面前的女子低眉轻语，羞若春晓，一双似水明眸似能将人看酥了。可朗月轩却心头大震，一时思绪万千，竟愣在了原处。顾海棠未等到朗月轩的回应，心里头有些不是滋味，勉强笑道：“怎么了，你不高兴啊？”

朗月轩下意识地回答：“高兴啊……”顾海棠依旧笑着，只是握着酒杯的手骨节微凸，泄露了她的紧张，“可是你的表情出卖了你。”

“我只是有点儿措手不及，昨天你还希望我给你时间思考，今天你就答应了，我一下没反应过来。”朗月轩回过神儿，连忙解释，说完又加了一句，不确定地问道，“你真的想清楚了吗？”

顾海棠来时的期待与羞涩，被朗月轩模糊不清的态度彻底消磨，但还是点头道：“嗯，怎么，现在你犹豫了？”

“不是……”朗月轩眼底复杂的光芒一闪而逝，随即迅速正色道，“海棠，我有句话想跟你说。”顾海棠想到阁楼上藏着的东西，面露微笑，“你别说，我都知道。”

朗月轩一顿，语气有些怅然：“不，你不知道。”

许是红酒后劲儿过足，已有醺意的顾海棠并没有注意到朗月轩的异样，她缓缓把酒倒满，朝他举杯，笑道：“那你就永远也别让我知道，来，我们庆祝一下。”朗月轩满眼爱意地看着顾海棠，似是要将她的一颦一笑都刻进心底，他轻轻地说了一句：“好。”

时间一晃而过，很快到了顾海棠出嫁这天。她看着镜中盛妆装扮的自己，竟有些认不出这张明艳昳丽的脸，忐忑又恍惚。

这时候，窗户上忽然响起轻微又急促的敲叩声。她连忙打开窗户，就见龙莫婳快速翻进屋内，抱住顾海棠：“对不起海棠，那天我不该动手打人，但是我听说月轩要和我最好的朋友结婚，我真的无法控制自己。你知道吗？我从来没有像喜欢月轩这样喜欢过任何人，我也没有像跟你一样相见如故的朋友。”

顾海棠先是一愣，随即欣慰地拍了拍龙莫婳的背，柔声道：“我知道，你一直把我当成最好的朋友，那天的事儿我不怪你。”

“真的吗？”龙莫婳眼神一亮，但很快又黯淡下来，愧疚道，“海棠，我都听说了，朗家是突然来下聘礼的，事先你也不知道，是我误会你了，你脸上还疼吗？”

“早就不疼了。”顾海棠拉着龙莫婳在一旁坐下，道，“莫婳，你今天能来，我很高兴。”龙莫婳的视线触及床上放着的那套天瑜手工缝制的精美嫁衣，眸光躲闪，支支吾吾道：“海棠，其实……其实我今天来，是想求你一件事……”

顾海棠见龙莫婳欲言又止，担忧道：“怎么了，发生什么事儿了？”龙莫婳挣扎片刻，忽地一把抓住顾海棠的手，激动地道：“海棠，你听说过上错花轿弄拙成巧的故事吗？如果你不愿意嫁，我可以替你去成亲，岂不是两全其美？”

此言一出，海棠瞠目结舌，腾地站起身，反驳道：“那怎么行！婚姻大事，岂能儿戏。”龙莫婳泪眼婆娑，起身就要给顾海棠下跪：“海棠，我求求你了，我是真的爱月轩，我不能没有他……”

顾海棠急忙扶住她，皱眉道：“你这是干什么？”龙莫婳却硬要往下跪，执拗道：“你不同意，我就不起来。”

顾海棠的力气哪有龙莫婳大，就在她无措之时，龙德水突然带人赶来，将擅作主张的龙莫婳架走。龙莫婳惊慌失措，向海棠大呼求救：“救我，海棠，这是我最后的机会了，你不能不管我……”顾海棠想上前，却被大步离去的龙德水呵斥推开。

此时，热闹的迎亲唢呐声已几近耳边，天瑜忙替出神儿的顾海棠穿上嫁衣，赶在吉时将人送上花轿，与同样盖着盖头的奇怪新郎拜堂成亲。伴随傧相“送入洞房”的礼声，恍惚的顾海棠被送进了喜庆的新房。红烛光影跳动，烛芯发出噼啪响声。

顾海棠坐在艳红的婚床上，感受到那道注视着自己的视线，百感交集中倍感甜蜜，静静地等待着新郎为其掀去盖头。

可不知过去多久，新郎也没有掀盖头的意思。顾海棠越等越忐忑，她搓了搓已经发麻的脚，忍不住轻轻抬起手，盖头揭开一点儿缝，悄悄张望。

屋内被布置得红彤彤一片，在烛光的映照下，竟红得有些妖冶诡异。顾海棠太阳穴狂跳，有种惊悚不安的感觉袭上心头。她连忙再揭开一点儿盖头，猝不及防看见了立在暗影处的一个高大黑影，面目模糊不清，只有胸前大红花突兀刺眼。

顾海棠本能地察觉出这人不是朗月轩！

她忽然想起在采佛甲草偷跑时遇到的那个黑影，也如眼前这人一般。突如其来的变故，让她顿觉呼吸困难，四肢百骸如灌冰霜，仓皇地想着、判断着，最终咬牙揭开盖头，勇敢地抬起头。

暗影中，新郎的面容在即将燃尽的烛火中渐渐清晰。那是一张完全陌生的脸，半边脸爬满纵横交错的难看疤痕。

顾海棠下意识地惊呼一声，眼前阵阵发黑，好不容易才定住心神儿，朝那躲在暗处的身影大声呵斥："我知道你，你是住在小阁楼里的那个人！不管你是人是鬼，有本事别躲着，你给我出来！"

那道身影终于战战兢兢走了出来，戴着大红花，与面上的丑陋疤痕形成巨大反差，惊悚而诡谲。

顾海棠深吸几口气，鼓足勇气道："你到底是谁？"

男人飞快抬眸看了她一眼，复又低下，瑟缩地嗫嚅道："我……我是朗家的大少爷，朗月明。"

"朗家大少爷？"顾海棠忽然绝望地笑出了声，艰难地从唇齿间挤出这句话来，"所以跟我拜堂成亲的人，其实是你？"

朗月明无声默认。顾海棠如遭雷击，愤怒地指着他说不出话来，全身控制不住地颤抖。往日与朗月轩的种种回忆清晰地在她脑海中闪动，所谓的情根深种、非她不娶，此刻竟成了天大笑话。直至此刻，她才终于明白，为何朗月轩总是遮遮掩掩、话中有话。原是他一直在骗她，为的就是骗她嫁给眼前这位朗家大少爷！

顾海棠顿觉耳畔嗡嗡作响，伴随着胸口生出的尖锐疼痛，刺得她崩溃地跳起来，发疯一般地冲向大门，用力摇着被锁死的大门，大声叫喊："我要出去！我要出去！"

歇斯底里的嘶喊声划破朗家宅院的寂静。

朗月轩握着酒壶的手猛地一抖。酒壶摔在地上，四分五裂。他表情痛苦地盯着地上的碎片，想起朗太太以断绝母子关系为由逼他骗婚，想起朗月明对顾海棠的痴心相付，想起朗月明因顾海棠重新走出阁楼的改变，想起小时候朗月明给过他的希望……一切的纷杂画面，定格在顾海棠说愿意嫁给他时的笑颜上。

"真难受啊……"他低喃一声，躺在冰冷的地面，任由那悲凄的喊声在夜色中回荡。

也不知过了多久，顾海棠终是明白她的一切挣扎都是徒劳的，便停下叫喊，忽闻阵阵压抑的啜泣声，循声望去，就见朗月明窝在角落，跪在地上，将自己蜷成一团，面上布满泪水。

她震惊不已，找回了一丝冷静，走过去语气不善道："我都还没哭呢！你哭什么？"

朗月明的哭声持续不断，含糊地说着对不起。顾海棠冷笑道："现在才说对不起有什么用？你们这是非法囚禁，是骗婚，你们这样做是何居心？"

然朗月明只是伏地哭泣，不停道歉。顾海棠被他的态度惹怒，一边呵斥一边抓住手边的东西向朗月明砸过去："你倒是说话啊，你又不是哑巴，你们骗我嫁进来，到底想把我怎么样？"

情绪失控之下，顾海棠不小心砸伤了朗月明的额角。她看着流了血却依然瑟缩在角落里一动不动的朗月明，清醒了几分，忍不住道："喂，你流血了。"

见朗月明毫无反应，顾海棠心中不忍，慢慢走过去靠近他，拿出手帕想给他擦血。朗月明却闪躲开，更深地缩进阴暗的角落，小声道："我太丑了，你别过来，会吓到你。"顾海棠愣住了，有些意外，但仍怒火难消，把手帕扔到他面前，冷声道："你死了我可管不着。"

说着退回原处，防备地盯着他的一举一动，好似他要有任何逾矩的动作，她就会与他拼个你死我亡。

夜越来越深，顾海棠与他僵持着，渐渐地忍不住蜷缩在床角睡着了。缩在暗处的朗月明捡起地上的手帕，慢慢地从阴暗的角落里挪动出来，极轻极慢地靠近顾海棠，看着她不安的睡颜，想伸手帮她整理碎发，但最终还是缩了回来。

第十二章　◎蜡炬成灰◎

顾海棠病了，因昨夜的过度惊惧发起了高烧，像是缺了水的鱼儿，呼吸气短，浑身无力。朗月明心急如焚，连忙喊下人去请医生。

一大早就与龙德水前来朗府，欲找顾海棠兴师问罪的龙莫婳正巧看到外貌恐怖骇人的朗月明从新房出来，不由得大惊失色。眼看房门再次被锁上，龙莫婳心中生疑慌忙去客厅寻龙德水，却意外听见朗斯年“狸猫换太子”的骗婚行径。

龙莫婳一时心乱如麻，既气顾海棠不讲义气与自己抢朗月轩，又担心她出事。

想到那张令人发瘆的男人的脸，龙莫婳暗道一句“顾海棠，我可不是为了帮你”，最终心一横，还是笑吟吟地踏进客厅，借着父亲的口，向朗斯年提出探望顾海棠的请求。

朗斯年碍于两家关系自是无法拒绝。龙莫婳几乎是飞一般地闯进新房，一眼瞧见躺在床上病恹恹的顾海棠，下意识地放轻脚步，走到床边，哼了一声，怪声怪气道：“哟，新娘子看起来可不大好啊。”

顾海棠缓缓睁开眼睛，看清来人，布满红血丝的眼里闪过惊喜，虚弱道：“莫婳……”龙莫婳瞟了她一眼，心存怨气，道：“别叫我名字！你还把我当朋友吗？”

顾海棠闻言却落下泪来，恍如隔世。龙莫婳本想继续数落顾海棠一番，但看她如此凄惨，努努嘴，别扭道：“我已经知道真相了，你别哭了。”

顾海棠倔强地扭过头，不让龙莫婳看见自己不争气地流下的泪水，怄气道：“你是来看我笑话的吧？”龙莫婳顿觉好心喂了驴肝肺，双手叉腰，气道：“是，我就是来看你笑话的，你这叫自作孽，不可活！我一直不敢相信我最好的朋友竟然嫁给了我最爱的男人，我因为这个哭了整整一天！”

顾海棠愧疚地垂下眼，声音嘶哑：“我承认我很自私，伤了你的心，要打要骂悉听尊便，我没有半句怨言。”龙莫婳偏不领情，故意道：“打你骂你那是便宜了你，你现在肯定憋着一肚子气，我找你打架，正好帮你发泄出来，我偏不，我憋死你！”

顾海棠不说话，龙莫婳继续发泄着："还有，你喜欢月轩，为什么要瞒着我，还帮我追他？我一直以为你不愿意嫁给他，可是你却上了花轿！顾海棠，难道我们姐妹之间连这点儿坦诚都没有吗？你真的把我当作是你最好的朋友吗？"

顾海棠动了动唇，解释道："我正是因为拿你当朋友，才不知道该怎么面对这件事。我很矛盾，也想过放弃，但当我看到我娘为我做的嫁衣，当我想到跟月轩相处的点点滴滴，当花轿过来的那一刻，我突然控制不住我自己，我想为爱冲动一回，我想正视这份感情。"

说到这里，顾海棠顿了顿，继而冷笑："虽然事实证明，这一切都只是我自作多情而已。"见顾海棠自暴自弃，毫无往日神采，龙莫婳的心软了几分，但话到嘴边却走了样："现在知道后悔了？晚了！"

顾海棠嘴角泛起苦笑："是啊，晚了……这一切，都是我自作自受。""好了好了，这事儿说到底是朗家骗了你，也骗了我，骗了我们所有人，而且……"龙莫婳看她难受得厉害，到底念着以往情谊开解道，她说着坐到床侧，不情不愿道，"当时如果不是你上了那顶花轿，现在哭的那个人就是我！"

顾海棠勉强微微动动嘴角，一副要死不活的模样。龙莫婳看了心里着急，皱眉道："顾海棠，你看看你现在像什么样子！不就嫁错人了吗？你能不能振作点儿？"

"振作？他们锁着门将我囚禁，一天到晚派人守着，我能怎么振作？"顾海棠眸色无光，了无生气。这变故来得太突然，朗月轩的欺骗更是在她心上狠狠剜下一道口子，让她猝不及防。

龙莫婳也知道想要逃开朗家的束缚不易，她四下看了看紧闭的门窗，安慰道："海棠，你先别难过，会有办法的。对了，月轩人呢？"顾海棠面色难看，道："你还要在我面前提他吗？"龙莫婳尴尬地挠了挠头，生硬地替朗月轩辩解："海棠，月轩他这么做，可能有他的苦衷……"

"那他就能因为所谓的苦衷毁了我的生活？"顾海棠猛地咳嗽起来，惨白的脸上浮起动怒的潮红。龙莫婳急忙抚了抚顾海棠的背："你先别生气，这中间也许有什么误会……"

顾海棠冷声打断："莫婳，有些事你根本不知道，你不用再替他说话了。"龙莫婳赶紧住嘴，转移话题道："那个丑八怪，就那个朗家大少爷，有没有对你怎么样啊？"

“没有。”顾海棠摇摇头，想起朗月明得知自己生病时不似装出来的担忧神色，情绪反而稳定下来，道：“他倒是一直离我远远的，不曾靠近我。”龙莫婳闻言眼睛一亮，悄悄瞥了一眼守在外头的那些人影，凑到顾海棠耳边压低声音道：“如果是这样，我想我有办法帮你！”

龙莫婳未说具体如何做，顾海棠却猜出了几分。她在朗太太过来时目送龙莫婳离开，一改先前的抗拒，顺从地遂了朗太太的要求，喊了她一声“娘”。朗太太满意地笑了，亲自端了碗鸡汤喂到顾海棠嘴边，苦口婆心地劝道：“这样才像是我们朗家的媳妇，快趁热把汤喝了，别辜负月明的一片心意。”

顾海棠喝汤的动作微顿，抬头看了一眼自进门就隐在屋子一角的朗月明。他裹着宽大的黑色斗篷，遮住了脸上可怖的疤痕。顾海棠默不作声，重新垂下首。

朗太太瞧着她低眉顺眼的模样，心底仍有一丝不放心，问道：“听说龙莫婳小姐来看过你？”顾海棠藏在被窝里的手紧了紧，面上挤出苍白的笑：“是，看到了好姐妹，我心情也舒畅了一些。”

朗太太颇有几分深意地点了点头，又旁敲侧击地问了几句与龙莫婳有关的话，都被顾海棠不痛不痒地转开话头。而他们口中的龙小姐，此时正央着龙德水配合她一唱一和，变着法儿给朗斯年敬酒。龙莫婳趁着朗斯年和全叔照顾装醉耍酒疯的龙德水时，神不知鬼不觉地摸走了全叔腰间的钥匙。

时间一点一点地过去，暮色吸纳了仲夏的热气，落日余晖从朗府高耸的飞檐上落下，迅速带来了黑夜。顾海棠与留在房里的朗月明沉默相对，尴尬至极。

忽然，朗月明动了。他一步步走向靠在床边的海棠，时明时暗的灯光中的脸，依然狰狞如鬼魅。顾海棠立即防备地往后缩，厉声道：“你别过来！”朗月明面上闪过一丝受伤的神色，但真就停在原处，小心翼翼地询问：“你好些了吗？需不需要我扶你躺下？”

“不用，我自己会躺。”顾海棠连连摇头，嘴上说着，身子却僵硬着不肯动。朗月明大概看出了她的担心，心底泛起苦涩，但仍安慰道：“你别怕，我不会伤害你的，更不会对你乱来，我会睡在那儿。”说着，他指向房间一角。

顾海棠震惊地瞪大了眼，半天才反应过来，就见朗月明已经在角落里坐了下来，如昨晚一般蜷缩不动。

她闷闷的，说不上什么心情，想到这人对她还算不错，就大着胆子抱了床被子送到月明面前，冷声道：“这个给你。”

朗月明受宠若惊，枯寂的黑眸闪过一丝亮光，颤抖着接过被子，却不小心与顾海棠对视一眼。

顾海棠依旧被朗月明脸上的恶疤吓得生颤，快速退回。朗月明眼中的光芒随即消散，轻声道：“海棠姑娘，自从第一次看到你，我就感觉整个世界都不一样了，所以我迫不及待地想接近你，了解你，想要……娶你，却没想到我的一厢情愿会给你带来这么大痛苦。海棠姑娘，对不起。”

朗月明低哑的声音在静默的夜色中兀自淡去，不多时便响起了平稳的呼吸声。

顾海棠却一直清醒地睁着眼，看着摇曳的蜡烛逐渐熄灭。

等到夜色泛凉，一道轻微的开锁声掺杂在更夫打更的长鸣中。顾海棠立马警觉地坐起，看向了墙角那隆在被窝里的黑影。见朗月明毫无反应，她轻手轻脚地走到门边，缓缓将门推开，与一脸欣喜的龙莫婳四目相对。

龙莫婳激动地握住顾海棠的手，目光灼灼地看着她，小声而有力地说了一句：“快跑！”顾海棠如得到了一股极大的力量，什么都不顾地奔出新房，跑了起来。

龙莫婳也随之闪身，消失在黑夜中。紧张的两人都没有发现，房间角落里，朗月明缓缓睁开了那双全无睡意的眼睛，在夜色中亮得吓人。

第十三章　◎去无多路◎

自父亲失踪无讯，母亲崩溃生病，原本幸福的家庭发生巨变后，顾海棠再一次感受到了深不见底的恐慌。

她不顾一切地跑着，跑过静谧熟悉的黑树林，跑过火红艳丽的海棠园，跑过黑幢幢的宅院，跑向紧闭的朗府大门，想去拉门闩，可大病后的虚弱身体却让她有些站不稳。

好在一个突然靠近的黑影将她扶住，却又在她站稳后迅速退离。顾海棠一回头，吓了一个激灵。

是朗月明。

顾海棠额间冷汗直冒，还没想好怎么应对，就听朗月明小声地对她道："跟我来。"

顾海棠一愣，下意识地就跟着朗月明来到一处侧门。那里的门早被打开，仿佛就在等着她。她满脸诧异，本就昏胀的大脑更加疑惑，弄不清朗月明是什么意思。

朗月明深深地低下头，像是怕吓到她，哑声道："你走吧。"顾海棠的脚步迟疑了几秒，看向裹着黑袍的朗月明，忍不住问出了声："为什么？"

朗月明痴痴地盯着顾海棠被月色投到地上的影子，像是希望它能再近一点儿，靠近他的身边。可那道影子终是踟蹰不前，与他割裂出一条泾渭分明的界线。他苦笑一声，回道："因为只要是你想做的事，我都会尽量为你做到。"

顾海棠意外地睁大双眸，但闻有更夫靠近，不及细想，连忙拔腿就跑。朗月明看着顾海棠毫无留恋的身影，目光绝望而哀戚。

狂奔的顾海棠似有所感，下意识地回头看了一眼。那似与夜色凝为一体的高大黑影，孤单而落寞，渐渐消失在她眼中。

她不再分神，拼命向呜啰巷跑去，可没想到会在家门口看见借酒浇愁的朗月轩。霎时，被刻意隐藏的恨意、愤怒一股脑涌起，顾海棠一把拍开朗月轩想要靠近的手，恶狠狠道：“你怎么还有脸出现在我面前！”

还以为自己眼花了的朗月轩登时如梦初醒，他稳了稳摇晃的身子，定定地看着面前这张在他脑海里浮现了两天的面容，愧疚地垂下手，“海棠，对不起！”

顾海棠气得胸口起伏不定，眼角泛红：“你的一句对不起，就可以改变这一切吗？”朗月轩内疚不已，眼里满是痛苦，想上前安慰她又怕将人吓走，语无伦次地道：“我也不知道事情为什么会变成这样，千错万错都是我的错……我知道你委屈，来，你全都发泄出来吧！”

朗月轩说着想要去抓顾海棠的手打自己。顾海棠挣脱不得，差点儿因身体虚弱站不稳倒地。

朗月轩连忙将她扶住，担忧地问：“早上的时候我听说你生病了，我本想去看你，但又不知该如何面对你，你现在还好吗？”顾海棠冷冷地看向朗月轩：“好？我还能好吗？你、你们朗家把我耍得团团转，觉得一切都很好玩吗？堂堂朗里春行事如此卑鄙无耻，你们就不怕我把这腌臜的恶事昭告天下？人在做，天在看，你们就不怕遭报应吗？”

顾海棠越说越崩溃，终是忍不住放声大哭，不停用拳头敲打月轩：“朗月轩，你知不知道我的人生就这么被你毁了！”朗月轩又心疼又哀切地看着顾海棠，只能无力地说着对不起。

“说再多的对不起有什么用？我恨！为什么，为什么要让我遇见你，为什么偏偏要选择我！”顾海棠说着用力抹去眼中泪水，抬起头直视朗月轩，“我问你，你曾经为我所做的一切，有没有过半点儿真心？”

朗月轩不知如何回答。他不知他曾经所做的一切，是为了大哥朗月明，还是为了自己。真真假假，他早已分不清了。他别开眼，不敢去看顾海棠追问的眼神，逃避道：“我也不知道。”

顾海棠眼底仅有的一丝期待彻底熄灭，嘲弄地笑着，笑得眼角溢出泪水：“我可真是蠢，事到如今，我到底还在不甘心什么。其实，从你给我下聘礼的那一刻，我的内心就感到不安，这一切明明漏洞百出，我却还是愿意相信你，害怕自己辜负你，即使背叛最好的朋友，也要与你在一起，可是你呢？你给我带来的是什么？”

明明是再平静不过的语气，却让朗月轩整颗心都揪在了一起。他情绪激动地走上前，再次抓住顾海棠的手往脸上打：“海棠，你打我吧，我知道无论怎么做，都弥补不了我对你的伤害。我只希望你别再折磨自己。”

顾海棠抽开被朗月轩抓住的手，冷冰冰地看着他：“你不配！只会脏了我的手！”说着推开朗月轩，准备离去，却被朗月轩抓住了胳膊。

她深吸一口气，耐心全无：“放开！”

看着那再无往日温柔的双眸，朗月轩悻悻然收回手，胡乱找了一个理由：“你今晚不回去睡吗？”顾海棠再一次被激怒，愤然瞪向他：“我为什么要回去？那个地方根本不是我的家，那里的人就是一群强盗。”

朗月轩心中有愧，自不敢再刺激顾海棠，颓然道：“好吧，那今晚你先好好休息。”顾海棠闻言“啪”的一声把门关上，将两人彻底隔开。她倚在门上，等门外不知站了多久的人彻底离开，才抹净泪痕，往屋内走去。

被争吵声惊醒的顾夏合瞧见新婚未到三天便回门的顾海棠，笃定她和姐夫闹了不愉快。顾海棠本想遮掩，但哪能逃得过顾夏合不依不饶的追问，只好将被骗婚的事一五一十说清。

顾夏合怒火中烧，骂着就要去朗家讨个说法。顾海棠急忙将人拦住，劝道：“夏合，你先冷静点儿，木已成舟，他们朗家人多势众，就算你去了也改变不了什么，万一伤到你怎么办？”

顾夏合气不过，咬牙切齿道：“我不怕！难道你要认命吗，姐？”

认命？当然不会，不然她也不会冒着风险逃跑出来。可接下来他们该怎么办？彻底离开昆杨吗？那父亲的下落又该如何去寻？

想到母亲就算呓语都念着要来昆杨，想到幼时父亲为他们遮风挡雨的高大背影，想到父亲失踪前那未来得及送给她的生日礼物，顾海棠痴痴地停下收拾东西的动作，喃喃道：“夏合，难道我们真的就这么离开吗？”

次日天未大亮便赶来看看情况的龙莫媪，一眼便瞧见坐在院子里失魂落魄的顾海棠。龙莫媪心中大急，连忙上前将人拉扯起来：“你怎么还在家？快走啊，再不走就来不及了！”

顾海棠感激地看向龙莫媪，眼底浮起一抹暖意，轻轻拿开她的手，道：“莫媪，我不打算走了。”龙莫媪闻言几欲跳脚，劈头盖脸一顿说教，但在得知顾海棠还要在昆杨找到生父后，在顾夏合让人不忍拒绝的哀求中，秉着送佛送到西的原则，直接将顾海棠接到了将军府，好避过风头。

顾海棠无比诚挚地向龙莫媪鞠了一个大躬，句句发自肺腑：“莫媪，谢谢你，我那么伤害你，你还这么帮我。”龙莫嫗有些受不住，急忙将人扶住，嗔怪道：“你这人真是的，我们可是好姐妹啊！再说我早就不怨你了，感情的事本来就不能拿来让！即便当初你让我上了花轿，我也知道，我还是得不到月轩的心。”

顾海棠如释重负，两个女孩相视一笑，过往的矛盾怨愤似在这一刻烟消云散。

可就在这个时候，丫鬟小玉忽然匆匆跑进厢房，急声禀道：“小姐，朗府的朗月轩少爷来了！”

第十四章 ◎重回金笼◎

龙德水正坐在沙发上，闭目养神，阳光透过云彩照射在门口，有些许昏暗，这天气就像龙德水的心情一样，不是那么阳光。听到仆人传报朗月轩要找自己女儿，不禁眉头一皱，睁开眼睛，摆手示意让他进来。

朗月轩面色凝重，来到客厅，端正地站在龙德水的面前，喊了一声叔叔。

“坐吧。”龙德水昂了一下头。

朗月轩看出其有话要说，便默然坐下。龙德水点燃一根烟，眼神高深莫测，道：“你和莫婳怎么回事？”

朗月轩狐疑，道：“我们……很好啊，怎么了？”

“她喜欢你，你可知晓？你到底是什么态度？你喜不喜欢她？别说废话！直接回答喜欢还是不喜欢！”龙德水声音有些低沉。朗月轩点了点头，断然道：“喜欢，但那不是爱。我只是把她当作妹妹，我绝不会让任何人欺负她。”

“一派胡言！我问你，什么是爱？”龙德水没好气地呵斥。朗月轩恭敬地回答道：“爱就是跟对方在一起……在一起的时候特别踏实，想保护她、爱护她……”

龙德水嗤之以鼻：“你不觉得你说的话很好笑吗？这爱和喜欢都是保护她爱护她，有什么区别吗？我活了四五十年，也没有一个异性朋友，你倒好，一上来朋友妹妹的，我看这就是你们这些不想负责任的小白脸编出来的说辞，喜欢人家了，说是好朋友，让人家放低姿态，你这种人就可以乘虚而入了！不喜欢也说是好朋友，冠冕堂皇地保持距离，这纯粹就是不要脸！”

朗月轩起身，道：“叔，您这话说得就狭隘了……”龙德水火气更大，也跟着站了起来，厉声道：“我瞎爱？我瞎爱谁了？你现在就出去打听打听，我龙德水行走江湖几十年，跟我交往过的姑娘，哪一个会说我们是好朋友？喜欢就是爱，既然喜欢，就能培养出来爱！”

朗月轩一时语塞，不知如何接话，也不想再说。

“爹，你在呢，月轩，你怎么来了？咱们出去说话。”恰是这时，龙莫婳赶来，拉着朗月轩的胳膊往外走，算是化解了尴尬。

“你们就在这儿说吧，嫌我碍眼，我进屋去就是！”龙德水挥了挥手，转身离开。

客厅只剩二人。龙莫婳想让朗月轩坐下，但见其一脸凝重，便颇觉不安，眼神躲避道：“这么板着脸做什么？”

“顾海棠人在哪里？你把她藏哪里了？”朗月轩带着一丝质问的语气。龙莫婳冷哼一声：“你家大嫂不见了，找我打听？你是不是搞错了？”朗月轩摇头道：“有人看见顾海棠的弟弟来过你家……”

“没有的事！”龙莫婳回得斩钉截铁。朗月轩盯着龙莫婳的眼睛，一字一顿“你的眼神告诉我，你在撒谎！”龙莫婳侧身一避，强作镇定：“他确实是来过，但只是送点东西，没提顾海棠的事。我可以向天发誓，我说的都是真的。”

朗月轩暗自叹气，话说到此，已猜到顾海棠就在这里，但不能硬闯，并且闯了顾海棠不愿意出来或回去，也是无用。他知道谁也不能强迫她，只得道一句“要是你见到海棠，替我转告她，我大哥病了，希望她能回去看他一眼”，便匆匆离去。

“哦。”龙莫婳看着朗月轩的背影，有些失落，敷衍地应了一句，心里难过地自语，“我还以为是关心我的话。你嘴里除了海棠，还能有啥？”

顾海棠确实在龙莫婳的闺房，听了朗月轩来的意思后坐在床头沉默不语，神色黯淡如枯萎的海棠花，再没了往日灿然、灵动的神采。龙莫婳倒是焦急，直言朗家已找上门来，接下来该怎么办才好。

顾海棠深思良久，终是决定回去。在她看来，这件事从哪里开始，就要从哪里结束。逃避，永远不是解决问题的最佳办法。她辞别龙莫婳，来到车库，看到角落停靠着一辆自行车，正是那一次四人约会，朗月轩送给龙莫婳的。

一眼便触景生情。往日种种如走马灯般在她的脑海浮现，想一幕，痛十分，记一点，恨更深。她满腔苦涩与憋闷，仰头吸气，心神如墨云倾轧的天空，再浓一点儿便滴下水来。越回忆，越压抑，越愤慨，她再难抑制情绪，骑上自行车在路上飞奔。陆续而来的风雨打在她单薄的衣襟上，整个人越发显得柔弱纤纤，凄凄戚戚。偶有寻觅避雨屋檐的路人经过，看到狼狈的她，无不放慢了脚步，神色惊讶。她用尽全身力气去让车链转动，本无目的地，却不知不觉来到了当初与月轩共度美好时光的秘密基地。

她脚下一顿，愣了片时，茫然跳下车，走向湖边，面无表情地对着湖水好一会儿，才放声大哭，如狂风暴雨中的一片孤舟，孤独、无助……

“海棠……”忽然，朗月轩的声音从身后传来。

一把伞撑在她头顶上。

朗月轩眼神中有些欣喜，也有些担忧，语气小心翼翼：“海棠，你真的会来这里。你心里还有我对不对？是我对不起你，我欺骗了你的感情，是我伤害了你，我并不奢求你能原谅我，但是你这样绝不是我想要的结果，如果可以的话，我希望处于绝望中的那个人是我而不是你。朗月明现在生命垂危，我害了你也害了他，你跟我回去看看他吧。之后的事无论你是什么决定，我都会毫无保留地支持你，我会用余下的生命，不遗余力地弥补对你造成的伤害，请你务必相信我。”

顾海棠转过身来，目光缓缓迎上他的双眼，一字一顿，语气出奇的平静：“所有女孩小时候都会幻想过自己有一场美妙的婚礼，你摧毁了我的梦想，你不喜欢我，也没有必要送给我一场噩梦一样的恶作剧。你欺骗了我，我如何相信你？除非你现在就从这里跳下去。”

朗月轩看出她素日里的温柔大方、率真热情已统统销匿，取而代之的尽是冷酷与漠然，心抽痛不已，毫不犹豫地点了点头，将伞送到顾海棠手中，纵身就要跳。

顾海棠吃了一惊，急忙伸手抓住他的胳膊。然而，朗月轩这一跳力道很大，将顾海棠带得一个踉跄，两人一起滚落在一旁。

“你疯了？不要命了？”顾海棠喊道。

“我是疯了，你这样我是真的不想活了……”朗月轩痛苦地大声说道。顾海棠惨然地摇了摇头，爬起来就走。朗月轩忙起身追赶，跟在她身后。

“你不要跟着我了，我可以回去，我要和朗月明离婚！”顾海棠决然地不带一丝情感。

果然，她在雨停之前，回到了龙府，换了衣服，和龙莫婳交代几句，独自一人来到朗府，来到曾经囚禁她的新房，望着周围的环境，感触良多，以恨为首。

可当她看到床上的朗月明时，却还是吓了一跳。只见其面如死灰，奄奄一息，病情比顾海棠想象的要严重得多。

朗青青含泪拉着顾海棠的手：“嫂子，你终于回来了。”

“我不是你嫂子！”顾海棠抽回手，惊呆了朗青青与在旁的众人。

这时，一个丫鬟开口道：“大少奶奶……”

“我叫顾海棠！不是你们的大少奶奶！”顾海棠朗声道。

朗月轩神色怔忪，掩住悲痛，走到床边，附身在朗月明的耳边小声说道：“哥，海棠回来了。”

一直处于昏迷状态的朗月明，在听到这句话后，竟然缓缓地睁开了眼睛，脸上浮起一丝生气，惹得一旁的朗青青和朗太太泪如涌泉。

“水……”朗月明干枯的嘴唇微微张开。在这一刻，顾海棠多少也有些动容，终究还是在众人的注视下，给朗月明喂了水。

顾海棠的举动让在场的所有人都稍有欣慰。

“我有话想跟海棠说……”朗月明在艰难地喝了几口水之后，提出了这个要求。朗太太连忙说道：“行！那咱们都出去吧，让月明多休息休息。”

朗月轩看着顾海棠，没有得到任何回应，哪怕一瞥，只好悻悻跟着众人离去。

“海棠，我并无意把你逼回来……水，我不喝了。海棠，自从见到你，我就觉得自己很窝囊，我不知道自己为什么活着，活下去的意义是什么，没有人告诉我，我自己也不知道。你走后，我想了很多，我也许注定一辈子要孤独了。我能跟你说句心里话吗？”朗月明目光带着点点光彩，又夹着丝丝祈求。

顾海棠放下水杯，不愿看他：“你说吧。”

“我知道你不爱我，我没有权利让你爱我，甚至我不配爱上你，但是我不会放弃的，我其实是不想死的，只是不知道自己为什么活，你能明白吗？”朗月明诚恳的目光，让顾海棠有些不敢直视。

顾海棠冷笑道：“我不明白，死是解决问题的方法吗？那只是逃避！如果你真的死了，那你的人生才一点儿意义都没有，难道你甘心就这么死了？”

“当然不甘心。”朗月明急忙说道。顾海棠拿起桌上的一碗稀粥：“不甘心那就吃饭，我看你再饿个三四天也没问题，还有力气说这么多的废话。”朗月明咧嘴笑了笑，哆哆嗦嗦地坐起来，端着饭碗，一口一口地吃了起来，一边吃一边看顾海棠，好似她能下饭。

顾海棠无奈又可怜他，佯装鄙视地说：“我娘说，不能吃饭的男人靠不住。”

“你娘说得对……”朗月明点头，一不小心呛了一口，咳嗽起来。

顾海棠瞅着他傻乎乎的样子，终是笑了一下。

这一下，于朗月明而言，如枯木逢春、破土重生。随后几日，他的精神状态和身体明显好了许多，当真是有了顾海棠，便有了生的希望。但顾海棠待在朗家却是如芒在背，恨不能退，见到朗月轩的时候，更有意躲避。

一直为儿子病情愁容满面的朗太太，自顾海棠回来后，心情畅快不少，让一直如履薄冰的妙兰着实松了一口气。可好景不长。隔日，妙兰正在朗太太屋内为其梳头，一早就去店铺和工坊的朗斯年走了进来，神采奕奕。

“老爷，怎么又回来了？”朗太太有些奇怪。朗斯年坐在沙发上说道：“店铺和工坊的事都安排好了，这不是不放心月明嘛。”朗太太温婉一笑，“海棠回来后，月明的精神好多了。”朗斯年点了点头，“是呀，这次真的要谢谢海棠，她能回来真的是让人意外，没想到她能够不计前嫌，如此深明大义。”

朗太太叹了一口气：“人是回来了，可是这心没在。我们有错在先，以后好好待人家，海棠迟早会被我们感动的。”朗斯年喝了一杯茶，笑道：“但愿如此。顾海棠这丫头，倒是有几分胆识与魄力，朗家这么大个家业，必须有一个精明能干的女人操持，只要她能收起刚烈的脾性，还是可以调教的。”

站在一旁的妙兰听到这话，不由得微微抬了抬眉眼，未有言语，却似有想法。

“一切听从老爷的安排。”朗太太看着镜中的自己，笑意不减地附和。

这时，朗斯年的视线忽然落在朗太太头上的发钗上，他眉头一皱：“你怎么又往头上别这个？不是说过不要再别这种东西吗？”朗太太慌忙将妙兰给自己别的发钗取下，“老爷，我不是有意的，只是一时疏忽，以后会注意的。”

朗斯年面色不悦，“我去看看月明。”说完转身便走，更无视朗太太的屈身相送。

直到目送朗斯年走远，朗太太才转过身来冷冷地叫了一声：“妙兰！”本就知道不妙的妙兰扑通跪下，戚戚然道：“儿媳错了……”朗太太烦躁地将发钗扔在桌子上，厌恶道：“你除了求饶，还能做什么？明天让海棠来给我梳头！赶紧把这东西收起来！”妙兰赶忙收起发钗，踟蹰着问：“娘，恕妙兰多嘴，为什么老爷不喜欢你别发钗？”

朗太太不耐烦地挥了挥手，神态疲乏地盯着镜子：“既知是多嘴，还要多问？”妙兰知趣地行礼退下。朗太太瞥了一眼关上的门，捏着发钗一角，眼波流转，自言自语：“发钗……自从那次以后，他就开始讨厌我戴发钗，难道那天的事，他知道了点儿什么……”

妙兰一路回到房间，关上门，来到朗月圆的牌位前，一把抓在手里，手指用力，似要将它捏碎，眼含怨愤地自语：“朗月圆，堂堂朗家二少爷，可是你除了给我妙兰留下这个牌位，还留下了什么？二少奶奶这个名头？可是这个家里，有谁把我当成是二少奶奶？我只不过是个没人爱、没人疼的寡妇罢了！”顿了顿，又冷笑道，“妙兰啊妙兰，你在朗家坚守妇道，规规矩矩，努力地讨好所有人，到头来你还不如嫁给丑八怪的顾海棠，她还能有个依靠，你靠谁呢？”

妙兰厌恶地将牌位随手一扔，若有所思地点头道：“顾海棠，我可真的是小瞧了你！”不过，话音刚落，她又很快恢复了本来的怯懦与温婉的神态，揉了揉脸，转身去往厨房，不一会儿，端着一碗汤水来到朗月明的房前，轻轻敲门。

“妙兰姐姐，你怎么来了？”顾海棠开门，见是妙兰，展露一个微笑。妙兰亲切道：“海棠妹妹……哎呀，我现在应该叫你嫂子才对。”

“姐姐取笑了，来，快坐。”顾海棠拉着妙兰坐下。

“这些天你天天照顾大哥，想必是吃不好睡不安的，今天我特意亲手炖的红枣银耳莲子羹，你尝尝可合你的口味。”妙兰热情地将汤碗送到顾海棠身前。顾海棠感动道：“谢谢你还惦记着我。”

“你跟我还说这些客套话做什么？说起来我们还有点儿同病相怜呢，日后还需要互相多多照应。”妙兰笑颜如花。

顾海棠勉强一笑，“姐姐待我这么好，海棠心里感激，只是我这次回来，是为了离开。”

“怎么？”妙兰不解地看着她。

顾海棠轻轻转动着碗里的汤匙，坚定道：“我之前走得不明不白，我现在要堂堂正正地走出去，要个明明白白的说法。”妙兰脸上绽出羡慕的光彩，但眼神却陡然晦暗：“海棠，你真有勇气。”

“其实你也可以……”顾海棠的话还没有说完，被妙兰打断：“我跟你不一样，我自幼生活在朗家，娘家也没有人，我又不像你，有手艺养活自己，离开朗家，我怕是活不了几天……”

看着妙兰懦弱的样子，顾海棠欲言又止。妙兰一拍脑袋，笑道：“差点儿给忘了，娘让你明天给她梳头，你准备准备吧。”见顾海棠答应得很爽快，妙兰眨了眨眼睛，道：“我还以为你会拒绝呢。”

“这没什么。”顾海棠神色平淡。

“我真的想跟你一样这么坦荡。”妙兰低语。

“遇到困难总是要面对的，看远一点儿，一切都会过去的。”顾海棠微笑着安慰。

于是，第二天一早，顾海棠就去了朗太太的房间，如往常一样梳头，但还是不愿意叫一声“娘”。朗太太为了改善关系，便自顾自地和顾海棠说起往事，除了说到二少爷自幼染病去世外，还说到了收养的一个小孩，以及朗月明发生的意外等，可谓滔滔不绝，情真意切。顾海棠听得出来，所有字句都是为了让她留下。可这偏偏不可能。她直白地表露出坚决离婚的想法，最终不欢而散。

更火上浇油的是，顾海棠游荡在朗家花园，好不容易能暂且缓和对太太的愤怒，看到一棵美丽异常的花朵，好奇地凑上前观看，却在触摸时被朗月轩一把拉住。

朗月轩解释道：“这花叫钩吻，有毒。”顾海棠恼怒地将他的手甩开，冷笑一声，道：“外表美丽的物品，果然内里会藏着毒，就像有些人，长得光鲜，却会害人。”

朗月轩心底钝痛，如巨石重压：“我知道你对我有气，但是我希望你别把我当仇人那么对待，好吗？嫂子，你可以恨我、怨我，但是不要恨大哥，他对你用情至深，如果……如果你愿意试着去接受大哥，他会……”

朗月轩的这一声“嫂子”叫得顾海棠顿感天崩地裂，哪怕对着满园的美景，也只觉满目荒凉。

她如鲠在喉，强忍心中悲愤，再不愿看他一眼，夺路而去。

第十五章　◎旧怨新情◎

被顾海棠甩开的朗月轩，半躺在施迪文房间的榻榻米上，手中拿着一瓶酒，醉意朦胧。

施迪文坐在沙发上，盯着颓废的朗月轩，无奈道："总是拿我这里当成垃圾桶了，这可是最后一瓶酒，你再喝打死也没有了。"

"我对不起月明……更对不起海棠……"朗月轩说起话来已经有些含糊，"我该怎么办？我多希望大哥好好待她，弥补我对海棠造成的伤害……"

施迪文翻了一个白眼，一把夺过朗月轩手中的酒瓶："你欠海棠的，凭什么让别人弥补？海棠说得没错，她的幸福凭什么由你来安排？我就问你了，你到底喜不喜欢海棠？"朗月轩想要抢回酒瓶，施迪文把手伸在脑后，"你敢说吗？不敢就说明你心里有鬼，哎呀，你的问题很严重啊，海棠可是你的嫂子啊！"

"迪文……"施济周早就知道朗月轩在儿子房间喝酒，有些放心不下，特意来看看。由于施朗两家的关系，朗月轩对施济周没有那么亲近，赶忙从床上坐起，礼貌地打招呼。

"月轩呀，有一段时间没见你了，你有空儿还得多教教迪文，虽然咱们两家是竞争关系，但是你和迪文打小就是朋友，他可是嫩得很，拍马也赶不上你呀。"施济周眯着眼睛，似笑非笑。

施迪文显然对自己这个爹的看不起习以为常，撇撇嘴，看向一旁。

朗月轩对施济周恭恭敬敬："迪文能力很强的，伯父、迪文，天晚了，就不叨扰了，我得回去。"施济周点了点头，一眼看到案桌上的白斩鸡，"哎"了一声，郑重道："月轩，这种白水煮的鸡你不能吃，会过敏长湿疹的。"

朗月轩显然没有料到施济周会知道这件事，吃了一惊。施济周也看出朗月轩心中的疑虑，笑得意味深长："以后有机会再说。"朗月轩总感觉施济周的眼神有些怪，比以往似乎多了亲密，但也不好多问，匆匆告辞。

离开施府，朗月轩酒醒了几分，回到家中，发现阁楼书房的灯还亮着，走近看时，发现朗月明正在桌前画着什么，忽然想到了什么，匆匆回到房间，拿起一个锦盒跑到朗月明书房。

朗月明正认真地画着一幅画，对弟弟的到来如同未觉。画中人两腮晕红，清秀艳丽，周身透着一股青春活泼的气息，正是顾海棠。朗月轩没有吱声打扰，看着哥哥十分专注地画完最后一笔。

“我总是画不好她的眼睛，月轩，你觉得应该怎么画？”朗月明轻拭笔尖，将墨水撸尽，这才将笔小心翼翼地放在笔架上，一双眼睛依旧盯着顾海棠的肖像。

“我画得没你好。”朗月轩觉得喉咙有些干涩。朗月明闻到一股酒味，这才抬头：“喝酒了？”朗月轩忙道：“一点点，哥，你身子还没完全恢复，别累着。”

“能和她日日相对，又怎么会累呢？”朗月明脸上浮现出幸福的笑容。朗月轩只感觉五味杂陈。

“哥，再过几天就是你的生日了，做弟弟的提前祝哥哥生日快乐！”朗月轩打开锦盒，放在桌子上，那是精致的文房四宝。

朗月明欣喜地轻触着礼物，动容道：“还是你了解我，月轩，谢谢你。”

“别这么说，你我可是生死与共、患难不移的兄弟，再说要不是因为我……”朗月轩惭愧地低下头。朗月明按着弟弟的肩膀，郑重道：“月轩，咱们可是说好不提这些的，你不欠我的，懂吗？”朗月轩勉强一笑：“哥哥说的是，我对你，除了爱，没别的。”

朗月明缓缓点头，脸上浮动一抹憧憬之色，轻叹道：“这就好，但愿海棠也会像你一样，对我除了爱，没别的。”朗月轩感受到哥哥强烈希望得到顾海棠的爱，心如乱石砸下，瞬间千疮百孔，再难久留，寒暄告辞。

朗月明观赏着文房四宝与顾海棠的画像，直到深夜才回过神儿来，站在窗口，抬头见皓月当空，心中亦澄明几分，回头抱着被褥，忐忑地来到新房，而后，搬挪了一个小床，将被褥放到小床上，又轻手轻脚地将一条粉红色的帘子垂下，小床和房间分成两个区域。

“总睡书房，府里的人难免闲言碎语，传到娘耳朵里，恐她又来烦你，所以想出这么一个法子。你放心，我一定守君子之约，你若不愿意，我再搬去书房住就是了。”

顾海棠自朗月明进屋后便全身紧张，但看着他言行礼貌，并无过分，便又稍稍安心。如今，听着他的话，她欲言又止，心里分外苦楚。

月光如水洒在窗棂，蛙叫蝉鸣。二人分别躺在帘子内外，辗转难眠，心境迥异。朗月明感觉顾海棠就在身边，虽不是同床共眠，但心爱的女人近在咫尺，幸福感不减分毫。顾海棠却只觉得一分一秒都是煎熬。

终于，顾海棠开口打破了尴尬，问起朗月明脸上的伤疤因何而来。

原来幼年时，朗月轩对胭脂水粉产生了兴趣，在他的哀求下，朗月明带着他偷偷进入了朗里春工坊实验室。好奇的朗月轩点燃了酒精炉，火苗蹿高，什么不懂的朗月轩忙不迭地把一袋白色粉末倒下想要救火，岂料火势变猛，无法收拾，由此引发了爆炸。为救弟弟的朗月明，飞身一把将朗月轩推了出去，自己却被烧伤了脸。朗家上下想尽一切办法为朗月明治疗，却收效甚微。因为不想影响家族生意，让朗里春这块活招牌倒下，最终朗家隐瞒了朗月明受伤的事实，宣称身体抱恙。从此，朗月明开始淡出人们的视线，戴上冰冷的面具，渐渐过起了隐形人的日子。时间久了，被人们遗忘，有时候连他自己也搞不清楚，自己到底是人还是鬼……

朗月明洋洋洒洒说完，叹息道："这次事件之后，月轩一直活在内疚自责之中，恨不得受伤的人是他自己……"顾海棠冷笑道："所以他为你付出一切，哪怕伤害到所有人，包括我？"

"海棠，对不起，我替月轩……"朗月明猛然起身，想要走到她身边，却又不敢。

"好了，我要睡了！"顾海棠别过脑袋，再不多言。

朗月明立马闭嘴，生怕吵到可人，便侧身静静地看着顾海棠的背影，直至黎明天际泛起微光，才昏昏入睡。

顾海棠在朗月明醒来前便已起床，走出门口，想要散心，却听到花园有动静。此刻天刚泛白，朝霞微露，四下尚未可见，她当即走了过去，直到走到跟前，才发现朗月轩正在将翻起来的青砖一块块认认真真地铺起来。

朗月轩也发现了顾海棠，露出明朗的笑容："这么早？"顾海棠没有回应，从他身边走过，拿起浇花的水壶，看着他的动作，狐疑道："你翻地板做什么？"

"这条路不平整，担心你走过的时候会摔跤。"朗月轩拿起一块地砖，放下再小心翼翼地按平整。顾海棠眼神一亮，但又立刻晦暗，侧身反问道："谁担心？"

朗月轩沉默片刻，道："我哥担心……"

“你哥，又是你哥！”顾海棠心头腾起失落，怒斥完，便满含怨气地浇花，结果一不小心被一株玫瑰划破了手腕。朗月轩听到顾海棠的娇呼声，急忙站起来跑到她的身边，强势地拉过她的胳膊，只见白若凝脂的肌肤上，划出一道血痕。

虽是小伤，他却极为心疼。

“你这人总是冒冒失失的。”朗月轩回身在花园里寻找到一株草药，摘了下来，“这是紫株，有止血消炎的功效，你回去把它敷在伤口上面。”顾海棠一直默默地看着他为自己做这一切，折服于他的霸道作风，却也更多了几分对羁绊的无奈与愤恨。

“你认识紫株，还告诉我钩吻有毒，为什么此前你辨不出韭叶兰，还说喜欢，让我采一株养好送你？你真是演技高超。我也是傻，你说我便信，竟没有开口明明白白地追问一句，那赠我情诗的与要韭叶兰的人究竟是不是你。现在想来，韭叶兰的花语是坚强勇敢地面对挫折和困难，还真适合你大哥朗月明。你能有什么困难和挫折？你有的是花不完的钱，玩不够的心，以及左右他人生活与情感的卑劣。”顾海棠一把拿过紫株，紧紧地捏在手里，歪着脑袋，眼中似有冰雪纷扬，语气带着十足的讽刺与自嘲。

当初，他约她月下漫步、园中赏花，闲来折下一朵白色小花，认作是韭菜花，被她笑着调侃才知是韭叶兰，随即就央求着她送他一盆，放在自己的阁楼培育，以做约会纪念。

顾海棠那时并未多想，欣然答应，毕竟中意之人这般，可谓情深意切，她自己也是满心欢喜。可现在看来，当真是蓄谋已久，一字一句都是欺骗与试探，点滴情意都是为他大哥朗月明做的嫁衣。

朗月轩微微一愣，往事浮现脑海，他抑住心中懊恼与苦涩，目光闪躲，道：“你别误会。紫株和钩吻是很普通的植物，大家都懂。”

顾海棠讪笑：“你别再说谎了，你们小时候的事我都知道了，为了你哥哥，你真的可以不惜伤害任何人。你以为这样就可以拯救你哥哥了吗？你以为我就不会恨你了吗？你真的很幼稚，你为了你哥的幸福而毁了我的幸福，到头来我也给不了你哥幸福，你这是害了他！”

她抛下掷地有声的话，激得朗月轩呆立当场，随后回到房中，从抽屉里拿出已写好的休书，敲开朗太太的门，直接送上休书。

“太太，请恕海棠唐突，月明的身体已经恢复，所以今天我是来给太太送休书的，希望您能还海棠一个自由！”顾海棠语气决绝。

第十六章 ◎为爱成痴◎

朗太太听顾海棠又提休书一事，面色一板凛："海棠，我朗家对你不好吗？"顾海棠不卑不亢道："太太，朗家待我极好，但是您答应我等月明的身体好些，再提此事，我希望您能履行承诺。"

朗太太愕然一笑："荒唐，我何时给过你这种承诺！月明如此爱你，你何至如此狠心？"

"可我不爱他！这种滋味您还不明白吗？就像你跟老爷……"顾海棠的话说到一半，方觉不妥。朗太太忽然大怒："你竟然在我面前如此无礼！"顾海棠无奈道："对不起，恕海棠直言。"

朗太太努力压制怒气，转身走进佛堂："你出去吧，这件事没有商量的余地，过两天是月明的生日，你看看怎么给他庆祝吧。从今往后，此事不准再提！"

莺哥很有眼力见儿，见顾海棠还要辩驳，忙上前一步，恭敬道："大少奶奶，请。"顾海棠知道话僵，虽不甘心，也只能先行离开。她走在狭窄的走廊中，指尖滑过冰冷的墙壁，双目望着前方，只觉得这路似乎永无尽头。

"海棠，你可回来了，这是海棠糕，你快来尝尝。"顾海棠被朗月明的声音打断了思绪，发现自己已经不知不觉走到了新房，而朗月明正捧着一盘点心站在门口，显然是等她。

"我不喜欢吃，你能让我一个人静静吗？为什么所有人都要来勉强我！"她心中的怒海仍在汹涌，见了苦痛源头朗月明，更是澎湃高涨，语气不善，带着十足的厌烦，转身离开。

"我不是勉强你，这是海棠糕，所有和你相关的一切，我都喜欢……"朗月明望着顾海棠的背影，失神落寞。

顾海棠真是一步都不想踏进那新房，只觉得一物一景都分外可怖，无不昭示着人心险恶与世态炎凉，她游游荡荡，来到花园，望着池水，顾影自怜，低眉间，看到聚众抢食的鱼儿，愣了片刻，不禁一笑，再次悲从中来。她忽然觉得自己连那池中的鱼儿也不如，至少它们很享受这种无忧的生活，虽然只在方寸之间。

可她讨厌这种金屋锁娇、违背本意的欺骗与囚禁。她本就不是那逆来顺受，一味委屈自己、成全他人荒谬目的的人。再多的金银珠宝、锦衣玉食，也抵不过她的自由与独立。可悲的是抗争艰难，前路漫漫，这一点希望何时圆？

“海棠。”一个熟悉的声音响在她身后，闻之心颤。她没有转身，没有回应，不用看也知道是朗月轩。

朗月轩几分钟前就找到了顾海棠，在远处踱步片刻，才终于鼓足勇气，走过来：“我有话……想……想跟你说。换婚一事，我想……正式向你道歉，希望你能够原谅……”

“你想这样轻飘飘几句话就减轻自己内心的负罪？不可能，我恨你。”这种事，又如何是三言两语就能够轻言原谅？顾海棠斩钉截铁地打断，想走，却被朗月轩拦住了去路。

“你到底想干什么？”顾海棠有些不耐烦。朗月轩眼神中透着霸道，也有懊悔：“我只是不希望你继续恨我。”顾海棠忽然说道：“好，一定要道歉是吧，那我成全你，看到这株刚栽种下去的花了吗？它需要三样东西呵护，一是子时夜来香的香气，二是寅时昆杨山涧的无垢清泉，三是孤心岛淤泥里的七节藕莲子。你弄来这三样，我就接受你的道歉！”

顾海棠说完想要离开花园，月轩一把拉住她：“若我做到了，你不许食言！”

“一言九鼎！”顾海棠使劲甩开手，扬长而去。

接下来的几日，顾海棠并没将此事放在心上，回娘家去学做洋蛋糕，而朗月轩却无比认真，到处寻找夜来香。他不知谁家有夜来香，朗青青倒是知道，两人不谋而合。朗青青纯属小孩子心性，撺掇朗月轩一起去偷，虽然偷到了手，却被恶犬追赶。朗月轩小腿被狠狠咬了一口，鲜血淋漓，疼痛难忍。朗青青劝他休息，他却不顾伤势，一瘸一拐地来到昆杨最深的山涧。

山涧白日里景色不错，然而到了夜晚，怪石林立，犬牙交错，时不时还有野兽的叫声传来，令人不寒而栗。朗月轩无惧危险，踩在石边，身子半悬在空中，尽力地伸出瓶子接灌泉水。怎料关键时刻突然脚下一滑，眼见要坠落，幸而身手灵活，一个翻身，单手抓住石块，屁股却撞在凸起处，扎得他皮开肉绽，痛得差点儿松手。在他的下面就是近十丈的山谷，一旦掉下，非死即残。

朗月轩咬牙奋力爬了上去，饶是如此，另一只紧抓瓶子不放松，即使伤痕累累，亦甘之如饴。待他回府，天色已然泛白，途经厨房，发现里面灯火通明，不禁心中一动，一瘸一拐地来到厨房门口，正碰到学成归来，拿着做蛋糕材料的顾海棠。

顾海棠见朗月轩满脸污垢，衣衫破烂，小腿虽然结疤，但是能看出流了不少血，料想其伤势缘由，不由得心软，但是一想到他做出来的事，故作毫不在意，想要走开。朗月轩赶忙拦在面前，顾海棠向左他向左，转向右他向右，来来回回，硬是将顾海棠磨得没了脾气。

“你又想干什么？”顾海棠无奈。朗月轩从身上摸出一个瓶子和一个盒子：“这是你要的子时夜来香的香气，还有寅时昆杨山涧的无垢清泉。”

顾海棠接了过去，摸索着两样东西，低着头神思怅怅，语气却是柔和许多，“还有一样。”朗月轩点头道：“我知道，放心，我会按你的要求准时拿给你的。”

“我等着。”顾海棠不再逗留，点头，丢下这么一句话。她对他的执着与诚意不曾怀疑，也于心不忍，但是她依旧说服自己，这是朗月轩在卖惨，用那股恨意，将自己包裹得严严实实，混淆了真假，终是苦了自己，也伤了他。

朗月轩可谓干劲儿十足，没有休息，找到施迪文去孤心湖。施迪文虽然不愿和朗月轩一起胡闹，但放心不下，只能跟着一起去。

孤心岛孤零零地伫立在偌大的孤心湖中，孤心岛四面环水，岩石林立，委实不易过去，而且今日天气不好，乌云密布，一旦下了大雨，孤心岛便会被淹没，是以并无船家，唯有一叶孤舟在湖边上下起伏。

“我说月轩啊，这可真的不是你这种聪明人的做法……”朗月轩不顾施迪文唠叨劝阻，跳上小船，朝施迪文挥了挥手，划着小船渐渐远离。

突然，一阵雷声从天边响起，仿佛将那湖面都震得颤动。

“回来……朗月轩，你不要命了？”施迪文歇斯底里地喊道。

朗月轩却是头也不回，奋力划动着船桨。

不过片时，乌云压顶，暴雨将临。雨水打在湖面溅起千层水花，小船在风雨中飘摇孤零。朗月轩努力控制船身保持平稳，虽很艰难，却依旧荡到了岛边靠岸，冒着大雨踏上了孤心岛。

湖水上涨，岛上污泥深不见底，每走一步都面临危险。湖边的施迪文眼看着雨越下越大，能见度越来越低，担心骤增，急得跳脚，冲着四方呼救。然而，这里平日本就人不多，更别说这种天气。施迪文急忙骑上自行车，飞奔朗家。

此时，朗府凉亭处，为了给朗月明办生日，朗家人几乎到齐，然而身为寿星的朗月明一直没出现。大雨倾盆，渐渐浇灭了众人的热切心情。精心准备的生日宴终是不欢而散。只有顾海棠留在最后，撑着伞，端着蛋糕走向正站在雨中的朗月明，劝道："月明……会生病的……跟我回去……"

"我这么丑,不值得你对我好……"本是开开心心的生日宴,朗月明却觉得难过,尤其是看着顾海棠为自己做的生日蛋糕,总是觉得与自己这张丑脸很是不配。

他不曾奢求过任何东西，只日夜祈祷上苍能让自己的脸好看一点儿，这样面对自己喜欢的女孩，可以多一点儿自信，可以博得一点儿被喜欢的可能。可天不遂人愿，数年如一日的疤痕，如一把利剑划开他的脸，也刺进他的心，再难拔除。所有美好的人物，在他眼里都是赤裸裸的刺激。他越想越愤怒，越想越无助，竟猛然甩开顾海棠。

顾海棠一个踉跄倒在雨里。蛋糕摔得稀烂，雨水砸在上面，平添几分酸楚。

"海棠……"朗月明这才反应过来，焦急地上前想扶起她。顾海棠推开他的手，自己爬了起来："为什么不出现？大家都在等着你知道吗？你这个胆小鬼！懦夫！你没事在这里淋雨干什么？"

朗月明悲伤难平，泪如雨下，惨然道："对不起，海棠，我没有勇气站在众人的面前,至于淋雨……我……只是希望,大雨能把我丑陋的面容洗去,这样,才配得上你。"

顾海棠听到这话，愣住了好一会儿，终是暗叹一声，搀扶着朗月明进入房间，默默地替他擦拭雨水，心中内疚："月明，刚才的话是我太鲁莽……"

"不，海棠，你说得对，我就是胆小鬼！"朗月明摇头。

"是我不好，办生日宴是我的主意，让家里人全部到场，也是我的主意，我不该用这种方式逼你见人。"顾海棠抿了抿嘴唇。

"你也是为了我好，只是我暂时还办不到。"朗月明气馁的样子很是可怜。顾海棠收起毛巾："你先换一套衣服，我马上回来……"朗月明点头好奇地看着她的背影，只觉得一辈子如此时，该多好。

不一会儿，他刚刚换好衣服，就看到顾海棠捧着一碗面走了进来，真诚地笑着走到他面前："月明，生日快乐。"朗月明愣愣地捧着面，再次泪眼婆娑："海棠，我……"

然而，话未说完，二人就听见施迪文传来的大声呼救："救命啊，月轩有危险……"

第十七章　◎孤心难圆◎

施迪文的呼救声惊动了朗府上下，全叔当即安排几个手下前往孤心湖救援。顾海棠一听朗月轩有难，立刻跑向门外，紧跟施迪文，半秒也不愿耽误。

朗月明没有跟上，顾忌自己的脸，也不愿出门，只站在大门口，看着顾海棠娇瘦的身躯消失在雨幕中，忧心忡忡。

顾海棠来到孤心湖，却已看不到朗月轩的身影，焦急中好不容易寻得一条小船，与施迪文合力将小船推入湖面，互相搀扶着上去，先于全叔驶向湖中心。她一言不发，面色凝重，拼尽全力地划桨，心底不住地祈祷朗月轩安然无恙，不觉泪湿眼眶。

小船摇摇晃晃，二人此时也是极其危险，稍有不慎，便会被风雨打翻，一旦落水，可谓生死一线，好在并无意外，很快到了孤心岛边缘。

顾海棠伸长了脖子，努力眨着被雾气迷住的眼睛，忽然看到一个身影正在岛边挣扎，再靠近一点儿，正是朗月轩。朗月轩半个身子陷在泥潭中，水已没过了脖子，再来晚一会儿，非得淹死不可。顾海棠噌地起身，顾不得身体不稳，急忙叫着朗月轩的名字，同时扔过一根绳索。

朗月轩正在绝望之际，看到顾海棠到来，心里又是欣喜又是不甘，如此狼狈的情况，让她看到，实非所愿。他抓住绳索，在顾海棠和施迪文帮助下艰难重回岸边，几近筋疲力尽。

三人身上全是泥，在雨水的冲洗下，形成道道泥水之痕，从头发到脚底，都未能幸免，但却带着劫后余生的喜悦。顾海棠看到不远处有一个凉亭，便搀扶着朗月轩去休息。施迪文为给朗月轩和顾海棠独处的机会，寻了别处走远。

朗月轩来到亭子的第一件事，就是迫不及待地拿出怀中的莲蓬递给她："海棠，这是你要的莲子。"可话说完，却不见顾海棠接过莲蓬，"怎么？"

"这个莲子没有芯，我不要。"顾海棠神色冰冷。朗月轩焦急道："有芯，在里面，只是一时还看不到，它真的有芯，它……"

“它还是苦的，对不对？”顾海棠一把夺过朗月轩手中的莲蓬，狠狠摔在地上，莲蓬里的莲子滚落在雨中。朗月轩先是惊讶，接着便是内疚，起身想要奔向湖中。

“你给我站住！你还要干什么？”顾海棠喝道。朗月轩站住，回头坚定道：“我去把莲藕挖出来，把它种在你的院子里，等到花落时，让你一伸手就能摘到，我再替你把莲芯剥掉，这样就不苦了……”顾海棠再也忍耐不住，冲进雨里，将朗月轩抱住，脸庞贴在他的后背，哽咽道：“我不要莲藕……我不要跟你藕断丝连……”

朗月轩全身一颤，抬头望向天空。雨水砸在他的脸上，他不想哭，却早已泪流满面：“你还是不肯原谅我，是吗？”

“我为什么要原谅你？”顾海棠哭道。

“我一直在忏悔，我很后悔，对不起，海棠……”朗月轩多想转过身来，抱住顾海棠，但终是克制。

“人都会犯错，但是有的错，真的是一辈子都无法被原谅的，月轩，你为什么骗我？我被你骗，那是因为我把你当成……”顾海棠再也说不下去。

湖面和天空被雨水连在一起，白茫茫的一片，雨丝在狂风中化为鞭藤，抽打在朗月轩的身上、心上……

“能不能给我一次机会？”朗月轩惨然问道。

顾海棠毅然地摇了摇头，朗月轩虽然没有回头，但心中明白，苦楚更添几分。

此时，远处的湖面，一艘大船缓缓靠近，是全叔前来救援。在孤心岛彻底被淹前，朗月轩、顾海棠和施迪文上了大船，终于安全返回。

回到朗府，朗月轩本就有伤，加上水泡雨淋，发了高烧，昏睡到第二天近午时分，方才醒来，睁开眼睛看到朗月明正在替自己更换敷在额头上的毛巾，不禁唤了一声：“大哥……”

“大雨天非要跑去孤心湖捉鱼，要不是迪文，你怕是要做水鬼。”朗月明说着责备的话，语气却透着无尽的关切。朗月轩心中一暖：“我命硬，哪有那么容易就死？”

朗月明说道：“你大嫂听到你有危险，什么都顾不上了，冲进雨里去救你，回来也躺在床上发烧呢。”朗月轩听到这话，不由得一惊，挣扎着要起来，头上的毛巾掉在地上，朗月明一把把他按住：“别动！骗你的，你大嫂并无大碍，喝了碗姜汤，现在已经没事了。”

朗月轩躺回在床上，朗月明给他盖上被子，重新拧了一条毛巾，轻轻放在他的额头上：“海棠原本正在为我庆祝生日，她听说你出事了，就把我丢在一旁，看来她更在意你……”

“大嫂是个热心肠，谁遇到危险都很紧张，谁遇到难事都当成自己的事，她是个好姑娘。”朗月轩避重就轻。朗月明嘴角洋溢着幸福，“那是当然，海棠对我很重要，没有她，我应该永远都醒不过来了。所以，我不能失去她……”

朗月轩感觉到大哥这是话里有话，另有所指，想要开口说话，却又不知道如何解释，房内的气氛突然变得尴尬。朗月明拍了拍弟弟的肩膀：“你好好休息，别胡思乱想。”

朗月轩点了点头：“让哥哥担心了。”

朗月明再没有回应，盯着朗月轩看了一会儿，忽而叹了口气，才回到新房，面对镜子，慢慢拿下面具，左顾右盼，企图寻找一个疤痕不是那么明显的角度，然而这显然是徒劳。

忽然，门吱呀一声被打开。朗月明想要戴上面具，却不慎掉在地上，只能一脑袋埋在镜子后面。

进来的是顾海棠。她看到朗月明这副模样，摇头叹气：“别躲了，我都看到了，一个人不能生活在阳光里，才是最大的悲哀，你出来！”朗月明不仅没有出来，反倒是躲得更深。顾海棠前踏一步：“想要我看不到你的伤疤，除非我瞎了，难道你要我刺瞎自己的眼睛才肯出来见我？”朗月明畏畏缩缩地出来，双手捂着自己的脸，顾海棠伸手拨开朗月明的手指，一根、两根、三根……

“别这样，我害怕……”朗月明语带哀求。

“你若是一直这样害怕下去，你不但毁了自己，也彻底地毁了我！”顾海棠真诚地望着他。

朗月明全身一震，双手无力地垂了下来。顾海棠似乎从来没有如此认真地看这张可怖的脸，大眼睛忽闪忽闪，看着看着，却突然笑了。

朗月明紧张问道：“你……你笑什么？”

“我觉得你脸上的伤疤好像还没有到不可愈合的地步，你是不是经常治疗？”顾海棠观察得仔细，还用手捧着朗月明的下巴。朗月明点了点头：“虽然现在已经心死了，但是之前确实治疗多次。”顾海棠沉默片刻：“由于治不得其法，所以这些疤痕一直处于未闭合的状态，还疼吗？”

“有时候疼。”朗月明如实回答。

“疼是好事！这说明神经没有坏死，你愿意再试一次吗？”顾海棠兴奋起来。朗月明的内心，又泛起一丝希望，稍微迟疑片刻：“我愿意！”

顾海棠陷入了深思，朗月明的伤疤毕竟有些年头，想要痊愈，真的是没有什么太大的把握。但是尝试一下，总是好的。她先是用芦荟制作的面膜给朗月明敷上，说是先软化肌肤，后面治疗阶段吸收效果会更好。

朗月明沉醉地看着心爱的人为他敷面膜的样子，那灵动闪烁的眼睛，似乎皓日当空，那么的阳光明媚，朗月明露出幸福的笑容……

到了夜晚，朗月明来到书房，要完成之前没有完成的顾海棠肖像，勾勒间，画上的顾海棠更加栩栩如生。他的目光均是爱意，就这么看着，直到深夜，也不曾离去，却不知心爱的人正紧闭双眼，陷入梦魇之中。

未几，顾海棠陡然惊醒，呢喃道：“爹……”

忽然一阵幽风吹过，窗户啪的一声被吹开，不远处的树枝摇曳，平添几分诡异，与此同时，传来一阵惊悚的怪声：“海棠……”

顾海棠朝窗户往外看，并不见任何东西。倏忽间，门被打开，白色鬼影赫然出现，长发及腰、青面獠牙，鬼手长长的指甲，飘飘荡荡地逼向顾海棠。她纵然胆大，也吓得毛骨悚然，抓起枕头扔了过去。女鬼闪开，消失在窗外的黑暗中。

顾海棠惊魂未定，下床发现地上出现殷红的水滴，似是血水。接着，她顿觉身后一凉，回头，那女鬼蓦然出现在身后，飘忽不定地喊道：“海——棠，纳——命——来……”

第十八章　◎意乱情迷◎

女鬼突然袭击，让顾海棠吓得僵立当场，根本来不及做出任何反应。幸好，朗月明冲了进来，一把推倒女鬼。

“青青？”朗月明开了灯，没有料到是朗青青。

朗青青疼得直吸凉气：“大哥……”朗月明一把提起朗青青的后领，愤然道：“朗青青！你在做什么？”

朗青青哪里见过大哥发这么大火，吓得说不出话。顾海棠拉着朗月明的手腕，劝道：“月明！放开她！”

朗青青挣脱大哥的手，哭道：“顾海棠，自从你到我们家，大哥二哥全变了样，大哥为了你跟我翻脸，二哥因为你差点被淹死，你连看都不去看他！我讨厌你！你这个祸害！我恨你……”

“月明，你疯了？”朗月明还要发火，被顾海棠拉扯开来，也让朗青青乘机跑了出去。

朗月明关切地打量着顾海棠，道：“你还好吧？”

顾海棠急道：“我没事，青青有事，还不去跟她道歉！”朗月明在确定顾海棠没事后，才追了出去，留下顾海棠一人回想起朗青青的话，满腹委屈和难言之隐无处诉说。

想了一会儿，她不由地脚步移动，朝朗月轩的房间走去。

“我说过我没有什么大碍了，你何必如此大动干戈跑来？再说端茶送水有丫鬟们来做，不需要你亲自动手。”朗月轩的声音传了出来，顾海棠停住了脚步。

“听说你生病了，我好担心，吃不下睡不着的，恨不得生病的是我自己……”是龙莫媔的声音。朗月轩无奈道：“女孩子就是多愁善感，发烧还不是很正常的事？这说明我的身体免疫系统运转正常。”

“什么免？什么系统？”龙莫媔愕然。朗月轩哭笑不得：“哎，跟你说你也不明白。”

“我是不懂，但是我有自己的法子，这是城内最好的中医开的上好中药，保你药到病除。”龙莫婳晃了晃手中的中药包，看样子十分得意。

“海棠，怎么不进去呢？”顾海棠正在犹豫，身后妙兰不知道什么时候靠近，突然说了这么一句，把她吓了一跳。朗月轩听到门外的动静，一下子从床上坐了起来，然而进来的只有端着一碗药的妙兰。

“海棠呢？”朗月轩疑惑问道。

“她走了，莫婳，你来了。”妙兰看到龙莫婳，点头示意，见朗月轩满脸失望之色，心中也随之起落。

龙莫婳并没觉出端倪，亲切笑问：“妙兰姐姐，月轩这段时间都是你在照料他吧？”

“嗯，他的药都是我亲手熬制！”妙兰虽然没有多说，语气也很平和，但是炫耀的意味十足。龙莫婳羡慕道：“哇，真好……哦，不是，妙兰姐姐你辛苦。”

妙兰微微一笑，淡淡道：“这没什么，别人做的我不放心。”朗月轩挥了挥手，不耐烦道：“这么晚了，你们出去聊吧，我还要休息呢。”龙莫婳还想不走，妙兰做了一个“请”的姿势：“龙大小姐，请了。”

龙莫婳看着朗月轩：“我回头再来看你。”

朗月轩不置可否。龙莫婳一步三回头地跟着妙兰出了门，拉着妙兰的手，道：“妙兰姐姐，以后月轩哥哥有什么动向，你第一时间告诉我，你呢，外面有什么事尽管找我，包在我身上。”

妙兰头脸上堆着温柔的笑意：“龙大小姐不嫌弃我，妙兰当然愿意和你交朋友了。”龙莫婳天真地笑道：“太好了，那就这么说定了。你以后叫我莫婳就行，这是我带的几服中药，可是全城最好的郎中开的，你帮我熬给他喝。”

“好。”妙兰应下，目送龙莫婳出府，脸上的笑容忽然隐去，露出冰凉之意，随手将龙莫婳那药包扔掉，厌恶道：“你抓的药，也配给月轩喝？”

一直没进门的顾海棠还是有些无法面对朗月轩，只在走廊尽头的拐角处待了片刻，便悻悻回房，没有看到妙兰的言行，也没有觉出暗藏的危机。

她一夜辗转反侧，清晨起来，正给朗月明敷面膜，听到一阵细碎的脚步逼近房间，正是妙兰与朗太太，只见气势汹汹。

朗月明忙起身行礼：“娘，你怎么来了？”朗太太则不管儿子，一副兴师问罪的姿态对顾海棠道：“你跟我来！”

朗月明想要替顾海棠分辩，却被顾海棠拉住，只见她摆了摆手，跟着朗太太出门。

“是你多嘴多舌的吧？”朗月明转身冲妙兰发火。

“是娘一定要问……”妙兰慌了神儿，话没说完，快步逃离。

朗太太带着顾海棠，进入她的房间，坐在上首：“你现在的身份是朗家大少奶奶，捣鼓这些花花草草的，有毒怎么办？月明可不是你的试验品！”

“朗太太，我在想方设法替月明治疗，那些东西绝不会出错的。”顾海棠的辩解被朗太太重重拍打桌子的声音打断：“当初请了多少名医，用了多少奇珍异宝，月明都没有起色，你有什么本事？能有什么效果？”朗太太轻视的语气，激起了顾海棠的倔强：“朗太太，你没必要这样瞧不起人，别人治不好，我未必不行！”

朗太太声音再高：“人要有自知之明，他的脸治不治，我做主！不是你说了算！”顾海棠不卑不亢：“太太，我要是治好了呢？”

朗太太嗤笑：“那你可是我们朗家的大恩人，你要什么，我就给你什么！”

“行，我别无他求，只要休书一封！”顾海棠傲然回应。

屋内气氛一时间剑拔弩张。二人对峙片刻，终是朗太太心神俱疲，甩手赶人。顾海棠二话不说，转身出屋，留下一道纤弱但挺直的背影，让人长叹。朗太太不禁头疼也慨然，顾海棠是她头一次见的这般凌厉如刃，但又温柔如水的女孩。若没有儿子的疤痕横亘在情理之间，她会打心底喜欢顾海棠，毕竟她也曾想活成顾海棠的模样。

顾海棠一路不停，途经朗月轩房间，倒是踟蹰片刻，推开了门，但见朗月轩就在门口站着，两人差点撞在一起。

“我生病后你这是第一次到我房间。”朗月轩言语带着些苦涩。

“我是来找你大哥的。”顾海棠依旧嘴硬。朗月轩还在期盼着被原谅：“我知道你还是关心我的，你已经不再恨我了，对吧？”

“我恨的早就不是你了，是我自己！你没事就好。”顾海棠有些动摇。朗月轩真诚问道：“你原谅我了吗？”

“人的一生至少该有一次，为了某个人不求有结果、不求同行，只求曾经遇到过，你何必执着道歉？我们也许是别人眼中多余的人，但对于彼此至少是最重要的人。”顾海棠说出了心里话。朗月轩心海震荡，鼓足勇气，道：“海棠……我……”

忽然，一阵激烈的琴声传来，顾海棠脸色一变：“是月明！”朗月轩在琴声中，听出了悲愤之情，忙道：“他的情绪不对！要去看看！”

二人匆忙赶到朗家花园，只见朗月明坐在凉亭，背对太阳，萧瑟孤寂，动作越来越快，这哪里是在抚琴，分明是在发泄。

“大哥，出什么事了吗？”朗月轩走近关切道。

噌的一声，一根琴弦断裂，琴声戛然而止。朗月明道：“母亲叫走海棠，我本想也跟去，遇到父亲，跟我说今年花神会全城男丁都要到场，包括我！”其实，朗斯年走后，他放心不下海棠，急忙朝母亲房间赶，却碰见海棠进了朗月轩的房间，低落的他，更是心郁。

朗月轩本能地维护大哥：“哥！你不想去，我们就不去！”朗月明担忧地摇摇头：“这次花神会是施济周主办，他本来就心怀不轨，不去的话，恐怕会落人口实。”顾海棠则毅然决然：“既然全昆杨的男丁都要到，月明，你就也有这个权利！为什么不去？”

朗月明内心痛苦溢于言表：“我这样会被其他人嘲笑的。”顾海棠摇了摇头：“我说过，你的脸没有那么可怕，放开遮挡住它的面具，也要放开你自己。既然你相信我，那么，你也要相信你自己。”

“我……可以吗？”朗月明并没有信心。“大哥，我觉得海棠说的是对的，你走出去，从今以后你就可以像个正常人一样生活了！”朗月轩显然已经被顾海棠说动了。

顾海棠笑靥如花：“本来就是正常人啊，阳光不一样照在我们身上？”

朗月明听着顾海棠的鼓励，摊开手掌，阳光照在手掌上，阳光是公平的，普照众生，除非刻意躲在阴暗处。

三人你看看我，我看看你，会心一笑。

第十九章　◎花神劫难◎

朝霞如锦，昆杨盛大的花神节如期而至。广场摆放着大型的祭坛，一只圣洁的“花朝羊”摆在正中。龙德水、朗斯年、施济周等人步入了广场，接着所有的昆杨男丁入场。朗月明戴着面具，在人群中低着头，朗月轩始终紧紧握着他的手。施迪文、顾夏合也在其中。朗太太带着顾海棠、妙兰进入广场周边的包间，和施太太相互施礼。

时辰一到，施济周上台，敲响了竖立在台上的大铜锣，花神祭祀正式拉开帷幕……

十几个赤膊男子头戴精美花盔，围着广场中央的图腾起舞，雄浑有力的风格令人热血沸腾。牛角号吹起，站在前排的施济周一挥手，所有男丁后退一步，让出一条通道。几个大汉抬着一个无顶轿子，上面坐着一袭白色纱衣的老者法师，手捧火种。

轿子来到广场中央，法师走下，来到祭坛前，闭目喃喃念着口诀，突然口中一股火喷了出来，手中火种的火苗一下被激旺引向祭坛，祭坛的大火熊熊燃烧。所有男丁随着指令屈身下拜。三拜之后，法师高呼：“献祭！”

在场的男子开始以家庭为单位分别上台敬拜燃烧祭物。

临到朗家，朗月明跟在朗斯年的身后，朗月轩在他的一侧，上到台前，正要施礼，法师忽然伸手阻拦：“且慢！敬拜花神须虔心诚意，为何戴着面具？如此不恭不敬，花神必会震怒，摘下面具！”

所有人都望了过来，空气十分凝重。朗月明站立不安，没有回应，本来热闹的场景，瞬间寂静。

施济周似笑非笑：“朗老板，还请遵行法师的要求，否则花神震怒，可会给整个胭脂行业带来灾难，朗家还是不要连累大家才好。”

“施济周，你不要逼人太甚！”朗斯年气得浑身发抖。

台下早被施济周买通的老乡绅和一些商会会员开始义愤填膺起来，都在指责朗家。朗月轩上前一步，拱手行礼："法师，今日我们朗家准备了上好的胭脂，不知花神是否喜欢，劳烦法师去询问一下。"

法师目露凶光："你说什么？花神的喜好，岂是我们这些凡人能随意揣测的？"朗月轩反问："既是如此，法师又如何知道戴着面具前来祭拜会惹花神不高兴呢？"此语一出，台下一片哗然，除了被施济周收买的那些人，更多的人开始偏向朗月轩这边。

朗月轩继续言道："昆杨城数百年来皆受花神的庇佑，逢凶化吉，人丁兴旺，可谓百无禁忌，众人又均是空腹沐浴虔诚祭拜，花神怎会不高兴呢？"话音刚落，一直燃烧的清香断落，有人喊道："香断了……"

施济周看准机会，厉声道："香火不受，这就是神灵震怒！"朗月轩回首看着断香，眉头一皱，心中盘算着说辞。

"你们朗家，一个戴着面具前来祭拜，一个在仪式上大声喧哗，真是罪孽，还不快快摘下面具！祈求花神谅解！"法师愤怒地瞪着眼睛。

"哥，不要听他胡言乱语，神灵喜好，岂能如此揣测？"朗月轩拉着朗月明的手，透过面具，看到大哥的眼神虽然焦虑，却并不如何害怕，一只手缓缓放在面具之上。

"月明！"朗斯年想要阻止。

朗月明的语气却出奇的平静："爹，没关系，我可不想朗家因为我，背负罪名。"说完，取下面具，没有一丝疤痕，英俊异常的脸让朗斯年、朗月轩和包厢内其他的朗家人又惊又喜，更让施济周大跌眼镜。

朗月明微笑着将目光投向包厢处，虽然看不到顾海棠，但是他知道，顾海棠一定在那里替自己鼓劲加油。他心中感激：若不是海棠用精妙的化妆技术将我的伤疤遮掩，今日这场难关，可不知道该如何渡过了。

施济周心有不甘，看了看朗斯年，又顺着朗月明的目光看向包厢，心生一计，高声道："诸位乡亲父老，刚才朗家两位少爷冒犯了花神，导致花神震怒，香火不受。为表诚意，更是为向花神请罪，我提议朗家两位少爷各取圣火，以圣火为香，行祭拜之礼！"

这个提议旁人自然无话可说。朗月明兄弟在法师的带领下，各执火种，火光直逼面庞。朗月明看到施济周朝法师使了个眼色，暗觉不对，但是又不知如何防备。

朗斯年三人将手中的酒高高举起，洒向地面的时候，法师突然嘴中喷出大火，火光借着酒气直逼朗月明而来。

朗月轩一直关注大哥的情况，但是事发突然，根本来不及反应，朗月明被火燎到面部，身子往后倒去。施济周假意搀扶，趁机擦拭朗月明的脸，让其脸上遮盖的膏药被抹去，露出丑陋可怖的疤痕，随即故作惊讶道："哎呀，你的脸……"

法师添油加醋："花神震怒，这正是花神的惩罚！"

朗月轩忙扑到朗月明的身边，推开施济周，替朗月明戴上面具，护送他下台，但仍导致广场上一片哗然。众人开始骚乱，而声音最高的，说的是："朗家还说什么朗里春的胭脂是祖上传下来的百年配方，骗人的吧？自己的儿子竟是这个样子！"

朗月明惊慌失措，惶恐不安，一路上心如死灰，到了家中，将自己关在房间里，任何人敲门都是不理不睬。

"月明，快开门，你可千万别想不开啊，都是娘不好，不应该让你露面的……"朗太太的声音从外面传了进来，朗月明置若罔闻。

"月明，你是朗家的长子，你今天能去参加花神祭祀，我很欣慰，你终于能放下心结，勇敢地面对世人。但是你现在躲在屋子里，就是个懦夫，就真的成为昆杨城里人人取笑的怪物！我要你走出来，我陪着你站在昆杨城内，让他们知道我朗斯年的儿子，绝对不是藏头露尾的鼠辈，我的儿子顶天立地，我朗家人没有懦夫！"朗斯年也在劝导。

"他走出去又能怎么样？你让月明像玩偶一样站在那里被别人指指点点吗？听那些人说着难听的话，忍受那些鄙夷的目光？不行！我情愿他一辈子待在屋子里，我只要他活着，活着就很好了……"朗太太泪眼婆娑。

朗月明本已走到门口，可听到母亲的话如同遭到重击，伸到门闩上的手如触烧红的烙铁，猛然缩了回去，只听父亲大声道："闭嘴，月明堂堂七尺男儿，岂能因为脸上的疤痕一躲再躲？你让开！"

朗月明捂住耳朵，再次躲在了墙角，听到门发出轻微的撞击声，显然是母亲靠在门板阻止："我不让，谁也别想把我的月明带走！"

朗斯年拿朗太太无可奈何，只得对着门内道："月明，你要是想一辈子都躲在屋里，好！就当我朗斯年没你这个儿子！我们走！"随即，重重的脚步声渐行渐远，一步一步地踏在朗月明的心脏上，让他疼痛得麻木。

不知道过了多久，他察觉外面没了动静，母亲也不知道去了哪里，便缓缓来到镜子面前，望着脸上残留着的膏药，大叫一声，将镜子摔在地上。可他又见镜子碎成碎片，每一个碎片都有一张恐怖的脸，忙将一床被子盖在碎镜子上，如置身地狱，瑟瑟发抖。

又过片刻，窗户一阵轻响，接着被推开，朗月轩一个跳跃，进屋并关上窗户。

“也只有你才会用这种方法进来。”朗月明擦拭眼泪，故作镇定。朗月轩来到大哥的身后，看着地上的狼藉，痛心道：“因为只有我知道这个窗户外面有个开关。”

朗月明回想到小时候，脸上难得地有了一丝笑容：“还不是因为你小时候动了手脚吗？”朗月轩和大哥并排坐下：“那时候我们经常从这个窗户偷偷跑出去，你每次都会带回一些受伤的小动物来养，还会改良一些护肤膏，用来给小动物治伤。”

朗月明苦笑：“那些护肤膏不能抹平疤痕，没什么用。”朗月轩正色道：“怎么没用？你用了十几种花朵提取的液体，被我制成精油，润肤效果很好，风靡全城呢。”朗月明长叹一声：“那也没用……”

“大哥，我知道你天资聪慧，一直在调配古方。你这样做，可不全是为了自己，更多的还是希望朗里春的品牌发扬光大。你的良苦用心，我懂！”朗月轩认为也许只有激发大哥对朗里春品牌的热爱，才能让他走出去。

“可是，这次朗里春的百年基业怕是要毁在我的手里……”朗月明悲愤不已。

朗月轩诚心道：“大哥，这没什么，你不愿走出去，我就陪在你的身边！你要是想站在昆杨城，我也陪在你的身边，谁敢取笑你，我就像小时候一样把他们打得头破血流！”朗月明笑了笑，伸出了手，兄弟俩的手掌紧紧握住，走到房门口，一起走出，阳光晃到朗月明的眼睛，他却并没有闪避。

“不好了！月轩少爷！”点翠慌慌张张地跑了过来。

“怎么了？”朗月轩奇道。

“太太……太太在大厅要对大少奶奶用家法……”点翠的话没有说完，朗月轩和朗月明就朝大厅飞奔而去……

第二十章　◎棠棣之华◎

朗家大厅，顾海棠被两个家丁按住，妙兰正在手持责杖打在她的身上。

顾海棠不服气道：“海棠所犯何错，还请太太明示。”

朗太太大怒：“进了朗家的门还叫太太，此为一错；自作聪明害得明月当众出丑，此为一错；嫁了人还日日惦记着休书，更是错上加错！”

顾海棠忍痛咬牙：“被骗进门，不情不愿自然只能称呼太太；好意解围，却被曲解成故意伤害实在委屈冤枉；朗家不义，欺瞒在前，我如何不要休书！”

朗太太气得委实不轻：“长辈教训，口舌还如此刁钻，给我狠狠地打！”

“海棠不服！”顾海棠挣脱其中一个家丁，抬手一把抵住责杖，行家法的妙兰拽了两下，没有拽动。

家丁再次将顾海棠按住，妙兰扬起责杖，正要再打，朗月轩和朗月明齐齐赶到，异口同声喝道：“住手！”

兄弟俩嘭的一声跪在地上，朗月明更是说道：“娘，海棠是好心帮我，若是这样还要被打，那我们朗家岂非是非不分、黑白颠倒？”

“如果不是她擅作主张，你也不会当众摘下面具让施济周钻了空子。今天就给她一个教训，凡事量力而行，不可强出头！妙兰！接着打！”妙兰没有犹豫，责杖重重落在顾海棠的身上，顾海棠疼得冷汗直冒，却没吭声。

朗月轩猛然站起，抓住妙兰的手臂：“是我要大哥参加花神祭祀的，是我没有看好海棠让他给大哥化了妆，要责罚，就责罚我。嫂子，打我！”妙兰一惊，自然是没有动。朗月轩抢过她手中的责杖，一下下地打向自己：“都是我朗月轩的错，以后万事三思而后行，不再让大哥受到伤害，不让娘伤心生气……”

朗月轩手下没有丝毫的容情，仿佛打的并不是自己。朗太太忍了又忍，后来看到朗月轩肩膀渗透出血来，猛然挥手：“够了！好，你们一个个都冲着我来吧！”朗月明赶紧夺下朗月轩手中的责杖，扔在一边，朗月轩低头：“谢谢娘……”

家丁放手，顾海棠歪倒在地。朗太太怒气冲冲地走出大厅。朗月明搀扶着顾海棠回到房间。顾海棠在帘子的一侧给自己的肩膀上药，时不时发出轻呼。朗月明在帘子外面不停踱步道歉，焦急心疼不已。

顾海棠上好药后穿上衣服，拉开帘子，语气平静，不见悲痛：“事情已经过去了，别再想了。”

“海棠，以后我绝不会让你再挨打了……这支膏药是爹当年为了给我的脸减轻痛苦特意找人从南洋那边寻来的，很好用。”朗月明将膏药放在桌上，满脸愧色。

顾海棠拿起膏药，朝门外走去，果断拒绝朗月明的陪伴。她手里握着药膏，想要去找朗月轩，却又踟蹰，直到月上中天，不知不觉行至花园，竟看到朗月轩正在长椅上吃着东西，妙兰则在一旁给他涂抹药膏。

顾海棠下意识地停下脚步，选了个隐蔽的地方观望，只听妙兰说道：“吃完了，这还有一杯化瘀的中药，你也一并喝了。”朗月轩放下碗筷，擦了擦嘴，鼻子深深吸了几口气：“嫂子，你身上这芙蓉百合的香气哪里来的？”

妙兰将中药递过，温柔道：“我随身携带的脂粉香囊，你把药喝了，我送你一个。”朗月轩喝了几口，笑道：“嫂子，这香味混着中药，味道都不那么苦了。”

妙兰哧地笑出声来：“朗家也就你天天口无遮拦。”朗月轩将中药喝完，妙兰犹豫了一下，喃喃开口：“今天太太要对海棠使用家法，我想要劝，太太差点儿连我一并打，我也不想打海棠的，你可要帮我解释解释。”说着便要行大礼表示感谢，却被朗月轩急忙拦住：“嫂子，别这样，这种事本就不是你能控制的，一家人不必如此客套。”

顾海棠看在眼里，心中一沉，转身离开，殊不知更远处的朗月明也将这一切看在眼里。

过了几天，花神祭祀的影响稍稍平息下来。

朗月轩伤势稍好，算了下时间，华吉利今日回来，于是约了施迪文一起前往码头。施迪文本有些不好意思，但见朗月轩毫不在意，也就放下心来。

二人接到华吉利，来到昆北湖饭店，为其接风洗尘。

酒过三巡，华吉利用熟练的中国话道：“酒等一下再喝，别等我喝醉了，大事反倒是耽搁了。这次我来，任务艰巨，南洋这笔订单数目不小，比我以往任何一次的单子都大，而且时间很紧。你们两个商量一下，是朗家接，还是施家接。”

朗月轩和施迪文听到这话，不约而同地装醉起来。华吉利急了，敲了下桌子，道："你们两个可别跟我来这套，这次再像以前那样谦让，单子出不来，死的人可是我！"朗月轩思忖片刻，在大致了解订单量之后，开口道："这件事恐怕我和迪文都没法一口答应你，这样，你可以举办一个招标会，看看哪家能接单又合你的心意。"华吉利想了想，也觉得这个办法很好，决定明天就去商会搞个招标会。

喝完酒的朗月轩一回到家，便找父亲说了此事，并且言明担心吃不下这个订单。然自从花神祭祀事件之后，施济周从中作梗，朗里春的生意是越来越难。朗斯年决定还是要试一试，挽回损失。

朗月轩又去找朗月明商量，最终决定先拿下单子，然后把现有昆杨的小型作坊一家家地联合起来，统一分配以完成不同的工序，最后汇总包装交货。

兄弟俩接下来的几天里，都是在制定招标会的计划书，干劲十足。朗月轩甚至提出先拿下订单，然后和其他的小作坊合作，若合作顺利，以后可以按照这个模式分配订单，接下来甚至可以联合实行股份制的方案，得到朗斯年大加赞赏，倍觉胜券在握。

然而，现实总是残酷的。

第二天商会会议室，招标会如期举行。朗斯年带着朗月轩，施济周带着施迪文，以及一些小工坊老板前来参加。

施济周一改常态，率先说出了自己的计划，表示由他牵头签订合约，然后平价包给有实力生产的商户，利益均分，让华吉利十分满意。但朗月轩和朗斯年却如当头棒喝，因为施济周说的分明是他们计划书里的内容和创意。

朗斯年面色铁青，紧咬牙关。朗月轩忽然明白了什么，看了看施迪文。施迪文则心虚地躲避朗月轩的目光。

朗月轩按捺不住，将施迪文叫出询问。施迪文不好意思地低着脑袋，惭愧道："月轩，对不起……我爹非要我拿下这个单子，不然就把我赶出家门……昨天我去书房找你，见你不在，看到桌上的计划书……就……就……"

朗月轩听到这话，看到施迪文又是难过又是羞愧的表情，声音也有些哽咽，不再忍心责备："算了，相比较生意，我更看重的是我们的感情。"施迪文差点儿哭出声来："月轩，是我不好，让我们的友谊蒙灰。"

"得了，我们的友谊可没有这么脆弱……"朗月轩无奈地摇了摇头，说得潇洒，但转念想起父亲以及朗里春的现状，不由得眉头一蹙，忧心忡忡。

第二十一章　◎初露锋芒◎

朗府难得凑齐了人，做了一桌丰盛家宴。可众人围坐，却没有一个人动筷子。朗老爷愁眉不展，所有人心事重重。朗青青饿极了，想动筷夹菜，再看看其他人的脸色，又放下了筷子，生生地吞着口水，委屈地问道："爹……娘……发生了什么事？"

朗太太端坐着，看了朗青青一眼："施老板偷了月轩的招标计划书，南洋的大订单，落到了施杭露的手里。你爹为这事气了好几天。"朗月明低了头，语气透了自责："哎，这都怪我，连累了家里。"

朗斯年拍了拍朗月明："月明，你不要自责，施济周从花神会开始，就憋着坏主意想搞破坏，他想针对的是我朗斯年和朗里春的生意，和你没关系。"

顾海棠顿了顿，突然开了口："其实，朗家根本什么都没有损失。"

一言惊四座，所有人将目光投向顾海棠。朗太太沉了脸："海棠，你在说什么？"顾海棠脸色平静，语速沉稳，似是早已有了准备："难道不是吗？订单本来就是华吉利的，他想给谁家做就给谁家做，朗家只不过是没有抢到，并没有付出什么，所以不存在损失一说。要说损失嘛，损失的是大家的贪心。"

她的大胆言语令所有人震惊。朗青青第一个跳起来，指责声声刺耳："顾海棠你在说什么？大家心情这么沉重，你还说这些风凉话，我看你是要故意雪上加霜。"朗月轩却急忙阻止："青青，别乱说话。"

朗青青这么说，倒也不奇怪，对于在座的朗家人而言，顾海棠终究是外人罢了。朗太太自是不满的，看了顾海棠，冷冷道："海棠，你说我们朗家人贪心，照你这意思，所有到了眼前的生意都不必去努力、不必去争取，何来这么大的家业？我看你这孩子，真是典型的穷人家心态，安于贫困，不思进取。"

顾海棠不喜欢朗太太此言，不卑不亢道："太太，穷人家的孩子比富人家的孩子更知道什么是进取，也更加懂得得固欣然、失亦可喜。"

朗太太一脸厌恶道："海棠，你这伶牙俐齿、无理狡三分的劲头好像用错了地方。”顾海棠也不畏惧，继续道：“得到订单当然好，家业可以兴旺，银钱可以赚得更多；失去了，也不必太沮丧。家还在，店还在，工坊还在，不是值得喜乐的吗？再说，这个单子没有拿到，我倒觉得是件好事。”

朗斯年将目光转向了顾海棠，眼神中透着意味不明的光：“好事？”顾海棠颔首道：“是。其一，全城差不多一半的人都扑到这个单子上了，那其他的小订单就没有人肯接，这个时候，能接这种生意的，就只有朗家。”

顾海棠见众人都听出了道理，便继续道：“其二，分包合作这种方式，以前从未尝试过，要管理那么多家小型工坊，条例条规不健全，很容易出问题，特别第一次就面对这么大的单子，从原材料的质量到深加工的工艺，都需要有人严格地把控。所以，施家要应付的，恐怕不只按时交货这么简单，这是一块烫手的山芋。”

朗斯年对海棠顿时刮目相看：“海棠，你分析得极有道理。没想到，你对做生意，这么有见地，真是令我对你刮目相看。”顾海棠垂下目光，甚是谨慎道：“我根本不懂做生意，只是旁观者清，再者，对这个行当比较熟悉而已。”

朗月轩急忙站起来打了圆场：“好了好了，现在可以吃饭了吧？真是饿得前胸贴后背了。”

这一餐饭，在座者吃得心思各异，或味同嚼蜡，或饭如浸蜜，或倍觉新意。饭后，朗太太将顾海棠叫到了自己的房间，遣走了服侍丫头。然她还未开口，便见顾海棠垂目，语气平静地道：“太太找我过来，是我又做错了什么事吗？”

朗太太诧异，在看到海棠倔强的样子后，无奈地摇头：“海棠，你这性子，还是这么固执不肯有半分妥协，说话做事总是不去顾及别人的感受。”

顾海棠冷道：“太太叫海棠来，只是为了说这些？”朗太太长叹，说出目的：“我叫你来，是想问你，你给月明化妆的手艺从哪儿学的，用了什么神奇的东西？”顾海棠略一犹豫，道：“是我自己研发的一种妆膏，它只能起到遮盖效果，并不能根治疤痕。要想让月明真正走出阴影，还是要想办法治好他的脸。”

朗太太惊讶，没想到顾海棠的能耐竟然已经如此了得，心中不舍海棠的本事，却又知劝说无用，只好轻叹：“既已如此，那你要记住了，第一，你要确保安全，不能让月明的脸再受损伤。第二，你治好月明的脸，我就给你休书让你离开，这件事只有我们两个知道，外人面前，一定要保密，特别是月明。”

顾海棠见离开朗家终于有了盼头，开心地点点头，辞别朗太太，直接去昆杨市场。

为了让顾海棠尽快做出这药，朗太太又叫来了朗月轩，嘱咐其一起帮忙。顾海棠一路轻快，在街道上停停走走，似乎在寻找什么东西，直到看见一家卖新奇古玩的摊子，才欣然住脚。

摊子上面摆着琳琅满目的贝壳、珍珠饰品，还有一些新奇的古玩装饰。顾海棠在摊位上拿起一个巴掌大的贝壳，仔细看了好久，断定是上等的珍珠贝，从南洋漂洋过海而来。

在阳光下，这贝壳晶莹艳丽，珠光闪闪，色泽夺目，极是好看。

小贩见顾海棠喜欢，立刻道："您要是喜欢的话，我给您个便宜价，三个大洋！"顾海棠犹豫，摸了摸口袋，似在斟酌，这时，月轩突然出现，帅气地掏出三个大洋，放在小贩手中："我替这位小姐买下了，你给我包起来吧。"

小贩脸上露出了笑容，忙接过贝壳包好。顾海棠甚是奇怪，问："你怎么在这？你跟踪我？"朗月轩一副理所当然的样子："因为我知道你下午旷工，特地来抓你回去啊。"顾海棠白了他一眼："这贝壳不能白白拿了，待工钱下来，还是得还的。"

朗月轩转移话题，问："你买贝壳干什么？"顾海棠抱着贝壳，道："我想给月明换个面具。我记得《本草纲目》中有记载，贝壳具有镇心、安神的功效，能助人稳定情绪、去除杂念、改善睡眠，月明的那个黑黑的面具让人看得太压抑，只会影响他的心情。所以我打算给他做一个贝壳面具，既美观又能药用。"

朗月轩双眼一亮："海棠，你真细心！"顾海棠没有接话，两个人就这么在大街上走着，各怀心事。朗月轩看着顾海棠抱着贝壳认真的模样，心中怅惘，犹豫了片刻，才开口道："海棠，我知道你心里还在怨恨我欺骗你嫁给了我大哥。所以，无论你做什么我都会无条件地帮助你。"

顾海棠摇了摇头："我要月明写下休书，让我离开朗府，你也愿意帮助我吗？"朗月轩停住脚步惊愕道："你说的是真的吗？"顾海棠甚是认真地道："做不到就不要随意承诺！我只想让你帮我找一些活血化瘀、滋养肌肤的药材。"

朗月轩心底有顾海棠重回自由身，而自己也能再次追求她的丝丝欣喜，但更有对大哥朗月明的愧疚与悲哀。他终是应了下来，保证尽快收集好药材，送到工坊。

顾海棠则在朗月轩离开去准备材料时，回到家中。

顾家有一个名为“八白散”的配方，这是当年宫廷盛行的一款有效祛斑、亮白肌肤的宫廷秘方。很多宫廷的后妃都是坚持用八白散洗脸，被人当作养颜至宝。后来顾海棠的父亲在八白散的基础上研发一款秘方膏——芙蓉露。涂在脸上，既可以遮掉皮肤的瑕疵，还具有亮白保湿的功效。可惜这个配方已经失传，况且它就只有遮瑕护肤功能，不能治愈伤疤。

顾海棠曾经在一本书上看到过，世界上有一种植物，名叫冰晶麒麟，记载中，它可以治愈任何伤疤，不管多严重，伤了多少年，都可以恢复如初，只是她现在不知道它到底存在与否。

顾海棠暗暗叹了气，将珍珠贝壳打磨成了一个更加轻巧精致的面具，取了八白散，打算用它给朗月明敷脸，以改善他的皮肤状况，待找到那味药引，兴许便可治好朗月明。准备好后，她起身回到朗家，在与朗月明的婚房中，将打磨好的面具戴在月明的脸上，退后一步欣赏了起来。果然戴着新面具的朗月明，柔和了，也明亮许多。朗月明用手抚摸着面具，看不见表情，指尖却似微有颤抖。

顾海棠见他喜欢，便道：“这是我用一个大贝壳打磨出来的，它轻盈透气对皮肤有益处，以后，你就不用总戴着那个黑色的面具，躲在黑暗里了。”朗月明只觉满心感动。其实他本就什么都不需要，只要每天能看见顾海棠，便心满意足。

顾海棠又柔声安慰：“月明，你接下来要做的，就是要保持心情愉悦，因为一个人的心情也会影响一个人的脾气。人一生气，体内的毒气就会扩散到血液中，影响皮肤的新陈代谢。接下来，我希望你每天都能保持好心情，多去院子里走走，多晒晒太阳。我会尽快研发出配方，治好你的脸。”

朗月明重重地点了点头：“嗯，海棠，我都听你的。”

另一边，朗太太端了一杯茶给朗斯年，心事重重地坐下。朗斯年问：“怎么，还在为海棠的事生气？”

在朗太太看来，顾海棠的个性太过执拗，朗月明又善良软弱，本想着有顾海棠这样的人陪在他身边，能让他变得坚强些。可现在呢？非但没能帮到朗月明，反而见顾海棠更加固执，若是这样继续下去，恐怕是家无宁日。

朗斯年听了朗太太所说这才知道，顾海棠竟然以治好朗月明的脸为代价，想早日离开朗家，叹道：“也许，当时我们做的这个决定就是错误的，勉强换来的婚姻不会幸福。”

朗太太酸酸地说："我们不也这么过了一辈子。反正我不会再允许月明回到冰冷的房间，封闭自己，孤独终老：反正我们访遍名医都没有结果，她一个黄毛丫头怎么能治好月明的脸？"

朗斯年摇了摇头："那要是真治好了呢？"朗太太甚是不屑，思量片刻："她真有那个本事？如果她能还月明一张俊美的脸，那么月明也并非非她不娶。"

朗斯年并不想放弃这样的好儿媳妇，但想到顾海棠的选择，只能道："强扭的瓜不甜……海棠和月明在相处中能否日久生情也不好说，无论什么结果，我们朗家还是要遵守诺言。"朗太太有些不愿听，目露忧伤，只道："行了，我心里有数。"

这时，下人来报，华吉利与施迪文来访。朗斯年故意等了片刻，才叫了朗月轩，一起会会。

四人端坐客厅，神情大相径庭。朗斯年气宇轩昂，淡定自如。施迪文紧锁眉头，眼藏窘迫，满面愧色。华吉利最是干脆，开门见山道："哎，事已至此，我也只能来求二位了，万望二位莫要见笑。"

原来，因为南洋订单量太大，分包合作，工序烦琐，根本没法面面俱到，现在施家已经到了无法掌控的地步，资金紧缺，人员不够，每过一天都是在拖垮施家，现已严重影响到施家的正常运作！眼见施杭露的工人罢工，华吉利的单子就要交不出来，这可急坏了施济周，只得自己留下周旋，让儿子前来求助。

果真被顾海棠言中。朗斯年心中赞叹，面上却不动声色。朗月轩亦自顾喝茶，不言片语。见朗斯年毫无反应，施迪文向前一步对其施大礼："朗伯父，我错了，现在只有您能救我们了……"

华吉利也急忙帮腔："朗老板，昆杨城的胭脂买卖没有您还真是做不成，看在我的面子上，你就原谅他吧。"

朗斯年放下茶盏，用不甚在意的语气道："华买办言重了，迪文他是无知的小儿，我怎么会生他的气？生意场上本来就是'利'字当头，何为对错？只不过这昆杨城的胭脂生意不在乎大小，而在乎平衡。这种平衡一旦被打破，无异于是杀鸡取卵啊！"

朗月轩放下茶杯，对施迪文道："迪文，施伯父一把年纪了，还要因为你做错事而四处奔波，真是难为他老人家了。"施迪文听出嘲讽之意，但是左右已经如此，只能放下面子："月轩，我知道你还在怨我呢，是我有错在先，都是我不好，你就帮我们这一回吧。”

华吉利看向朗斯年，再三强调：“朗老爷，现在不是施杭露一家的问题，是整个昆杨城的胭脂业都陷入了混乱。”

朗斯年按捺心中得意，哀叹道：“我也是心有余而力不足啊，您在商会里和施老板签订了合约，得到在场所有人的认可。现在，他把事情搞成一团乱，我有何德何能去收拾这个烂摊子啊！”

施迪文焦急地看向月轩，央求：“月轩，你那么有商业头脑，肯定有解决的办法，而且……那个方案本来就是你想的，你肯定有收拾残局的万全之策。”

朗月轩看向朗斯年，斟酌着道：“爹，咱换个角度想想，他们这趟生意如果做不成，损失的不只是他们一家，对我们昆杨的声誉是个很大的影响。以后，谁还敢把大生意交给昆杨城的商户来做呢？”

施迪文看朗月轩松口了，也忙道：“对对对，月轩这话说得极是。”

架子已足，道歉已收，塞翁失马，因祸得福，又给了施家一个教训。朗家父子这一场戏演得完美，演得心满意足。

朗斯年不再推辞，大义凛然地应下，让施迪文向那些小商户应允：在合作的商户还继续和他们合作，只不过条例、规矩要细化，还要有严格的监管和验收工序，以尽量降低他们的损失，但也要保证产品的合格率。另外，为保证交货日期，朗里春需要筹集一部分资金，还需要从外面调一批原料，方能完成。

看着施迪文言听计从的样子，朗家父子相视一笑。

昆杨唯一的南洋订单厚利必尽收囊中。

第二十二章　◎缘木求鱼◎

龙莫婳已经很久没有见到顾海棠。这日，好不容易顾海棠得空，两姐妹手拉手悠闲地散步湖边。

周边水光潋滟，山色空蒙，美景衬美人，甚是相得益彰。二人嬉闹谈笑，好不开心，累了便找块青石坐下。

龙莫婳拉着顾海棠的手，问道："海棠啊，你们最近怎么这么忙啊，有大生意吗？"顾海棠点了点头："嗯，一个大订单，所以现在一直在赶工，有些工人都好几天没回家了。"

龙莫婳脸上的笑意退去了，有些不高兴："你现在至少是名义上的大少奶奶，没必要什么事情都亲力亲为，可别把自己累坏了。"思及顾海棠的遭遇，龙莫婳心中怜悯，却又想到自己因此不用与她为敌，倒也欣喜。

顾海棠摇头，欣慰笑笑："没事，这些都是我喜欢做的事，我并不觉得累，反而觉得忙起来自己才有存在的价值。"龙莫婳看顾海棠这般，只能作罢："好啦好啦，你开心就好！你看我这个新做的发型，还有这衣服，可是我特地请服装设计师，给我高级定制的，怎么样？"

顾海棠仔细看去，灿灿阳光下，龙莫婳的妆容甚是精致，景中有人，人因景而娇，可见是下了十足的功夫。顾海棠竖起了拇指，赞道："嗯，搭配得很合适，都很美。"

龙莫婳美滋滋地挑挑眉毛："是吧！其实我今天是来给你跟月轩送请柬的。"

请柬？顾海棠一愣。

龙莫婳将要给朗月轩一场盛大的告白仪式的前前后后娓娓道来，一字一句都饱含脉脉温情。最惊奇的是，她包下了昆杨最好的咖啡厅，邀请了满城的名媛来见证她的爱情。

顾海棠只觉心中若有所失，但又想到利害关系，忙道："莫婳，你真的打算摆这么大的阵势，向月轩求爱吗？"龙莫婳郑重无比地道："那还有假，我连请柬都发出去了，有同学，有朋友，有亲戚，有许多嘉宾，全昆杨重要的人几乎都到了。我爹告诉我，对于自己喜欢的事，要么就不做，要做就做得轰轰烈烈。”

听了龙莫婳的说辞，顾海棠心中空了一块，说不出何种滋味，一种隐隐的不安袭上心头，便道：“莫婳，我觉得这样不妥，万一……”心情正好的龙莫婳不解：“嗯？万一什么？”

顾海棠想起了朗月轩的样子，以及一直以来对他的了解，犹豫道：“万一月轩当着众人的面没有答应你，那你如何下台？”龙莫婳突然站到湖的边缘，闭着眼睛张开双臂，如站在悬崖边的飞鸟，随时会离开，只见她缓缓开口：“如果他不答应，那么我就从这里跳下去。”

顾海棠大惊，正要劝，便听到龙莫婳继续道：“顾海棠，我的生命里不能没有月轩，曾经我以为你跟他心意相通，我以为要失去生命中最重要的两个人，那一刻，我真的想过去死。现在老天爷再给了我一次抓住幸福的机会，所以顾海棠，你一定要帮帮我，让月轩爱上我。”

爱是痴愚，爱是执着。她只是太爱，她只是太痴。她跟月轩从小一起长大，她相信他们之间是有感情的。在龙莫婳看来，虽然朗月轩喜欢顾海棠，但顾海棠已嫁给了他大哥，他们已经不可能在一起了，便主动提出让顾海棠帮忙说服朗月轩到场。

顾海棠很是纠结，不知道该如何帮龙莫婳。两个相爱的人在一起是你情我愿，逼迫只会适得其反。见顾海棠婉拒，龙莫婳露出了凄然的表情：“莫非，你不愿我们在一起？”

顾海棠一时不知如何作答，只觉得不管怎么说，似乎都无法阻止，思忖片刻只得答应尽力一试。她回到朗家，坐在院子里看着月亮出神，龙莫婳白天的话在脑中萦绕不去。

直到朗月轩拖着疲惫的身子回家，上前对她温柔笑语：“这么晚了，还没睡吗？”她才垂了眼，避开他的目光道：“一会儿就睡了。”朗月轩见状，转身欲走。顾海棠犹豫片刻，将人唤住，轻声道：“月轩，我想和你聊聊莫婳的事。”

朗月轩愣了愣，来到海棠的身边坐下。其实，朗月轩已然收到请柬，却因为工坊事忙，不打算去，见顾海棠这个样子，猜到她定是受了龙莫婳的意，来劝说他，便主动轻描淡写道：“从小到大，我和莫婳就是这么相处过来的，也没见她怎么样，我不去也不会有什么，你不要多想。龙莫婳于我而言，不过妹妹而已，再无儿女私情。”

朗月轩见顾海棠依旧要劝，便道：“如此，那也好过我去欺骗她的感情！”谁料这一句却戳中了顾海棠心事，她忽然心中不甘，怒道：“所以你狠得下心来欺骗我，让我嫁给你大哥，就因为我是一个无关紧要的外人。”

顾海棠眸子在夜色中如寒星，朗月轩一愣，慌忙道：“你和她不一样，欺骗你是我这一辈子做得最错的一件事，我日夜都生活在愧疚之中。我并不乞求你能原谅我，只希望你不要活在仇恨之中，更不要拿莫婳来折磨我。”说罢起身，是逃是走，心思复杂。

顾海棠只幽幽盯着他道：“如果你真有愧疚之心，就去参加聚会，答应莫婳的请求，这是我唯一开口求你的事。”朗月轩顿住了步子，冷风轻吹，透彻骨髓：“你不觉得这很荒唐吗？”

荒唐？顾海棠只觉可笑，看着朗月轩道“你对我所做的事难道不荒唐吗？”朗月轩心如刀绞：“那我们就不要再继续荒唐下去了，我会加倍补偿你的，请你不要再折磨我了。”

顾海棠摇头，柔弱的身子，在夜色中格外凄凉，如摇摇欲坠的孤星，让人怜惜，而又不可亲近：“我不想折磨任何人。”

朗月轩满心酸楚地解释：“海棠，我因为错误的决定而自惭形秽，每一天都备受煎熬，一年，两年，哪怕是十年，我都可以等，但我希望你我之间的恩怨，不要掺杂进来其他人和事。”

顾海棠却只觉得可笑：“月轩，有些事做了就是做了，谁也没有办法挽回，你说要补偿，如何补偿？你不知道我来告诉你，答应我去见莫婳是你补偿我的最后机会。”

这一刻，她忽然觉得，既然自己已经如此，不如成全了龙莫婳。

朗月轩闻言如五雷轰顶。他不怕她气他、恨他，只怕她将他推向别人，渐渐再无情绪。他再不敢留下，生怕再听到什么绝然的话，但又忍不住赌气道：“所以你就必须用这种方式来惩罚我吗？好，只要是你想看到的结果，那我答应。”

话音未落，他便匆匆离去，剩她形单影只，默默看着他背影，泪如雨下。

朗月轩果然带着请柬，来到约定的那家咖啡厅。

咖啡厅布置成浪漫的求爱现场，白色和紫色的鲜花成堆成束，白紫花束镶嵌的曼妙白纱随风而动，很是奢华、典雅。现场阵势不小，许多的小报记者和亲朋好友齐聚。人们身穿西式洋服，手拿红酒三三两两聊天。

龙莫婳在顾海棠和小玉的陪同下出现在天台，吸引了所有人的目光。今日的龙莫婳一身洋装小礼服裙合体大方，妆容适宜，配搭亮眼。

众人纷纷发出惊叹之声，闪光灯噼啪作响。所有人都在猜测，如此盛大的场面，究竟何事?

龙莫婳在人群中四处寻找着，始终没有看到月轩的影子。也不知是谁，突然高呼：“来了！来了！”

龙莫婳转身，只见一身装扮高雅的朗月轩，不知何时已经立在身后。咖啡的香气，伴着他身上阳光的味道，引得顾海棠看向朗月轩，内心如澎湃的江河。

龙莫婳甜甜地笑了，穿过人群来到月轩面前，深情款款地拉起他的手，把他带到用鲜花摆放的心形中央，深吸一口气，对所有人道：“先生们女士们，今天邀请大家到这里来，是因为我想做一件特别的事情，一件美好的事，这件事关系到我终身的幸福，所以希望各位，能成为我幸福和美好的见证人。”

镁光灯闪烁，所有人的目光期盼而好奇。

龙莫婳转身与朗月轩相对，鼓足勇气道：“月轩，在我很小的时候，我就喜欢你，我不知道喜欢了你多久。每次见到你的时候，我都很紧张，害怕你洞察到我内心的小秘密，却又期待着与你的每一次相见。曾经，我单纯地以为这只是一种依赖、一种期盼，但是当以为要失去你的时候，才发现这明明就是爱，爱得无法自拔。人们都说女子应矜持，应含蓄，曾经的我也是这样，只敢远远地注视你，只敢在梦里对你说‘我爱你’。但是，我却发现，这让我们距离越来越远。所以，我选择勇敢一回，月轩，你，愿意让我，做你的女朋友吗?”

这一番洋洋洒洒的告白一气呵成，动人动心，在场者无不惊赞，但随即又四下鸦雀无声，等朗月轩的回答。

“答应了吧。”底下的人纷纷起哄。

朗月轩抬头，看到莫婳充满期待而紧张的目光。而她的身后，是顾海棠。顾海棠的眼神，落在了朗月轩的身上。

朗月轩知道，这眼神承载了太多的心思，是爱是恨，此刻如刀割心。但那道伤了顾海棠心的伤口，终究是他留下的。今天既然来了，他不能再伤了龙莫婳，便悠悠地开口：“我……愿意。”

可这话看似对着龙莫婳，实际却是对着顾海棠。顾海棠神色怔忪，读懂朗月轩的话意，心如江河翻滚，难以平息。

终究，她还是将他彻底推走。

也罢，兴许这就是两人的宿命。

周边掌声雷动。龙莫婳欣喜到不敢相信，眼泪噙在眼眶，激动万分，将准备好的戒指递给朗月轩。朗月轩缓缓地接过来，看到龙莫婳脖子上的项链，将戒指挂在项链之上。

就在众人觉得，朗月轩要亲吻龙莫婳，他却突然拉着龙莫婳往外走。从顾海棠身边经过时，那眼神落在了顾海棠身上，又匆匆收回，似是有无尽的惆怅。

龙莫婳跟着朗月轩，见他的脸色不好，只能小心翼翼地上前问：“月轩，你是不是生我的气？对不起，没有提前和你商量……”

朗月轩一愣，道：“莫婳，对不起的人是我，我不想当着众人的面让你下不来台，是因为……”龙莫婳似是猜到朗月轩要说什么，双手不住颤抖，眼中带泪。

朗月轩亦知此言残忍，但不能不说：“我也认真地问自己，是不是可以给你一次机会，可是当我说出‘我愿意’三个字的时候，我发现，我不能欺骗自己，也不想伤害你。总之，我想要和你讲清楚，我们只是好朋友，我把你当好妹妹，这才是我们最好的相处方式。”

龙莫婳脑中空白，勉强挤出一个大笑容：“还好你当时没说，不然我真想一了百了。”朗月轩一愣，沉了脸“莫婳，我希望你以后做事，多考虑考虑后果。”

龙莫婳摸了摸眼角，摇头笑道：“你别紧张，我就是跟你开个玩笑，不过，爱情不就是会让人失去理智嘛。没关系，只要有机会与你相处，我就觉得很幸福，我会让你慢慢喜欢上我的。你先回去吧，我会回去跟大家解释，你有事情先离开了。”

朗月轩点了点头，自行离开。

龙莫婳看着朗月轩离开，终失声痛哭。她不明白，用尽了全部的力气去爱他，为了得到他，不惜逼迫自己的好朋友，可是，为什么他终究还是一次机会都不给她……

第二十三章　◎尔虞我诈◎

从咖啡厅回到家的顾海棠，如泄气的皮球，一下子倒在床上，将脸埋进枕头，脑中全是白天龙莫婳求爱的场景，压抑、难过、酸楚充斥心房，就连顾夏合来敲门也充耳不闻。

顾夏合不知姐姐的心事，坐在床边，扯她裙摆，笑道："你今天怎么情绪这么低落？下午没去工坊吗？"顾海棠冷静片刻，翻过身子坐起，将白天的事说与顾夏合。

顾夏合睁大了眼，可惜道："他们在一起了？莫婳姐是瞎了吗？"顾海棠只能点点头，感情的事，既然已经如此，她又能怎么样？只好想想别的："我现在只想早点研究出配方，治好月明的脸，这样我就可以彻底脱离朗家的那些人和事了。"

这时，天瑜走了进来，将绣的新图样给顾海棠看。顾海棠本没心思，但不好推辞母亲，便一个个接过来欣赏，不料在众多的图样里，发现一朵十分特别的花，不禁感叹："这朵花，好特别啊！"

天瑜摸了摸这幅绣品，回忆道："噢，这花名叫'冰晶麒麟'。"

冰晶麒麟？顾海棠一愣，忙问母亲怎么知道这花，听闻是父亲曾采过的名贵药材，不禁来了兴致，借着母亲尚且清醒，央着要听这花的故事。

传说，凤凰每五百年就要背负着积累于人世间的所有仇苦恩怨，投身于熊熊烈火中自焚，再浴火重生，得到更美好的灵与肉身。当新生的凤凰从烈火中振翅飞出的时候，灼烧过凤凰的烈焰就会自动凝结成一个花苞，这就是冰晶麒麟。五百年才孕育一枝，珍贵无比，可以治愈世间所有的疤痕，而能采到者，也必是心诚的有缘人……

天瑜说得真切，顾海棠听得目光闪烁，心想：传说虽不能全信，但若是当年父亲真有采到，那这类药草必然是有的，当下也很可能存在于山野之间，只要找到，就可以制出治好朗月明脸上疤痕的药。

想到此，她不禁兴奋，拉着母亲的手，继续追问。这一讲便月到中天。月光透过顾海棠家的窗棂静静洒下，美好而温暖。屋内，顾海棠依偎在母亲的被窝，像个依恋母亲的小女孩，如身临其境般听着父亲曾经采冰晶麒麟的故事。

待母亲言毕，顾海棠恍然大悟："我懂了，因为它是代表重生的花朵，所以才可以治愈所有的伤疤，让皮肤也得到重生。"

天瑜点了点头，这冰晶麒麟的花苞可以在世上存活千年，只是若要它开花，这便是极难的。据说，只有世间最冰冷的东西滴在上面，它才会顷刻盛开。

"那什么才是世间最冰冷的东西？"顾海棠纳闷。天瑜摇头表示不知，却看了顾海棠姣美容颜，朝着她露出笑意："妈妈等着你来告诉我呀。"

顾海棠一愣，陷入沉思，可随即又面色一凛：或许，这世间最冷的，便是人心了吧。但不论是何，找到冰晶麒麟一念，深入顾海棠心底。

次日一早，她便辞了家人，根据天瑜的说法，去那山地，指望能有运气，真的寻到。也不知在山中寻了多久，她突然看到一处不算太陡峭的山坡地，生长着各式的植物，种类繁多，就像人的思念，纷繁复杂。

她欣喜地跑去，细细地找，却没有进展。无奈之下，拿出冰晶麒麟图样，一次次地对比，露出失望表情："冰晶麒麟啊，冰晶麒麟，你到底会生长在什么地方呢？"

一路寻寻觅觅，心情也起起落落。她在岩间寻觅，终不负有心人，只见繁茂的丛丛植物之间，一株冰晶麒麟隐约可见！她一阵兴奋，不顾一切地冲了过去，不料脚下踩空，仓皇间滚下悬崖。

她努力去攀住石头的棱角，却无济于事，只得任由身体凌空下坠，只得满心怨怼：难道一切就要在这里结束？为什么天不可怜无辜人？为什么我要遭受如此困境，却连翻身的机会也不再有？但这控诉之余，她赫然发现，第一个想到的人是朗月轩。

可想有何用？她终是闭了眼，默念了声再见。

此时的朗月轩正在全叔的陪同下来到码头，与朱总管商议。

朗家的船出事了。按照朱总管的说法，今天下午，他们收到江上传来的求救信号就派人搜救，但只在江上救下了两名船员。朱总管引着朗月轩，到了船员休息的地方，只见两名船员坐在一边身披棉被正喝着姜茶。

朗月轩仔细询问才知，他们一路走来都很顺利，当时看到码头，本以为可以马上靠岸，怎料突然有一群带枪蒙面人从水下飞起，见人就砍，两人是跳下水逃跑，才能活命。而抢了船后，抢匪的头儿指挥着手下，把船就停在江面，等着船主来赎。听那口音，若非昆杨人，必定也是在昆杨住了几年的人。

朗月轩听完船员的话，琢磨着，沉思着。朗家这批货极为重要，水路他们也走了多年，朗月轩实在想不到会在这个地方遇到劫难。

他正思量着，施济周竟也带了人急忙跑来，开口便道："我听说了！还有这种事！昆杨码头向来太平，月轩少爷，你回去问问你爹，是不是得罪了什么人！离给华吉利交货的日期也没剩几天了，偏偏在这个节骨眼上出事。哎，朗家这次可不要重蹈我施家覆辙哟！"

朗月轩眼神一凛，面上却彬彬有礼道："谢谢伯父关心，我们自会妥善处理。"

施济周是真好心？朗月轩很是怀疑。他回到家将此事说与父亲听。朗斯年坐在书桌前，神情凝重，亦觉得这次事件的确蹊跷。

"一般劫匪劫的都是出港的船只，因为大多是成品，价值较高也易脱手换钱，可这次却劫走了朗家的原料，如果不出手，他们留在手里有何用处？"朗月轩提出疑问。

朗斯年吸着烟，没有回应，沉思片刻，忽然站了起来："烧香要烧对庙门，咱们得搞清楚要拜的是哪路神。月轩，给我备一份大礼，咱们去龙府走一趟。"

此时的龙德水闲来无事，正在院子里打太极拳，心情甚好。今日江上的事，他自然知道。真要说起来，这出戏还是这位龙大帅的手笔。龙德水听胡副官汇报完朗月轩在码头的言行，悠然自得地道："那我就坐等鱼儿上钩。"话音刚落，便真的有家丁来报朗斯年求见。

龙德水露出了得意的笑容："今天注定是双喜临门啊，有请！"

所谓双喜临门，还有一喜，正是他看上了易蓉蓉，要娶人家过门做姨太太，而对方也半推半就地应下。人财两得，让龙德水心情大好，哼着小曲儿，大步流星地回到客厅，同时，在靠近厅门时，脸色一变，与胡副官来了个红白脸的戏。

他怒斥胡副官："混账、草包，水路上那帮土匪闹得这么凶，为什么不早向我汇报？你们是干什么吃的？真是气死我了……"

龙德水的戏声情并茂，有模有样，让等在客厅的朗斯年嘴角一抽，心中责骂，却面上还要顺着劝慰他。朗斯年故作不知，问道："出什么事了，把你恼成这样？"

龙德水装成一副着急上火之态，道："朗兄不知，最近江面上，不知道怎么又闹起了土匪，进埠的船只被劫，我这心里着急啊。你想，一定是咱们昆杨百姓急用的货，我这是……急呀。"

朗斯年颔首，亦是做出一副担忧的模样：“大帅真是心系百姓、想百姓所想，不瞒大帅，被劫的那批货，正是我朗家的。”

龙德水装作甚是吃惊的样子，义愤填膺，保证定要将那些货给抢回来，让朗斯年慢慢等，莫要着急。朗斯年知道龙德水要动兵戈，定是要钱，便无奈笑道：“大帅，我知道你也不容易，方方面面都要顾及，可是这次我朗某人一定要央求你。这批货事关重大，如果我不能尽早拿到货，就不能按时交货，那损失的不仅仅是我朗里春，恐怕日后再也不会有人来昆杨订胭脂了。”

胭脂之于昆杨，便是米面之于人家，万万缺不得的。

龙德水一脸为难：“这个我也清楚，可是，我实在是巧妇难为无米之炊呀。”朗斯年一声叹，继续道：“大帅放心，钱方面尽管开口，调集兵力这方面的费用包在朗某身上。只要大帅能倾力相助。”

龙德水听了朗斯年的话，喜上眉梢，掩饰不住脸上乐，却还是竭力地绷住了脸面，做出犹豫的样子。朗斯年为了让龙德水开口，便只好继续开出筹码：“另外，我马上要在城南开一家朗里春分店，可以分一部分股份给大帅，大帅可别小看了这点股份，这可是一份永无止息的活钱，经营得好，大帅每个月都能支到利润。”

龙德水一拍大腿，甚是仗义地道：“朗老板爽快，我就喜欢你这样的精明人，朗兄一句话，我龙德水一定倾尽全力。”言罢，调兵遣将，自不在话下。

朗斯年这才长长地松了一口气，心中已是雷霆之怒，但只得回了家发泄。朗月轩见父亲勃然砸杯，忙问情况。

朗斯年喘着粗气，咬牙切齿道：“龙德水的伎俩并不高明，可是你拿他一点办法也没有，只能往他欲壑难平的口袋里塞银子，好在他只求财，不会真正树敌。放心，货，会回来的。这王八蛋，准是和施济周有串通！”

骂完，他一声叹，疲惫地坐在椅上，继续道：“还有，这批货发出之前不能掉以轻心。我们要提防的人，并不是水匪，也不是龙德水，而是施济周。”朗月轩一愣，问道：“爹，我一直很奇怪，你跟施济周年轻的时候有什么过节吗？为什么他一直把你当眼中钉看待？而且现在已经超越一般的竞争关系了，他分明是想整垮我们家。”

朗斯年摇了摇头，安慰朗月轩：“上一代的恩怨，你无须过问。这几次较量下来，双方都没有占到上风。施济周如今竟然拉拢龙德水与我为敌，以后，我们必须更加小心才是。”

朗月轩听出话外音，但知问不出结果，只得应下，不再多说。

第二十四章　◎双姝焚情◎

顾海棠在全身的剧痛中慢慢地苏醒过来，撑着身子，勉强起来，辨别着方向，只见四周青青的植物中央，掩映着一条小路。这小路曲折向前，也不知通往何方。

她稳定心神，沿着小路向前，走到尽头，发现有一座篱笆墙围起的小院，四顾无人，喊了几声，也不见人应，好奇之下，推开了竹篱笆小门试探着道："你好，有人吗？"

半晌，没有人回应。顾海棠大着胆子继续向里走，见园内错落有致地摆放着各式奇花异草，争奇斗艳，高处的树木之间居然有松鼠跳跃，甚是可爱。而在园子的中央，小桥流水，水中鱼儿嬉戏、乌龟成群。

顾海棠置身其间，身心愉悦，也分外震惊，只觉得此处更像是一处可以栖身的世外桃源，小心地走到正门，不由得愣住。

这园子的门楣之上赫然写着三个字——海棠园。

海棠园，莫非是……

顾海棠伫立原地，不再挪动步子，心思辗转，时而心欢，时而意乱，再次想到了朗月轩，逃也似的离开了这里。

她最后还是回到了朗家，心神不宁地回到房间。

朗月明正在屋里看书，书拿反了也毫不在意，只是在听外面的动静，想知道为何这么晚顾海棠都没有回来。待见顾海棠回来，他急忙迎上来，一眼就看到她额头有擦伤，紧张又心疼地道："哎呀，怎么受伤了？"

顾海棠一愣，躲开他抚上额头的手，道："没什么大碍，不小心摔了一下。"朗月明失落地收回手，不再多言，拿来药盒，用纱布细心地为顾海棠擦拭："怎么搞成这样？你到底去哪儿了？"

顾海棠低了头，朗月明的关心情真意切，让她有些愧疚，便道："我去采药时，脚滑了一下，没事的。"

朗月明心痛地帮海棠吹气，顺势拉住她的手，满眼柔情道："你在哪里采药，下次带我一起去，我可以在身边照顾你。”

顾海棠惊愕，立刻将手抽出，见他有些尴尬，又补了个不甜的微笑，拿过毛巾：“我又不是小孩子，从前也一直是一个人在采药，你放心吧，下次不会再受伤了。”

顾海棠第二日一早，又早早起身，再次来到看到冰晶麒麟的地方。她举目望去，只见断头崖上，隐隐约约有株东西就在山岩的峭壁之处，这么看，与母亲的绣样极为相似。

为了确定，顾海棠掏出花样对照，终于露出了笑意，不顾一切爬上山岩，手臂用力，终于摘到了花，却在这时，一脚踩空，于惊叫中滚落山坡，眼前一黑，昏了过去。

待再次睁眼，她发现自己已置身小屋，竟是曾经来过的海棠园，再转头一看，朗月轩正守在身边。

见顾海棠醒来的朗月轩，长长松口气，扶起她，端来一碗水，递到她嘴边。顾海棠挡了朗月轩的动作，自己将水接过：“我自己来。对了，月轩，你怎么在这？”

“我从凡真那里听说你来了断头崖，便急着来寻你。否则，怎么会发现你？别动，我来。”朗月轩霸道地按下她的手，夺回碗。顾海棠像被施了魔法，顺服着没再反抗，任由他一口一口地喂水。

在顾海棠昏迷时，朗月轩一直告诫自己，待她醒来一定温柔体贴，但醒了还是忍不住训斥：“断头岩你也敢爬？你不要命了吗？你去那里干什么？”

顾海棠一愣，半晌才道：“那里有我找了很久的一种植物，对治愈月明的脸有帮助。”说着，将一直护着的冰晶麒麟拿了出来，看着冰晶麒麟。

朗月轩愕然轻叹一声，将它捧在手心。这是顾海棠不计代价才得来的东西，他亦视如珍宝，将其种在了园中。

顾海棠蹲下身来，在旁看着，不觉有些惆怅，想起有味草药长在山里的时候叫远志，出了山以后就被叫小草，担心着莫不是这株冰晶麒麟离开了深山，被种在这个园子里，便再也开不了花吧。

朗月轩看出了顾海棠的心思，安慰道：“这冰晶麒麟是有灵性的，只能在传说中出现的草药都能被你发现，这是多么幸运的事，只要我们悉心守护，一定会等到它为我们绽放的那一天。”

朗月轩一语双关，带着深情的目光投向海棠。

顾海棠只是摇了摇头，即便有朗月轩，又能懂她多少心思？便道：“每件东西都有属于自己的位置，就像这草药园子，你给它取名叫海棠园，又能改变些什么呢？”

朗月轩一愣，不知不觉竟又提起了她的伤心事，只得带了歉意道：“我只想借这个名字来警醒我曾经犯过的错事。海棠，对不起，每当我懊悔不已时便会来到这里栽花种草，海棠园里的百草花香是我的痛苦，也是我的希望。”

海棠园中，顾海棠、朗月轩，便这样静静站着，皆不言不语。这海棠园中，花影纷繁，带了愁绪。朗月轩和海棠在海棠园伴着冰晶麒麟，也不知坐了多久，待他们夜归，朗府回廊的灯尚且亮着。

二人一前一后走在回廊，默然无语。顾海棠能感受到身后朗月轩的气息。而朗月轩在她后面，眼里满是爱意。但两人谁也不知，就在拐角，妙兰隐身暗处，看着他们的目光，在嫉妒中变得阴暗无比。

妙兰这一夜难眠，脑中尽是二人情真意切的画面，而朗月轩这么深情的眼神，她从未见过。

妒忌是丑恶的催化剂。她一咬牙，终是做了一个决定，于第二日一早，去找了龙莫婳。

要说龙莫婳，她父亲龙德水又要新婚，本想找顾海棠帮忙，给新娘易蓉蓉化个妆，却遇上了妙兰。龙莫婳有些惊讶，两人一番寒暄，龙莫婳便忙问：“妙兰姐姐，月轩最近常在府里吗？”

妙兰本来还想着如何将话说出，没想到龙莫婳自己先提起，心中暗喜，便道：“不常在，这阵子海棠又回了工坊，月轩也经常不沾家，府上一下子冷清多了。”龙莫婳脸色一白，语气有些颤抖：“他们两个，经常在一起吗？”

果然不出所料，妙兰知道自己猜对了，便继续道：“嗯，好像是经常出双入对的，昨天晚上就一起回来。怎么，你没有和他们在一起吗？”

当见龙莫婳摇头，似是受到伤害，满脸不可思议，妙兰便继续道：“龙小姐，你说他们会不会关系不一般？说实话，我也有点怀疑，海棠和月轩现在是叔嫂关系，要是闹出点什么来，朗家可太丢人了。还有，前几天月轩答应做你男朋友，全昆杨都知道了，这要传开，你的脸也丢尽了，你可不能太大意啊。”

眼看龙莫婳神色已经慌乱，妙兰要的便是这个。她乘机拉住龙莫婳道：“不如，我们试一试。”

这试，要如何试？龙莫婳偷偷走到朗家大门外，听妙兰之言，顾海棠最近总是一个人出去，究竟是要做何事？就在此时，顾海棠带着一包东西，匆匆走出朗府大门。龙莫婳眉头一皱，悄悄跟了上去。

顾海棠一路来到了海棠园，远远便看到冰晶麒麟在阳光下摇曳着；朗月轩背着手，正给冰晶麒麟浇水。他眼神专注，晶莹的汗水滴落在冰晶麒麟上，剔透的叶子透着阳光，好似在说话一般。

顾海棠的脚步声由远而近，朗月轩听到，回头一笑。顾海棠将手中的包裹递给月轩："这些是乳香、夏枯草，还有一些其他的配料，你拿个竹篓来把它们晾干，然后我们要把它过水、研粉。"

朗月轩听了顾海棠的话，忙不迭地去拿来竹篓，两人摆放起草药来。此时朗月轩最为关心的，便是这冰晶麒麟什么时候可以开花。就算开花之后，又要如何调配入药，皆无头绪。

朗月轩一边处理草药，一边偷看顾海棠，只见她睫毛微颤，专注的模样迷人又可爱，不禁脱口而出："海棠，你专注的样子真好看。"

顾海棠被这句话说得心里一紧张，竹篓不平整的刺，又扎到了指尖。朗月轩急忙拿起海棠的手，帮她拔出那跟刺，轻轻地呼了下伤口。

这一切，正好被龙莫婳看到眼里。龙莫婳一时心血上涌，怒道："顾海棠！"

朗月轩与顾海棠同时一愣，只见龙莫婳径直走到海棠面前："海棠，我看错了你，你果然对月轩没有死心。"

只见龙莫婳一步步逼向海棠，抬手便想打，好在朗月轩及时阻止："莫婳，你要干吗？"龙莫婳的眼中，带了怨，就这么看着朗月轩，语气满是悲切，海棠园中的宁静，被扰得繁乱，只听龙莫婳一字一句地道："月轩，我知道，那一日你拒绝我，说到底还是因为海棠！"

朗月轩一愣，不答。龙莫婳只觉哀怨，顾海棠已经是朗月轩的大嫂了，却依旧半点分寸没有。原来顾海棠就是不能让月轩对她彻底死心，甚至夺走属于自己的幸福。

顾海棠惊了，但无论如何解释，龙莫婳都不愿听下去。误会已深，说什么都晚，龙莫婳转身，飞奔而去，清泪顺着面颊，落在衣襟，却没人能为她拂去。

龙莫婳走了，而留海棠园里的顾海棠，默默坐在冰晶麒麟的面前，努力地平复着心情。她最不忍的便是伤了龙莫婳，如果可以，她想用所有去补偿龙莫婳，只是……情的事，又岂可说放就放？

朗月轩上前，给顾海棠递了一杯水："海棠，莫婳的话，你别放在心里。"顾海棠凄然一笑，轻声道："我不会放在心上的，只是，真的好累……遇见你，注定是我这辈子的磨难。"

朗月轩唤了顾海棠的名字，却又不知如何继续。见了朗月轩的样子，顾海棠摇头，目光回到冰晶麒麟："不过，无所谓了，我现在关心的，只有冰晶麒麟到底什么时候才能开花，我到底什么时候才可以治好月明的脸，什么时候才可以离开朗家，什么时候才可以不与你们有任何瓜葛！"

朗月轩心莫名一凉，顾海棠的话太绝情，他怕了，忙道："海棠，你别这样。"顾海棠的绝望像潮水一般袭来，看着朗月轩，她失声道："那你要我怎么样你才满意？是不是所有不快乐的事情临到我，我都要笑着面对，都要欣然接受，都要逆来顺受？我只是个普通的女人，我不是神，我也有感觉，我也会痛，有谁问过我的感受？有谁知道我都在承受着什么？根本就没有人明白我心里的苦，这个世界上根本没有人在乎我……"

声声句句的责任，敲击着朗月轩的心，想要将他敲碎撕裂，他怎能不在乎，怎能不心痛？但是，他已经骗了，已经伤害了，已经一次一次用刀捅了她的心。

朗月轩拉了顾海棠的手："我又何尝不是无时无刻忏悔自己愚蠢懦弱的决定！无时无刻不幻想有一天你会原谅我，就像第一次看到你在我的面前经过，那样的无拘无束，那样的无忧无虑，是我把一个快乐的海棠变成了今天这个样子，是我的错！我对不起你！"

顾海棠看着朗月轩："我恨你……"朗月轩脸色苍白，看着顾海棠欲言又止，最后转身离开。

一滴清泪从顾海棠的脸上慢慢滑落，滴在冰晶麒麟之上，顿时，一朵如同冰晶般瑰丽无比的花绽放在眼前。

冰晶麒麟开花了！

顾海棠无比惊奇而忧伤，轻轻地捧起这朵绮丽的花朵，终于明白，原来，世上最冰冷的东西，就是失恋人的眼泪！

她守着冰晶麒麟一夜，待清晨，方才回到朗里春工坊。她对朗月轩似若未见，默默做着自己分内之事，直至深夜，伏案而眠。

朗月轩这期间一直不曾离开，看到顾海棠如此疲倦，心疼地从暗中走出，将外套脱下，为她披上。他现在才明白，他对哥哥的愧疚，怎么能用顾海棠的青春年华来补偿。施舍和同情，都不是爱情，他伤了顾海棠的心，更害了朗月明。现在的朗月轩，只想用自己的一切来弥补。

数日辛劳，顾海棠终是制成了她想要的东西，带着药膏，匆匆就回了朗府。说服了朗太太与朗月明后，顾海棠只觉解脱的时刻即将到来。

朗月明看了顾海棠，静静将药膏往脸上抹去，随后握住顾海棠的手，微微颤动，情真意切地道："海棠，谢谢你。"

顾海棠的期盼中带着十足的信心，只是数日后，朗月明轻轻摘下面具，那狰狞可怖的疤依旧在，而除疤膏居然一点效果都没有。

朗太太将顾海棠单独唤了出去，面上冰冷，质问道："月明的脸至今都没有效果，你就这样一直试下去，不是让月明徒增伤情吗？"顾海棠仍一脸坚定："我会再找其他方法，直到将他治好为止。"

朗太太露出了冷笑："闭嘴！你根本不关心月明到底如何，你关心的只有那一纸休书。我告诉你，如果月明再有个三长两短，你就一辈子在朗府里面伺候着吧。"说罢，拂袖而去。

莫不是冰晶麒麟，并没有那么神奇的效果？顾海棠拿着除疤膏，忧心忡忡，走到桌旁坐下。思量了不知多久，她突然见龙莫婳就在一旁，徘徊不敢上前。

她微微一笑，主动上前柔声道："莫婳……你是来找我吗？"龙莫婳硬着头皮转过身子，轻叹一声，将头低下："海棠，我……我是来向你说对不起的，那天，我太冲动，打了你。打完你以后，我自己好后悔，月轩也连着好久不理我，我……我心里好难受。"

顾海棠的心软了，她知道，龙莫婳不过就是孩子气罢了，何况她的伤，她又会怎不知，便道："莫婳，别往心里去，我们还是好姐妹。"

龙莫婳激动地上前抱住顾海棠，开心之余却又愁上眉梢："海棠还是你好，这两天太不顺心了，连我爹都惹我。他又要娶姨太太了，而且，还想请你去给新娘子化妆，要不然，我的月银就要泡汤了。海棠，你能去吗？"

顾海棠见龙莫婳小心翼翼的样子，忍不住笑了："哎，你都开口了，还能不答应吗？"

龙莫婳的表情终于如拨云见日，搂着顾海棠，笑容满面，但却又叹了一声：

“不过你知道我爹要娶谁吗？竟是咱们都讨厌的那个易小姐！”

“没想到是她。”顾海棠一惊。

龙莫婳又缠着顾海棠说了不少易小姐的坏话。顾海棠只好连哄带骗，送走了龙莫婳，回府内碰巧路过朗月轩的房间，不由得向里面多看了一眼。

仅一眼，顾海棠就脸色大变，只见屋内，朗月轩正拿着一把刀对着自己的手要“割脉自杀”！

第二十五章 ◎飞来横祸◎

顾海棠原以为她对朗月轩早已能做到漠然而视，却在看到他割腕自杀的那一刻心惊肉跳，下意识飞扑过去，将他手里的刀打落在地，后怕地痛斥："你疯了！你这是干什么？我最恨你这种动不动就轻生的懦夫！"

她见朗月轩只是发愣地看着她，不顾手上鲜血直流的伤口，忙撕下自身袖上的衣料，为其包扎。

手上因包扎传来的疼意，终于让朗月轩有了反应。他看着顾海棠因垂首而更为分明的浓翘眼睫，顿觉心头如鸦羽轻扫而过，晃起点点涟漪。

他的眉眼立时柔和下来，闪动着欣喜与意外，但随即又似想到什么，复垂下眼，佯装萎靡不振道："我活着还有什么意思，你救我又是何必？"

顾海棠没好气地冷笑一声："你把我骗到你们家，毁了我大好青春我还没说想不开，你好好一个七尺男儿有什么理由寻死觅活？"

朗月轩再次从顾海棠口中听到他对她造成的伤害，心像是被尖针刺了一下，难受得紧。他贪婪地看着她的一举一动，万念俱灰地回道："因为我看不到自己的未来，也找不到生活的方向。"

顾海棠手上的动作微顿，抬眸见他一脸悲壮，只觉世家里的公子果然矫情，冷嗤道："所以呢，你觉得你的命不值钱？觉得你的人生没有价值？"

朗月轩重重地点点头："没错。"顾海棠没有理会，手上一个用力，将布条兀地勒紧，疼得朗月轩扭过脸龇牙咧嘴，倒吸一口凉气道："我毁了一个女孩的青春，我辜负了她的一片心意……我觉得我做什么都无法抵消我的罪过，那个人永远不会原谅我，我实在是无路可走。"

顾海棠见他中气十足，后退两步与他保持距离，淡淡道："你走都还没走过，怎知无路可走？"朗月轩心里泛苦，忍不住欺身上前，目光灼灼地看着她："那你告诉我，路在哪里？"

顾海棠招架不住朗月轩的注视，又恼自己对他心软，用力将人推开，恶声道："要死你就选个痛快点的方式，上吊、跳楼，哪一样不比你割腕痛快！"

说完转身就要走，朗月轩忙将人拦住，把伤口递到她面前，再不见先前半分消沉，急道："你看清楚，我这割的是腕吗？割腕有竖着割的吗？"顾海棠看伤口确实如他所说，停下脚步，狐疑道："那你先前在干什么？"

朗月轩松了口气，怕装得过了这人又得走，毫不停顿地解释："我在做实验。你费了那么大劲研究除疤膏，为了找到冰晶麒麟差点丧命，我怕你着急，更为你着急。所以，我想亲自试验一下这除疤膏的效用到底如何，问题到底出在哪里。"

顾海棠一时怔住，心中五味杂陈。她敛好情绪，托起朗月轩的手臂，看腕处的伤疤颇长，皱眉道："你怎么这么莽撞？万一药膏没有效果，留下疤痕怎么办？"

朗月轩目光炯亮，语气笃定："我信你。"

"可……"顾海棠想到朗月明毫无好转的脸，对自己的坚持产生了怀疑，"我真的想放弃了。"朗月轩急了，鼓励道："别放弃，再试一次！要不我白受罪了，这血白流了……"

顾海棠听他这么说，一下子笑了出来，"你为了月明，也是煞费苦心了。"朗月轩深深地看了她一眼："以前是，现在，不全是。"顾海棠像是没听懂，移开视线，道："如果这次还是没用，你又要挨一刀吗？"

"嗯。"朗月轩态度坚定，"一直到你成功为止。"

顾海棠欲言又止，终是没再劝，留下句"你好好养伤"，提着化妆箱去了朗里春工坊。她刚将化妆箱放到办公室，出门便见龙莫婳抱着虎皮猫急忙跑向她，但见着她还未说一句话，眼泪先滴滴答答掉了下来。

顾海棠忙拿出手帕为她擦眼泪，询问发生了何事。龙莫婳抽抽搭搭地说着，原来是易小姐对猫毛过敏便与她翻脸，还威胁她将小虎送走。龙莫婳自幼被龙德水捧在手心里疼，哪受过这等委屈？抱着小虎就找顾海棠诉苦来了。

顾海棠扶着龙莫婳往工坊里走去，安慰道："别难过了莫婳，咱别跟她一般见识。小虎要不先放到我家去，还能跟我娘做个伴呢，瞧你的眼妆都哭花了……"

顾海棠说着打开箱子，准备帮情绪稍缓的和龙莫婳补妆，不料小虎突然从龙莫婳手里跳下，跑了出去。龙莫婳起身去追，海棠也跟着追了出去。

未几，安静的办公室里，忽然响起一道刻意压低的脚步声，一只女子的手伸向了化妆箱……

而此时没能追上龙莫婳的顾海棠，忽然想起未收拾好的化妆箱，返身折回，不小心与来到工坊的朗月轩相撞。顾海棠一眼看见朗月轩手里提着她的化妆箱，不客气地拿了过去，眼神不善，道："你拿我东西干什么？"

朗月轩松开手，无所谓地笑笑："化妆品摊开一桌子，我好心帮你收着呢。"顾海棠轻哼一声，将箱子抱在怀里，毫不领情："我的宝贝，别毛手毛脚给我碰坏了。"

朗月轩尴尬地摸了摸鼻子："唉！算我多此一举。对了，我听新巧说你和莫婳去追猫了，莫婳呢？猫呢？"顾海棠想到朗月轩那天答应龙莫婳告白时的场景，不知哪来的闷气，道："又不是我的猫，又听不懂我的话，我哪管得着，你担心不会自己去找？"

朗月轩自讨无趣，只好看着顾海棠离开。

顾海棠一回到朗府就被朗太太喊去书房，只因易小姐点名要她做婚纱设计师和大婚之日的化妆师，特意先来试妆。她不动声色看着面前这张熟悉的脸，仿若不记得这个就是当初害夏合差点无法入学的易小姐，认认真真地为其添色。

"顾海棠，你果真有一双巧手，同样的一张脸，被你捯饬一下，整个都变了样。想当初我三顾茅庐，请你为我化妆，你就是不答应。如今，你还不是得卑躬屈膝，为我服务？"易蓉蓉看着镜中娇艳的自己，十分满意，她笑得一脸得意，继续道，"顾海棠，你后悔吗？"

顾海棠神情淡淡，道："易小姐，有的时候化妆只能遮掉一个人表层的丑，而一个人的心灵的恶，无论用多好的化妆技术，都无法掩盖。"

易蓉蓉一听就变了脸色："顾海棠你摆什么高姿态？你还不是跟我一样，为了钱财地位，连丑八怪都嫁！"顾海棠正准备还击，在窗外偷听的朗青青一个箭步冲进屋，对易蓉蓉破口大骂。

眼见两人几欲厮打起来，顾海棠死死抱住朗青青，在朗太太闻讯赶来之前制止了一场闹剧，却仍惹得朗太太对她心生不满。朗青青更是心中暗恨，想让仗势欺人的易蓉蓉吃点苦头。

龙大帅娶妾的日子很快来临，与天瑜日夜赶工制出婚纱的顾海棠，正仔细地整理化妆箱，在出发前不忘先为朗月明涂祛疤膏。可没想到，这一逗留，竟意外发现朗月明背着她偷偷将药膏洗掉，难怪连朗月轩手上的疤痕都已痊愈，朗月明的脸上却仍无半点动静。

顾海棠惊怒交加，更气朗月明不爱惜自己，厉声质问：“我费尽心力，冒着九死一生的危险才采集到冰晶麒麟制成祛疤膏，祈祷上天能够治好你的脸。可你每天都要把它洗掉，为什么？”

朗月明像是做错了事的小孩，心慌无措，语无伦次地解释：“海棠，对不起，我对不起你们的付出，你别，别那么生气，我……我只是害怕……”

顾海棠无法理解：“还有什么比每天过着暗无天日的生活更可怕？”朗月明飞快地抬眸看了顾海棠一眼，小心翼翼道：“我害怕我的脸好了以后，你会离开我……”

顾海棠一怔，旋即更为愤怒：“所以你就想让你这张脸把我绑定在你身边，你不觉得很荒唐吗？即使我留在你身边，那也只是同情，不是爱！你这么做，只会让我对你更加厌恶！如果你愿意搂着自己的面具自怨自艾地过一辈子，请你不要拿我当你的陪葬品！”

朗月明看着海棠愤然离去的背影，内心挣扎不断，最后艰难地朝顾海棠离去的方向迈去，像是做了什么重大的决定。

浑然不知朗月明想法的顾海棠，顾不上位置不对的香粉盒，直接提着化妆箱去了婚礼现场。

西式婚礼的现场上城中名流齐聚龙德水在众人的簇拥下满面春风气派十足，远远看着经顾海棠打造后清新脱俗的易蓉蓉朝他款款走来，不由得咽了咽口水。

龙莫婳看着龙德水的好色样，气得七窍生烟，走到顾海棠身边，不悦道：“哼，这婚礼真没意思。你说你给那个小贱人化那么漂亮干什么，忘了她欺负过你啦？”

顾海棠收回视线，笑道：“还不是受你嘱托。”龙莫婳想到当初易蓉蓉硬要顾海棠当造型师才肯嫁给她爹，对易蓉蓉更为厌烦：“我还不是被逼的。”

正说着，场上忽然传来阵阵隐忍的窃笑声，相较之下，朗青青夸张的嘲笑声格外刺耳。顾海棠循声望去，就见易蓉蓉看起来恍恍惚惚，不仅在走路时步履不稳，闪了个趔趄，面对牧师提出的询问是否愿意嫁给龙德水的问题时，更是几欲睡着，迟迟才给出答复。

龙莫婳不屑地翻了个白眼，拉着顾海棠去化妆间帮她处理额头上冒出的痘痘，不承想遇到了跟来的朗月明，他不由分说地将顾海棠拉到门外，朝她表明心声："海棠，我想明白了。我错了！你应该骂，你早就应该狠狠地骂我！从此刻开始，我再也不会懦弱，我一定会面对所有困难，接受治疗。"

顾海棠双眼闪动光彩，对朗月明刮目相看："月明，你能走出来，我真为你高兴！"

疲惫不堪的易蓉蓉在丫鬟的搀扶下正好路过，突然看到朗月明和顾海棠，吓了一跳，叫道："啊！好可怕，这么丑的人不待在家里干吗跑出来吓人，来人，快点把他赶走！"

顾海棠挡在朗月明身前，压下心头怒意，四两拨千斤地道："易小姐，你的妆花了，我们还是去化妆间补一补吧。"说着朝朗月明眨眨眼，暗示他趁机离开。朗月明拒绝不得，眼睁睁看着顾海棠和易蓉蓉进了化妆间。

此时的化妆间里已不见龙莫婳身影，顾海棠心道这丫头又不知去哪晃了，拿起粉扑，就着最近的香粉，帮易蓉蓉补妆。

易蓉蓉却不配合，一脸不耐烦："你这粉什么味儿啊？我怎么闻着就想吐呢！"顾海棠耐着性子，好声好气道："大概是您累了，脾胃不舒服，耐心点，很快就好了。"

易蓉蓉又开始扯胸前的衣服："这里怎么这么热啊，渴死了，快去给我倒杯水喝。"眼见补好的妆容再次花掉，顾海棠眉头皱起："易小姐，补好底妆，我就去给您倒水。"

易蓉蓉蛾眉倒竖，怒道："我现在就要喝，立刻倒给我！"顾海棠终于忍不住，把粉扑一放："易小姐你静静心好不好，你这样我根本无法补妆。"

易蓉蓉下颌高高扬起，冷嘲热讽道："我倒忘了，您是朗家大少奶奶，尊贵之身，给我端茶倒水可是委屈您了。对了，原来刚才外面那个面目狰狞的丑八怪就是你的丈夫啊！怎么，是怕你在这里受我的欺负来给你撑腰来了，还是急着找媳妇回去伺候他呀？大白天的，有那么着急吗？"

顾海棠被戗得一脸窘迫与难堪。忽然，一直守候在门口并未离去的朗月明冲了进来，愤怒地朝易蓉蓉道："请你说话客气点。"

易蓉蓉被朗月明狰狞的脸吓得魂飞魄散，捡起手边的事物朝朗月明摔打过去："滚开，怪物！"反应过来的顾海棠立即将朗月明护在身后："月明！你先出去！"

这里的动静很快引来了别人的注意，顾海棠瞧见最先出现的朗青青，交代她先陪朗月明回去。朗青青一头雾水，但在看见易蓉蓉渐渐红肿的脸时，眼底闪过一丝惊慌，二话不说将朗月明拖走。紧随而来的朗月轩，看见顾海棠的化妆箱被打翻，遍地狼藉，快速向她走去，担忧道："发生什么事了？"

顾海棠还来不及回答，便听见易蓉蓉的丫鬟惊慌地大叫起来："小姐！小姐，你怎么啦？救命，救命啊！"顾海棠回头去看，只见刚刚还在撒泼的易蓉蓉正不停打着喷嚏，满脸通红，无力地靠在了丫鬟身上。

顾海棠颇为惊异，心里却隐隐闪过一丝不安。刚赶到的龙德水见状匆匆迎了上去，然而他还没走到近前，易蓉蓉忽然双眼翻白，晃悠悠软了下去，栽倒在地。

龙德水忙冲上去扶起易蓉蓉的头，只见那张娇容早已肿得如同猪头。他像见了鬼一样吓得撒开手，气急败坏地吼道："来人！快来人啊！"

所有赶来的宾客都面面相觑，震惊不已，唯独冲在最前头的龙莫婳一脸的惊惧与害怕。她看着休克后陷入昏迷的易蓉蓉，看着被踩得满地都是的香粉，看着被龙德水命人抓起来的顾海棠，忽然想起那天追"小虎"时遇到的曹新巧说的那番话。

她猛地冲出人群，却怎么也找不到那个熟悉的身影。

第二十六章　◎乱象丛生◎

易蓉蓉生死未卜，顾海棠成最大嫌疑人，被盛怒的龙德水收押在狱。一时之间，被迁怒的朗里春成为众矢之的，引来一群经有心人挑拨的百姓堵在门口寻衅滋事，直将胭脂盒粉砸向朗府大门，叫嚷着朗家卖毒胭脂，索要赔偿。

事发突然，眼看朗斯年被失了理智般闹着要去监狱救顾海棠的朗月明气倒，朗月轩不得不担起重担，将探看顾海棠的念头压下，快步迈向大门，以镇定沉稳的凛然姿态，晓之以理、动之以情，又以朗里春百年来的信誉作为担保，许下真相大白时众人可免费前来领取礼物的承诺，这才迅速平息了这场闹剧。

然一朝失势，落井下石之人岂止挑拨百姓闹事那一位？朗里春遭此大劫，名誉受损，不知引出多少虎视眈眈的敌手。他们沆瀣一气，以施济周为首，逼朗斯年暂时让出会长之位。

变故接踵而来，几乎让人没有喘息的时间，饶是历经了大风大雨的朗斯年也免不住急火攻心，一夕之间便垮了身体。

朗月轩忧心忡忡，顾不上安慰惊慌害怕的朗青青，亦没能发现朗青青的异样，匆匆赶去了监狱。饱受煎熬的顾海棠见到朗月轩犹如溺水之人遇到浮木，惊喜交加。她布满红血丝的双眼闪过亮光，快步跑到朗月轩面前，抓着将他们阻隔的铁栅栏，下意识往前探身，激动地喊着“朗月轩”。

朗月轩看着满脸憔悴的顾海棠，紧紧抓住她握着铁栅栏的手，语中的心疼已不加掩饰：“海棠，你受苦了。”顾海棠的眼神有些躲闪，想起两人此时的关系，两只手不自然地想要挣脱。

朗月轩感觉到顾海棠的抵触，连忙把手悄悄移开。顾海棠心头滋味万般，深知当下不是儿女情长之际，主动问道：“现在外面情况如何？我娘和弟弟……”

朗月轩温声安慰：“你放心，夏合很懂事，他让我告诉你他能照顾好伯母，叫你不要担心。”“那就好。”顾海棠松了口气，随即又问，“易小姐和龙将军那边……”

朗月轩沉眸，脸色凝重："易小姐不仅是皮肤过敏，而且全身红肿引起呼吸困难，现在正在医院抢救，应该不会有生命危险。"

朗月轩说着，看向顾海棠的目光多了份疼惜："至于龙德水，他认定是朗里春的香粉出了问题，不肯听任何解释，一心要定你的罪。"

"嗯，我明白。"顾海棠点点头，并未被突如其来的关押与扣上头的莫须有罪名吓慌了，还算冷静地分析道，"龙将军对这次婚礼那么重视，对易小姐更是宠爱有加，发生这样的意外，婚礼也成了一锅粥，不大发雷霆才怪。你们切勿操之过急，我更担心这件事会影响到朗里春的声誉，龙将军不会善罢甘休的。"

龙德水岂止不会善罢甘休，已到了将朗里春封店的地步，但朗月轩不愿让顾海棠担忧，郑重道："海棠，这些事我会处理，你别忧心。"

顾海棠点点头。朗月轩平日里看着虽没个正形，但遇事却是个能顶得住的人。但她还是没忍住多说了几句，让朗月轩记得提醒朗月明按时擦药，以免前功尽弃。

朗月轩心生涩意，又恼又心疼，不由得提高几分音量："都这个时候了，你还在操心别的事，真是个傻瓜！你怎么不多考虑自己？你还记得易小姐是怎么中的毒吗？"

顾海棠将当日场景细细回忆一遍，神色凝重道："我用的化妆品都是从我专用化妆箱里面拿出来的，而且前一天易小姐来朗府试妆时用的是同一种产品，并没有什么不适感。除非是有人动过化妆箱里的香粉，添加了让易小姐过敏的物质。"

这句话点醒了朗月轩，他眼睛一亮，激动地道："你说得对，易小姐很有可能一直以来就对某种物质有过敏症，而且还是致命的过敏症，否则她的症状不会这么严重。一定是有人利用了这一点来陷害你，陷害朗里春！"

但想到那天在婚礼现场调查的结果，朗月轩又如被人兜头泼了盆冷水，沉痛地道："只可惜你那日给易小姐用过的香粉都撒在地上被踩成了泥巴，搜集不到可化验的成分。"

顾海棠张张嘴想说些什么，看守的牢头却提醒时间到了，让朗月轩赶紧离开。朗月轩纵有千言万语，最后也只化作一句："海棠，你放心，我定会早日查出真相，绝不会让你有事的。"

对上朗月轩坚定沉着的目光，顾海棠眼眶发热，心头颤起。突遭此难，她虽看着冷静，但也并非全然不害怕。如今有人说要护她周全，她又怎会无动于衷？她感动地朝他颔首：道：“月轩，我信你，你走吧，去做你该做的事吧。”

朗月轩用力地看她一眼，双眸闪动，最终转身，大步离去。狱中阴暗潮湿，令人压抑又绝望；狱外却烈日当空，似能让一切黑暗都无所遁形。

朗月轩重重吐出一口浊气，打算去找龙莫婳询问当日细节。可向来缠着他不放的龙莫婳，此次竟一反常态地闭门不见。

听丫鬟小玉说，龙莫婳最近一直病恹恹的，闭门不出，谁都懒得见，就连龙大帅都说小姐怕是被婚礼那事吓掉魂儿了。

朗月轩看了眼紧闭的将军府，若有所思，最终还是没有硬闯，迈步离去。刚走没几步，耳边忽然传来夹杂着哭腔的剧烈争吵声，细辨下竟似极朗青青与顾夏合的声音。

朗月轩心头一紧，急忙朝声源处跑去，就见朗青青哭得梨花带雨，而顾夏合正怒气冲冲地拉扯着她，不知要往哪走。

朗月轩一个箭步冲上去将两人分开，锋眉蹙起，满腹疑惑，道；“你们这是在干什么？”朗青青只是哭着摇头，顾夏合却怒目圆睁，用力甩开朗月轩，指着朗青青，恨恨道：“就是她在我姐姐的香粉里做了手脚，害我姐姐入狱，我要带她去自首！”

朗月轩难以置信地看向朗青青，百般质问下才得知，朗青青因易蓉蓉对朗月明出言不逊而心生怨气，想让易蓉蓉在婚礼上出洋相，便趁顾海棠给朗月明涂祛疤膏时，偷偷将药粉掺进香粉。

那药粉会令人神志恍惚，是以婚礼那天易蓉蓉的表现才会如此怪异。但朗青青万没料到，易蓉蓉会因此过敏，甚至还害得顾海棠坐牢，更害得朗里春遭受重创。

朗青青既害怕又后悔，躲出来散心时，意外遇到顾夏合被人侮辱是杀人犯的弟弟。

朗青青心中有愧，在顾夏合受到殴打时出手相帮，助他平安脱困。

然而面对顾夏合的赤诚道谢，朗青青再抵不住内心恐慌，崩溃地道出事实真相，这才有了朗月轩刚刚看到的那一幕。

朗月轩眉头紧蹙，一双黑眸似能将朗青青看透，问道：“这种药粉除了会让人精神不济，还有什么药性？”

朗月轩的语气虽平缓，却让朗青青下意识产生畏缩心理，抽抽搭搭道：“没有了，这个药粉最多也就是把人弄晕，根本不会休克，更别说要死要活的了，而且这药要是真那么毒，我怎么可能用？”

朗月轩沉思片刻，想到某种可能性，问道：“这种药粉，你身边还有吗？拿来给我分析一下成分，说不定弄巧成拙，它偏偏对易小姐的过敏体质是致命的。”

朗青青耷拉着脑袋，弱声道：“用完了……”顾夏合在一旁气急败坏地跳了起来：“什么？用完了？你这是要人命啊！”

朗月轩的表情愈来愈沉：“这药你从哪弄来的？”朗青青想起那人哭着求自己的样子，被秘密憋得实在难受，只能又哭起来。顾夏合急得面上青筋凸起：“朗青青，不准哭！说话！”

朗青青抹了一把泪，一咬牙，道：“是我向一个江湖郎中买的。那江湖郎中四处游走，早不知去向了。”朗月轩却不大信，视线锐利地逼向朗青青眼底：“你没撒谎？这事关系重大，可不是闹着玩的。”

朗青青心虚地移开眼：“没有啊……月轩哥哥你相信我，那药是绝对不会害死人的！”朗月轩沉吟着没有说话，似乎有自己的思考。

顾夏合却一刻也等不及，抓起朗青青的手道：“你害没害死易小姐我不知道，但你害死我姐了！走，跟我去自首！”朗青青泪眼蒙眬地点头：“好，是我错了，我们这就去把海棠嫂子换回来。”

两人说着就要离开，朗月轩忙将人喝住：“你们好好想想，我们现在没有证据，若是贸然用青青换海棠，外人会不会相信我们的话？龙德水又会不会因为觉得我们在耍他玩而更加震怒？会不会不但救不出海棠还害了青青？”

顾夏合浓眉竖起，气愤地瞪向朗月轩：“月轩哥，你什么意思？”朗月轩尽量简单地为他们解释：“青青认罪，更坐实了朗里春卖毒粉，对朗家目前的困境没有帮助，海棠作为朗家的一分子，恐怕也轻易脱不了干系。”

顾夏合却冷笑一声，甩开朗青青，怒道：“好啊，朗月轩，我算是听出来了，你就是要包庇朗青青！你这个骗婚的浑蛋，果然一次不忠百次不用！亏我还听了我姐的话不要同你计较，你就是个无情无义的渣男！”

“夏合，你知道我不是这个意思……”朗月轩皱着眉，想上前一步对顾夏合解释，顾夏合却一点也不想听，打断道：“你就是这个意思！朗月轩，你们朗家不救我姐，我自己救！”

顾夏合说着气呼呼地跑了。朗月轩担心他出事，嘱咐朗青青先回家，跟着顾夏合又一次到了监牢。牢房中，得知顾海棠并未遭罪后，放下心来的顾夏合正压低着声音，义愤填膺地向顾海棠控诉着朗青青的罪行，又将朗月轩痛骂了一遍，直说要让朗青青主动认罪，将她救出，不承想却遭到了顾海棠的拒绝。

顾海棠更是说出与朗月轩相似的理由，认为青青的自首只能坐实了朗家犯罪，对案情丝毫没有帮助，紧跟其后的朗月轩闻言一阵感动，又为两人的默契感到欣喜。

他快步走到顾海棠面前，感激道：“海棠、夏合，刚才你们的谈话我都听到了，海棠……谢谢你，在这种性命攸关的时刻你还能处处为青青着想，为朗家着想，我代表朗家谢谢你。”

再次见到朗月轩，顾海棠已有了心理准备，她轻轻摇头，道：“月轩，这个时候就不要再讲这些客套话了，当务之急是尽快找到易小姐中毒的原因，还有那个隐藏在暗中的凶手。”

朗月轩点头，沉眸分析：“目前来看，有两种可能，一是青青手里的药粉恰好和易小姐的过敏体质相冲。但这样实在过于巧合，我更倾向于第二种可能。”

四目相对，顾海棠瞬间读懂了朗月轩的想法，启唇道：“这件案子的凶手另有其人。”

朗月轩眸光微亮，对顾海棠更为欣赏，信誓旦旦地道：“海棠，我一定会找出真凶，救你出去！”顾夏合闻言却更为忧心，道：“姐，如果这个案件真的像你们说的这么复杂，那我们接下来该怎么办？龙将军把朗里春的店铺都封了，朗家自身都难保了……”

“什么？怎么会这样？”朗月轩刻意隐瞒的消息就这样被顾夏合道出，顾海棠愁眉紧锁，两只手握在一起紧了又松，最后像是做了什么决定，抬起头，直直地看向朗月轩：“月轩，我想……见月明。”

朗月轩顿了顿，脑海中闪过朗月明痛苦自责的神情，随即答应：“好，我来安排。”

隔日，幽深的监狱通道，身披黑斗篷的朗月明从黑暗深处走来。顾海棠一眼注意到朗月明脸上的新伤口，担忧道：“月明，你的脸怎么了？”

朗月明闪开眼，掩饰地低下头："没什么，摔的。"顾海棠却是不信的，进一步逼问："我给你做的面具呢？"

朗月明抿抿唇，声色微哑："碎了。"顾海棠心中明白了几分，心中感动又无奈，道："月明，你出门了？去求龙德水了？"

朗月明不出声，唇却抿得更紧了。他想到那天他走投无路之下只身去拦龙德水的车子，却不仅没能救出海棠，还被龙德水教训了一顿，就觉自己无能至极。

顾海棠感受到朗月明身上的压抑气息，轻叹一声，柔声劝道："月明，答应我，你要好好地坚持治脸，只要你的脸治好了，就是奇迹，这奇迹可以重振朗家的声誉，让朗家起死回生。"

朗月明攥紧双拳，近乎执拗地道："你不回来，我不治。"顾海棠秀挺的蛾眉微拢，轻斥道："月明，你能不能别这么任性？我被关在这里，你这样任性推托，我怎么放心得下？"

朗月明像是突然想到了什么，猛地抬起头，逼视着顾海棠，过了许久，他才缓缓点头："好，我照做。从一开始我就对你说过，凡是你想要的，我都照办。"

顾海棠如释重负，脸上露出浅浅的笑意："那月明，你再答应我一件事。"朗月明没有犹豫："你说吧。"

顾海棠斟酌着要怎么解释才能让朗月明明白她的意图："月明，朗里春的声誉，比我的个人安危更重要，朗家现在岌岌可危，更应该与背负罪名的我划清界限，这样才有可能获得一线生机。"

顾海棠说着，定定地看向朗月明，眼神清澈而坚毅："月明，你要答应我，回去后对外宣布顾海棠化妆使用的是其个人收藏的化妆品，并非朗里春的产品，而朗家大少爷朗月明跟顾海棠已离婚。"

朗月明定定地看着海棠，一两行热泪夺眶而出，被他慌乱掩饰，颤声道："你真的这样决定了？"顾海棠沉思片刻，重重地点头："决定了。"

朗月明藏在黑袍里的双手紧握，指甲几乎掐进肉中，艰难地从喉间滚出三个字："想好了？"顾海棠神情坚定："我想好了，这件事的后果由我一人承担，不能拖累朗里春。"

朗月明的眼里闪过一丝绝望，高大的身形几不可察地晃了一下。他看着顾海棠许久，如墨的瞳孔深处满是挣扎。他想起母亲见他受伤后交给他的那封休书，想起母亲那句将他仅存的一丝妄想毫不留情击溃的话，藏在阴影里的他面色登时惨白如纸。

“海棠从没爱过你，也不是真心帮你，自从逃跑后，再回到朗家她就一而再、再而三地向我提出要休书，你以为她真心为你治疗，她是以这件事为赌注要离开朗家！我们本不想把实情告诉你，但现在朗里春退一步便是万丈悬崖，你休了海棠，让她与朗家断了干系，朗里春才有机会重现辉煌！”

那戳他心肺的一字一句在他耳边嗡鸣，他张了张涩裂的唇，发出的低鸣像是困兽的呜咽。

顾海棠心尖微抖，忽觉这样的朗月明仿佛在瞬间失了灵魂，寻不见生机。她想说些什么，却见朗月明沉默地点点头，再不看她一眼，转身离去。

顾海棠看着他消失在黑暗中的背影，心底的担忧丝毫不减，反而越扩越大。困在牢狱中的顾海棠怎么也想不到，朗月明写下休书的方式会如此决绝。

第二十七章　◎阴谋败露◎

妙兰端坐屋内，正悠然自得地喝着茶，眉梢眼角都是不尽的得意。

突然，朗月明怒气冲冲地推开房门，一把将妙兰拉扯到房间外，怒目而视道："是不是你干的，说，是不是你干的？"妙兰毫无准备，茶杯都没来得及安放，直接跌落在地。她一脸惊慌，道："大哥，你……你在说什么？妙兰不懂。"

"别再装了，你别以为我不知道你背地里做了些什么勾当，下毒害易小姐的不是别人，就是你。"朗月明目光狠戾，似要将她生吞活剥。妙兰眼神凄楚，语气怯怯，忙解释："不……不，不是的，大哥，你误会了……"

朗月明声色俱厉："要想人不知除非己莫为，不要以为，我整天关在阁楼里对外面发生的一切置若罔闻，你装神弄鬼暗地里给海棠下毒的事情，我知道得一清二楚，把你的香毒交出来。"

妙兰摇摇头，神情也冷了几分，少了些惊慌，道："你有证据吗？"

"易小姐晕晕迷迷的样子，跟海棠被人下毒的症状，完全如出一辙，上次青青扮鬼否认自己下毒，我相信她只是恶作剧而已。而你，是制香高手，制作香珠的时候留下的残渣有毒副作用，就是这香毒。所以，我确定，下毒的人就是你！我问你，到底交不交出来！"朗月明没有心情与她周旋，手中的力气极大，似要将妙兰的手腕捏碎。

妙兰见状，便不再装无辜，露出冷冷的笑意："大哥，之前是妙兰小看你了。只是，妙兰虽然有错，但最后给易小姐下毒的人，不是我，是青青。"

朗月明一愣，心中立刻想到，若是拉着妙兰去认罪，顾青青首先在责难逃，妙兰这毒妇死了也罢，只是顾青青是他的亲妹妹，怎么能不管不顾？

妙兰猜到朗月明的担忧，从容一笑，说了句："香毒在我屋子桌下。"朗月明对眼前这女人的恶与镇定越看越恨，猛地甩了她的胳膊回屋，从桌子底下果然找到一包香毒，回身严正警告后，匆匆离去。

在朗月明摔门而出后，妙兰忽然泄了气，淡定的脸上霎时间惨白，整个人瘫倒在地上，满目悲凉。她心里只有一个声音：到底有谁真的考虑过我的处境，理解过我的心情，凭什么顾海棠连我最后的一点真爱都要夺？

此时，朗月明出了家门，径直朝着警察局去，去了便道："人是我害的。"一句话激起千层浪，警察局局长亦是一愣，只得匆匆去请龙德水。

警察局的审讯室，灯光昏暗，四壁漆黑，压抑着人心，唯一有亮光处，便是朗月明孤零零坐着的一张桌子前。他的半边脸上戴着以前那个丑陋的金属面具，而另半边脸表情平静。

龙德水匆匆赶来，一脸焦急，警察局局长恭恭敬敬地立着，显然已迎候多时。警察局局长见了龙德水，便是一鞠躬，恭敬地道："龙将军，您来了。这个案子我们不能自作主张，还想请您亲自督办，听听您的意思。"

说罢，引着龙德水，气势汹汹走进审讯室，恨不能将眼前人扒皮拆骨，朗月明却低头看着桌子，甚至没有抬头看他一眼。龙德水坐在朗月明对面，朗月明这才抬头，两人对视片刻，龙德水才道："说吧。"

朗月明语调平静，似是早有准备，缓缓道："是我做的，放了顾海棠。"龙德水一声冷笑，若不是与朗斯年有交情，就朗月明这般，早该好好教训，龙德水不屑地问："你为什么要下毒害蓉蓉？"

朗月明镇定自若地回答："那天在你们的婚宴上，她说我丑，说我是怪物，所以我就想杀了他。"龙德水怒不可遏，拔枪便对着朗月明的脑袋。

朗月明哆嗦了一下，但又很快镇定，将香毒放在桌子上，道："我杀人我偿命，你放了顾海棠，她是无辜的！"龙德水见证据齐全，心中仍有疑惑，但也无法反驳，狰狞一笑，拿着枪在朗月明脸上比画着："你别紧张，死是特别容易的一件事，一点痛苦都没有，我这一枪打出去……你的上半个脑壳就被掀开了，可以说面目全非，连收尸的都不知道你长什么样，没有人再说你是丑八怪了。"同时，龙德水慢慢拉开枪栓，"准备好了吗？"

朗月明握拳："你要放了海棠！"龙德水握枪大声喝道："我问你准备好了没有？"气氛剑拔弩张。朗月明看着龙德水，又重复："放了海棠！"

龙德水戾气暴涨，砰的一声开枪！枪声响彻，子弹却打在朗月明身后。朗月明脸色苍白，吓得魂飞魄散，脑中瞬间空白。

龙德水将枪置于桌上，冷笑："你这个蠢货，三句话不离顾海棠，我还看不出来你动的是什么心思？把当我傻子耍？你就是拿了物证老子也不信！说你下毒的过程！”

朗月明强自稳定心神，一字一句地述说，听得警察局局长一愣，凑在龙德水身边耳语，供词当真是毫无漏洞。

龙德水骂了一声，放话：“朗月明，你要为你的行为付出代价！虽然朗家有钱有势，你贵为长子，但如果蓉蓉抢救不过来，你也必须偿命！”语毕，朝着门外呼喝：“来人，把朗月明立即收押大牢！”

当被带出那间漆黑屋子时，朗月明看着另一名牢头，朝某个方向而去，他知道，应是去放走顾海棠。他踉跄着坐到地上，满心无悔，只要顾海棠安全，他便无憾。

而顾海棠还没弄明白是怎么回事，便在狱卒押送下，朝监狱大门而去，只是不管她如何打听，都无人告诉她任何线索。直到回了朗家，被满脸惊怒的朗太太责骂，才知事态并未减轻。她看着把自己拉到一旁，为自己解围的朗月轩，忙问原因，这才知是朗月明为她顶了罪。

顾海棠听到“顶罪”二字，如遭一记闷棍，半天反应不过来，随即恍恍惚惚就要往外跑。不到一天时间，这一场生死闹剧，竟一发不可收拾，如天崩地裂般压得她呼吸困难。

好在朗月轩立刻将她拉住劝慰。她泫然泪下，转头对着朗月轩，急忙道：“我怎么能让月明替我去受罪呢？”

见顾海棠方寸已乱，朗月轩只好道：“越是如此，我们越要沉住气，找出真相，快点把我哥救出来。”

“只是这件事疑点重重，一时无从下手，要解决，只能见一见易小姐，方可对症下药。”顾海棠道。朗月轩点点头，而朗青青已经安抚好母亲，来到了顾海棠身边。

只见朗青青刚到，便拉着顾海棠的手，止不住泪水，所有的愧疚、感动和急切，一股脑儿涌上心头。顾海棠轻叹一声只得将顾青青搂进怀中。朗青青将头埋在顾海棠的臂弯：“海棠姐，你打我骂我吧，是我任性闯下大祸，你跟大哥都是我害的。”

一直被哥哥们娇宠着的朗青青，何曾这般自责后悔过，本就非她之过。顾海棠连忙将朗青青扶起来，帮她擦去眼泪，道：“青青，不要再自责了。现在易小姐还在抢救，我们要抓紧时间来调查此事。”

朗青青看了朗月轩与顾海棠，重重点头，表示定会全力以赴。随后，朗月轩将朗青青找到的香毒拿走，寻了医生检查，发现这香毒本只是让人昏迷，定是除了香毒，还有别的东西配合。

中间到底存在什么猫腻呢？顾海棠细细思量起来，那时在化妆间，除了她，并无旁人。

而顾海棠只记得，她在中途确实出去了一趟，而那时候她与一个人擦肩而过，只是那人是谁顾海棠已经无法想起。

朗月轩道出，据了解，巡捕房曾经找到易小姐的私人医生求证，这个医生居然告诉巡捕房的人，香毒就是易小姐发病的原因。

若是这医生有问题，莫不是要去寻龙莫婳相助？但提到龙莫婳时，顾海棠一愣："我突然想起，那个背影，有点像莫婳……"

龙莫婳？为什么会想到她？朗月轩深吸口气，知道这一次不管是那身影像龙莫婳的人，还是那医生，找出真相终是要见龙莫婳。

于是，四人将调查分工，朗月轩与顾海棠一组，针对龙德水周边展开暗中走访，而顾夏合与朗青青则一起去了医院，探查易小姐周边的情况。

此时，朗家人去龙家，绝非好事，故而朗月轩只能乔装，跟了龙府的下人，混到了龙莫婳房间门口，敲了门。龙莫婳正在为了锦绣坊的绣品而烦恼，见了朗月轩，一时竟没有认出。

待朗月轩卸了伪装，笑着朝龙莫婳道："龙莫婳小姐，你这么难约，我只好自己找上门了。"龙莫婳一愣，急忙让人到门口望风，问道："是何事？"

朗月轩也不愿长待，毕竟在这里久待不是什么好事，便直问："婚礼那天，你有没有去过化妆室？"

"我那时候正忙，怎可能关心化妆间？"龙莫婳反问朗月轩，眼神倒不似说谎的样子。朗月轩只好伸手，将手搭在龙莫婳的手腕上，一本正经的样子："人一撒谎，血液加速流通，会让你整个人在短时间内处于一种不自然的状态，随之你的心跳会加速。莫婳，你真的没有隐瞒我什么？"

龙莫婳急忙摇头："没有，没有！"朗月轩听出分明是狡辩，急道："莫婳，人命关天！你知道什么一定要说出来，是不是你爹不让你说？"

龙莫婳依旧咬牙坚持，当作什么都不知道。朗月轩只能叹了一声，留下一句："莫婳，你的良心出卖了你，好自为之。"说罢，失望地转身而去。

几日下来，朗月轩与顾海棠这一边的进展并无太大起色，但顾夏合与朗青青倒是颇有收获，查出了一个与易蓉蓉是情人关系的人，且口口声声说施济周欠她一大笔钱的妓女。

后来，经过朗青青与顾夏合联手的威逼利诱，妓女才透露出一个重要信息，那便是她从私人医生那里无意中听说，易家小姐易于过敏，小时候碰到水仙花球的汁液还差点死了，然后阴差阳错地将这个消息以大价钱卖给了施济周。

私人医生—妓女—施家—海棠的香粉—易小姐中毒，四人再次凑在一起琢磨，认为中间还是缺了一环。而这一环，不是朗青青，不是朗月明，那会是谁呢？

朗月轩知道事情牵扯颇多，而很多人都有私心，即使现在掌握了施家的这条线索，但还不足以成为施家犯罪的切实证据。能被金钱收买的妓女，供词随时可能推翻。而那个把致敏物质放进化妆品里的关键人物，还没有找到。若是现在去报官，根本无法将人救出。

他左右思量，突然想到一件事，转头，去了报社，决定用舆论的力量来引蛇出洞。

朗月轩赶到报社时，报社主编正在一堆报纸中打着电话。

见了朗月轩，主编惊讶地挂断了电话，听对方说有个大新闻，便露出了挑剔的眼神：“报社里一天到晚尽是奇闻异事，我见得多了。”

朗月轩自信地笑道：“一般的杀人越货你见得多，可你听说过不用刀枪钝器，给人化化妆、扑扑粉就把人置于死地的事吗？”此言一出，立时引起主编注意，忙倒了杯茶、请对方就座，好奇地问：“你说说！”

一番声情并茂的讲述后，主编甚是惊讶，二话不说，立时写成了头条。随即，街道繁华的十字路口，只听报童在高声呼喝：“最新爆料，最新爆料！易美人是商战牺牲品，金钱美人背后竟有不为人知的阴谋！”

街头巷尾的百姓们纷纷驻足掏钱购买，一时间流言四起，版本颇多，龙府、施府等一切相关的、可能相关的人事皆成了茶余饭后的谈资。

当然，也让元凶做贼心虚。

在今日一早，有个年轻人突然到警局自首，自称是婚礼当天的服务生，自己在易家工作过，因为做错了事被易家辞退，心里一直怀恨在心，所以借机报复，给易小姐下了毒，并且作案动机、细节、人证物证一应俱全！接着，便是认定服务生为真凶，龙莫婳催促父亲龙德水趁早结案，朗斯年也主张及时止戈。

面对认为应追查到底，彻底揪出施家的朗月轩、朗月明，朗斯年立在窗边，眺望着浓云密布的天际，叹息道："穷寇莫追，经这么一折腾，我朗家也元气大伤，现在朗家已经洗清罪名，当务之急还是要先恢复朗里春的名誉。况且，我何尝不想就此解决施济周，只是我跟施济周斗了这么多年，都没有一个胜负，这次也必然一样。"

这件事就此作罢，而易小姐也转危为安，苏醒过来，逐渐康复。

未几，昆杨城内重归平静。

第二十八章 ◎九死一生◎

西风飒飒，转眼已是秋季。落红街上的朗里春总店外搭起了高台，现场人头济济，小报记者占据前排，架起各色摄影设备。

朗里春重新营业，来捧场的人极多。朗月轩与顾海棠决定，将“祛疤膏”推出，并来个现场展示，挽回朗里春的招牌，让生意重回鼎盛。

消息一出，立刻引得一片哗然，有的人半信半疑，有的人嗤之以鼻，有的人高声问：“祛疤膏若真是有效，朗月明怎的不先试试？”

朗月轩闻言，看了一眼身后化妆室内，背对高台的朗月明，对众人信心十足地道：“问得好。在场的诸位，想必有些能记得起我朗月轩有一位大哥，也就是朗家的大少爷，他叫朗月明。他儿时因保护我而烧伤，致使长期隐居，不曾活动于公众之中。从今天起，我的大哥朗月明将会出现在这里，公开使用‘祛疤膏’，对脸部的疤痕进行治疗。他就是新产品的第一个试验者。欢迎大家来到现场近距离观看治疗效果，见证‘祛疤膏’的神奇功效。同时，我们还准备了回馈老顾客的礼品，欢迎大家前来领取。”

这一段话说罢，顿时全场沸腾，议论声此起彼伏。所有人都用期待与看戏的目光翘首望向化妆室，迫切地想要一睹这位隐藏多年的朗家大少爷的真容。

听着室外的喧闹，朗月明仍有忐忑，甚至紧张地站起了身，犹犹豫豫，似是要出，又似要离。可当顾海棠走来，看着她明媚的笑，坚定的目光，他的心慌意乱又烟消云散，心中只想着不能让她失望，也不能辜负她对自己的期望。

顾海棠看出他的心思，微微一笑，压了压他肩膀，示意坐下，随后慢慢地把他脸上的面具摘下，碰了碰那伤疤，语气温柔：“过会儿，你要站在人前，你要去听，不要去看，只是作为一个患者去接受治疗，其他的都和你没有关系。我和月轩会陪着你，直到治疗周期结束，与你一起共同面对。”

在他听来，她的一字一句比那佛祖的经咒更能涤荡心灵，是他最大的助力，仿若有了不惧生死、不惧万般险阻的能力。

他再无犹豫，再无胆怯，深情款款地道："谢谢你的鼓励。这么多年来，这疤痕已经成为了我的一部分。我本已接受了现实，你的出现却给了我希望。"说罢，将面具扔到一旁，冲她洒脱一笑，与她并肩走到台上。

围观之人见朗月明终于出现，个个屏息而望。现场霎时间安静，只剩下记者拼命拍照而不断响起闪光灯的声音。

任何语言都抵不过事实。故而，顾海棠并没有多说什么，而是即刻着手对祛疤膏的使用。

她先给朗月明做一个基础护肤，然后用手指挑起如白雪冰纯的祛疤膏，小心地一点点涂抹在朗月明的疤痕上。

微微冰凉的指尖触到朗月明的皮肤，他不禁心神一颤，目光游移，只觉得有光彩与芳香在流动、在渗透，整个脸部的毛孔都在微微战栗，随着血液传递到他的心上。他的目光最终落在顾海棠专注的脸上，不觉看得痴了。

不单他痴了，朗月轩也看得有些心驰神往。

灿灿阳光下，顾海棠气定神闲的模样，认真专注的模样，哪怕手臂轻柔地摆动的每一个弧度都是绝美，当真可谓"一树海棠盎风露，态胜红朝翠暮"。可这浓情蜜意，顾海棠却是全然未觉。

她只一心扑在对疤痕的妥善治疗上，涂完了祛疤膏，又用纱布小心地把朗月明的脸包裹起来，接着扶他起身，向观众点头致意，并淡淡地说了句一周后见分晓，便向化妆室走去。

这足足吊起了所有观众的胃口。在场者无不随声应承，说是必须看，成了必买，不成当是昆杨的一大笑话。

话虽不善，但理确实如此。朗月轩、顾海棠和朗月明自然知道其中利害，但也不多说，从台上下来，淡定地走进化妆室，欲回到工坊与朗斯年汇报。

谁料三人刚进门，就见龙莫婳正笑吟吟地盯着他们。顾海棠见昔日的姐妹不再对自己横眉冷目，便回以微笑，刚要开口打个招呼，却见龙莫婳眼中早就没了自己，正全身心热切地看着朗月轩。

而朗月轩却视若无睹，自顾自地和大哥闲聊。龙莫婳几次欲言又止，备受打击，眨巴着眼，一脸受气包的样子。

顾海棠看在眼里，不觉又难过起来。朗月明倒是看出端倪，笑着推了推朗月轩，道："青梅竹马的人儿来了，你在装什么呆，这么晾着人家可不好。"

龙莫婳脸色微红，怕朗月轩不高兴，又不想开口否认，急忙拉了顾海棠朝外面跑。可刚跑出了门，又猛地一顿，回头对屋里喊道：“一会儿一起去咖啡厅吧？好好聊聊。”说完，又无辜地望向朗月明，欲言又止。

朗月明是个会察言观色的精明人，龙莫婳这态度，他怎能不知何意，随即无所谓地笑笑，潇洒道：“得了，我知道，我还有事，不参与啊。回见。”

“哎，哥，你干吗去？咱之前不是说好一起去那什么吗？”朗月轩无奈，还是不想去什么咖啡厅，脑子一转，想个借口搪塞。

“我和你可没说好什么。你好好赴约。”朗月明嘴角一勾，留下背影。朗月轩讪讪地吐了口气，对大哥不给面子的言行很是埋怨，回头看了眼龙莫婳与一脸无辜的顾海棠，只得点点头应下，心里十分不悦，琢磨着龙莫婳又要搞什么鬼。

见朗月轩答应，龙莫婳开心无比，小女儿心思又起，忙定了时间，辞别顾海棠，说要回家换身行头，很快便到。

朗月轩与顾海棠也不急于一时，相顾无言，但心有灵犀，一路并肩走进咖啡厅。

二人坐在龙莫婳定好的位置，点了两杯咖啡，垂目无言。朗月轩的沉默与变化，让顾海棠十分诧异，也颇为好奇，沉吟片刻，终是忍不住问：“月轩，我一直想问你，为什么最近你对莫婳的态度怪怪的？”

“有吗？我觉得一如既往。”朗月轩没有抬头，只淡淡地抿了口咖啡，他有时会忍不住想告诉她，他怀疑是龙莫婳间接导致她的牢狱之灾。

但他始终没有说出口，除了不想再让顾海棠难过，也因没有可靠证据，不愿只凭怀疑而论断一个人的善恶。

“我估计她找你，就是想安慰安慰你，毕竟你刚经历了那么大的事。她性格虽然跋扈，但人不算坏。我突然想起还有点事情要处理。我先走了，你陪她聊。”朗月轩喜欢和顾海棠一起，但只限于两人，这种三人聚会，太过别扭，决定还是找借口开溜。

可他刚起身欲去，却见龙莫婳的身影出现在门口，此时一辆黑色汽车停在她身后，接着一名劫匪跳下车勒住她脖子。

“莫婳，小心！”朗月轩下意识地高声提醒，可为时已晚。

龙莫婳反应过来时，已无法挣脱背后的禁锢，只惊恐地向门内大喊：“月轩，救我！”

这一切发生得太快,待到惊动咖啡厅老板报警,龙莫婳已经被彻底拖进车里。

幸而朗月轩与顾海棠行动迅速。在绑匪启动车子时，朗月轩冲过来拉开车门，一拳打在司机的脸上。

"月轩，救我！"龙莫婳看到希望，在车内拼命挣扎，不断地叫唤，却也惹怒了绑匪。

绑匪狠狠给她一个耳光，把刀子压在她脖上，狠戾地道："再动，就要你的命。"龙莫婳猛地收声，噤若寒蝉。

这时，顾海棠已冲到后座门口，抓住龙莫婳的手，朝着车门处拼命地拉。

绑匪见状挥刀便劈，似乎要砍掉龙莫婳的手臂。顾海棠大惊，急忙松手，思虑百转，想找个东西击打绑匪，却见那刀锋回转，正划到龙莫婳手臂，鲜血直流。

可怜的龙莫见到血，当即吓得晕了过去。这便无法来个里应外合地逃脱。顾海棠尖叫着又冲到车内："莫婳！你醒醒！"

谁料，这一冲动，着了绑匪的道。她手腕被绑匪凌厉一抓，却顾不得许多，只是拿出手帕紧紧捂着龙莫婳的伤口。

绑匪就势以刀相逼，冲着打斗中占了上风的朗月轩大喊："放了他，不然就杀了她。"朗月轩一愣，抬眼去看，心中大悲，但又几乎怒发冲冠。

他心心念念，一直想保护的海棠怎能受如此摧残？想着便恶向胆边生，可手却不敢再动。忽然，警笛声音响起，几辆警车飞驰向咖啡厅。也就在这时，绑匪趁机从身下拿出一个扳手打在朗月轩的头上，致其晕倒。

"月轩！"顾海棠惊呼，心如刀绞，想要挣扎去看，却见那绑匪将他抓上车。三人两伤一醒，就这样浑浑噩噩地被带着越行越远，直至离开城区。

最终，绑匪将车停在了荒凉的郊外，将三人留在车上，没有绳索捆住，显然并不怕他们逃跑。副驾驶位上的朗月轩慢慢醒来，他皱眉摸着被打的头，顾不得疼痛，忙找顾海棠的身影，幸而看到她正在仰靠在后座，抱着龙莫婳昏睡，并无大碍。

朗月轩急忙推了推顾海棠，将其唤醒。顾海棠睁开眼，便是一脸惶恐，随即摸他的头。

她怕绑匪，怕自己生命有危，但也因看到朗月轩在而欣慰。她忽然意识到，自己愿与他一起面对，不论生死，不论喜悲。

"没事。不疼。有我在，别怕。"朗月轩握住她的手，朝车窗外看去，只见荒凉的远山和草地，不禁忧虑思忖。

龙莫婳被两人的声音吵醒了，睁开眼，噌地坐起，慌张道："海棠姐，这是哪里？月轩怎么样了？"朗月轩闷闷地回答："放心，我很好！"话音刚落，忽闻胡副官的声音从外传来："很好，我就放心了！"

三人皆是一惊。朗月轩想挪到后座，将顾海棠和龙莫婳护着，却被几名士兵揪出，带到就近的黑屋中。

三人还没和胡副官说上两句话，便又遭囚禁。龙莫婳心中又气又恨，从未想过这是胡副官会做之事，便对着仅有的上下两扇小窗口骂道："姓胡的，你给我过来说话！你不要敬酒不吃吃罚酒，我爹来了，我非让他把你嘴里的狗牙一颗一颗拔掉不可！"

龙莫婳歇斯底里地骂着，同时也无助地哭了起来。她不知道她爹会不会找到自己。

顾海棠虽然忧惧，但仍然冷静沉着，对身边的朗月轩道："我看这事不简单。胡副官必然叛变。月轩，咱们怎么办啊？"

龙莫婳勉强止住哭声，道："你们别着急，我爹会来救我们的。"

朗月轩看了一眼外面的守卫，皱了眉道："你爹是能来，但他把我们救出去倒是未必，胡副官知道反抗你爹的结果，他不可能把你就这么送还给你爹，你是他最后的筹码。"

顾海棠心中一凉，道："那只能坐以待毙？"朗月轩摇摇头，思忖道："为什么胡副官会这么不顾生死？"

实际上，事情因易小姐而起。易小姐早在嫁与龙德水之前，便与胡副官有私情，被龙德水看上。之后，胡副官并没与易小姐断情，反而干出了苟且之事。事发后，胡副官自知不是龙德水的对手，便想出了以龙莫婳换易小姐的计策。

朗月轩的问题一时半会无解，但却与顾海棠想到了一个逃跑之策。那便是龙莫婳在小黑屋内万分焦虑暴躁，装死发疯，又喊又叫，引来看守。

而朗月轩和顾海棠故意躲在门外小窗两侧看不到的角落，让看守产生危机与怀疑，促使他凑到门前，朝里张望，然后再各自用两双手一上一下从空隙中抓住其脖子和脚踝。随即，龙莫婳冲上前从其腰间拔出手枪而迫其就范。

看守呆愣，不敢妄动。顾海棠则从看守的口袋里摸出钥匙。三人开门循着小路逃出。然而三人逃亡，很快就被发现。追兵一路而来，龙莫婳和顾海棠相互搀扶，累得气喘吁吁，但仍不敢懈怠，努力向黑暗中跑去。

朗月轩见她们二人隐没后，引着追兵朝另外一侧跑去。谁知那些士兵见朗月轩一人，竟不去追朗月轩，而是四处搜寻顾海棠与龙莫婳，逼得二人只得在夜色下的树林急奔。

龙莫婳与顾海棠一路朝着公路狂奔，刚上公路，便看到胡副官的车朝她们而来，但在另一边也看到了龙德水的车队！龙莫婳激动地挥舞手臂，高呼父亲的名字。狗急跳墙的胡副官只好开枪逼停龙德水的车，立刻将龙莫婳与顾海棠抓走。

双方在公路上对峙开来。当下，龙德水手中有易小姐，而胡副官手中有龙莫婳。二人自然都只想将自己的人骗过来。龙德水死死地揪着易小姐，咬牙切齿地对胡副官道："你信不过我？"

胡副官面露嘲笑，反手扇了龙莫婳一耳光，是无声的反驳与警告。龙德水气得发抖，沉吟再三，只得妥协答应先放了易小姐。

易小姐害怕龙德水打黑枪，退着走了两步，随后慌忙跑到胡副官身边。龙德水不甘地道："胡副官，胡大爷，放人吧！"可胡副官冷笑一声，仍没有放龙莫婳，不屑地道："龙大帅何等威风，今日总要换换路数。不如给我下跪磕几个头！"

龙德水破口大骂，他征战数载，宁可沙场死，也不向敌投，岂能受此屈辱？龙莫婳亦无法看着高傲的父亲受辱，大喊着阻止，两颊被打得通红。

气氛焦灼，哭喊声不绝于耳，揪心，瘆人。龙德水终是不忍心看着女儿痛哭，愤愤地准备跪下。

就在这一瞬间，朗月轩从路边的林子里高处落下扑向胡副官，趁其不备与胡副官滚落厮打！得了机会的龙德水反应机敏，带人就上，双方扭打在一起。

龙德水从手下手里拿过长枪，朝着胡副官连开数枪，却被一旁惊吓过度的易小姐看到，冲破护着的士兵，挡在了胡副官面前。

易小姐当场被击毙！胡副官悲痛欲绝，却在性命攸关之际，选择了转身就逃，将所谓的心爱的女人的尸身留在荒野。

他被人一直逼到了悬崖边，看着面目狰狞、嬉笑怒骂的龙德水与追兵，终是纵身朝山底跳下。

这一场九死一生的恩怨，着实让得救的朗月轩与顾海棠无奈又唏嘘，只叹硝烟挟风戮长空，儿女情长难善终。

第二十九章　◎重获新生◎

从胡副官的绑架中逃生的顾海棠，生活再次回归平稳。

她每天去海棠园把那珍贵的冰晶麒麟照料好，用它来制作给朗月明治脸的祛疤膏。小到饮食，大到锻炼身体和作息，顾海棠和朗月轩对朗月明皆悉心照料。

整个朗府的人都能感受到大少爷逐渐变得鲜活有礼，连带着老爷夫人也是心情极好。第二天就是揭晓这段时日治疗效果的日子，朗月明躺在床上毫无睡意，对着屋外的明月，摸摸自己的脸，辗转反侧。

很快他就能和正常人一样了，再也不用躲在阴暗的角落，不用在生辰之日独自悲伤，更不用怕自己的疤痕吓到心爱的人。他脑子里不断地转过那些过往的画面，最终定格在顾海棠明媚的笑容上。

清晨，天蒙蒙亮，屋外已经有人开始忙碌。顾海棠已经衣装整齐打扮一新，看到朗月明醒来，对他露出一个明媚的笑容：“醒啦。”

朗月明也露出了明快的笑容：“海棠，你今天真漂亮。”两人迅速梳洗好准备去发布会，现下已经有很多人在外面等着了。

落红街朗里春店铺外的发布会现场，已经被人群围满，他们都是来见识一下这传说中的朗家大公子恢复后的容貌，如果真的如传言那般可以治好，那朗家可就真的了不得了。

朗月明、朗月轩、顾海棠走上高台，人群一片骚动，摄影机的闪光和咔咔声不断。一身西服的朗月轩向前一步，朗声道“各位，马上我们就要揭晓答案了，我希望无论何种结局，大家都可以欣然接受，同时，尊重我大哥朗月明，谢谢！”

言毕，朗月轩向着台下深鞠一躬。台下观众纷纷交头接耳，这朗家兄弟可谓是感情深厚呀。在朗月轩的引导下，他们逐渐安静下来，看着秀丽大方的顾海棠来到朗月明面前。

朗月明朝她点点头，示意自己已经准备好了。顾海棠谨慎地一圈一圈地把朗月明脸上的纱布拆下来。最近距离地看到朗月明露出的皮肤之处，有淡淡的红色，但已看得出十分光洁，没有了厚重的疤痕。

顾海棠的心猛烈地跳着，她已经感觉到了成功的喜悦。纱布完全拆开了，露出了朗月明全部的容貌，顾海棠的眼中泪光闪闪。站在旁边的朗月轩心情激荡，终于等到这一天了。

朗月明眼巴巴地盯着顾海棠："怎么样了？不成功吗？"前排看清了的观众已经惊呼了起来，朗月明脸上可怕的疤痕消失了！虽然还有点发红，但他清朗的容貌已清楚可见。

顾海棠轻松地一笑，用湿毛巾给朗月明洗了一把脸，才挪开自己的身子，好让别人都看到朗月明："听听前排观众的欢呼吧。"

"天哪，太神奇了！""原来朗家大少爷那么帅，太帅了！"此起彼伏的惊呼让现场异常热闹，还有人想挤到前面来看清楚，幸亏有人维持秩序才不至于混乱。

朗月明难以置信，表情还是懵懵的，但他还记得站起来，走到了最前面，站在所有观众面前。

朗月明光彩重生了！他恢复的容貌俊美无比，足以与朗月轩媲美，皮肤光滑无痕，简直让人忘记了他曾经受过那么重的伤害。所有人惊呼起来。瞬间掌声雷动。

在发布会后台内，朗老爷和太太紧张得来回走动，直到外面的掌声让他们惊喜无比，这是成功了。朗青青、龙莫婳激动地冲上了台子。朗青青抱着朗月明，龙莫婳拉着顾海棠，笑着跳着，无比开心。朗月轩看着顾海棠，眼中也泛出激动的泪水。

记者的闪光灯拼命闪烁。台下，一阵又一阵的欢呼声蔓延不绝……

几个年轻人紧紧拥抱在一起。这一刻，没有恩怨，没有争夺，没有悲情，只有浓浓情意如风缭绕。

另一面，站在不显眼位置的施济周看着这样的盛况，倒吸一口凉气，阴冷的表情与人群的欢呼格格不入。

他紧咬牙关，快步回到施府，立刻找来新巧，命她去查"祛疤膏"的配方和顾海棠的来头，顺便又把施迪文狠狠训斥了一顿，直言废物，连龙莫婳都追不到手，比朗月轩差一百个头。

施迪文本想着父亲肯定为朗里春出新产品而气恼，想要来安慰，没料到竟吃了个苦果，虽已习惯，但这一次用词却着实刺耳，自己也渐渐明了，在施老板心中的地位，所谓“爹”只是个称呼而已，养子就是养子。

施家阴气沉沉，而朗家则张灯结彩。

仆人们抬着件件贺礼，在朗府中穿行。丫鬟端着精致的菜肴，送进餐厅。朗夫人更是欢喜地给全府上下打赏了一番，每个人都带着笑容忙碌，为了庆祝大少爷恢复容貌。

顾海棠经过花园，见今天的主角独自一人，道：“月明，你怎么站在这里？大家都在前厅等你呢。”朗月明有些重获新生的喜悦，又有些落寞：“海棠，不怕你笑话，我还不敢相信我脸上的疤痕已经被治愈了。”

顾海棠看着朗月明，微微一笑：“今天整个昆杨城的人都在传颂这件事，你梦寐以求的事情成功了，你难道不开心吗？”朗月明点头，轻声道：“比起脸上的疤痕治愈的结果，我更在乎治疗的过程。海棠，自从你嫁进朗府就没见你开心过，直到你开始给我治疗脸上的伤，又变得阳光起来，重要的是你把所有的心思都放在我的身上，我真的特别享受这个过程。”

顾海棠低头不语，可是她给他治病也是有条件的，并没有他想象中那么单纯，他只是她离开朗家的一个契机。朗月明摸着自己的脸，转身提步往餐厅走去：“我……这张脸使我重获新生。以后，我不会再逃避任何事情，我想要的就要靠自己去争取。”

顾海棠愣愣地看着朗月明，不太明白他在说些什么，提起裙子跟着朗月明向前走去。

总之，不管朗家少爷是什么想法，今天过后，她就不再是朗家人，心情颇为轻松。朗府餐厅内所有人已就座餐厅。朗斯年心情颇好地招呼众人一起开怀畅饮，满面红光的他举杯站了起来：“我敬海棠一杯。朗家这么多年都没这么喜气洋洋了，托你的福！”

顾海棠连忙恭敬地站起：“朗老爷，谢谢您愿意相信我，您太客气了。”朗斯年十分赞叹顾海棠的技艺：“说起来我很好奇，我朗家也是胭脂世家，当年也曾寻遍南北山川，无论宫廷御用还是民间秘方，能试的都试了个遍，可月明的脸并无起色，你到底是用什么样的方法，令月明的脸恢复如初呢？”

顾海棠淡淡一笑，解释道：“这个嘛……说起来也没什么特别，首先，我用了一款当年从宫廷流传出的美白亮肤的秘方八白散，月明的皮肤长期遮盖在面具之下，暗沉无光，没有弹性，所以我需要先帮他做基础护肤，改善皮肤状况，这些虽然对祛疤没有直接的效果，但能使他的皮肤在敷药的时候更容易吸收，另外我在月明的起居饮食上也十分注意，饮食清淡，每天都促他多运动出汗排毒，再加上朗月明自己的努力，每天保持一个好心情，也是十分重要的！”

朗斯年听到秘方二字，心中大抵有个数，面色不变：“你说得很有道理！”朗月轩见气氛正好，趁机道：“说起来比较神奇的，还是那味叫冰晶麒麟的草药。”

朗斯年对冰晶麒麟有些好奇，朗月轩解释了一下这个植物可以治愈人的任何疤痕，且十分珍贵难寻。幸而顾海棠终于找到了这种植物，所以朗月明才会重现光彩。

朗月轩顺势提出开发一款产品，针对烧伤、烫伤，就叫“万能膏”，瞬间赢得了众人的支持。顾海棠还是把话说清楚，免得众人期待太高，毕竟好材料难得：“冰晶麒麟可遇不可求，无法复制出同样具有如此功效的产品，月明的脸能治好的确也是一个特例，要想将它制成成熟的产品，还需要从工艺、配方上，做更多的研究。”

朗斯年哈哈一笑：“海棠，果然没看错你，你在这方面，的确有天赋，朗里春因为有你而有希望。来，再喝一杯！”

两人一饮而尽，酣畅淋漓。然而，欢笑之余，朗太太却一直若有心事，觥筹交错间，音容笑貌也有些不同往日，除了对顾海棠赞赏与钦佩外，眼神中更带着不舍。

她端庄大方地敬了顾海棠一杯酒，言语间有感激却无亲近之意。朗太太的话也让朗月明神思一顿，转而目光暗淡，低垂了头，惆怅不语。

见顾海棠举起酒杯，他忙拦住，笑道：“海棠，这是你与母亲之间做的赌注，既然你治好了我的脸，如今是朗家履行约定的承诺的时候了。”在众人的见证下，朗太太让妙兰把休书拿出来，一番感激又告诫的话后，郑重地交给顾海棠。

全家骇然。气氛凝重，鸦雀无声。人心各异，五味杂陈。顾海棠看着休书，红了眼眶，几秒后，微微一笑：“谢谢太太。”

自顾海棠接过休书的那一刻，气氛瞬间低沉，一顿庆功宴也吃得不是那么欢喜。

宴席散后，顾海棠回到新房收拾自己的东西。朗月明和朗月轩站在回廊上，远远透过开着的窗户，看到顾海棠纤细的身影，无不难舍。

朗月明看着顾海棠，露出爱怜的笑容：“一切都回到了从前，又像是重新开始，可这个院子里到都有她留下的痕迹。”

朗月轩心中一跳，故意提醒：“这些痕迹至少有了书写新记忆的机会。大哥，你还记得，前些天咱们定下的约定吗？”

“记得。公平竞争。”他朗月明要的爱情不会这么溜走。半晌之后，顾海棠拿着简单的行李走出朗府。朗月轩和朗月明送她出府。三人相对，感慨万千。

长空白云之下，厚墙高楼之间，有阴谋诡计，有仇恨冷血，也有温暖与美不胜收的爱情。顾海棠终是阻止他们一送再送的架势：“好了，送君千里终须一别，就到这吧。”

忍了许久的朗月轩郑重地再次道歉。顾海棠此时内心只有解脱：“算了，过去的都过去了，能够重获自由，我现在心里只有感恩。”

从今以后桥归桥路归路，再没有纠缠不清，各自重新开始，生活安好。

车停在顾海棠身边。她利落地将行李放进车内，透过车窗，她回头看着二人，抑或是看着这个让她兜了这么一个大圈子的朗府，微微一笑，仍是那不卑不亢的意气，只是这一次，要说再见了。

朗月明舍不得挪开眼：“月轩，你说，她在看谁？”朗月轩摇头，虽然心底希望是他。

车渐渐走远，在夜间的青石板地面上，留下长长的影子。

朗月轩久久不能回神，心仿佛也随着那车里的一抹倩影遥遥远去。他忽然在想，顾海棠现在离开朗家，也不在朗里春做工，他们该怎么样才能有交集？几秒之后，他露出了狡黠的笑容。他相信，海棠园是顾海棠绝对放不下的地方，也是他与她心中情定的地方。

只要有情，她必不会放弃。他明天就去守株待兔。

第二天天色尚早，朗月轩去看了下朗里春店铺里热火朝天的盛况，嘱咐了管事几句后，便跑到海棠园外张望，果然看到顾海棠在浇水，兴奋溢于言表，抬脚就进去打招呼。

出乎朗月轩意料的是，顾海棠并没有因为离开朗家，而与他生分，言谈举止却比从前洒脱、自在许多，这于他而言是莫大的鼓舞。

见顾海棠心情不错，朗月轩就冰晶麒麟的培育和顾海棠讨论了一番，劝说与提议由她来经营海棠园，并邀请她回到工坊工作，和他一起完善“祛疤膏”的功能，让它能够治愈更多的人，并且保证绝对不会有人因为休书的事情欺负她。

顾海棠只略思考了一番，便点头同意，表示能够制作出完善的“祛疤膏”，也是她的心愿。

二人于小院内，并肩迎着暖阳，投下两道疏淡而近的影子，只道是墙里多情墙外繁花好，才子佳人笑。

第三十章　◎争情夺爱◎

重新回到工坊的顾海棠预感会受到众人的嘲笑，却没想到大家只是对她礼貌地笑笑。她纳闷地询问了凡真缘由，才知是朗月轩提早告诫了众人不准给她难堪，心里着实感动。

忙碌的工坊里每个人都有条不紊地做自己的事情，尚师傅拍了两下手让忙碌的女工们都聚拢过来，示意少爷有话要说。心情不错的朗月轩朗声道："大家知道我们朗里春刚刚渡过了个大难关，现在正是重振声誉的关键阶段，所以，之前因为事故而暂停的鸿雁胭脂，我们得加紧投入生产。"

紧接着尚师傅把新工作做了一下安排，任命新巧为小组长，负责整个定向研发过程的人手调配、工艺录入等琐事。得了头衔的新巧面露喜色，欣喜地行礼，转身带着一脸得意去安排事情。

顾海棠也领了自己的差事，便下去开始忙活，她记得需要的岩心草在仓库第三排货架上。朗月轩看了一眼顾海棠的背影，嘴角轻轻地抿了一下，随即抬脚跟了过去，想找个机会和顾海棠说说话。

顾海棠踮起脚来想要够货架顶层的一个箱子，费了很大的劲儿却总是差那么一点，也不知道谁把这么常用的东西摆那么高。朗月轩看她笨拙又执拗的样子，顿觉有些好笑，收敛神色从后面出现，轻松地拿到箱子递给她。

他讨好地看着顾海棠，想得一句感谢。顾海棠则不言不语地接过箱子，轻巧往地上一放，转身往仓库深处走。连一个眼神都没有给他。

"唉，海……"虽然不被搭理，朗月轩却不想错过跟顾海棠相处的时机，他抬起长腿往里跟进去。忽然一架竹梯子顶了出来，拦住了朗月轩的去路。

顾海棠举着梯子，板着脸，不看傻了眼的朗月轩，径直往货架走去。搬个东西而已，用得着显摆身高？有梯子照样和太阳肩比肩。

顾海棠站在梯子上，伸出双手去搬货架顶层的东西，窈窕的身影和那大箱子很是不符，朗月轩贱兮兮地凑过去扶着梯子："嘿，我帮你扶梯子吧。"

顾海棠无语地看着朗月轩，他这是闲得慌。她尽量让自己语气听起来很平淡，没有那么咄咄逼人：“朗少爷您还是闪开点好，这箱子沉，万一砸着您我可没法负责。”

朗月轩抬头一看，只见头顶上顾海棠举着一个箱子，正对他脑袋，吓得连忙弹开：“你来真的？”

顾海棠则高高站在梯子上，抱着箱子，一双俏丽的杏眼冷冷地看着朗月轩，没有说话。朗月轩读懂了不希望自己来打扰她平静的生活的信息，无奈地叹了一口气，施施然转身离开。其实……他，只是想让海棠拔了心里那根刺而已。

她气他怨他都是应该的，但这般无视他，心里真不是滋味。想着想着，他就怀念在海棠园时顾海棠的样子，明明很是爽朗，也不显得讨厌他。可怎么一到工坊就成了这个样子！真是令自己难过不已。

见那人的身影消失在门外，顾海棠泄下一口气，把箱子放下，怅然若失。如果可以，她一点也不想跟他再有什么感情纠缠，被骗一次就够了，再来一次，她怕心脏受不住。

忙了一天的顾海棠把朗月轩从脑子里赶出去，她这时候觉得有事情做才是正理。男人不男人的随缘即可。末了，她欣然接受了龙莫婳的邀约，出来吃顿便饭。

柔和的灯光和洁白的桌布，将顾海棠优美的侧影映在玻璃上。时不时有欣赏的目光从她身上划过，而被欣赏的人却毫无所觉。

忽然，餐厅的门被打开，一个衣着华丽却搭配奇奇怪怪的年轻人走了进来，周围的食客都不由自主地抬起头来看这个面若冠玉、气质儒雅的男子。

这个奇怪的美男子便是被龙莫婳装扮了一天的朗月明，现在他被周围人的目光看得很不自在，他有点怀疑自己是不是太相信龙莫婳的审美了。

朗月明走过来，带着憨厚局促的笑容坐在了顾海棠对面：“海……海棠。”

顾海棠看出端倪，歪着头打量着朗月明，龙莫婳呢？下一秒，她便想明白，朗月明定是找了龙莫婳求教追人“高招”，才成了这副光景。

朗月明有种被看穿的感觉，但他一点也不心虚：“呃，龙莫婳临时有急事，叫我来陪你吃饭。”顾海棠抿着嘴，笑笑看着朗月明，眼睛在他这一身打扮上转了几圈，龙莫婳的审美令人不忍直视。

“嗯，我看出来了，是她让你穿成这样的？”本想否认的朗月明看到那双含笑的眼睛，竟然一句谎言也说不出来：“嗯……对。”

龙莫婳真是个爱操心的命，自己的姻缘还没搅明白，又来掺和别人的事情，顾海棠虽然觉得无奈却也觉得好笑，这朗月明倒是和朗月轩性子截然相反：“真是难为你们了。”

朗月明有点紧张，他在顾海棠面前总是不知道怎么做才能讨她欢心：“很难看是吧？”顾海棠忍俊不禁，现在的朗月明也算得上是美男子，紧张的样子真是有意思：“不难看，只是觉得不适合你。”

朗月明也跟着一笑：“你笑了就好，目的就算达到了。”眼看气氛要往尴尬暧昧的方向发展，顾海棠立刻中断话题：“你想吃什么？”

朗月明专心地看着菜单，抬头看顾海棠，发现顾海棠正在看着自己笑，他有点不好意思，把手上的怀表、天珠串子摘了下来揣在兜里，这样看起来起码不像土老板暴发户，舒服多了。

“你比较熟，还是你来点吧。”他也想尝尝顾海棠喜欢吃的东西是什么样的。餐厅里座无虚席，生意看起来很好，顾海棠熟练地点完菜就和朗月明闲聊。

未几，一个熟悉的声音传了过来。“两位久等，菜来喽！辣子鸡丁、炝腰花、水嫩嫩的大葱蘸酱喽！”两人同时抬头去看这位“大厨”，不由得异口同声道：“朗月轩？”

朗月轩直接就坐在了桌边，嬉皮笑脸地咧着嘴：“有那么惊讶吗，不知道全昆杨好吃好玩的地方都有我朗少吗？”

他得意地指着桌上的菜，这是他特意打听了顾海棠的口味学的菜式：“这家饭店的老板是我的好朋友，我可是专门偷师学了艺的。碰巧看见你们来了，当然要亲自下厨了。快来尝尝我做的辣子鸡丁，是不是青出于蓝而胜于蓝呀？”

一点也体会不到朗月轩心情的顾海棠淡淡地道：“谁请你坐了？”朗月轩见顾海棠肯跟他说话，意有所指地说：“生意太好人多，你瞧这店里还有别的空座吗？我就跟你们凑合凑合算了。大哥你说是不是啊？要是你们在这坐着，我在一边儿站着，那是不是不公平了啊？”

他刚和大哥约定好公平竞争顾海棠，现在怎么可能单独留他们俩在一起吃饭？顾海棠听不懂是什么意思，但她觉得现在朗月轩这种行为叫不识趣。也不管礼貌不礼貌，她开口就拒绝：“什么公不公平的，我只知道今天没约你吃饭。”

一旁观战的朗月明宽厚地笑了笑，做起和事佬：“也是难得，我们就一起尝尝朗月轩的手艺吧。”他夹起一块鸡丁放进嘴里，很给面子地赞道：“嗯，很香。”但事实上这个味道对朗月明而言太辣了，为了不露怯，他随即吃了一大口饭，把那股要冲出鼻腔的辣味给压一压。

朗月轩撇撇嘴，他知道大哥这是装得淡定，遂而殷勤地说：“顾海棠，你也尝尝，我专门为你做的。”顾海棠瞪了他一眼，表示不稀罕。

朗月明夹起一块鸡丁，喂进了顾海棠嘴里：“顾海棠你尝尝，我亲手给你夹的。”顾海棠有点意外，下意识就张开了嘴。有嚼劲的鸡丁带着刺激的香味，瞬间占领了她的味蕾，没想到朗月轩这个少爷做起菜来还不错。

朗月轩一看这两人的反应气势就弱了，夹起了一块辣椒，丢进了自己嘴里，做满足状咀嚼着。

“好吃吧？大哥我跟你说啊，这个辣子鸡丁啊，连里面的辣椒都特别香特别好吃，不信你尝尝。”

朗月明也夹起一块辣椒吃下。辣椒入口，朗月明顿了顿，然后一下下咀嚼起来，虽然表面不动声色，可是鼻尖上却冒起了汗珠。

顾海棠关心地看着朗月明，他的饮食一直偏清淡，突然吃这么辣，怕是受不了，夹起一口米饭喂到朗月明嘴里，免得他辣到喉咙：“你不是吃不了辣吗？行不行啊？”朗月轩一看这两人喂来喂去肉麻的样子，更不能善罢甘休了，又一块辣椒扔进嘴里，偏要赌气：“怎么样，好吃吧？越吃越想吃呢。有话说不能吃辣非好汉。”

朗月明直视着朗月轩，眼睛里似乎多了点东西，毅然再次夹起辣椒嚼了起来。两兄弟这盘辣子鸡丁当成了战场，你来我往竟然几乎吃完了辣子，只剩鸡丁。

朗月轩和朗月明都红着眼，互相虎视眈眈，一会儿喝水一会儿塞饭，就是不能停止吃辣椒，谁都不肯当最后一个停筷子的人了。顾海棠总算瞧出了不对劲，左右都阻止不了：“哎呀，别吃了，别吃了。朗月轩、朗月明，辣椒有什么好吃的嘛！朗月明你吃那么多辣行不行啊？朗月轩，你先放下筷子好不好？”

直到一盘辣椒很快见了底。两双筷子在盘中搏斗，在鸡丁里找辣子。忽见最后一抹红色。顾海棠利落地把最后一块辣子放进嘴里，边嚼边说：“吃完了，走人！”

朗月明连忙站起来跟上去：“顾海棠你等等，我送你！”看着两人并肩而去，朗月轩眼睛一闪，俊秀的脸上神色有点沮丧。

青石板的小巷子里，只有两个孩子在那里玩耍。从院子里冒出来的海棠树长得枝繁叶茂，宁静又美好。朗月明借着送顾海棠的名义，带着礼物来到了鸣锣巷内顾海棠家。

天瑜妈妈放下针线笑眯眯地打量朗月明，朗月明腼腆地找话题，对天瑜妈妈一番恭维后还想要定制一套西装。天瑜妈妈当即找皮尺给朗月明量尺寸："小石头，我的皮尺呢？"

此话一出，顾海棠和朗月明顿时尴尬，原来朗月轩也在。与此同时，里面传来了热情的回应："哎哎，在这儿呢！"顾海棠心跳不知道怎么就突然停一下："朗月轩，你怎么在这里？"

朗月轩从里屋走了出来，脖子上挂着皮尺，看着顾海棠和朗月明粲然一笑："嘿嘿，我是在这儿给天瑜妈妈当助手的。皮尺在这里呢，天瑜妈妈，您吩咐，是要给谁量尺寸？是这位小姐，还是先生？"

天瑜被逗得直乐，直言是给朗月明量尺寸做西服："那你先帮这位少爷量量尺寸，我去给你们做好吃的！晚上都留下来吃饭！"

朗月轩跟朗月明异口同声地答应："好！谢谢天瑜妈妈！"

两个人相互白了一眼较劲。朗月轩拿着皮尺走到朗月明面前，当真是要给他量尺寸："来吧，请把手抬一下。"

朗月明无奈举起手，朗月轩假装正经地在他身上比画，嘴里还贱贱地道："嗯，这身板不错，就是瘦了点，摸着都没啥肉。"又调侃道，"来，我再给你量量裤长。啧啧啧，这腿有点短，不够修长，穿西裤还不一定好看呢。"

朗月明一脸尴尬，顾海棠看不下去，只觉得朗月轩的招式真是太幼稚了："朗月轩，你打住，别闹了。"朗月轩收起笑容，一本正经道："我没闹啊，我干的是正经事。"

顾海棠可没那个耐心跟他胡搅蛮缠，不管三七二十一就把朗月轩轰出门："出去，你给我出去！"朗月轩一脸委屈："可我还没吃饭呢！"回答他的是一声干脆的关门声。

待到天色渐晚，顾海棠才送朗月明出来，分别时朗月明想要告白，却被顾海棠惊声打断："啊……"

原来是顾海棠发现了大树背后藏着的朗月轩，也不知怎么回事，顾海棠就是想要刺激一下朗月轩，故意装作飞虫入眼，让朗月明帮她吹眼睛。在大树背后，朗月轩把他们的动作看得一清二楚，心就像是被泼了一盆冷水，表情落寞地离开了。

而帮顾海棠吹眼睛的朗月明则满心欢喜，激动地道：“我是何其幸运，遇到了你，恢复了容貌重获了新生。西方的童话故事里有一个青蛙王子，被公主亲吻以后，丑陋的青蛙就变成了英俊的王子。而我，没有被吻，就已经变成了王子，有时候我真的不敢相信，怕是一场梦，梦醒之后又变成过去的模样……”

“不会的。别胡思乱想了，今天太晚了，你先回去吧，我也困了。”顾海棠的眼角余光此刻在瞄朗月轩，见其已经不在树后，才放下了戒备，但心神又突然疲惫，对朗月明只敷衍辞别。

说罢，回身走进院门，但却没有急着回屋。

她停住脚，看着天上隐隐浮现的月亮，忽然想起即将到来的胭脂桃花会，沉吟了片刻，回屋拿出两只印着彩燕双飞图案的彩蛋，在一只上面画了一辆车子，又加了一轮明月，对着天空抛飞，心中默默祈祷：希望能尽快与爹相遇，保佑一家人健康平安……朗月轩……朗月明……希望和你们理不清楚的这段缘分，能随着这只彩蛋一起随波逐流，也把我的烦恼，永远地带走，不要回头……

第三十一章 ◎桃夭灼灼◎

夏去秋来，昆杨城一年一度的“胭脂桃花会”在各家胭脂水粉铺的精心筹备下正式拉开序幕。

朗月轩走到锣鼓喧天的街上，只见盏盏桃花灯高挂街头，姑娘们三三两两盛装出行，四处都洋溢着节日的欢愉气氛。他心情转好，因苦寻不得“鸿雁胭脂”中烟火味由来的愁绪也消散开去。

忽然，他感到手臂被人用力一拽。甫一回头，便对上施迪文那张兴奋的脸，嘴里正嚷嚷着：“月轩！你终于出现了！我找了你好几天都不见人，桃花会只我一个人逛多寂寞啊！”

多日不见好友，朗月轩也乐了，笑道：“我忙着工坊的事情呢。倒是你，不用操办你家的花车吗？”施迪文讪讪低下头，嘿嘿笑道：“我……逃了。”朗月轩大感意外，挑眉：“逃了？”施迪文无奈地摊开手：“还不是因为我家的桃花仙子被你家抢走了，我怕我爹照死了整我，干脆不露面。”

朗月轩惊呼一声，好奇道：“仙子？哪位仙子？”施迪文拍了拍肥胖的肚子，一脸的与有荣焉：“除了我家莫婳，还有谁能做仙子啊？”

“她呀？”想到总是为龙莫婳装扮的顾海棠，朗月轩来了兴致，“走，看看去！”说完搂住施迪文的脖子，边欣赏着热闹边朝朗家桃花车走去。

以海棠红为主基调的朗家花车在晨光的照耀下分外艳丽夺目，正高高耸立在路边，一眼便能瞧见。而那花车中央最高的地方就是桃花仙子的站处。此时，一双女人的脚正战战兢兢地踏上花车的台阶，尝试着走上那里。

朗月明在下头担忧地看着，瞥见拿着桃花仙子的衣服走过来的顾海棠，双眸亮起，将她拉至身侧，道：“海棠你可来了，你快想办法帮帮莫婳，她恐高，一直不敢上花车。”

“啊？”顾海棠惊讶地抬头看去，就见龙莫婳浑身颤抖，汗滴如豆，正死死抓住扶手喘着粗气。顾海棠忧心悬起：“莫婳，你没事吧？要不要先下来？”

“不行，我要做仙子！”龙莫婳鼓足勇气又上了一个台阶，不想花车一阵晃动，顿时花容失色，尖叫着倒在台阶上。朗月明和顾海棠大惊，急忙跑了上去。

这时，靠近的朗月轩和施迪文发现了这边的异状。二人快步跑上前，将软成一团泥的龙莫婳扶至椅边，弄清楚了事情的来龙去脉。

龙莫婳见朗月轩也来了，想做桃花仙子的心更为迫切，抓着顾海棠的衣袖恳求道：“海棠，我想当仙子……我不想失去这个机会，你有没有什么办法……”

顾海棠一筹莫展，询问设计此次花车的朗月明。朗月明无奈摇头：“我也没别的办法，整个花车最高最突出的位置一定是留给仙子的，再说巡游要开始了，改动花车肯定来不及了。”

龙莫婳急得泪水在眼眶打转：“那怎么办呀？”朗月轩略一思索，接话道：“看莫婳的状态，肯定做不了仙子了，站都站不上去，更别说要在上面演绎出宛若仙子下凡间的神情状态。”

龙莫婳终于哭了出来：“我……真是没用……”施迪文不忍美人落泪，连忙安慰，顾海棠也在旁开导。眼看越来越多人往这边聚，朗月明皱眉道：“仙子的位子不能空着，咱们得赶紧想个法子。”

朗月轩的目光在顾海棠和龙莫婳之间流转，眸中亮光一闪而过，故意卖关子道：“办法也不是没有……”顾海棠忙抬头看他，急道：“什么办法，快说呀。”

朗月轩瞧着顾海棠清丽无双的面容，自顾自地点头：“很简单，换人喽。”顾海棠一怔：“换人？可衣服都是按照莫婳的尺寸做的，到这个节骨眼上了，上哪儿找合适的人……”

顾海棠说着，见三个男人都不约而同盯向自己，下意识后退一步：“你们……干吗？”朗月轩唇角上扬，视线不着痕迹地划过顾海棠的身形，道：“不干吗，合适的人选不就摆在眼前吗？”

“你……”顾海棠意有所觉，但想到龙莫婳对花车的执着，摇头道：“不行，还是看看莫婳能不能上。”

朗月明本就属意顾海棠，若不是朗太太的要求，他也不会请龙莫婳。思及此，他开口劝道：“海棠，月轩说得没错，不能再犹豫了，你和莫婳身材差不多，应该能穿得下这套衣服，现在情况紧急，救场如救火，你就别再推辞了。”顾海棠思索片刻，蹲下身子看着龙莫婳，柔声劝道：“莫婳，你要不要再试试？”

龙莫婳为难地看了看花车，咬着唇思索着，终是没能克服那骇人的恐惧，开口道：“海棠，我……真的很想做，可是……我没办法，还是……你上吧。就当，就当是帮我吧。”

此话一出，顾海棠再拒绝也无用，被他们催促着换上衣服，上了花车。伴随着吉时的到来，一阵锣鼓齐鸣，由几十个大汉肩抬行走的花车缓缓起步。

姑娘们兴奋地挤到前面，伸头看去，就见以朗月轩和朗月明为首的另外十来个大汉身穿统一服饰，每人身上一条金色丝带，合力地拉动着花车。而花车之上，顾海棠着一袭金色纱裙，烂漫的透明花朵点缀在裙子长长的拖尾上，衬得她光彩夺目，宛若女神。

她的脸上挂着甜美的微笑，一路撒下金色的亮粉和花瓣，引得人群一阵骚动：“朗家今年的桃花仙子好生漂亮！”

就在这时，花车遇到了抛撒代表福运的黄豆的队伍。抬着花车的大汉们登时脚下生滑，导致花车晃动。朗月轩大喝一声：“站稳了！”

可黄豆如雨落下，越来越多，已有大汉无法站立。朗月轩和朗月明立刻放下丝带上前补缺，却无济于事。花车又是一阵摇晃倾斜，位于顶端的顾海棠一个趔趄，差点掉下去。

她一声惊叫，双手急忙抓住扶手。朗月轩听到顾海棠的声音一阵焦急。眼看花车绊得更厉害，朗月轩眼疾手快，一把抓住花车上的丝带，脚下点地一个飞身，凌空飞向空中，紧紧地搂住正要掉落的顾海棠的腰肢。

一个漂亮的转身，朗月轩携着顾海棠稳稳地站在花车顶端。四目相对，顾海棠娇喘不息，无力动弹。阳光下二人相拥的模样仿若剪影，惊艳无比，惹得街道两边发出阵阵惊叹和掌声。龙莫婳看着花车上搂在一起的二人，懊悔得直跺脚。朗月明更是神色黯淡，心中五味杂陈。

一场虚惊过后，朗月轩拉着朗月明参加祓禊比赛。祓禊比赛是昆杨城世代流传下来的风俗，具有祓掉陈年旧疾的寓意，极受欢迎。此时的广场中央已立起一个高高的桅杆，桅杆顶端挂着铃铛，正等着参赛者拔得头筹。

一阵铜锣声响，以朗月轩和施迪文为首的绿白两队似箭离弦般冲向桅杆。朗月轩勇猛向前，却被两个壮汉死死扯住。他立即对着身后的队伍大声命令：“搭人墙！”

配合默契的朗月明迅速召集队员叠罗汉。朗月轩瞄准时机，三步并两步，利索地上了人梯。施迪文一看也立刻组织人梯。双方的人梯越搭越高，朗月轩和施迪文也越来越接近顶端的铃铛。

突然，施迪文的队伍发起了攻击，朗月轩的队伍一阵晃动，人梯几欲倒塌。朗月轩眼疾手快，一个飞身跳起来上了桅杆，迅速向顶端攀爬，甩开身后的拦截者，拿到了铃铛。

人群中发出一片欢呼。朗月轩同样喜上眉梢，他抓着铃铛大喊，眼中熠熠生辉，“娘，天瑜妈妈，月轩为你们祓禊成功了，从今天起，所有病痛都要远离你们，所有不美好的过去，也要统统丢掉，祝你们身体健康！”

喊完，朗月轩将手里的铃铛用力抛了出去。铃铛带着清脆的声音从空中划过一道美丽的弧线，飞向远方。

顾海棠怔怔地看着神采飞扬的朗月轩，触动不已。瞥见这一幕的龙莫婳心生酸涩，难掩失落。还是丫鬟小玉提醒龙莫婳接下来还有表达男女情意的“曲水流觞”活动，这才恢复精神，拉着众人去凑热闹。

远远地，漂着空心彩蛋的小河蜿蜒在眼前，而岸边的女孩子们正虔诚地往河里放各自的彩蛋。顾海棠看着河里颜色各异的蛋惊叹不已：“曲水流觞，果然不同凡响。”

龙莫婳兴致勃勃，一张俏脸红扑扑的，拉着顾海棠往前挤：“那当然了，每年都有不少佳配良缘是从这里开始的，快走吧，都快没位置了。”

而下游不远处，朗月轩也和一帮男生来到河边，正大呼小叫地在河里捞蛋。施迪文一捞全是对朗月轩表达爱意的彩蛋，一边吐槽没新意一边打趣朗月轩。

朗月轩没有理睬，突然有一个蛋引起了他的注意，上面画着一辆熟悉的车子和一轮月亮。朗月轩拿起来看了看，若有所思，回头看到顾海棠就在不远处，来到她身边，一把拉过她，把彩蛋递到她面前，有几分期待道：“顾海棠，你这是什么意思？”

顾海棠心中微一咯噔，暗忖这人怎么知道这是我画的，表面却不动声色，淡淡反问：“什么什么意思？”朗月轩指着彩蛋上的画：“喏，就是这上面的画是什么意思？”

顾海棠配合地瞥了一眼：“我怎么知道，谁知道这是谁画的？”朗月轩却笑了，贫嘴道：“我知道这是你画的，我们心有灵犀，只要是你的，就是一万个蛋里我也能一眼找出来。”

他见顾海棠有意避开，又绕到她面前，继续笑吟吟道：“这上面一轮明月一辆车，月亮是我哥，车子是我，就是不知道代表着什么意思。”

顾海棠被他说得羞恼，一把从他手里抢过蛋，又扔回到了河里，怼道：“你这么厉害，你接着猜呗！”说完拉着龙莫婳离开，留下仍待在原地思索的朗月轩。

顾海棠拉着龙莫婳径直到了小吃摊，有说有笑地品尝着各色美食，追上来的朗月轩看了一会，发现朗月明也跟在顾海棠旁边，踹了脚身侧的施迪文：“你是不是喜欢莫婳？”

施迪文把目光从美女身上收回，一本正经道：“废话！”朗月轩调侃他：“莫婳喜欢我你知道吧？”

施迪文气得伸手要打朗月轩。朗月轩连忙挡住：“听我说完啊，我要是和海棠板上钉钉成一对了，莫婳不就不会惦记我了吗？”

施迪文皱了皱眉，没好气地道：“你行了你，有话直说，绕得我头疼。”朗月轩压低声音，诱惑道：“简单来说，帮我和海棠创造单独相处的机会，就是给你自己和莫婳机会，明白？”

施迪文双眼放光：“完全明白！”朗月轩满意地点点头：“那就看你的表现了，一会帮我把莫婳和月明引开。”

施迪文一拍胸脯：“包在我身上！”说完买下各色小吃，端到顾海棠他们的小桌前，自来熟地坐了下来，道：“大家一会想去哪？”

龙莫婳吃得开怀，建议道：“要不去逛市集？”施迪文欣喜龙莫婳主动与他说话，笑眯眯道：“逛市集不急于一时，还是先去昆杨神庙祈福。在桃花会这一天去神庙拜佛是最灵的，一定能求得好姻缘。我们得早点儿去，万一有别人也看上我们的意中人，菩萨先听到了别人的祈求，那我们可就惨了。”

听施迪文这么一说，大家都觉得有几分道理，龙莫婳更是大惊失色，直接跳起：“糟了，全城喜欢月轩的姑娘要是都去拜过菩萨，那可轮不到我了！”

施迪文闻言有些郁闷，但没忘了自己的任务：“神庙在城东山上，离这儿远得很，正好我的车停在不远处，我们开车过去。”

龙莫婳忙不迭地应好，连问顾海棠和朗月明要不要一起。顾海棠对姻缘之事颇有抵触，婉拒道：“我……就不必了吧。”

朗月明却心有意动，劝道：“一起吧，就当是陪莫婳。”

顾海棠仍在犹豫，施迪文已经等不及了：“你们商量完了没有？我可要先走了，诚心拜佛的都跟我来，不诚心的我不等啦。”

龙莫婳是个急性子，转眼跟着施迪文跑了。一时间，顾海棠和朗月明之间的气氛有些尴尬，幸而朗月轩及时出现。

看到朗月轩，朗月明再一次提议去昆杨神庙。朗月轩却抱着胳膊，一点也没动弹的意思，笃悠悠看着月明，视线不时扫过顾海棠："哥，我就不去了，喜欢的姑娘就在身边，何必去求菩萨。"

顾海棠哪能听不出朗月轩的潜台词，愠怒地瞪了朗月轩一眼，站起身道："你们继续聊，我去逛游园会。"朗家两兄弟同时跟上："我们也去！"

游园会热闹非凡，一眼望去各式物品玩件琳琅满目，令人目不暇接。顾海棠甩不开身后两人，只能任由他们去了，凭着喜好进了一家化妆品小店，却在挑选胭脂色号时犯了难。争着想要表现的兄弟俩不理会店家怪异的目光，当众试起了色号，直问顾海棠喜欢哪个。

顾海棠哭笑不得，坚决挑了盒自己相中的，命令他们去将脸洗干净。没想到朗月轩趁洗脸时骗了朗月明一把，率先离开，拉起等在门口的顾海棠，转身就跑。

顾海棠眉头皱起："干什么呢你？月明呢？"朗月轩回头看她一眼，眼神亮得晃人心神："别问了，先跟我走再说。"

顾海棠有片刻失神，随即摇头，不悦道："你又在搞什么花样？不是说好了三个人一块吗？"朗月轩停下脚步，双眼亮晶晶地看着顾海棠，声音上扬："可是我想跟你单独在一起。"

顾海棠突然用力甩开了朗月轩的手。朗月轩笑意稍敛，很快又赔笑着哄道："生气了？"顾海棠瞪着他没说话。朗月轩轻叹一声："你别气，我这就去等我哥。"

顾海棠冷声叫住他："朗月轩，你以为是在玩呢？很有趣是吧？"朗月轩停下脚步，焦急地解释："海棠，我绝对没有这个意思，我只是害怕气氛太沉重了……"

顾海棠却充耳不闻，脸若寒霜："我想我已经说得很清楚了，我们三个人可以成为朋友，在今天这样的节日里，也可以结伴游玩，至于其他的，不可能。"

朗月轩面色微白，语速又快又急："我们为什么要为了过去的错误而放弃未来的可能？我不明白。"顾海棠眼帘微垂，颇为自嘲道："朗月轩，过去的对我来说都已经过去了，包括曾经错误的心动。"

"海棠……"朗月轩胸口钝疼，想要上前，却被执意要和他划清界限的顾海棠拦住："月轩，如果你心里对我至少还有那么一点在意，不要再这样了。

不然朗里春工坊，我只怕也待不下去了。”

朗月轩心痛地看着顾海棠，不知道该说些什么。这时朗月明嚷嚷着追了过来，指着朗月轩，气道：“你小子跟我耍滑头，就是为了甩掉我单独跟海棠在一起是不是？”

顾海棠只抬头看了一眼便要离开。朗月明顾不得指责朗月轩，欲跟上去：“海棠，你去哪儿？等等我！”朗月轩拦下了他，落寞道：“哥，别追了。”

朗月明却不管，一个假动作绕过朗月轩。朗月轩忙跟在后头，远远看见顾海棠上了一辆黄包车。他看着车驶去的方向，神情怅惘。顾海棠此时心境，正惶惶然不知去往何处，亦不知为何会让车夫将她送到昆杨神庙。

许是这处依山而建的肃穆神庙果真是能庇护人的，顾海棠刚踏进大殿，便感觉整个人都平和了下来。她往神庙深处走去，越走越清寂，只有夕阳中的微风和带起的树叶飒飒声伴着她，让她的心格外安宁。

一阵风铃声起，清越悦耳。顾海棠循声而去，只见一条长长的回廊檐下，沿路挂着木质风铃，仿佛在指引着道路。

顾海棠不由自主地走上回廊，来到了神庙的一处偏殿，见着了一尊佛像。

“心诚则灵，就在此处拜佛吧。”顾海棠跪在了佛像前，双手合十，闭目虔诚祈祷：“佛祖，海棠不想求姻缘，只求平安顺遂，波澜不惊。当初来到昆杨，是为了寻找父亲的线索，如今父亲依然杳无音信，我却阴差阳错卷进感情漩涡。我曾经发誓，一定要找到父亲的下落，解开这个谜团，如今自己却陷入迷雾。佛祖，您能不能为我指点，应该何去何从？”

顾海棠吐露完心中郁结，深深叩首，长拜不起。当她再次抬起头睁开眼时，佛龛前一个牌位上的名字吸引了她的注意。

“胭脂？”顾海棠凝目秉神，不知怎么想到了朗家的胭脂鬼。她压下心中不安，越走越近，忽然猛地瞪大眼睛，惊愕失色地将“胭脂”牌位后面的另一个牌位抱出。

她一瞬不瞬地盯着上面的名字，“顾顺琪”那三个字仿若尖刃扎进她的五脏六腑，刺得她几乎无法呼吸。

“怎么会，怎么会……”顾海棠犹如五雷轰顶，把父亲的牌位紧紧抱在怀里，张皇地四顾大叫：“有人吗？有人吗……”

空旷无人的偏殿中，只有她凄厉失魄的叫声在回荡，久久不散。

第三十二章 ◎明月蒙尘◎

霞光刺破云层，暖暖的晨光从上而下，照亮了幽僻的鸣锣巷，融化了朗里春工坊里的秋霜露，独独没有落进顾海棠单薄消瘦的身影里。

她无精打采地朝工坊走着，满脑子都是在神庙里看见的那块刻着父亲名字的牌位。这么多年，她带着母亲和夏合不知吃了多少的苦，遭了多少的罪，为的就是找到失踪多年的父亲。可谁能想到，她盼来的却是一块冰冷冷的牌位……

想到这里，顾海棠眼睛酸涩，又差点落下泪来。

跟在身后的凡真见她心不在焉，连工坊大门都差点走过头，忙跑上去绕到她面前，喊道："海棠姐，你怎么了？连咱们工坊都不认得啦！"

顾海棠如梦初醒，慌乱地移开眼，不大自然地笑道："没什么，我早起去了趟神庙，这会儿有点犯困。"凡真好奇地往顾海棠身边凑，疑惑道："又去神庙？海棠姐，你最近怎么总往神庙跑？"

顾海棠心里藏着事，下意识扯了个谎："我，我去神庙当然是为了祈福，求菩萨保佑我能遇到想遇到的人。"

凡真讶异地看了顾海棠一眼，意味深长地道："海棠姐，我没看出来你这么心急呀，只可惜你去错地方了，神庙里可没有你要找的人。"

顾海棠瞳孔微缩，垂在身侧的双手不由得收紧，试探地问："你知道我要找的人在哪儿？"凡真一副心知肚明的模样，摇头晃脑地掐指道："我当然知道了，他呀……远在天边，近在眼前。"

顾海棠眼里迸发出希冀的光芒，急忙问道："他在哪儿？"凡真朝工坊里头望去，笑得一脸促狭："他呀，为了研制定香工艺，一直睡在工坊里呢。"

顾海棠先是一愣，旋即明白过来凡真说的是谁，松了口气的同时耳后不由自主染上红晕。她抬起手，嗔言要封了凡真的嘴。

两人嬉闹着跑进工坊，撞到正从工作间出来的朗月轩。凡真识趣离开，顾海棠本也想走，却被双眼放光的朗月轩一把拉进工作间，而后就听他兴奋地喊道："海棠，你来了，快过来看看！"

顾海棠不得已跟进去，入目便是堆得到处都是的稿纸和工具，足以想象得出朗月轩这几日有多废寝忘食。想起之前在桃花会上的不欢而散，顾海棠有些犹豫要不要找借口离开。

这时，朗月轩已经小心翼翼地拿起一盒样品胭脂递到了顾海棠面前，笑道："海棠，你快看看，'鸿雁胭脂'成了！"顾海棠闻言大喜过望，哪还记着那点芥蒂，忙细细看起胭脂成色，用手指抹了些出来试色，还把手拿到鼻子前嗅了嗅。

朗月轩一脸期待："怎么样？"顾海棠面露惊喜，颔首道："颜色艳而不俗，香味若有似无又余韵无穷，我收集过海内外那么多胭脂，从未见过这种上品！"

朗月轩双手一拍，眉眼都染上了笑意："太好了，终于做出来百分百满意的完美胭脂了，咱们朗里春的鸿雁又可以再飞了！"

顾海棠也打心底里高兴："我听说你这几天都在这里研究定香呢，这个香味真的非常清雅独特，能告诉我你是怎么做到的吗？"

朗月轩丝毫不隐瞒："自发现'鸿雁胭脂'有烟火味后，我就用山里的金刚木烧成硬木炭反复试验多次，终于完全掌握了烧制的时长和所用木炭的数量。"

顾海棠赞赏道："没想到你还有创新精神呢，我一直以为咱们照着原先的'鸿雁胭脂'的秘方做就天下无敌了。"

朗月轩被心上人夸得嘴角上扬，但还是谦虚地道："'锦麝定香'可是祖传秘方，当然天下无敌，我只是精益求精，在它的基础上做了小小改良而已。"

顾海棠却皱起眉头，若有所思："原来'鸿雁胭脂'用的定香工艺是'锦麝定香'。"见状，朗月轩敛了笑容："怎么了？有问题吗？"顾海棠"嗯"了声，略显担忧地道："据我所知，'锦麝定香'含有麝香成分，孕妇最忌麝香，我担心稍有不当，就会让使用鸿雁胭脂的孕妇流产。"

朗月轩的表情凝重起来："可这是老祖宗留下的秘方，早在清朝年间就生产过，应该不会有问题才对。"

顾海棠点点头："也有可能是恰好没有孕妇使用过。"顿了顿，又安慰道，"不过没关系，我们只要在胭脂上写明孕妇忌用就可以了。"

朗月轩思量着，却摇起了头，语气严肃而认真："胭脂之所以存在，就是为了让每个女孩子都能拥有美。你想想，孕妇不是比一般女孩儿更渴望美吗?如果我们的‘鸿雁胭脂’不能做到让每个女孩儿都喜笑颜开，我觉得就是不完美的。”

顾海棠颇为意外地看向朗月轩，眼底藏满了欣赏：“你说得对，我支持你继续改良配方，我们要让每个女孩儿都有拥有美的权利。”

朗月轩眸光亮起，语气有几分激动：“我就知道，你最懂我！”两人视线相撞，心底微颤，都有些出神。就在这时，朗月明清亮醇厚的声音响起：“原来你们都在这，可让我好找！”

朗月轩和顾海棠俱是一惊，回头见精神抖擞的朗月明正一脸灿烂地向他们走来：“两个人偷偷聊天也不带上我，不够意思。”

朗月轩讶异中透着欣喜，上前问道：“哥，你怎么会来工坊?”朗月明眉梢轻挑，辨不出喜怒：“怎么，我不能来?”

朗月轩无奈笑道：“哥，你别玩我了，你知道我不是这个意思。”朗月明一拍朗月轩肩膀，目光却直直落在顾海棠身上：“走，我给你俩准备了一个大惊喜。”

朗月轩和顾海棠都对朗月明所说的“惊喜”感到好奇，彼此对视一眼，跟他走进了管理室，才发现朗斯年正在等着他们。

见人来齐，朗斯年宣布朗月明将进入工坊接触学习朗里春生意的决定。早就盼着朗月明能走出朗府、重见天日的朗月轩百感交集，立刻自荐做导游，带着朗月明参观工坊，引得众女工聚在一起议论纷纷，从比较哪位少爷气质好，一直八卦到两位少爷与顾海棠的恩怨纠葛。

心思不明的曹新巧更是说出“两位少爷既争家产又要争女人”的诛心之语，惹得众女工吃吃窃笑，却冷不防瞧见她们讨论的主人公正站在她们身后不远处。

众女工冷汗连连，生怕被迁怒，连忙四散，留下面色不甚好看的朗月明与朗月轩双双沉默。凡真见此场景，正犹豫着要不要把顾海棠叫来缓解一二，就见朗青青猫着腰从门口进来，一下从后面跳上朗月轩的背，叫道:“大哥、二哥！”

凝思的二人吓了一跳。朗月轩看清来人，皱眉欲将朗青青从背上抖落:“别胡闹，快下来！”

朗青青却死死抓住他不放，耍着性子道：“就不！我们特意来看你们呢，一来就嫌弃我！”朗月轩这才注意到朗青青身后还跟着龙莫媗和施迪文，有些诧异："怎么一下来了这么多人？"

朗青青拢着朗月轩的脖子，脆声道："那当然了，月明哥哥进工坊从此踏上职场，这么大的事情怎么能少得了我朗青青，莫婳姐姐和施大哥都是路上遇见的。"

龙莫婳想到终于有借口与朗月轩亲近，温婉一笑，建议道："今天是月明哥的好日子，既然人这么齐，不如大家一起去庆祝一番如何？"

朗青青一下从朗月轩背上跳下，绕着朗月明闹，欢呼着应和："好呀好呀！时间也不早了，大哥今天的学习就到这里吧！"

朗月明失笑，合拢笔记本，宠溺地戳了戳朗青青的额头："你呀，人来疯。"朗青青捂着额头吐舌，众人说笑着来到门口，正巧遇着工坊放工，女工们正往外走。

朗月明眼尖，看到人群中的顾海棠，挤过去将其拉住："海棠，等等！"顾海棠看见眼前一干人等，停下脚步，疑惑地问道："怎么了？"

朗月轩明白了朗月明的用意，跟上前道："海棠，今天月明大哥第一天来工坊，你作为工坊的优秀员工，就做个代表和我们一起去庆祝一下吧。"

顾海棠有些踌躇，她还想去神庙看看，拒绝道："你们聚吧，我还是不去了……"这时朗青青上前挽住顾海棠的手腕："去吧海棠姐，不要扫兴嘛。"

"就是啊海棠，跟我们还客气什么！"龙莫婳也出言相劝，拉着顾海棠就往前走。顾海棠无奈跟上，未曾留意到身后那道来自曹新巧的嫉妒目光。

众人很快来到至湛海楼酒馆，举起酒杯，齐齐为朗月明祝贺。朗月明心中畅快，说出要将朗里春的经营向国际化发展的豪言壮语。

朗青青好奇平日闷在阁楼的朗月明怎会有这么先进的想法，得知是顾海棠那宝贝化妆箱里的洋玩意儿给了朗月明灵感后，在龙莫婳的引导下，与众人频频起哄，要朗月明与顾海棠"复婚"。

顾海棠尴尬至极，幸得朗月轩及时解围。众人再次喝闹起来，再不提"复婚"之事。朗月明瞧着这一幕，没错过朗月轩与顾海棠对视时的缠绵目光，神色微黯。

晚风微拂，月上梢头，一群人歪七扭八地从酒馆出来，皆染上了醉意。龙莫婳更是撒起了酒疯，一会儿笑着喊着要嫁给朗月轩，希望顾海棠能找到幸福；一会儿又哭着闹着说出龙德水小姨太怀孕的事，要龙德水记得她母亲临死前的嘱托，不可以再要别的孩子……

众人你拉我扶，场面一度有些混乱。朗月明和朗月轩有意送顾海棠回家，顾海棠却趁龙莫婳被龙府护卫带走时，兀自离开。

朗月明与朗月轩记着不再强迫顾海棠的约定，想追又不能追，只能眼睁睁地看着，好一会儿才收回视线，扶着喝多了的朗青青回到朗府。

月色朦胧，朗府正值一天中最静谧的时刻。朗月轩哼着小调，摇头晃脑地往房间走，遇上在花园踱步的朗斯年，喊了声“爹”。

朗斯年嗅到他身上的酒气，笑道：“又贪杯了？”朗月轩一双黑眸亮晶晶，唇角的笑意久扬不散：“是庆祝大哥加入工坊，青青也去了。这丫头可真缠人，非要我们讲完故事哄她睡觉才准走，大哥心眼儿实还在那儿讲着，我可跑了。”

朗斯年略感欣慰。他看着眼前这个气宇轩昂的儿子，有几分犹豫，斟酌道：“月轩，我没有提前告诉你一声就带月明到工坊，你心里不会不舒服吧？”朗月轩忽地沉下脸：“不舒服，很不舒服！”

朗斯年脸色一紧，正欲开口，又听朗月轩有几分幽怨地道：“爹居然这么想我，我心里能舒服吗？”朗斯年放松下来，笑着捶了朗月轩一拳“你这小子！”

朗月轩也跟着笑，由衷地道：“爹，生意什么的本来就是我哥的，我也从来没兴趣，你把大哥带来，我高兴还来不及呢。”

朗斯年心中甚慰，更觉自己的决定没错，微微点头：“那就好，这样我就放心了。”朗月轩看着高悬夜穹的圆月，想到顾海棠那日在桃花会上画的图案，突然又有些惆怅，闷闷道：“爹，我能和你说几句心里话吗？”

看着朗月轩从小到大，朗斯年还是第一次见朗月轩在他面前露出这般无助的模样。毕竟是从小养在身边的孩子。朗斯年暗叹一声，看向朗月轩的目光更为慈爱，缓缓道：“你愿意说，我自然愿意听。”

这段时间以来的矛盾煎熬终于有了宣泄口，朗月轩把心里的想法一股脑全吐露了出来：“我和大哥……我们都喜欢海棠，我们说好了要公平竞争，谁得到海棠的心就和她在一起。可我常常在想，如果不是大哥的脸坏了常年躲着，兴许就是他先认识海棠，兴许海棠就先喜欢了他。这场竞争，从一开始对大哥就不公平。”

朗斯年没有立刻回答，而是反问：“你喜欢海棠吗？有多喜欢？”朗月轩苦笑，垂下的眼中却在听到“海棠”两个字那一刻盛满温柔：“我想，也许不仅喜欢，是爱。说出来不怕你笑话，我舍不得她难过，每次想到她要难过了，我都心疼得不行。”

朗斯年是过来人，哪看不出朗月轩压抑的情意？他沉吟着，拍拍朗月轩的肩，开解道："孩子，爱情从来就是不公平的，如果你和海棠真心相爱，就不要因为这样那样的原因有任何退让，明白吗？"

朗月轩有些意外，抬起眼："爹觉得我该和大哥争？"顿了几秒，他又无力地垂下头，"其实我很怕，我怕海棠爱上大哥，但若是海棠选了我，我又怕大哥会再次把自己藏进黑暗里。"

朗斯年轻叹了口气："你们两个都是我的儿子，哪个受了伤我也不愿意见到。只是……我年轻的时候，也曾经放弃过一段刻骨铭心的爱情，所以我知道，这样的放弃太痛苦了，也不一定就是对的。"

朗月轩没想到朗斯年会对他提及自己的往事，他猛地抬起头，喃喃道："爹……"朗斯年那饱经岁月磨砺的双眼似乎在这一刻迸发出点点亮光："那是很多年以前的事了，我当时爱上了家里的一个丫鬟……只要和她在一起，我就觉得，生活充满了希望。"

朗月轩忙问："那后来呢？"朗斯年轻摇两下头，一向挺直的脊梁似是佝偻了几分："后来……家里给我定了亲事，你娘嫁进来之后，她就被赶出了朗府，听说，吃了很多苦……"

朗月轩不曾料到会是这样的结局，一时不知该如何安慰父亲。朗斯年却很快收好情绪，仿佛刚刚那一瞬的悲寂只是朗月轩的错觉。

"爹不该和你说这些。我只是希望你明白，爱情不能退让，也不该放弃，我不想你像我一样，追悔一生。"

朗斯年说得语重心长，朗月轩亦是心神震动，迷茫的双眼逐渐清明，在这一瞬间下定了决心："我明白了，只要海棠对我也有心，我不会轻易放手的。爹，谢谢你。"

朗斯年和朗月轩相视而笑，这个父慈子孝的融洽场面，正巧被回来的朗月明收进眼底。

朗月明嘴角上的笑意寸寸凝住，他的身影隐在廊坊之下，一半在明，一半在暗。

第三十三章　◎霞露美人◎

素秋早伏，白露为霜。所谓伊人，在坊一方。这话大抵说的便是朗月明眼前的顾海棠了。

此时的顾海棠正安静地坐在工坊教室里，认真地研磨着。晨光透过窗棂，洒在她来时被寒气微微冻红的双颊上，泛起浅浅光泽，朦胧而美好。

朗月明紧了紧怀中亲自制作的精巧手炉，一时忘了此行目的，竟看得有些呆了。顾海棠感觉到有人在看她，回过头，与朗月明凝稠的目光对个正着。

朗月明仓促回神，走进教室，把怀中的手炉放在顾海棠面前的桌上，有几分期待又有几分忐忑：“海棠，给你的，以后你干活的时候觉得冷，随时就可以暖着。”

顾海棠先是一愣，随即看到自己那双被冻红肿的手，反应过来，感激地婉拒：“谢谢你月明，不过，我不能老是接受你的礼物，你还是收回去吧。”朗月明急了：“为什么不能收？这是我特意为你准备的礼物。”

顾海棠哪会不知道朗月明的心思？她慢慢放下手中的工具，正色道：“月明，我再认真地说一次，我对你只有朋友之谊。”朗月明有些失落，但很快掩饰神色：“我知道，所以作为朋友，我不能看着你不保护自己的手，这个手炉你必须收下。”

顾海棠有些犹豫：“可是……”朗月明生怕顾海棠再找理由，把手炉往她面前推：“别可是了，我又不是只给你一个人送礼物，你不收就是不把我当朋友。”

话说到这个份上，顾海棠不好再拒绝：“好吧……那我也给你回个礼。”朗月明松口气，眉眼再度笑开。他看着顾海棠研磨的花粉，福至心灵，道：“那你教我研磨吧，我正想学呢。”

顾海棠一口答应，给朗月明拿了一份工具，边示范边讲解：“很简单的，你跟着我做，只要耐心一点，用力均匀一点就好。”朗月明坐下来，学着顾海棠的样子研磨，间或看着顾海棠认真的侧颜，忍不住陶醉其中。

就在这个时候，朗月轩风一样急促地走进工坊，不由分说拉起朗月明："哥，你跟我来一下。"

二人世界被打扰，朗月明心有不悦，语气微怫："怎么了？"朗月轩一脸急色，连顾海棠都顾不上，道："我有事和你说。"

朗月明却岿然不动："就在这里说吧。"朗月轩瞧了顾海棠一眼，眼里闪过犹豫，温声道："海棠，你能不能回避一下？"

顾海棠知晓轻重，点点头，起身欲走。朗月明却有些生气，一把拉住顾海棠："没什么好瞒着海棠的，你有事就说，别弄得那么难看。"

朗月轩见朗月明执意如此，叹口气："哥，你私自把霞露胭脂的包装换成了普通陶瓷是不是？"朗月明以为朗月轩是来指责他擅作主张的，于是下颌微扬，振振有词道："霞露胭脂的包装出货现在由我负责，这些事我不觉得需要向你汇报请示。"

朗月轩锋眉蹙起，解释道："哥！不是请示不请示的问题。你要知道，胭脂包装和胭脂的质量一样重要，都直接影响我们朗里春的声誉，你在做这件事之前，最起码要和我们商量一下。"朗月明却没听进去，轻哼一声，道："商量什么？之前那样昂贵的包装只是表面花哨，并没有任何实际意义，迟早要换。"

朗月明如此不明事理，朗月轩也有了几分火气。他一大早去总店视察情况，不承想发现霞露胭脂不仅换了盒盖与盒身不吻合的包装，还因此导致胭脂漏沾在顾客手上，引得顾客不快，质疑朗里春的产品质量。

因此，他这才匆匆来寻朗月明了解情况。可朗月明却毫不清楚私换包装的严重性，还处处与他抬杠。思及此，朗月轩再不遮掩，将店中发生之事一五一十说出。

朗月明大惊，但想到顾海棠还在旁边看着，只能硬着头皮和朗月轩对峙："更换包装可以节约成本，普通陶瓷并不表示质量就一定不过关，现在出现的问题我认为只是个例。"

朗月轩毫不赞同，反驳道："朗里春向来以品质服人，百年传承下来的，就是精细、高贵的风格，如今新换的包装让顾客认为我们的胭脂是次等货，为了蝇头小利却丢掉了朗里春口碑，根本就没有意义！"

朗月明被朗月轩说得面上挂不住，语气逐渐尖锐："蝇头小利？你可知你口中无意义的蝇头小利能让我们比原先多赚一倍的钱！"

朗月轩惊愕地看着朗月明，无法相信这种“利益至上”的观念会出自自家大哥之口，郁愤道：“一倍又怎样，这种只顾眼前利益的行为，只会牺牲朗里春的招牌！”

朗月明冷笑一声，唇角挂着讥讽：“做生意不仅要讲究招牌，更重要的是为了盈利！你可知朗里春每个月花销最大的就是你的研发部？你如果真为了店里好，就早日把新产品研究出来，少浪费精力在别人的事情上！”

朗月轩气得脸色涨红，怒道：“你这是歪理谬论！”

这厢的动静逐渐引来女工们围观。顾海棠见势不对，连忙上前拉架：“你们先别吵了，都是为了朗里春好，坐下来慢慢商量不好吗？”

这时已从员工口中知道了事情来龙去脉的朗斯年及时赶到，制止了这场争吵。待朗月轩与朗月明冷静下来，朗斯年才沉声开口：“月明，更换包装的事为何不拿出来与大家商议？”

朗月明见朗斯年一来就站在朗月轩那边，又想起昨晚见着他们谈笑风生时的场景，心里有气，倔强道：“我想做出成效来再向爹汇报。”朗斯年面色冷了下来：“胡闹！那也不能拿朗里春的招牌开玩笑！”

朗斯年不容置疑的严肃口吻让朗月明一时无话，但很快知自己操之过急，于是将语气放缓，道：“月明，你初来乍到，有任何决策都可以和月轩商量着来，听听他的意见再行事，总好过你现在自作主张坏了做生意的规矩。”

朗月明却低头抿唇不语，也不知在想些什么。朗斯年见此不由得有几分失望，暗叹一口气，转头看向朗月轩：“月轩，你处理这事，把这批产品撤回，已经卖出去的，不论是否使用，都用合格的产品替换回来，不惜成本，也要保住顾客对朗里春的信任。以后生意上的事情你多指教月明，‘霞露胭脂’的包装出货还是先由你负责。”

朗月轩看着朗月明的侧脸阴影，心里生起担忧，想说什么安慰几句，但也知道事情紧急，需要马上处理，于是点头道：“是，我这就去办。”

朗月明闻声骤然抬头，就见朗斯年对着朗月轩的背影露出欣慰的目光，垂在身侧的双手紧攥成拳，在朗斯年离开后将自己关在了研磨教室里。

顾海棠担心朗月明想不开，走进教室，见其仍在用力研磨着，头也没抬，好似要将所有的不开心发泄出来，便在他对面坐下来，思索片刻，开口道：“月明，你心里不痛快就说出来，不要自己这么憋着。”

朗月明顿了顿，但丝毫没有要停下的意思，淡声道：“你走吧。”顾海棠秀眉皱起，一把抽走朗月明手中研磨的碗，故意刺激道：“你刚才还说我们是朋友，心里有委屈不该向朋友倾诉吗？”

朗月明终于放下手中的研磨棒，抬眸看向顾海棠，自暴自弃道：“你不用来安慰我了，朗家大少爷无能的事很快就要传遍整个工坊了。”顾海棠把碗放在一边，放柔声音，安慰道：“你别想得那么消极，大家都知道你是好心办了坏事。”

朗月明自嘲一笑，摇头道：“不管是不是好心，办了坏事总是我的错。爹生气，把我的工作交给月轩也是应该的。”顾海棠不厌其烦地劝解：“爱之深责之切，月轩一直很担心你，我想朗老爷和他都是一样的，你别怪他们。”

朗月明听到这话心里显然不高兴，但又不便发作，话里带着几分讥诮：“海棠，你不会认为我觉得是月轩在给我难堪吧？别说我不会这么想，就算我这么说，你也不会信吧？”顾海棠皱着眉，没有明说：“我只是不希望你们兄弟俩为了这点小事生了嫌隙。”

朗月明意味不明地笑笑，拿过一边的碗继续研磨起来，不再开口。顾海棠还想说些什么，但看到朗月明不愿搭腔的模样，只好坐在那里陪着他。

夕阳西下，霞光透过窗户照进研磨教室。朗月明偶一抬头，只见顾海棠坐在那儿，整个人浸透在微光里。他看得发呆，又想起了早上见到顾海棠时的那份悸动，忽然用手框住了顾海棠在夕阳里的姿态：“海棠，你看过洋海报吗？”

顾海棠不知朗月明怎么突然提到这个，但情绪转变总是好的，于是配合道：“洋海报？你是说那些金发碧眼的美丽女孩儿拍的宣传画报？”

朗月明黯淡的眼里重燃起亮光：“对！我在想，朗里春既然要走国际路线，是不是也可以找符合形象的小姐来用我们的产品化妆拍摄，甚至我们也可以效仿国外，请她们来做代言？”

顾海棠惊喜道：“月明，这个想法太新鲜了，我一听就觉得很有创意。”朗月明也高兴起来，终于恢复了活力：“是你给我的灵感，海棠，有你真好！”

朗月明深情款款地看着顾海棠。顾海棠连忙回避他的眼神，转移话题：“这个创意要赶紧实施才好，免得被其他胭脂商行抢了先机。你打算找哪家的小姐来做代言？”

“这还用找吗？远在天边近在眼前。”朗月明的视线过于炙热，顾海棠想忽视都不行。

她正欲开口，朗月明却打断她：“我知道你又要拒绝我了，上次你说桃花会是昆杨的盛会，你做代表不合适。可这次，是咱们朗里春的事，你是工坊的一员，更何况这个创意都是你给我的灵感，你是唯一的人选，所以，我不准你推辞。”

顾海棠一时也拿不定主意，让朗月明再给她些时间考虑。转眼到了放工时间，走神的顾海棠刚走到门口处，就被等着的朗月轩拉到一边，询问她朗月明的情况。

顾海棠担心朗月明会听到，便与朗月轩一同回家，边走边说：“我看得出来，他这次受的打击挺大的。不过他后来想了一个新的壮大朗里春的点子，现在情绪应该还不错。”

“那就好。”朗月轩悬着的心终于落稳，旋即又颇为好奇地问，“什么点子？”顾海棠寻思这事没什么好瞒着朗月轩，便提了几句朗月明想拍洋海报的想法。

朗月轩对此大为赞同：“这是个好主意，到时定能风靡全城！海报拍摄可以找施迪文，产品什么的本身就有，问题不大。至于代言人，不用说了，我哥肯定找你。”

顾海棠摇摇头：“化妆想主意我行，要我抛头露面去做什么代言人，我真的不知道行不行。”朗月轩闻言眼睛一转，忽然停下脚步，上下打量起顾海棠。

顾海棠被他看得发毛：“你这么看着我做什么？”朗月轩边看边认真地点头道：“你做代言人……土是土了点，不过凑合着也能用。”

顾海棠纤眉竖起，恼羞成怒：“好啊，敢情你是在拐着弯骂我，我就这么上不了台面吗？”朗月轩使劲憋着不让自己笑出来：“上得了上得了，比烤乳猪还上得了台面。”

顾海棠生气地瞪着朗月轩，倔劲上身：“不就是拍个海报嘛，我就不信我还拍不了了！”朗月轩不大相信地“噫”了声：“真的吗？”

顾海棠气哼一声，梗着白皙修长的脖颈：“你可别小瞧了我！”朗月轩忽地打了一个响指，语调上扬：“那就这么定了，代言人小姐——”

顾海棠这才反应过来自己上了朗月轩的当，但说出的话如同泼出的水，想收回可不容易。两人就这么吵吵闹闹向前走着，与此同时，朗府又是另一番景象。

接连几日都往朗府跑的龙莫婳正准备离开，刚到门口便遇着从工坊回来的朗月明。龙莫婳冲他扬扬手，喊了声“月明哥”。朗月明朝她走近，调侃道：“你可真行，天天在我家待着。不过我看你每回都碰不上月轩，不是白费工夫吗？”

龙莫婳唇角一翘，哼道：“我乐意！”朗月明失笑，摇了摇头，打算进府。

龙莫婳赶忙将人拉住：“等等，月明哥！”她瞧着四下无人，压低声音对朗月明道，“月明哥，我是来告诉你，你娘打算把我们两个凑成一对。”

她这段时间变着法与朗太太亲近，为的就是离朗月轩更近一步，不料朗太太竟生出让她嫁与朗月明的想法。可她更没想到，朗月明听到这话，只是淡定地颔首，一脸无所谓道：“哦，是有这么回事。”

她一惊，甩开朗月明：“你早知道了？”朗月明整了整被龙莫婳扯皱的衣袖：“嗯，我娘之前和我提过一次。”

她瞪大了眼：“那你怎么一点也不紧张啊？”朗月明抬起头，笑容和煦：“你不喜欢我，我不喜欢你，这桩婚配根本不成立，我有什么好紧张的。”

“可是万一你娘她硬来呢？”

朗月明眼睑轻垂，遮掩住眸间神色，语气微沉：“没人能强迫我，再说了，有人能强迫你吗？”龙莫婳闻言豁然开朗，双手一拍：“月明哥你说得对啊！”说完见朗月明笑意不断，又忍不住八卦道：“月明哥，你看上去心情不错啊，是不是遇到什么好事了，分享一下？”

朗月明笑道：“哪有什么好事，只怕接下来有得忙了。”龙莫婳连连追问，朗月明拗不过，只得将给朗里春找代言人拍洋海报的计划给说了。

谁知龙莫婳听后分外感兴趣，双眼发亮，一锤定音道：“月明哥，我来给你们当代言人，免费！就这么定了！”朗月明拒绝的话还未说出，自顾念着要回去准备一番的龙莫婳已经跑没影了。

朗月明没将这事放在心上，转头便寻父亲商量此事。朗斯年虽然抚掌支持，却要朗月轩与他一同负责，争取能在影响会长重选的巴拿马博览会开始前完成。朗月明并不乐意与朗月轩共事，但父亲主意已定，他说再多也无用，倒不如好好准备拍摄事宜。

很快到了拍摄这天，偌大的摄影棚内，施迪文难得正经起来，忙得热火朝天，颇有条理地指挥起众人。不多时，装扮精致的顾海棠走进了拍摄区。她身着一袭桃色衣裙，青丝半绾，翩然走动间宛似朵朵桃花盛开，赛若春晓，惊艳众人。奈何美则美矣，众目睽睽之下，顾海棠的动作与笑容都颇为僵硬，不符合要求。

朗月轩见状大步上前，亲自帮顾海棠摆好姿势，轻凑近她耳畔，安抚的音色低沉如水："放松些，你本来就很美，不需要刻意去迎合相机。"

温热的气息拂在顾海棠敏感的肌肤上，细微的肢体接触更是令她脸红心跳，如此自然的羞态被摄影师趁机抓拍，要求再来几张。镁光灯不停闪烁，顾海棠在朗月轩的帮助下逐渐找到感觉。

朗月明却在一旁看得不是滋味，忍不住大声喊停。一瞬间所有人的目光都看向朗月明，不知哪里出了问题。就在朗月明不知如何应对时，一阵喇叭鸣声响起。

众人抬头，原是龙莫婳的车子开了进来。随着车门被打开，一双精美的高跟鞋配着女人纤细的脚踏进了摄影棚。逆光中，妆容华美的龙莫婳款款步入，身姿妖娆，雍容华贵，举手投足间映衬得周围黯然失色。

正在众人狐疑龙莫婳这是闹哪出时，就见龙莫婳霸气走上台，宣布要以朗里春代言人的身份参加海报拍摄。话落，不给朗月明反应时间，龙莫婳带来的工作人员已从外面跑来，迅速布置现场。

霎时，顶端照下一束光，一条金色绸带从天而降，如梦如幻。音乐声起，龙莫婳款款走向丝带，一袭薄如蝉丝的金色纱裙随风飘起，犹如落入凡尘的仙子，惊为天人。

顾海棠欣喜而赞赏地看着这一切，暗暗为龙莫婳喝彩。丝带飘荡，只见龙莫婳甩开脚上高跟鞋，雪白细嫩的脚趾配上艳红的蔻丹，似软玉温香。她一手抓住丝带，白皙的玉腿轻轻缠绕丝带飞身一跃，身轻如燕，整个人几乎与丝带融为一体。

紧接着，空中缓缓飘下金色亮片，落在龙莫婳身上，宛如天上仙女入人间。就在众人沉醉之际，朗月轩和施迪文早已指挥着摄影师拍下这幅唯美画面。龙莫婳以一记香吻飞向全场，完美地结束了表演。

顾海棠没想到龙莫婳为了这次拍摄连恐高都能克服，她激动得带头鼓起了掌，一时间摄影棚内掌声雷动，经久不息。这场拍摄活动完美落下帷幕，龙莫婳凭自己的实力成为朗里春代言人，贴遍大街小巷的海报立时引起阵阵热潮。顾海棠自然也甘心支持。

代言人一事尘埃落定，顾海棠拖着疲倦的身子，回到了鸣锣巷。只是她脸上的笑意还未散去，就见顾夏合萎靡不振地坐在家门口的石阶上，连她回来了都没发现。

顾海棠忙跑上前，紧张地握住顾夏合的手，担忧不已：“夏合，怎么了？发生什么事了？”顾夏合抬起头，一双眼泛红，似是已哭过了一遭。他吸着鼻子，神情落寞：“姐，这么多天了，我们在神庙里都没找到祭拜爹的人，你说我们会不会再也找不到爹的线索了……”

顾海棠心口生疼，抱着顾夏合，忽然有些后悔将在神庙见着父亲牌位的事说与弟弟。她拍了拍弟弟的背，轻声安慰：“不会的，爹定是还惦记着我们，不然怎么会指引我到神庙？夏合，眼下你最要重视的还是自己的学业，知道吗？牌位的事交给姐姐，我会再找时间去神庙仔细查查。”

夕阳西下，鸣锣巷逐渐被黑暗笼罩，连同那两道倚在门口的瘦弱背影，一并吞进。

第三十四章 ◎鸿雁泄密◎

入夜月华清，凉风吹不灭，神庙重门净。

顾海棠将弟弟与母亲安抚好，便再次来到神庙，想要祷告，也想与父亲静静地聊聊，聊那些工作的悲欢喜乐，聊生活的酸甜苦辣，即使阴阳两隔。然而，她刚进入殿门，就看到有人对着自己父亲牌位方向祭拜，急忙藏身观看，只见那个身形很是熟悉，只是殿内较为昏暗，看不太清楚。

待那人礼毕，转过头来，竟然是朗斯年！顾海棠吃了一惊，当即现身："老爷，你……你怎么会在这里？"

朗斯年脸上尴尬之色一闪即逝："我来祭拜我的一个朋友。"顾海棠十分激动："老爷是来祭拜顾顺琪的？"朗斯年摇头，目光闪烁，语气却不容置疑："不，我不认识他。"

顾斯年说着迈向门口，全叔紧跟其后。顾海棠目送朗斯年离开，来到牌位前，只见胭脂的牌位前点着几炷香。

神庙外，全叔跟在朗斯年身后不安地回头看了一眼，低声道："都怪我没有安排好，海棠恐怕是有些怀疑。"

"无妨，鸟过留影人过留痕，有些事不可能完全抹去，再说她就算是怀疑，也没有什么证据，过几日也就放下了。"朗斯年淡然得很。

"这倒也是，若是有什么证据，也等不到今天。"全叔舒了口气。

"不过如果真的被发现，也要坦然面对，海棠是个好姑娘，我们要善待她！"朗斯年望向远方的湖水，眼神中有一丝不忍。

另一面，顾海棠拜祭父亲之后，多待了一会，特意等到朗斯年走远，这才回去。她对这件事相当奇怪，想不透其中的关窍。直到第二天在朗里春工坊做事，也在思索，一不小心被一个空盆绊了一下。

"如此心不在焉，胭脂怎会做好？"尚师傅正巧路过，扶住顾海棠，表情严肃，语气严厉。

“是我不好。”顾海棠忙抱歉地笑笑，眸光流转时，一个念头闪过，叫住要离开的尚师傅，道：“尚师傅，我想跟你打听一个人，她叫胭脂……”尚师傅脸色一沉：“你问她做什么？”

“她是老爷的故人？”顾海棠追问。尚师傅没有吱声。顾海棠说道：“尚师傅，你要是知道，就告诉海棠，这个人对我而言很重要。”

尚师傅思量片刻，缓缓开口：“她确实是老爷故人，但是这是一段无人想提起的往事，你以后不要再问旁人，我也不会多说，这是对你好，明白吗？”

“海棠明白，多谢尚师傅指点。”顾海棠应道。但是她有了更多的疑虑，既然朗斯年真的是祭拜胭脂的，那么父亲的牌位是何人所立？

这时，朗月轩有些烦闷地走来，尚师傅向他打的招呼也如同没有听见。

“月轩，怎么了？”顾海棠关切询问。朗月轩回过神来：“啊！没什么，就是鸿雁胭脂到现在还没有找到取代锦麝定香的工艺，我担心赶不上巴拿马博览会！”

“真的赶不上，也不必勉强，还是要注重品牌。”顾海棠安慰道。朗月轩长叹：“鸿雁胭脂可是大家的希望，就指着它让朗里春在巴拿马博览会一炮而红。”

尚师傅认同顾海棠的理念，也道：“少爷也不要太着急。”

“如果推不出鸿雁胭脂，就只能拿鹅蛋粉来应急了。鹅蛋粉近些年没有生产，市面上也挺缺货的，应急应该不成问题。”朗月轩颇感无奈。

“鹅蛋粉是经典款，但是没有新意，现在的太太小姐们很是挑剔，喜新厌旧，怕是很难脱颖而出。”尚师傅担忧。

三人一阵沉默，皆陷入深思。

片刻后，顾海棠和朗月轩忽然异口同声道：“那就新瓶装旧酒！”时间正好，心有灵犀。二人相视一笑，默契十足。

“海棠，你说。”

“换包装！朗里春最近新用莫婳做代言人拍洋海报这一招，可以配合广告语，把洋气的莫婳和鹅蛋粉功效一起宣传，加上现在樱花盛开，走浪漫和少女心的路子，理应能吸引广泛的受众！”顾海棠侃侃而谈。朗月轩欣喜道：“我们不谋而合！”

“少爷、海棠，这个想法很好，事不宜迟，这就准备……”尚师傅极为赞同。三人正欣慰之际，凡真小跑过来，气喘吁吁：“月轩少爷，你们都在这呢，月明少爷和莫婳小姐过来了，召集所有女工过去，不知何事。”

朗月轩点头：“走，都过去看看。”几人来到工坊角落，看到龙莫婳声情并茂地滔滔演讲。顾海棠问道：“莫婳，你们在聊什么？”

朗月明兴奋地给朗月轩和顾海棠看一张自己画好的小传单：“月轩，海棠，这次盛会，我想在展会门口派发极具特色的小传单，邀请莫婳带领工坊女工跳一曲飞燕舞，造大声势，让鸿雁胭脂一炮而红！怎么样？快给我一些意见！”

朗月轩面露难色：“大哥，这个想法极好！不过鸿雁胭脂恐怕来不及在巴拿马推出了，我和海棠、尚师傅商量，看能不能用鹅蛋粉配合宣传替代……”朗月明急了：“不行！鸿雁胭脂必须亮相！”顾海棠劝道：“月明，鸿雁胭脂真的不宜贸然推出，你很清楚。”

龙莫婳也凑了上来：“换其他产品也是一样。”朗月明抿着嘴唇，看着朗月轩的眼神有些怨气，不过很快平静下来：“既然大家都这么说，我配合！”

“大哥理解就好！你的方案很棒，可以用在鹅蛋粉上！”朗月轩没有注意到大哥的眼神。

说干就干，大家分配出鹅蛋粉的生产小组。朗月轩和海棠把关质量和外包装印刷。朗月明设计宣传单。龙莫婳继续训练女工们排练舞蹈。接下来的时间里，朗里春工坊上下众志成城，为巴拿马博览会准备着。

到了巴拿马博览会开幕的日子，大门外热闹非凡，鞭炮声不绝于耳，军号声响彻天际，到处都是彩旗和鲜花，但见人山人海，商人、官吏、洋人、买办、看客，各色人等纷纷到场。

朗家摊位前，龙莫婳领舞，带着一群美女热辣开场，东方之美和新颖方式完美结合，夺人眼球，不少记者纷纷上前拍照。前台固然热闹非凡，引燃全场，摊位后面的露天茶座，却有些冷场。华吉利带着南洋数一数二的胭脂水粉订货商史密斯前来捧场，然而史密斯对于鹅蛋粉并不满意。史密斯对鹅蛋粉早就有所耳闻，但是他这次更期待的是新产品。

交谈几句后，史密斯表示看看其他家的产品，再做决定。

朗月明和朗月轩送史密斯离开茶座，满是泄气之情，朗月明说道：“如果推出的是鸿雁胭脂，肯定能让史密斯满意！”朗月轩见大哥对这件事还耿耿于怀，正要开口劝慰，顾海棠跑了过来：“月明、月轩，快过来，出大事了！”顾海棠说完，神色焦急地又跑远了。朗月轩和朗月轩对视一眼，跟着顾海棠而去，来到施家摊位前。

只见一个身轻如燕的美女正吊着威亚在半空中舞蹈，玉臂轻舒，香气四溢，美不胜收，而她身后的牌匾上四个大字极为刺眼——“鸿雁胭脂”！

“这不可能！”朗月轩喃喃道。

顾海棠右手紧紧地握着自己的左手，握得手指发白：“这香味完全跟我们研发的一样，我们付出这么多心血的鸿雁，居然落在了别人的手中！”朗月明看到施迪文也在呆呆地看着牌匾，气不打一处来，冲上去一把抓住他的衣领。

“姓施的，你居然偷我们朗里春的产品！”朗月明眼睛犹如要冒出火来。

“月明哥，你冷静点，我也不知道怎……”施迪文话没说完，朗月明挥起拳头就打，施迪文反抗推了朗月明一把，两人顿时扭打一团。朗月轩急了，上前拉架，在场的施家店员本能地认为朗月轩拉偏架，急忙冲上将朗月轩扑倒，现场一片混乱。

顾海棠想要拉架，却哪里插得上手？最后还是博览会的工作人员将两拨人分开，大家脸上都多少挂了点彩，顾海棠趁乱拿了一盒施家的鸿雁胭脂。顾海棠还要留下来照看摊位现场，朗月轩和朗月明鼻青脸肿地拿着那盒鸿雁胭脂回去，向父亲汇报此事。朗斯年拿着鸿雁胭脂闻香辨色，脸上的表情越发阴沉，眼角噙着泪猛然将胭脂往桌上一拍。

“这不是我们朗里春的配方又是什么？”朗斯年声音颤抖。

朗月轩和朗月明本就狼狈，这时候更是垂头丧气。朗太太震惊：“怎么会出这种事？”朗月明咬牙切齿：“娘，我们工坊有内奸！”朗斯年瞪大眼睛：“查！务必给我查清楚！要是揪不出内奸，你们两个别再叫我爹！”

第三十五章 ◎祸起萧墙◎

万众期待的巴拿马博览会上竟发生祖传配方泄露之事，一时间朗家上下人人自危，一片愁云惨淡。

顾海棠从博览会回到朗里春工坊，一进门便听闻朗月明正将众人聚在一起问话，说是要查出内奸，安慰了几句紧张的凡真，忙匆匆去寻朗月轩。

房间内，朗月轩正面对着成堆的花瓣发呆，满面忧愁。顾海棠暗叹一声，缓步走了进去，倒了杯茶递给朗月轩。朗月轩摇了摇头："不渴。"

顾海棠语气柔和，劝道："非要渴了才喝？这花茶能去火润脾。"朗月轩无法再拒绝心上人的关怀，接过花茶一饮而尽。只是放下茶杯的时候力气颇重，显然烦心到了极点，懊悔道："海棠，也许我早该把鸿雁胭脂做出来，现在朗里春已然彻底被动！"

顾海棠眉头轻皱，语气坚定："鸿雁胭脂有瑕疵，锦麝定香存在让孕妇流产的风险，这可是人命关天的大事，绝不能为了利益贸然生产！"

"道理我都懂，可是……"朗月轩欲言又止。顾海棠缓声安慰："我知道你现在身负嫌疑，其实我们都一样。现在不是自责的时候，我们加快研制出完善的定香工艺，谁先推出不重要，重要的是如何站稳市场！"

朗月轩目露微光，回头看了一眼顾海棠："海棠，你总是有办法把我从低谷中拉出来。"顾海棠明齿微露，笑道："以前你也是这么支持我的啊！"两人就这么坐着，眼神和表情充满了默契和信任。

然内奸调查持续了几天依旧一无所获，如此人心惶惶之下，朗里春工坊不得不重新开工。只是尚师傅还未将众人的工作安排下去，便见妙兰气势汹汹地带着一群丫鬟走了进来，目光冰冷地扫过在场所有的人，厉声道："尚师傅，我是受太太的指派来的，请你把员工花名册拿给我！"

尚师傅虽不明所以，但还是去办公室拿了花名册。妙兰翻看一会，抬眸问道："水杏和若水来了吗？"两个女子很快站在妙兰面前，不知所措。妙兰面色阴沉地打量片刻，忽然道：“你们两个，被开除了！从今日起，不许再踏进工坊半步！”

水杏和若水不明白发生了什么，愣了好一会才大喊“冤枉”。妙兰不耐烦，朝丫鬟使了个眼色，丫鬟立即上前将水杏和若水拉了出去。

这一出闹得众女工噤若寒蝉，不敢言语。

“还有没有名字里面带水的？”妙兰问尚师傅。尚师傅为难：“三少奶奶，这样不妥……”

妙兰冷声呵斥：“太太要做的事，你别多嘴，照做就是！”曹新巧眼珠子一转，看了一眼顾海棠，大声道：“二少奶奶，海棠的名字不知算不算是有水？”

“荒唐！名字带水有错吗？为什么要无缘无故地开除她们？”顾海棠本就想问问妙兰此举何意，闻言更是心生不满。

妙兰眉目微敛，掩下眼底讽意，朗声道：“海棠，我是奉太太之命，太太做了一场法事，法师说了，带水之人便是专克朗家的不祥之人，不能养虎为患！”

“这不是封建迷信吗？”顾海棠怒道。妙兰摊手，道：“海棠，你要是有什么疑问，就找太太理论，尚师傅，谨记，以后工坊绝不能再招名字中带水之人！”

尚师傅无奈回道：“是！”

“至于海棠……”妙兰并没有再说下去，而是选择离开。

顾海棠皱起眉头，这件事可大可小，委实不好处理，朗家现在内忧外患，万不可在这个时候出什么岔子，朗月明和朗月轩都被内奸一事搞得焦头烂额，无暇顾及其他，她更不能自乱阵脚。

妙兰走后不到一个小时，朗府过来一个丫鬟，说是朗太太有请顾海棠。顾海棠也正想找朗太太，当即叫了黄包车，朝朗府而去。

两旁的人和建筑物不断往后，顾海棠低头沉思。到了朗府，顾海棠被带到大厅。朗太太端坐，顾海棠站在中央。

“海棠，配方是不是你泄露的？今天你必须把事情给我说清楚！”朗太太开门见山。

“海棠没有做任何不利于朗春坊的事情，如何说得清楚？太太如此质问，心中怕是早有答案！”顾海棠回答得不卑不亢。

“你还狡辩！你参与鸿雁胭脂制作，不是你又是何人？”

顾海棠据理力争："接触配方的人不止一个，即便有嫌疑，也不应该只有海棠一个！"

"伶牙俐齿！"朗太太横眉冷对，右手重重往桌上一拍，震得茶碗盖颤动，发出尖锐撞击声，喝道，"顾海棠，你留在工坊到底有何图谋？"

面对如此粗暴的指责，顾海棠怒从心起，但仍冷静道："太太，我不知道你是受到何人的蛊惑，无凭无据地污蔑我，海棠自问尽心尽力，没做任何亏心事。而且你们无端开除员工，只会让大家心寒！"

"住嘴！"朗太太喝了口茶，勉强压制内心怒火，"顾海棠，从今天开始，你不必待在朗里春了！"

"海棠不是内奸，海棠不能走！"从外面回来的朗月轩途经大厅，听到母亲正在赶顾海棠走，当下不容细想，急忙进来阻止。

"朗家容不得她！"朗太太偏执一词。

"娘若是非要赶人走，那么就先把我赶走吧。"朗月轩目光坚定。母子对视片刻，终是朗太太没能绷住："你非要把娘气死才甘心！"说完拂袖离开大厅。

"海棠，你别生娘的气……"朗月轩安慰。顾海棠故作无事状，笑道："问心无愧，我生什么气？"

"受了委屈，就是嘴硬，我还不知道你吗？"朗月轩叹气摇头。顾海棠被朗月轩说中心事，眼眶生涩，几欲落下泪来，紧咬嘴唇，压住情绪，道："月轩，内奸一事影响重大，这样互相猜忌，人心可都散了。"

"嗯，我知道，这件事我会和娘好好说说。"朗月轩说着，想到刚刚撞到施迪文，对顾海棠道，"对了，施迪文说他的父亲要见我，想跟我解释鸿雁胭脂的事。"

顾海棠皱眉，"恐怕没那么简单吧？"

"我知道没那么简单，但是我必须去。"朗月轩眼神坚定。

"这……"顾海棠还要再说，朗月轩嘻嘻一笑："你不用担心，我会把内奸揪出来，我也不会有事的。"顾海棠信任地看着他："我先回去了，工坊刚刚闹了一场，女士们需要安抚。"

"好！"朗月轩送顾海棠到大门口。顾海棠略一思忖，又返身对朗月轩道："刚才我的言语有些激动，你替我向太太赔个不是。"

朗月轩眨眼："海棠，你真的是一个善良的好姑娘！"顾海棠没答话，但耳后根染上的红晕暴露了她的心思。她朝朗月轩挥了挥手，很快便坐上黄包车离开。

朗月轩依依不舍地目送着她远去。朗月明在不远处看到这些，心里很不是滋味，更是想到在调查内奸时新巧的话：“月轩少爷有时候心思在别的地方，也不避嫌，和施家儿子走得很近……”

朗月明沉思片刻，在父亲书房门口徘徊了好久，敲门而入，见父亲坐在书桌前，仿佛老了几岁，颓废不少，内奸事件给朗家带来的影响实在太大。

“爹，我……我查出内奸是谁了……”朗月明支支吾吾。朗斯年眼前一亮：“是谁？”

“您可不要生气。”朗月明担忧道。朗斯年做了一个无所谓的手势：“商场的钩心斗角见得多了，内奸是谁我也不会惊讶，生什么气？”

朗月明抿了抿嘴唇：“内奸可能是……月轩。”嘭的一声，朗斯年的手掌重重拍在桌子上，桌上的茶水洒了出来：“怎么可能？月轩是奸细？”

“我也不愿相信，可是我亲耳听到施迪文说施济周约月轩明日午时见面。”朗月明本来还很纠结，但是一说出来，也就没有什么顾忌了。

朗斯年背过身，犹豫道：“月轩虽然玩世不恭，但是这出卖朗家……”

“爹，孩儿也认为月轩不会出卖朗家，但是就算是为了证实月轩的清白，也是要去看看的。”朗月明语气沉重，面上却颇显淡定。朗斯年没说话，他望着窗外树梢摇曳，神色变幻莫测。

朗斯年到底对朗月轩生了疑。他和朗月明早早来到与朗月轩和施济周会面酒楼一街之隔的包厢内，亲眼看到朗月轩和施济周交谈。

施济周甚至还拿出一箱金子，即使听不见他们的谈话，也印证了他们私下有交易。朗斯年难以置信地看着这一幕，眼里的光迅速黯淡下去，声音沙哑：“我们走！”

朗月轩和施济周见面并不像表明那么平和，朗月轩本是想要调查内奸的事，施济周竟说要帮他取代朗月明的地位，毕竟他是养子，而是朗月明才是朗家亲生的。朗月轩断然拒绝，不欢而散。

朗月轩回到家中，进入大厅，觉气氛不对，父母、月明、青青都在，问候还没能说出口，朗斯年拿起一根皮鞭，狠狠抽在朗月轩的身上。朗月轩无故被打，震惊道：“爹？”

“你刚见了谁？”朗斯年气愤难平。朗月轩立时想到与施济周的会面，连忙解释：“爹，您误会了……”

“我亲眼看到你拿了施济周的钱，鸿雁胭脂的秘方是不是你泄露出去的！”朗斯年愤然。

朗月轩忙道：“您冤枉我了……”

“还不承认？来人哪，家法伺候！”朗斯年大声喊道。

第三十六章　◎兄弟阋墙◎

朗里春工坊异常冷清，寥寥数人忙于手头上的工作，完全没有往常的活力。

顾海棠正在搬原料，一个人影飘进来，抬头一看，是一脸诧异的龙莫婳。龙莫婳瞧着毫无生气的工坊，疑惑道：“怎么死气沉沉的呢？”

顾海棠叹道：“还不是内奸的事……”龙莫婳恍然，随即道：“还没查清楚？找我呀，我让爹调一队兵来，个个拿枪，不信查不出！”顾海棠苦笑，忽听到大门外一个女声急切传来：“海棠姐，海棠姐……”是朗青青的声音。

顾海棠和龙莫婳对视一眼，正感奇怪。朗青青跑了过来，竟是慌不择路，没注意门槛，绊了个踉跄。

“青青，你这是怎么了？”顾海棠连忙上前搀扶。朗青青哭得上气不接下气：“海棠姐……快去救救……月轩哥哥……”

顾海棠和龙莫婳齐声问道：“月轩怎么了？”

“爹非说他是内奸，正在拿鞭子抽他呢，快……快去救他呀！”朗青青哭道。

顾海棠想也没想就冲出工坊，朗青青和龙莫婳跟着跑出去。三人赶到朗府大厅，看到朗月轩衣服已经处处都是破痕，渗出血来。他却直挺挺地长跪在地，不动分毫。

顾海棠扑通跪在朗斯年面前，声音颤抖：“老爷，月轩犯了什么事，要动用家法处置？”朗斯年脸色铁青，大手一挥：“这是朗家家事，闲杂人等回避！”

顾海棠转头望向朗月明：“月明？”谁知朗月明面无表情，笃定道：“月轩就是出卖朗家的内奸！”

顾海棠不可置信地看着朗月明，而他的眼里只有冰冷。龙莫婳不服：“你说他是奸细，要有证据，可不能随便冤枉人！”

朗月明眉头紧锁，向前一步：“我指认月轩是奸细，有足够的理由。第一，没有人比月轩更加清楚配方，施家可以完全还原产品，绝不是偶然；第二，在巴拿马博览会之前，我曾再三要求推出鸿雁胭脂，可月轩的态度极不配合，现在看来，这根本就是月轩和施家的一场阴谋；第三，我和父亲亲眼看到月轩和施济周见面做交易的场景。这一切已是不争的事实！”

“不可能……鸿雁胭脂是月轩的心血，任何人都可能是内奸，但是绝不会是他……”顾海棠坚定地道。

“就是，我相信月轩的为人，他没有理由这么做。”龙莫婳也义无反顾地站在朗月轩的这边。

“海棠、莫婳，你们不必替我求情，如果大家怀疑我、认定我，只能说是我自己做人失败，在大家心中没有一点信用可言！”朗月轩傲然跪在地上。

“那我问你，你跟施济周见面干什么？”朗月明质问。

“我是去调查奸细一事的！”朗月轩答道。

“黄金又如何解释？”朗月明继续追问。

朗月轩看了朗月明一眼，对朗月明的质疑痛心异常，难受得扯了扯嘴角，回道：“因为他想要拉拢我。”

朗月明上前一步：“为何他不拉拢别人，却选择你？”

“我不知道！”朗月轩摇头。

“爹，难道你也不相信儿子吗？”朗月轩语气悲愤。

“我亲眼看见，不得不信。”朗斯年移开眼，不愿再看他一眼。

“爹，我们有多少次扳倒施济周的机会，你却一再忍让，现在你还因为他误会我！”朗月轩急道。朗月明呵斥道：“月轩，你怎么跟爹说话的！”朗月轩昂首，眼角却已微微泛起了红：“我说的都是事实，而且鸿雁胭脂存在瑕疵，现在抢占市场，也成不了大器！”

朗斯年瞬间大怒：“混账东西，鸿雁胭脂怎么会有瑕疵？你仗着喝了几天洋墨水，居然质疑老祖宗留下来的东西，在这里搬弄是非。全叔，继续给我教训这个目中无人的不孝子！”

顾海棠见全叔的鞭子抽在朗月轩身上，自己却阻止不得，哭着拉了拉朗太太的衣角，龙莫婳和朗青青也一起求情。朗太太不忍，想要开口，但是看了看朗斯年，终究什么话都没有说。

顾海棠情急之下扑到朗月轩的身上。全叔一鞭子抽中了她，愣了一下。朗斯年却是下了狠心：“继续打！谁求情连着一起打！”

朗月轩一把将顾海棠推开，顾海棠却没有任何迟疑，再次扑了上去，高声喊道："配方被偷我也有责任，你们连我一起打吧。"朗月轩见顾海棠挨打，一把抓住了鞭子，大声喝道："别打了！是我干的！"

大厅的气氛瞬间凝固。

"爹，是我干的，满意了吗？"朗月轩对他们失望到极点。朗斯年一下子瘫坐在椅子上，面如死灰。

朗斯年环顾一周，看到朗月轩和顾海棠伤势不轻，就连朗青青也受到了波及，可谓是乱七八糟，乌烟瘴气。他伸手扶额，说道："你们先下去吧，这件事回头再说！"

"老爷……"朗太太想要说话，却被朗斯年挥手打断："你也下去吧，我想静一静。"

众人纷纷退去，龙莫婳也被全叔送出府。只剩下朗斯年一人坐在那儿，大厅越大，越显孤单。不一会儿，全叔端着茶水进入，看到老爷颓废模样，轻叹一声，走近将茶水放在朗斯年身旁的桌子上。

朗斯年抬头："我刚才是不是下手太重？"

"我明白老爷的担忧，但您和太太一直将他视如己出，以少爷的为人理应做不出这样的事。"全叔斟酌着说道。

"我知道，但是他……是施济周找到的，还是失忆的孩子。我和施济周做一出戏，才让春言'无意'遇到他，收留进朗家，他毕竟和施家有关。月轩是我看着长大的，为人我心知肚明。然而人心叵测，实在是无法不担心……"朗斯年长叹，神情疲惫，苍老之感又添几分。

全叔道："老爷，你先回房休息吧，月轩少爷虽然认了，但是终究还是要调查清楚，这件事等大家都冷静一下再提，岂非更好？"朗斯年点了点头："嗯，也不知道月轩的伤……"

"我这便去瞧瞧，再向老爷汇报。"全叔心有灵犀，明白老爷心中所想。朗斯年挥了挥手。全叔退出去，来到朗月轩的房间，在门口看到朗月明正在替朗月轩上药。

全叔见他们兄弟并没因为此事闹翻，颇感欣慰，但想起朗月轩的身份，轻叹一声，这才离开。朗月轩身上的鞭痕不少，特别背部几乎全是，血肉模糊。朗月明看到，心中多少也有些不忍。

药涂抹得差不多了，朗月轩回头看了一眼大哥，一把抓住他的手腕。

“哥，你真的认为这一切都是我做的吗？”朗月轩现在最伤心的就是不被家人信任。

“一开始我也不相信，但是经过调查，所有证据都指向你的时候，我……不得不相信我自己的眼睛。”朗月明眼神有些闪避。

“好，很好，你还是不相信我的为人！”朗月轩鼻子发酸。朗月明甩开朗月轩的手，继续替他上药，淡淡道：“我只是把我看到的真相说出来罢了。”

“真怀念小时候，我们兄弟肝胆相照，从没有猜忌！”朗月轩忍痛道。

“我和你相反，我再也不想回到那段时光。现在，我感觉你我才是平等的！”朗月明语气中不带任何感情。

朗月轩一怔，隐隐感觉大哥变了。

“药已经上好，这几天你别想着出门，在家里思过吧，这也是爹的意思！”朗月明将膏药放在一边，起身出门。

大哥的转变让朗月轩有些茫然，周身的疼痛感让他抽离思绪，咬牙坚持。

门吱呀一声打开，朗月轩回头看是顾海棠，强颜一笑：“你来了。”说着还想起身。

“别乱动！”顾海棠快步来到床边，坐了下来。朗月轩看到她身上也有伤口，心疼不已：“你怎么这么傻？”

“我傻？再傻能有你傻？”顾海棠没好气地说道。

“爹打我让他打便是了，我皮糙肉厚，你挡什么？”朗月轩长叹一口气。

“我拦着又不是为了你，只是想大家都不清醒的时候，还有人能冷静地说公道话！”顾海棠避重就轻地说道。

“哎，就算是因为这个，干吗替我挨打？女孩子家细皮嫩肉的，留了疤可怎么好？我得懊悔一辈子。”朗月轩看似说得轻松，其实内心相当沉重。

“不说这个，你为什么要认自己是内奸？”顾海棠埋怨道，唇微微噘起。朗月轩听出顾海棠的担心，反倒笑了：“既然旁人别有用心地嫁祸于我，我何不遂了他的心愿？”

“那你也不能在那白白挨打呀！”顾海棠很是心疼。朗月轩笑意不减：“演戏就演全套，其实这样不是挺好，我可多休息几天，躲躲工坊那一大摊子烂事。”

“如果躲能解决问题，恐怕人早就变乌龟了。”顾海棠嗔怪道。

“乌龟也没有什么不好，长寿呢，你看我现在这样，像不像乌龟？”朗月轩本来趴在床上，这时伸出四肢，装作乌龟的样子，十分滑稽。

顾海棠破涕为笑。朗月轩却一不小心牵扯到伤口，龇牙咧嘴起来。顾海棠一阵紧张：“别动了，真受不了你，出这么大事，还在这里开玩笑。”

朗月轩正色道：“我没事。对方目的已经达到，这两天肯定会有动作，我不方便出面，你帮我多盯着点工坊的人。”顾海棠“嗯”了一声，说：“我知道了，快点休息。”

“海棠，你能等我睡着了再离开吗？”朗月轩深情地看着顾海棠。顾海棠替朗月轩盖好被子，温柔点头。朗月轩这才带着笑意，安心地闭上眼睛。

顾海棠心事重重，面露忧色，一直等到朗月轩睡着，这才小心翼翼地出门，尽量不发出声响。关上门的顾海棠一个转身，看到妙兰过来。她礼貌地朝她点了点头：“妙兰姐姐，月轩睡着了，这几日还要拜托你多照顾他，千万别让他再跟老爷、太太起冲突了。”

“我会照顾好他的，就不用你操心了，天色已晚，很不方便，你早些回去吧。”妙兰语气不善，不过脸上并没有什么过激的表情。顾海棠也不以为意：“好，我这就告辞。”

妙兰看着顾海棠出府，回头望了望朗月轩的房间，唾道：“扫把星，就是因为你，月轩才会沦落至此！”

顾海棠回到家中，却如何都睡不着。夜半时分，顾海棠披着衣服出门，到了院内。皓月当空，极为明亮，旁边的云彩并没能将它遮掩。顾海棠抬头望着月亮，下定决心：“也不知月轩好点没有，月轩，你放心，我一定找出内奸，还你一个清白！”

翌日一早，顾海棠回到朗里春工坊。没了朗月轩插科打诨，整个工坊显得毫无生气，员工们各司其职，少有言语。

顾海棠看到气氛压抑的工坊，越发觉得失落。凡真安慰地拍了拍她的肩膀：“海棠姐，你没事吧？”顾海棠摇头：“我在想如何才能为月轩证明清白。”

“哎，月轩少爷怎么可能是内奸呢？老爷也是，居然连自己的儿子都不相信。”凡真也颇感无奈。

“事发突然，而且月轩又喜欢跟老爷对着干，还公然质疑祖传配方有问题，更是火上浇油。”顾海棠深感无奈。

“事情越来越复杂了，真担心这份工作会保不住……”凡真无不担忧。

顾海棠笑着摇了摇她的肩膀："傻凡真，你担心什么？"凡真撇了撇嘴："上次被叫去问话，我很紧张，担心会错漏了什么。"

"成天偷懒，当然紧张。"尚师傅也不知道什么时候出现，站在两人的身后。凡真捂着胸口："尚师傅，你吓死人了，你怎么走路都不带声呀？"

"是你们聊天太专注了。"尚师傅面无表情。

"干活吧。"顾海棠朝凡真使了个眼色，凡真急忙回到自己的岗位。

顾海棠看着尚师傅监督其他人的背影，心中一动，暗道："熟悉鸿雁胭脂配方的，除了月轩，就是尚师傅了……"只见尚师傅巡视了一番工作现场，走向后堂。顾海棠放下手中的活，跟着尚师傅走。

尚师傅独自来到工坊管理室，确认四下无人，翻箱倒柜起来。顾海棠距离有些远，看不清楚她具体在做什么，更是怀疑。

尚师傅翻看一阵，又思索了片刻，随后就像是下定什么决心似的，离开管理室，来到昆杨城熙熙攘攘的大街小巷。顾海棠紧跟其后，为了不被发现，借助路边的商贩摊位避身。

尚师傅看起来十分警觉，时不时地回头查看，都被顾海棠躲过。顾海棠一路跟踪，最后发现尚师傅居然进入了施杭露的店铺。看到这一幕，她更加坚信自己心中的想法：尚师傅果然和施家有所关联，如今她可以说嫌疑最大！

过了一会儿，尚师傅出了施杭露的店铺，伙计热情相送。顾海棠跟着尚师傅进入一条小巷，陡然喝道："站住！"

尚师傅回头看清是顾海棠，诧异道："海棠，你怎么在这儿？"顾海棠冷笑一声："这话得我来问尚师傅吧？我看到你在管理室翻箱倒柜，现在亲眼看到你进了施杭露的店铺，你到底在做什么？"

尚师傅镇定异常："做我应该做的事情！"

"应该做的事？你又想出卖什么信息给施杭露？"顾海棠质问道。尚师傅对于这样的指认，微微有些吃惊，但是并不慌乱。她苦笑摇了摇头，继续前行。

"你别走！"顾海棠追了上来。

"我不是内奸，我只不过想帮月轩洗清冤屈而已。"尚师傅淡然道。

"真的？"顾海棠心中一动。尚师傅没说真假，只道："内奸肯定出在工坊的女工中，我想从这些女工背景身份入手，所以就调查了她们的档案。"

"有可疑的人吗？"顾海棠疑虑地望着尚师傅。尚师傅缓缓点头："有！

是新巧！”

顾海棠皱起眉头：“新巧？”尚师傅淡定道：“新巧的父亲曾是施杭露的员工，后来莫名失踪。虽然现在无法证明新巧和施家有关，但是除了我们之外，新巧是最可能接触到配方的人！”顾海棠担忧道：“人与人之间已然没了信任。”

“信任是个选择题，你可以选择信任我，也可以选择信任新巧。”尚师傅迈步便走。

“尚师傅！可否帮我演一出戏？”顾海棠纠结了一阵，但是很快做出了选择。尚师傅疑惑地望向顾海棠，不明所以。顾海棠微微一笑，在尚师傅耳边低语几句，尚师傅狐疑不定地看着她，问：“能行吗？”顾海棠嘴角露出一丝笑意：“当然！”

“只要你能说服朗家的人配合，我这边没问题！”尚师傅应承了下来。

顾海棠对尚师傅嘱咐几句，这才来到朗府，在花园找到朗月明。

第三十七章　◎波谲云诡◎

许是这几日的朗府气氛过于压抑沉闷，就连哪怕在往年寒日里繁花似锦的花园也萧条了几分。

朗月明安静地听完顾海棠的话，面露惊讶。顾海棠继续道：“月明，月轩承认自己是奸细，只是为了让对方放松戒备，我们就将计就计，把真正的奸细揪出来！”朗月明摘下面前的一朵花，目光不敢和顾海棠对视：“我不认为这样有什么用。”

“月明，那些证据根本就不具备说服力，他可是你最疼爱的弟弟，难道你还不了解他的为人？”顾海棠有些焦虑，本以为朗月明会为了弟弟站在自己这边，岂料并非如此。朗月明张了张嘴，似笑非笑：“开始我也不相信是他，可是我亲眼看到他和施济周见面，这才确认无误！”

“朗月轩和施济周见面你听到他们具体说什么了吗？今天我也去了施杭露的店铺，难道你连我也怀疑？”顾海棠急道，总觉得朗月明有哪里不一样了。朗月明将花朵放在鼻端嗅了嗅，摇摇头：“这不一样，我相信你。”

“你既然相信我，为什么不相信月轩？我找出内奸，证明给你看！”顾海棠感觉自己越来越看不透朗月明。

“海棠，人都会犯错，知错能改，我还是认月轩这个兄弟。”朗月明揪掉一片花瓣，扔在地上。顾海棠听完就朝外面跑去：“月明，你变了。好！我会证明月轩的清白的！”

“海棠！如果那天换作是我，你也会挺身而出吗？”朗月明一脸期待。

“我想……也会吧。”顾海棠说完便离开了。朗月明将手中的花朵残瓣扔在地上，显然不满意她带着这种语气的答案。

顾海棠跑到朗月轩的房间，一进门看到朗太太正在里面，急忙刹住脚步：“太太……”朗太太瞥了一眼顾海棠，没有说话。顾海棠关切地看向朗月轩，只见他躺在床上，摇着头将妙兰放在他额头上的湿巾晃下，口中含含糊糊：“不要……走开……”朗太太站起挡住顾海棠的视线：“海棠，借一步说话！”说完自顾出门。

顾海棠不得不跟着朗太太，一步三回头不舍地看着沉睡的朗月轩，心疼不已。没走几步，朗太太威严转身：“近日你一趟一趟地往朗府跑，你当我是空气吗？先前我竭尽全力想要挽留你在月明身边，你誓死不从。如今倒好，你找完月明找月轩，你什么意思？”顾海棠努力让自己平静下来：“月轩是清白的，我只想查清事实真相！”

“朗家的事与你无关，我会处理，要你来插手？我看你就是那个奸细，你就是想要报复我们朗家！月轩这样就是为了护着你，难道你不知道害月轩的其实是你自己吗？”朗太太十分愤怒。顾海棠摊手：“我问心无愧，你要这么想，我也无法！这件事反正我一定会查个水落石出！”

“既然如此，那好，我就给你三天时间，到时候没有结果，你就离开朗里春！”朗太太下了死命令。

“一言为定！”顾海棠心中有数，应允下来。朗太太伸手轻揉太阳穴：“三天！你去做所谓的调查吧！”顾海棠施礼离去，想到此事需要老爷配合，于是来到书房找他。

全叔正站在书房门口，看到顾海棠过来，忙挡在门前，摇了摇头。

“全叔，我想见老爷。”顾海棠恳请。

“老爷谁也不见。”全叔坚持。

“我只说几句话。”顾海棠眼神流露出一丝哀求之意。

全叔还是摇头。

顾海棠紧咬嘴唇，大叫：“老爷，我已经想到办法抓内奸了，你能给我一次证明的机会吗？”屋内鸦雀无声，全叔连忙摆手：“顾小姐，老爷需要休息，请你离开。”

“老爷，我知道你在听，这也是给月轩和朗家一个机会！”顾海棠声音还是很大。全叔叹了口气：“顾小姐，你先回去吧。老爷有自己的判断，我也会想办法的，老爷现在心情不好，什么都听不进去，你这样只会适得其反！”

顾海棠听全叔说得有理，心中再急，也只能暂且离开朗府。

夜晚刚至，昆杨城沐浴在月光之中，顾海棠匆匆而行，很快来到一处民宅，敲门却无人应答。她坐在门前台阶上，想起这段时间发生的事情，让她忧心的除了朗月轩蒙冤，还有朗月明的转变。

朗月明真的变化太多！

“海棠？你怎么找到这儿来了？进屋吧。”回来的尚师傅看到顾海棠，吃了一惊。顾海棠跟着尚师傅进屋，只见屋里陈设简单却十分整洁。尚师傅倒了一杯红糖姜茶，递给她。

“尚师傅，冒昧了，没打招呼就来找你。”顾海棠有些不好意思。

“要说冒昧，跟踪、质疑、指责，你样样都做，再出现在这里，也不足为奇。”尚师傅笑了起来。顾海棠脸色一红：“尚师傅，对不起……”

“那倒不用，我们的目的都是一样的，再说工坊出事，我本身就罪责难逃。你的出现至少能替我分担一些。怎样？和老爷说了吗？”尚师傅坐了下来。

“老爷不见我，我还跟太太下了赌局，说三天内找不到内奸，我就要离开朗里春！”顾海棠喝了一口暖暖的红糖姜茶。尚师傅有些讶异，语言里却含着几分打趣：“无欲则刚，关心则乱，倒是真的能体现你现在的心情啊。”顾海棠一愣，很快反应过来尚师傅的意思，脸更是透红。

“尚师傅还取笑我……再说你不也关心吗？”顾海棠又喝口茶，掩饰尴尬。

“我当然关心，而且朗老爷也一样关心，他现在很乱，当初有多信任月轩，如今就有多气愤。”尚师傅分析。顾海棠有些泄气：“人与人之间很容易就失去信任，最亲的人也不例外。”

“海棠，现在听我的，回家好好睡一觉。朗老爷那里，交给我吧。”尚师傅信心满满。顾海棠半信半疑：“尚师傅？”

“我说交给我，就交给我。”尚师傅温柔恬淡的笑容，让顾海棠感到无比安定。

第二天，尚师傅去找朗斯年，利用原来有瑕疵的商品作为引子，说服朗斯年接受鸿雁胭脂的不足之处，郎斯年对朗月轩的态度好了一些，再动之以情晓之以理，让朗斯年接受顾海棠的计划。朗里春工坊内，刚刚上工的员工们全部被聚集在一起，围成一个圈。朗斯年坐在中间，全叔和朗月明在一侧候着，他面前站着尚师傅和顾海棠。女工们知道将有大事发生，新巧的表情最为复杂，躲在了人群的最后面。

“海棠，你说抓到了奸细，是谁？”朗斯年阴沉着脸。

顾海棠先是环顾一周，随后指向尚师傅：“老爷，内奸——就是她！”在场众人无不惊呆。但尚师傅淡定不惊“顾海棠，此事干系重大，可不能诬陷人！”

顾海棠拿出不同的香粉包和搜集的泥土摆放在桌上：“我怀疑内奸就在女工中，所以我把这些香粉撒在女工的鞋子上，用这个办法区分到底谁是奸细！”朗斯年面露怀疑：“这就能帮你找到内奸？”顾海棠面朝大家：“正是，每个女工鞋上的香粉都是不同味道，比如尚师傅是茉莉香味，梦楚是玫瑰香味，等等。内奸为通风报信，必然会经常出入施杭露的店铺，香粉自然会在那里留下气息。这泥土就是施杭露店铺、、门口的，它是茉莉香味，是尚师傅鞋上的气息！”

其他人纷纷查看自己的鞋子，果不其然，有各种香粉。朗月明严厉起来：“尚师傅，海棠所言都是真的吗？”尚师傅坦然：“这不是真的，我对朗家忠心耿耿，大家可以选择信任还是怀疑，我不想做过多的解释！”

女工们忐忑不安地看着朗斯年，没人敢多嘴。朗斯年深深地看了一眼尚师傅：“朗家出了这么糟心的事，我是不会放过任何一个可疑的人，就连我儿子都没有一丝偏袒。尚师傅，你既然无法证明自己的清白，那就暂停一切工作，待事情查明之后，再做决断。月明，你负责跟进！”

朗月明点头：“是！”朗斯年起身离开，女工们顿时议论纷纷，均觉得万万没有想到，尚师傅竟然会是奸细，甚至有人骂出声来。顾海棠不由得抬头望了一眼尚师傅，目光中带着些内疚。

尚师傅平静异常，没有任何表示。顾海棠发现新巧神色很明显轻松起来，于是暗中观察新巧的举动。

夜深人静，昏暗的月光洒在树梢。顾海棠和朗月明跟踪新巧，看着她进入施杭露店铺大门。

“这回你总该相信，月轩不是内奸了吧？”顾海棠有点得意。

朗月明沉吟片刻：“指认尚师傅后，她就洗了鞋子上的香粉。现在又进入了施杭露店铺，嫌疑确实最大，但是这也不能证明月轩的清白呀，而且新巧矢口否认，我们该如何处断？”

“这只是第一步，现在已经确定她是内奸，那就不愁找不到证据。走，回去和月轩商量一下。”顾海棠有点迫不及待。朗月明望向施杭露的店铺，心中有一种说不上来的感觉，对于朗月轩不是奸细这件事，似乎有些失落。

顾海棠和朗月明回到朗府，刚到朗月轩门口，一眼看到妙兰趴在朗月轩的胸膛上，心满意足地闭着眼睛。二人满面愕然，呆立当场，不知该做出什么反应。

此时，朗太太带着莺哥走来，看到这一幕，顿时勃然大怒，上前拉起妙兰，一巴掌打在她的脸上。妙兰惊慌失措："啊……娘……没有……您误会了，我没有……"

"什么误会？我亲眼所见，你还要狡辩？"朗太太真觉得此事太过荒谬，这要是传出去，可如何了得？

"娘你听我说……"刚才朗月轩熟睡，迷迷糊糊地拉妙兰的手不要让她离开，虽然知道他是认错了人，但是妙兰还是情不自禁，忘乎所以。这时想要分辩，但事实如此，如何说出一二？顾海棠有些看不下去："太太，可能真的有误会……"

朗太太怒斥："你怎么又出现在这里？这是我们朗家的事！"朗月轩惊醒，从床上坐了起来：问："娘，海棠，怎么了？"

朗太太气得手指发抖："月轩，你可知刚才你做了什么？莺哥！把妙兰给我带出去，让她跪在月圆的牌位面前，好好思过！"莺哥把妙兰拽得一个踉跄，带了出去。经过顾海棠的身边，妙兰恶狠狠地瞪了她一眼，充满怨恨。

朗太太也顾不上管顾海棠，她必须给妙兰施以警告。屋内只剩下朗月轩、顾海棠和朗月明，三人谁也没有开口说话，一片死寂。

"说说吧，有什么解释？"朗月明语气冰冷。

"我……认错了人。"朗月轩抿了抿嘴唇。

"认错人？那你以为是谁？"朗月明撇嘴。

"我……"朗月轩有口难言。

"枉费海棠一直四处奔波，要证明你的清白，可你呢？"朗月明火上浇油。

"大哥，你先误会我是奸细，现在又要指认我和嫂子有奸情吗？也许这就是你心中想要的，但是我绝对没有做过！"朗月轩悲愤反击。

"什么时候开始，你对我有这么大意见了？"朗月明对于朗月轩的态度极其不满。

"行了，这件事以后再说。月轩，我们这次来就是想告诉你，奸细就是新巧，你是清白的，不过现在还不能贸然指证。"顾海棠转移话题。

"先不要轻举妄动，她留在工坊，反而能通过她来了解施济周的举动。"朗月轩觉得这么多天，总算有个好消息。顾海棠知道朗府并非久留之地，点头说"你好好休息，我先走了。"

朗月轩恋恋不舍地看着顾海棠出门。朗月明追了出去，却没追上顾海棠。夜风拂过，走廊上的灯不断晃动，摇曳的影子时短时长，变幻莫测。

次日，顾海棠为了试探新巧的反应，故意在更衣室看似无意地将鸿雁胭脂的瑕疵透露出来。新巧先是吃惊，继而心神不宁。一直到她们出更衣间准备工作，顾海棠的目光都没有离开新巧。这时，朗月明走进工坊，见女工三三两两不知道要做什么，清了清嗓子，刚要开口说话，一个身影如风一样卷进来。

“丫头们，看我给你们带什么来了！”进来的是朗月轩，他拿的食盒里面全是点心。一群姑娘把朗月轩团团围住，乱成一团。朗月明被晾在一边，脸色一沉。

“月轩少爷，你身子好了，奸细也已经除掉，要带大家开工吗？”凡真吃着点心，说得含含糊糊。

“接下来我大哥会接替我的工作，以后大大小小的事务可都得听他的，你们不要害我被骂哟。”朗月轩宣布。

朗月明闻言也是吃了一惊。朗月轩走上前和他勾肩搭背，看向他的眼神充满了信任：“哥，你比我更适合管理工坊。”

“你确定吗？”朗月明也不知是喜还是忧。

“当然！以后大家都要听月明少爷的话啊！”朗月轩后面一句是说给女工们听的，并且带头鼓掌。顾海棠看着朗月轩，感觉有些失望。女工们热烈地回应着朗月轩的这一决定，顾海棠皱起眉头，独自抱着一盆花瓣到清洗处。

一双手出现，接过她的花瓣，顾海棠不用看，也知道是朗月轩，没有理他。

朗月轩知道顾海棠在闹别扭：“我跟娘说了，要去海棠园住一阵子。”顾海棠清洗着花瓣，头也不回道：“工坊怎么办？”

“不是有大哥吗？再说还有你呢。”朗月轩嘻嘻一笑。顾海棠深感无奈：“有时候真的是看不懂你！”朗月轩调笑，“这样我就能成功引起你的注意了啊。”顾海棠摇了摇头：“真拿你没办法！”

朗月明在不远处，看着他们二人，眼神中有些怨气。朗月轩要离开，但是内奸一事还是得查。顾海棠之前故意把鸿雁胭脂配方有问题的信息透露给新巧，新巧果然坐立不安，很快就开始行动。顾海棠紧跟其后，本想趁这次机会抓到新巧的把柄，没想到施杭露店铺大门外面站着一排龙德水的兵。新巧做贼心虚，看到士兵，掉头回去。顾海棠看着施杭露店铺，不知道发生了什么事。龙德水带着手下士兵怒气冲天地砸了施杭露店铺，并且在码头封了施家的货。这还不够解气，龙德水又闯入商会，而朗斯年、施济周他们正在里面开会。

龙德水一把揪住施济周的衣领："狗娘养的畜生，你施家的什么鸿雁胭脂害我太太滑了胎，老子的儿子没了，老子杀了你！"

"什么？"施济周心里发慌，但强作镇定道，"大帅……是不是有什么误会？"

"姓施的！老子好不容易老来得子，让你这个畜生给掐断了香火，我饶不了你！给老子带走！"龙德水眼睛都要冒出火来。

士兵上前将施济周架走，众人都不知道发生了什么事，莫名其妙。朗斯年无声地看着这一切，投向施济周的眼神值得玩味。

第三十八章　◎浴火灼心◎

施杭露捅了大娄子，鸿雁胭脂致人滑胎的问题若是出在旁人身上，依施杭露的财力，倒是可能压下。可偏偏出事的是龙德水疼爱小姨太太。龙德水公告昆杨市民，施杭露店铺推出害人堕胎的毒胭脂，并焚烧所有货物。

一时之间，全城议论纷纷。得知消息的施济周在牢房里面来回踱步，忧心忡忡。

"老爷受苦了。"施管家看着环境潮湿污浊的监牢，哭出声来。

"龙德水够狠，他肯定会要我的命，不过你也不用担心，有人会救我！"施济周忍住内心的愤怒，冷笑一声。施管家面露喜色："老爷这是有法子脱身？"

"你把这封信交到朗斯年手里！"施济周将书信递给施管家。施管家伸手接过，犹豫道："老爷，朗斯年一直都是我们的死对头，他会愿意救您？"

施济周露出诡诈的笑意："愿不愿意，轮不到他来选！"施管家将信贴身藏好，从监牢出来，马上去往朗府，本想求见朗斯年，却被全叔告知老爷不在府中。

施管家只得将书信给全叔，嘱咐转交。全叔前往朗里春工坊，在门口遇到朗月轩，一起进入管理室。朗斯年正在里面听朗月明口述施杭露店铺的现状，接了施济周的信，看完之后，猛然将信拍在桌上。

"无耻之徒！"朗斯年咬牙切齿。

"信中说了什么？"朗月明颇感好奇。朗斯年平复一下情绪："无非是装可怜放狠话让我去找龙德水求情。"

"我们朗家不落井下石，让龙德水重办他，就是莫大的仁慈了！"朗月明对此嗤之以鼻。

"不错，我没有救他的理由！"朗斯年点头赞同。

"爹，我觉得我们该救。"一直没有说话的朗月轩道。

"什么？月轩，他这么阴狠毒辣，你居然要救他？是不是施迪文跟你求情了？”朗月明感觉不可思议。朗月轩并不否认：“是，兄弟之情我不能不顾，而且施迪文说得也不错，虽然施家处处与我们作对，但毕竟只是商业竞争，没必要非要施济周的性命。”

“大错特错，兄弟之情在家族荣辱面前算什么，再说这又不是我们要他的命，是他自己作死，怪不得我们。”朗月明撇了撇嘴，不屑道。

“爹，施济周确实罪有应得，但这其中牵扯到鸿雁胭脂的声誉，如果他因此丢了性命，那鸿雁胭脂的罪责可就坐实了，我们也只能眼睁睁地放弃老祖宗留下来的大好东西。”朗月轩条理清晰地分析着利弊。

朗斯年神色一动。朗月明不以为然：“那可未必！只要我们能够成功研制完善的定香工艺，或是改头换面，或是发布澄清公告，总有法子把鸿雁胭脂再次推向市场。”

朗月轩却反问道：“哥，刚才你也说了，施济周阴狠毒辣，他既然把信送到爹的手上，那就不得不防他有后招，我们不帮，谁知道他会做出什么无耻的行径？万一他选择同归于尽，如何是好？”

朗斯年身子不由得一震。

“爹，难道这信中还提到了其他？”朗月明有些疑惑。朗斯年没有回答，手指一下一下地敲击桌面，沉吟良久。

“月轩说得有几分道理。也许我们这次救人，能卖施济周一个人情，他以后就不会给我们使绊子。”朗斯年不知是被朗月轩说服，还是被信中的内容镇住，或者二者皆有。

朗月明又被朗月轩压住一头，紧握拳头，暗自愤怒。

“月轩，你让施迪文先去准备。”朗斯年吩咐。

“好。”朗月轩舒了口气。

朗斯年既然决定救施济周，那么就不遗余力。一切准备妥当，他前往龙府拜访，待到和龙德水聊得开心之时，这才说起此事，并表示施迪文已经将施家收罗的奇珍异宝尽数拿来，以便哄小姨太太高兴。除此之外，施家往后每年还要上缴一半收入，给龙德水充当军费。如此丰厚的条件，龙德水虽有丧子之痛，也不免心动，却没有给明确的说法。以朗斯年对龙德水的了解，这事十有八九能成，便放心告辞。

果然，没过两天，龙德水让施济周吃些苦头，便下令饶了他一命。施济周死里逃生，却并无感激，认定这是朗家故意将有问题的鸿雁胭脂泄露给他，出狱后，又让曹新巧在朗里春工坊内报复。

此时，朗里春工坊依旧人心不稳，乱如散沙，奸细未除，尚师傅按计划蒙受不白之冤，鸿雁胭脂的定香工艺又无从下手。顾海棠犯愁，束手无策，不由得想到在海棠园“隐居”的朗月轩。

清晨，阳光照射，生机勃勃，鸟语花香。顾海棠奔跑在海棠园外的小路上，推开篱笆门，喊道：“月轩！”海棠园内的朗月轩正在写着什么，一听到顾海棠的声音，连忙合上扉页，封面上是“恋爱手册”几个字。

“海棠，你过来了？来，送你！”朗月轩收起手册，露出灿烂的笑容，手拿一束海棠。顾海棠并没接，只是看着朗月轩。朗月轩不以为意，笑着把海棠花插进一旁的瓷瓶里。

“你打算一直这样下去？”顾海棠模样极为可爱，语气却是在指责朗月轩不上进。朗月轩淡笑：“这样不是很好？日出而作，日落而息。你看，我现在人可是精神多了。”

“朗里春你就不管了？鸿雁胭脂你也不管了？定香工艺、抓新巧这些事都等着你回去做呢！”顾海棠恨不得把他揪回去。

“我还没住够呢。”朗月轩气定神闲。顾海棠转了转眼珠：“那你就住在这里吧！月明多厉害，白天指挥大家工作井井有条，晚上组织女工们在工坊一起学习，查阅典籍，群策群力研究新的定香工艺。你一点都比不上月明，反正朗里春也不是非你不可，再过几天，你就算想回去，也没什么人记得你。”

朗月轩看出来顾海棠这是激将法，也不生气：“朗里春没人记得我，可是你还对我念念不忘呀。”

“你！你！”顾海棠又气又羞。朗月轩笑着走到工作台旁，掀开盖着的布帘：“透露个秘密给你，我天天在这儿研究……”

朗月轩一个转身，发现顾海棠已经走掉。

“走这么快……哎，我还是回去看看吧。”朗月轩有些尴尬，走出屋去。

顾海棠气冲冲地回到工坊，进入实验室。实验室里瓶瓶罐罐繁多，顾海棠一看就头疼，但是指望不上别人，只能硬着头皮试一试，混合了几种液体之后，也不知道怎么回事，嘭的一声，一股黑烟冒起，竟然爆炸。

爆炸虽小，却接连发生了几次，火苗燃起。顾海棠急忙后退，想要灭火，火势如同燎原，很快将她困住，想要出去已是来不及。

火舌蹿出，顾海棠慌乱后退，躲在角落，心生惧意。眼看她就要被火燎到衣角，一个救世主一般的声音传来：“海棠！你在哪里？”

顾海棠心中一喜，急忙回应：“月轩！咳咳……”

眼看着朗月轩跨越重重障碍来到她的身边，火势增大，楼顶的木头纷纷掉下来，朗月轩紧紧抱着顾海棠。

“我们是不是出不去了？”顾海棠有些绝望。

“你相信我吗？”朗月轩满脸污垢，眼神却清澈无比。顾海棠点了点头，朗月轩将她揽在怀里，一手扯下旁边的窗帘，披在两人的身上：“我带你出去！”

两人一路往外冲，火势和烟雾缠绕，根本看不清楚路径，好在实验室他们颇为熟悉，在朗月轩的带领下，终是有惊无险地跑了出去。劫后余生的顾海棠和朗月轩在火场外面拥抱在一起，眼前已经没了任何人，救火的女工、去拿烫伤药膏的朗月明，仿佛都不存在。

朗月明本就怕火，好不容易克服内心的恐惧准备冲进去救顾海棠，却看到朗月轩已经抱着她出了火海，又去拿烫伤药膏，回到现场不见了他们的身影，内心瞬间低落，愤怨地捏紧手中的膏药，发出咯咯响声。

朗月轩抱着顾海棠，跑出工坊，将她放在车上，然后开车离去。好在搭救及时，处理得当，顾海棠并无大碍。到了海棠园，朗月轩拉着顾海棠进屋，将她按在椅子上。

“从现在开始，我们俩要分秒不离地在一起，以免你再出现危险。你怎么搞的？居然会发生爆炸？”朗月轩很是霸道。顾海棠本有些沉浸在朗月轩的关心中，听到这话，茫然摇头：“我只是把液体混合起来，可能是因为不了解它们的特性才这样吧。”朗月轩断然摇头：“在我和哥发生实验室火灾事件之后，实验室所有化学试剂都收在上层柜子中，只有需要才会拿出来。你混合的只是精油，怎么可能发生爆炸？”

“你的意思是有人故意换了精油，造成爆炸？”顾海棠有些后怕，身子发抖。

“这个人很可能就是新巧，不能再拖了，要尽快把她揪出来，不然谁也不知道还会发生什么：”朗月轩没想到对方会如此心狠，这一招真的是冲着出人命来的。顾海棠皱起眉头：“如果研制出定香工艺，我就能让她原形毕露！说起来还是怪你，你要在实验室，怎么可能出这场意外？”

朗月轩手指在顾海棠的额头上轻轻一点，站起来掀开工作台上的布帘：“大小姐，你看这是什么？”工作台上各种仪器用具整齐摆放，顾海棠先是一愣：“原来你一直偷偷在研究啊！”

“哎，有些人不知道啊。还说什么月明好，月明厉害。”朗月轩的语气酸溜溜的。顾海棠面露欣喜：“你又不说，我怎么知道？我跟你道歉。”

“我还以为你懂我呢，光道歉可没用，无法抚平我受伤的内心。”朗月轩夸大其词。

“那你想怎样啊？”顾海棠拿朗月轩没有办法。

“我要你——”朗月轩说到这里，故意一个停顿，颇有一番撩拨之意，顾海棠的脸刷地一下红透，朗月轩接上话头，“留在这里陪我一起研究。”顾海棠嗔怪斜了一眼朗月轩，走开几步，朗月轩跟着顾海棠，似乎身上有股黏劲，顾海棠在哪，他就挪到哪。

“哎哟，我受伤了。”朗月轩故意把脑袋朝顾海棠肩头上靠，顾海棠先是一惊，待知道他是装的，一把推开他的头。

两人闹在一处，欢声笑语不断传出海棠园……

接下来几天，顾海棠和朗月轩在海棠园一起研究定香工艺。朗月明在工坊布置了新实验室，并将朗月轩请回来。兄弟二人加上顾海棠来到新实验室，里面的布置和原来一模一样，倒是熟悉顺手。

“进展如何？”朗月明询问。朗月轩摇了摇头：“有凝香功能的植物不少，但是适合麝香的却不多。”

顾海棠灵光一闪：“为什么我们不试试结香花？”朗月轩一拍手掌：“是了，结香花凝香功能独特，可以试试。”

朗月明一句也插不进，无奈地听着他们二人旁若无人又默契十足的对话，心中似是裂开一道口子，越裂越大。

在朗月轩和顾海棠坚持不懈的努力下，数天之后，鸿雁胭脂的定香工艺大获成功！顾海棠激动得热泪盈眶，感慨万千。

朗里春工坊上下在得知这个消息之后，均是欣喜若狂。为了表示庆祝，朗月轩请所有员工到酒楼喝酒。酒席中新巧趁乱离开，顾海棠、朗月轩、朗月明三人看在眼里，跟了出去，并且赶在新巧前回到工坊，和尚师傅会合。

工坊灯光昏暗，一个黑影潜入实验室，四处摸索。突然灯光大亮，顾海棠率众人出现在黑影面前。

“新巧！果然是你！”朗月轩冷冷一笑。

“月轩少爷，月明少爷……我……我错了。”新巧扑通一声跪在地上。

朗月明怒吼道：“你这样的行为，送官进大牢都不为过！”

新巧哭得稀里哗啦：“我也是迫不得已，求求你们放过我吧。”

朗月轩沉着脸：“实验室爆炸是不是你干的？”

“是……我……知错了，我父亲被施济周抓住把柄，我要是不听他的话，我父亲就会被送官坐牢，我实在没有办法……”新巧声泪俱下。

“新巧也是被迫的，还是不要送官了吧？”顾海棠于心不忍。朗月明瞪着大眼睛：“不行！放过她，她以后还会再害人！”

“不不，新巧再也不敢了，我发誓，只要放过我，我以后再也不做伤天害理的事，求求大家……”新巧哭成一个泪人。

“放过她一次吧。”顾海棠行事果敢，但有一颗恻隐之心。朗月明铁青着脸没有说话。朗月轩长叹：“看在海棠求情的分上，我饶了你！”新巧磕头如捣蒜：“谢谢少爷，谢谢……谢谢……”

朗月明喝道：“不过工坊是不能留你了，三日之内，离开昆杨城，如有违背，绝不轻饶！”新巧抬起哭花的一张脸，咬牙点头：“新巧，知道……”顾海棠看到新巧如此模样，又恨又痛。

内奸揪出，尚师傅回到朗里春工坊，顾海棠被朗月明晋升为组长，皆大欢喜。朗月轩更是在父亲面前提议将鸿雁胭脂改名为海棠，朗斯年一来为顾海棠的机智和业务水平折服，二来鸿雁胭脂是肯定要改名的，便答应这个提议。

从此，鸿雁胭脂更名为海棠胭脂。

顾海棠看到朗里春恢复往日的生机，甚感欣慰，心情极好，哼着小曲儿回到家中，看到一桌子好菜，更是高兴：“这么多好吃的……”顾夏合端着一大盆汤从外面进来，顾海棠帮着弟弟放下汤盆。

“都是我爱吃的菜，嘿嘿，娘呢？”顾海棠忍不住用手捡菜吃了一口。

“来了，就等着你回来呢。”天瑜端着一盘菜进屋。顾海棠急切地拿起筷子，刚要吃却被天瑜一把拉住。

“等等！小石头，出来吧。”天瑜嘴角带笑。

朗月轩手捧蛋糕出现在门口：“海棠，生日快乐。”顾海棠脸色一变，看都没看蛋糕一眼，冲出家门。朗月轩愣了一下，将蛋糕交给顾夏合，急忙追出，在巷口拉住顾海棠的衣袖。

朗月轩忙不迭地解释："海棠？怎么了？我只是想给你庆贺生日……"顾海棠神色黯然："自从八岁那年以后，我就再也不过生日了。"

朗月轩真诚地望着她："海棠，我们也算是患难之交，有什么话可以跟我叙说一下，你这样我很担心的。"顾海棠踌躇片刻，终是轻声叹息："好，我带你去个地方。"

二人一路踱步，行至庙宇阁楼。微风拂过，风铃脆响，涤心荡魄。顾海棠带着朗月轩走进神庙，径自朝顾顺琪的牌位敬了三炷香。朗月轩凝望着她，只觉得前所未有的肃穆。

"这是我的父亲，八岁那年，他被一个大户人家邀请来到昆杨工作，不承想一去不回。多年来我一直在寻找父亲的下落，无意在这里见到爹的牌位……"顾海棠立在牌位前，声音发颤。朗月轩眼中蕴涵着惋惜，声音低柔地道："你不过生日，原来是因为这个。"

"那天，爹爹说等他回来，陪我吃长寿面。后来我就在心里发誓，爹爹不回，我就不吃长寿面，不过生日。"顾海棠眼眶含泪。

朗月轩心疼道："对不起，海棠，我让你伤心了。"顾海棠轻轻摇头，怅然若失地兀自思忖。朗月轩轻轻环过她的肩膀，话语中带着无比的温柔："你应该早些告诉我，我在昆杨长大，说不定能帮到你。"

顾海棠有些不好意思，耳根软红，向后退了一步，离开朗月轩的臂弯："最初我接近朗家，目的就是寻找父亲的线索，我担心告诉你，你会觉得我别有用心。"

朗月轩向前一步，再次靠近，爱怜地轻抚顾海棠的额头："傻海棠。"说罢，目光转向牌位，细细观察一阵："海棠，这卒日正是今天，是不是说明你父亲就是离开你当天遇难的？"

顾海棠陷入深思："嗯，那天到底发生了什么事，还有立牌位的人是谁，一直都是我心头解不开的谜团。"朗月轩无意一瞥，看到旁边另一个叫胭脂的牌位，喃喃自语："胭脂……"

顾海棠一下想起，忙道："对了，朗老爷曾经来这里祭拜过这位胭脂。"朗月轩满腹狐疑，发现顾顺琪和胭脂的卒日是同一天，紧皱眉头，自语："这么巧合？这其中会不会另有故事？”

“你也觉得有蹊跷？”顾海棠有些激动。

“我只是感觉，这可能是条线索，一切还需从长计议。我会帮你探询，一起努力，找到你的父亲。”朗月轩抬头看了看上方的佛祖雕像，轻烟缭绕，这肃静的神庙，令人看不透猜不明。

顾海棠却将目光投向了朗月轩，眼神有些发愣。他的话音轻微，但掷地有声，如风雨中突然罩身的披风，温暖而牢靠，让她忽然觉得，这如山的重负再不用独自承担，再不用因久久无果而辗转反侧，寝食难安。

第三十九章　◎金兰断义◎

昆杨城，商会会场，人头攒动，一个大大的投票箱摆在中间，朗斯年坐在候选人的位置上，一副志在必得的神情。

老乡绅润清了一下嗓子：“根据公平公正公开的投票原则，昆杨商会的新会长，是朗里春的朗斯年老板！现在有请朗老板致辞。”朗斯年整理一下衣领，走上前台：“感谢诸位的厚爱，我朗某人一定不会辜负大家的期望，必做好表率，与大家齐心合力，将昆杨的商品送到更远的地方！”

台下一片掌声，良久不息。朗斯年继续说道：“我准备将整个胭脂行业整合成为一个大的股份制公司，利益共享，风险共担，有钱大家一起赚！”

一些小业主们兴奋得交头接耳，掌声更加热烈，朗斯年被一片敬仰的目光围绕，他更是春风得意，笑容满面。致辞结束，众人纷纷朝朗斯年道贺，施济周看到他春光得意的样子，气愤不过，想要一走了之。

“施老板，请留步。”朗斯年叫住施济周。施济周停下，面无表情：“朗老板有何贵干？”朗斯年微笑着说道：“你我许久不曾共饮，今日趁此良机，喝一杯。”

“你意得志满，我风雨萧条，这杯酒，你喝是助兴，我喝便是借酒浇愁，好意心领，酒咽不下。”施济周丝毫没有掩饰不满之意。

“施老板气吞山河，如今连一口水酒都难以下咽？这可不是你的气度。”朗斯年手持酒杯，来到施济周面前。施济周目光转向别处：“你我交情不在于酒，有话就直说吧。”

“爽快，借一步说话。”朗斯年率先而行，去往会议室。会议室内空荡荡的，施济周坐在朗斯年对面，闷闷不乐：“朗老板，你这也太小气了吧？我只是谦让一番，你还真的无酒无菜？”朗斯年笑了笑，掀开身边座位上的红布，露出一盘明晃晃的金条：“酒菜算得了什么呢？”

“你这是什么意思？”施济周看到黄金，十分警惕，本能地四处张望。

朗斯年摊了摊手，语气带着嘲讽："施老板不要误会，我可没有闲情逸致拿黄金来害人，这种事恐怕只有你能干得出来。俗话说君子成人之美，我想成全你当一回君子，我们做一桩买卖。"

"你是想要回多年前太太留下的那副头钗吧？"施济周侧目，一副看破朗斯年的神态。

"正是！"朗斯年点头确认。施济周哈哈大笑："朗兄在生意场上摸爬滚打了这么多年，居然不懂行情？那头钗就值这么点钱？"朗斯年一脸正色："这已经不少啦！陈年旧事真的被翻出来，你还可能惹上牢狱之灾，还不如一了百了，就此清算！"

"朗兄，我要和你两败俱伤，我就赚了！"施济周冷笑不已。朗斯年不屑，将手放在桌面上："两败俱伤？你小看兄弟了。"

"告辞！"施济周起身要走。

"月轩是我的儿子，别再想挑拨我们父子之间的关系！"朗斯年高声喊道。

施济周没有回答，头也不回，行步如风而去。朗斯年目光深沉，旁边的金子显得十分刺眼，枯坐良久，这才回过神来，收了金子走出会议室。

新官上任，免不得应酬。朗斯年直到天黑，方才脱身回到朗府。他走在朗家长长的走廊，远远看到朗月轩正在书房徘徊，待到走近，唤道："月轩，你在等我？"朗月轩当即打起精神："爹，我有话问您。您是不是认识胭脂？"朗斯年微微一怔，走进书房，缓步到桌前坐下："怎么突然问这个？"

"爹，胭脂是你曾经爱过的那个女人，对吗？"朗月轩语气急切。朗斯年没有料到儿子如此直接，嘴角微微翕动，欲言又止。

"爹，孩儿长大了，有些事没必要瞒着我，这个问题对我而言很重要，请您回答我。"朗月轩态度诚恳，关上了房门，来到朗斯年的身边。朗斯年看着儿子的脸，犹豫良久，终于点头："她确实是父亲爱过的女人。"

朗斯年思绪回到以前，那时候他和胭脂情投意合，两情相悦，欢喜无比，但是由于出身门第最后有缘无分，只能受媒妁之言父母之命，娶了朗太太。胭脂也就此离开朗家。朗斯年说到这里，便不再言语。

朗月轩急忙追问："后来呢？爹，你认识顾顺琪吗？"朗斯年眼皮子一跳，漠然道："后来我再也没有见过胭脂，只是很多年后听人说她已经死了，我就在神庙立了牌位，偶尔去祭拜一下。至于你说的顾顺琪，我不认识，也不知道这其中有什么关联。”

朗月轩将信将疑：“我看过两个牌位，材质、字迹、样式如出一辙，卒日也是同一天，想必另有故事。”

“也许只是巧合吧。月轩，知道的我都说了，不知道的，你再问也没用，就这样吧。商会的事忙了一天，我累了。”朗斯年揉了揉眼睛，满是疲惫。朗月轩知道父亲肯定是有话不曾说完，却不能再问，从书房出来，已是深夜，抬头望天，云彩遍布，月尖微露。

第二日一早，朗月轩早早赶到朗里春工坊，看到顾海棠端着一筐鲜花忙碌，猛地一跳，突然出现在她的面前。

“给组长大人请安——”朗月轩嘻嘻一笑。顾海棠吓了一跳，将一筐鲜花重重放在朗月轩手上。朗月轩接住，装作不堪重负，腰都躬了下来。顾海棠哧地笑出声：“现在才来，是打听到很多消息了？”朗月轩左右一看，附近并无旁人，这才开口：“胭脂确实是我爹年少爱过的人，跟你爹应该没有关系，说不认识。”

“这个我知道，昨晚我去找了尚师傅，但是她说到胭脂离开朗府之后，就不肯再说下去。”顾海棠颇感失望。

“奇怪，我爹也是说到这里，不愿再说什么。难道这里面有故事？”朗月轩将花筐放在地上，拍了拍手。

“尚师傅这里是没戏了，你还能问出点什么吗？”顾海棠不死心。朗月轩摇头：“我本想问我娘，但是这不是揭她老人家的伤疤吗？我倒是问了府上丫鬟小厮们，都说胭脂出了府嫁人在桂花巷住，我们去打听打听？”

顾海棠立刻同意：“好！”桂花巷就在昆杨城，有些狭窄，两人并排而行显得拥挤。二人问了一圈，可惜由于年代久远，以前的人不是故去就是搬走，并无收获。夕阳西下，彩霞漫天，让比较破旧的巷子更添凄凉。顾海棠和朗月轩走出巷口，垂头丧气。

“也许这个胭脂，真的跟我父亲并无关系吧，可我总觉得不甘心。”顾海棠叹息。

“只要你不想放弃，我就陪着你一直查下去。”朗月轩拍了拍胸脯，信誓旦旦地说道。顾海棠有些动容：“嗯！谢谢你，月轩。”

朗月轩停下脚步，目不转睛地看着顾海棠：“我送你回去吧。”顾海棠摆了摆手，玉齿微露：“新巧明天就要离开昆杨，我想给她送点盘缠，你是朗家人，跟她见面有诸多不便，我自己一个人去吧。”朗月轩故作惊讶：“顾大小姐，你这也太善良了吧？”

“大惊小怪，反正比你善良那么一点点。”顾海棠的脸，在晚霞的映衬下白里透红，朗月轩顿时看呆。顾海棠和朗月轩挥手告别，直接去新巧的家，正要敲门，听见新巧道：“要不是施济周对我不管不问，我也不会找你，你倒是守信，还真的亲自送来了。”

听到施济周的名字，顾海棠口中的“新巧”二字咽了回去，悄声来到窗边往里一看。只见龙莫婳放了一个小包裹在桌子上，有些趾高气扬地说道：“你要的东西！”

新巧急忙把小包裹打开翻看。

“不必看了，这些银两抵得过你的人品了。”龙莫婳眼神充满厌恶。新巧掂量一下小包裹：“龙大小姐何必五十步笑百步？说起人品，你暗地里出卖朋友的事，可没少做。”

“你别在这里胡说！给易小姐换上有问题的粉，都是你幕后指使的，那盒粉也是出自你手，我只是借机换了粉盒教训一下那个女人罢了，你别以为抓住我这个把柄，就可以为所欲为。”龙莫婳已怒形于色。

“我胡说？如果易小姐换粉那件事情还属于恶作剧的话，那自己的好朋友海棠坐牢，你却选择自保闭口不言，这又是什么行为？如果你当时开口承认，你的好朋友还会蒙受不白之冤差一点送命吗？大家都是一丘之貉，谁也别笑谁了。”新巧钱已经拿到手，胆子也大了起来。

顾海棠听到这里，大脑一阵嗡响，迷迷糊糊中听到龙莫婳的声音：“够了，什么好朋友，顾海棠根本就不配做我龙莫婳的好朋友，拿上你的钱，滚出昆杨……”龙莫婳激动得站起来，一眼看到窗户后的顾海棠，不由得大惊。

顾海棠如遭雷击，双唇颤抖，迈着沉重的脚步，开门进入：“新巧，你刚才说的，都是真的吗？”新巧乍看到顾海棠，也是惊愕，抿了抿嘴唇，一个跺脚：“反正我没有说假话，这是你们的事。”说完拿着钱袋和早就收拾好的行囊，头也不回地跑掉。

顾海棠就像是掉进冰窟，手脚冰凉，一句话也说不出。龙莫婳见事情败露，眼神有些闪躲，同样沉默不语。过了许久，顾海棠强忍悲伤的情绪，努力让自己平静："莫婳，易小姐的事你是知情的？还有，你觉得我不配做你的好朋友？"

龙莫婳双目通红，显是忍了许久，也挣扎了许久，这一次终于咆哮起来："顾海棠，你别再装了，别再装出一副清纯无辜的样子，我受够了。我也不愿意假装下去，我讨厌你，讨厌你无论做什么都比我优秀，讨厌你不管怎样都比我美，还有……最让我讨厌的，是你抢走了我的朗月轩！看到你顾海棠坐牢受苦，我无比解气！你明白吗？"

"我付出真心，换来的却是你的怨恨？"一字一句如箭雨扎进顾海棠的心。她泪流满面，多么希望这一切都是假的，是错觉，是一场梦。

然而现实残酷得让人窒息。龙莫婳语气冰冷，一脸高傲："现在你知道了，其实挺好，我们不用再戴着假面具。顾海棠，我今天告诉你，月轩是我的，我对爱情绝不放弃！"

顾海棠心如死灰，擦拭眼泪，看着龙莫婳，目光变得无比坚定："莫婳，谢谢你的坦诚，同时我也想对你说一句心里话，对于爱情，我也不会放弃！"

"那是你的事，我们已经不再是朋友了！"龙莫婳撇了撇嘴，充满不屑。

顾海棠苦笑，看了一会儿龙莫婳，似乎想要看透她的内心，但人心如何能看得透呢，只得决然离开。

一路之上，她努力镇定，却还是忍不住落泪。她知道和龙莫婳的友谊已然到头，又或许，她们之间从来就没有过友谊。她来到海棠园，想要独自一人安静地思考，却遇到了朗月轩。朗月轩看到她如此模样，吃了一惊，扶着她坐下，担忧地问道："海棠，你怎么了？"

"没事……月轩，我总算知道，那天你受家法惩罚、被最亲的人怀疑，是多么难过。"顾海棠强忍着泪水，勉强笑了笑。

"你终于了解我当时的心情了。"朗月轩一脸欣慰，但是对顾海棠的情绪还是十分担忧。

"算了，原谅他们吧，这是放过自己。"顾海棠这话是对朗月轩说的，也是对自己说的。朗月轩笑着从怀里掏出一个小册子，边用笔在上面记着什么边说："海棠什么都好，就是喜欢说教。"

"你在写什么？"顾海棠伸手要夺。朗月轩急忙将小册子收起，嬉皮笑脸起来："这是账本，等秋后算账用的。"

"给我看看！"顾海棠一下子扑过去，朗月轩闪开。二人在园子里追闹嬉戏，漫天的蒲公英犹似小伞，平添几分浪漫气息。

在朗月轩插科打诨之下，顾海棠的心情平复不少，她本不是记恨的人，更多的是惋惜。为了让自己不多想，顾海棠接下来在工坊格外卖力，一心扑在海棠胭脂的制作上。

通过一个月的努力，第一批成品完工，顾海棠也舒了口气，心情舒畅。这天，到放工时间，她刚换好衣服，便被朗月明叫去，说要带她去个地方。她没有多想，跟着朗月明上了马车。

马车渐行渐远，在一座西式别墅外停下。典雅别致，环境幽雅，外面的装修看起来少女化，粉红桃心的柱子很是惹眼。

顾海棠不解地看着朗月明。朗月明容光焕发，温柔地笑了笑："为你买的。"顾海棠瞪着一双大眼睛，缄默无言。朗月明掏出钥匙："进去看看。"顾海棠拦住他，思量许久："月明，我有话对你说。"

"正好我也有话对你说，我先说！"朗月明朝后退了两步，单膝跪地，拿出一个小锦盒打开，露出戒指。

"海棠，嫁给我！"朗月明深情款款。

顾海棠很显然被惊到，连忙伸手拉他："快起来，别说这些疯话。"朗月明眉飞色舞，极为兴奋："我是疯了，如果你觉得我疯得还不够彻底，不足以让你把一生托付给我，我甚至愿意为你去死！"

"我不要你为我发疯，更不要你为我去死。你快起来，以后再也不要跟我说这些。"顾海棠手下使劲，想把朗月明拉起来。

朗月明一动不动，保持着单膝跪地的姿势："你喜欢月轩，是不是？你可以拒绝我，但不能敷衍我，跟我说实话吧。"顾海棠咬着嘴唇，迟疑一下，还是启齿道："是！我喜欢月轩。"朗月明脸上浮现一丝凄凉的笑容，站了起来，惨然道："明白了，我送你回家吧。"

"不用了，我自己走。"顾海棠虽不会有内疚，但还是不知道该如何面对他。

"你都已经拒绝了我的心意，难道还要拒绝我的好意吗？"朗月明的笑容变得苦涩。顾海棠只好顺从，重新上了马车。一路之上，两人噤若寒蝉，各怀心事。到了鸣锣巷，马车不好再进。顾海棠跳下马车，跟朗月明挥手告别。顾海棠望着马车逐渐变成一个小黑点，一个回头，看到朗月轩捧着鲜花站在巷子里面。

"月轩，你怎么来了？"顾海棠奔到朗月轩身边。

“你和哥哥去做什么了？”朗月轩表情泰然自若，语气却有着无尽的酸意。

“月明向我求婚了。”顾海棠歪着头，没有丝毫隐瞒。朗月轩一把抓住顾海棠的柔荑，神情激动起来：“你有没有答应？”顾海棠故意卖起关子，眼睛忽闪忽闪的：“你猜。”

“有什么好猜的，看你满面春风，一定很开心吧。”朗月轩有些伤心。顾海棠凑近朗月轩，顽皮地笑了笑：“你生气啦？”

“是的，我十分、非常以及相当生气！”朗月轩将手中的鲜花往顾海棠手里一塞，负气而去。顾海棠朝朗月轩的背影高喊：“喂，不准含怒到日落！”朗月轩也不回头，脚步并无迟疑，气呼呼地走远。

顾海棠浅浅一笑，低头看着捧着的鲜花，俯首一嗅，幽香沁人肺腑。

第四十章 ◎碧海青天◎

“姐，你跟月轩哥哥有一阵子没见面了，是不是在怄气？”顾夏合已经第五次看到顾海棠回了家就靠着窗边，对着鲜花发呆，实在忍不住就询问。

花是那日朗月轩送的，自此再无联系。

顾海棠听了弟弟半是调侃半是担忧的话，神情微变，转身离开：“小孩子别瞎猜。”顾夏合嘻嘻一笑，从口袋里拿出一本小册子，在顾海棠眼前晃了晃：“我小孩子？这个东西你还想要不要了？”顾海棠看不清楚，也不以为意：“神神秘秘的，我才不稀罕。”

“不稀罕？可是月轩哥哥让我转交给你的哟。”顾夏合故意拉长了调子，作势要将册子收走。顾海棠心中一动，忙抢过册子，只见上面写着“恋爱手册”。

顾海棠好奇地一页一页翻看。手册里详细记录着她和朗月轩从首次相识至今的故事，漫画配上俏皮的文字，图文并茂，生动有趣。漫画里面的顾海棠或呆萌或可爱，都有些夸张，但是全把她的特点勾勒出来，栩栩如生。顾海棠注意到册子下角画着小方块，每页都有，有高有低。

顾夏合看到姐姐时笑时泪，干咳一声：“月轩哥哥还让我带句话。”顾海棠抬头看向弟弟，眼中是掩饰不住的期待。

“如果别人能给你别墅，我们的点点滴滴已足以搭建一座宫殿！”顾夏合模仿着朗月轩的语气。

快速翻动恋爱手册，一座高高的漫画宫殿建起。顾海棠擦拭着泪痕，抱着册子就跑，留下还没反应过来的顾夏合。她飞奔到海棠园，看到朗月轩玉树临风地站在院中，仿佛等待已久。

“来啦？”朗月轩坏坏一笑，踱步来到顾海棠身边。顾海棠歪着脑袋，噘起嘴，打量着道：“你怎知我会来？”朗月轩轻轻拉起她的手：“你闭上眼睛，我带你看样东西。”

“不，你肯定要使坏。”顾海棠满心愉悦，却并不愿受朗月轩“摆布”。

朗月轩语气诚恳，就差对天发誓，道：“我保证绝不使坏。”顾海棠闻言闭上了眼睛，任由他拉着深一脚浅一脚地往前走。

朗月轩带着顾海棠来到海棠园的高处，然后用手蒙住她的眼睛，温柔地说着话，同时松开双手，“海棠，我现在送你的这样东西，无论你身在何处，每个夜晚都能看到，它是我的心意和心愿，在每个夜晚，它都可以陪伴着你，无论你走到哪里。”

顾海棠一睁开眼睛，只见星汉灿烂，似笑似闪。

“明月皎皎如我心，星汉载意照海棠。”朗月轩恬淡的声音响在耳畔，如溪流触石激起的水花，如夜幕中盛开的芳华，缓缓流进顾海棠的心中，惊艳了她的年华。她扑哧一笑，轻捶了一下朗月轩胸膛：“什么呀，骗小孩玩呢吧？”朗月轩却一脸严肃，手指着星空：“海棠，我可没有骗你，这片星空给你了。”顾海棠忍俊不禁：“谁没看过星星似的。”

“别人看到的是普通星星，你看到的是我送给你的星星！这能一样吗？”朗月轩正经无比，一双眼睛比星还要闪亮。顾海棠挑挑眉，道:“好吧，那谢谢你。”

“你看你，不珍惜我送给你的礼物，这片星空的每一颗星星都知道我的心思，都代表我对你的心愿。”他握住她的双手，掌心温度蹿进她的血脉，再次让她心海翻腾。

顾海棠脸色变红，鼻尖甚至渗出细汗：“什么心愿？”

“和你在一起！”朗月轩深情的目光如同天上繁星，诉说着永恒。

“谁知道你说的是真的还是假的。都说星星代表心愿，这才有了流星，我可没有看到流星。”顾海棠故意刁难。朗月轩嘴角一动，信心十足地露出笑容：“你再闭上眼睛。”

顾海棠倒是想要看他究竟搞什么名堂，听话地闭上眼睛，听见跑开的声音，想要问他做什么，又听他很快气喘吁吁跑来。

“睁眼吧。”他站在她身边，再次牵过她的手。顾海棠刚刚睁开眼睛，忽见一颗焰火飞上天空，在星空下绽放，缓缓而落。随即，越来越多的焰火升空，炸开漫天华彩，绚烂无比。

“这就是我送你的独特流星，你喜欢吗？”朗月轩冲她眨眨眼，讨好地说。顾海棠仰头望着天际，嫣然一笑，点头道：“喜欢！”

“那快许愿吧！”朗月轩说完，率先双掌合十。顾海棠也不愿落后，忙闭了眼，许下心愿。

“你许的是什么心愿？”朗月轩睁开眼，凑近她耳畔询问。

“和你一样。”顾海棠将头靠在朗月轩的肩膀。

“海棠，我要带你回家，向大家宣布，我们在一起了！”朗月轩语气坚定，揽着她的腰，望着星空的眼神透着异样坚定的光彩。顾海棠忽然有一瞬的慌神和担心：”“太太对我有成见……”

“我们已经浪费了太多时间，不能再这样下去，我们的心愿也一定会实现的！”朗月轩担当感爆棚。顾海棠听着他的话，倍觉安心，也莫名地相信，看着天空绽放的烟花，生出了与他共同面对未来的勇气。好与坏，悲与喜，同分担，共品尝。

第二日，黄昏时分，朗月轩和顾海棠从海棠园出发，回到朗府。朗府餐厅布置得流光溢彩，满桌的菜肴无比精致。朗斯年、朗太太、朗月明、朗青青、妙兰按序坐好，龙莫婳也在客位。顾海棠穿着并不如何华贵却舒适得体，依旧颜若朝华，足以惊艳。她从容自若地跟在朗月轩身旁来到餐厅，乍见已经与之决裂的龙莫婳，依旧坦然。

朗太太瞬间拉下脸：“你来干什么？”朗月轩挺身而出挡在顾海棠面前：“娘，是我邀请她来的，海棠胭脂大卖，也有海棠一份功劳。”

朗斯年笑容满面地站起来：“没错，海棠快坐，海棠胭脂的成功，你可是功不可没！”待众人各自落座，朗斯年举起酒杯，笑道：“月轩，你的功劳可是最大，为父先干了这一杯！”

朗月轩急忙托杯站起，欣慰道：“谢谢爹，这是大家的功劳。”父子饮罢杯中酒，相视一笑，误会就此泯去。

稍过片刻，朗斯年再次痛饮，笑容满面地对着众人道：“我真的是高兴，海棠胭脂的火爆超乎想象，朗里春的独门配方得到传承和创新，现在昆杨的贵族小姐太太，都以有一盒海棠胭脂为荣，这就是最高的盛赞！”

龙莫婳接过话茬“伯父说的是，现在好多名媛小姐都找我或托关系买呢。”

“真好，海棠，来，这一杯我敬你。”朗斯年再次举杯，眼中是真切的赞赏。顾海棠站了起来，毕恭毕敬：“老爷不敢，是我敬您。”

“希望你们以后能再接再厉，开发出更多更好的新产品，让朗里春走向全国！”朗斯年意气风发，仿佛回到了年轻的时候，斗志昂扬。朗月轩放下筷子起身，看了眼顾海棠，笑道：“爹，你就放心吧，我和海棠双剑合璧，定会所向披靡，不会让你失望的。”

朗月轩这一眼太过宠溺，着实让朗月明和龙莫婳脸色不佳。朗太太看出端倪，咳嗽一声，平淡地道：“海棠胭脂大获成功，月明和莫婳宣传得到位，也功不可没。”

“没错，月轩、月明，以后朗家的家业就靠你们兄弟了！月轩，你要多教教你大哥。”朗斯年笑得眼睛眯成一条缝。

几句彼此夸赞，才扭转气氛的尴尬，直至酒过三巡，朗月轩清了清嗓子，嘴角扬着笑，开口道：“我还有一件喜事要宣布。”

所有人停下筷子，齐刷刷地望向朗月轩。朗月轩和顾海棠十指相扣，一起站起。

“我和海棠在一起了！”朗月轩一脸春光，说得欢喜，而顾海棠羞涩地低下头，如霞的红晕漫上脸颊。

可谁知，朗月轩话音刚落，朗太太啪的一声扔下筷子，肃然道：“你疯了吗？”朗月轩似是料到此景，好声好气道：“娘，我和海棠最希望得到的就是您的祝福。”朗太太挥手，态度坚决，语气冷硬：“顾海棠，你勾引完月明，现在又勾引月轩，你是我们朗家休了的媳妇儿，我决不允许你再踏进朗家！你这样就是让他们兄弟不和！让我们朗家臭名远扬！”

这用词着实难听，顾海棠也早有心理准备，压着怒意，客气地说：“太太，我跟月轩是真心相爱的，希望您能成全。”

“你从来都不是我心目中的儿媳人选，莫婳才是！你没资格成为我朗家的儿媳！”朗太太气得双眼发红。朗斯年叹息一声，摆摆手，语重心长道：“春言，这些话有些过了。”

朗月轩坚定地看着母亲，语气不容置疑：“爹，娘，当时骗婚就是个错误，现在我就是在纠正这个错误。”朗太太越听越气，霍然起身，指着顾海棠怒道：“荒唐！你给我滚！”

朗月轩握紧顾海棠的手，还想分辩，却听朗月明悠悠道：“月轩，你先带海棠离开吧，你非要让大家都吃不下这顿饭吗？”

“不用她走，我走！”朗太太沉着脸，转身离开。顾海棠尴尬地站着，有点不知所措，只有朗月轩手的力度是她唯一的慰藉。

“月轩，你先送海棠回去，这事改天再说。”朗斯年无奈摇头。

朗月轩无法，只好带着顾海棠离开朗家。二人回到海棠园，坐在院子的长椅上，望着天光，闻着花草香，竟生出几分惆怅。

“看来我们的心愿没能达成。”顾海棠苦笑。

“天上这么多星星，一颗没有达成，还有无数颗。”朗月轩看似毫不在意，心却在滴血。他曾许诺再不让她有半点委屈，却依旧让她被那冷言冷语伤害。

“太太对我的误解很深，很难原谅我、接纳我。”顾海棠沮丧地抬头望了一眼天上的星星，嘴角露出一丝俏皮的笑意，她终究还是不服输的。朗月轩笑着握着顾海棠的手，那微凉的触感，让他感觉仿佛握住了他一生的渴求：“看我的，我娘最疼我了，你放心吧。”顾海棠面露难色：“我不想因为这件事，让你去惹太太生气。”

“海棠，你什么事都往自己身上揽，我不会再让你受委屈了，天上的星星为证！要是想拆散我们，除非把天上的星星都摘下来，只要星星还在，我们的心意就在，我们永不分开！”朗月轩紧紧抱住顾海棠，仿佛松开她，她就会走远。

顾海棠羞得整个人都不自在，轻轻点头，依偎在他臂弯，尽显小鸟依人之态。朗月轩闻着顾海棠身上淡淡的香味，轻抚着她闪耀着细碎光芒的长发：“你身上的味道真好闻。”

顾海棠羞答答地别过头，轻轻一推，朗月轩纹丝不动，反倒抱得更紧。她索性不动，纤手覆在他胸膛，静静探听他心房有力、张弛有度的跳动。

“海棠，我嫂子也不知道用了什么草药做的香囊，特别好闻，我当时就在想，如果把香囊置换成香水，研发出一款有特色的香水，打造新的品牌，可是一件非常有意义的事情。”朗月轩说出在内心酝酿很久的想法。

顾海棠喜形于色：“好呀！我早就想研制出有自己个性的香水了！”朗月轩颇为得意，将顾海棠抱得更紧：“你心里想的我知道，我心里想的你知道，咱们这叫作心意相通！”

顾海棠故意噘起嘴，鄙夷道：“自以为是。”朗月轩意气风发，扬起下颌，迎着暖阳的光，笑得前所未有地明媚：“那你接受我的自以为是吗？”

顾海棠含笑不语。

“嗯？”朗月轩微微扭头看她，语调一挑，似是反问，却见顾海棠双颊红润，睫毛微颤，红唇半合，正可谓云娇雨怯，不由得怦然心动，亲吻过去。

顾海棠有些忸怩，想要推开但又被紧紧箍住，带着点点紧促与轻颤，任由他灵巧的舌头启开粉唇探入口中，舔弄着她口中每一寸甘甜，最终香舌交汇，霸道而缠绵。

第四十一章　◎温情绕香◎

顾海棠和朗月轩的恋情，虽被朗太太强力反对，但两人并未灰心，反倒觉得只要两人情真意切，总有一天会得到所有人的祝福。未来的路很长，但携手同行，则每一刻都甘之如饴。

他们开始着手东方香水的研制，即便是在工坊实验室，也是一面工作，一面打情骂俏，可谓是事业爱情两不误。

“月轩，你别闹了，被人看到不好。”朗月轩突然袭击，在顾海棠的脸颊亲了一口，这让她又是甜蜜，又是羞涩。

“你们还怕人看到？”妙兰突然出现，看样子有些生气。朗月轩和顾海棠尴尬地停止打闹，顾海棠喊了一声：“妙兰姐。”

妙兰立马变成笑脸：“开玩笑呢，别紧张，我就是来看看你们。”朗月轩抬头：“是娘让你来监视我们的？”妙兰也不否认，点了点头：“是，不过我可什么都没看到。”

“我就知道嫂子对我最好了。”朗月轩咧嘴一笑。

“点心送到，你们继续。”妙兰将手中的食盒放在桌子上，便要出去。朗月轩朝顾海棠使了个眼色，送妙兰出门。

“月轩，娘的脾气你也知道，你们的事慢慢来，别跟她对着干。”妙兰一副十分关心的模样。

“嫂子，我心里有数。”朗月轩将妙兰送至大门口。

“月轩，你没有为之前的事介怀吧？”妙兰突然旧事重提。朗月轩颇为尴尬：“嫂子，倒是我一直欠嫂子一个对不起，是我认错了人，娘没为难你吧？”

妙兰连连摆手：“没什么，只是娘很生气罢了。你们刚才在研究什么？我闻到了很香的味道。”

“噢，是东方香水，我要研制出只属于海棠的味道！嫂子，我知道你对制香很有一套，下次请你来工坊指导指导。”朗月轩很是客气。妙兰眼神中一股阴狠一闪即逝："好啊，乐意之至。"朗月轩顽皮地做了一个请安的姿势："我还要回去干活，就送你到这啦。"妙兰哑然失笑，"回去吧。"

几经波折与努力，朗月轩与顾海棠终是将东方香水的研制推近尾声，只差最后一步。这天，二人一起回到朗府拿定型模板。顾海棠本不想去，但朗月轩却坚持，因为他想让大家都看到他们两个在一起，光明正大，无惧艰难。

然而，两人刚到大厅，便听到里面传出天瑜的声音："不可能，小石头和海棠一直好好的……"顾海棠和朗月轩对视一眼，暗叫一声坏了，急忙冲进去，只见天瑜瘫坐在地上，双目无神，朗太太和妙兰站在一旁。顾海棠慌忙护住有些疯癫的母亲，朗月轩则是一脸的奇怪表情："娘，你这是在干吗？"

"我什么都没干。"朗太太恍然若失的神情倒不像是装的。

"小石头，你没有骗海棠，对不对？"天瑜一把抓住朗月轩的手腕，喃喃问道。朗月轩轻拍伯母的手背："没有没有。娘，你到底说了什么？"

朗太太眼神飘忽："她不知道你们的事，我就是想告诉她实情，没想到她的精神状态不好……"顾海棠扶着天瑜往外走："你们想让她受刺激，知道自己的女儿曾经被骗婚？"

"娘不是故意的，她不知道你妈妈的状况。"妙兰急忙解释。顾海棠转过头，不卑不亢地说道："太太，你可以反对我和月轩，但是我不希望你打扰我的家人！"

顾海棠带着天瑜离开，朗月轩叹了口气，连忙跟了出去，开了车子相送。

"海棠，你离婚了？"上了车的天瑜精神恍惚地问道。顾海棠强笑一下，撩了撩母亲的头发，认真道："娘，您听错了，我跟小石头好好的呢。"朗月轩回过头笑笑："娘，这辈子我和海棠都不会分开，你放心好了。"天瑜点头，欣慰地道："我知道我不会看错人的。"

车子开到鸣锣巷子口，天瑜一下车，就快速朝巷子里走去。

"海棠，准备好跟我一起面对这些了吗？这只是一个开端。母亲这一次做得确实有些过分，我要找一个好机会跟她好好聊聊。"朗月轩拉住顾海棠，深感内疚。顾海棠目光含情，一脸坚定："当然准备好了！你先回去，这里我会处理好的。"

得了允诺，朗月轩才安心地放了顾海棠离开，而后回朗府拿定型模板，再到工坊，让工人们进行生产，直至看着第一批香珠稳妥地生产出来，才长长松了口气。

安慰了母亲一晚的顾海棠，在次日早早来到工坊，看到一颗颗五颜六色的香珠，不由得开怀大笑，笑得天真烂漫，这让在工坊休息一夜的朗月轩看在眼里，疲惫尽消，如沐春风。

见顾海棠要拿香珠，朗月轩的手先到，将那一颗放在她的面前。

“希望每一个拥有她的少女，都能够找到像我这样的好男人。”朗月轩厚脸皮的样子，让顾海棠对着他翻了下白眼。

朗月轩毫不在意，想起昨天的事情，微微正了神色，道：“天瑜妈妈还好吗？”顾海棠神色低落，拿着香珠在手上把玩，叹息道：“早上起来精神状态不错，其实娘这一点挺好，她不愿意接受的事情，就会选择性忘记。”

朗月轩柔声道：“海棠，我会照顾你们一辈子，不会让你们受到半点伤害。”一阵掌声打断了他们之间温馨的气氛，朗月明走了进来：“我没打扰你们吧？”顾海棠和朗月轩本能地各自后退一步，气氛从温馨变为尴尬。

“哥，东方香水研制成功了！”朗月轩连忙岔开话题。朗月明查看一下成品：“好啊，接下来可以找莫婳为产品造势了，我这就去着手准备。”

“大哥，你会祝福我们的，对吧？”朗月轩有些紧张地问道。朗月明表情不冷不热，令人看不透他的心思：“当然。”话虽如此，朗月明却没有放弃对顾海棠的追求。他特意等到放工时间，拦住顾海棠，拿出一个锦囊递给她：“这个给你。”顾海棠打开一看，里面是一个憨态可掬的木质青蛙，十分滑稽。

“月明……”顾海棠刚刚开口，就被朗月明打断：“海棠，你虽然选择了月轩，但是我绝对不会放弃的。”

“你别这样，月明。”顾海棠想把木质青蛙塞回朗月明的手中。

“放心，我不会让你有压力，你的快乐就是我的快乐，哪怕你跟月轩在一起，我依然会对你好！”朗月明轻轻甩了一下手，朝工坊里面而去。顾海棠看着朗月明的背影，感慨万分，但是她心里很清楚，朗月明即便对她再好，这辈子也是无法回报，不由得叹息一声，看了看手上的木质青蛙，一脸忧愁。

随后数日，朗里春工坊生产压力陡增，因外地来了一个大老板，和朗斯年签订了一个五百箱的订单，并且定了期限，十五日交货。工人们齐心合力，加班加点。朗月轩和顾海棠更是对每一份产品都亲自验货，每日忙到深夜。幸而夜里，总有朗月明的定时夜宵给予慰藉。这不，朗月轩和顾海棠在质检室检验香水，朗月明又拎着一个大大的食盒走进来。

“月明，这么晚你还过来呀？”顾海棠一眼看到朗月明。朗月明淡淡一笑：“你们不也忙到这么晚吗？”

“大家都在加班加点，越是赶工，越是要严格监督质量，快工也得出细活。”朗月轩一面检测，一面回道。朗月明打开食盒，里面是热腾腾的白粥和点心：“再忙也得吃饭，是不是？海棠，你喜欢吃的玫瑰糕，月轩，也有你的豆沙饼！”

顾海棠浅笑，放下手头上的事情：“你想得可真周到！”朗月轩和顾海棠大快朵颐起来，吃得甚是舒服。朗月明又搬进来一个炭火炉，忙活生火，语气尽是关切：“海棠你一入冬就手脚冰凉，虽然现在天还不算太冷，但是也得注意了，一旦受凉，入冬可就缓不过来了。”

顾海棠本想上前帮忙，却被朗月明拦住：“你还是快点吃饭，吃完好忙，别在这种小事上耽误。”顾海棠一听也是，便重新坐了下来。朗月明往炉子里加着木炭，兀自忙碌。

“好了，我先走了。”朗月明生好火，拍了拍手站起来。顾海棠喝了口粥：“这么快就走？”

“我只是来看你一眼，你们忙。”朗月明面带微笑，走了出去。朗月轩嬉皮笑脸起来，眼神中有些醋意：“哟，大半夜的，就为看你一眼。”

“吃你的豆沙饼。”顾海棠将豆沙饼塞到朗月轩的嘴里。朗月轩含糊不清地说道：“你现在是我的女朋友，我不允许你吃我以外的人给你送的东西。”

顾海棠笑出声来，一下捂住朗月轩的嘴，不让他把满嘴的豆沙饼吐出来，“你吃你吃，全都你吃。”朗月轩好不容易咽下，瞪大眼睛：“海棠，你这是要噎死我吗？”

顾海棠笑笑没有说话，默默把面前的白粥推给他，继续忙碌。二人再无调侃与闲聊，但却为充斥着冷硬工具与货物的工坊，增添了无声的温情，端是郎情妾意绕香海，天定良缘花中开。

第四十二章　◎金风玉露◎

朗里春工坊包装间，货品码放整齐，如平地而起的高楼，朗月轩和顾海棠看着这一切，均是松了口气。

“终于按期完成了！”朗月轩擦了擦额头上的汗珠。

顾海棠笑颜如花：“是啊，大家齐心合力，不负众望！”朗月轩看着顾海棠，心疼不已：“你瞧你，熬夜熬得脸都白了。”顾海棠眉目一展：“还说我呢，你熬得还不是脸都青了？”

“一青一白，那我们是不是能唱一出《白蛇传》了？”朗月轩的脑袋故意往顾海棠身边凑了凑，就要靠在她的纤瘦的肩上。顾海棠伸手推了一把他的脑袋，嗔笑道：“就你会说笑话，还有些尾要收，快点干活吧。”

“海棠，现在只剩下一些封箱和贴标签的活了，你也不要太累，看着他们干就行，我还有些事，先去实验室了。”朗月轩在其中一个箱子上贴了标签，起身说道。

顾海棠挥了挥手，一脸笑意：“去吧，这里交给我就成了。”朗月轩有些担心，叮嘱了好一会儿，才恋恋不舍地离去。顾海棠看着他的背影，只觉得再累也甜蜜，回头继续忙前忙后，确认事无遗漏。

约莫一个小时过去，顾海棠突然看到凡真心神不宁地走进来，似心不在焉，似六神无主，当即问：“凡真，你怎么了？”凡真惊了一下，看了顾海棠，摇了摇头，勉强一笑：“没事……”

“还说没事，有什么心事尽管跟我说，咱们可是好姐妹！”心思缜密的顾海棠察觉出凡真的情绪不对，放下手中的活，走到她身边。

凡真低着头，抿着嘴，那模样是犹豫，也是爆发前的酝酿。须臾，她忽地扑在顾海棠的怀里，泪流满面地哭诉：“海棠姐……”顾海棠轻轻拍着凡真的后背，带她来到拐角处，安慰道：“不哭不哭。”

“你说，爱一个人怎么这么难呀？”凡真哭得梨花带雨，令人生怜。顾海棠有些奇怪：“你是说？”

“我一直喜欢施少爷，可是他只把我当朋友。他喜欢的是莫婳。”凡真哭得稀里哗啦。顾海棠愣了一下，无奈道：“感情的事本就难说。”

“我知道，所以我只要努力争取了，就不会后悔。我气的是，施老爷刚才找我，让我替他卖命，还承诺我施少奶奶的身份。”凡真哭得更加大声。

顾海棠听到这话，愤怒起来：“什么？施济周现在竟然找上了你，还拿自己儿子的幸福做交换？这也太可恨了！”凡真从顾海棠的肩膀抬起头，红肿的眼睛带着一丝坚毅：“海棠姐，我想通了，感情的事不能勉强，我更不可能出卖朗家，所以我停止喜欢施少爷！反正我也只是单相思而已！”顾海棠爱怜地替凡真擦拭眼泪：“凡真，这种事我也不知道怎么安慰你。”

“我哭一场就好了，我就不应该把时间浪费在不喜欢我的人身上，我们就不是同一个世界的人。海棠姐，今晚你能约施少爷出来吗？我要跟他说清楚。”凡真眼中的倔强分外明显。顾海棠没有丝毫犹豫，拉住她的手，道：“好，你做什么决定我都支持你。”

几番劝慰，凡真终是止住眼泪，投入工作。顾海棠望了一会儿凡真瘦弱忙碌的背影，心生一念，来到实验室，见朗月轩正坐在那里思索着什么。

“月轩。”顾海棠喊了一声。朗月轩回头，温柔笑了笑：“海棠，东方香水的香味再多几个品种，对开拓市场有莫大的好处，我在想这个事呢。”

“嗯，晚上吃完饭，你能约施迪文去昆杨湖吗？”顾海棠问道。朗月轩在笔记本上记录着什么，随口应道：“好！”

待到夜幕降临，在家吃完饭的顾海棠准时赶往昆杨湖。她刚到凉亭，忽觉玉颈后一阵发痒，回头一看，是朗月轩拿着狗尾巴草一脸笑嘻嘻地捉弄自己。

“你除了捉弄人，还会干什么？”顾海棠故作不满，娇嗔责备。

“还会想你啊！”朗月轩收起狗尾巴草，一本正经起来。顾海棠在凉亭的长椅上坐下，望着地上的月光，幽幽道；“月轩，今天凡真被施济周叫去逼迫她成为施家眼线，而且还拿她对施迪文的感情做威胁和诱饵。”

朗月轩难以置信：“竟有这事？”顾海棠还想说什么，只见凡真在路左，施迪文在路右，两人几乎同时朝凉亭走过来。

施迪文看到凡真，招呼道：“凡真，你也来了。”

“就是我让海棠帮我约你出来的。”凡真歪了一下脑袋，天真烂漫。

四人匆匆打了招呼，玩笑几句，顾海棠便拉着朗月轩往凉亭外面走，不忘回头对凡真努努嘴，以示鼓励：“好了，你们好好聊聊吧。”

朗月轩则在一旁嘻嘻哈哈地说道：“好啊，我们也该花前月下聊聊了。”

顾海棠推搡着朗月轩，不想让他继续贫嘴下去，却被他强行挽着胳膊，霸道带离。

其实，顾海棠和朗月轩并没走远，而是不放心地在安静的地方看着施迪文和凡真，见两人神态言行平静自若，倒也安心，这才到了不远处的街道，买了些夜宵。等二人再度回来，却见施迪文和凡真谈话已近尾声，站在亭子外，踟蹰不行。

朗月轩冲着施迪文说道：“道完歉了？”凡真急忙连连摇头：“这本就不是阿文的错，道什么歉呀。”

施迪文一脸羞愧：“月轩，对不起。”朗月轩在施迪文的肩头上重重一拍：“你对我说对不起干什么？”

“哎，父亲的做法让我……反正我欠所有人一个对不起。”施迪文恨不得找个地洞钻进去。

“刚我跟海棠买了点小酒，咱们喝点？”朗月轩岔开话题，晃了晃手中的酒。

这倒让大家一拍即合，就在这凉亭内，将夜宵和酒水摆放在石墩上，边吃边喝边聊，有说有笑，直到深夜，才辞别散去。朗月轩开车将施迪文送到家，最后停在凡真住所，与顾海棠一起下车将她送到门口。

顾海棠看到凡真笑容满面，反倒有些担忧：“凡真，你……不难过？”

“不难过，反而很轻松，阿文不是月轩少爷，凡真也不是海棠姐姐，我和阿文的故事到此为止，是最好的安排。”凡真一脸淡然。顾海棠五味杂陈，回到车子里，见朗月轩也有些唏嘘，一向开朗的他，竟沉默起来。

车子到了鸣锣巷，朗月轩将顾海棠送至巷口，踩着一地月光，手牵着手，含情脉脉，良久无语。

“无论发生什么事，勿忘初心。”朗月轩深吸口气，忽然说道，神色无比郑重。顾海棠嫣然一笑，道：“若忘初心，幻湮迷灭。星辰未落，何出此言？”

朗月轩面露羞愧，摸了摸鼻子：“是，是我想多了。”顾海棠轻轻地依偎在朗月轩的怀里，柔声细语：“你不是施迪文，我不是凡真。此情不渝，你不要自寻烦恼。”

朗月轩轻抚顾海棠纤弱但又硬挺的背脊，心中柔情万丈：“取次花丛懒回顾，半缘修道半缘君”。

这一夜，月明，星稀，风动萦怀，无限缱绻。

第四十三章 ◎平地惊雷◎

阴沉天际之下，朗府的轮廓分外冷硬，透着鲜有的压抑。

朗月轩起床洗漱完毕，正要出门，却被全叔叫住，说老爷在书房有急事找他。一入书房，就见父亲和大哥皱着眉头，一脸忧郁，心中一跳，暗觉不妙，道："爹，发生什么事了？"

朗斯年指了指桌上的一份报纸，整个手颤抖不已。整个报纸的一个版面，一句"东方香水灵感源自寡妇，朗府上演叔嫂不伦之恋"赫然醒目。朗月轩大致看了一下内容，拍案怒道："爹，这篇报道捏造得有鼻子有眼，还有具体细节，对我们朗家了解很深，想必是有人精心谋划！"

朗月明神情惨然，苦笑道："今日一早，那个万老板要求退货，说东方香水名声臭了，卖不出去，还扬言要我们赔偿他的损失。这当口出这个事，绝不是巧合。"

朗斯年愁眉深锁，愤愤道："眼下只能将香水暂时全线下架，主推传统产品。"朗月轩连连摇头，道："爹，为了集中生产这批新货，传统产品的生产基本都停了，货源根本不足。"

朗月明道："还有，我们大部分的流动资金都压在了这笔订单上，现在连基本的原材料都购置不齐。"朗斯年咬牙切齿，道："这一招可真够狠的，让我们措手不及啊！"

朗月轩焦急地来回踱步，思量一阵，开口道："爹，为今之计，必须回笼一些资金，才能稳住局面，还有务必调查出来谣言的源头，还朗家一个清白！"

"你们给我查清楚到底怎么回事！"朗斯年瘫坐在椅子上，疲倦地嘱咐，声音带着歇斯底里。

"是，爹，你先好好休息。"朗月轩和朗月明异口同声，先后出了房间。

兄弟寻了处安静地合计，决定先解决生意漏洞。朗月明去想办法回笼资金，而朗月轩回工坊稳定人心。然朗月轩刚进工坊大门，便感受到浓重的压抑，可以看到不少工人在交头接耳地议论，与惊愕、探究、怀疑、嘲讽的眼神。

他压住火气，到了车间内，正听到顾海棠高声说着话：“这些明显的栽赃诋毁，大家别信别传，回去工作吧。”

如此大祸与误会，顾海棠依旧选择相信与帮助，这让朗月轩倍觉安慰。顾海棠也看到了朗月轩，一脸严肃地迎来，不待他解释，便柔声道：“都是别有用心的小人无中生地捏造的谣言而已，别往心里去。”

“大家都看到报纸了？”朗月轩扫了眼众人，感觉头疼，说不担心是假，毕竟此事关系到他和妙兰的名誉，并且对朗里春和东方香水的影响很大，损失惨重，难以处理。

“月轩！”就在这时，龙莫婳带着两个士兵冲了进来。

朗月轩还没有来得及回答，龙莫婳就如一阵风一样靠近，拉着他的手，上下打量，关切地询问，浑不在意有旁人在场。朗月轩挣脱龙莫婳的手，勉强笑道：“我没事。”

“我好担心你啊，真怕你出什么意外，我作为代言人，都被人泼了墨水，气死我了……”龙莫婳泪眼汪汪。

朗月轩内疚道歉：“对不起，是我连累你了。”龙莫婳冷哼一声，仍要去拉朗月轩的手：“月轩，我们必须要召开一个发布会澄清此事，不能任由别人随便抹黑！你放心，我让爹派兵到场，看谁还敢胡说乱来！”

顾海棠隐隐感觉不对，忙道：“这恐怕不合适吧？”龙莫婳瞥了顾海棠一眼，随后转过脸不去看她，冷道：“有什么不合适的？”

顾海棠冷静分析道：“月轩，人们宁可相信流言，也不想知道事实，就算是开发布会，恐怕那些人也不会相信，甚至可能越描越黑。”龙莫婳转过头针锋相对，道：“顾海棠，你什么意思？你没有名誉受损，没有被人泼墨是吧？哼，你本来就是朗家扫地出门的弃妇，也不在乎名声。”

朗月轩上前一步，拦在两人中间，脸色一沉，冲着龙莫婳大声说道：“莫婳！你胡说什么？”

“算了，你就知道把我的好心当成驴肝肺，你们爱怎么样就怎么样吧！”龙莫婳气得转身跑开，头也不回。

朗月轩见顾海棠脸色煞白，立刻拉着她的手，安慰道：“海棠，你别听莫婳胡说八道。”顾海棠强笑一下，摇了摇头，“我要是被这些话给击倒的话，就不是顾海棠了！”朗月轩听到这话，更是心疼，双眼望着她，仿佛望进她的心，带着祈求：“我会想办法让所有人都祝福我们。我会让自己变得强大，护你平安喜乐。你信我。”

“好了，先不说这些，你不会真的要开发布会吧？”顾海棠点点头，很快从伤心的情绪中抽离出来。

“我君子坦荡荡，要是不开口，不是显得心虚吗？妙兰嫂子无辜被牵连其中，她也需要站出来为自己澄清，开记者发布会是个好方式。”朗月轩沉了沉气，忽然觉得龙莫婳的提议，并非一无是处。

顾海棠伸出手，将朗月轩微微凌乱的头发捋顺，坚定地微笑：“不管怎么样我都相信你，你决定了，我就支持你。”朗月轩双眼陡然发亮，话中有掩不住的欣慰：“海棠，谢谢你，有你在，我什么都不怕了。”

“放手去做吧，工坊这边就交给我了。”顾海棠拍拍他的肩膀。

朗月轩狡黠一笑，磨蹭着不肯立刻离开，趁着顾海棠不注意，在她的脸颊上亲了一口，这才飞快地跑出大门，嘴里还不忘喊着：“海棠，等我把这件事处理了，再来陪你……”

朗月轩飞也似的回到朗府，来到妙兰房间，敲门之后，门应声而开，恰见妙哭得兰梨花带雨，手帕拭了几次仍不停止，长叹一声，安慰几句，说明来意。

妙兰本不想答应，但顾及大局，还是决定参加发布会，澄清事实。朗月轩连连道谢，又找大哥商量。朗月明提议先不告诉朗斯年，毕竟长辈不一定能接受这么大胆的方式。朗月轩倒也认可，开始着手发布会的事宜。

次日，昆杨大酒店二楼的大会议室，布置成一个新闻发布会现场，邀请众多记者前来，后排还站着许多猎奇好事的人。朗月轩泰然自若地走向台前，台下立马镁光灯频闪，记者们纷纷拍照。

“关于东方香水的谣言，我只想告诉大家，研发这款东方香水，缘于我与心爱的女子的爱情信物，灵感来自她，并非谣言所传的那样！”朗月轩谈吐十分克制，彬彬有礼。

一名记者站了起来：“请问你的恋爱对象是谁？”

“这是我的私事，无可奉告。在此我也警告编造谣言的始作俑者，你们想要抹黑东方香水，达到不可告人的目的，是不会得逞的。”朗月轩言语犀利，目光灼灼，毫不示弱，一派坦荡。

一名记者站起，问：“你不愿意透露心上人，难道是因为她曾经也是你的嫂子吗？”随即，后排有不明真相的听众发出声音：“什么？又是个嫂子？”

众人顿时议论纷纷，声音越来越大，眼看就要控制不住场面，妙兰突然款款上台，步履缓慢，微垂着头，有些羞愤，但也矜持，声音更清亮地说：“大家不用猜了，我就是月轩唯一的嫂子！我一个妇道人家不懂什么商业利益，只是站出来说出实情，以下的话，句句属实！”

台下顿时鸦雀无声，落针可闻，无数双眼睛看着妙兰。

顾海棠坐在观众席的头一排，目光充满了鼓励。妙兰深深吸了口气，道：“小报里说东方香水的灵感来自小叔和寡嫂之间的一段不伦恋情，写这篇报道的人，丧尽天良，竟拿我一个身世可怜的童养媳做文章！我无非是喜欢鲜花馥郁的芳香，闲来喜爱制作香囊，指点过小叔子一二，但是东方香水是月轩的心血，泼脏水的，你不觉得亏心吗？”

妙兰越发地颤抖，台下的人深受感染。

“女士，报道中的绯闻细节，能回应一下吗？”有记者提问。

妙兰稳定一下情绪，目中闪过一丝狠戾与决然：“妙兰家世贫苦，远嫁昆杨，月轩少爷待人宽厚，行事磊落，妙兰也知叔嫂有别，绝不可能发生小报中写的苟且之事！小报上说，收到来自知情人的匿名信，好一封匿名信，毁我一个妇道人家的声誉，这样的小人，究竟居心何在！”她情绪越发激动，最后彻底爆发，猛地拿出一把匕首，对着自己的脖子，话音无不沙哑与凄楚：“妙兰愿当众人的面自刎以示清白！”

妙兰突然失态，全场哗然。朗月轩忌惮妙兰乱来，不敢过于逼近：“嫂子，放下刀！”妙兰哭喊：“月轩，那天你生病我给你端药，只有几人看见，到底是谁传出去的，你还不明白吗？”说着，神经质的眼神射向顾海棠，声嘶力竭：“顾海棠，你为什么要这么做？你这个女人太可怕了！”

顾海棠一阵愕然，呆若木鸡。记者们开始对着顾海棠使劲地拍照，朗月轩一直在观察妙兰的动作，趁她稍微分神，冲上去抓住她的手腕，夺去匕首，然后紧紧抱着拖向后台，口中喊道：“大哥，带海棠离开！”

朗月轩将妙兰拖到后台，重重丢在沙发上，咆哮道：“你疯了吗？为什么要这样说？”妙兰十分镇定，没有丝毫胆怯：“我只是说出实情！那天就是她带着太太来抓我的！”朗月轩一脸不可置信，气得浑身发抖：“妙兰，你真的疯了！”

“月轩，我是为了你好……”妙兰还要狡辩，朗月轩却再也听不下去，转身离去。

朗月轩刚刚出了酒店，朗月明叫住了他。

“哥，海棠她怎么样？”朗月轩首先想到顾海棠。朗月明摇了摇头，气急道：“我已经派人送她回家了，这件事爹知道了，先回去看如何交代。”

朗月轩痛心疾首，和朗月明一起上了车，回到朗家。兄弟俩刚刚到客厅，就见朗斯年大发雷霆地执起茶盏砸向他们，怒斥道：“你们就是这么给我解决危机的吗？没有经过我的同意，擅作主张开发布会？名声越搞越臭！这烂摊子如何收拾？”

朗月明任由茶水溅到身上，道：“月轩也是怕您不同意，您知道了一定会觉得开发布会太激进。”

这话听着有些怪，明明是朗月明先提出此念，怎就成了他的考虑？朗月轩心中不满，觉得大哥有故意激化矛盾之嫌，但并没有多想，毕竟这非当务之急。

朗斯年冷哼一声：“你们现在觉得自己很能干了是吧？”

朗月轩忙道：“不。爹，我没想到妙兰嫂子她会……”朗斯年猛然挥手，“别给我找借口！”朗月明重新端了一杯茶，递给父亲：“爹，月轩也是着急了，东方香水是以爱的名义研发，这么背上污名，心里肯定不好受。”

朗斯年将茶推开：“一说这个我更来气！月轩啊月轩，我不反对你跟海棠交往，但是最好低调点，你有没有想过你现在只会把关系越描越乱？”

“爹，我错了，考虑不周。”朗月轩无话可说，形成今天这个局面，他的责任重大。

“我朗斯年的儿子，可以犯错，但是自己犯下的错，就要自己想办法解决，你们自行处理，下去吧！”朗斯年从朗月明手中夺过茶杯，喝了一口，重重拍在桌上，整个茶杯粉碎。

朗月轩和朗月明不敢多言，默默退了下去。兄弟两人对视一眼，满是忧虑，同时叹了口气，互拍了拍肩膀，算是给对方鼓劲，但又很快归于沉寂，一左一右地走开。

朗月轩独坐房间思索了好久，决定去找华吉利，看能否将滞留的香水卖到国外，把损失降到最低，又找到施迪文一同前往。他收拾完行囊，已到深夜，拖着疲倦的身子来到鸣锣巷找顾海棠。

朗月轩紧紧握着她的手："海棠，你还好吧？"顾海棠眼睛有些血丝，却淡然摇头："没事。"

"我考虑不周，让你无端受到伤害。"朗月轩爱怜地轻触顾海棠的脸颊。

"妙兰怎么会认为匿名信是我写的？"顾海棠低头沉思，这个没来由的指责，确实让她痛心。

"她认定是你写的，也是你找的娘去抓她，这从何说起，哎……海棠，我明天和迪文出趟远门，你要照顾好自己。"朗月轩轻轻拍了拍顾海棠的手背嘱咐道。

"你放心去办事吧，照顾好自己。"顾海棠轻轻笑了笑，满眼的信任。朗月轩眨了眨眼睛，带着顽皮的神色："顾小姐，加油！"顾海棠也予以回应："朗先生，加油！"二人相视微笑，手握着手，都坚信这次危机肯定能够度过。

第二天，朗月轩一大早来到码头，跟施迪文会合，不一会儿，大船发出汽笛鸣声，准备出发。朗月轩和施迪文一人提着一个皮箱上船，背后传来朗月明的声音："月轩！"朗月轩回过头，看到朗月明气喘吁吁地站在岸边。朗月轩有些惊讶，贴着栏杆，喊道："大哥，你怎么来了？"

朗月明挥了挥手，高声叮嘱，一脸的关切与期盼："我来送送你，爹让我给你带句话，祝你一路顺风，他静候佳音。"

"我不会让他失望的！"朗月轩话刚说完，汽笛声再度响起，踏板被收起。

晴空万里，海鸥翱翔，轮船启动，长风破浪。朗月轩和施迪文站在甲板的身影渐渐消失。朗月明立在码头，久久未去，盯着渺远的船体，眼神阴沉，似藏着风暴。

第四十四章 ◎柳暗花明◎

深秋已至，绿红稀淡，风裹落叶，平添萧寒。

朗里春工坊外的小路上，顾海棠心神不宁地行走着，满脑子都是朗月轩那晚离去的身影。忽然，她感觉背后有脚步声，但毫不在意，直到那人赶上，唤道：“海棠，去工坊上班吗？”

顾海棠回首，发现是朗月明，点头道：“是。”

“真巧，我也是。”朗月明斜目观察着顾海棠的神情。顾海棠望着不远处的朗里春工坊大门，叹息道：“不知月轩情况怎么样。”

“我叮嘱他早去早回，只要有了消息就尽快回来，不要在外耽搁。”朗月明轻捻手指，有点不自在。

“嗯，近来你有很多琐事处理，月轩又不在，人心涣散，工坊一片萧条。”顾海棠语速缓慢，但听得出想念与担忧。朗月明右眉微微一挑，掩饰住醋意，道：“发布会的事波及你，我本应该事先想到，月轩不能保护你还有我……”

顾海棠轻摇头：“月明，事出突然，谁也没有想到。再说我不是好好的吗？我只是……你能约妙兰出来吗？”朗月明意味深长地道：“海棠，妙兰也许不是你眼中的她，娘这次甚至没有处罚她，还把她当作心腹！”

“如此荒谬的指控，太太相信了？”顾海棠眼中显出落寞。

朗月明支吾了一下：“海棠，我一定会为你证明清白的。”顾海棠眉目舒展，放下心中的不快，望着天际，无谓地一笑：“莫须有的罪名，何必放在心上？”

说话间，两人已到工坊门口，顾海棠浅浅几句，辞别朗月明，直接去了包装间。包装间内，尚师傅已在，对她招了招手，说道：“海棠，你来一下。”顾海棠跟着尚师傅进入管理室，分类整理资料。气氛平静，未几，气势汹汹的妙兰便在全叔的陪同下走了进来。尚师傅有些诧异，站起问道：“二少奶奶，全叔，可是有什么要事吩咐？”

顾海棠平静地坐在椅子上，心中似已明白几分。妙兰傲睨昂首，趾高气扬地说道：“我是来替老爷和太太宣布一个决定，开除顾海棠！”

全叔缄默低头，显是认了此事。尚师傅急道：“月轩少爷不在，月明少爷又忙着处理繁杂琐事，工坊陷入危机，急需骨干，如果再缺人手，那我……”

妙兰并没有让尚师傅把话说完，直接粗暴地打断道：“朗老爷和太太已然决定，此事全权交予我来督办。”尚师傅气得身如抖筛，说不出话来。顾海棠依旧静静地坐在那里，冷笑一声：“我自会离开，但走之前，我想问你一个问题！”

妙兰一副无所谓的神情：“全叔，尚师傅，你们先退下！”

两位局外人知道不能多问，只得默默离开。管理室只剩下妙兰和顾海棠两人。前者目光咄咄逼人，后者也针锋相对。气氛剑拔弩张，似无硝烟的战争，一触即发。片刻，顾海棠一字一顿地说道：“为什么要诬陷我？”妙兰恻恻一笑，坚定道：“我没有诬陷你！”

顾海棠不屑，好声地说道：“你和月轩的事，太太只是正巧路过，我也并没有在意你的行为失当，我甚至可以理解你的苦，我更没有怀疑月轩会对你有意，你根本就构不成威胁，你为何会觉得我是因嫉妒而写匿名信？”

妙兰摇着头冷笑：“又来了，理解我？我跟你说实话吧，不是你嫉妒，是我嫉妒！我不允许你抢走月轩！”顾海棠几乎不敢相信自己的耳朵，震惊道：“你……你竟对月轩有非分之想？”

妙兰突然哈哈大笑，过了良久，方才停下，眼中充斥妒火：“非分之想？我那小丈夫夭折，月轩是作为我丈夫的替代才被收养，他本就应该是我丈夫！月轩是我的！”

顾海棠骇然，竟有几秒愣神。她从没想过妙兰居然会有这种想法，无法理解，道：“妙兰，你这也太一厢情愿了。”

妙兰眼中的血丝清晰可见，恨不能化成火苗，将顾海棠燃烧殆尽：“一个乡下来的野丫头，说我一厢情愿？你被赶走了，这还只是第一步，我们的战争刚刚开始！”

顾海棠摇头叹气，道：“你的痛苦不是我造成的，我同情你的遭遇，何必互相为难？”妙兰沉声道：“你假惺惺地对我好，我只觉得恶心。如果你能本分地嫁给月明，我们还真的同病相怜，可你不仅拿到了休书，还跟月轩纠缠不清！你的存在，比我在朗家受的委屈更让我难受，我恨你，超过恨任何人！”

顾海棠初知妙兰的内心，细思极恐，拧眉道：“你报复我，就可以置朗家的生意而不顾吗？”

“这款香水本是我给月轩的灵感，我毁了它有何不可？我只要月轩，其他的跟我没有任何关系！”妙兰说得理直气壮，似乎一切都是理所应当。

顾海棠手心冒汗，努力控制内心的波动，冷静地道：“走之前我奉劝你一句，感情的事不可勉强，痴人说梦不可怕，可怕的那是一场噩梦！”说完起身，昂首挺胸地从妙兰的身边擦过。

顾海棠收拾好自己的东西，缓缓走出工坊大门。尚师傅特意前来相送，顾海棠微微一笑，眼中露出些许遗憾，但又不曾有半点懦弱：“尚师傅，我以后不能再为你助力分忧了。”

尚师傅眼中泛出泪花，惋惜道：“海棠，你让我想起我年轻时的一位闺中密友，她是那么聪颖美丽，却因为一份感情断送一生，令人痛惜！”顾海棠知道尚师傅是想起了胭脂，沉默一阵，说：“尚师傅，海棠会铭记您教我的所有东西，以后我顾海棠照样能打下自己的一片天地！”

尚师傅露出欣慰的笑容，点头道：“如果以后有需要帮忙的地方，可别忘了我这个师傅。”顾海棠使劲点头，道：“海棠记住了！”尚师傅一直将顾海棠送出去数里，才依依不舍地离去。

顾海棠收拾心情，回到家中，在进入家门的那一刻，笑颜瞬间挂在脸上。她不想家人担心，也不想一直让自己愁眉不展。前方的路很长，没有朗月轩在身旁，她依旧要微笑面对，来不得半点彷徨。

接下来几天，顾海棠陪着母亲做做手工聊聊天，虽怀有心事，倒也算是有了难得的休息。又是一个红日跌落的傍晚，溅起的彩霞美得让人驻足。顾海棠正对着窗口，一边喝着水，一边琢磨着朗月轩理应快要回来，却忽地恍恍惚惚听到朗月轩的声音：“海棠！”

她以为是幻听，微微抬头，却从窗户看到朗月轩在外面张牙舞爪的样子，呼吸一滞，转瞬唇畔花蕾灿然绽放，噌地起身，急忙跑了出去，和朗月轩拥在一起，欢喜道：“你回来啦！”

“我回来晚了，让你受委屈了……”朗月轩高兴之余，有些郁闷，显然已经知道顾海棠被辞退的消息。顾海棠上下打量着日夜思念的心上人，只觉得任何事都无关紧要，能平平安安地回来就好。

“是我自己要离开的，跟任何人都无关。”顾海棠理了理他的鬓发，声色温柔。朗月轩轻轻刮了一下她的鼻梁：“海棠，你总是这么善良。过了这个坎，我一定会证明你的清白的，让你重回工坊！父母那边，我会处理好的。”

顾海棠一听，便知朗月轩是和老爷、太太发生了不快，忙道：“你不要和家人起冲突，而且我现在想做点自己喜欢做的事情，挺好。”

“好巧，这件事我也要做。”朗月轩又开始嬉皮笑脸起来。顾海棠没好气地笑道：“你知道我要做什么吗？”朗月轩摇了摇头：“不知道，但是你要做的，也就是我要做的。”

顾海棠装模作样地叹了口气：“你这样甜言蜜语油嘴滑舌的，让我一点安全感都没有。”朗月轩摸了一下嘴唇，“我早上就喝了一碗白粥，既没吃糖，也没有沾油，怎么会甜和油呢？不信你尝一尝。”顾海棠生怕朗月轩真的亲自己，急忙双手抵着他宽阔的胸膛，扯开话题：“你这次出去，找到下订单的买家没？”

“嘿嘿，明天就来签合同！”朗月轩仍是不死心，伸了脖子要亲，奈何顾海棠早有防备，闪在一边。

“别闹了，你这几天都没有休息好吧？赶紧回去睡觉！”顾海棠脸红道。

朗月轩不依不饶，又凑了过来，却被顾海棠推搡着赶出了门，唯有苦笑道：“曲阑深处重相见，奈何扫地而出门。”顾海棠哧地一笑：“好好的一首诗，被你瞎用瞎改，快回去吧，等你明天的好消息！”朗月轩知道顾海棠不愿此时跟着回到朗府，只得应下，亲昵了片刻，匆匆离去。

第二天，朗月轩早早去了码头，接华吉利和施迪文，怎料扑了个空。他左等右等，足足几个小时，还是不见人影，只能悻悻回家，一脸忧愁。朗斯年听闻华吉利没能准时到达，同样心焦。直到下午，朗斯年、朗太太、朗月明和朗月轩正在大厅商讨此事，却见施迪文带着一阵风跑了进来，上气不接下气。

朗月轩急忙上前，问道：“迪文，华吉利呢？”施迪文稍稍喘口气，惊慌道：“华吉利怎么都找不到了！”

一刹那，朗家父子犹如头顶炸雷，瞠目结舌。朗斯年当即站了起来，愕然自语：“什么？”

“你说清楚。”朗月轩让施迪文先喝口水，细细道来。

“你走之后，我一直就跟华吉利他们在一起，昨天我在码头等他们，不见来人，船开走了也没有出现，我就去客栈找他们，岂料他们已经结完账离开了，我全城找了一遍，也没见人。晚上我马上改坐火车，这才赶回来……”施迪文摆摆手，毫无心情。

朗斯年有些生气，懊恼叹息："月轩，你太自信了！"朗月轩皱起眉头，有些难以置信："洋人向来讲究契约精神，怎么会轻易失约？"

朗月明似有所指地说道："月轩，你是不是被人耍了？"朗月轩怎么也想不透其中的关窍，摇摇头道："不可能，我们和华吉利私交甚好，业务来往也多，而且这对他们而言是划算的买卖，没道理会这样。"

"这条路既然不通，赶紧另寻他法。还有，施少爷，你怎么会和月轩一起去找华吉利？月轩你也是，我说过朗家的事朗家自己解决！"朗斯年显然对施迪文起了疑心。

施迪文尴尬地摸了摸鼻子，不知如何开口。朗月轩忙道："爹，迪文不可能跟这件事有关。你们赶走海棠，现又怀疑迪文，难道我身边的人都这么不可信吗？"

"行了，我需要的是事实，这段时间你捅的娄子还不够多吗？"朗斯年说完，咳嗽了几下，满面苍老与倦怠。

"爹，我先扶您休息去吧。"朗月明忙搀扶着朗斯年离开客厅。

朗月轩也想跟上去，却被朗太太劝阻："月轩，你还是赶紧想想有什么补救的法子吧。"朗月轩望着父亲老迈的背影，心中一酸："娘，知道了！"

随后几天，朗月轩动用一切能动用的资源，想要找到华吉利的行踪，但路途遥远，通信不便，再努力都是在做无用功。焦头烂额的朗月轩不知不觉地来到顾海棠的家，将华吉利失踪的事说给顾海棠听。

顾海棠也是一脸忧郁，细想帮不上忙，更是心焦。朗月轩在顾海棠家磨磨蹭蹭地不愿意走，到了深夜，还靠着竹榻看书，竟露出几分疲累之感。顾海棠站在他身旁，皱眉道："月轩，你是在逃避现实吗？"

朗月轩神色黯然："我就是觉得有点累……也只有在你这里，才感觉稍许的安逸。"顾海棠不忍心责备，思忖片刻，道："现在看来，东方香水更像是一个阴谋。"

"市场失败只要处理得当，下次还能赚回来，我奇怪的是我跟妙兰嫂子的误会，外人怎么拿来做文章呢？"朗月轩从木榻上坐了起来，将书摔在一旁。

顾海棠想起妙兰对自己说的话，问道："你觉得妙兰是个什么样的人呢？"朗月轩不疑有他，只道："可怜之人吧。她是受害者之一，我觉得不应该怀疑她。"

顾海棠张了张嘴，又觉得没必要把女人之间的事说出来：“也许是我多虑了。”朗月轩深情道：“劝君莫做独醒人，烂醉花间应有数。明天我就去工坊，看看能否将香水改为精油。眼下我们还是享受独处的机会吧！”

顾海棠笑靥如花：“原来你早有打算，难怪如此乐不思蜀。”

“那是。”朗月轩挑眉一笑，颇为自信，随即一个前倾，将顾海棠拥入怀中。

两人相依一起，无言却满是蜜意。屋内的灯光映上柔垂的窗纱，隔离了外界的喧闹与秋夜的凉，只剩下朦胧与温暖。

第四十五章　◎此情可待◎

朗里春工坊冷清萧条，堆积的货物本是希望，现如今却成为众人心中的一块巨石。女工们三三两两坐在那里，聊着家常，身边随意摆放着几包香粉，破损了也不管不顾。

朗月轩一进来看到如此情况，又得知尚师傅因病请假无人管理，面色不佳，对工作的点评颇为严厉。正当大家面面相觑，垂头噤声时，朗月明姗姗而来，轻描淡写地说道："几包香粉而已，大家继续干活吧，下不为例。"

朗月轩皱起眉头，不以为然，道："大哥，你……"朗月明脸色阴沉，打断："海棠走了，大家都不开心，你何必发脾气，在家也就算了，跑这里闹什么？"

朗月轩将地上的香粉拾起来，淡淡道："我只是就事论事，跟海棠无关。"朗月明没有回应，拍了拍掌，让大家的目光转向自己这边，朗声道："香水的问题我已经找到方案，我打算以成本价销售给别家店铺，他们改包装重新上市！"

朗月轩眉头皱得更紧，不甘心，道："这样我们的心血可就白费了。我本想打算将香水改成精油，这样……"

"爹已经同意这样处理，而且当务之急是盘活资金！"朗月明声色委婉，笑意阑珊，不难看出不容商量的决然。朗月轩不置可否，沉吟片刻，还是选择支持，微笑道："好，按大哥的方案来。"

朗月明挥了挥手，示意众人继续干活："大家有什么要求和想法，跟我说就行。"朗月轩立在一旁，静静地看着朗月明自信而又泰然的言行、神态，心中倒也由衷地高兴。

这是他一直期盼的大哥的模样，若是日后能兄弟齐心，必能其利断金。朗月轩在朗月明将事情安排妥当后，又在工坊待了许久，直至午饭时间才回了家。

他一进入餐厅，就看到朗月明起身要走，于是微笑打着招呼："哥。"朗月明擦了擦嘴，边往外走，边点头示意，嘴里平淡道"我吃饱了，你陪着娘吃吧。"

朗月轩坐在朗太太的对面，道了声"娘好"，便拿筷子埋头吃饭。谁知，刚吞下第一口饭菜，就听朗太太重重地放下碗筷，冷声道：“海棠走了，把你的魂也勾走了？为一个女子跑工坊丢人现眼？”

“工作不符合流程，我说了一声，怎么还和海棠扯一块去了呢？”朗月轩没料到大哥告状，有点措手不及。朗太太将碗筷往前一推，碰撞到汤盆，发出清脆刺耳的声音，然后说道：“为了一个海棠，影响你们兄弟关系不说，东方香水还出了这么大的纰漏，从现在开始远离那个海棠，听见没有？”

朗月轩抬起头，不解地道：“娘，你怎么非要跟海棠过意不去啊？”朗太太当即起身离桌，头也不回，留下朗月轩一人坐在桌前，仰头面对天花板长叹，夹菜的筷子停在半空中久久不动。

这饭，他也再吃不下去。但他偏偏要去找顾海棠，越是反对，越是想念。他开车来到鸣锣巷口，根据从凡真口中得知的时间，下车等候，阳光照射在他的身上，如同铺上一层薄薄的金雾，似幻似真，格外英俊。

他正吹着口哨，百无聊赖地东张西望，忽见顾海棠拎着一个化妆箱出现在巷道，沐光而来，姿态绰绰，如粉雕玉琢地独秀挺立于天地之间，集万千光华于一身。朗月轩喜笑颜开，忙小跑迎上。

“美丽的小姐，能约个会吗？”他做了一个鞠躬的姿势。顾海棠甜甜地笑了一下：“帅气的先生，今天不行。”朗月轩哼了一声，拉着顾海棠的胳膊，摇晃着，撒娇道：“你看在我等你半个小时的分上，答应我吧。”顾海棠扑哧一笑，“你找我是不是有事啊？”朗月轩嘿嘿道：“我就知道咱们心意相通，没错，我想让你回工坊。”

“月轩，我既然已经出来，就不打算回去了，你要尊重我的选择。我这急着出门呢。”顾海棠说得正经，作势要走。朗月轩见状，一把将顾海棠手上的化妆箱夺了过来，“我送你！”顾海棠追上去，嗔怪道：“你从来都是这么自以为是，我不用你送我。”

朗月轩将化妆箱放进车内，哈哈一笑：“快点上车，来不及了。”顾海棠无奈上车，说明地址，原来是凡真的一个朋友结婚，让她去帮忙化妆。

为了不耽误顾海棠办事，朗月轩在确保安全的情况下车开得很快。到了地方，顾海棠还没来得及下车，等候多时的凡真就急匆匆冲上来，跟朗月轩打个招呼，拉着她往屋子里跑。顾海棠一边劝凡真淡定，一边回头朝朗月轩连连挥手，示意他先回去。然而，朗月轩并没有走，而是将车子靠边停好，静静地坐在里面，直到顾海棠出来。

顾海棠见他半躺在车子上假寐，又好气又好笑，敲敲门，道：“你怎么还在这？”朗月轩揉揉眼，整好仪容：“等你啊。”

“朗少爷，我有个想法，你可以帮忙出出主意，海棠化妆手艺真的是太好了，还能把原理说得明白，可以开一个美容学院啊！”凡真兴奋地插嘴。

顾海棠轻轻推了凡真一把，“凡真，你可真看得起我。”凡真正色道：“你的化妆技术不用多说，昆杨没有教人化妆打扮的学校，爱美之心人皆有之，我觉得你可以考虑一下。”

朗月轩略微一个思索，认真点头，道：“凡真说得很有道理啊！这对昆杨来说，可是前无古人的大事呀！”顾海棠摇了摇头，显得有些底气不足：“我心里没谱。”

朗月轩一拍脑袋，一副懊悔不已的神情，用手指虚点了凡真，佯装怒道：“海棠，虽然我觉得办学这件事很适合你，但是回工坊你还是要重点考虑的……凡真，你这种当着老板的面帮人挖墙脚的行为可是很恶劣呀！”

凡真笑道：“优秀的人总是要择优而栖。你那工坊有人不识人才，还不让人才自己发展？”朗月轩怅然笑笑，拉开车门，眉眼一挑：“上车再说，办学有风险，投资须谨慎，回工坊更稳妥，当然我尊重海棠的选择。至于有人排挤，我绝不会不理。”

凡真推搡着让海棠上车，摆手推辞：“我跟你们不顺路，我自己回去。”说完，又冲着顾海棠调皮地眨眨眼，“不耽误你们享受二人世界。我可不是电灯泡。”顾海棠哭笑不得，又带着一分羞涩，冲跑远的凡真喊道：“路上小心。别贪吃。”

朗月轩啧了一声，揽过顾海棠的肩膀，醋意满满道：“你这么关心别人，咋不对我说几句呢？我都等你了那么久。”顾海棠侧眼瞧着他委屈巴巴的样子，无奈但又觉得可爱，抿了抿嘴，掐了他脸颊的肉左右晃，调笑：“哎哟哟，可辛苦你了。我的少爷。”朗月轩猝不及防，愣了愣，旋即一瞪眼，霍然起身，朝顾海棠压去，嘴里还念着：“反了你了。”

“干什么，这可是在外面！”顾海棠反应也快，一双手抵着，与他相抗，脸上倒少有地红艳欲滴。朗月轩才不理会，仍是抱着她亲昵，不顾来人，不慕他人。

他只愿让他们的爱情与点滴，成为众人仰羡的样板。直至天黑，二人才悠悠回到鸣锣巷。

“我觉得凡真说的有道理，你要是真的暂时不想回工坊，先试试……”朗月轩拉着顾海棠的手，一步步向家门走去，然而话没有说完，竟发现朗月明迎来。

“你们俩在一起啊，我看海棠没在家，就在这里多等了一会。”朗月明脸上挂着笑容，但多了点疏离。顾海棠问：“月明，有事吗？”朗月明没有回答，只是看了看朗月轩，又看了看他与顾海棠拉在一起的手。

“海棠，无论你做什么，我都支持你。”朗月轩明白其意，正要回避，却被朗月明拉住手腕。朗月明笑道:“我就是来问问海棠接下来有什么想法，海棠，我想跟你合作，拓展新的项目，是不是月轩也有这个想法？”

朗月轩不着痕迹地将大哥的手拿开，郑重道：“海棠确实有想法，她也答应跟我一起合作。”朗月明嘴角微不可察地一沉，又转瞬恢复，眉眼一如往日淡泊，道：“挺好，如果有什么需要我帮忙的尽管说。”

“其实我没想清楚，化妆没问题，但是当老师恐怕不行！”顾海棠颇为纠结。朗月明眉头微皱，思忖道：“办学？我倒觉得这个适合你。”顾海棠见身边人都这样支持，也真的有些动心，但又担心，便说：“不过，我们是不是把办学想得太简单了？”

“先不急，从长计议。我跟月轩一样，是全力支持你的，对吧，月轩？”朗月明将话题抛给弟弟。朗月轩有些晃神：“啊？是！”顾海棠看出朗月轩的不自在，微微一笑：“再想想吧，我先回去了！”说完，松开朗月轩的手，快步前行，留下细碎的香与窈窕背影，让那兄弟二人驻足留恋。

朗月轩和朗月明直到顾海棠彻底消失在街巷，才相视一眼，暗自尴尬。

“哥，你开车没？我们一起回去。”朗月轩率先开口。

“月轩，你追女孩子，我是服气的，总是能先人一步。”朗月明拍了拍朗月轩的肩膀，独自走远。

朗月轩无奈上车，独坐良久。他在一分一秒流逝的光景中，目视着天边，看了别家灯火依次燃起，眼神渐渐闪烁，一念心头起。是啊，他不单要让大哥对他追人感到服气，他还要自己心爱的女人能够做自己想做的事，成自己想成的梦。静思片刻，他发动车子，朝夜总会驶去。到了灯红酒绿温柔乡，便是销魂撒金好天堂。这是无人不知的情形。朗月轩更是深谙其理。他一下车，刚刚潇洒地走到夜总会大门，便被几个花枝招展地舞小姐簇拥着步入包厢，直到后半夜，才微醺着独自走出。

接下来的数日，他亦如此，白天找顾海棠，晚上逛大大小小的夜总会，忙得不亦乐乎。可这种风流气总是掩不住，终于被顾海棠知道，在朗月轩再一次找她时，理也不理，放下手上的衣服，站起来朝里屋走，语气冰冷地说道：“我要休息，你回去吧！”

朗月轩愣了一下：“不是吧，我刚来就下逐客令？”顾海棠背对着朗月轩：“没人请你来！”

“怎么了这是，这么大气性？整个房间都乌云密布了。”朗月轩是丈二的和尚，摸不着头脑。顾海棠怨气十足，道：“那你去阳光明媚的地方！”

“有你的地方才有明媚的阳光啊！”朗月轩上前想要扶着顾海棠的肩膀，却被她挣脱。顾海棠瞪了朗月轩一眼：“你跟别的女人也是这么说的吧！昨晚你去哪里了？”

朗月轩这才恍然大悟，连忙解释道：“我本想给你一个惊喜的，你要是办化妆学院，那些舞女可都是生源，我昨天晚上啊，给她们灌输化妆的好处，并且介绍了你，你很快就有学生了！”

朗月轩态度真诚，顾海棠眼神却带着怀疑，哼道：“我看你是一举两得吧？”

“海棠，自从遇到了你，遇到再漂亮的女人，我根本就分不出性别。”朗月轩对天发誓。顾海棠没好气道：“你这个人脸皮真厚。”

“其实我选择那种地方，不仅仅是一举两得，而是一举多得。第一，那里聚集了昆杨所有爱臭美的人；第二，她们都是昆杨的时尚名流，交际面广；第三，我对那里确实熟悉，当然，这是遇到你以前的事。”朗月轩轻轻扳过顾海棠的肩膀，让她和自己面对面，紧张无比。顾海棠嘻嘻一笑，轻轻捏了捏朗月轩脸颊：“我也不知道该不该相信你，听起来倒是不错。”

朗月轩叫了声痛，然后将顾海棠的手放在自己的心口：“你不相信我还能相信谁？”顾海棠哀怨地叹气，但眼中是无尽的甜蜜：“这辈子注定我要受你欺负！”

“你怎么知道我去那里的？”朗月轩好奇地问道。顾海棠不便明说，敷衍道：“是你府上的人呗，还能是谁？”

朗月轩猜出是大哥，有些微词，但未说出，只将顾海棠搂在怀里，真心哄道：“海棠，我对你的心，天地可鉴，红尘万丈，只为你而来！”

这话说得豪情万丈，说得不容置疑，也让顾海棠听得心驰神往，怔了良久，才喃喃应道：“我欲与君相知，长命无绝衰。我当然是信你的。”

第四十六章　◎满庭寒霜◎

朝阳不再盛，白日忽暗幽。空气中弥漫着沉闷的气息，朗府更甚。朗月轩收拾仪容，往停车场去，远远看到大哥朗月明迎面而来，正要出声打招呼。

朗月明却似没有看到他，转了个弯扬长而去。朗月轩伸出的手顺势缩回，苦笑一下，开车来到昆杨街道的一家酒馆，进入名唤竹贤居的包厢。

施迪文早在里面等候多时，饭菜备好，酒杯斟满，示意他坐下，说道："有苦水尽管吐干净吧。"朗月轩执杯一饮而尽，满面倦怠与怅惘，迟迟不语。施迪文够义气，一面倒酒，一面豪迈地道："我今天舍命陪君子！"

朗月轩拿着筷子，却并没夹菜，声色透着落寞："我跟月明之间，好像疏远了许多。"

"你们虽是兄弟，但又是情敌，自古以来多少人因红颜反目成仇？你应该早有心理准备。"施迪文放下酒壶，一副早已看透的样子。朗月轩惨然一笑："连你也这么说。"

两人再次碰杯，畅快对饮。施迪文犹豫片刻，道："我本不该多嘴，但我总觉得月明变了。"

朗月轩酒速极快，似借酒消愁，闻言瞅了施迪文一眼："你别在背地里说我兄弟坏话！"

"行，不说，喝酒！"施迪文爽快地为朗月轩夹菜。

说是谈心，却寥寥几句，毫无作用，倒平添几分郁结。施迪文喝得多了，便滔滔不绝地诉说养父施济周平日对他的态度，多是无奈与苍白，没多久便酩酊大醉。

两人出来时，已是夜里。朗月轩开车载着施迪文送他回家，眼见到了家门口，施迪文却哇的一声，吐了出来。朗月轩急忙停车，来到后排将施迪文半个身子拖出来，用手撑着他的脑袋，拍着他的脸，询问是否难受。

施迪文耷拉着头，摆摆手，抬头想要说话，却猛然脑袋一缩，回到车里，怯怯地含糊道："可不能让我爹看到我喝成这样……"朗月轩回头一看，只见不远处施家大门口，施济周和朗月明正拱手道别，看神态皆是相谈甚欢。

他不禁皱了皱眉，对大哥的举动颇为不解，更生了怀疑。施迪文在车里躲了近半个小时，方敢悄悄潜回府内。

朗月轩回想朗月明从施家出来的一幕，心意难平，不知不觉间，开车来到顾海棠家，见屋子窗户紧闭，不想吵到旁人，捡了一个小石子，运劲一扔，啪的一声，小石子准确无误地打在玻璃上。

窗户很快被打开，顾海棠见是朗月轩，惊色才沉了下去，但又嫌弃道："你疯了？大晚上的砸人玻璃！"朗月轩将脑袋枕在顾海棠的肩上，撒娇道："海棠，我有一肚子话要跟你说。"顾海棠闻着浓浓的酒味，见其愁容满面，关切道："喝酒了？怎么了？"

朗月轩嗅着顾海棠特有的幽香，竟有几分醒酒，笑道："我没醉。"顾海棠出了门，牵着朗月轩的手，温婉道："那我们走走吧。"

天上乌云遍布，星月无光，沉沉黑夜之中，朗月轩和顾海棠漫步街边，默默无语。片刻，朗月轩认真又紧张地问道："海棠，我是不是特别窝囊？"顾海棠看到他这副模样，笑了出来，煞有介事道："看哪方面吧。"

"我把买卖搞砸了，对不起爹，我娘为我操心，对不起娘，我枉费你的一番心血，没能保护好你，对不起你，我真是哪哪都是窝囊啊！"朗月轩借着酒劲，说出长久堵在心口的难言之隐。

"平日装得没心没肺，心里憋了一肚子委屈！你把过错都堆在自己的身上有用？不是说好了一起承担吗？"顾海棠明里责备，实则心疼，伸手轻轻撩着他的头发。

"男人怎么能让女人承担？"朗月轩说着拍了拍胸脯，却拍得太重，不由得咳了两声。

"你这就是大男子主义，逞能！"顾海棠在朗月轩后背顺了顺，让他舒服些。朗月轩顺势将顾海棠搂在怀中："海棠，东方香水的事情，我一定要查个水落石出，我不会再让你受半点委屈，谁欺负你都不行！你信我吗？"

顾海棠身子微微后倾，专注地看着面前的男人，目光坚定："同声自相应，同心自相知。我肯定是信你的！"朗月轩心中感动，俯身亲了下来。顾海棠轻轻闭上眼，温柔回应，一吻深栽情意飘。

良久，两人分开，顾海棠终是对在大街上亲昵有些害羞，红晕染颊，目光飘移。朗月轩却是满足不已，咂了咂嘴，又摸了摸嘴唇，说道：“海棠，你的吻是甜的呀！”

“笨蛋！”顾海棠转身想跑，却被朗月轩拉住手腕。

“我要再尝尝！”朗月轩又俯身过来，顾海棠抵着他的胸膛：“别闹了，我是涂了自己做的膏脂。”

朗月轩回味着刚才的那个吻，意犹未尽：“这就是你的味道！真好！”顾海棠从口袋里掏出一个小盒子，放在朗月轩手中。朗月轩打开一闻，顿时满脸的陶醉，连连赞叹：“送给我吧。”

顾海棠轻轻点头，大方答应。两人又聊了一阵，朗月轩心情才稍有好转，离别时情话、深吻自不能少，端的是琴瑟在御，莫不静好。

朗月轩看着顾海棠进屋，过了许久，才一步三回头地上车离去。在回家的路上，他想着顾海棠的一颦一笑，很想能住在顾海棠家，这样就不用面对家里纷杂的人事，能好好享受地老天荒的爱情。

可惜一切都事与愿违。朗月轩回了家，便遇到了父亲朗斯年失望的眼神，看到母亲不满的目光，看到大哥冷漠的一瞥，第二天前往店铺，更是看到门可罗雀，几无顾客，心中犹似滴血。

而最令他悲愤的是，途经施杭露店铺，发现那儿门庭若市，熙熙攘攘，俨然盛况空前。他在施杭露门店前观察良久，仔细辨认那些买家身上散发出来的香味真的和东方香水一模一样，便当即找人替他去施杭露店铺买了几瓶，然后带去工坊化验。

出来的结果和朗月轩所料无差，这就是东方香水的香珠！朗月轩怒火中烧，马上给施迪文打电话，说要见施济周，也不给对方说话的机会，直接挂了电话，随后急忙开车前往施家。

施迪文已等在门口，见状忙迎上前。朗月轩猛地摔上车门，气冲冲地来到施迪文的面前，愤愤道：“你爹呢？”

“他出去了。”施迪文眼神有些闪避。

“那我在你家等他！”朗月轩径直朝施府大门内走。

施迪文一把拉住朗月轩的衣袖，面露难色：“月轩……”

“你早就知道这件事了？”朗月轩瞪大眼睛，血丝满眼。见施迪文先是点头，又是摇头，朗月轩一把薅起他的衣领，斥道：“那你为什么不告诉我？”

施管家从大门出来，高声道：“少爷，老爷请你们进去说话。”朗月轩一把推开惶恐的施迪文，瞪眼反问：“你爹不在家？”

施迪文一脸懊恼，丧气地跟在朗月轩身后，不再吱声。施济周在书房等朗月轩，见他到来，面容平静，直言道：“朗少爷，东方香水名声出了问题，我们重新包装销售，这并无不可，为何朗少爷一副兴师问罪的架势？”

朗月轩铁青着脸，道：“我爹是不可能跟你合作的！你一定是动用了什么手段。”施济周淡然一笑：“你还真不用跟我较劲，要不是我，朗家肯定栽个大跟头，不是吗？”朗月轩气极反笑：“叔啊，要不是你，这个跟头从何而来呢？”

“孩子，生意人向来只看结果，这次可是公平竞争，至少我没偷你们家的配方。月轩，其实我更看好你。”施济周将泡好的茶放在朗月轩的面前。

朗月轩挑衅地看着施济周。施济周不以为意，以居高临下的姿态悠悠道：“你还得多历练，年轻气盛是好事，但这行可不讲究这个，你要学会老成，就算是装也得装得像样！”

“那晚辈真的要跟您多学学了。”朗月轩冷笑。施济周双眼迸射精光：“我还真有这个打算。”

“免了吧，我这个人笨，学不会走旁门左道！”朗月轩也没有告辞，转身离开，礼数全无。

他带着从施杭露店铺买的香珠，回到家中，将香珠放在客厅的茶几上，坐在沙发上，满心怒火无处发泄，用力扯开领口，喝了一大杯茶水，苦涩从口一线入喉，灌进胃部，震荡神经。不一会儿，朗月明兴冲冲地进门，看到朗月轩，怔了片刻，终是缓了步子坐到他的对面，拿起香珠闻了闻。

朗月轩看着大哥的一举一动，平静地试探道：“这是先前我们研制出来的东方香水，现在施杭露在卖。”朗月明面露惊讶之色：“施杭露也在卖？”朗月轩看着大哥的眼睛，道：“我怀疑东方香水是施济周做的手脚，哥，你把香水卖给了谁？”

“我采用的是分销模式，都是没有名气的小店铺。”朗月明放下手中的香珠，一副若无其事的样子。

朗月轩哑然。的确，目前没有可靠的线索。他还能说什么呢？他沉吟片刻，本想询问朗月明夜里进出施家的事，却终是没能问出口，两人本就已有隔阂，如果摊牌，恐难以收场。

“到底是谁要害海棠，害朗家？”朗月轩旁敲侧击，语气微妙，眼神凌厉。朗月明站了起来，目视前方，坦然道：“有我在，不会再有人害海棠了，东方香水的事过去，你也不要揪着不放。对了，我帮海棠找到了校址，她很高兴，说要好好谢谢我！”

朗月轩再次愕然，没有来得及回应，就见朗月明微笑走出。这无疑是又一个严重打击。

他顿觉胸口憋闷，满腹怨念，重重吐了口浊气，将香珠收好，再次来到鸣锣巷。他已经习惯了将心事说与最爱的顾海棠听，好的、坏的都与她倾诉，甜的、苦的都与她同担。可刚到巷口，他就发现海棠家不远处围了很多人，隐隐听到哭声。他透过人群看到顾海棠，快步将她拉出，询问缘由。

“王婶走了，我们也受到她不少帮助，没想到说走就走。”顾海棠情绪低落地回应。朗月轩见不是顾海棠家里的问题，松了口气，劝道：“生老病死人之常情，节哀顺变。”

顾海棠看出朗月轩仍有沮丧，挽着他的胳膊问：“你又怎么了？”朗月轩犹豫良久，终是开口：“咱们被人陷害，我不想怀疑月明，但……”

顾海棠当即斩钉截铁道：“不会是月明做的！”

“施济周的话说得很直白……”朗月轩没说完，又被顾海棠打断：“我相信你，但是没有证据，还是别把人想得那么坏，月明是你哥呀！你可千万不要和他起冲突！”

“好，其实我也不想怀疑。月明说给你找到了地方办学校。”朗月轩深藏心底的儿时记忆被触动。他猛然摇头，想将疑虑赶出脑海。

“是的。我妈要给王婶化妆，让她走得体面，我先去扶她过来。”顾海棠摸了摸朗月轩的脸颊，柔软的手触及他的皮肤，如春风拂面，一双晶亮的大眼，如天下最温暖的美玉，简直摄了他的神魂。

朗月轩紧紧握着她的手，眼中竟也荡出涟漪。

“我陪着一起吧。”他自告奋勇，与顾海棠一左一右搀扶着天瑜，拿着一个破旧的锡盒，来到王婶的家。

然就在此时，他转身的瞬间，忽然听到巷口发出汽车的启动声。他一愣，辨出是朗府常用车才有的声音，随即回头去看，果真见到自家的车渐渐驶去，但并没有看清里面坐着何人。

第四十七章 ◎暗流涌动◎

辞别顾海棠，朗月轩又觉得心空，带着冬寒般的凄寂回到朗府，刚到客厅，便见朗太太端坐在沙发上，面色沉郁，显然不快。朗太太斜睨了朗月轩一眼，将送到嘴边的茶杯忽地扔在桌上，茶水洒了一桌，杯子碎裂成碴。

“怎么了？”朗月轩一惊，收敛心神，大咧咧地坐在沙发上。朗太太深吸口气，指着朗月轩的鼻子，手指颤抖地责问：“你是不是还在和海棠来往？”朗月轩颇觉头疼，站了起来，毕恭毕敬道：“娘，您听我说……”

朗太太也霍然起身，手臂一挥，毫无谈兴：“别跟我废话！顾海棠的娘给人入殓料理后事，看来顾海棠擦油弄粉的本事也是从死人身上学来的！早知道她是这个家世，当初我怎么也不能让她进家门半步！”

朗月轩这才恍然大悟，原来在顾海棠家附近看到的那辆车上，坐着的是母亲，不由得倒抽凉气，想要解释，却再次被打断。

“你可想过这件事会造成严重的后果！”朗太太气得身体竟有些哆嗦，快要站不稳。朗月轩忙扶着她坐下，小心翼翼地说道：“娘，这是积德行善，好事啊。”朗太太声色俱厉：“好事？她的身世要是传出去，败坏的是朗里春的名声，以后谁还敢用咱们家的胭脂？”

“娘，海棠家先前受人家的照顾，这可是知恩图报，您小时候不总是教育我滴水之恩当涌泉相报吗？”朗月轩重新倒了杯茶，递到朗太太面前，语重心长。朗太太不耐烦，推开朗月轩的手，嗤笑着脱口而出：“你就是这么报我的恩……”然而话说到一半，又陡然停下。朗月轩被这一句激得有些难过，低头不语，似有所思。

二人无言片刻，朗太太终是觉得自己言辞有些重，态度有所收敛，缓和情绪，苦口婆心地劝道：“月轩，娘也是为了你好，天底下的娘是没有害自己儿的，你听娘一句劝，和海棠断了好不好？”若是旁的事，朗月轩早就应允，但这件事他无论如何都不会妥协，坚定地道：“娘，海棠不是你想象的那样……”

“够了！娘的话你是一句也听不进去！你迟早会后悔！”朗太太再难忍受，愤然离去。朗月轩此时当真是识尽愁滋味，欲说还休。他瘫坐在沙发上，无可奈何，感觉现在的家有着说不尽的压抑，一分一秒都过得分外揪心。

直坐到月凉如水，星光寂寥，他仍不觉饥饿，只觉得满腹憋闷无处诉。犹豫了半晌，终是再约了顾海棠，并肩漫步长街，依偎耳语。顾海棠借着月光赏一眼朗月轩高挑的鼻梁，将目光落在他微恙的侧脸，问道“是不是出什么事了？这才回家多久又跑出来。”

“没，自从你离开工坊，我看不到你，总是莫名担心，每一分每一秒都想看着你。”朗月轩故作轻松，咧嘴笑了笑。顾海棠莞尔一笑，心道：我又何尝不是如此？一日不见如隔三秋。

朗月轩像是猜到她的想法，揽着她的腰，笑道：“以后每天我都陪你散散步怎么样？”顾海棠点头道好，接着便眸光一亮，高兴道：“对了，学校已经弄好了，明天就要开张。”

朗月轩又惊又喜，道：“招到学生了？”顾海棠则显得有些紧张，道：“月明招到一些学生，再加上你给我找的那些老朋友，生源已经充足，现在就是担心我这个老师不称职。”

朗月轩停下脚步，拉着她的手，拭去她掌心的湿汗，鼓舞道：“你就当是把化妆经验分享给朋友。你肯定没问题。”顾海棠紧紧握着朗月轩的手，信心倍增，充满期待，道：“明天你能来吗？”

朗月轩沉吟片刻，将她耳边的碎发捋到耳后，歉疚地道；“我明天还有点事。走吧，我送你回去。”顾海棠眉眼微垂，有些失落，喃喃道：“这么快？这才刚来。”朗月轩轻轻刮了一下顾海棠的鼻子，问：“舍不得我？”

“才不是呢！”顾海棠不肯吃亏，也在朗月轩的鼻子上轻刮一下，然后快步上车，笑得明媚。

城中孤寂，人影稀疏，这二人却是处处甜蜜，端的是一日不思量，也攒眉千度。陷入爱河的当事人总是沉浸在美好中，无法及时窥见局外的疮痍，这在所难免，也惹患伤神。顾海棠与朗月轩这一厢缱绻缠绵，殊不知另一厢正阴谋迭起。

朗府钩栏层层砌，砖瓦藏污纳间隙。妙兰一身黑色锦衣罩身，于灯火昏暗处轻声细步，闪进朗月明房内，神情有些害怕，又有些兴奋道：“记者那边都打点好了。”

朗月明没有接话，眉眼阴冷地拉开抽屉，拿出一个首饰盒，递给妙兰："这个项链是我娘让我给海棠的，你惦记了许久吧？"

妙兰喜笑颜开，接过首饰盒，拿出项链，一边在脖子上比画着，一边反问："这点好处帮你换一个海棠，不多吧？"朗月明长舒口气，又微微蹙眉，道："不过这件事是不是有点过分？"妙兰切了一声，无所谓地道："你要想得到海棠，就得让她和月轩鸡飞狗跳，月明，男人做事情就得当机立断，我看这点你还不如我呢！"

朗月明缓缓点头："也是，上次你在发布会突然发难，让我都措手不及，不过总算一切还在掌控之中。"妙兰收了项链，也收敛方才的狠戾、狡诈之态，微笑道："我别无他意，这样你才有机会不是？行了，我该走了，不然容易被看到。"

朗月明不再作声，打开门小心察看一阵，确定安全，才让妙兰离去。

这一夜，他辗转难眠，俊美的脸上，时而浮现欣喜，时而浮现怨恨，变幻莫测，诡异非常，一直持续到次日清晨，才渐渐消散，随着他整装出门恢复常态。

他匆匆赶到曾经向顾海棠求婚的别墅。现在，那里已被他改为"海棠粉黛学堂"。顾海棠和凡真已早早等在学堂大门外，与朗月明一起举行开学仪式。结束后，学员们欢呼雀跃地进入学校，可顾海棠却越来越紧张，站在门口，迟迟不动。

"哎呀，海棠姐，你可以的。要相信自己。你是最棒的！"凡真拉着顾海棠的手往里走，不住地加油打气。朗月明跟在后面也笑着附和："我和凡真先进教室充当学员，你就当是跟我们交流。"

顾海棠在身旁两人的你言我语下，终是鼓足勇气，施施然走进教室。教室的布置不奢华，但却雅致。顾海棠在讲台上声色并茂，情绪渐渐平稳，自信在侃侃而谈中渐渐增长，一派德厚技精的师者模样。

朗月明看得欢喜，在下课后不住地夸赞，听了顾海棠表达感激之情的话语，又想一起吃饭，趁热打铁增进情谊。可他偏偏听到了她一句口误，将自己叫成月轩。

一字之差，万丈之渊。即使朗月轩不曾露面，她仍念念不忘。朗月明再没了兴致，匆匆告辞，苦闷地回到朗府，正欲回屋兀自疗情伤，却听到客厅有人说话，似是争吵，脚步一顿，仔细辨认。

客厅内，气急败坏的是朗太太的声音：“因为顾海棠我们朗家已经几次上报了？我让你远离海棠，你就是不听，一次次给朗家抹黑！”

“娘，东方香水的事情可能是大……大误会，海棠是无辜的！”遣词谨慎，语调低沉，极尽温顺的是朗月轩。

简单两句，却让朗月明眼神陡放异光，有恨有怨。

“你看看这标题，效力朗里春的技工顾海棠竟出自入殓世家！这一条消息会给咱们家造成多大的损失！”朗太太将报纸猛地拍在桌上。

朗月轩上前给母亲顺顺背，惆怅地道：“娘，我会想办法补救的。”

“你马上和海棠断绝来往，这是最好的补救方法！”朗太太竭力劝导。朗月轩愣了一下，岔开话题：“娘，我先出去看看到底如何处理此事。”说罢，匆匆离开。

至此，朗月明已是冷笑不已，一个转身，又看到妙兰带着龙莫婳走来，略一诧异，随即意味深长地对视一眼，便不谋而合地一同进入客厅。朗太太正在气头上，看到龙莫婳进来，则态度一转，展颜一笑，道：“莫婳来了。坐。”

龙莫婳很会察言观色，关切地道：“太太，您怎么愁眉苦脸的？谁惹您不开心了？”朗太太将报纸推给龙莫婳。朗月明也装模作样地凑过去观看。

“呀，这传出去可对朗家影响太坏了！”妙兰大惊小怪地说。

朗太太看了一眼朗月明，不再顾及儿子对顾海棠的喜爱，痛斥：“气死我了！这个顾海棠真的不安分！”朗月明对母亲的话心有不满，但仍装作没听见。

龙莫婳反倒笑了起来：“依我看，太太犯不上因为一个顾海棠大动肝火！我去教训一下她，让她和朗家彻底撇清关系。”朗太太有些心慌，知道龙莫婳办事不知轻重，忙道：“我只是想让顾海棠远离朗家，可没想把这孩子往死路上逼。”

“太太，你放心吧，我有分寸。”龙莫婳再回头看了看报纸，又看了看朗月明，眼中闪过一抹狠戾之色。

“你可别冲动。”朗月明意指不要让顾海棠受到人身伤害，而可以遭到心伤。他认为只有这样，顾海棠才能念及他的好处，从而接受自己。龙莫婳挑了挑眉，心领神会，泰然起身，道：“我知道，太太，你们忙，我先回去了。”

“你劝劝月轩，你们是兄弟，自幼无话不谈，你的话他也许能听得进去。你和海棠终究没有缘分，这是老天的安排，天命不可违，知道吗？”朗太太目送龙莫婳离开，拍了拍为自己捶腿的朗月明，忧心忡忡。

朗月明身子一颤，心中反复念着天命不可违五个字，五味杂陈，但最终决定孤注一掷。何为天命难违？左不过是不思进取、无能之辈的自我安慰罢了。他朗月明自从认识了顾海棠，就绝不再认命。从今往后，他爱的、想要的，全都会竭力争取。想到此，他微微一笑，点头道：“对。娘，你把身子养好，比什么都强。”

朗太太闭上眼睛，叹息道：“你们少给我点气受，就是最好的保养了。前几日我跟你爹说，你现在把工坊管理得井井有条，希望把原料供应也交给你管。他也有这个意思。你可以去找你爹商量一下。”

朗月明眼神中多了几分欣喜，不再耽搁，忙整理了仪容去找朗斯年，在走廊内看到朗月轩前往停车场，眼神一冷，如冰刺骨。

此时的朗月轩正要去顾海棠的粉黛学堂。抵达后，见顾海棠正在讲台上收拾文具，他当即一本正经地高声喊道：“顾老师！”

“你来了？”顾海棠忍俊不禁，手上动作没有停。朗月轩环顾一周，点头道：“看来一切很顺利嘛。”

顾海棠笑得眉眼弯弯，煞是好看：“还好，没想到我一开口根本停不下来。”但随即又顿了顿，来到朗月轩身边，抬手抚平他高耸的眉心，拿出一份报纸，叹了口气，道：“是关于这件事吗？”

朗月轩接过，将报纸卷起：“你看到了。”

“文章有些过激，不过大致属实。我只是怕会对朗家有影响。”顾海棠面露担忧。朗月轩开朗一笑：“你好好办学堂，别人怎么说是别人的事。”

顾海棠仍是惶惶：“话是这么说，只是……”朗月轩见不得她劳神，道：“海棠，我突然有个想法！”见他眉飞色舞，顾海棠没明白过来，好奇道：“什么？”

“那天咱们接吻，我有个灵感……”朗月轩话没说完，顾海棠脸色一红，转身要走。

朗月轩急忙拉住她的手腕，往回一拉，让她紧紧地贴在自己身上。顾海棠羞愤道：“整日没个正经。我不跟你说了！”

朗月轩正色道：“海棠，说正事，接吻的味道其实不仅仅是一种感觉，它是可以化为具象的！”顾海棠一愣，问：“什么意思？”

朗月轩深深吸了口气，嗅着顾海棠身上特有的幽香，沉迷片刻，认真道：

“我记得你说你小时候吃过胭脂，结果你呛得一天都吃下东西。如果我们研制一款产品，让它有食用的属性，不仅让人体会到安全无毒的理念，还把美的感觉具象成一种实实在在的味道！”

顾海棠笑出声来：“我还以为你的流氓秉性又泛滥了，越说倒是越像那么回事。”

“能吃的口红，接吻的味道，很罗曼蒂克吧？”朗月轩双手环绕着顾海棠的蛮腰，深情无比。顾海棠细细琢磨，觉得朗月轩的想法确实有理，是个极好的点子。

“海棠，你的才华毋庸置疑，而朗里春现在也需要一个翻身之作，我们用这件事作为跳板，解除咱们两家的误会，这样也是在消除我们在一起的阻力！”朗月轩兴奋的声音再次入耳。

“好事是好事，就是我的身世恐怕会影响到朗里春。”顾海棠仍有些为难。

“我不觉得你的身世有什么问题，咱们都大胆一点，不好吗？”朗月轩不以为意，将她揽进怀里，不断鼓励。顾海棠望着他坚定的眼神，感受着他霸道而温暖的拥抱，终是使劲点了点头，道：“好！”

朗月轩闻言坏坏一笑，好似就等着这茬，接着道：“既然我是从接吻中得到的灵感，是不是应该再来一次庆祝一下？”顾海棠愕然，急忙用手抵住朗月轩的胸膛，羞得面红耳赤：“别，这里是学堂，外面还有学生在休息呢，你先回吧，我还有一节课！”

朗月轩乖乖听话地松开了手，若无其事地走到教室的最后一排，拉把椅子端坐，说道：“你忙你的，就当我不存在。”

顾海棠不再理会朗月轩，专心准备下一节课所需要的材料，但又忍不住心中念想，不时抬头看他一眼，正对上他深邃炽热的目光，听他轻语：“有美人兮，见之不忘；一日不见兮，思之如狂。”

她看得怔忪，直觉胸中有激流涌动，当是此意别人应未觉，不胜情绪两风流。

第四十八章 ◎风雨欲摧◎

顾海棠的授课越来越得心应手，她总能拨动着学员们的心弦，引起共鸣。朗月轩也不时来听课，总是上演“见时容易别时难，恨不终日相缠绵”的戏码，其实就是找个借口来看看顾海棠。

这天，顾海棠和往日一样进入课堂，却发现学员寥寥无几，看下时间，眉心一蹙，暗忖：之前的课反响不错，何故学员越来越少？

她正在思索，陡然窗户一声巨响，玻璃顿时碎成粉末，吓得仅剩下的几个学员惊声尖叫。接着，她又觉得一股劲风擦脸而过，定睛一看，一块不小的石头差点儿就砸中了她！她强作镇定，示意大家先避一避，和凡真跑出教室查看缘由，只见别墅外面站着数十人，乱糟糟的一片，有原来的学员，有学员家长，还有几个一脸凶相的混混，纷纷指责顾海棠是给死人化妆的，现在教学生纯属误人子弟。顾海棠见几个混混拎着棍棒趁乱冲到别墅，忙让凡真去打电话叫人，而自己则拦在教室门口，不惧地喊道：“你们不能进去！学费我会退给你们！”

几番推搡与叫嚣，见顾海棠坚定如磐石，混混恼怒道：“硬骨头是吧？再不让开，老子可连你一起揍了！”

如此卑劣的行径，倒让有的家长看不过眼，劝道：“差不多得了，人家已经答应退费……”

“用你多嘴！”最前面的混混猛然回头，眼中凶光毕露，吓得家长和学员们噤若寒蝉。

“朗朗乾坤，光天化日，一群大男人欺负个姑娘，算什么本事？”这时，一个肃然的声音从人群中传出。

众人回头看去，只见朗月明缓步出来，眼中寒意森森。顾海棠眼神一亮，似是看到了希望，忙向朗月明招了招手。

朗月明对顾海棠温柔一笑，点头示意，随即站在混混面前，傲然而立，面色如霜：“是男人，冲我来！”

领头的混混打量着朗月明，一脸的不屑，“还真有不怕死的，看来不给你点颜色瞧瞧，你是不知道自己几斤几两！”说罢，一挥手，几个混混蜂拥而上。

棍棒接连朝朗月明砸去，毫不留情。朗月明反应也是极快，抄起身旁锁门的锁链，顺势一抡，发出破空之声，虎虎生威。铁链所到之处，惨叫声不绝于耳，杀伤力委实不小。

几个混混眼看讨不到便宜，且战且退，终是一哄而散。而那些闹事的家长也不再针对，拉着自己孩子匆匆离去。

朗月明扔了铁链，跑到顾海棠的身边，抚着她的肩，上下打量，询问她是否无恙。顾海棠早已被朗月明的英勇无畏与强劲的功夫震惊，如今听着他的话才回过神来，眉目一抬，见一道血顺着朗月明的头顶流在脸颊，其关切的眼神也带着隐忍，心中更是难过，忙将他拉进教室，微有哽咽道:“你……你受伤了！疼吗？”

朗月明傻呵呵一笑，只是痴痴地看着顾海棠为自己找纱布与药酒，心中似抹了蜜般甜，恨不能让那混混再对着自己来几下，如此就能得到她更多的关注。顾海棠察觉到朗月明炙热的目光，赧然但终是没有对视，心不在焉地回应道:“那些人太过分了。”

朗月明立刻挥着拳头，慷慨激昂地道：“这些人也太蛮横了，看来以后我得经常过来坐镇，保证你们的安全。”顾海棠眼眸一暗，忡忡：“这个学堂恐是办不下去了。”朗月明不以为然地笑道：“海棠，这可不像你说的话，要知道好事多磨。”

这一句他说得无比坚定与郑重，更像是说与自己听，鼓励自己与顾海棠的感情，必定得以功成。顾海棠边悉心地为朗月明处理伤口，边看了眼跑进来，一脸崇拜地夸朗月明好帅的凡真，长长叹了口气。

朗月明对凡真的话十分受用，但又想装作不在意，在顾海棠面前表现得谦虚，便压抑住内心的得意，无谓地摆摆手说：“一般一般。”顾海棠见朗月明摇头晃脑，忙按住他肩膀，焦急道：“别动，不疼吗？”

其实真的很疼。朗月明的肩膀也挨了几下，一碰就龇牙咧嘴，倒吸一口凉气，但嘴里还是硬撑：“一点点疼……”顾海棠自然看出朗月明的心思，无奈是真，心疼也真，小心翼翼地包扎，一举一动都是温柔无比。

朗月明一动不动，甚至还想朝她身上靠，只沉醉在她脱俗风姿中，感受着她如兰的呼吸，心旷神怡。直到伤口处理妥当，朗月轩紧张的声音才遥遥传来："海棠！你没事吧？他们人呢？"

顾海棠看了眼风尘仆仆的朗月轩，心有余悸地再次感谢："多亏了月明，要不是他及时出现，我和凡真都不知道怎么办才好。"

朗月明摸了摸脑袋上的纱布，朝朗月轩挤了挤眼睛，气定神闲地笑了笑，眼中透着一股子孩童般的得意。朗月轩本来还有些踟蹰，但看到大哥如此模样，也起了敬佩，关切地道："我接到凡真的电话就赶过来……大哥，我带你上医院去看看吧！"

朗月明淡然置之道："我没事。"

"头都打破了还没事？"朗月轩拧眉反问。朗月明意气扬扬道："你问问海棠，是我惨还是那伙人惨！我真的没事。"

朗月轩见大哥执意不肯，便也不再执着，转而愁眉锁眼，大惑不解："这伙人到底是什么人？"凡真抢过话茬："有学生家长，但是动手的肯定不是。"朗月轩思忖片刻，颔首道："看来是有浑水摸鱼的人，海棠，你别当回事，他们爱怎么说就怎么说。"

顾海棠正要说话，却见朗月明起身理了理衣摆，忽然将手搭在她的肩，语气似寒冬的一捧烈火，足以融化积年的冰凌："月轩说得对，你别往心里去，有我们呢。"

自从兄弟俩心生芥蒂，顾海棠头一次在朗月轩面前，与朗月明走得这般近，心中有些顾忌，稍稍向后退了半步，不过心中倒是欢喜。

朗月轩对大哥的言行虽有些吃醋，但仍分得出轻重，道："不过，海棠，若还想继续办学，得换一个地方。"

朗月明收了离开顾海棠肩膀的悬空的手，也敛起深深落寞，不以为然地摇头："如果搬走，别人会怎么说？咱们堂堂正正，为什么要躲避？你们就放心吧，有我在，不可能再出现安全问题。"

顾海棠的目光在两兄弟之间打了几个转，听出他们言语间的那一份关于感情的较劲，不禁扶额，颇感无奈，道："容我想想，月轩，你陪月明去医院吧。"

朗月明此时心情很好，对顾海棠嘻嘻一笑，潇洒道："用不着他，我自己能行。海棠，你回去静静心，我先走了。"顾海棠只得让凡真送朗月明出去，随后侧首疑惑问道："月轩，你们兄弟俩怎么貌合神离的？"

朗月轩摊了摊手，更是摸不着头脑："谁知道呢？我送你回去吧。"

经此一事，顾海棠刚燃起的办学信心再次受挫，有些黯然神伤，看着朗月轩大大咧咧、一副亲昵的惯常模样，有些索然，但没有拒绝，与他一起回到鸣锣巷。怎料，又在巷口看到几个记者拿着相机，东张西望，显然是在等什么人。

"你还是先回去吧，让这些记者看到你跟我在一起，又要大肆渲染了。"顾海棠停下脚步，打算就此别过。朗月轩倒不甚在意，双手插在口袋，一副纨绔模样，"看到便看到，有什么关系？"

"何必自找麻烦？回头见面吧。"顾海棠仍是不依。朗月轩拉拉扯扯，见还是无法跟着她一起，只得俏皮道："试问卷帘人，却道海棠依旧。知否？知否？应是绿肥红瘦！"

顾海棠明白其意，言笑晏晏："放心，我不会被这件事打倒的。"说罢，她穿过那些叽叽喳喳的记者，飞快地往家门跑去，本是头也不回的决然气势，却忘不了朝朗月轩莞尔一笑，硬是让他看得痴了，让他一路喃喃自语"佳人一笑，魂牵梦绕"地回家。

然可悲，好梦不常留。他刚回家，便见妙兰找来，说是老爷和太太客厅有请，去了又见朗月明。此刻的朗斯年和朗太太均是横眉怒目地端坐，见两个儿子到齐，便立刻开口责问："谁同意顾海棠用咱们家的地方瞎折腾的？"

朗月明很是爽快，抢先道："是我。"朗太太压着怒气，但额角已是筋脉清晰："顾海棠的家世闹得满城皆知，风口浪尖上你还往前倒贴，知不知道这给我们家带来多坏的影响！"

朗月明似是早就想好了言辞，波澜不惊道："我和海棠毕竟是夫妻一场，海棠的家世无非是随风倒的舆论，咱们大度一点帮帮海棠，反而说明咱们朗家有情有义，未尝不可。"

朗太太听了关于夫妻的说辞，怒中生出恨来，高声道："那你跟我们商量了吗？今天学堂闹事，顾海棠欺骗学生引起民愤，又和咱们家扯上关系。顾海棠这是给你们下了迷魂药了吗？你们两个削尖了脑袋往前凑，是不是恨不得整个昆杨城都知道朗家两兄弟喜欢同一个女人？这个女人以前还是月轩的嫂子，我都替你们臊得慌！"

这话如一捧碎裂尖锐的玻璃碴对着两个兄弟迎头撒下，当真是刺痛难忍，两兄弟面色铁青。这时，一直在旁边漠然的妙兰怯怯开口，是打圆场的语气，用词却不堪入耳："娘都是为了你们好，你们知道外面的人怎么说顾海棠的？说她是扫把星。"

朗月轩听到这里，再难忍受，目光似利箭，直直射向妙兰："嫂子，你说这话什么意思？"妙兰心神一颤，神色更加卑微，嗫嚅着不敢开口。

朗斯年倒是深深舒了口气，缓缓道："一个顾海棠，搞得全家鸡犬不宁，月轩，我就问问你，你为何会对海棠这么执着？男人不该终日沉溺于儿女情长，你能给我一个离不开她的理由吗？"

朗月轩意气风发，侃侃道："海棠的才华有目共睹，朗里春如今在走下坡路，急需推出新产品来引起市场的关注，海棠正在研发一款新产品，我一直想找机会跟二老沟通，我希望你们能多加包容，给予我们支持，海棠真的不是你们想象的那样，她没有任何图谋，只是一心扑在所挚爱的事业上！"

朗斯年目光渐敛，似有松动："你的想法很好，但是现在朗里春的情况不容乐观，局势动荡，行情不佳，市场需求缩减，如果盲目投入会有很大的风险。"

"爹，您说过，一个成功的商人永远要比别人多走一步，难道我们不应该去引导市场吗？我认为胭脂行业目前不会因为大环境的变化而混乱秩序，而且我已经就这项产品的意图和出口以及未来前景做了调研，如果您感兴趣，我现在就可以拿给您看。"朗月轩一字一句都包含自信，那源于骨子里的精明与日积月累的学习。

他虽是玩世不恭的模样，却从不是不务正业的思想，他的梦想，从来不曾遗忘。朗斯年眉头一展，投去赞许的目光，负手沉吟片刻，点头道："既然如此，那我看完再说。"

朗太太却不信，忍不住道："老爷，你真的是老糊涂了……"朗斯年也不生气，淡淡道："不是我老糊涂了，也不是我对顾海棠改变看法，我首先是个生意人，在商言商，不要跟感情混为一谈！"

这样的肯定与机会，让朗月明蹙额，顾不上礼仪，愤然离开。他回到房中，一把扯掉门帘，想要撕碎，岂料力所不及，没能成功，于是怨念更重，将其扔在地上，大力踩踏。他真切意识到，朗月轩的寥寥数语，便让顽石般的父亲点头，这个弟弟在父亲心中的地位，坚不可摧！愤怒、怨恨、悲伤、委屈，各种情绪交织，如铺天盖地的寒雨，淋在朗月明心头，他的脸色忽暗忽明。

他呆呆地伫立良久，才动了动腿脚，轻咳一声，重新收拾心情，整装仪容，来到母亲房间。朗太太一看到朗月明，鼻子发出哼的一声，别过头去，漠然逐客，“你少来烦我！”

朗月明笑着靠近母亲，替她捏肩，轻声道：“娘，我可舍不得惹您生气。”

“之前我是怎么跟你说的？你居然把咱们家的房子让给顾海棠办学堂，我看你就是跟月轩合起伙来跟我作对！”朗太太使劲打掉朗月明按摩的手，怒意未消。

“娘，您拿莫婳当枪使，能靠得住吗？还不火烧上房，不可收拾？我和海棠能不能复合这是后话，但月轩这么掺和可是丢人现眼，从哪里论，海棠都是她嫂子呀。”朗月明一副乖巧的模样，却是打着太极，将矛盾转移给弟弟。

朗太太果然着道，深恶痛诋道：“这丑事先不说，你跟顾海棠是不可能的，我可把话先放在这儿！”

朗月明坐在母亲对面，颠头播脑道：“娘说得没错。其实我这么做，还不是为了断了月轩的念想，您放心，我拆散了他们，自然就跟海棠撇清关系。”

朗太太叹道：“我还不是怕你陷进去了，当初顾海棠为了那份休书，费了多大工夫？可见她心里压根就没你。”

“我跟海棠不管闹成什么样，名正言顺，哪怕传出去，无非是个余情未了。事就差在月轩身上，他还把爹扯进来，这套下得可是真深，要是不来点手段，怕是不行！”朗月明语气很是坚定。

“但是你和月轩……”朗太太将信将疑，话说一半，便被朗月明接过：“我和月轩没事，我能对他怎么样？毕竟是兄弟，就算他短时间怨恨咱们，时间久了，还不是明白我们对他的良苦用心？”

朗太太望着镜中的自己，忧心道：“哎，这个顾海棠，都成了我的心病。你去吧。我乏了。”朗月明识趣地再三保证，也不多留，退出房间，直挺的身影在灯光中有一种孤注一掷的倔强。

他一路匆忙回屋，正准备翻阅下人送来的账目，忽觉有人推门而入，毫无招呼，很是没有规矩。他头也没抬，知道是龙莫婳。

龙莫婳开场便柳眉倒竖，语气不善道：“我去你家找你，他们说你在这！”

他漫不经心地看着账本，淡淡一句：“有事？”

“昨天打人的那几个人是不是你找的？”龙莫婳幽愤道。

“不是你找的吗？”他轻描淡写地放下账本。龙莫婳粉面带煞气地质问：

“我可没让他们乱来，跟你动手的那几个人，是你找来配合演苦肉计的吧？”

他将账目向桌上一扔，起身凑到龙莫婳的身边，眉眼弯起，坦然道：“是啊！”龙莫婳甚为诧异，呆滞了一下，转而斥责：“你真卑鄙！我没想到你是这样的人！”

他嗤之以鼻：“你被朗月轩抛弃闹得人人皆知，出尽洋相，到头来他和海棠出双入对，情深意切，现在你跑来为他们鸣不平？再说这事你也有份啊！你来找我什么意思？你要是不高兴，告我的状去。但是我要告诉你！我老婆被朗月轩抢走，你的心上人被顾海棠偷走了心，咱俩才是一伙的！而且，当初不是你主动找我，说服我联手拆散他们吗？”

龙莫婳被朗月明片言折之，低声道：“那……你以后有什么打算？”

“你还想和朗月轩好吗？”他立在窗口，望着暗淡的天际，幽幽追问一句。

龙莫婳昂首道：“当然！”

他阴阴一笑，诡异非常。

龙莫婳见状，心下一沉，惧意起伏，忽然生出一丝后悔。

第四十九章 ◎恩断义绝◎

北风料峭，枯叶纷落。入冬的昆杨城，没了绿柳繁花的点缀，显出几分寡淡与肃杀。

朗月明沾着街头巷尾的寒气，气势汹汹地进入仓库，将账本直接摔在伙计老杨的工作台上，厉声道：“有笔账对不上，仓库有货，却没有记录，你把交易账单拿给我，我对一遍！”

老杨拿起账本，将折压的页面整好，有些为难地道：“大少爷，老板说过，除了老板自己和月轩少爷，其他人没有权利查看这个账目明细。”

朗月明剑眉一竖，眼中冷光乍现，当即反问：“我也没有这个权利？”

老杨被朗月明的神态吓得心头一颤，忙解释：“总账目明细涉及每一笔进出货的价格、批量、来源，都是商业机密……”

朗月明拍案而喝：“你这是什么意思？你认识我吗？我是谁？”

老杨手臂哆哆嗦嗦地抬起，咽了咽口水，擦掉额头上的冷汗，吭哧地道：“您是朗里春的大少爷……大少爷，我们就是按照老爷的吩咐照章办事，不是不给您看呀。”

朗月明怒极，一脚踹上身旁的一摞箱子，箱子应声倒下。

老杨差点哭出声来，央求道：“大少爷，小的在朗家干了半辈子，您行行好让我善始善终，您这样我怎么跟老爷交代呀！”

朗月明双眼血丝如网，甚是恐怖，恶狠狠地盯着老杨，攥紧的双手猛然一挥，硬是将老杨推得踉跄后退，眼看就要倒地。

老杨惊呼出声，想要抓住东西止住后仰的身体，却是徒劳。

忽然，他感到一只温和的大手托住自己的后脑，人也随之渐渐站稳，回头一看，是朗月轩。

刚来仓库查验货物的朗月轩瞧见这一幕。

他从未见朗月明如此情状，心下讶然，不明所以，轻拍老杨的后背，示意他先出去："哥，这是怎么了？"

朗月明在看到朗月轩的瞬间，动作有所收敛，一边整理衣领，一边不冷不热道："这老东西不让我看账目明细，我琢磨着是不是他动了什么手脚！"

朗月轩牵牵嘴角，拾起几件损坏不是很严重的原料放在一边，道："咱爹确实说过，除了他和我，别人不能随便翻看仓库的账目明细。"

朗月明心头火起，眼角一挑，森森笑道："仓库现在由我管理，你知道吗？"

朗月轩淡然点头："我知道。"

朗月明愤愤不平指着一个上锁的柜子："那你把柜子打开！"

朗月轩摇头道："仓库有仓库的规矩，还是和咱爹说一声比较好。"

朗月明再难控制，一巴掌拍在柜子上，语气再无半分昔日的温情："好啊！可以！那你来仓库干什么？"

"最近要进一批原料，我想看一下库存还有多少，最近一笔的进货单在你这，我是特意来找你看一看。"朗月轩神经一痛，难过但也不欲争吵，心平气和地解释。

朗月明丝毫不信，斜睨冷笑："按说给你看也没什么，但是你提醒了我，仓库有仓库的规矩，咱爹没点头，我不能私下给你看！"

朗月轩眉心川纹顿起，声音有些发急："哥，这批货得赶快订，不然来不及了，我要是不知道存货多少，订多订少都是亏损啊！"

朗月明不为所动，嗤声道："按规矩办，问问爹再说，我可比不上你，我要是有什么差池，担待不起。"

"爹去龙大帅那里……"朗月轩话说一半，被朗月明伸手拦住："那就等，我得听话呀。还有，你要进什么货？工坊这个季度的原料都配好了货，没听说要增量！"

"是……"朗月轩踌躇不决的态度，更让朗月明心生厌恶。

他啧了啧嘴，鄙夷道："这都不能跟我说？那行，赶紧找咱爹去吧，他发话了，我立马给你看！"

朗月轩神色黯然，盯着转身欲离的朗月明的后背，惆怅道："哥，咱们之间有误会！"

朗月明脚下一顿，昂首伸眉，回身双手抱胸，笑得冰冷："怎么会有误会呢？"

"过去的事我们可以一笔勾销，我可以当作没发生过！"朗月轩不想拆穿东方香水的事，语气虽强，但仍留有余地。他终究顾念亲情，顾念着那些美好的曾经。

然而，朗月明当即勃然大怒，字字诛心，咬牙切齿：“可我过不去！顾海棠可是我的女人！而你，我的弟弟，竟然跟她的感情传得满城风雨。你知道外面怎么议论我的吗？”

朗月轩失望又无奈，摇摇头，目光略有恍惚：“哥，我们说过公平竞争的，你也说过会祝福我们，而且你和海棠已经没有关系了。”

朗月明嘴角露出一抹狞笑，秀气的面庞有些扭曲，竟透着一股偏执的恐怖：“我反悔了，我和海棠没关系是你造成的！现在我正式告诉你，我们的竞争还没完！”

朗月轩矫首昂视，不再示弱，斩钉截铁道：“什么事我都可以让你，这件事不行！”

“我用得着你来让吗？我不需要你的可怜施舍。”朗月明惨然一笑，绝望中带着执拗。

“我多希望我们能像最初那样。”朗月轩从大哥的眼神中，看到了一丝曾经的凄楚，回忆再次漫上脑海，心中苦涩。

朗月明漫不经心地白了一眼，笑道：“最初？最初是什么样？最初我也不知道你跟我还藏了这么多心眼！”

朗月轩如鲠在喉，终于明白再说什么都是徒劳。有多少亲人、爱人、朋友，可以同甘共苦，却经不住误会频出。他们曾经有多亲近，如今就有多痛恨。事已至此，只叹惘然。

这时，仓库外一声轻响打断二人的对话，只见朗斯年推门缓步走来。

兄弟俩一惊，急忙上前迎接。朗斯年摆手，兀自在仓库转了一圈，看到一片狼藉，脸色不善，坐在办公桌后面，静静地打量着自己的两个儿子。

“我回来途经工坊，本想随便看看，要不是老杨跟我说，我还真想不到你俩玩起同室操戈的戏码了！”朗斯年沙哑的声音充满了失望。

朗月明故作乖巧，一脸的羞愧：“爹，是我的错，我自作主张查账目，我就是太心急把事情做工整，生怕让您再操心上火……对月轩也是，我没把握好分寸，脑袋一热说了些不合时宜的话，月轩，我以后多注意！”

兄弟隔阂，岂是三言两语就说得清？朗月轩对大哥的善变与伪装不满但又不忍拆穿，也存着一分仍能和好的希冀，便软了声音道：“哥，是我没能够站在你的角度上想问题，我太较真了。”

朗斯年的手指轻敲桌面，垂头思量许久，脸色缓和，淡淡开口：“你们不要把生活中的情绪带到工作中来，我说的你们应该明白！不过有一点我很高兴，起码你们都很认真，讲规矩，我希望这不是你们哥俩在较劲！”

朗月明眼神透着狡狯，笑道：“我们俩怎么会较劲呢！”朗月轩心底一沉，但也跟着点了点头。朗斯年揉了揉额角，双鬓苍白，脸上透着疲惫。他掌撑着桌面，缓缓站起：“那就好，月明，你管理仓库已有几天，我让你熟悉手上的账目，有什么困难吗？”

朗月明眼珠转，狡黠道：“没有困难，进出货的周期和价格规律都记在脑子里了。”朗斯年有意考问：“那这两天我们进货多少？多少拉进了工坊，仓库余存几许？”

朗月明双手下垂，毕恭毕敬地答道：“昨日是三百斤的白芍，一百斤白菊，还有没加工的半成品硫黄、珍珠分别是一百斤和三十斤，酒精五桶。由于工坊疏于保存，所以每样半数送到工坊，半数留在仓库。”

朗斯年颇为欣慰，赞道：“很好！前一天呢？”

“前一天……鲜玫瑰五十斤，干白玫瑰三十斤，益母草二十斤，透骨草……透骨草三十斤，还有十棵甘灵芝……还有……”朗月明越想越乱，说话也支支吾吾，皱眉苦思。

朗斯年眉头一皱，微嗔提醒：“透骨草是三百斤。透骨草的用量你还不清楚？还有三七是一百一十斤，其中十斤颜色不对，我让你跟云南的肖老板通个气，你说了吗？”

朗月明眼神闪烁，局促不安，赶紧补救道：“我还没来得及，本来打算今天……”朗斯年浅浅一笑，看出儿子心思，再次训诫：“所以我一再叮嘱你，一定要熟悉，为什么我记得这么清楚？因为这是规律，每天如此，不难！”

朗月明如有芒刺在背，惶恐得低下头认错：“爹教训的是，我回去弄清楚。”

“那你还站在这干什么？”朗斯年背过身，眼眸微抬，望向别处。

“我知道了，我这便去。”朗月明悻悻退出，关上门的瞬间面如寒霜，目光如刃，煞是阴狠。

他并没有立刻便走，而是附耳凝神倾仓库里面的动静。

朗斯年近日身体一直欠佳，已受不住久站与频繁的动怒。他深吸口气，忍着心口的闷痛，重新坐回椅子，重重道："月轩，你的产品可行性研究报告我看了，很明显就是在应付我！做咱们这行最忌心浮气躁，台阶不踩踏实是会摔跤的！"

"爹，您说的是。"朗月轩愧疚无比。朗斯年略显气馁，语气谆谆，而万分郑重："我们的产品是要用在脸上的，擦在身上的，马虎不得，一旦出了问题，不但朗里春百年字号毁于一旦，还要遭天谴的啊！"

朗月轩心神俱震，忙道："是我太粗心，绝不会再有下次，爹您放心。"

"年轻人急于求成，这很正常，但是你要知道所有事的成败都在于细节上，只要细节掌控好，就容易成事！"朗斯年不厌其烦地小心叮嘱，眼中是隐隐的期盼。平心而论，抛却血脉与世俗之见，不论能力、品行，朗月轩是他最看好的接班人。

朗月轩咧嘴一笑，道："爹，这可是您的经验之谈，我应该拿笔记下来，以后作为家训。"朗斯年板脸道："严肃点。"朗月轩立刻端正神色，站得挺直："我是认真的。"

"你这款产品想法确实很好，但风险也是朗里春历来所遇最大，涂在身上尚且微小慎微，何况吃进嘴里？"朗斯年很冷静，在欣赏朗月轩的想法之余，还是有些担心。

朗月轩认真听罢，信誓旦旦道："这款吃的产品，就是为了打消人们对安全性的担忧和警惕，我还有一个野心，用这款产品奠定朗里春质量方面在老百姓心中的地位，让他们有一种朗里春就是安全保证的心理！"

朗斯年听得舒畅至极，连连点头，但又不忘义正词严地警示："好好，不过我还是要告诉你，这个项目的任何问题我都不会帮你承担。成功了，我跟你分享：失败了，是你自己的事！"

话音刚落，朗月轩忽然捂着胸口，皱起眉头，赶紧伸手去扶住椅背，似犯了突发性心绞痛，看样子就要摔倒，口中还不住喊道："哎呀！"朗斯年吓了一跳，急忙走到儿子身边，关切道："怎么了？"

朗月轩挽着父亲的手臂，忽然哈哈一笑，道："压力。"朗斯年又好气又好笑，挥了挥手，下达逐客令；"出去！"

这父子二人的言行，皆被门外的朗月明收入耳中。在朗月轩开门出来的前一秒，他愤然离去，怨恨又增。

离了工坊的朗月轩回到家中，刚潜下心，准备制订计划书，却听吱呀一声，门毫无征兆地被打开。他抬头一看，是朗月明款款走进，便收起计划书放入抽屉，笑道："哥，你怎么不敲门呀？"

朗月明此时已没了仓库那会儿的疾言厉色，一拍脑袋，回以微笑："我给忘了，以前来你房间我从不敲门的，是你给我的特许……"朗月轩一怔，窘笑道："那时候咱俩还是小孩呢。"

朗月明抿嘴无言，扫视一圈房间，叹道："我好像完全想不起你房间以前的模样了。"朗月轩扯出一个板凳，让他坐下，诚意道："所以没事你就常来。"

"咱俩现在各司其职，都在为朗里春忙得焦头烂额，哪有闲工夫像以前那样坐一起谈天玩游戏哦？"朗月明思绪仿佛回到了以往，嘴角露出笑容。

朗月轩也有些神往，目光望向窗外，看着院子的花草，憧憬道："做不完的生意，干不完的活，事在人为。等稳定了，爹信任咱们了，咱们就能松口气，到时候……"

"人坐在这，心可未必。何况爹信任的是你，不是我。"朗月明哀叹不已。朗月轩忙劝慰道："爹很赏识你啊，你比我强，刚接手就能把账目记得那么清楚，我刚开始介入的时候，出的乱子够说一晚上了。"

朗月明沉默片刻，忽然抬头，眼中是无尽的萧索："月轩，你好像和以前不一样了，现在总是跟我拐弯抹角的。"朗月轩稍稍犹豫，回道："和以前不一样的是你，你如今总是喜欢把人往坏处想。过去的事情已经过去了，你应该往前看，往更远的地方走。"

朗月明冷哼一声："你是这么想的我。"朗月轩双手摊开，很是无奈："有什么就说什么，不好吗？"朗月明眼神一闪，似冷似寒："好，那我问你，你新研究的那个产品到什么地步了？"朗月轩如实回答："还在合成过程中，一旦成功，我第一时间告诉你。"

"就这么多？"朗月明对这个回答并不满意，质问大于询问。

朗月轩诚恳点头："我答应过别人，不能说太多。"朗月明情绪陡变，右手紧握，手背上青筋凸起，声音更生冷冽，"别人？是海棠吧。海棠跟你扯上关系我就别扭，你知道我别扭什么，你说我该怎么办！"

朗月轩没有退缩，冷静地道："这件事，凭的是自己。"朗月明霍然起身，挑衅道："你觉得你从小到大都一直在让着我是吧？我们可以找一个方式，看看到底谁比谁更强一些！”

兄弟俩对立而视。朗月明的目光昭显着决绝与憎恶。朗月轩看在眼里，心痛如绞，和好的那一丝希冀彻底破灭。

他思来想去，决定尽快终止谈话，然而刚要开口，忽听屋外传来妙兰呼喊：“家里有人吗！出大事了！娘出大事了！”

第五十章 ◎添油炽薪◎

医院的病房内洁白无垢，处处浸着生死的苍凉。空气中还充斥着消毒水的味道，刺鼻、燎心。朗太太就静静地躺在病床上，脸色惨白，嘴唇紧抿，死一般的沉寂。医生拿着手电筒，照着她的瞳孔仔细查看。朗月轩、朗月明和妙兰在一旁焦急地等待。

“人没事，短暂性昏厥，需要休息，我给她开点药，等她醒来喝了就好。”片刻，医生收好工具，转过身，边在病历上记着，边解释，而后对护士嘱咐几句，便匆匆离去。

朗月轩轻声走到朗太太床边，满面怜忧地询问：“妙兰，到底怎么回事？”

“我和娘下午出门在街上碰到顾海棠，发现顾海棠以朗里春的名义在街上宣传学堂，我和娘上前理论，争执起来，一时冲动，顾海棠推搡了娘一把，娘就摔倒了……”妙兰压低声音，语气怨愤满满。

朗月轩本想着能尽早消除误会，岂知越闹越大，胸中郁结愈重，疲倦地道：“嫂子，麻烦你去弄点吃的，娘醒了好吃。”

谁知，不待妙兰回应，朗月明倒先毫无征兆地说：“你也出去，娘有我陪着就好了。”

朗月轩没有多想，只道：“我一起陪着吧。”

“不用，她是我娘！”朗月明低沉的声音没有一丝起伏，却让朗月轩呼吸一滞，如雷轰顶，须臾之间，他仿佛经受了狂风暴雨的袭击，心神震颤。

朗月明站在朗太太的另一边，抬首望着朗月轩，目光如千年冻结的寒冰。朗月轩本就愁肠百转，此时更悲恸万分，张了张嘴，欲言又止，默默对视一会儿，终是叹息一声，离开病房。

朗月明再没有回头看一眼他的弟弟，看不到他落寞的背影，更看不到他如死灰般的心，只看着昏睡的母亲，表情冷峻，木讷无言。

傍晚时分，朗太太醒来，再次检查后，除了行走需要搀扶，别无异样，就是心情实在糟糕透顶。她在朗月明和妙兰的服侍下喝了碗粥，刚刚躺下，朗斯年推门而入，步履蹒跚地来到病床边，看向妻子的眼中是难见的关心："发生这么大的事，怎么才通知我？"

妙兰很是乖巧地立在一旁，道："白天您忙着工坊的事，我们怕您担心。"

朗太太看到丈夫的眼神，稍有慰藉，但仍怄气道："老爷，这事你可得管管，这个顾海棠，你们能否想个什么办法把她弄出昆杨？我这心静不下来，总觉得要出事。"

朗斯年伸手替朗太太掖了掖被子，笑了笑，道："一个小姑娘能有多大能量，还把咱们家闹得天翻地覆不成？"

妙兰撇撇嘴，添油加醋，道："爹，您大人不计小人过，可您是没有看到顾海棠今天对娘多么不尊重！真的是太过分啦！"

朗月明倒是出乎意料地冷静，淡淡道："还是等月轩回来再说，听听他的意思。"

话音未落，朗月轩便提着一个食盒走进，后面跟着顾海棠。

顾海棠得知朗太太身体抱恙，很是担忧，早就想来看望，但又碍于彼此的隔阂有些犹豫，在朗月轩的鼓励下才迈出此步，一举一动端的是有礼有节，不卑不亢。

"娘，您好点了吗？海棠来跟您赔不是了。"朗月轩将食盒放在床头柜上，赔着笑脸，语气温柔。

顾海棠走到病床前，恭敬地深深鞠躬，诚恳地道："太太，今天多有冒犯，我真的不是成心的，不过无论如何，事情因我而起，对不起！"

朗太太眼角斜飞，目光凌厉："给我鞠躬？你什么意思？我死了吗？你给我滚出去！月明，你把她拉出去！"

顾海棠心中委屈，诸般念头在脑海中纷乱一闪，泪珠在眼眶内打了个转，又被强忍回去。

朗月明面露纠结，进退维谷，相当为难："海棠，要不你先出去待会……"

"娘，我刚听海棠说了，你们之间就是一场误会，她特意来跟您认错，把话说开，别弄得像仇人一样。"朗月轩则赶忙劝慰。

朗太太眼瞪眉竖，厉声道："你听她的不听我的？月轩，你是不是我儿子？你看我都什么样了，还帮着外人说话，你想气死我呀！顾海棠，整个昆杨，有你没我！"

朗斯年烦恼地一挥手臂，眉毛都要皱成一个结，语气虽强硬，但却是明显地打圆场："行了，这件事改天再说，月轩，你带海棠先出去。"

"太太，都是我的错，是我太鲁莽，您千万别跟我一般见识。"顾海棠为了避免矛盾扩大，选择忍气吞声，想着再次道歉后离去。其实，她的心里一直有个疑问，那就是她总觉得今天朗太太摔倒得有些蹊跷。

但顾海棠的诚意并没有换来对方的丝毫谅解，反而更加汹涌。朗太太气得脸色煞白，大叫："滚出去！"

朗月轩知道再说无益，牵起顾海棠的手，就要一起出去，又听朗太太气急败坏地阻道："朗月轩，你给我回来！"

这时，朗斯年也开口帮腔，沉声道："月轩，听娘的话。"

朗月轩看了看顾海棠，满眼的内疚和不舍。顾海棠十分通情达理，微笑安慰。

每每经历悲欢离合，两人总是心意相通，是天造的"冤家"，是地设的宿侣。

朗月轩识趣地留下，但仍是目送顾海棠消失在走廊，才犹犹豫豫地回到病房。进门，就听朗太太怒气未消地喝道："今天我把话撂在这，以后谁要是再跟顾海棠有瓜葛，我饶不了他！"

朗月轩想要分辩，却又知道这时候绝非说话良机，唯有沉默不语，而朗月明则无所谓地耸了耸肩膀，似是默认。

"生气对身体没好处，你何必非要跟顾海棠一般见识，要是把身体气出好歹，值得吗？"朗斯年坐在病床边，这件事他也颇感头疼，但绝不认同妻子的偏激做法。

"女人看女人，一眼就能看到心窝子里去，这个顾海棠先是迷惑月明，后是月轩，这两小子又不争气，一勾搭一个准，要是真的等到出事那天，我看你们后悔不后悔！"朗太太烦躁不安，在朗斯年面前又不好过于激进，但言辞依旧尖锐。

朗斯年无可奈何，忧愁不乐："行了，你什么都别想，好好休息，生气生病难受的还是自己。"

"我就是被顾海棠气的，从她来到昆杨，咱们家就一天安宁日子都没有过过！"朗太太觉得浑身难受，掀开了被子，想要起身下床走动。

朗斯年"啧"了一声，压了压她肩膀，伸手揪住被子，强行盖好，随即吩咐妙兰仔细伺候，便叫了两个儿子一同出去，没有给朗太太回应的机会，也不想再与她争论不休。

朗太太满眼悲愤地斜睨着朗斯年离去，在关上门的瞬间，本能地闭上了眼，也似是闭上了自己险些再次打开的心，悠悠道：“今天这事，月轩心里肯定有想法，他还是会去找顾海棠，你帮我看着点。”

“娘，您好生歇息，妙兰心中有数。”妙兰打开炉门，添了些炭。

朗太太点点头，躺下欲睡，奈何仍忧心如焚，很不安稳，翻了个身，坐起，紧张地道：“看来月轩根本就没有顾及月明的感受，月明也不服月轩，他们两个身上的压力本来就大，现在加上顾海棠，我怕他俩想不开啊！”

“您担心的也是,不过月明和月轩不是亲兄弟胜似亲兄弟,又都是重感情的人，终究还是顾及彼此的。”妙兰关上炉门,又给朗太太倒了杯水,轻轻放在床头。

“但愿如此，妙兰，你先去吧。”朗太太挥了挥手。

妙兰微微俯身，语气十分恭谨：“我就在隔壁，有事您招呼我。”

朗太太点了点头，忽然似是想起什么，目光一凛，语调冷冽：“妙兰，你等等。今天在大街上顾海棠和凡真这两个丫头明明在我的前面，是身后的一条腿把我绊倒的。我没记错的话，只有你一个人在我后面。”

妙兰手心暗暗渗出冷腻的细汗，瞪着无辜的眼，带着哭腔道：“娘，这您可冤枉我了……”

“罢了，去吧！”朗太太定定地盯着妙兰几秒，目光如一根根锐利的针，让妙兰如芒在背。

妙兰暗暗吐了口吊在嗓子眼的浊气，压着魂不着体的恐慌，慢慢走出病房。

朗太太在医院住了两天，确诊已无大碍，被朗月明接出。她坐在车上，仍是一脸倦怠，游移的目光掠过窗外的街路，一念闪现，道：“月明，顾海棠的学堂你不能让她办下去了！”

朗月明此时心不在焉，随口道：“娘发话了，我听娘的。”

朗太太转过头，敏锐地盯着朗月明，提醒：“我说的你要往心里去！”

“娘，我有安排，你安心歇着便是。”朗月明淡然一笑，柔和地回望母亲，语气上也无不遵从。

待到二人的车子刚靠近朗府，便看到自家的另一辆车驶出，开车的是朗月轩，朗斯年则眉目紧锁地坐在后排。

朗月轩看到朗太太与大哥，按了声喇叭打着招呼。

朗斯年也颔首朝外面看了一眼，道：“你娘出院，咱爷俩本不该出门，但是先前龙德水让我们这些商户凑军费，我说过，施济周出多少，我多出一倍。这事儿绝不能输，更不能错过。”

朗月轩从后视镜看了一眼父亲身边的箱子，忧心忡忡，道：“爹，他出了多少？”

朗斯年冷笑，不屑道：“施济周孤注一掷，我们很被动，龙德水倒是坐收渔翁之利！不过这些事还不需要你来操心，一切有我。你的新产品到什么地步了？”

“目前还算顺利，我信任海棠，娘对她有误会，那天的事她也很懊悔。”朗月轩不放弃任何的机会替顾海棠说话。

朗斯年轻轻拍着身边的箱子，道：“儿女情长先放一边，我得到消息，外国列强对我中华虎视眈眈，先是旅顺，现又强行占据胶东，国内爱国热潮高涨，开始抵制洋货，海关针对性地封闭不少港口，唇膏成为紧俏商品。也许，现在是个机会！”

朗月轩点头，补充道：“爹，我不会辜负你的期望。我倒也不是儿女情长，只是担心这件事会让娘寒心。”

朗斯年白了他一眼，嗤笑道：“她怎么说都是你娘，天底下哪有娘为难儿子的？怎么做，还是在于你自己！你这小子本是聪明人，偏偏在这件事上犯糊涂。”

朗月轩心情稍好，笑道：“爹，我一定好好孝顺您和娘！”

“你和月明都要多用心，施济周现在对咱们朗家虎视眈眈，上阵父子兵，我就要靠你们了！”朗斯年神色委顿，伸手揉了揉太阳穴。

说话间，二人到了龙府。朗斯年抱着箱子下车，吩咐朗月轩在外等候。

朗月轩看着父略显蹒跚但依旧倔强的背影，在寒风中格外寂寥，心中不由得一酸。

近些日子琐事繁多，朗斯年的身子看着一天差过一天。作为儿子，他看在眼里，忧在心头。如今，生活与生意的大小事故，动荡的政局，无不在昭示着朗家或将有一场难以躲避的劫难。他理应为替他遮风挡雨二十余载的父亲分担。

第五十一章　◎山重水复◎

龙府大门外两边的石狮张开的大口中，四颗门牙锋利外露，目露凶光，直视前方，在阴霾天色下更显狰狞，让等待的朗月轩看一眼就心神不安。他靠在车边，打量着列队整齐，肃杀冷寂的持枪士兵，来来回回，越发生出莫名的慌张。

朗斯年已进去半个多小时，尚无动静。他有些着急，正考虑要不要进去探寻，忽见朗斯年阴沉着脸，快步走出。

朗月轩忙上前接应："怎么样？"

朗斯年疲惫地叹了口气，挥了挥手，径自上车，闭上眼，惆怅满面。

朗月轩感觉必有蹊跷，但也不好催问，只得启动车子，飞驰离开，路上不时通过后视镜关切地看着父亲。

行驶了一段距离，朗斯年这才缓缓睁开眼，怫然不悦道："龙德水话说得很实在，有钱怎么着都行，看来咱们少不得为了施济周拼一回老本了！施济周要是真的和龙德水联合起来，恐怕朗里春招架不住。而且施济周如果吞并朗里春，对龙德水是有好处的。"

朗月轩愁眉不展，忐忑道："爹，我们真的要跟施济周这么拼吗？龙德水竟然有意帮施家？施家因为盗取了咱们的东方香水配方，销量很好，收益大胜从前，财力不可小觑。咱们……"

朗斯年慨然长叹："施济周跟龙德水一阴一阳，一个诡计多端，一个暴虎冯河，可要小心应付，施济周拼了身家将我一军，我又承诺过龙德水会多出施济周的一倍军费，这笔钱不是小数目，朗里春一旦资金周转不开，那就给施济周有机可乘了，形势对我们很不利。"

朗月轩颇感忧郁，眼神透着鲜少的杀伐和果决的戾气："施济周也不见得松快多少，反倒可以利用这个机会乘胜追击，让施济周骑虎难下！"

"这样只会两败俱伤，冤冤相报何时了？做生意终究还是要讲究一个和字的。"朗斯年苍老的面庞更添委顿。

“是他欺人太甚在先，多次苦苦相逼，我看他不吃掉朗里春，是不会死心的。”朗月轩算是看透了施济周，但他有些奇怪，按说父亲看得会比自己深远，不知为何总是在施济周面前一再退让。

“谁也别想轻易动摇朗里春在昆杨的地位，还是那句话，我就盼着你们哥俩翅膀硬的那一天，那样我才算是可以松口气了。”朗斯年说罢，扭头望向窗外，有些浑浊的眼睛微微一亮。

朗月轩本想继续讨论，话到嘴边，却又转念一想，道：“爹，你小时候昆杨城是什么样啊？变化很大吗？”

朗斯年看着匆匆掠过的鳞次房屋，目光中闪动着回忆的光色，有温热，也有怨怼，但嘴角还是含笑，道：“那时候没有这么多房子，也没有这么多人。其实一座城市再变又能变成什么样？变化大的还是人，我在这条街跑的时候，还没你的年纪大，转眼都成老头了。”

“其实您不老，是我们当儿子的没做好，让你操心过度。我送完您就去找海棠，尽快把样品拿出来！”朗月轩目光落在父亲越发明显的白发上，语气带着歉意。

朗斯年不置可否，沉吟半晌，才望向儿子，语气带着一丝对年轻人的怀疑，也带着一缕沉浸了经年的彷徨，道：“你这么喜欢海棠，你确定你的选择是正确的吗？”

朗月轩一愣，不知父亲为何突发此问，但旋即笃信不已地回答：“确定！”

朗斯年目光微动，微垂头，叹了口气，闭目养神，心怀隐衷，但也不再多言。

朗月轩觉得今日的父亲有种难以言喻的不同，不知该如何开口追问，又觉得即使问了，也不会得到回答，索性好好开车，送他到家。

朗斯年下车后，朗月轩没有进门，而是直接前往粉黛学堂。他进入别墅，隔着玻璃看到教室里的顾海棠正在用烧杯合成某种凝脂，专心致志的样子真是美极了，不禁悄然欣赏，不忍打扰。

顾海棠忙碌一阵，仰面无意中看到在外面“偷窥”的朗月轩，见其呆若木鸡，目光灼灼，忽而莞尔一笑，向他招了招手。

朗月轩笑嘻嘻地跑进教室，深深吸了口气，朗声吟诵道：“对桃花醉脸醺醺，透内阁香风阵阵！”

顾海棠粉颊一红：“你喜欢这香味？”

朗月轩做出一个夸张嗅味的动作："喜欢！跟喜欢你一样，喜欢得想哭！"

顾海棠啼笑皆非，故嗔道："不正经！"

朗月轩站在讲台上，双手作环抱状，一副陶醉其中的模样，思索片刻，道："我想起在那个晴朗的夜晚，星空下，小河旁，石桥上的那一次跟你没有距离的接触，让人夜不能寐，仿佛整个世界都是心里惦记的那个人。"

"你能不能正经点了？"顾海棠脸上的热度烧到耳根，朝外面看了一眼，无奈却又甜蜜地责怪。

"因爱而陶醉，不正经吗？"朗月轩到顾海棠的身边，借着闻她鬓发香薰之机，一亲芳泽。

顾海棠回应罢，推开他，兴奋道："我跟你说正事，我已经找到适合批量生产的方法了！"

朗月轩额手称庆："正好！我也是来跟你分享好消息的！"

顾海棠浅笑："你总是有好消息，是什么？"

"跟一个天天给你好消息的人共度一生，难道不是不能再好的一件事？"朗月轩挤眉弄眼，吊儿郎当，但却是无比幸福的模样。

顾海棠俏脸一红，满心欢喜，有些害羞，又有些怡悦，催促快讲。朗月轩不再逗趣，收起了嬉皮笑脸，正色道："因国内形势的影响，类似产品停止进口，我们可以填补这个空缺，我爹说他会帮我们促成这款新产品的生产和发布！"

"我也看了报纸，这次的爱国行动跟我们的产品产生了关系！我们制造的，也许是一个奇迹！"顾海棠满心欢喜，抚落他肩上附着的一片小小枯叶，却被他一把握住了手。

朗月轩温情脉脉地补充："这是我们两个人的奇迹！"

顾海棠想要抽回手，却没能成功，便随他握着，微微蹙眉，道："我现在就是担心太太那边。"

"傻海棠，我娘是个明事理的人，这么好的产品，她不会再难为我们，有机会你们把话说开就好了。当娘的对儿子管教有时候难免会过于谨慎，她站的角度不同，看问题不全面，这次是走进了死胡同，所以有点扭曲了，不过她并没有坏心思，没事的！"朗月轩看向顾海棠的眼神，仿佛汇聚了天际最璀璨的星光，容纳了世间最真挚的温情。

顾海棠微微一笑，颔首道："这些我知道，太太是个好人，只是我有时候过于倔强。”

朗月轩豪迈地将顾海棠搂在怀中，想大包大揽，道：“这件事我来处理，不管怎么说她是我娘。”

顾海棠微微挣扎，拍了下他坚实的胸膛，笑道：“我要工作了。”

朗月轩轻轻摩挲着她的背脊：“别急，我话还没有说完呢，这次我们需要一批样品，老主顾要先看货样才能确定订货数量，先定量再出货，双方都减少风险。不过这批货样数量不少，需要人手配合你，短时间内凑齐这么多人可不容易。”

“我倒是可以试着说服之前在这里上课的学员，给她们一些收入，也许会积极一些，我还能免费教学，带她们一起生产！”顾海棠略一思索，便有了主意。

朗月轩瞬时愕然，大为赞赏，“那敢情好得很！我去落实原材料！咱们就分头行动吧。”

顾海棠侧脸贴在朗月轩的胸膛上，尽显小鸟依人的娇羞：“所以，你现在能松手了吗？”

朗月轩低头在她的额头上亲了一口，才不舍作罢：“我们相聚的时间总是如此短暂。”

“两情若是久长时，又岂在朝朝暮暮？我们现今的忙碌，不就是为了以后长相厮守而努力吗？”顾海棠柔声细语地安慰。

朗月轩赧颜汗下，松开双手：“你说的是！我现在就去处理原材料的事！”

两人依依惜别罢，朗月轩给父亲打了一个电话，然后拿着货单前往工坊仓库，指挥着工人将需要的货物搬出，清点之后，装车拉出。然而，货车还没出大门，朗月明就出现门口，面色阴沉，大声喊道：“往哪里拉？”

朗月轩急忙上前，“哥，这是我的货。”

朗月明眼含凌厉之色，道：“你的货？仓库里哪样是你的货？”

朗月轩速即解释：“我跟爹说好了，这些货是制造新产品的原料。”

“我怎么不知道？起码要提前跟我打招呼啊！”朗月明站在货车面前，示意司机往后倒。

“回头我让爹跟你说一声。”这批货急着用，朗月轩有些心焦。

朗月明鼻子发出冷冷的哼声：“拿爹压我？不行！这些货都是入了账的，你招呼都不打就从仓库往外拉东西，丢了算谁的？”

朗月轩无可奈何，道：“不是我不跟你打招呼，我是没找到你啊。”

“没找到就接着找啊，我有这么难找吗？再说，我不是在这？”朗月明扬臂招呼着仓库的工人。

朗月轩看出朗月明在故意刁难，仍忍着怒气，劝说：“哥，不是说好了吗？咱们俩都互相配合爹……”

朗月明没等他把话说完，厉声道：“配合爹没错，可没让我配合你！而且你没有权利随便来仓库调配！仓库现在是我管，我说了算！”

“那行，我去找爹签字！”朗月轩匆忙往外跑。

“卸货！”朗月明指挥工人，毫不理会朗月轩。

朗月轩折回头，气得跳脚：“别啊，车就在这等我就行……”

“我现在要用车！月轩，你也别说了，没有手续，这批货是出不了仓门的，你别难为我，我不是针对你，这是规矩！”朗月明强硬地斜睨着朗月轩，分毫不让。

朗月轩忍耐着点了点头，结果又听到朗月明故意喝道：“刚才谁装的货？你们经过允许了吗？这不是盗窃吗？全部开除！”

因着亲情，他一再忍让，可换来的却是退一寸，伤一丈的回应，当真寒心。他拳头一紧，愤然回身，再不会任由大哥如此刁难，可就在欲开口反驳时，见到父亲蹒跚下车。

“材料都备齐了没？”朗斯年看着朗月轩满头大汗，有些疑虑地问道。

“备齐了……还没拉走……”朗月轩不知如何措辞。

“没拉走？”朗斯年略微疑惑，很快想通其中的关窍，右手稍抬，示意他不必再说，转而对正不耐烦地催促工人的朗月明高声道：“怎么回事？”

朗月明背对着父亲，闻声一惊，忙不迭跑到父亲身边，声明：“爹，月轩来拉货，我一点都不知道，所以我把货拦下来了，这些工人在没有我的许可下装车出货，不顾仓库制度，所以我把这些工人开除，这么做可以吗？”

朗斯年不动声色，平缓道：“可以呀！”

朗月明如领圣旨，回首道：“你们听到了没有？走吧！”

朗斯年伸手拦住那些工人，徐徐道：“等等！月明，你谨遵仓库制度，讲规则有原则，这很好。赏罚固然要分明，但事实也要搞清楚，这些工人认识月轩，他们听了月轩的话才违背仓库制度，而月轩又是我指派过来的，那你说这个问题是不是出在我的身上？”

朗月明赌气道：“爹，您要这么说，这事就不用再提了。我也没法管理了！他怎么做都是对，我怎么做都是不对！”

朗斯年摇头，笑得意味深长：“你做得对，是我不对，这可不是气话，这样，你过来，我跟你谈谈。”

朗月明无声地跟着父亲到了仓库内，而朗月轩等人在外面候着。

朗斯年轻拍着朗月明肩头，目光精明而锐利，似两支穿心箭，让朗月明无处可避：“从这件事上来看，你没做错，甚至做得很对，我该夸奖你。但是我说你针对的是月轩，而不是你的职责，你敢说不是吗？”

朗月明目露桀黠：“亲兄弟明算账，一码是一码。”

“你们兄弟俩在外面输了赢了，终究回的是一个家，这还用我跟你深说？”朗斯年嘴角一沉，深感失望。

朗月明还是一副不服气的姿态：“您都这么说了，我听着便是，您怎么说就怎么样吧！”

朗斯年来回踱了两步，有些焦躁，语调微扬：“你们为什么就不能拧成一股绳呢？”

“还不是您嫌我这根绳不结实！您不愿意把我往里面拧！”朗月明有些不耐。

朗斯年对朗月明的心思早有预料，哀叹着谆谆不倦地劝解：“我不偏向谁，我对谁都是一样，你要是能干好，就好好干，别跟个娘们一样斤斤计较，一点小事都想不开，想方设法报复回去。你这样是不会快乐的。”

“我知道怎么处理了。”朗月明低着脑袋，模棱两可地说着，出了仓库。

可他来到朗月轩身边后，又立刻换了一副嘴脸，恶狠狠地说道：“你是小孩吗？出事喜欢告状？有本事你跟我一对一当面解决啊！”

朗月轩有些愕然，不知此话从何说起，然而没等他回话，朗月明已然转身离开。

朗斯年出来望着朗月明的背影，语气中尽是沧桑悲凉：“月轩，你别怪月明，他做得没错，是我没把事想周全。你把货拉到工坊，让工人们配合你！你以后能自己解决的事情尽量自己解决，我跟不了你们一辈子。”

“爹，我明白了。我一定尽全力办好这件事！”朗月轩洒脱一笑，成竹在胸地保证，随即招呼货车前往工坊，自己则告别父亲，开车来到学堂，远远就看到顾海棠和凡真在门口。

朗月轩刚刚下车，就听凡真急道：“怎么这么久？”

“遇到点小问题，不过已经处理好了，你们这边怎么样？”朗月轩看了眼手腕上的手表，有些歉疚。

顾海棠郁闷道：“先前在我这上课的学员都被朗里春招去当学徒工了，这么短的时间，哪里能找到这么多的熟练工人啊？”

凡真眉头一蹙，悻悻道：“还有啊，我们去找学员，那些学员说，之前闹事也是别人挑起来的，这次去朗里春，是突然统一招工的，我怀疑有人使坏，一环扣一环的，没有一环让人省心！”

“没事，我爹让我直接把货拉到了工坊，那边会全力配合，咱们也赶快过去吧！”朗月轩心生疑窦，隐隐觉得仓库遇阻、学堂闹事、学员被招走，几乎环环相扣，不过好在父亲已经提前招呼，总算事情不算太糟。

三人上车赶往朗里春工坊。工坊内的工人正在拆刚刚运抵的原料。朗月轩走到中央，拍了拍手掌，朗声道：“大家听我说！先前已经有人跟你们打过招呼，我们需要赶制出一批样品，时间紧货量大，大家可能要多辛苦，这批货由顾海棠负责，大家听她指挥，任何问题都可以去找顾海棠，这一阶段大家要听从顾海棠的分工分配。作为鼓励，凡是参与这项工作的员工，薪水翻两倍！”

众人闻言一片欢呼雀跃，直道朗家好，心甘情愿长期效劳。朗月轩自是喜闻乐见，与众人寒暄一会儿后，与一个工人前往隔间核对材料，留下顾海棠、凡真与曾经一起工作的姐妹们闲聊。

凡真有些神色不悦地来到楚楚面前，语气不快：“楚楚，你突然从学堂失踪，又把好多学员给招到这里……”

楚楚白了一眼：“好多人都退出学堂了，又不是我一个，再说工坊招工不是很正常的事吗？”

凡真根本不顾一直使眼色的顾海棠，嘟着嘴，道：“事情肯定没这么简单。”

顾海棠按捺不住，抱歉地拉走凡真，笑道：“你别怀疑这个怀疑那个了。楚楚，你别在意。”

楚楚眼神飘忽，仍倔强道：“我说的都是事实。”

“怎么了？”朗月轩核对完账目，好奇地看着她们。

顾海棠摇了摇头：“没事，我还是来介绍一下接下来的具体工作吧！”

朗月轩纳闷地点头，重新将女工们聚在一起。

顾海棠清了下嗓子，微笑道：“大家好，我是顾海棠，是这款新产品的生产负责人，下面，我给大家说一下这段时间的工作分配以及操作流程。”

女工们认真地听着顾海棠的讲解，不时点头赞赏，露出欣赏与认可的目光。

第五十二章　◎静水流深◎

昆杨有一条闹中取静的步行路，两排栽种着法国梧桐，格外典雅。街头有一西餐厅，里面精心布置，让进餐的人完全不会有拘束感。餐厅内的一个角落，朗月明和龙莫婳面对面坐着，仿若情侣约会。

朗月明晃动着手中高脚杯的红酒，目光幽暗：“朗月轩和顾海棠现在顺风顺水，你是不是已经放弃了？”

龙莫婳用勺子搅拌面前的咖啡，有些魂不守舍：“这是我自己的事。”

“你就是外强中干！发现自己不如顾海棠就知难而退，不过我也理解，人往往都是这样，我现在就想问你，你知道你输在哪里吗？”朗月明浅抿一口红酒，语气平淡，却字字诛心。

龙莫婳柳眉一蹙，细想着这个问题。

朗月明悠然自得地笑道：“不用想了，你从来只是凭着一时冲动盲目而为，你不知道朗月轩喜欢顾海棠什么，也不知道自己比顾海棠差在哪里，所以你就像一个飞蛾，哪有光火就往哪扑，你没有一个方向！”

龙莫婳面露彷徨，问：“那我还有机会吗？”

朗月明优雅地放下酒杯，笑得温文尔雅：“我们都是拿自己最柔弱的地方去挑战别人的坚硬，受伤的还是自己。我和顾海棠本有了夫妻的名分，共处一室，却最终拱手将她让给了朗月轩，我们太善良了，特别是对身边的人，没有一点防备。”

龙莫婳深以为然，点了点头：“你说的是，我自己的幸福，却等待别人的施舍！月明，你有什么打算？”

朗月明环视一圈餐厅，指了指桌上的菜单，挑眉玩味道：“你和月轩的关系，好比这个菜单，无论你怎么选，他都可以从容应对，因为一切他都准备好了，你想要你和月轩现在的关系有所突破，就要选择菜单以外的东西，要让他措手不及！”

龙莫婳有些茫然："你帮我？"

朗月明不怀好意地一笑："我不就是为此事而来的吗？"

龙莫婳举起酒杯，一脸期待地敬他："你为了海棠，我为了月轩！"

二人碰杯，清脆的声音混杂在西餐厅里的轻音乐中，悦耳明快，辨不出丝毫阴郁。十分钟后，朗月明步出餐厅，叫了辆黄包车，前往一个偏僻的巷口，来到不显眼的一栋房子，敲了敲门。

开门的是楚楚。她看到朗月明，脸色微微一变。朗月明悠然踱步进屋，掏出一沓钱，扔在桌上："这些钱你先拿着。"

楚楚眼睛盯着钱，踟蹰片刻，忧虑地吭哧道："少爷，我觉得我做得有点过分了，我和海棠无冤无仇……"

朗月明嗤笑："事情都做了，还能反悔吗？之前龙莫婳要你去挑唆学员家长，你也听我的话招学员工，本意是釜底抽薪，虽没达到效果，但你终究是出卖了顾海棠，还有你那赌鬼父亲急需用钱，难道你跟钱有仇？"

楚楚咽了咽口水，将那沓钱捧在手里，视如珍宝："我听少爷的吩咐便是。"

"接下来我可能还有需要你的地方，你先在工坊干着，我会找你！"朗月明说完转身离去，出门后紧了紧身上的大衣，抬头望了眼苍苍的无云天际，深吸口气，倍觉寒意侵体。

回到家中，已是夜里。他无意中抬头看了一眼妙兰的房间，只见一个窈窕身影，映着灯光，像曼妙的花枝，透着一种别样的孤寂与美丽。

他盯着那一抹剪影，目光一颤，似有所忆，但终究一笑，径自回屋。方才，他确实在感慨妙兰的绰约风姿，觉得这寡妇倒也可怜。可他不知道的是，就在他生出几分同情的时候，她正酝酿着恶毒的阴谋。

妙兰正从床下拿出一个纸人，上面写着朗太太的名字和生辰八字，还扎满了细针。一阵急促的敲门声传进来，妙兰吓得手一颤，纸人掉在地上，急忙捡起来塞进被褥，才去开门。

只见朗太太搓着一串佛珠，极不耐烦，道："磨蹭什么呢？"

"没……没什么。"妙兰表情不大自然。

朗太太径直走到床边，坐了下来，妙兰脸色煞白，生怕太太会发现掖在被子下的纸人。若是朗太太发现妙兰在给她下蛊，后果不堪设想！

"娘，晚上过来是有什么要紧事吗？"妙兰紧张地问道。

朗太太愁眉不展："我心里有事睡不好觉，你帮我想，怎么能撮合月轩和莫婳在一块呢？”

妙兰故作苦思状：“我琢磨着，月轩不愿意和龙小姐在一起，其实都是那个顾海棠的缘故，依我说把顾海棠踢开，这事儿才能成。”

朗太太摇了摇头：“我何尝不是这么想的？但是月轩不肯下这个狠心啊！”

妙兰以退为进，道：“这事急不来，我想时间长了，月轩自能回心转意。”

朗太太横了妙兰一眼：“你这话说的，有那么多时间给月轩去磨？现在就指着月明和月轩赶紧成事，成为你爹的左膀右臂，这样我才踏实呀！”

“月明和月轩这么出色，您和爹等着享清福吧。”妙兰眼眸斜视，观察着朗太太的动作。

朗太太放下佛珠，伸手摸了摸被褥，“你这铺盖该叫人絮絮棉花了……”

妙兰的心提到嗓子眼，慌忙上前铺平被子：“娘，我不冷，往后觉得冷了，再找人来絮絮就行了。”

“哎，最近烦心事比较多，我也是顾不上你。”朗太太带些愧意道。

“这一大家子大大小小的事都得经您的手，我哪能再给您添麻烦呢？”妙兰笑得勉强。

朗太太站起，有些力不从心地说：“你有这份孝心让我省心挺好，你早点歇息吧。”

妙兰送朗太太到门口，长长舒了口气：“娘，我送你回房吧。”

妙兰扶着朗太太在走廊上，看到朗月明的房间灯还亮着。

“这个月明啊，体质本就弱，别再熬坏了身子，妙兰，你去吩咐厨房，让他们做点吃的给月明送过去。”朗太太心疼不已。

妙兰应了一声，送朗太太回到房中，便去厨房亲自动手做碗鸡蛋羹，给朗月明送去。

朗月明正在查阅着账目，妙兰端着鸡蛋羹进门。

“这么晚了，你来干吗？”朗月明抬头看了一眼，又低下头继续看账目。

“娘让我给你送点吃的，你先吃点再看。”妙兰将鸡蛋羹放在桌上，随后把账本从朗月明的手上拿开。

朗月明厌恶地皱鼻：“别在这给我添乱！”

妙兰也不生气：“一个人很难改变在别人心中的印象，就像娘看我，怎么看都不顺眼，做这么多有什么用？”

朗月明伸手轻刮自己的眼眶：“那你为什么还要做？你可以走啊！”

“我去哪啊？我这个身份这个岁数，怎么开始新的生活？”妙兰语气中有着苦楚和委屈。

朗月明轻蔑地斜睨，道：“照你这样说，你倒是无欲无求了？”

妙兰嘴角微微一勾，缓缓凑近朗月明，声音充满诱惑：“那你说我求什么呢？”

朗月明顿觉不适，身子往后一倾，拉开距离，皱眉道：“你求什么还要我说？不过你确实命不好。”

“可是我认命啊，我不会自寻烦恼，你不同，你放得下顾海棠吗？你放得下月轩吗？你和月轩命中注定是一家人，别人注定要拿你们比较，所以你把自己折腾得疲惫又狼狈。”妙兰如同洞察先机一般，侃侃而谈。

朗月明眯着眼睛，有点刮目相看？“你还真是懂我。要是你的话，我和月轩你会选谁？”

朗月明这番话问得唐突，但妙兰没有丝毫犹豫，直接答道：“选你！”

朗月明显然不信，摇摇头，叹道：“口是心非了吧？我知道你的想法！”

“其实你不了解我，月轩容易感情用事，为了一个人他可以拼尽所有。你不一样，你处在任何环境都会先保全自己。轰轰烈烈的爱情也许不懂人情世故的小姑娘会喜欢，而一个女人，尤其是一个备受命运折腾的女人，更需要的是能伸能屈的男人。你的脸在坏的时候，你觉得自己没有什么好失去的，无所谓，但是现在不一样，你势必要追回一切你失去的东西！”妙兰定定地看着朗月明，目光深邃，但又闪亮，这让他忽然想起了暗夜中立于枝头，窥伺人间的猫头鹰的眼睛。

“你看人可真准，你天天陪着我娘，寂寞不寂寞？”朗月明别过目光，心中略一慌乱，端起碗，喝起鸡蛋羹来。

妙兰若有所思地笑道：“你比我年长不了几岁，你想的事，就是我想的事。”

朗月明擦了擦嘴，轻描淡写道：“娘有时候脾气不好，对你又苛刻，你能心甘情愿地守在她的身边？我感觉你有些恨她吧。”

妙兰大胆地坐在朗月明的床上，目光空洞，但语气却格外坚定：“这是命，不认不行！”

朗月明一直盯着妙兰的动作，嘴上不置可否，眼神却越发凌厉：“其实你不会跟任何人吐露心里的想法，你隐藏自己、保护自己，不过很多事憋在心里也是很难受的！”

妙兰幽幽一叹，轻抚身边的蚊帐，呢喃道：“习惯了。”

朗月明眼神闪了闪，一丝忧郁挂在脸上：“你的野心大着呢，现在也许看不出你的攻击性，但如果有一天有人夺走你珍视的东西，你会跟他拼命！”

“我一个小女子能有什么野心？而且我有什么东西让别人来抢啊？”妙兰以一副人畜无害的样子回答。

朗月明呵呵一笑，无所谓地摆了摆手：“不说算了，以后有什么事需要你，你多伸手，我不会亏待你，你是聪明人，多余的话不需我深说。”

妙兰眼角一挑，带着些许挑衅，看着朗月明，道：“你跟我还有什么不能深说的？除了你，我可没跟第二个男人说过这么多话……”

然而，妙兰的话没说完，房门兀地被打开，正是朗太太。妙兰慌张地站起身。

朗月明有些惊讶：“娘？这么晚了，你还不睡觉？”

朗太太看到桌子上的空碗，严肃道：“妙兰，你回去吧，时候不早了。”

妙兰没敢说话，福了福身子，匆匆赶回房间，迅速脱衣服熄灯。她胆悸不已，没有上床，忐忑不安地听着外面的动静。不消片刻，果然听到外面的脚步声由远及近，接着便是朗太太低沉而又凛然的声音：“妙兰，开门！”

妙兰想装睡，怎料终是无效，只好披着衣服打开门。在门开的瞬间，朗太太抬手一推，将她推进门，随即狠狠扇了她一个耳光，喝道：“你跟月明都说什么了！谁给你的胆子跑到月明那去传老婆舌？你指望月明可怜你是不是？你之前跟月轩不清不楚，现在又勾引月明？”

妙兰捂着脸，扑腾地跪在地上，颤抖着解释：“娘，我冤枉呀……”

朗太太呸了一声，厌弃道：“烂泥扶不上墙，我是对你苛刻，你这表里不一的臭皮囊让我怎么相信你，你别跟我藏心眼，你肚子里那点小算盘，我一清二楚！”

“娘，我只是有感而发，不是成心的，您消消气，我再也不敢了……”妙兰泪珠在眼眶打了几转，终于是滴了下来。

朗太太冷哼着走向床边，似是翻找着什么。

妙兰见状不由得打了一个激灵，慌张地站起来问道：“娘，你找什么？”

朗太太瞪了妙兰一眼，将找到的佛珠戴上手腕：“我告诉你，你最好给我安分守己，别动你那些花花肠子给我丢人现眼。”说罢，愤然离去。

妙兰目送朗太太直到背影彻底消失，才关上房门，来到床边，拿起扎满针的纸人，轻抚火辣辣的脸庞，满眼都是骇人寒意。

第五十三章 ◎只欠东风◎

清晨，雾气未散，寒风裹挟。朗月明穿着大衣和往常一样准备去工坊仓库，恰在门口遇到父亲。

“陪我走走。”朗斯年似乎等待已久，肩头微微有些霜白，似是在外有一阵子。

朗月明点头依从，但又担心道：“爹，您的腿能走远吗？”

朗斯年轻轻一笑，与儿子并行，目视前方忽然感叹：“不走怕是永远都走不远了，月明，你是一个独立的人，从小就不愿意给别人添麻烦，受伤之后，也没要过别人的同情和安慰，这一点你很像我。”

朗月明笑得有点尴尬：“爹，您这是在夸我，还是在说我不好接触啊？”

朗斯年步伐微微一缓，每一步都多了分沉重：“江山易改本性难移，我从没有想过改变你，只希望你能够为别人想一想。”

朗月明了然父亲的意思，脸色一正，道：“爹，我跟月轩只是就事论事，并没有针对他，我们关系一直很好。”

朗斯年搓了搓冻红了的双手，觉得无用，仍是冷得刺骨，便缩进衣袖，嘴里倒是白热的气息滔滔不断：“你俩因为顾海棠产生隔阂，我能不知道？当然，感情上的事，只要真心，并没有谁对谁错。”

朗月明想也没想，在手心哈气，握住父亲蜷缩的双手，传递温度，笑道：“爹，你更应该去阻止月轩，而不是开导我，我和海棠毕竟有夫妻之名，昆杨几乎无人不知，我和顾海棠若是能够复合，倒不失为余情未了的佳话。”

“可是海棠并不爱你。”朗斯年眼神充满了纠结，其中有慈爱，也有可惜。

朗月明不作细想，脱口而出：“你爱娘吗？为何我看不出来？”

话问出口，朗月明就有些后悔。朗斯年倒也不生气，只是目光微微一顿，愣了愣，才道：“当然爱，我们上了岁数，对爱的理解不一样，你看不出来也属正常。何况男人和女人在一起，也不完全是为了爱情，更多的是责任！”

朗月明不忿道：“如果没有月轩，当初我和海棠何至于闹得如此不堪？

爹，您觉得我应该放弃吗？您背着娘支持月轩和海棠，你又何曾考虑过娘的感受呢？”

朗斯年将自己的手覆在朗月明的手上，循循善诱：“我不希望你重蹈覆辙再痛苦一次。而且，现在月轩做的都是为了朗里春，我希望你能帮帮他，朗里春的情况你很清楚。”

朗月明感受着父亲的温度，恍惚间似乎回到了小时候的光景。他蓦然生出满腔酸楚，叹了口气，勉强笑道：“我知道了，其实我何尝不想多帮您分担一些，您可不年轻了。”

朗斯年听到此话，很是欣慰，难得地开怀大笑：“我岁数不年轻，可我这体格和精神头可不一定比你差，你小时候跟我比赛跑步，总说我的腿比你长，现在咱爷俩可以公平地比试一下了！”

朗斯年说完，兴致盎然地松开脖颈的纽扣，开始活动关节。朗月明也来了劲头，跃跃欲试，仰着头，挑衅道：“我可不会让着你。”

说做就做，爷俩拉开架势，并肩站在路中央，迎着猎猎寒风，相视一笑，健步飞奔。

时过半刻，朗斯年终是体力不支，伸手拉扯超越他的朗月明。朗月明则一面闪避，一面轻轻推动着父亲。

两人嬉笑不止，你追我赶，仿佛这样的劲头，可将一切恩怨愁苦都带走。可惜，愉悦的时间总是短促。在送走父亲后，朗月明和煦的表情在进入仓库的刹那，便已经荡然无存。

朗月明盯着谨慎地跑来的楚楚，问：“新产品怎么样了？”

“听海棠说油脂的成分不对，需要的是纯植物高纯度油脂，现在用的好像安全性会大打折扣。”楚楚低着头汇报道。

朗月明沉吟许久，不再言语，只从大衣兜里拿出一沓钱递给楚楚。

在楚楚溜出仓库后，他也没耽搁，支走工人，找到盖在油布下的几桶油脂原料，打开盖子闻了闻，若有所思地皱起眉头，但又很快回过神来，将油脂桶重新盖好，回到办公桌座位上。然而，他刚刚坐定，朗月轩便匆匆冲了进来，满头大汗，道：“哥，我还要拉一趟原料。”

朗月明回答得极为爽快：“好！”

朗月轩吃了上次的亏，这次学得乖巧：“我是先跟你打声招呼，再找爹说。”

“不用，你直接来拉吧。其实我真的不是难为你，我上次那么做，说白了就是想让爹相信我，没有针对你的意思，我想以咱俩的关系，就不需要做太多的解释了吧？”朗月明无比诚恳。

朗月轩更加不好意思，忙道：“哥，是我给你添麻烦了，朗里春每天进出货庞杂，每一步都要记清楚，是我没走流程。”

朗月明起身，与弟弟勾肩搭背，很是亲热，道：“今天爹跟我说了很多，我想了很多，咱们都长大成人了，爹娘都老了，说句难听的话，咱们还能尽几年孝道啊？咱们加把劲早日把这个家撑起来，让二老享享清福，你说是不是？”

“是，哥，我俩最近总是拌嘴……”朗月轩话说一半，被朗月明开玩笑地推搡着打断：“咱们兄弟还来这些虚头巴脑地干什么？你快找车拉货，别耽误事。”

朗月轩一脸喜色，连连说了几个好字，快速出门张罗。

一切有条不紊，但也分秒必争。朗月轩刚刚指挥工人把原料上车，又接到父亲的电话，让他开车一起去龙德水那里。

朗月轩忙不迭地吩咐货车司机务必把原料送到工坊，便即刻开车回到家门。

朗斯年上车之后，愁眉锁眼地盯着儿子，道：“龙德水上回跟我说想让你当他的女婿。”

朗月轩吃了一惊，猛然回头，愕然中透着拒绝：“爹，我跟莫婳是不可能的，这你知道啊，你不能把我卖了呀！”

朗斯年手背朝前，摆了摆手，沉稳道：“你先开车。瞧你这话说的，我不是要把你卖了，龙德水三番五次地提这件事，他肯定是真心诚意的，在这个当口上，你可得把这出戏唱好。我们要稳住龙德水，你正好可以利用这个机会麻痹住他。”

“道理我都懂，可是爹，我麻痹龙德水可以，但我不想欺骗莫婳，她这个人心眼直来直去，怎么想就怎么是。”朗月轩发动车子，却没有开动，极不情愿。

“你看着办，你天天在外面跟那么多女孩打交道，这还用我教你吗？”朗斯年没好气地说道。

朗月轩一脸苦相：“爹啊，我和女孩打交道，那是很久以前的事了。”

“要不是顾海棠，你现在指不定在哪里花天酒地呢。”朗斯年吹胡子瞪眼。

“爹，我之所以离不开海棠，就是因为她拯救了我的灵魂……”朗月轩有点嗫瑟。

朗斯年伸手扶额："海棠的事儿要慢慢渗透，别逮着机会就提她。你见机行事吧，既不伤害莫婳，也别激怒龙德水。"

"哎，不仅送钱，还得讨好，这都是什么世道啊。"朗月轩踩一脚油门，汽车缓缓向前行驶。

朗斯年干咳一声，语重心长道："月轩，我把很多事交给你，不是因为你多优秀，而是因为你正直，正直比任何事物都重要，你记住！"

朗月轩做了一个敬礼的姿势："爹，我记住了！"

"嗯，工坊那边怎么样了？"朗斯年懒得去看总是没个正形的儿子，将目光转向车子的外面。

朗月轩喜笑颜开："顺利的话，今天就能把样品做出来！"

朗斯年长长舒了口气："那就好，现在就指着新产品打一场漂亮的翻身仗了！"

二人说话间到了龙府。由于龙德水提前跟门口士兵打了招呼，朗家父子畅通无阻地进入客厅。

龙德水穿着便服乐呵呵地迎客，眉开眼笑地客套："朗老板，别来无恙。哟，月轩也来啦！啧啧，还是儿子好啊，气势就是不一样！"

朗斯年赔着笑脸作揖回道："龙大帅，说到气势，谁能比得上您啊！"

龙德水将目光转向朗月轩，满眼的欣赏："不一样，上阵父子兵，月轩往你身边一站，胜过千军万马，朗老板，我羡慕你啊，月轩要是我的儿子，我可美死了！"

朗斯年淡淡一笑，干脆道："这好办，让他认你做干爹。"

"那能是一回事吗？要叫就叫爹！快坐吧。"龙德水眼中精光一闪，促狭地一笑，示意二人坐下，又立刻对朗月轩摆摆手，"小子，你跟我们没什么好说的，上楼找莫婳去。"

朗月轩站了起来，笑着婉拒："我寻思着能听听二位说话，多学习学习呢。"

龙德水粗鲁地道："跟我们学？我们狗嘴里能吐出什么象牙来？"

朗斯年差点笑出声来，对儿子使了个眼色："月轩，去吧。"

朗月轩抱拳行礼转身上楼，直接到龙莫婳的房间，敲门两声，门便被打开。龙莫婳没想到是朗月轩，有些讶然，但更多的是欣喜："你怎么来了？"

朗月轩俊逸一笑："我爹找你爹办点事，我送我爹过来的。"

龙莫婳赶紧把朗月轩让进屋，关切地道：“坐，你吃饭了吗？吃水果吗？渴不渴？喝茶还是咖啡？”

朗月轩坐在椅子上，左右打量着，敷衍道：“行了，跟我这么客气做什么？你也坐会吧。”

龙莫婳又开始害羞起来，本能地摸了摸头发，想要整理姿容：“我要知道你来，肯定先好好收拾一下了，我这有点乱。”

朗月轩摇头道：“无妨的。”

龙莫婳打量着朗月轩，认真又心疼：“你最近怎么样？我看你都瘦了。”

“我啊，还不是瞎忙活，瘦点不是挺好，吃饭省粮食，穿衣省布料。”朗月轩若无其事地说道。

“我倒是无所事事，越来越胖了。”龙莫婳不自觉地抚摸着自己的脸颊，憨憨地笑着。

朗月轩说了几句闲话，随即笑容渐渐归于沉默，片刻后，终于还是问出口：“莫婳，学堂闹事的那些人，跟你有关系吗？你实话实说，没事的。”

“我跟海棠不管怎么说曾经也是无话不说的姐妹，怎么会是我呢？”龙莫婳不敢再看朗月轩，两只手纠缠在一起，显然十分紧张。

朗月轩将这一切都看在眼里：“其实闹事那天，我赶到学堂的时候有看到你，事后你又去我家找月明。我本想问问，就是没找到机会。”

龙莫婳没想到朗月轩知道这么多，错愕地道“那天我只是顺路，找月明……也是为了问你的近况。”

“莫婳，你根本不会撒谎，你现在面红耳赤的，做了就是做了，何必把这些藏在心里？我真的不希望你是那个卑鄙的人，为了宣泄不惜出卖朋友。”朗月轩觉得有必要和她说明一下，免得她越陷越深。

“朗月轩，你不要把话说得那么难听！”龙莫婳何曾受过如此奚落，顿时大怒。

朗月轩岿然不动：“要不是你做的，我会跟你道歉，但是要是让我知道是谁，也绝不会姑息！”

“那你去查啊，在我这里耍什么威风？你从来都没有把我当过朋友！”龙莫婳负气道。

朗月轩冷峻道：“正是因为我把你当朋友，所以你才肆无忌惮。”

龙莫婳柳眉竖起，看着朗月轩冷漠的表情，委屈骤增、怨恨丛生、妒火三丈，无法自持，夺门而去。朗月轩这才想起父亲的交代，赶忙追出，到了客厅，早已不见了龙莫婳的影子，倒搞得朗斯年和龙德水面面相觑，不明所以。

“怎么回事？”朗斯年脑门形成一个川字。

朗月轩面对龙德水，歉疚地道：“叔，对不起，我和莫婳见面就吵……”

朗斯年斥道：“屁话！你不会让着她？”

“没事没事，年轻人吵架很正常，吵才来感情嘛！月轩又不是外人，男人就得有点男人的血性，不然就把丫头惯坏了，我现在都管不了她，月轩，你帮我管管挺好！”龙德水毫不介意。

朗斯年横了朗月轩一眼：“你倒是去把人给我追回来啊！”

朗月轩应了一声，心不甘情不愿地跑了出去，在龙府周围转了一圈，也没见龙莫婳的踪迹，只好垂头丧气地回来。

朗斯年不好再坐，本来事情已经聊完，这便告辞，龙德水不住地表示龙莫婳的事不必放在心上，一直送到门口，这才回府。

父子二人坐在车里，气氛压抑。默然片刻，朗斯年忍不住，吐了口浊气，数落道：“你这猪脑子，忘了我叫你来干什么了？我跟龙德水谈得好好的，你倒好，成事不足败事有余！”

朗月轩满脸歉意，道：“爹，怨我，但我真的装不出来……”

“算了，龙德水见钱眼开，今天也算是让他开了眼了，他没想到我会送超过施济周一倍有余的钱，这件事他应该不会放在心上。”朗斯年很是无奈，只觉得一天到晚往外送钱这事儿简直糟透，什么时候龙大帅能闭上嘴，再也不吃？

朗月轩担忧道：“他不会得寸进尺吧？再来两次不是要给咱们搞关门了吗？”

“这一关暂时过去了，你说的也对，咱们不能坐以待毙！”朗斯年烦恼地晃了晃脑袋，眼神透着寞落和疲惫，内忧外患，处处不让他省心。不过好在一回到家，他就接到一个电话，是新产品的主顾催他要货。

朗斯年挂了电话，轻松不少，叫来朗月轩，喜形于色：“最近口红缺口很大，都在催你的样品！”

朗月轩欢喜不已，信心倍增：“太好了，样品今天就可以出来，不出意外，这两天就能发货，我待会去趟码头先打点下！”

朗斯年道：“还是要稳妥，务必要万无一失，我们可没有犯错的机会了。一定要保质保量，这可不是闹着玩的。”

“爹，你放心，我一定严格要求，这点我还是明白的。”朗月轩举手发誓。

“抓紧时间，尽早发货，你忙去吧！”朗斯年笑容可掬地将电话摆正，看着儿子挺拔的背影，一阵欣慰。

此时，在龙府发生的不快倏忽烟消云散，只觉得万事俱备，只欠东风！

第五十四章 ◎欺天罔人◎

愉悦的心情即便在数九寒冬，也一样会掩抑不住。顾海棠轻快地走在路上，一阵阵暖流从心里泛起，目光掠过处只觉得枯树也有了生机，树枝如同手臂挥舞欢迎。

一回到家，她便做了一桌丰盛的饭菜，并且给顾夏合倒了杯酒。顾夏合拿起酒杯闻了闻，惊讶道："真酒啊？"

"今天高兴，允许你喝一杯！嘻嘻，我研制可以吃的口红，成功了！"顾海棠自豪之情溢于言表。

顾夏合自是高兴，但也颇为纳闷："什么叫可以吃的口红啊？"

"就是说它是纯天然纯植物，无毒无害的，而且有些甜甜的味道，充满恋爱的气息！"顾海棠举杯痛快饮尽。

母亲天瑜看着给自己夹菜的女儿，满脸慈爱，激动地道："海棠，你爹要是知道你现在这么能干，他该有多高兴！也不知道他今天回来不回来，哎，算了，咱们吃吧，菜凉了再给他热就是了，不等他！"

这一席话，倒让气氛凉了些许。顾海棠姐弟看到母亲又犯了糊涂，互相对视，眼神都有些落寞。

饭桌上安静了一会儿，顾夏合突然想起一件重要的事，忙道："对了，姐，有个叫韩瑞斌的人，在我们家门口晃悠好几天了，说是他师父走了，想尽尽孝心，让娘帮着去入殓化妆，还说他是孤儿，是师父把他拉扯大的，愿意出重金答谢，他明天一早就过来……我寻思着咱们最近不是缺钱吗？一来帮了人，二来也有收入。这可是好事。"

"娘，你的意思呢？"顾海棠不置可否，回头问了问天瑜。

天瑜略微想了想，道："海棠，咱们还是帮帮人家，一辈子就这么一回……"

顾海棠心中暗叹，现在口红的事正在关键时刻，如果这个时候去入殓，恐怕会被唯恐天下不乱的媒体大肆渲染，又是一件后患无穷的事，不过母亲的一片好心好意，也不能拂逆，只能点头答应。

第二天，韩瑞斌如约而至。顾海棠提前说好不要钱，直到对方应允，这才收拾工具。顾夏合因为还要上课，便先去了学校，由顾海棠陪伴天瑜同去。

韩瑞斌开车载着她们到了家中，一进屋便高声喊道："二叔，人来了。"

只见床上躺着一个头发半白的老者，本是奄奄无力，却听到此句后当即翻身坐了起来，矫健无比，还客客气气地说道："给你们添麻烦了。"

跟着进门的顾海棠和天瑜皆是一愣，一脸疑惑地看着韩瑞斌。韩瑞斌连忙解释："二位，不要误会，我这个二叔儿子去年没了，一股火顶上来就犯重病，他自知时日不多，对他的身后事千叮咛万嘱咐，总惦记着自己走后是个什么样，时间一久，就魔怔了，总是胡思乱想，所以才想着请二位祛除他这块心病。"

顾海棠冷冷道："世上没什么事能大过生死，你拿这件事当儿戏，恕难从命！"说着要拉着母亲离开这里。

韩瑞斌扑通一声跪在地上："二位，我只是想遂了老人的心，这才厚着脸皮隐瞒了实情，还望莫怪！"

天瑜心软，上前扶起韩瑞斌，回首看着顾海棠，劝道："难为他一片真心，就帮帮他吧。"

顾海棠见韩瑞斌恳切的眼神，又架不住母亲执意，唯有点了点头。

随后，天瑜打开携带的工具箱，小心翼翼地一样一样铺开，然后对躺在床上的老者的脸开始化妆。顾海棠驻足一旁，见母亲动作麻利，技法精准，很是佩服。

"海棠，你爹的手比我的手还要细致，这层香膏涂得越薄越好，厚了就失去本来肌肤的质感，容易失真……加强轮廓的线条感是最重要的，我手法不如你爹，眼神也不如你爹，他化的妆，勾勒出的线条如行云流水，根本看不出一丝刻意。"天瑜一边认真画着，一边回忆着，脸上带着幸福的笑意。

顾海棠不住地点头称是，表示记在心下，但又悲从中来，只想这一辈子都不希望母亲知道父亲的死讯。

妆很快化完。顾海棠扶着老者起身，拿了镜子给他照。

老者兴冲冲地打量着自己，道："这么大岁数了，头一回描眉画眼，值了！"

"二叔，你可真俊啊，下午带你去戏班子学唱戏吧。"韩瑞斌嬉皮笑脸地说，惹得众人均是一笑，气氛活跃不少。

顾海棠和天瑜就此告辞。韩瑞斌一脸感激地抱拳作揖，恭送母女二人，看着她们直至消失，才回过头，进屋拿出一把刮刀，在老者脸上刮下天瑜先前涂抹的残留物，并用油纸包好。

老者极为愤慨："你小子这么干是要遭报应的！"

韩瑞斌不在意，道："爹，你怎么这么说话呢？我也算是尽一份孝道，让你感受一回我办的后事了。"

老者依旧骂骂咧咧，韩瑞斌撇嘴跑出房间，开车来到施济周家，与门人耳语几句，便被带到书房。

施济周正在里面看书，看到韩瑞斌，眼前一亮，期待地道："到手了？"

韩瑞斌将包好的残留物放到桌上："到手了，而且跟你说的十分吻合，我猜八九不离十。你不是说她家的配方都是自己配置吗？这些残留物的成分是不是可以进一步印证你的判断呢？"

施济周满意点头，"这件事，你不能跟第二个人说起！"

韩瑞斌拍拍胸脯，"放心，规矩我懂。"

施济周拿出一沓钱扔给他，嘱咐道："事成之后，十倍！"

待到韩瑞斌千恩万谢退出书房，施济周马上拿起电话，拨通一个号码，阴阴地道："我这有样东西，你帮我查查里面都是什么成分……"

此时，另一边，顾海棠和天瑜并不知道这背后的一切。她们一路沿着街道闲逛，心情不错地四处观看。

顾海棠看到母亲这般好奇，心中发酸，觉得自己陪伴她的时间实在是太少。正当她责备自己的不孝，寻思如何用日后的时间好好补偿时，忽然见母亲身子一晃，几乎站立不稳。

她忙去搀扶，关切地问道："娘，你怎么了？"

天瑜稳了脚步，立刻伸手拍打着自己的额头，激动地说："我好像想起来了……你快记下来，是你爹的口诀！我怕过后又忘记了……"

顾海棠也激动不已，奈何身边没带纸笔。

天瑜焦急万分，只能附耳一字一句地讲述："三月春雪四两灰，五行真火六盏杯，七月艾蒿八瓣梅，九月秋风十日吹……"

顾海棠屏住呼吸，全神贯注地默记，怎料一辆汽车从二人身边呼啸而过。天瑜吓了一跳，捂住耳朵，惶恐不已，颤颤巍巍，道："海棠，我实在记不起来了，我把你爹的心血给忘光了……这可怎么办啊？”

顾海棠眼眶有些湿润，抬手抚摸着母亲的后背，哽咽地道：“娘，没事，以后会想起来的，咱们先不想了，你说的我已经记下，咱们回家。”

天瑜的情绪过了好一会儿，才渐渐平复，不住地点头，扯着女儿的衣袖，喃喃道：“对对，回家……回家……”

此时，已近傍晚，长云暗，晚风寒。顾海棠拉着母亲的手，步履沉重，缓缓前行，举目眺望沉寂的天际，只觉得来去无尽头，走不出心忧。

第五十五章　◎径情直遂◎

夜幕就像是一张黑色的大网，悄然撒落，笼罩整个朗府。朗月轩正要出门，忽然接到施迪文的电话。

原来龙莫婳被朗月轩气走后，去找施迪文。两人谈了许多。在施迪文的开导下，她决定不再缠着朗月轩，现在已经回到龙府。

朗月轩听得欣慰，但又感觉施迪文说话的时候一直断断续续，似是吸气，又好像在忍痛，好奇一问，对方却连说没事。

其实，龙莫婳每每心情不好，都会对施迪文做些什么，比如让施迪文骑车从高坡滑下，摔得七荤八素；让施迪文掉进水池，成个狼狈的落汤鸡……虽看着过分，但一个愿打一个愿挨，施迪文倒是乐在其中。

朗月轩又与施迪文聊了片时，方挂了电话，舒了口气，觉得终于包袱落地，一身轻松，忙开车来到鸣锣巷，敲开顾海棠的家门。

顾海棠因着白天忙碌，有些困倦，已入睡，酣眠中听见敲门声，只得起床，此时正披着衣服出来，揉着眼睛，喃喃道："什么事这么急？"

朗月轩抬手紧了紧她衣领，揽着她的肩走进院子，语气温和：道："今天青青在学校和夏合聊天，说到你和你娘去给人入殓了。这时候尽量不要节外生枝。"

顾海棠颇感无奈，语气微微强硬，道："这些我都知道，可是娘觉得人家求上门来，总要伸手帮一把。"

朗月轩并无责备之意："道理我懂，可这么做太冒险了，我们先前是吃过亏的。"

顾海棠莞尔，拉过他的手，语气缓和，道："月轩，你的心情我理解，不过我也不觉得娘的选择有何不妥。我们还是不要计较外人怎么看，做自己认为正确的事情吧。"

朗月轩怏怏不乐，有些气馁，道："我只是担心做了这么多努力，万一出什么闪失，可就糟糕了。"

顾海棠怔了一下，凝视着他的眼睛，探寻道："月轩，你说过，永远支持我的。"

朗月轩淡淡一笑，掩住眼底的忧虑，在她的额头落下一吻："早点休息吧，我在码头那边还有点事要处理。"说罢，他匆匆离去，走到巷口，回头看了一眼，发现顾海棠还在门外，在冷冷的月光下定定地望着他，身影单薄而孤寂。

他心疼地招了招手，想开口让她快回去，却又想起她们母女为人化妆的事情，一股不安涌起，将所有关切的心情都压抑。

接下来数日，朗月轩一直忙于新产品的制作，进展顺利，不几日便得到主顾的回馈。他兴冲冲地回家报喜，却见父母和大哥他们正在客厅讨论金银街店面的事情，听闻店面房东收到了三倍的租金，想必是施济周干的好事。

朗斯年见了朗月轩的兴奋样子，一脸愕然，道："怎么了？"

朗月轩赶忙将样品的事情告知，却发现父亲装作不懂地说："什么样品？"

朗月轩迷茫地问："口红啊……爹，你不知道？"

"我不知道啊，大家都不知道，你说说。"朗斯年眉目间尚有喜色，但并不像是毫不知情。

"什么事？支支吾吾的！"朗太太还在为店面的事头疼，心情不畅，语气有些狐疑。

朗月轩盯着父亲眼睛细细端详了片刻，心念几转，这才明白其用意。原来，父亲是要把这件事摊开，让他跟母亲邀功呢。于是，朗月轩振奋地说："口红的主顾看了样品十分满意，下了一个大订单，而且不止一家！这些订单……大概是朗里春半年的流水量！"

朗太太惊呼道："这么多？"

朗月明嘴角一沉，目光不由得冷了几分，放松地垂在身侧的手蓦地收紧。他观察着父母的反应，压住心中的不甘，佯作高兴地问："月轩，你确定吗？"

"当然确定，他们马上付定金，现在就开始准备。"朗月轩没有觉察大哥的隐情，喜形于色。

朗太太眉目舒展地看向朗斯年，欣慰地道："那我们这口气缓过来了！"

朗斯年微笑道："朗里春这口气是缓过来了，但是你这口气还没缓过来呢。"

朗太太有些诧异，问："这话怎么说？"

朗斯年手指点了点朗月轩，道："这款口红是月轩和海棠一起琢磨的，但是你对海棠有些看法，所以这件事并没公开，我希望现在大家能够暂时放下误解，共同渡过难关！”

朗太太不悦地道：“说得好像我不想让朗家好一样！我是生气，但是一码归一码，而且这不等于我就改变了对顾海棠的态度！”

朗斯年笑眯眯地喝了口茶，“无论如何，月轩和海棠着实是为朗里春立下大功，月轩，你可要办得稳妥！”

朗月轩笑着抬头挺胸，信心十足，道：“放心吧，我就算是不吃不喝，也要把这件事做好！”

朗太太沉默着扫了一眼朗月明。她有些担心大儿子会心理失衡，却见朗月明只是浅浅一笑，道：“爹，我一定帮月轩做好殿后工作。月轩，你放心，所有原料我都会给你预备齐全，你放心大胆地干！”

朗月轩抚掌，激动地坐在朗月明身旁，道：“哥，你还别说，这事真的很赶，收货方希望越快越好。”

朗月明当即站起，兴致勃勃，道：“那我现在就去仓库！”

朗月轩抄起一杯茶咕嘟咕嘟喝完，也跟着起身：“我也得准备准备，好顺利开工！”

兄弟俩齐头并进，各理分工，让朗斯年与朗太太看在眼里，慰藉在心，不由得相视一笑，暖意融融。

朗月轩回到屋子，埋头制订完生产计划，已到深夜。他虽困倦，但想起这个好消息还没有和顾海棠分享，便急忙出门。

鸣锣巷不远处，有一个花园。虽是冬季，但里面红梅、黄梅盛开，丝丝的清香遍漫，生机盎然，很是温馨惬意，也吸引了众多情侣们，总是忘记寒冷，来这里赏梅幽会。

朗月轩和顾海棠也很是喜欢，手牵着手，漫步其中。

朗月轩叙说完之前在家里的情况，开怀道：“其实我娘就是刀子嘴豆腐心，她最终会改变对我们的看法的。”

顾海棠抿了抿嘴，露出歉意，道：“也怪我之前由着自己的性子，惹太太生气，还害得她身体不舒服。”

朗月轩呵呵一笑，揽着她的纤腰，调笑道：“哟，向来坚持己见，很有原则的顾小姐怎么开始承认错误了？”说完顿了顿，钳住顾海棠招呼过来的手，清了清嗓子，认真地道：“你不是成心的，现在爹对咱们是鼎力支持，哥似乎也接受了事实，我们的好日子就快来了！”

顾海棠轻叹口气，仍不肯绽开唇角，道：“最后一关最为关键，我们千万不能出差池。”

“你好像不是特别高兴啊。”朗月轩观察得细致入微。

顾海棠摇了摇头，顿了顿，又点了点头，道：“我来昆杨的目的并不是为了这些，现在我每天忙活，好像是逃避。我娘的身体不如以前，很多事都想不起来了。”

“不管有什么困难，我都会在你身旁。”朗月轩轻轻温声细语，有道不尽的柔情。

顾海棠紧了紧他的手，望着皎洁的明月，想起曾经海棠园的一晚，眼中是无尽憧憬，也闪动着对未来未知的忐忑，道：“月轩，我们会一直走到最后吗？”

朗月轩站住脚，正对着她，于月光之下，举手发誓：“没有最后，我们会一直走下去，我永远不会离开你的！你要对我有信心！”

顾海棠深吸口气，望着他坚毅如磐石的目光，眼中氤氲的晦涩渐渐消散，最终化作一抹轻笑，释然地说道：“我当然对你有信心！”

第五十六章 ◎不虞之变◎

昆杨这个冬天一直不曾下雪，空气异常干燥，令人极不舒服。这种天气对朗里春而言，倒不是坏事，护肤润唇成了太太小姐们的首要之务，加上新产品的刺激，整个工坊上上下下繁忙之至，一派繁荣。

顾海棠在工坊里，一边对原材料进行仔细检查，一边招呼凡真，道："你去检查一下每个人的卫生情况，制作过程中必须佩戴防护工具，一件都不能少！"她做得专注，丝毫没注意到一旁的朗月明正故作漫不经心，实则眼眸一直在她身上扫来扫去。

凡真答应着进入生产车间后，朗月明磨磨蹭蹭地来到顾海棠身边，一脸真诚，道："海棠，祝你一切顺利！"

"谢谢你月明，月轩说你一直在帮我们，我很感激！"顾海棠依旧低头检查着原料，回应得有些敷衍。

一直在旁默默工作的朗月轩看哥哥的转变，由衷开心，真挚地道："哥，多谢。"

"我就不爱听这个，说得我跟外人似得，你们忙吧，我先回仓库。"朗月明巡视罢，临走时有意无意地瞥了眼楚楚，嘴里笑哈哈地念叨。

顾海棠微笑着目送朗月明离开，眼神微微泛起波澜，沉吟须臾，忽然道："月轩，昨天晚上我想了很久，决定做完这一批，把流程和工艺交给凡真，我要退出。"

朗月轩讶然，追问："为什么？"

顾海棠抿着嘴唇，坚持道："月轩，你说过会尊重我的决定。"

"当然，不过你去哪我就跟着去哪。"朗月轩一副你甩不掉我的嬉皮表情。

顾海棠眉心聚拢又舒展，反复几回，一看便是心中有事。她目光随意地扫视着，突见一个工人从桶中抽取油脂，目光一凛，急忙上前，自语道："咦，这油脂颜色好像不大对呀！"

一旁的楚楚似是无意地走了过来，好奇道："最近温度较低，凝固了？"

顾海棠正欲将油脂调出仔细查看，外面忽然传来顾夏合的声音：“姐！家里出事了，来了好多记者……”

顾海棠心中一颤，赶忙出门去迎，在顾夏合上气不接下气的口述中得知，家里竟然冒出一群记者，围着母亲问东问西，说顾家是跟死人打交道，现在又在做口红，忙完死人忙活人，端的是什么心态。而母亲见到人多，则心慌意乱，旧病复发，神志不清。顾夏合万般无奈，把记者们轰出门，安顿好母亲，这才从后门跑来求助。

顾海棠心中一沉，但仍临危不乱，嘱咐凡真盯着现场，不要出任何差池，随后和弟弟一起坐着朗月轩的车往家赶。

朗月轩开得很快，甫到巷口，车还没停稳，顾海棠姐弟便急忙往家冲，只见若干个记者正堵在门前。

顾夏合飞快地取了一把大扫把，驱赶围观的记者。顾海棠乘机进屋，看到母亲躲在屋子里瑟瑟发抖，过去抱着她不住地安慰。

“海棠，外面是什么人？叫上你爹，咱们快走……”天瑜身体发颤，字不成句。

“娘，没事，是夏合跟他同学闹着玩呢。”顾海棠不忍说实话，撒了个谎。

天瑜一脸惊恐，一面喊着，一面挣扎，“不对……你爹在哪？你骗我，你一直在骗我！”

天瑜顾海棠使劲抱住母亲，哭道：“娘，我怎么会骗你呢？”

此时，外面的朗月轩又是恐吓，又是利诱，好不容易将记者弄走，这才敲门进来，只见天瑜已躺在床上，蜷缩成一团，嘴里嘟嘟念叨：“你什么时候回来？我要回家……”

顾夏合站在床边，盯着母亲，哽咽道：“姐，咋办呀？”

顾海棠也束手无策，只觉得心力交瘁，眼泪欲出。这时，辗转反侧的天瑜忽然看到朗月轩，也不知哪来的力气，陡然坐起，抓住他的胳膊不放，道：“海棠爹，你回来了，你把我们娘仨扔这不管了吗？”

朗月轩很清楚天瑜的精神状态，虽然尴尬，但还是拉着她的手，笑着安慰道：“怎么会不管呢？”

“这两孩子都懂事，夏合老考第一。夏合，快叫爹啊，该不会认不出来了吧？”天瑜双眼无神，胡言乱语，手却死死不放。

朗月轩一边答应，一边动作轻柔地让天瑜躺下，岂知她的脑袋刚刚沾到枕头，轱辘一下爬了起来，开始收拾东西："不行，我一睡你又要走了，咱们回家，我想家了！"

朗月轩朝顾海棠打了个手势，轻声道："你俩守着，我去找大夫过来。"

医生很快找来，给天瑜服用了一剂安神的药，这才让她安稳下来，缓缓睡去。

顾海棠跟着朗月轩送医生出门，愁容满面，道："月轩，对不起，我连累了朗里春，没想到事情会闹成这样。"

顾海棠因为忧心母亲，刚才哭了一场，眼眶有些红肿，朗月轩委实心疼。他轻轻吻了一下她的眼皮，安抚道："海棠，有我扛着呢，事情既然已经发生，再自责也是无用。"

顾海棠紧张地道："我有一种不好的预感，这件事恐怕没有这么简单！月轩，咱们一起去朗家解释一下。"

"这……"朗月轩想起母亲的态度，顾忌重重。

"我都不怕，你怕什么？"顾海棠遇事，首先想到的是面对，而不是逃避，她觉得有必要走这一趟。

朗月轩来回踱步，思忖片刻，一咬牙下定决心，道："好。反正我们一起面对，有什么好怕的？"

说罢，二人安顿好天瑜，一起回到朗家，恰好大家正在吃晚饭，龙莫婳也在其中。

今日，白天朗府也被记者包围，朗月明好不容易才打发走。朗太太正在为此事生气，看到朗月轩带着顾海棠进入餐厅，冷哼一声，将筷子重重拍在桌上。

朗斯年倒是惯有的冷静、沉稳，招了招手，道："还没吃吧？坐下吃饭。"

朗太太皱眉蹙额，抢先道："这饭还吃得下去吗？"

顾海棠并不介意，落落大方，施礼道："我是来给大家赔不是的，一直以来，朗家对我格外关照，但是我给朗家带来不少麻烦，朗家对我的帮助和恩德，我一定铭记在心，有朝一日……"

朗太太听不下去，嗤之以鼻地打断道："顾海棠，你能记得这些，说明你还有点良心。但我们朗家不图你什么，你只要远离朗家，我就亲自给你烧高香了！"

这一段话毕，妙兰频频点头，迎合朗太太。龙莫婳则是观察着大家的态度，没有任何反应。

顾海棠轻咬嘴唇，继续说道：“我来昆杨人生地不熟，要不是因为朗家一次次伸出援手，我们全家可能还在漂泊。我现在给朗家惹了不小的麻烦，我能做的，就是退出朗里春，生产中的产品，跟我再无任何瓜葛！”

朗太太要的就是顾海棠这句话，忙冷笑道：“好啊，你说话要算数！”

顾海棠深深鞠了一躬，“我决不食言，谢谢你们一直以来对我的照顾！”

“又没死人，鞠什么躬啊！你隐瞒你娘的身份，枉费你一番心机。你娘好好过日子也行，却非要出风头帮人料理后事，真是有其母必有其女！”朗太太言辞极为难听。

顾海棠强忍内心的不快，要是只说她，倒是不愿分辩，但指责的是她娘，语气顿时激昂：“我娘是积德行善做好事。”

朗太太撇嘴，满脸不屑，道：“积德行善？那活该我们朗里春背黑锅？”

朗斯年觉得朗太太的话太过，眉头一皱，道：“好了，少说两句。”

顾海棠抬起头，不卑不亢道：“我和我娘只是做了应该做的事，问心无愧，我们可没有你想的那么复杂！”

朗太太看着朗斯年，手指顾海棠，气得哆嗦，道：“你听听，这是人话吗？顾海棠，你祸害完月明，现在又勾引月轩，你没心机？我看你是便宜占没够！”

顾海棠就算是再怎么抱着息事宁人的态度，面对如此无端指责，也没法无动于衷，道：“太太，你根本就不懂尊重别人……”

“朗月轩！你把她给我拉出去，别在这里碍眼！”朗太太气急败坏。

妙兰站了起来，呵斥道：“顾海棠，你要把娘气死吗？你怎么那么不懂事！”

龙莫婳也跟着添油加醋地说道：“你是来道歉的吗？这不是来找茬闹事吗？”

朗月轩深吸一口气，平复内心的波动，沉声道：“行了！”

“你胳膊往外拐？这不让你娘心寒吗？”龙莫婳横加指责。

朗月轩眼眸一闪，冷冰冰地道：“这没你说话的份儿！”

龙莫婳被朗月轩说得一时语塞，怔了半晌，也没说出话来，站在那里颇为尴尬。

顾海棠见局势不好收场，朝朗斯年微笑致意，转身要走，却被朗月轩拉住。

“你干什么？朗月轩，你要顾海棠还是要这个家？你要是有能耐，跟她一起走，离这个家远点，别让朗家沾染晦气！”朗太太怒目而视，大吼道。

朗月轩紧紧握着顾海棠的手，在这一瞬间，心念已定，坚定地道：“我不想惹爹娘生气，海棠过来只是想要澄清事实。事情不像你们想的那么复杂，海棠也没有撒谎，她对我们家一直怀有愧疚之意，总想着报答。其实她根本不需要愧疚什么，她把所有问题都归咎在自己身上，从不反驳，从不辩解，她本以为忍让可以换来谅解，但是她没有想到，从一开始你们就不愿意接受她！谅解，是需要勇气和胸怀的！”说完，牵着顾海棠走出家门，义无反顾，头也不回！

在场的人，悲伤、失望、尴尬、愤慨，也不知所措！而顾海棠和朗月轩则落寞地行走在街头，许久无语，但手依旧牢牵。

“月轩，对不起，要不是我，也不会闹成这样。”顾海棠自责不已。

朗月轩停下脚步，看着顾海棠的眼睛，满满的都是真情实意，道：“你没做错，是我让你受了委屈，你和娘我都没处理好，怪我！再说你和你娘本来就是为了助人。”

“不管怎么说你别怨太太，她是为了你好，接下来你该怎么办？”顾海棠爱怜地轻抚朗月轩的脸颊。

朗月轩神情苦涩，嘴角勉强牵扯出一丝笑意，道：“我这么大的人还能丢了？再说娘过一阵子气消了，我就能回去，你不必担心！我去海棠园住一段时间，那些花花草草，恐怕都认不出我了。”

顾海棠听着好笑，故嗔道：“你疏于管理，那些花花草草肯定都死了！你根本就不是养得好花的人！”

朗月轩握着顾海棠的手，只觉得冻得像冰块，忙放在嘴边哈气，温柔地道：“守着这么大一株海棠，我哪有时间去照顾它们呀？”

先前哀伤的气氛，终于稍微有些轻松。顾海棠别过脑袋，装着不高兴，道：“我你也没照顾好啊。”

朗月轩轻轻扳过她的额头，强迫她和自己对视，感叹道：“也不知道什么时候才能开花。”

顾海棠一脸羞涩，眼神躲避，道：“你才开花呢。”

“那我就五彩缤纷，花香四溢……”朗月轩又没了正形，开起了玩笑。

顾海棠掩口而笑，顺着朗月轩的意思，带着一丝讽刺道：“那时候招蜂引蝶，正中下怀！”

朗月轩啼笑皆非，迅速在她的额头上亲吻一下，说道：“我不需要招蜂引蝶，有你海棠便够了，要不你跟我一起去海棠园种花吧？”

顾海棠有那么一个瞬间还真想同意，但是转念一想，断然摇头，道：“我爹曾研发了一款很神奇的化妆品，叫作芙蓉露，爹走后就失传了，他是以八白散为基础研发出来的，我一直想要还原这个配方。当初花神祭祀我就尝试调配了这个配方，不过远远没有达到爹做出来的那么神奇的效果。现在我在我娘那发现了一个盒子，就是芙蓉露，我准备依照残留的配方复原它！不过需要时间和条件。”

朗月轩闻言略微有些失望，不过还是郑重其事地道：“月明化好妆的脸我看过，当时就觉得神奇，如果真的能还原芙蓉露，那可是奇迹！海棠，我提供你所需要的所有帮助，我找机会说服爹娘，让你继续和朗家合作。”

顾海棠眼神爱怜，不忍他再受委屈：“这件事也太难为你，而且他们已经不信任我了。”

“不难办，这可是一个天大的机会，如果合作成功，我预感这可以让朗家走向巅峰！”朗月轩意气风发。

“我再想想吧，其实我也没有什么信心，只能边走边看。”顾海棠没有马上答应朗月轩，不求高调，只求稳妥。她一直认为经营，就应该循序渐进。

朗月轩轻吻顾海棠的手背，颇为感动，道：“感谢你的信任，把这么重要的事情都告诉我了。”

“我答应过你，无论做什么，都会跟你在一起啊！”顾海棠莞尔一笑，为这萧瑟冬季添了春风十里，也引得朗月轩深情依依，道：“两朵隔墙花，早晚连理枝！”

顾海棠踮起脚尖，抱着朗月轩的脖子，在他嘴唇上印了个唇印，随之急忙跑开，面色含羞，道：“终日劈桃穰，仁儿在心里。”

朗月轩果断追上，与她十指相扣。月光皎皎，投映出二人挺直而瘦长的身影，月光下他们紧密相连，契合如天地初生的宿缘，不论日月更替，斗转星移，永世相依，永不分离。

第五十七章　◎季孙之忧◎

寒风肆虐，街上空无一人，路灯一闪一闪，仿佛也在瑟瑟发抖。

妙兰的房间火炉烧得正旺，暖意浓浓。她对着镜子试穿一件红色长衣，脸色阴晴不定，透着几分诡异。倏然，她的脸色微变，迅速脱下衣服，回到床边拿起针线操持，原来是听到脚步声渐行渐近，猜到极可能是朗太太。

果然，猜测不错。朗太太冷冷地推门走进，辨不清心情。

妙兰站起迎接，倒杯茶水，恭敬地立在一旁，看着朗太太接过茶水，轻吹浅抿，笑道："娘，这么晚了还过来？"

"怎么？你也不欢迎我？"朗太太气息一紧，语气陡然不快。

妙兰急遽道："不是！娘可是今天被那个顾海棠气着了，心里不舒坦？"

朗太太瞥了眼妙兰，使劲将茶碗盖扣在茶碗上，发出清脆的响声，道："真的气死我了，这个顾海棠是一点也不怵我啊，这么下去早晚不得把朗家弄得乌烟瘴气！是我低估了她，现在闹得我和月轩不和，这女孩子真的好心机！"

妙兰眼神一暗，唯恐天下不乱，添油加醋道："娘，还是您心慈，不忍心对一个小丫头下狠手，这顾海棠蹬鼻子上脸，才闹到今天这个地步。"

朗太太暗叹，放下茶碗，随手翻看着妙兰的针线活，道："不说她，一肚子气！你绣的这些图案，样子好，颜色配得也恰到好处，手挺巧。"

妙兰阿谀奉承道："娘，哪有您手巧，我就是闲来无事，找点事做。"

朗太太忽而有些感慨，挑眉看着这个儿媳，语气亲近起来，道："我现在年纪大了，脾气不成，平时容易烦躁，把火都撒在了你的身上，你怪我吗？"

难得朗太太态度温和，妙兰面露惶恐，道："我知道娘的心意，我也是把您当成自己亲娘看待，我打小就无亲无故，能在您身边伺候，是我的福分，我知足！"

朗太太眼中透出几分怜惜，淡淡一笑，道："你是个好孩子，比起月明月轩这两个不争气的儿子，你贴心多了。"

妙兰愣了愣，盯着朗太太，心中五味杂陈，有那么一瞬，她竟信以为真，泪光盈盈道：“娘……”

朗太太拉起妙兰的手，轻轻拍了拍，以示安慰，随后半躺在床上，轻微地叹息：“最近我这睡眠特别不好，困得两个眼皮直打架，翻来覆去睡不着，一件事接着一件事地想，真的是上岁数了，什么都不行了。”

妙兰乖巧地走到朗太太身边，虚握着拳为她捶肩，一半出于应付，一半是推心置腹，道：“改天开些安神的药汤，睡不着觉对身子的损害可大着呢。”

朗太太“嗯”了一声，闭目养神，松弛的眉心显着对妙兰动作的认可。然而，不一会儿，她又动了一下，感觉床铺下有什么东西硌着不舒服，不由自主地把手伸进去，顺带拽出来一个小包袱。

妙兰顿时大惊失色，扑上去就要抢包袱，道：“娘，没啥可……”

朗太太手臂一回，躲了过去，心知不对，喝道：“你别动！这里面是什么？”

妙兰面色如土，战战栗栗地道：“娘……没什么，只是我贴身的事物。”

朗太太不由分说就要打开包袱，妙兰吓得魂飞魄散，急忙上去抢夺。

朗太太见妙兰如此，疑虑更重，一面闪避着一面撕扯。终于，包袱被扯烂，里面的纸人掉了出来，轻飘飘地荡悠到地上，无声无息，却分外惹眼。

朗太太看到纸人，先是一惊，待到拾起来细看，吓得心怦怦跳，只见纸人的脑袋上和心口上扎着两根绣花针，上面还有她的姓氏、生辰，顿时气得脑袋一沉，差点昏倒。

妙兰惊惧地站在一边，骨寒毛竖，嗫嚅道：“娘，你听我说……”

朗太太抄起针线盒朝妙兰的头上砸去，吼道：“你这个畜生！”

针线盒没有盖好，几根针随之飞出，全部扎在妙兰的额头。

鲜血染红了妙兰洁白的脸颊，但她顾不上疼痛，跪在地上，抽噎着道：“娘……我错了，你饶了我吧。”

朗太太手拿纸人，抖如筛糠，道：“你……你……”一时恼火得说不出话来。

房门“吱呀”一声被打开，朗月明一脸讶然地跑进来，询问：“娘，怎么了？”

朗太太好不容易才顺了口气，将纸人递给朗月明，盛怒之下，声音都有些颤音：“你……看看她干了些什么，我说怎么身子一天不如一天，原来她在这儿给我下绊子呢！这是在咒我死啊！”

朗月明刚看着纸人，还未开口，便见妙兰爬到他的面前，紧紧抱着他的腿，啜泣道：“月明，我错了，是我一时糊涂……”

朗月明面无表情，看不出喜怒，声音却如冰锋，质问道：“娘对你不好吗？”

妙兰哽咽道：“好……”

“那何必闹成这样？”朗月明眸子寒光抖射，让妙兰毛骨悚然，不敢直视。

他将纸人塞在妙兰的手里，声色如地狱中的厉鬼：“吃了！”

妙兰不敢不听，接过纸人，颤抖着往嘴里塞，眼泪簌簌地掉下。

随即，朗月明骤然发难，啪的一声给了妙兰一个耳光。妙兰被打倒在地，嘴角溢出血来，哭成泪人。

“你竟敢这么对我娘，你这个蛇蝎心肠的毒妇！”朗月明似是不解恨，冲上去要用脚踹，却被拉住。

“好了！月明！”朗太太怕儿子冲动之下闹出人命。

朗月明深吸几口气，稍稍冷静，瞪着倒在地上狼狈不堪的妙兰，扶着母亲的胳膊，回到她的卧房，余怒未消，道：“娘，我看妙兰在咱家是待不下去了，我明天一早让她走人！”

“别，这件事你就别管了。”朗太太尽管生气，却并没有赶走妙兰的意思。

朗月明无法理解，奇怪地问道：“娘，她都干下这么卑鄙的事了，还留她干什么？”

“月明，有什么事明天再说，我累了。”朗太太扶着额头，一脸的倦意。

朗月明不敢拂逆母亲的意愿，只好点头，道：“那您有事叫我。”说罢，关上门，匆匆离去。

然而，他并未回房，而是再次去了妙兰的房间。妙兰正蹲在地上收拾纸人，头上的血迹已经经过了简单的擦拭，但还能看出浅红，整个人在哽咽，很是可怜。

她一点点捡起碎纸屑，忽然见到一双男人的鞋子，停在自己身前，愣了一下，慌忙站起身来，见是朗月明，不禁吓得连连后退，但眼神中露着不屑和挑衅。

朗月明却一改方才的暴戾，温和地道：“你折腾什么呢？”

妙兰理了理衣衫与云鬓，望着窗外，嗤之以鼻地道：“你们朗家没把我当成家人，我甚至不如那些花钱雇来的长工，我连找男人的机会都没有！”

朗月明无奈地道：“你可以走啊，缺钱我给你，何必这样对我母亲？你并无好处！”

妙兰冷笑不止，声音凄厉，让人毛骨悚然：“你就不要在这里假慈悲了，我能去哪？我父母葬在昆杨，我要留在这里守着他们，这是我活在这世上唯一一件为我自己做的事情了。”

朗月明皱眉道：“你以后怎么在这个家待下去？”

“只要你们不赶我走，我无所谓，反正你们的脸色我早就看惯了，你也不用来同情我，我根本不会受到任何伤害！”妙兰的话字字句句都那么刚毅，也那么让人揪心。

朗月明竟听得有点悲从中来，垂了头，在房间里来回踱步，思索着措辞，“我只是觉得你和我很像，不说帮你，就想让你别自暴自弃。”

妙兰扔了纸屑，回到床边端正坐好，咬着嘴唇，渗出血来，语气尽是厌恶：道：“我自暴自弃？倒是你们，永远向外人展现华丽光彩的一面，把悲怆都藏在心里，当初如果他们好好保护你，你会受伤吗？你不受伤，会变成今天这样？在朗里春你有话语权吗？”

朗月明眼皮一跳，不置一词，只冷冷地斜睨着这个伤痕累累的女人。

妙兰心情渐渐平稳，倒越发地自然，蘸湿一块布，对着镜子擦拭头上的血迹，继续道：“你大好年华都搁置在阁楼里，如果不是他们说出来，你一个小孩如何懂得给朗里春抹黑？其实大家那时候已经放弃了你，没人愿意帮你！”

朗月明眼角一抽，目光游移道：“什么样的人看什么样的世界是你恨所有人！”

妙兰将沾了血迹的布条扔在一旁，笑道：“月明，你本应该把眼光放远一点，你要跳出事外审视身边发生的一切，不然你永远得不到海棠，你有没有想过，就算没有朗月轩，顾海棠会跟你在一起吗？”

“妙兰，可怜之人必有可恨之处！”朗月明被说中痛处，斥责后，不再管妙兰死活，愤然离去。

但出了门，他脚步却渐行渐缓。平心而论，他觉得妙兰的话有些道理，特别那句在朗里春毫无话语权的因由，久久回荡耳畔，如尖利的锥刺不断地扎着他的脑袋，他心中越发不平，生出怨怼，拳头捏得嘎嘎直响，直到深夜仍是无眠，望着那皎皎的月光暗自起誓：等着吧，曾经失去的，必一一讨回！

第二日，他来到工坊后院，见楚楚鬼祟地拿着装油脂的容器往外走，便拦住她去路，接过容器，伸手在里面摸了一把，细看一阵，用鼻子嗅了嗅，这才擦去。

“少爷，按您的吩咐，口红用的都是你拉过来的油脂！”楚楚做贼心虚，东张西望。

朗月明在水池里洗手，点头，道：“很好。”

“我要走了，今天你就把钱给我吧！”楚楚怯懦道。

朗月明掏出钱，冷冷道：“处理干净，有了问题，你脱不了干系！”

“还有最后两只油桶，我这就拿去烧掉。”楚楚盯着朗月明手中的钱，神情复杂。

“这件事要是透露出去，你知道下场！”朗月明把钱交给楚楚，凌厉地警告后，回到生产间，若无其事。

他看着陆续上班的工人，与他们点头示意，微笑言好，一派和睦景象，只是在别人不注意的时候，拿起一支口红，轻咬一小口，似是品尝美味般地咀嚼一会儿，又狠狠吐在地上，眉梢眼角尽现复仇的快感。

他在仓库一直待到晚上，方才回去母亲房间探望。朗太太正卧在床上，萎靡不振，听到动静，微微抬头，看是儿子，便有气无力道“月明，月轩回来了没？”

“没有，他今天工坊也没有去。”朗月明倒了杯水送到床边。

朗太太烦恼不安，半坐起，懊恼道：“月轩怎么说也是个孩子，我心肠太狠了，月明，你去找找他。”

“他真的不懂事，害得你整天提心吊胆的，好好一个家……行了，娘，我看到他让他回来就是。”朗月明目光一凛，本是愤愤不平的模样，但见母亲面色越发不善，只得半途改口。

朗太太喝了口水，呛得咳嗽，掀开被子下床，穿好衣服，道：“你陪我去看看妙兰吧。”

朗月明没有提出异议，知道母亲也是怀着经久的情感折磨着自己，只叹同是天涯沦落人，只望少恨多悲悯。

此刻，夜幕刚降。二人快到妙兰房间时，透过窗户只见里面漆黑一片，均有些诧异。

朗太太更是心急，加快两步推开门，打开灯的一瞬间，吓得坐倒在地。只见妙兰悬在半空，一条白布绕过房梁，脚下是一个倒掉的椅子，当是悬梁自尽。

朗月明二话不说冲上去抱住妙兰的腿，将她救下，平放在地，为其做简单抢救。

朗太太这才回过神，扑在妙兰身边，伸手去探她的鼻息，眼中有恐惧，也有痛惜。

少顷，妙兰总算缓缓醒来，第一眼便看到朗太太，接着泪流满面，道：“娘，我没脸见你，我一时糊涂，不记娘的好，只能以死谢罪。娘，你让我死吧，这样你心里好受些，我心里也能好受些。”

朗太太被带得也流下眼泪，颤抖的手指着妙兰，道：“妙兰啊妙兰，你让我说你什么好，你心里苦我能不知道吗？可你不该扎小人啊，你是朗家的媳妇儿，是有身份的人，做这种事我能不痛心吗？不过我也清楚，我有时口无遮拦，兴许就寒了你的心。”

妙兰嘤嘤哭得更加厉害，道：“娘，我真的知道错了。”

朗月明觉得自己不便待着这里，默不作声地离去。

朗太太看儿子离开，这才垂泪又道：“要说难，你有我难？三个儿子，一个死了，一个毁了容成了残疾，在最好的年华被关在阁楼里，还有一个，被我生生赶走，我是谁也没保护好！我把你当成体己的人，你倒好，说了两句生分的话，就要生生地咒死我啊！”

妙兰又没了与朗月明私聊时的阴毒，表情悲痛欲绝，好似满眼满心的酸楚冲涌喉头，抱着朗太太倾诉：“娘，妙兰错了！你原谅我，原谅我这一回好不好？以后妙兰一定好好孝顺你，再也不做蠢事了。”

朗太太泪眼婆娑，缓缓地抬起双臂，第一次抱着这个儿媳，语气带着欣慰：“不做蠢事就好！”

可就在她看不到的背后，哭啼中的妙兰，那楚楚可怜的脸蛋上，正露出一抹狡诈的笑意。

第五十八章　◎弥天大谎◎

夜晚肃然，月光幽幽，苍凉的大街上，一辆黄包车正在快速前进，在黑暗中留下一道淡淡的虚影。

顾海棠和顾夏合一左一右，满头大汗地跟着黄包车奔跑，车上的天瑜紧闭双眼，似是昏迷，却又时不时摇头晃脑，喃喃自语，情况极其糟糕。

黄包车一路直奔到达医院。顾海棠背着母亲跑进，不住地喊道："医生救人哪。"

两个值班的护士闻言跑出，将天瑜安顿在病床，随即一个医生几番检查才道："病人暂时没什么大问题，不过需要住院观察几天，先去把费用交了吧！"

顾海棠紧紧握着母亲的一只手，微松口气，问道："多少钱？"

医生递过来一张单子。顾海棠看到金额，眉头一蹙，但仍干脆地道："夏合，你看着娘，我去……交费。"

母亲经常发病，但像今晚这样尚属首次，顾夏合吓得脑子发蒙，听到姐姐的话只知道点头。

顾海棠来到楼下的收费处，俯身对着窗口，将单子交给收费员，诚恳地问："您好，钱不够，请问可不可以先付一部分，剩下的过两天补交？"

收费员不屑的脸上，再添一抹厌恶之色，正要说几句，却在看到单子时，表情缓和，柔声道："交过了！"

"交过了？"顾海棠一脸的不可置信的表情，以为自己听错。

这时，一个陌生的中年人走过来，礼数有加，道："顾小姐，钱的事就不需要你操心了，只管安心让你母亲治病。"

顾海棠后退一步，上下打量着中年人，确定并不认识，才狐疑地问："请问您如何称呼？"

"可以叫我老齐，我也是受人之托。"中年人语气温和，憨态可掬。

"那个人是姓朗的吗？"顾海棠首先想到的是朗月轩，或者是朗月明。

老齐摸了摸下巴，有点神秘，道："这样吧，我带你去见见这个人。"

顾海棠自觉不能不见，回病房嘱咐弟弟好生照看母亲，然后就跟着老齐一起离开医院。

当下，天已泛亮，日出东方，朝霞飘飞，映衬得整个昆杨美不胜收。老齐的车子最终在施杭露仓库大院中停下，这让顾海棠忧虑更甚，欲问清状况，却见仓库出来一人，定睛一看，正是施济周。

顾海棠心生警惕，忙下车观察，只见施济周含笑走近，伸出右手，客气地道："顾小姐，今日一见，施某荣幸之至。"

顾海棠冷冷地看着他，并没伸手。施济周有些尴尬，僵持一阵，改为抱拳作揖。

"我们没有什么好说的！"顾海棠充满了敌意。

施济周一笑置之："顾小姐，你我没有任何恩怨，我和朗斯年也只是生意上的对手。"

顾海棠眼眸斜视，不掩鄙夷，道："你背后使的手段可是人尽皆知！"

施济周仰天长笑，颇为豪迈，道："顾小姐，做生意使点手段，何足为奇？"

顾海棠断然摇头，作势要走，道："我跟你没有什么好说的，我要回去了，你帮我垫付的医疗费我会如数退还给你！"

施济周上前一步，拦住顾海棠的去路，虔诚地道："顾小姐，我希望澄清你我之间的误会，联合起来打败朗里春！"

顾海棠不可思议地看着施济周，"你要联合我打败朗里春？你找错人了！"

施济周阴沉的眼睛闪着狡诈的光芒，道："你来昆杨是为了什么？你的目的实现了吗？"

顾海棠诧然，本想强行离去的她，脚下的步伐变得缓慢。她听出了言外之意，那便是施济周对她的目的与父亲的死知晓一二。

施济周得意一笑，不再阻拦顾海棠，转身而去，并丢下一句："你随我来！"

顾海棠看着他的背影，有些犹豫，诸多情绪纷至而沓，但终被自己执着于达到的目的说服，不由自主地跟着进入仓库。仓库里面尽是名贵精油，珍奇香草，几个工人正在分类处理。

施济周做出请君欣赏的姿势，傲然道："你看，我这里应有尽有，做好东西我向来不计成本，这就是我和朗斯年的区别。这些年来，我一直在寻找一个可以让人彻头彻尾改变的配方，可是棋差一着，接下来的这着棋，需要你的帮助！”

顾海棠瞠目结舌地看着仓库周围，听到施济周的话，回过神冷笑：“我为什么要帮助你？”

施济周示意所有工人退出去，才看着顾海棠，道：“我给你讲个故事，听完这个故事，你再告诉我，愿不愿意跟我一起把这着棋走完！你爹是不是叫顾顺琪？”

顾顺琪三个字从施济周嘴里说出，让顾海棠心神一震，亟待下文。

施济周叹了口气，缓缓踱步，似有神往之意，眯眼回忆，道：“你爹是我见过的手艺最高超的人，他发明了一种可以让人焕发青春的秘方，从内而外地改变脸皮，真是惊天动地的本事！我跟你爹是八拜之交，他困难的时候，我曾伸了把手，本是举手之劳，但你爹忠厚，当成了救命之恩。我们一起研究制作秘方，但是这件事被朗斯年知晓。他为了得到你爹的这个秘方，不择手段，痛下杀手！这件事朗月轩也牵扯其中，那时候他小，为了在朗家立足，才会这么做的。”

一字一句如重锤砸在顾海棠头顶，她惶惶然，喝道：“你撒谎，你在诋毁朗家，诋毁所有人！”

施济周不置可否，平静地从口袋里掏出一个罗缎包裹，放在顾海棠面前，道：“你爹和朗斯年纠缠的时候，朗月轩用石头将你爹砸晕，随后朗斯年将你爹抛入河中，我是在下游找到你爹的，他对我说出了事情的真相，还对我托孤，并且告诉我秘方在什么地方。说完这些，你爹就去世了。”

顾海棠趔趔趄趄，步伐不稳，接过包裹，打开一看，当真是秘方小册！

“为什么少了一页？”顾海棠翻了翻小册，发现后面有被撕掉的痕迹。

施济周露出惨然的表情，茫乎道：“我不知道，可能是在他们厮打的过程中遗失了。海棠，这就是我所说的跟你一起下最后一着棋，也是你父亲的心愿！”

顾海棠哭得梨花带雨，攥着施济周给她的残本，愤恨异常，呢喃道：“这不可能……你骗我……”

“我跟你爹乃是君子之交，后来我去你家找你们，却已人去楼空，老天有眼，让我今日与你相见，你爹九泉之下，也算瞑目了。你有自己的判断，难道你就没有察觉朗家的不对劲之处吗？”施济周挤出两滴眼泪，一副悲伤欲绝的神情。

顾海棠双手颤抖不已，一时间呼吸停滞，身体木然，顿感天旋地转，四周物景悉数颠倒，万般颜色皆变灰沉。她艰难地扶着一边的椅子，哆哆嗦嗦地坐下，大脑一片混乱。施济周言之凿凿，又有秘方残本为证，她如何能不去相信？

施济周不再多言，只默默退后几步，似是给顾海棠空间思考，然而脸上却闪过一抹古怪的笑意，心底甚是惬意。

如此弥天大谎，也只有他施济周能够杜撰得天衣无缝！

第五十九章　◎花残月缺◎

晨兴入街口，薄雪消融，染湿石路。和煦日光映衬着一城繁华半城烟。本是明媚惬意的好天气，却半点没有感染朗月明的心境。

“施迪文，朗月轩爱去哪你不知道？”他驾车徐徐驶在道上，从后视镜瞥了一眼施迪文，不耐烦地说着。

车内有三人，除了他，还有副驾驶座上的龙莫婳，与在后排的施迪文一脸焦急不住地观察着车外的景象。

施迪文无奈挠挠头，道；“我和他经常去的地方都找过了，没有啊！”

朗月明一撇嘴，埋怨道：“你不了解他，还口口声声你俩是哥们呢。”

龙莫婳没好气道：“你和月轩是亲兄弟，你还好意思说别人呢！”

朗月明若无其事地正视前方，漠然道：“他跟你们比跟我亲啊，我又没说我了解他！”

龙莫婳翻了个白眼，不满地道：“你这么说让月轩听到多寒心呀。”

朗月明烦躁地打方向盘转弯，道：“他连他哥的女人都抢，你怎么不说我多寒心呢？恐怕你这个外人也寒心啊。”

最后一句正中龙莫婳痛处。她脸色更加难看，大声道：“那是因为顾海棠根本就不爱你！”

朗月明冷哼着反唇相讥：“但她当过我媳妇，你呢？天天赖在朗月轩后面，你是他媳妇吗？”

龙莫婳大怒，猛地拍了下车门，斥道：“你放屁！”

朗月明也来了脾气，寒着脸，沉声道：“别以为谁都惯着你，我脾气可没朗月轩那么好！”

施迪文被二人吵得头昏脑胀的，在后面拍了拍朗月明的肩膀，笑呵呵地打着圆场：“行了行了，开玩笑，别当真啊。”

朗月明回头瞪了一眼施迪文，毫不领情地呵斥：“你也是！什么事都有你，什么事都不拿主意！”

龙莫婳的情绪倒是缓和了几分，歪头盯着朗月明，笑中带着点讽刺，道：“朗月明，你以前可不这样，脸治好了怎么脾气还大了呢？”

脸伤是朗月明永远的痛，即使已经治好，但心中的疤痕从未愈合。他听此一言，火气陡增，猛然一个刹车，蓦地停在路中央。

龙莫婳和施迪文猝不及防，往前一冲，差点撞着脑袋。

施迪文见事态越发严重，忙调和道：“哎呀，都少说两句，都是为了找月轩急的。”

这话不说则已，一说等同火上浇油。朗月明眼睛闪烁着嫉妒的光，咬牙切齿道：“你们一个喜欢朗月轩，心甘情愿被人当猴耍；一个暗恋龙莫婳，为她赴汤蹈火却不敢说。龙莫婳，你做的事自己清楚，前几天还要我帮你，按理跟我说话没这么理直气壮吧？”

龙莫婳气急语塞，便要下车，被施迪文从后面拉住，劝道：“别吵了，不都是为了月轩吗？月明，你继续开车。”

施迪文也恼朗月明说话难听，但是在家里用开的那套隐忍功夫没白费，愣是当作没听见。

朗月明冷哼着再次启动汽车，语气阴冷无比，道：“我这脸怎么毁的你们清楚，朗月轩因为顾海棠把家里闹得鸡飞狗跳，他必须给我一个说法！”

“先找到人再说，车里空间小，说话震得脑袋嗡嗡响。”施迪文心十分累，只觉得头快炸掉。

龙莫婳也识趣地不再多言，闷闷不乐地靠着椅背，兀自沉思。三人终于沉默，虽气氛压抑，但好过偏激。

朗月明开车到了鸣锣巷。三人一起下车，前往顾海棠家，结果正见围墙外，朗月轩倚在房门打盹。

龙莫婳拧结的眉心终于松开，吸了口气，上前轻声喊道：“月轩！醒醒！”

朗月轩看着睡得很沉，其实精神一直紧绷。他听到声音，霍然睁眼，腾地站起，看清楚是龙莫婳，刚露出一点的欣喜表情转瞬变为失望，理了理头发，道：“你们怎么来了？”

施迪文一拳擂在他的胸口，带着埋怨，又带着欣喜，责备道：“还以为你失踪了呢！”

朗月明板着面孔，来到朗月轩面前，怒道：“你到底打算把这个家祸害成什么样才肯善罢甘休！”

龙莫婳又急又气，跺脚道：“月明，你说这些干什么？”

朗月明头也不回，呵斥道：“我们哥俩说话，有你插嘴的分吗？”

朗月轩神情低落，黯然道：“你来这是为了跟我吵架？”

“我犯不上跟你吵，我就想知道你是怎么想的，看你的意思，朗家不败在你的手里是不会罢休的！你不要忘了你的身份！”兄弟俩面对面站着，剑拔弩张。

朗月轩本来就因找不到顾海棠而心情极差。他不明白好端端的女朋友怎么突然消失不见，家里没人，工坊没去，找顾夏合也总被推托不知、不管，问了左邻右舍要么说两天未见，要么说记不清楚，就好像从鸣锣巷蒸发一样。

现在又被大哥莫名其妙地指责，这让他极为不满，反驳道：“我也姓朗，我不是朗家的吗？你这话什么意思？”

“你姓朗不假，可你就一定是朗家的人吗？我越看越不像！”朗月明越发地口无遮拦。

施迪文见朗月明说话委实太过，劝道：“亲兄弟少说两句，别伤了和气。”

“闭嘴！”朗月明歇斯底里地吼道。

施迪文立马噤若寒蝉，望着朗月轩，一脸都是尽力了但无可奈何的表情。

朗月轩对这个大哥简直失望透顶，心如滴血般疼痛，梗着脖子，道：“我没做对不起朗家的事，你也别在这里跟我阴阳怪气！”他说完要走，却被朗月明挡在门口，继续质问：“你去哪？”

朗月轩目光绕过大哥，望向外面的街道，语气冷而坚定：“我去找海棠！”

朗月明面色越发阴冷，语气强硬如带刺的刚铁，道：“海棠，叫得还挺亲，朗家的名声都毁在你手里了！你别忘了顾海棠曾是我媳妇，她给你当过嫂子！你现在这样让外人怎么看怎么说？当初要是没有你，顾海棠怎么会三心二意？我怀疑这一切都是你计划好的！”

龙莫婳再也忍耐不住，插嘴道：“月明，你不要血口喷人。”

朗月明眼锋一转，指着龙莫婳的鼻子，叱责：“还有你，只会添乱，看起来没心没肺，其实最为自私最有心机的就是你，别人说你直来直去，你自己都信了吧？”

施迪文本来不敢再说，但龙莫婳遭到如此针对，必须维护，当即正色道：“月明，我看你是丧失理智了。”

“我丧失理智？你有过理智吗？”朗月明一副看不起施迪文的模样。

朗月轩气喘不顺，脸色铁青，已然到了发飙的边缘“对我朋友说话客气点！”

朗月明眉毛一挑，很不买账，阴阳怪气地道：“我已经非常客气了，我想是不是我对你太客气了，才让你在朗家如此放肆！记住！你的一切都是朗家给你的，不是你应得的，你要搞清楚！”说罢，他微顿，狰狞的面容忽然柔和许多，弹了弹身上灰尘，忽然觉得这些话说出来，空气清新许多，心情舒畅不少，随即悠然自得地转身而去，留下另外三人目瞪口呆。

朗月轩望着大哥的背影，目光茫然而悲痛，蹲在地上，万念俱灰，道：“你们说……我怎么办？”

“月轩，你别听他胡说八道，他心胸狭窄，我看分明就是嫉妒！”龙莫婳没见过朗月轩如此状态，有些慌神。

施迪文将手放在朗月轩的肩上，轻轻晃了晃，安慰道：“行了，你们是兄弟，改天喝顿酒就没事了，你可别往心里去，他说的都是气话。”

“你就会装和事佬，月明都嚣张成什么样了？你这个人从来都不会生气是吧？”龙莫婳目使颐令。

施迪文讪讪一笑，摸了摸鼻子，还真的不生气。

“不行，我要去找海棠！我现在什么主意都没……”朗月轩默然一会儿，突然起身，边说边跑出院子。

龙莫婳和施迪文无可奈何地对视一眼，想要追上，但又觉得不合时宜。

在此之前，朗月轩找了顾海棠两天，本想着在她家等候，未料该来的不来，不该来的一个个地来。方才，朗月明的一通责骂，令他异常焦灼，总觉得有大事发生。

他来到顾夏合的学校门口，等到朗青青和顾夏合有说有笑地走出，几个箭步上前，直截了当地问：“夏合，你姐呢？”

“你们是不是出啥事了？”顾夏合上下看了看朗月轩，只觉得他此时此刻是前所未有的颓废。

“你是说她有意躲着我？”朗月轩回忆着和顾海棠前两天分别的那一刻，总觉得并无异样。

顾夏合摆摆手，一副事不关己高高挂起的态度，道：“你们的事别问我。”

朗青青轻轻推搡了一下顾夏合，噘着嘴道：“夏合，好好说话。哥，你这两天怎么不回家？大哥说找你，你见到大哥了没？”

朗月轩并没搭理，殷切地道：“夏合，求你了，告诉我吧。”

顾夏合见一向潇洒开朗的准姐夫如此狼狈，苦苦哀求，终是于心不忍，犹豫再三，说出实情：“我娘生病了，在市内医院住院……”

“谢谢！”朗月轩不等顾夏合说完，急匆匆飞奔而去。他来到医院，在前台问明信息，极速找到顾海棠娘亲所在的病房，一进门正见她坐在病床边，垂头掩面，似在落泪，而天瑜则静静地躺在床上沉睡，气色极差。

他轻声来到她身边，嗓音中带着失而复得，喜极而泣的哽咽，道：“海棠，阿姨怎么了？”

顾海棠身子一僵，愣了片刻才回首，用一双红肿的眼睛看着这张曾一直爱慕、思念的面孔，瞬间想到施济周所言父亲的死和他有关的一字一句，眼泪几度欲冲涌而出，但皆被抑制，顾海棠努力使声音听起来平静，道：“老毛病，需要住院观察。”

“需要用钱吧……”朗月轩一摸口袋，发现只有一些零钱，有些尴尬，但无比诚恳地道：“别担心，我马上想办法。”

顾海棠摇了摇头，别过视线，手指死死地掐着衣角，道：“不用你操心。”

朗月轩何其敏感细腻，立刻听出不对。或者说，他从一进门就感觉不对。顾海棠在疏远他。可他不知道问题出在哪，抬手想去抚摸她的肩膀，小心翼翼地问道：“海棠，你怎么了？我到处找你。”

顾海棠微微侧身，躲过他的手，冷淡道：“我在医院，没来得及跟你说。”

这时，天瑜忽然醒转，看到朗月轩，精神亢奋，一把抓住他的胳膊，欢喜地道：“他爹，你来了！你是来接我们回家的？”

朗月轩无奈地坐下，动作轻柔地扶着天瑜躺好，口中答应着：“是，你的病好了，咱们就回家！”

天瑜手指加劲，捏得朗月轩手臂生疼，满脸埋怨：“海棠到处找你，你回来这么晚也不说声，这次你哪也不许去了！”

朗月轩肯定地点头，安抚道：“好，我哪都不去了！睡会吧，我在这守着你。”

天瑜本就很疲惫，听到朗月轩这么说，不由得微微一笑，安心地闭上了眼，再次睡去，还不忘喃喃自语：“你可不能再走了……”

娘亲疯癫的细节，让顾海棠终忍不住，泪如雨下，满腔酸楚，满心惶惑。

她拍了拍朗月轩的肩膀，示意出去说话。朗月轩点点头，把手从天瑜手中抽出来，替她掖了掖被子，和顾海棠一前一后来到医院的前院。

“海棠，到底发生了什么事？”他想去拉顾海棠的手，却被她使劲甩开。

“月轩，你不用老惦记我！”顾海棠的眼睛盯着面前盛开的梅花，没朝朗月轩看一眼。她需要转移注意力，看什么都好，只要不是朗月轩。可她又很快发现，看什么都不如看他，因为心里全是他，哪怕漫山遍野的花也不敌他的一个眼神、一句话。

朗月轩心思一沉，宛如晴天遭到霹雳，着急地道：“那怎么行，之前说好无论遇到什么事，我们都会在一起的！”

“我有很多事要做，你也好，朗家其他人也罢，我希望谁也不要再打扰谁！你也说过，尊重我所有的决定！”顾海棠语气充满了决绝，没有任何商量的余地。

朗月轩如遭雷击，脑袋如千万只蜜蜂在飞旋折腾，耳朵嗡嗡作响，腿脚都有些虚乏，连吸了好几口气，好不容易缓过劲来，慌道：“海棠，我哪里做错了？因为我娘？我保证一定会处理好的，你给我时间，我答应你的事全部都会兑现，你相信我……”

“我需要一个人想想，答应我，好吗？”顾海棠终究还是下不了狠心说出更绝情的话，面前这个男人，自己深爱过，了解过，虽说极可能是她的杀父仇人，但不排除另有隐情。

然而，真相未浮。顾海棠实在不知该用什么样的态度面对他，所以头一次选择了以冷静为名的逃避，更让弟弟不要透露行迹。

朗月轩被接二连三的变故打击得有些泄气，难过地道：“好……海棠，我答应你……”

顾海棠不自在地“嗯”了一声，旋即径直离开，生怕再多待一刻，会生出更多无法控制的变故。

朗月轩看着她孤立无助的倩影，有些忧虑，再次呼喊：“海棠！”

顾海棠驻足，接着听到朗月轩道：“你不会让我再也找不到你吧？”

“事情没有处理完，我是不会离开昆杨的。”顾海棠没有直接回答，也没有回头看他，只是斩钉截铁地说出这一句话，同时，也听到了自己心开裂的声音。

说罢，她不等他接话，迈着沉重的步伐，潸然泪下地离开，只让朗月轩伫在原地，茫然失措。

第六十章 ◎暗箭难防◎

君似明月我似雾，雾随月隐空留露。顾海棠在病房内只感形单影只，繁多事物排山倒海般扑面而来。她和朗月轩的感情面临最大危机，比之今日，当初骗婚一事，简直微不足道。

顾海棠擦拭眼泪，无意中看到床头放着一个手绢包裹的东西，显是朗月轩刚刚悄然留下的，打开发现里面是口红，她和朗月轩共同努力的成果！

顾海棠情凄意切，转念想起父亲的死跟朗月轩有脱不开的干系，怨愤地将他们一起研制的口红朝垃圾桶方向扔出，动作稍大，打在墙角，落在地上，四分五裂。

“咦？”顾海棠看到口红断裂，觉得惊奇，过去捡起，查看口红的断裂处。只片刻，她脸上遽然浮现出惶恐，急忙站起，前往护士站，让护士多照看一下母亲，随之仓促出院，赶往朗里春工坊。

朗里春工坊的工人们正紧张地赶工。朗斯年和朗月明也在视察生产情况。

朗斯年转了一圈，侧目苦闷地道：“月轩还没有找到？”

“他说他要静一静，暂时不过问其他事。”朗月明目光下垂，恭敬地回答。

“这小子不成器啊！这都什么时候了，现在因为战事封锁了一部分运输通道，倒也罢了，咱们可另寻通道。关键是急需的香料迟迟不到货，工坊可能面临停工，而且有人突然花高价收购了周边地区所有货源！这是要我们朗里春倒闭啊！”朗斯年痛心疾首。

朗月明目光灼灼，重重拍了一下身边的原料桶，恨道：“这事也就施济周干得出来！”

“是谁干的不重要，重要的是如何能在短时间内找到货源！”朗斯年忧心忡忡，眼角皱纹更深，仿佛老了好几岁。

朗月明看着父亲的模样，心里有着说不出的难受，自告奋勇道：“爹，我来想办法。”

朗斯年沉吟着，眼神中流露出不信任，道："你还是赶紧让月轩回来，事态严重，就说我让他回来的！"

朗月明最听不得这样的话，拳头紧握，青筋凸起，脸上却没有表露任何不满，点头道："好，爹，您放心吧。"

正当这时，顾海棠夹携一股寒风冲进工坊，来到朗斯年面前，顾不得平稳气息，急道："我有重要的事跟你说。"

顾海棠现在一声老爷也不愿喊，毕竟朗斯年极有可能是她的杀父仇人！

朗月明狐疑地看着有些失态的顾海棠，道："怎么了？"

不远处监工的凡真在门口就已看到了顾海棠，很是欢喜，可还没来得及招呼，便从她神情中觉出不对劲，出于好奇与担心，也凑了过来。

顾海棠严肃地说："先……先前那批口红，必须全部召回！"

凡真大惊失色，道："啊？为什么啊？"

朗斯年也疑惑不解，却见顾海棠展示手中断裂的口红，坚定地道："油脂的成分不对，万一有人过敏，会出人命的！"

"这……这怎么会不对？"朗斯年满脸的不可思议。

"可能被调换了，我之前是检查过的，样品也完全没问题，但是这……很不对劲！"顾海棠将口红递给朗斯年和朗月明，示意二人细细查看。

朗斯年将口红捏在手里，蘸取一点在指尖轻轻摩挲，感觉确实比样品硬度强了不少，转而环顾周围，质问道："这批口红的监工是谁？"

凡真咽了咽口水，道："之前是海棠，海棠走后是月轩，但那几桶油脂是确认过的呀！"

"我跟朗里春没有关系了，我只是来告诉你们一声，如果投入市场，可能会出人命，你们慎重考虑。"顾海棠不愿多待，说完，头也不回地离去。

"我把工坊交给你们，你们就是这么回报我的？"朗斯年没有在意顾海棠的离去，此时他已浑身颤抖，气得不可名状，眼神中充满了失望与悲痛，望着在场的每一个人，嘶哑地说完，蹒跚而去。

朗月明看着父亲愤愤走远，嘴角浮现微不可察的笑容，搓着手中的口红，那嫣红的颜料零碎地粘在手指，宛如血迹。然而微妙的表情只是一瞬。他很快回过神来，装模作样地找凡真询问具体情况。结果自然是毫无所获。接着，他又故作痛心疾首，在工坊转了一圈，连连踱步，看似心急如焚，实则内心欢喜。

直到态度做得足够，他才慢悠悠地回家，看到父母正在客厅议事，焦虑之色溢于言表。

朗斯年见大儿子回来，当即要求打电话把之前的口红全部召回。

朗太太心有不舍，问：“你确定要这么做？”

“朗里春能有今天的成绩，靠的就是不坑人不贪婪！君子喻于义，小人喻于利，祖宗留下的东西岂能说丢就丢？”朗斯年语气坚决，不容置疑。

朗太太唉声叹气，道“这事到底怎么搞的？我就说顾海棠是朗家的灾星！”

朗月明面红耳赤，自责道：“这件事一直是月轩负责，当初我要是跟他一起盯着就好了，他可能是太忙没能顾得过来，也可能是为了节约成本，用了勾兑的合成油脂。”

“糊涂！混账东西……”朗斯年勃然拍案，说着又突然想到什么，皱眉道：“你怎知是勾兑的油脂？”

朗月明不慌不忙地回道：“爹，您离开工坊之后，我特意查了下口红里油脂的成分。”

“嗯，先把这件事平息了，还有原料的事，你更得抓紧了，口红要召回重新生产，更缺货了！”朗斯年仰靠着椅背，揉着太阳穴，感到无比的疲惫。

“爹，你放心吧，我这就想办法！”朗月明信心十足地安慰罢，便恭敬地垂手退下，转身时听到母亲惋惜的感叹，也不以为意，径自回到房间，打开收音机，随着里面的音乐自顾自地优雅起舞，英俊的脸上浮动着人前不曾显露的煞气与惋惜。

他觉得，想方设法陷害朗月轩，让其再难翻身，是自己成年后，最扬眉吐气的一件事，只可惜这胜利无法跟别人分享，只能一人独乐。正当他沉醉于自己的杰作，尽情享受时，敲门声响起。他面露不快，开门发现是妙兰。

妙兰也不客气，直接走进。

朗月明微微一怔，道：“你怎么来了？娘可是因为你跟我聊天发过脾气的。”

妙兰撇嘴，漫不经心道：“光天化日，说说话怎么了？”

朗月明关掉收音机，警惕地道：“无事不登三宝殿，有什么话就直说吧。”

“我听说家里出事了，月轩心细，不可能犯这么低级错误吧？”妙兰自顾自地在房间转了一圈，语气微妙。

“你消息倒是灵通，不过这件事是他负责的，这笔账就得算在他的头上！”

朗月明的姿态如一个胜利者，在说着自己的丰功伟业。

“看来你的目的达到了！”妙兰眼尾一挑，晶亮的眼睛盯着朗月明。

朗月明没有承认，斜睥，道：“你的脑子被娘打傻了吧？”

妙兰无谓地一笑，道：“不管你承认不承认，你的机会都来了，你也不用防着我，我是站在你这边的。你们都以为我对月轩有所图，其实不是，我只是想在朗家找一个可以信赖的人而已。”

朗月明眼睛眯了一下，“朗家对你不好？”

“你在阁楼上待了这么久，会不明白我的心境？其实我要的不多，只是希望你们能把我当一家人，后半辈子过得不再这么苦。”妙兰美目流转，露出狡黠。

朗月明沉思片刻，开口道：“既然我的事你如此上心，那我就不会亏待你，有什么事是钱解决不了的呢？”

妙兰眉开眼笑，道：“既然如此，那祝你成功吧。”

朗月明含笑道：“不，是祝我们成功！”

第六十一章　◎安忍无亲◎

朗月明哼着小曲，看了眼时间，穿上外套出门，开车在大街上转了一大圈，才停在施府附近。他下车刚刚走近大门，施管家就像是等待已久，引他前往书房。

施济周态度十分亲热，站起让座，并吩咐施管家看茶，询问道：“月明，最近怎么样？”

“还能怎么样，我爹听不进去别人的劝，什么事只认月轩。”朗月明也不客气，坐在沙发，跷起二郎腿，语气带着不满。

施济周缓缓摇头，似是替他不平，道：“慢慢来，你没问题的。”

朗月明接过施管家递过来的茶碗，诚恳地道：“叔，我这次过来，是想求您进点货。”

施济周闻言，手中的茶碗盖忽地轻轻一转，发出轻微的呲呲声。他皱着眉，犹豫片刻，道：“我这次进这么多货，可不是有意为难谁，只是收到一笔大订单。你也知道，这批货不好存放，转眼就入春了，那时候要是用不完岂不是砸手里了？我不会无缘无故冒这个风险的，肯定是有自己用处的！”

“叔，您能否匀一些给我？这件事只有您能帮我了。”朗月明无心喝茶，郑重地恳求。

施济周轻舒口气，垂头慢条斯理地吹开茶碗表面的茶叶，浅抿一口，悠悠道：“我没把你当外人，帮你没问题，就怕你爹不乐意。”

朗月明咧嘴一笑，毕恭毕敬地道：“叔，我跟我爹不一样，我是真心想在您这里学点东西。”

施济周昂首大笑，道：“我要是有你这么个儿子，可就心满意足了，我那个儿子还真指望不上！”

“每个人的强项不一样，没准哪天迪文就捣鼓出来一件大事让你措手不及。”朗月明似有所指。

施济周不以为然，摇了摇头，道：“不说这小子。月明，这批货我也有用，给你后我还得再想办法，按道理是不能匀给你的。不过呢，我心中一直有个愿望，就是施杭露和朗里春联合起来，你可以想象一下那一番情景，我们的产品可不是走出昆杨地区这么简单了！你现在在朗家也有话语权了，两家的关系何不从咱们叔侄这里开始缓和？你朗家这个忙，我是愿意帮的！”

“叔，想不到您有这么高的境界和抱负，真让晚辈汗颜得无地自容。”朗月明站起作揖，满眼的敬佩。

“不过这个价格……”施济周故意停顿了一下，尾音拉得很长。

朗月明心领神会，接话道：“价格好商量，只要能解燃眉之急，我朗家不惜一切代价！”

“成！那你找个时间来拉货吧。”施济周眉飞色舞，走到朗月明身边，拍拍他肩膀，又说了几句赞赏的话，以至于让朗月明感激涕零。

与施济周的约定成了，朗月明生怕事情有变，急忙签订合同拉货，让朗里春工坊开始重制召回的口红，十天之内，便可补货完毕。

朗月明看到工坊一片繁忙的景象，兴冲冲地回家邀功。这一系列的操作，让他自我感觉良好，以为势必会得到父母的夸赞，接下来他在朗家将会如日中天！

朗月明尚在心中忘乎所以地得意，跨过门槛，发现朗斯年和朗太太阴沉着脸站在院子里，而朗月轩也回到家中，满脸担忧之色。

“月轩回来了，正好大家都在，我有一个好消息，我把原料买回……”朗月明兴高采烈地招呼，然而话未说完，就听朗斯年指着他怫然骂道：“混账东西！”

朗月轩愕然，问：“爹，怎么了？”

“你背着我干什么了？”朗斯年气得连连咳嗽，几乎站立不稳。

朗太太和朗月轩急忙上前搀扶。朗月明仿佛明白了什么，不甘地解释道：“我就是没跟您商量从朋友那里买了原料，价格确实略高，但是总不能让工坊停产呀！”

朗斯年张嘴几次，都被咳嗽打断，终是断断续续地说道：“你……你还撒谎！”

朗月明这次是全明白了，盯着朗月轩，满是仇恨。朗月轩微瞥，不屑对视。若不是他从施迪文那里得知这个消息，及时告知父亲，这个大哥恐怕是要吃了大亏。

“你从施济周那里进原料，价格比市场价高出三倍，谁给你的胆子？你跟我商量过吗？”朗斯年急步走到朗月明身前，举手要打。

“月明也是好心，总不能看着工坊停工啊。”朗太太忙拉住丈夫，虽知大儿子这次真的错得离谱，但是还是尽力地劝说。

朗斯年一把甩开朗太太的手，浑身发抖，怒目圆瞪，道：“昨天月轩从施迪文那里知道原料被垄断一事，马上重新找货源，南方今年高产，价格还不到市场价的一半！我本想借此机会反制施济周，可你这个畜生，竟然跑到施济周那里要饭！这本就是他事先安排好的！饮鸩止渴的事你也干得出来！你到底是不是我儿子？你个吃里爬外的混账东西！”

朗月明再难掩饰心中积压的不满，梗着脖子不服气地说：“我吃里爬外？我还不是为了朗家！你们出去找资源有跟我说吗？你们有把我当回事吗？朗家有我的话语权吗？”

朗斯年一愣，随即喝问：“为了朗家？那好，我问你，口红的纯植物油脂被调包是怎么回事？”

“这件事是朗月轩负责的，你来问我怎么回事？”朗月明倔强地顶嘴。

朗斯年再也忍耐不住，啪的一声，给了朗月明一个耳光，怒道：“败家子！你让楚楚干的那些见不得人的勾当能瞒得住人？若要人不知除非己莫为，楚楚今天临走的时候，什么都跟我说了！你这么做也是为了朗家？”

朗太太轻轻抓住朗月明的胳膊，急道：“月明，快给你爹认个错。”

朗月明一把推开母亲的手，又在自己被打的脸颊轻轻抚摸，语气冰寒：“爹，你刚才打我的这边是受过伤的脸，一张烂脸，下次记得打另一边！”

朗斯年听到这话，更是气愤，抬脚要踹，却被朗月轩拼命拦住。朗斯年隔着朗月轩，冲着朗月明吼道：“你个畜生，你这么做到底是为了什么？”

朗月明惨然一笑，道：“为了什么？为了让你看得起我，我不知道哪里得罪过你，我做什么你都看不顺眼！”

朗月轩扭过头，看了眼已经变得陌生的大哥，劝道：“哥，你先别说了，你看你把爹气的。”

朗月明不仅不领情，反而一把揪住朗月轩的衣领，咬牙切齿道：“你别在这里阳奉阴违，装老好人，油脂就是我换的，只要我在这个家，我就不可能让你和顾海棠在我面前为所欲为！”

朗月轩刚欲挣扎，忽见朗月明松开了手，转身跑出大门。

朗太太想要追却脚步不济，只能惊慌地呼喊，“月明！月明！”

朗斯年顿觉头晕眼花，伸手扶着一旁的假山，怫郁着自嘲：“好，好好，这就是我朗斯年的儿子！这个畜生就是心术不正！”

“朗家就这么被顾海棠给祸害了，这个女人的手段真毒辣！”朗太太欲哭无泪，只得将矛头转向顾海棠。

“爹、娘，你们先消消气，大哥只是一时冲动，他也是看朗里春走下坡路心急慌不择路。”朗月轩边说着话，边将父母搀扶着进入客厅，叫来全叔和莺哥，吩咐照顾。

朗太太本已被搀扶着走到厅口，却又脚步一顿，陡然转身，望着朗月轩，惶恐地道：“月轩，你一会儿准备干什么？不会又去找顾海棠吧？”

朗月轩犹豫一下，道：“有些话还是要跟她说清楚，这个口红是她的心血，于情于理，都要把这件事的始末告诉她。”

第六十二章　◎终天之戚◎

雪花铺天盖地落下。天地间分外素净与萧索。昆杨城无处不是冰霜凛冽，寒风瑟瑟，一如顾海棠近日的心情。

她几番斟酌后，选择答应和施济周合作。施济周喜不自胜，将她奉为上宾，意气风发地带着她参观仓库新布置的区域，客气地介绍："我们就在这里还原芙蓉露，你一定会如有神助，完成你爹未了的心愿！"

顾海棠对他的安排十分满意，微笑道："在你这里，我如有神助。"

施济周听了更是开怀，得意地道："我欠顾兄一个承诺，眼见可以兑现，可算了却我一桩心事。"

顾海棠拿起香料，放在鼻端嗅了嗅，神色自然，道："谢谢你，要不是你我还被蒙在鼓里。不知施老板接下来怎么打算？"

"我们联合起来击垮朗家，为你爹报仇！"施济周神态凛然，慷慨激昂。

顾海棠目光殷切，捏着香料的手指力道加重，语气满是感激："你的恩情我一定牢记在心，多谢你替我娘换医院，以免旁人打扰！"

施济周摆摆手，郑重地道："当年我没能保护你爹，已是惭愧，若不能保护你娘，我活得也太失败。再说现在是关键时期，你不能分心。"

顾海棠眉眼弯弯地一笑，再次道谢，随后拿起残本，仔细研读，无声地表达送客之意。施济周往后退了几步，看着顾海棠认真的模样，顺心得志地一笑，不再打扰，悄声离去。

顾海棠安静地看了一会儿，心里总是不时忐忑。总觉缺点什么，环顾四周的原料和各种设备，越发有些恍惚，犹如置身一个只知方向，却不知如何行走的荒漠中，孤立无援。

须臾间，她想到朗月轩，觉得如果有他在，一切问题肯定会迎刃而解。可旋即她又猛然摇头，暗自警告自己：顾海棠！你在这个时候想到他！你对得起爹爹的在天之灵吗？

日落，老齐开车载着顾海棠来到新医院。

施济周给顾家安排的是独间，在晚间格外寂静。在与顾夏合安顿母亲睡着后，顾海棠将弟弟拉到一边，沉重严肃地道："姐要说的件事，你要有心理准备！"

顾夏合从未见过姐姐如此神态，心里也跟着紧张起来，纳闷地点点头，静待下文。

顾海棠深吸口气，正容亢色地嘱咐："之前我不许你告诉朗月轩我在哪里，你还是说了。但是这次，你不仅不要搭理朗月轩，他的妹妹、朗家的其他人你都不要再有任何接触！"

顾夏合惊异，无法理解，茫然道："啊？为什么呀？"

顾海棠回首看了眼沉睡的母亲，悲从中来，目露痛苦，道："咱爹的死，很可能是朗家害的……"

顾夏合顿时目瞪口呆，难以置信。

眼泪在顾海棠泛红的眼眶中打转，不过几秒便簌簌而下。她死死攥着弟弟的手，痛绝地道："朗斯年为了芙蓉露残害父亲，年幼的朗月轩也在现场帮凶！如果不是施济周，我根本就不知道这一切！"

顾海棠知道弟弟一时半会儿接受不了这么多爆炸性信息，便将施济周说的详细经过讲述出来，而后满眼期盼，道："夏合，事实也许并非如此，但真相没有查明之前，必须和朗家断绝来往！你是家里唯一的男人，也是姐姐在世上唯一可以依靠的人！你要振作。"

顾夏合这才发现自己的泪早已不知不觉地流出，忙伸手擦去，咬着嘴唇，忍住哭腔，道："我能做什么？"

"你帮我照顾好娘就行！"顾海棠料到弟弟必有异议，不待他开口便坚决地摇了摇头，道："你听话！娘是需要人照顾的！"

顾夏合目光复杂，犹豫良久，知道姐姐的性子，一旦决定了的事必然不会轻易放弃，终是不情愿地道："好，但是有需要，你一定要跟我说！我可是这个家唯一的男人！"

姐弟二人立在墙角，虽皆是年轻模样，却丝毫没有朝气与欢喜，气息中全是无尽的孤苦与悲痛，更涌动着仇恨与彷徨。

这时，天瑜醒来，睡眼惺忪，左右一看，发现儿女在墙角，唤道："海棠、夏合……"

顾海棠和顾夏合急忙平复情绪，露出笑容，走到病床边坐下。天瑜拉着姐弟的手，余悸未消，道：“刚做个梦，怎么也找不着你们两个，急坏我了。”

顾海棠揉着母亲的手，勉强笑道：“梦是反的，在梦里找不到我们，现实中就算甩也甩不掉我们。”

天瑜笑着喃喃：“对对对，咱们一家人，不分开！”

顾海棠顿时泪如泉涌，再难抑制，扑在母亲的怀里，像个孩子似的大哭不止。

天瑜不明就里，只得轻抚女儿的发丝，另一只手拉着儿子，笑得一脸幸福。

接下来，顾海棠一直游走在施杭露的仓库和医院，苦苦思寻芙蓉露的配方，但因缺少最后一页的关键内容，一直没有头绪。不过，让她开心的是，医生通知她，说母亲天瑜病情稳定，完全可以出院。她便感谢了施济周，与弟弟一起，将母亲接回家，悉心照顾。

回到家的天瑜很是舒心，半躺在床上，左顾右盼，忽而笑了起来，道：“还是这里好，在医院让你爹知道，他又该担心了。”

顾海棠喂完了药，擦着母亲的嘴角，道：“娘，吃点什么吗？”

天瑜半眯着眼睛，皱着眉道：“这药苦得要死，什么都吃不下，饿了告诉你。”

顾海棠温柔地答应，放下药碗，坐回床边，试探地问：“娘，你认识施济周吗？”

天瑜眨着眼，回想片刻，道：“施济周？好像有印象，这个人是干什么的？”

顾海棠有点欣喜，拿出那本秘方残本，交到母亲手上，又问：“这你有印象吗？”

天瑜乍一看，又惊又喜，道：“它怎么跑你那里去了？我能没印象吗？这字都是我写的！”

天瑜翻看着残本小册，在发现撕痕时，忽然狐疑道：“你爹向来小心，怎么破成这样？这最重要的最后一页，怎么还没了呢？”但顿了一顿，又“嘿嘿”一笑，“没事。我记性好，以前就背下来了。”

顾海棠越发激动，追问：“娘，您知道最后一页的内容？”

天瑜指了指自己的脑袋，自信无比地道：“去拿纸笔来！我说你写！”

顾海棠飞快地找到纸笔，回到母亲身边，满怀期待地记录：“芸苔华捣敷乳痈丹毒，镇心益色，驻颜轻身，霜后牡丹闰月白芍……然后……”

顾海棠见母亲越发口吃与缓慢，神情有些痛苦，忙放下笔，道：“娘，不着急，兴许睡一觉就想起来了，这么久难免会有遗忘生疏。”

天瑜将手放在脑袋上，轻轻拍着，自馁道：“当初改了几个字，我总记混……海棠，这想不起来憋得难受，我总觉得施济周和这配方有关，能现在就带我见这个人吗？”

“现在？也好，还是我去请他过来吧！”顾海棠说着就拿起一件外套披在身上，听到母亲喊她一声，当即回头去看，却只听母亲道：“没事，就是想看看你，这些日子，苦了你。”

母亲眼光流露出的温柔，让顾海棠莫名地心中一悸。她替母亲掖掖被子，笑道：“不苦的。等我回来。”

天瑜见女儿要走，又拉住，一脸倦容与思念，道：“娘想家了，你说你爹会不会先回去了……那可遭了，他回家看不到咱们该有多着急啊！”

顾海棠忍着泪水，强颜欢笑，道：“那过两天咱们回去一趟。”

天瑜满心怡悦，笑道：“好！”

“那我先走了。”话虽说出，但顾海棠端详着母亲好一会儿，总是有些不舍，觉得今晚的母亲格外触动她心底的弦，让她想起儿时，想起生活的一点一滴，想起不论经历多少阴霾，只要与母亲、弟弟一起就总有开怀的时光。

但不舍归不舍，要事不能耽搁。她告别母亲，匆匆来到施府。

施济周直接迎她到客厅，有些讶然，道：“海棠，可是出了什么事？”

顾海棠还没回话，就见施迪文也走了过来，只是躲在门口，探头探脑地说：“海棠！月轩这几天在找你呢，你……”

话还没完，便被施济周双眼寒光直射得吓了回去，垂下脑袋，缄口结舌。

“我娘想见你，说也许能帮她想起以前的事，还有芙蓉露最后一页的内容。”顾海棠乍听到朗月轩这个名字，也是一颤，不过很快抽离这股复杂的思绪。

施济周脸色微变，但很快又笑道：“迪文，你把车开到门口。海棠，稍等片刻，我马上过来。”

顾海棠望着走开的施济周，坐下缓口气，催促道：“你快点儿。我母亲不能自己待着。”

然而，这话丝毫没用。施济周进屋后，迟迟不见出来。

顾海棠等得焦急，想要叫喊，又觉唐突。直到近半个小时，施济周这才换套衣服徐徐走出。

施济周深感歉意地说：“海棠，见顾夫人理应正装，换衣服时又和贱内扯皮一阵，让你久等了。”

顾海棠着急地往外走，不忘礼貌地回应：“客气了，咱们快走吧。”

二人终于坐上施迪文开的车，向鸣锣巷驶去。路上倒是安静无话，气氛融洽。可就在刚到巷口时，车子速度一缓。

“前面怎么了，这么多人？还有火光？”施迪文纳闷地摇下车窗，伸着脖子观察。

顾海棠眯着眼睛往前看，就在目光落定的一瞬，大惊失色，推开车门就往家跑。她确定，火光正是自己家发出，且烈焰冲天，烟雾弥漫，火势汹汹。

她挤进围观的人群，正见三五个邻居救火，然而杯水车薪，根本无用。她不管不顾地往火场冲，被两个邻居拦住。

“我娘和弟弟还在里面呢！”她挣扎着哭喊。

“你这样进去是找死！”一个邻居高声阻止。

这时，蓦地一个黑影从火场中跑出，身手矫健，但身形有些怪异，似乎是背着人。待到来到安全区，顾海棠上前一看，是朗月轩背着昏迷的顾夏合！

顾海棠陡然扑了过去，一边掐弟弟人中，一边焦急地问：“娘呢？娘呢？”

顾夏合只是被烟熏到，很快醒来，立刻号啕大哭，话也不会说。顾海棠焦急万分，推开朗月轩安慰的手，猛地给了弟弟两个耳光，声泪俱下地问：“我问你娘呢！我不是让你看好娘吗？”

顾夏合仍低着头，泣不成声，任由姐姐打骂。

他没有说话，答案却已明了。可顾海棠不愿相信。

“不行，我要去救娘！”她霍然站起，愤然前冲。

朗月轩忙去抱住她，却被她在胳膊上狠狠咬了一口。伤口渗出血来，朗月轩疼得冷汗直冒，却依旧没有松手。

朗月轩忍疼道：“海棠冷静点！你娘不在了……”

这一刹那，如天翻地覆，如日月冲撞。她的动作忽然静止，连呼吸都感觉不到。许久，她才开口，只是声音平静得可怕：“你松开我！”

朗月轩重重地松了口气，缓缓放手，拦在顾海棠的身前，以防她又要往火场里冲。

顾海棠家已然成为火海，火舌如狰狞的鬼魅不断地涌动，恐怖而又惊心。顾海棠悲戚地看着眼前的一切，火光映在她的脸上，通红如血。

这一刻，她的心与念如火灾中的烟尘，飘荡四散。

第六十三章　◎牢狱之灾◎

日光东升，照在雪上，红中透白，和大火的灰烬相映，透着一股连亘天地的荒凉。龙莫婳接到施迪文的电话，得知顾家的遭遇，连出门必须做的梳洗打扮都忘记，衣衫不整地匆匆赶到鸣锣巷。

她挥舞着手臂驱散飘浮于身侧的灰烬，发现顾海棠正在废墟旁，一脸茫然地呆立，形如枯槁。她于心不忍，走到顾海棠身边，再没了往日的强势，柔声道："海棠，有什么需要帮助的，你可以告诉我。"

见顾海棠不动声色，她主动去挽她的胳膊，却被挣脱。龙莫婳有些无所适从，曾经的爱恨情仇，她记得，也不会妥协，但看到昔日姐妹如此情状，也再难以针锋相对，低声下气地劝道："海棠，从前的事，我也有不对，是我太偏激了。你别这样，我求求你，你一夜没睡，先去我家休息一下吧。看你这样，我真难受！"

难受，有她对自己为争情夺爱而不仁不义的愧疚，也有她立于家世高处，眼睁睁看着名门望族对一个柔弱女子处处坑骗与算计的怜悯。世情薄，人情恶，竟在顾海棠的身上体现得淋漓尽致。

顾海棠仍是直挺挺地立着，泪痕阑干，不再有半滴泪珠落下，只凄惨地道："你以前说得对，我是一个晦气的人，是我害死了我妈，我爱上了一个不该爱的人……"

"你别这么说，以前我说的话，我全部收回，都是我的错！我之前跟你闹别扭，是我太任性，是我没有顾及别人的感受，但是现在回头看，除了你我没有一个知心朋友……"龙莫婳听得揪心，抱住顾海棠，泪忍不住抖落，沾湿两人衣襟。

顾海棠这次没有挣脱，伤心欲绝的情绪，在龙莫婳的话中爆发。以往的恩怨，在生死面前，真的微不足道。二人紧紧地抱住，一哭泯恩仇，嫌隙烟云散。

一直在一旁静静守护的朗月轩，见她们冰释前嫌，试探着开口："海棠，要不我开车送你去龙府暂住几日？"

顾海棠没有应声，也没有看他，擦了眼泪，来到顾夏合身边，将他拉起，径直要走。寒风扑打在她苍白的脸上，似每一个毛孔都在尖叫战栗，每一根神经都在怒吼炸响。

龙莫婳见状，急道："海棠，你别这么倔啊！你能去哪？"

顾海棠对龙莫婳缓缓摇头，压着嗓子道："我有去处，你不用担心。"

朗月轩忙上前，凑到她身边，道："你要去哪？我送你吧……"

"不用你管！"顾海棠冷冰冰地丢下这么一句话，看都不看他一眼，和弟弟一起走出巷口。

朗月轩愣了半晌，才回过神来。之前顾海棠的那句"我爱上了一个不该爱的人"已然让他深受打击，现在她这般对待自己，更是令他痛不欲生，只觉得天旋地转，恍恍惚惚，也没听清龙莫婳在耳边说些什么，上车驶离。

因着精神不济，他一路上险些出了车祸，不知被多少个行人指着痛骂。可他皆无所谓，没了顾海棠，还有什么值得他担惊受怕呢？他灰头土脸跌跌撞撞地回到家，看到一家人正在吃早饭，转身要走。

朗斯年眉头一锁，道："你这又是怎么了？"

朗太太来到朗月轩身边，用手绢擦着儿子的脸，心疼地道："伤到哪没有？"

朗月轩淡淡地开口，语气中是无尽的萧索："海棠家昨晚失火了。她母亲去世了。"

众人短暂的惊诧后，喧闹陡起。朗青青跑到哥哥面前，担忧顾夏合的安危，一个劲儿地询问。朗月明则关心顾海棠的情况，也没了从前的疏远，反复确认。就连妙兰一直冷漠的脸也无不动容。但朗月轩一概不理，恍若未闻。

朗太太一阵唏嘘，露出鲜有的同情："怎么就失火了呢？唉，这世道啊。"

众人还没从震惊中缓过，仆人突然来报，说是龙大帅和施老爷来了。

朗斯年淡定地吩咐仆人收拾好碗筷，又让几个晚辈齐齐回避。这一场秘密的商业谈判，足足持续了两个小时。待到龙德水与施济周离开后，朗斯年立刻将两个儿子叫到书房。

他打量着，见一个失魂落魄，一个桀骜不驯，不由得叹了口气，道："刚龙德水和施济周找我，说南方召开一个维稳市场的商行联盟会议，要我代表昆杨前往，我是商会会长，义不容辞，而且龙施二人早预谋好，无法推托。我要离开昆杨一段时间。形势你们清楚，月明！你不可再跟施济周有任何来往。还有月轩！我也不想看到你们争风吃醋！你们兄弟要一条心，帮助朗里春渡过难关！月轩，你业务更熟，多提醒月明。月明，你是大哥，要有大哥的风度……”

这件事来得着实突然，兄弟俩都是一惊。

“爹，我已经知道错了，遇事我一定会多跟月轩商量。”朗月明很快恢复平静，言之凿凿。

朗月轩还沉浸在火灾的悲痛之中，现强打精神听着父亲的吩咐，颔首道：“我会尽力。”

“你们有什么想法？”朗斯年来到窗边，打开一扇窗户，看着院子内还没有化净的白雪，心犹如落满冰霜。

“爹，我想降低价格找小作坊代工，现在资金链断裂，朗里春太被动了。”朗月明率先回答。

朗斯年缓缓摇头，极不满意，道：“这样我们没法对代工作坊监督，出问题可就坑害老百姓了！月轩，你怎么看？”

朗月轩揉了揉有些疲倦的脸，长叹口气，道：“爹，我建议停止生产销量萎靡的产品，主推市场上深入人心的产品，集中劳动力降低成本，还可以通过降价作为歉意和态度挽回人心。”

朗斯年肃然的脸上终于有了几分缓和，转过头来，望向朗月明。朗月明看出父亲意思，神色如故，并无异样，道：“月轩头脑清晰，主意很好，我听月轩的。”随即，他走朗月轩身边，手挽着手，笑得坚定与温柔，好似兄弟二人从来没有任何争端。

朗斯年看着两个儿子同气连枝，很是欣慰，笑道：“你们这样我就放心了，遇事多商量，朗里春就靠你们两个了，坚持到我回来！”

朗月轩虽对大哥的善变有些不安，但总是不想再让父亲担忧，便和朗月明一起应下。

由于龙德水和施济周逼得紧，朗斯年需要马上出发。朗太太带着众家眷送至门口。望着丈夫远去的车影，她愣了片刻，眼中是难见的不舍，道：“老爷不在家，月明、月轩，你们可要打起精神！”随之，顿了一下，想了想，又叹了口气，对朗月轩怅然道，“你去看看海棠吧，毕竟缘分一场……”

怎料朗太太的话刚说一半，一辆警车急速驶来，下来两个警察快步走到众人面前，喝道：“谁是朗月轩？”

朗月轩疑惑道："我是，怎么了？"

"有人指证你在鸣锣巷纵火，跟我们回去协助调查！"警察直接抓住了朗月轩的手腕，作势要走。

朗太太莫名其妙，震惊不已，挺身拦住，道："你们搞错了吧！"

妙兰和朗青青也纷纷指责警察乱抓人。唯有朗月明袖手而立，无动于衷。

"带走！"两个警察不由分说，架着朗月轩就塞进警车。

"月明！快去找莫婳！快！"朗太太总算是没有吓傻，反应倒也极快。

朗月明这才变了神态，一脸忧愁地应下，匆匆离去。

朗月轩在警车里看着朗府门口乱成一团，内心混乱，饶他再怎么机敏睿智，也不明白自己为何会和纵火案扯上关系。他不断地询问车内的警察，得到的除了蛮横的骂语和鄙夷的眼神，根本没有任何有价值的信息。

随后，朗月轩被带到警察局，看到等候室里顾海棠和顾夏合正在抹泪，下意识地冲上前，想要说话，却被身后的警察一把抓住，厉声喝斥道："老实点！"

他再去看那姐弟俩，只见二人眼中是汹涌的怒火与仇恨。顾夏合甚至想要打他，却被姐姐拦着，只能嘶吼道："朗月轩，你这个浑蛋，杀人偿命，我顾夏合饶不了你！"

顾海棠则抱住弟弟，那雪亮的双眼迸射出来的恨意，冻得他心神俱颤。

朗月轩有很多话要和她说，也有很多疑问要问清，可没人理睬，没有回答。他被扔进审讯室，里面坐着一年长一年轻的警察，还有一个五十来岁的证人。

年轻警察拿起笔，敲敲桌子，不耐烦地道："老范！是他吗？"

"是他！昨晚我出门撒尿看到这个人翻墙进院，火就烧起来了！"这个老范频频点头，十分确定。

年老警察询问："你深更半夜如何确定是他？"

"我眼神好，且前几天刚下完雪，映得亮堂我能看不清？这人还贼喊捉贼进去救人，我都看得一清二楚！"老范说得好不吭哧。

朗月轩惊恐不已，大骂："放屁，谁让你来的！"

"臭小子，杀人放火还不承认！真是丧尽天良！"老范歪着脑袋，一副疾恶如仇的面孔下，藏着你奈我何的神情。

两个警察不再追问，让老范在口供上按了手印，便挥手让其退下。朗月轩想要去拦，却动弹不得，急道："别让他走！我要跟他对质！"

“老实待着，证据确凿你还有什么好说的，你这种人我们见得多了！”两个警察不屑地斥责，接着，将他丢进监牢。

牢房潮湿阴暗，一股腐臭味扑鼻而来，令人恶心不已。然而，这些对朗月轩来说微不足道，重要的是受此冤屈，如何洗刷，如何让顾海棠相信他。他思来想去，一时不得法，越发焦急，抓住铁栏杆，高声道：“我是被冤枉的！不是我放的火……”可无人回应。他身处其中，如困兽犹斗，一切证据也犹如水中月。

这一边搓手顿足，另一边朗府众人度日如年。

好在朗太太有大家主母风范，立刻花钱上下打点，东奔西走疏通关系，即使不能救出朗月轩，也尽力不让他在牢房受冻挨饿，保证生活无忧。

最不急的是大哥朗月明。他得了母亲指令，慢悠悠地去找龙莫婳，说明情况后，将父亲的嘱咐抛之脑后，去了施杭露工坊。

此时，施济周正拿着一盒香粉嗅着，意得志满。见到朗月明，他沾沾自喜道：“我事办得还算明白吧？”

朗月明竖起大拇指，赞道：“叔是老江湖，明明白白！”

施济周扯了扯嘴角，但随即目光一凛，警惕地道：“事儿让朗月轩赶上，是老天要帮你，不过我还是要提醒你，你和朗月轩一起长大，小时感情好，如今这般相对，你可别反悔了！”

“他又死不掉。龙莫婳肯定会救他。龙德水肯定出面，昆杨地界难道还有比龙德水说话更好使的吗？”朗月明似有不甘。

“你想让他死？”施济周愣了一下，眼中的惊惧一闪而过。

他对朗月明的态度忽然有些不满，纵使有过仇怨，好歹二十几年的手足之情，能如此憎恶，真可谓狼心狗肺。他施济周可不能与这种六亲不认的主儿真心相交。

“从您告诉我朗月轩是我爹和一个丫鬟所生的孽种后，我对他的感观已彻底改变，想要他死有什么稀奇！”朗月明回想着父亲对朗月轩的各种维护，怨中添恨，难以压制。

“这事你爹做得不厚道，那丫鬟后来成了我的女人，拖着个油瓶不说，还背着我偷偷跟你爹约会！我心中更怨，我本不该拿自己的丑事来跟你说。”施济周也跟着回忆往昔，快快痛斥。

朗月明重重在地上踏了几步，狠戾地道：“无论如何，我要取代朗月轩在朗家的地位！他没资格跟我争！”

施济周开怀大笑，双眼微眯，道：“月轩的命是能保住，但是他和顾海棠肯定没有结果了！不过月明，天下那么多的女人，你就这么在意一个顾海棠？”

朗月明森然道：“我只想把朗月轩从我手里抢走的东西，再给抢回来！”

施济周点点头，在朗月明的肩头重重拍了一下，意味深长地道：“你也是个坏小子！”

“需要跟叔学习的地方还有很多！”朗月明没有半分吭哧，似笑非笑地朝施济周回敬。

第六十四章 ◎浮云翳日◎

朗月轩在牢中度日如年，身体上的苦痛倒是其次，心理的压力和纷扰才是难以自制之处。他想将火灾调查清楚，然而身陷囹圄，无法施为，现在只能躲在墙角，神情呆滞。

不知过了多久，他听到牢房门发出极重的嘎嘎声，抬头一看，是龙莫婳直奔进来，嘴里喊着："月轩，你受苦了！可以出去了！"

朗月轩有些麻木地看着龙莫婳，任由她拉着一起走出牢房，走到门口时，他忽然抓住一旁的警察，问："老范呢！"

警察不耐烦地说："老范？他死了，好像是心脏病发作。"

朗月轩一阵恍惚，呢喃道："这下麻烦了！"

龙莫婳不明所以，带着朗月轩走出警局，门外等候已久的施迪文忙迎上来，安慰道："月轩，什么都不去想，先好好休息！"

"不是我放的火！"朗月轩两眼发直，看得施迪文发毛。

"你肯定是被冤枉的呀！我还不知道你的为人嘛！"施迪文痛心疾首，恨不能立刻揪出真凶，就地正法。

"到底谁要害你！"龙莫婳看着深爱的男人，变成这般模样，差点哭出声来。

朗月轩委顿道："不知道……海棠恨死我了……你们先回去，我有件事要办！"说罢，他转身离去，飞快地来到鸣锣巷。

虽有一目击证人确定翻墙进顾家的人并不是朗月轩，可朗月轩知道这并不能消除自己的嫌疑。他必须前往火灾现场，走访邻居，期盼着能找出蛛丝马迹。

顾家所在之处已是一片残垣断壁，加上浮云遮天，更添几分惨状。朗月轩无处下脚，小心翼翼地进入，还是被破碎的缸绊倒。他正要爬起，忽然发现一个变形的盒子被缸盖住，拿起来一看，里面有残存的油脂，第一直觉让他认为必与火灾有关，当即小心保存，回家研究。

刚回朗府，他还没进入客厅，便见朗太太欣喜若狂地奔出，拉着他的手，上上下下地打量着，道："可算是回来了，多亏莫婳，阿弥陀佛，吓死我了！"

"娘，我没事！"朗月轩挤出笑脸，精神好了许多。他告诉自己，要从萎靡不振中走出，尽快调查出真相。

朗太太见儿子无碍，终是放心，但又愁上眉梢，抚着胸口，叹道："最近我这右眼老是跳，总觉得要出什么大事。"

朗月明正巧从外面回来，看到朗月轩，似乎顺理成章，没有欢喜也没有惊奇，只淡淡地道："回来了。"

朗太太另一只手拉住朗月明的手腕，道："你爹把这个家交给你们，你们可要争气，别再出什么乱子了。兄弟要互相帮衬，必须一条心。妙兰，去备些供果，我要去烧香拜佛，祈求朗家渡过难关。"

妙兰应着，离去时盯着朗月轩的眼神倒有些真诚的欢喜。近几日，她被接连而来的祸事震慑得心神不宁，忽然觉得即使恩怨难了，但平安就好，尤其是自己心念之人，得不到也罢了，能日日见着，也是福分。

朗月明听了母亲的话，微微一笑，看向弟弟的眼神无比趾高气扬："月轩，我是你哥，你要听我的！咱爹交代，粗细事务都要经过我手，你要谨慎一点，而且最近你麻烦多，有些事就不要掺和了。"

朗月轩看着大哥，有些不解，道："爹不是这么说的。"

"那爹是怎么说的？"朗月明目空一切。

朗太太将两个儿子的手都甩开，怒道："有完没完？刚说要一条心，你们又戗起来！"

朗月轩隐忍，低头默默不语。朗月明冷哼一声，不以为然。三人僵持的片刻，妙兰已备好供品。

朗太太对拜佛很是虔诚，说了何时去便不能耽搁，忙整理好仪容，与妙兰一同前往，临走前无奈地看着两个儿子，厉声道："你们两个在家给我好好反省！我回来再找你们算账！"

显然，朗太太的话毫无作用。兄弟俩仍在客厅势同水火。

朗月轩开口："大哥，这几天你看到海棠了吗？"

"你先管好自己吧！你以为……"朗月明嗤之以鼻，欲继续讥讽，却突然听到妙兰急切地叫喊。

二人对视一眼，循声而去，只见母亲靠在大门拍着心口，被气得七荤八素。

朗太太看到儿子们过来，气道："顾海棠把她娘的灵柩抬到咱家大门口，你们想办法把她赶走！"

朗月轩一愣，将大门开了一条缝，发现顾海棠和顾夏合正披麻戴孝，手中捧着天瑜的牌位，身后还有一个红漆棺椁，直挺挺地对着朗家，满脸的肃杀。

看热闹的人将朗府门前围得水泄不通，议论纷纷，无不说着姐弟可怜，朗府如何仗势欺人，天道何在。

"我与朗家无冤无仇，朗月轩害死我娘，今日若不拿出一个说法，我们绝不善罢甘休！"顾海棠愤然的声音响彻周边。

在场的每一个人都听得清楚，也帮着叫嚣。

朗月轩心如滴血，再难躲在门后，快步走了出来，站在她身前。顾海棠抬头看他，目光如炬，再无从前半分温情。

"海棠……"他仍是轻轻地唤她，只是带着苦涩。

"啪！"顾海棠给了朗月轩一个响亮的耳光，指着他的鼻子，愤慨地道："凶手！就是你害死了我娘！"

这一巴掌如打在他的心上，将他整个人击得粉碎。不待他反应，顾夏合扑他的面前，拳打脚踢，怒道："你还我娘！你这个杀人凶手！"

朗月轩一动不动，硬生生受着顾夏合的厮打，但嘴里分辩道："海棠，你误会我……"

"误会？你背负的是两条人命！你还记得我爹吗？"顾海棠眼睛布满了血丝，下一秒似要喷出火来，怨念之重，就算是自知清白的朗月轩也心有余悸。

朗月轩没有明白顾海棠所言何意，不解地道："海棠，你在说什么？"

这时，朗月明从大门出来，拉住朗月轩，低声道："月轩，这件事你嫌疑最大，先别出面！"旋即，高声道："海棠、夏合，各位乡亲邻里，这件事一定会查个水落石出，找到凶手为死者鸣冤报仇！我朗月明当面起誓！"

朗月轩如同一个木头人被推在一边。朗月明则开始对着天瑜的牌位下跪，磕了三个响头，接着仰头，望着顾海棠，一脸诚恳地道："海棠，我一定彻查到底，给你一个满意的交代！哪怕是我弟弟朗月轩，我也决不姑息！"

顾海棠盯着朗月轩的眼睛，终于缓缓转动，落在朗月明身上，欲开口，却被妙兰的惊呼打断。

"月明，月轩，你们赶紧进来！娘出事了！"

第六十五章 ◎真相渐显◎

朗家门前乱作一团，朗太太气得虚脱昏厥。朗月轩和朗月明急忙扶母亲回到院内。吃下药丸的朗太太很快缓了过来，直言赶紧阻止顾海棠。

朗月明满口应和，直说顾海棠所为会败坏朗家名声，不分青红皂白，殃及池鱼，可恶至极。

朗月轩讶异朗月明的态度，本想要好好问问大哥怎会如此两面三刀，但念着顾海棠盯他时的仇恨，心底悲痛与挣扎交织，只得先找顾海棠。可他还未走出半步，便被朗月明厉声呵止："你去顶什么用！还不是火上浇油？我问你，海棠家的房子着火到底是不是你干的！"

朗月轩难以置信，道："哥，都这个时候了，你怎么会怀疑是我呢！"

朗月明眼底暗芒一闪而过，面上却痛心疾首，道："警察都说有目击者指证你，你让我怎么不怀疑？这事传出去以后朗家还怎么在昆杨立足？"

朗月轩愤恼朗月明的不信任，与其争执不断。朗太太见状胸口郁堵更甚，正要劝阻，就见妙兰牵了串鞭炮从院内走出，打算用鞭炮赶走晦气，赶退顾海棠。

如此行径对尸骨未寒的死者实属不敬，朗月轩愤而阻止，却无法挣脱朗月明的掣肘，只得眼睁睁看着妙兰趾高气扬地吩咐下人打开大门，燃起鞭炮。

立时，噼里啪啦的响声惊了众人一大跳。

顾夏合气得浑身发抖，忙护着顾海棠后退，瞋目切齿地盯着妙兰，怒道："你们朗家欺人太甚！"

妙兰一把推开顾夏合，盛气凌人地对上顾海棠，道"欺人太甚的是你们！顾海棠，我劝你现在赶紧离开！一身晦气，别在朗家大门撒泼！"

顾海棠抱着灵位就顶了上去，毫不示怯，诘问："朗家人都是胆小鬼吗？坏事做尽却不敢出来承认，派你一个寡妇出来放鞭炮，吓唬谁呢？！"

"寡妇"二字直戳妙兰心肺。她的脸色瞬间阴沉，高声吩咐下人继续放鞭炮。

顾海棠不得不护住天瑜的灵位往后退，尽显狼狈。妙兰见状得意地嗤笑一声，颠倒黑白地骂道："顾海棠，你别不识抬举，你几次三番骚扰朗家，先是骗婚嫁给大少爷朗月明，后来勾搭二少爷朗月轩，几次被逐出朗家后，为了能够讹上朗家，现在又将失火丧母之痛与朗家联系在一起，顾海棠，你娘头七还没过，你就忍心带着她的亡灵出来折腾吗！她如何能够死得瞑目，如何能够安息！"

顾海棠红肿的眼里怒意翻滚，声声质问直扣人心："妙兰，我只是想为我母亲讨个公道，你言语如此狠辣，手段如此卑鄙，大家都是女人，你摸着良心说，我顾海棠哪里对不起朗家！我与你无冤无仇，你何必造谣中伤！"

顾夏合此时再也忍不住，冲上前去与朗家下人扭打起来，幸而听到声响的朗青青急急跑出来制止，可她欲安慰顾夏合时却被他直直推开。

妙兰为带回怔忡的朗青青，上前拽住了顾夏合的衣领。积攒了满腔怒火的顾夏合立即与妙兰撕扯起来。

围观之人不嫌事大纷纷起哄，场面极度混乱。眼见妙兰抓起钝器就往顾夏合头上砸，顾海棠一颗心提到了嗓子眼。

就在这时，闻讯赶来的龙莫嫿带着马副官冲进人群，二话不说直接鸣枪，以武力威慑众人，迅速平息了这场闹剧。

龙莫嫿上前查看顾夏合的伤势，让马副官护着顾海棠他们去医院，她留在朗家善后。

顾海棠忧心顾夏合伤势，无暇与龙莫嫿多言，径直离开。所幸的是顾夏合伤势不重，并无大碍。顾海棠松了口气，托马副官给龙莫嫿带声谢，随即便领着顾夏合送母亲入土为安。

夜色渐浓，裹挟着刺骨的寒意。顾海棠与顾夏合并肩走着，在回去的路上顺带将好心邻居先前借给他们处理母亲后事的钱还清。

见顾海棠仍是愁眉不展，顾夏合担忧地道："姐，你怎么一路都心事重重的？"

顾海棠轻叹口气。现下母亲去世，父亲仇未报只有他们姐弟俩相依为命。她看着顾夏合，不曾有半点隐瞒，直言道："夏合，刚刚邻居说咱们家着火当晚韩瑞斌一直在附近转悠，我心里头有些不安。这个韩瑞斌之前说要娘帮忙化妆，但是老人却没死，后来我们家突然就被说成是入殓世家，还闹得沸沸扬扬……我总觉得，这些事之间隐隐有着关联。"

顾海棠说着，脑海中忽然灵光一闪，匆匆吩咐顾夏合先回临时住所，独自跑到韩瑞斌“二叔”家。

老者对顾海棠的到来似乎一点也不意外，将人引进屋内落座。顾海棠也不拐弯抹角，开口便问韩瑞斌现在何处。

老者先是闪烁其词，但终是受不住良心的谴责，道出真相。原来那韩瑞斌与这位老者根本不是叔侄关系，而是父子！他这儿子成日里不学好，一天到晚帮别人跑腿，前不久突然连哄带吓地让他配合找顾海棠母女化妆。他寻思着应当不是什么伤天害理之事就依了。只是韩瑞斌具体为何这么做，他也不清楚，只知那日化完妆后，韩瑞斌去找了个胭脂铺老板，口里念叨着“大功告成，领赏去了”。

顾海棠还想问些什么，但见这位韩大爷身体欠恙，不住地咳嗽，与他商定等有了韩瑞斌的消息第一时间通知她，留下几张钱叮嘱他去找大夫后便起身离开。

顾海棠在韩大爷“好人有好报”的念叨中走进夜色，回想着这段时间发生的所有事。先是韩瑞斌出现，要求她母亲给韩大爷化妆，结果闹得满城风雨；然后施济周找上门，告诉她朗家人是谋害她父亲的凶手，让她与朗家对立；紧接着发生纵火事件，她的母亲转眼丧命，而她则去朗府闹事。事后施济周在她和夏合送母亲入土时特地前来安慰，却更多是在暗踩朗家，迫切要求她还原芙蓉露。

混沌的大脑里似有一条线渐显清晰，有什么就要呼之欲出。顾海棠心跳如擂鼓，不知不觉来到了火灾现场，却在看到朗月轩一身狼狈地在残骸之中仔细寻找着什么时潸然泪下。

她无声地注视着朗月轩似与废墟融为一体的消瘦的背影，往日的甜蜜回忆登时如走马灯一般在她脑海中浮现，令她心里犹如翻江倒海，不知是何滋味。不知过了多久，她缓缓收回迈出去的脚，在朗月轩不曾发现自己时快步离去，却于路上不期然碰到了失魂落魄的施迪文。

顾海棠心念一转，压下被朗月轩勾起的杂乱情绪，连声大喊“施迪文”。不料施迪文见到她转身就想溜走，顾海棠忙将人拦住。

施迪文这才转过身，仿若刚看到顾海棠，不大自然地笑道：“海棠啊，好巧。”

顾海棠眉头微拧，上下打量施迪文一眼，狐疑地道：“是挺巧的，不过你听见我叫跑什么？”

施迪文讪讪地道：“我没跑啊，我这不刚见着你就奔你来了？”

顾海棠瞧施迪文面色发白，眼神闪躲，言辞凿凿地道：“你没说实话！”

施迪文避开顾海棠的视线，颇显敷衍地道：“我没事骗你干吗？”顿了顿，又换了话题，问道，“你到这来做什么？”

顾海棠状若不经意，道：“我刚刚去看望了一个人，我娘曾帮过他，不过他病得很重，已经不认得人了。”

施迪文眸光微闪，若有所思，“哦，是么……”

顾海棠不动声色地观察着施迪文，见他神思恍惚，抬手在他眼前晃了晃，问：“你还有事吗？”

施迪文回过神，连道：“没事，我没事，我送你一段吧。”

顾海棠总觉得施迪文有说不出的怪异，点点头，没有拒绝。

两人一路几乎无话。分开后，施迪文一头钻进房间不愿出来。他当晚做了噩梦，梦见那天施济周像恶魔一样命令他将贪得无厌、前来要赏钱的韩瑞斌撞死。梦见他把韩瑞斌的尸体拉到野外时，韩瑞斌死而复生，差点将他压在车下掐死。

那时，他不知哪来的勇气，在生死存亡之际猛然扳动车门，将韩瑞斌掀翻在地。韩瑞斌脚下失衡，后脑勺撞在石头上，咽了气。他吓坏了，匆忙掩埋了韩瑞斌。

骤然，一声门响，惊散了他的噩梦。他猛地从床上坐起，惊魂未定间看见施济周朝他走来，在他床边坐下。施济周像是安慰他不用内疚，这是成大事的必经之路，又像是在恨铁不成钢地指责他。

施迪文耳边嗡嗡直鸣，待施济周离开后，又一次猛地盖住被子，遮住所有光亮。明天总该会是阳光明媚的，他想。

事实确如他所想一般。翌日，顾海棠迎着明晃晃的日光，打开被敲响的门，一眼瞧见凡真正带着忐忑不定的朗月轩站在门外。

凡真像是生怕吃闭门羹，一手抵在门上，火急火燎地对顾海棠道：“海棠，月轩有很重要的事要跟你说，你先别把人赶出去！”

谁知顾海棠一言不发地垂下眼，让了半边身子，示意他们进来。凡真一愣，朗月轩则更是大喜，来到桌前就从包里拿出了一个盒子，有几分激动地道：“海棠，这是我在火灾现场发现的助燃残留物，纵火人就是用这些油脂纵的火。我查过书，这种油脂并不常见，它是成本低廉质量低劣，一般用于开矿和造船等工业，我们昆杨乃至附近地区都没有大的工业厂址，所以我在火灾现场发现它以后一直在寻找它的出处……”

朗月轩说着又从包里掏出一个瓶子，道：“这是我暗中潜入施杭露工坊时发现的油脂。我猜，施杭露背地里一边用自己的包装盛放朗里春的高质量产品，一边用朗里春的包装盛放低劣的产品来诋毁朗里春的品牌，这个瓶子里的油脂就是制造这些劣质产品用的。”

朗月轩把两个瓶子都递到顾海棠面前，眼里闪着压抑的亮光，道：“可恰恰施杭露用来制劣质产品的油脂，和火灾现场的油脂助燃物的成分和味道都是一样的！”

朗月轩找到的这些证据无不说明天瑜的死与施杭露脱不了干系，与朗家无关，可顾海棠听到这些似乎并不惊讶。

朗月轩见她面无表情，有些无措，张了张嘴想说什么，最终颓然地低下头，叮嘱顾海棠几句，转身就要走。

顾海棠想起昨天夜里见到的场景，突然鼻子一酸，猛地扑到朗月轩怀里。朗月轩直接愣住了，过了好几秒才反应过来，颤抖着将人环住，心疼不已，道：“海棠，我知道我让你受委屈了，但是你要相信我，我是不可能去伤害自己最爱的人的……”

顾海棠眼角发红，泪水不受控制地滴落，不停地摇头道“月轩，我都知道了，我都知道了！”她说着从朗月轩怀里站起来，擦干眼泪，“月轩，我从施济周的手里拿到了我爹留下的芙蓉露的残本，虽然少了最后一页，但那确实是我爹留下来的遗物，问题是，我不能确定施济周是用什么手段得来的这本残本，果不其然，施济周得到残本的经过，与我娘所说的关于我爹的只言片语，两者之间并不相符，我为了查明真相，不得已让施济周完全信任于我，如今，你所做的，正好帮我印证了我所怀疑的一切都是对的。不过，这件事，我还要等你爹回来与他对质，施济周说，是朗斯年为了得到芙蓉露的秘方而杀害了我爹，如今看来，施济周肯定有所隐瞒，你爹也是事件的知情者！这个谜底，要他来帮助揭开。”

朗月轩又惊又喜，但想到朗家目前的形势，有些担忧，道：“我爹这次突然出走，太过于巧合，虽然全叔打过电话报了平安，但除此以外再没有任何消息，我担心他们那边形势也不乐观……而且我在朗里春工坊发现施杭露的原料，我怀疑月明已经完全被施济周利用了……”

顾海棠沉吟片刻，道：“既然如此，就不能干坐着等你爹回来，我们得自己尽早查出真相。月轩，施济周这个人急于求成，他轻信于我完成了芙蓉露，但芙蓉露实际上距离成功还有一步之遥，施济周为此要大摆庆功宴，到时候你要帮助我把戏继续演下去。”

朗月轩眼底的疲惫一扫而空，毫不犹豫地点头道：“嗯，我们一定把这件事查个水落石出，为你娘报仇。”

顾海棠看着朗月轩凹陷的眼眶和下颌冒出的青茬，心中百感交集，道：“月轩……这段时间，让你受委屈了。”

朗月轩目光似水，淌着如潭深情，温柔地道：“只要你不离开我，我受多大的委屈都不在乎。”

阳光落到他们身上，渡上一层浅淡的金色，温暖而美好，好似前方纵有万千荆棘，亦无所惧。

第六十六章　◎狭路相逢◎

不出顾海棠所料，她刚佯装完成芙蓉露，施济周转眼便大摆庆功宴，甚至利用她与朗里春的恩怨噱头召开记者招待会造势。一时间，施杭露声名大噪，隐有凌驾朗里春之势。

龙德水见施济周春风得意，却拖着事先说好的军费不给，急得焦头烂额。龙莫婳知道后痛斥龙德水堂堂威武大将军与施济周这等小人为伍，帮他干着损害朗家的糊涂事。

龙德水此时也颇为后悔，却进退两难，不得其法。还是已放下对朗月轩执念的龙莫婳旁观者清，提议龙德水与朗月轩、顾海棠合作，寻得转机。

龙德水心中动摇，一边让马副官稳住驻守在城外的士兵，一边思量着如何获取军费稳定军心，以应对前方吃紧的战事。

城外动荡不安，城内却依旧日出而作，日入而息，毫无紧迫感。一如此时的顾海棠，正与往常无二，忙碌地穿梭在施杭露工坊的操作间，仔细检验着工人们做的活。

施济周拿着订单匆匆前来，远远瞧见顾海棠搅拌着原料桶，藏住心底不悦，走过去硬挤出一脸花来，笑着让顾海棠跟他去办公室一趟，几番试探后终于说出欲买下芙蓉露秘方的目的。

顾海棠心中冷笑，面上却百般纠结，道："施叔叔，按理说，这个秘方我应该分文不取地送给你，但这是我爹留在世上最后的一件东西，卖了它，我感觉我与我爹在这世上的最后一点联系也断了。而且我希望芙蓉露能在我手上传承下去，还我爹一个心愿。"

施济周眼底精光闪烁，哄骗着顾海棠若把芙蓉露秘方交到他手上，他必将芙蓉露和顾家传奇传遍天下，只待顾海棠说出价格。岂料顾海棠竟狮子大开口，想要施杭露。

施济周自是不愿。他忍着满腹怒气，假笑着劝顾海棠好好想想，心里已然有了其他主意。待顾海棠离开，他立即独自驱车前往昆杨城外的驿站，在早已与他暗中勾结的马副官的安排下，与大难不死的胡副官会面。

那日胡副官跳崖，幸落江河缓冲，奄奄一息时被前来搜尸的马副官救下。早就想取代龙德水之位的马副官与一心想要复仇的胡副官一拍即合，背地里联手谋划，一个伏在龙德水身边骗取信任，一个在暗处笼络龙德水在城外的人手，发展势力，好里应外合。

但仅此却是不够，军队的发展离不开军饷。胡副官凭借以往跟在龙德水身边时的经验，一早瞄准野心勃勃的施济周，让马副官寻机会与其合作。果不其然，眼中只有利益的施济周欣然点头，在见到胡副官后，要他们让朗斯年再也回不到昆杨城。

日暮时分，昏黄的光线将他们三人隐匿的身影无限拉长，与黑暗相融，悄无声息地渗进昆杨城的每一个角落。

放工回家的顾海棠忽觉背后发寒，她猛地回头，猝不防被等候已久的朗月轩抱入怀中。顾海棠悬着的心放回原处，脸上不自觉露出笑容，道：“你怎么来了？”

朗月轩把头埋进顾海棠肩窝，放松的语调透着几分慵懒道：“我一刻看不见你，我这心就不在自己身上。”

顾海棠心口泛甜，面上却嗔赧地朝他丢了个飞眼，道：“净胡说。”

朗月轩将人抱得更紧了，语气闷沉，夹着不易察觉的委屈，道：“我没有胡说。海棠，我害怕你再躲着我，再消失不见，那种没着没落的滋味，难受死了。”

顾海棠的眉眼顿时软了下来，轻轻碰了碰朗月轩黑亮微扎的发，道：“不会了，月轩，我不会再离开你了。”

朗月轩不依不饶，道：“可我还是害怕，一分一秒也不想和你分开。”

顾海棠出奇地有耐心，她定定地望着月轩说道：“月轩，我答应你，不会再离开你，但是也请你给我时间，我爹娘死得不明不白，不查出死因，我愧对他们。”

朗月轩抬起头，灼灼目光与顾海棠相对，道：“我知道！我要和你一起查清楚。”

闻言，顾海棠疲惫的心似风雨中的小舟有了停靠的港湾，但想到白日里施济周那番恩威并施的话，忧心忡忡地道：“施济周现在在昆杨城一手遮天，咱们谁也没有能力与其周旋对抗，如果手里不是握着秘方，恐怕我早就被施济周软禁或痛下杀手，这件事拖得越久，对我们越不利。而且今天施济周已经向我提出要买断秘方，我猜他的耐性没有那么好。”

朗月轩锋眉蹙起，沉吟片刻，定声道：“朗里春现在一蹶不振，论实力已经完全不敌施济周，要与他一拼，必须破釜沉舟！”

顾海棠看朗月轩神色坚定，似已有了想法，问道：“你已经想到计策了？”

朗月轩握住顾海棠的肩，黑眸里星光闪动，道：“这件事你不必操心，我会解决好的。”

顾海棠深信不疑地看着朗月轩，点了点头。两人此时在外人眼里仍是不和状态，朗月轩纵有万般不舍，也不敢与顾海棠温存太久。

于是，朗月轩早早回到朗府，跑去朗斯年的书房里翻看账目，好查证朗里春到底是怎么亏损到今天这个地步的。然而他才刚看不久，便被同样披着寒意、从外头回来的朗月明发现。

朗月明对朗月轩私查账本的行为异常恼怒，一把抢过账本，朝他大声呵斥。

朗月明如此失态，朗月轩想到自己查到的那些线索，心底满是失望，但仍是好心好气地劝诫：“哥，你不要再跟施济周来往下去了，他是在利用你蚕食朗里春，你知不知道！”

朗月明听后却怒目圆睁，拔高了音调：“你的意思是我把朗里春祸害成今天这个样子？”

朗月轩无奈皱眉，道：“我是希望你迷途知返，不要再被施济周蛊惑了！”

朗月明冷哼一声，眼底暗光杂驳，嘲讽道：“恐怕你是别有用心，爹不在，你是不是觉得没人给你撑腰了？我告诉你，爹这次出去凶多吉少，你最好别指望他了。”

朗月轩心头猛揪，朝朗月明厉声逼问：“你在胡说些什么，爹为什么会凶多吉少，你到底在哪里听到消息的？”

朗月明双眸转动，色厉内荏地喊道：“总之这个家的事与你无关，你不要在这里装好人，朗月轩我警告你，该是你的，就是你的，不是你的，你什么都拿不走！”说完转身走出书房，脚步竟有几分急切。

朗月轩忙追上去，却在朗太太的房门口失了踪迹。他想了想，走上前敲门，问：“娘，您睡了吗？”

朗太太正翻看着佛经，她无声地叹了口气，道：“进来吧。”

朗月轩推门进去，发现常年服侍在母亲身边的妙兰不在，暗道奇怪，倒也没多问，而是问朗太太有没有见到朗月明。

朗太太放下手中佛经，摇了摇头。朗月轩犹豫再三，终是一咬牙，将朗月明可能与施济周有合作的猜测说了出来。

不料朗太太一脸淡然，言说早已知道此事。朗月轩气不过，不由加大音量，道：“娘，这么干是要砸朗里春的招牌啊！如果爹在，他是绝对不允许的！”

朗太太面色微愠，道：“我不让干的事多了，你都听了吗？现在咱们朗家什么情况你不知道吗？这阵子若不是月明在外跑前跑后，朗家哪能撑到现在？而你呢，你为朗家做了什么！”

朗月轩还想与朗太太争辩些什么，但见她情绪一激动便咳嗽得厉害，忙上前将人扶住，关切道：“娘，您怎么样？妙兰嫂子呢，我让她把药给您端过来……”

谁知朗太太听到“妙兰”的名字身子竟是微微一颤。她抬起头，看着朗月轩，目光仿佛苍老了许多，缓和语调道：“你妙兰嫂子有事忙着，你去厨房帮娘看看，火上还熬着娘的药呢。”

朗月轩压下心中疑惑，点点头，转身离开。朗太太看着朗月轩消失在转角处，苦叹声起。她没有告诉朗月轩，妙兰已经被她亲自送离了朗府，再也不会回来了。

前几日她心神恍惚，总在窗外看见红色身影，本以为是鬼魅作怪，不承想竟是妙兰在装神弄鬼。知道真相后，她勃然大怒，对妙兰一通指责，直骂她不拿自己当个人。

不想妙兰自知无法再掩饰，索性破罐子破摔，倒出了自十二岁嫁进朗家后的种种苦楚，大骂朗家上下除了朗月轩就没人把她当个人看。

朗太太心中震惊，这才知妙兰竟如此恨她，如此恨朗家，恨得连在朗家一刻都待不下去。

朗太太大受打击，她虽对妙兰过于苛刻，却真的将她当半个女儿来看。她们磕磕绊绊这么多年过来，人非草木，孰能无情？她一直都在栽培妙兰，也想过以后把这个家交给她，可不承想她却一心想离开朗家。是她错了，是她没有顾及妙兰的感受，将她强留在身边，忘了她也是一个女人，需要爱与尊重。既然她要走，便让她走吧。

想到此处，朗太太吐出心中郁气，轻捻腕边佛珠，将那些不该有的惆怅收敛，看向被珠帘遮住的屋内，缓声道：“好了，出来吧。”

话落，朗月明高大的身影从暗光中走出，来到朗太太身前坐下。朗太太没了精气神，声色也是寡淡，道：“月轩已经离开了，你也走吧。”

朗月明踌躇着不肯离开，问道：“娘，咱家里还有多少钱？”

朗太太捻着佛珠的力道加紧，面露狐疑，道：“你要钱干什么？”

朗月明垂下眼，将今天在工坊见着的情况说出，道：“工坊现在已经发不出工资来了，工人们都罢工了。”

“什么！”朗太太霍地站起身，满脸震惊。

朗月明眼神闪躲，底气不足，道：“这一切都只是暂时的，我只是想看看咱家还有没有富余的钱救救急。”

朗太太刚刚平复的心情再次激荡起来，气得胸口起伏不定，斥道：“拿家里的钱去补工坊的账？你不知道那批口红咱们家赔了多少钱！都挪了老本了！现在除了一日三餐的开销，哪有多余的钱去贴补工坊！咱们不是给施杭露拉过去不少材料吗？难道施济周没把货款给你！”

朗月明有些不耐烦，道：“给了，现在行情不好，卖不上价，没多少钱。”

朗太太又惊又怒，道：“你当时可是跟我说，那批货从施济周手里出去就够咱们家周转一阵子的，怎么叫没有多少钱呢！”她说着，想到朗月轩刚刚说的那番话，不安骤起，生疑道，“月明，你跟我说实话，你和施济周之间到底是怎么回事！”

朗月明直眉拧起，语气不渝：“我说的就是实话，你怎么还怀疑上我了呢！”

朗太太越想越觉得不对劲，拉扯着朗月明，道：“月明，你肯定是让施济周给骗了，你赶紧让月轩看看这笔账！”

朗月明面色突变，甩开朗太太的手，不忿地喊道：“让他看干吗！他知道什么！你们就是不相信我！”

朗太太心急如焚，道：“可这个家哪还有能往外折腾的东西！月明，你可千万要提防施济周……”

朗太太突然想到了什么，瞳眸微睁，慌张跑向房内。

朗月反而明神情自若，似乎早有预料。

很快，朗太太满脸怒色地跑了回来。

她浑身发抖地指着朗月明，道：“咱家的地契是不是被你拿走了！”

朗月明瞧了眼气急败坏的朗太太，不在意地“嗯”了声。

朗太太着急地朝他伸出手：“拿来。”

朗月明理也不理，无所谓地道：“在施济周那呢。”

朗太太一口气几乎上不来，好不容易才缓和几分，撑在一旁的茶几上，问朗月明把地契给施济周干什么。

朗月明一脸理直气壮，道：“我不给他，人家怎么会帮咱们出货？不得有押金啊？你放心，只是抵押，我迟早会拿回来的！”

朗太太不由分说给了朗月明一巴掌，声音都打着颤，怒道：“你这个败家子！你还不如放把火把咱们家给烧干净算了，你让我怎么跟你爹交代……”

朗月明捂着脸，满身戾气，恶声道：“我这么做也是逼不得已，只有他才能帮我当上朗里春的主人！”

朗太太先是一愣，随即被朗月明的诛心之语刺激得情绪彻底失控，用力捶打着朗月明，道：“我不管你用什么办法，赶紧把房契给我拿回来！”

朗月明伸手去挡，眼中阴鸷涌起。他何尝没有去找过施济周？只是那人连钱都不愿借他周转，更何况是还地契？施济周口口声声说只要他问顾海棠要到芙蓉露秘方就拉他一把，可顾海棠视芙蓉露如命，他不管以利相诱还是示弱相求她都不肯答应，又如何能拿到秘方？这施济周，无非是变着法欺他罢了！兔子急了还咬人呢，他一定会让这些欺他辱他之人后悔！

思及此，朗月明一把拂开朗太太，转身大步离去。

跌落在地的朗太太望着朗月明远去的背影，沧桑的眼里泪光闪动，无力地低喃道：“妙兰，你说得对，因为我的强势，我的纵容，现在整个朗家已经分崩离析了，朗家迟早要散了……”

第六十七章　◎掀风播浪◎

昏暗密集的草丛里，两道身影疲惫地奔走着，似是在躲着什么，狼狈不堪。其间一位跛脚长袍男人不时往后看，额头上已渗出密密冷汗，担忧地压低声音道："老爷，这一切都是他们预谋好的！"

他旁边那位虽腿脚无碍，却更显虚弱，气喘吁吁地回道："我早就料到施济周会想办法把我支出昆杨对我下毒手，只是没想到他们动作这么快……不行，我们必须赶紧赶回去，家里恐有不测，他们兄弟俩可不是施济周的对手。"

隐有光线穿过缝隙打在他们紧张的脸上，将他们五官匆匆显出，正是当日被施济周和龙德水联手逼着离开昆杨城去参加商会会晤的朗斯年和全叔。

待商会会晤结束，他们正准备回程，却发现有人在暗中跟踪他们，只为取他们性命。他们仓皇逃命，始终难逃对方掌控。

全叔见朗斯年面色惨白，道："老爷……现在情形不妙，咱们还是先躲一躲吧，您要是有什么闪失，朗家、朗里春可就保不住了……还有月轩的身世，可就都石沉大海了……"

就在这时，远处的树丛中伸出的枪筒瞄准了二人。下一秒，扳机扣动声起，子弹倏地射出。"砰砰"两声，惊碎了一地寂静。

睡梦中的朗月明骤然惊醒。他猛地从床上坐起，大口地喘着粗气。忽然，他惊慌失措地爬下床，哆嗦着拿起镜子，待看到镜中的脸完好无损时，重重舒了口气。

他做了个可怕的噩梦，梦见自己的脸部再次溃烂，不管怎么用冷水冲刷，都无法洗净那张丑陋的脸。他仿佛又回到了那段暗无天日的日子。不过幸好，这一切只是梦而已。

朗月明缓缓抚上镜中的那张脸，忽地咧开嘴，露出小丑般的狰狞笑容，神经质地喃喃道："不可以，我好不容易得到今天的这一切，我绝不能回到过去，我绝不能成为原来那个朗月明！"说罢，他抛开镜子，疯魔似的冲了出去。

来朗府找朗月轩未果的龙莫婳正好与他撞上，本想问他朗月轩在哪，却被他彻底无视。

龙莫婳瞧着消失在视线中的朗月明，暗自嘀咕一声“莫名其妙”，打算去海棠园碰碰运气，没想到还真让她遇着了朗月轩。

朗月轩对龙莫婳的到来很是意外，问她所为何事。龙莫婳知道朗家此次危机与自己的父亲脱不开干系，便问有没有她能帮得上忙的地方。

朗月轩不想与龙莫婳再有被人误解的无谓纠葛，婉言相拒。龙莫婳却坚持，道：“月轩，我知道现在是你最难的时候，我只想看看……有什么用得着我的地方，况且你和海棠现在又误会连连……”

朗月轩略一思索，点到为止地解释道：“我和海棠之间的事，你就不要再操心了，总之放火另有其人，我只能跟你说这么多。”

龙莫婳轻松口气，颔首道：“那就好……其实，我爹为了军饷的事要和施济周拆分朗里春，尽管我已经制止他这么做，可他不见得会听我的……我希望朗里春能尽快振作起来。只是我再急，也想不到什么办法。所以月轩，我是真心想为你做点什么。”

龙莫婳说得如此情深意切，朗月轩的语气也温和了几分，道：“莫婳，你的好意我们心领了。但你本来就是个局外人，我不想把不相干的人牵扯进来。”

龙莫婳急了，又为朗月轩的疏离感到心堵，恼道：“朗月轩，你把我看成是外人，你还有没有良心？我大老远跑来找你就是怕你受委屈，受欺负，你却把我往外推。不行，你的事我管定了。你说，只要我能做到的，我一定帮忙！”

朗月轩有些动摇，剑眉轻蹙，犹豫道：“既然你这样想，我还真的有一事相求，只不过……”

龙莫婳等得心焦，跺脚道：“你说啊！干吗还要吞吞吐吐的？”

朗月轩将龙莫婳的担忧看在眼里，索性死马当活马医，道出这几日困扰他之事，道：“其实我爹离开昆杨前要我办一些事情，现在已万事俱备，但还差五万元左右的资金。”

龙莫婳惊呼：“五万？这可不是个小数目！”

朗月轩也知此事难办，正想让龙莫婳别放在心上，就见她眼睛一亮，忽然想到什么似的，留下句“在这等我”便转身跑开。

不多时，龙莫婳面红气喘地返回，将一个箱子重重放在桌上，打开道：“月轩，你看看够不够！”

朗月轩看着箱子里的钱，无比感动，道：“莫婳，谢谢你！有了这些钱，我定能让施济周这个老贼翻不了身！”

说完提起箱子就要出门，龙莫婳忽然上前拦住，道：“月轩，别急着走，钱的事我做到了，你也答应我一件事好吗？”

朗月轩感激龙莫婳的相助，自是不会介意再多耽搁些时间，遂耐性十足地问道：“什么事？”

龙莫婳轻咬下唇，有些难为情地低下头，面上浮起淡淡红晕，轻声道：“我喜欢了你这么久，你可以亲我一下吗？”

朗月轩微愣，随即面色肃凝，郑重地拒绝，“莫婳，对不起，我接受你的帮助，并不代表我会施舍我的爱情，情感不是用金钱来衡量的，你的爱对我来说是一种负担，我无法承受。任何一件事我都可以忍让，但是为了我和海棠的爱情，我永远不会妥协，我感谢你一直以来对我的心意，可我却无法背叛自己的心。”

这一瞬间，龙莫婳似乎彻底释然，笑中带着泪道：“月轩，你的这番话，让我觉得从前的自己是那么幼稚，但我并不觉得自己愚蠢，我为你做的每一件事我都不后悔。月轩，你对爱情的坦诚和真挚让我自叹不如，但为此学会了坚强。谢谢！”

朗月轩对龙莫婳能说出此番话颇感意外，他绅士地拥抱了一下龙莫婳，脸上亦露出诚挚的笑容，道：“以后，除青青以外我又多了一个好妹妹。”

龙莫婳闭上眼睛，沉醉片刻，慢慢推开朗月轩。两人相视而笑，以往的一切不愉快就此泯去。

时间紧迫，既事已说开，朗月轩也不再逗留，作别龙莫婳后提着箱子来到客栈，与朗斯年的世交好友胡老板相见。

“胡伯父，这次的事情还要多谢你帮忙！”甫一见面，朗月轩便敬重地拱手作揖。

胡老板忙伸手将人抬起，道：“我与你爹交好，朗里春突遭此难，我也想尽我的一点绵薄之力。”

朗月轩对这位父亲介绍的胡伯父很是信任，也去了不必要地寒暄，直奔主题，道：“胡伯父，事情如何了？”

胡老板捋着胡须沉吟道：“我一下船便去施杭露与施济周见了面，说要买下他所有的芙蓉露。只是这个施济周果然很鬼道，不仅拖着没给个准话，还后脚便就我的事前前后后查了个清清楚楚。”顿了顿，胡老板继续道，“我现在担心，咱们就算计划的再周详，也防不住施济周不紧不慢不上钩，他要是耐着性子跟咱们耗下去，这事就不好办了。”

朗月轩却不慌不忙，从容不迫道：“这个您放心，我一开始就没指望施济周会相信一个没打过交道的人，所以，这件事成败与否，关键是从我们手上递出去的这笔钱足不足以让施济周动心，让他失去理智。”

胡老板仍有忧虑，担心朗月轩会栽了跟头，提醒道：“这件事你从头到尾可都想的清清楚楚，一旦失败，再也没有卷土重来的机会。”

朗月轩笑道：“您说的是。所以事不宜迟，唯恐夜长梦多，我们要以快打慢，不能给施济周喘息的机会，要是引起他的怀疑，那就前功尽弃了。”

胡老板赞同地点点头，道：“那不如我不等施济周回话，直接就去找他？”

朗月轩把装着钱的箱子递给胡老板，眼里闪着势在必得的光，道：“对，不给他细思量的时间，让他措手不及，打乱他的思维。”

胡老板一口应下，立刻遣人联系施济周，提着皮箱上了施府。施济周一早在门前接应，把胡老板迎进客厅。

两人相对而坐，你来我往的彼此试探。可不管胡老板如何下套，施济周都无动于衷。胡老板只得以退为进，主动告辞，道：“看来我跟施老板是没有缘分，再叨扰下去就是我不识趣，希望下次能有机会与施老板合作。”

施济周连忙抱拳道歉，亲自送胡老板到门口。正走着，胡老板包里的黄澄澄的金条忽地撒落开来。他忙吩咐佣人捡起，一边对施济周道：“这里面的东西的太沉了，我本来以为这桩生意可以十拿九稳，所以抱着必胜的想法带着定金就来了，现在不缺钱啊就缺货，见笑见笑！对了，施老板，昆杨可有没有信誉好的票号，这些黄金带回去太费周折，我想折算成汇票。”

施济周眼里精光闪烁，一改前意，笑道：“胡老板，您这么有诚意，我施某人要是再端着举着，就是不通人情世故了，日后传了去我施济周还不落下个不仁义的骂名？这笔单子，我接了！”

胡老板大喜过望，将盛放金条的皮箱塞到施老板怀里，财大气粗，道：“施老板，既然你这么慷慨，我胡某也没什么说的了，这些都是定金，你算一笔账，剩下的我十日内全部送到您府上来，只要货能及时出，钱不是问题！”

施济周那双三角眼几乎笑眯了缝，道：“好说好说，您这么痛快，我绝对不会怠慢！”

得了肯定的回复，胡老板这才满面春风地离开。施济周看着怀里的黄金，非常满意，立即把这笔订单吩咐了下去。

顾海棠正在施杭露工坊忙碌着，就见工坊负责人火烧火燎跑了进来，叫道："海棠！急事！工坊接了一笔芙蓉露订单，货量巨大，咱们得加班加量了，你算一下要这么多的芙蓉露需要采进多少原料，需要多少钱，然后去跟采购说一下。"

顾海棠虽应承了下来，却暗觉奇怪，直到放工时还想着这事。她忧虑地往回走，猝不防被等在她家门口的朗月轩偷袭个正着。

朗月轩一把将人抱起，朗声笑道："海棠，有没有想我？"

顾海棠拍了拍受到惊吓的心脏，娇斥："能不能正经点！快放我下来。"

朗月轩温柔地将人放下，眼底全然倒映着顾海棠的身影，道："我对你一直正经着呢！"

顾海棠嗔恼地瞪了朗月轩一眼，转移话题以遮盖加速的心跳，道："月轩，我问你，施济周今天为什么突然接到了一笔芙蓉露的大订单？"

朗月轩嘴角上扬，笑道："你这么快接到消息了，我正打算告诉你这个事情，现在开始，你要从施杭露消失，让施济周找不到你。"

顾海棠越发觉得奇怪，问道："为什么？"

朗月轩唇角笑意加深，故意卖关子，道："施济周这个人，贪得无厌见利忘义，贪婪让他成就了今天的势力，但水能载舟亦能覆舟，他的贪婪已经让他成为了欲望的阶下囚，这就是他的弱点，却刚好可以为我所用。"

顾海棠瞳孔略缩，略显讶异，"所以你找人下了这笔订单？"

"对。"朗月轩点点头，对顾海棠与他心有灵犀感到一阵甜蜜，继续解释道："制造芙蓉露所需材料稀有名贵，他接下订单后必须斥巨资购买，你跟我说过芙蓉露配方还不够完善，所以他买进的这批原材料在他手上等于是废品，无法生产。接下来，我会请人帮我们演一出戏，让施济周知道这个真相。"

顾海棠却有些顾虑，秀眉微拧，道："可里面也有你的定金，这不是两败俱伤吗？"

朗月轩笃定道："不会，他几乎把全部身家都压到了这批产品上，现在芙蓉露有问题，按照合约，如果他不能按时生产出这批货，或者是生产不出符合要求的货，就要偿还一笔巨额的违约金，所以，这一次他必输无疑。"

顾海棠悬着的心落地，面露笑容，由衷地夸道：“月轩，你真是个商业奇才。”

朗月轩笑意变浅，眼里涌出愤怒，道“施济周作恶多端，多少次，他就是利用这些手段对付朗里春，我这次这么做，是为了你，为了大哥，为了朗家，我不能看着大哥被施济周利用，越陷越深，甚至毁了朗里春。为了扳倒他，我必须采用非常手段。”

顾海棠心中酸涩，握住朗月轩的手，坚定地道：“月轩，我们一定会成功的。”

朗月轩心口微动，突然拉住顾海棠的手臂，将她抱在怀里。

顾海棠有些不知所措，轻声道：“月轩，放开我。”

朗月轩却没说话，闭着眼睛享受这一刻的拥抱。顾海棠动了两下，也不再挣扎，静静感受着此时的安宁。

一直在周围徘徊的朗月明见到这一幕，震惊不已，立马躲到了暗处。他原是想来说服顾海棠能跟他联合开发芙蓉露，挽救朗里春，却没想到会看到顾海棠和朗月轩你侬我侬的画面。

朗月明死死地瞪着眼，眼底闪动着危险的暗芒。他一直以为顾海棠跟朗月轩是对立状态，这才发现一切都是他们伪装的。

铺天盖地的愤怒从朗月明心底迅速蔓延，冲到他喉间，带起浓重的血腥味。他无声地看着朗月轩宠溺地目送顾海棠进屋，看着朗月轩依依不舍地离开，看着顾海棠毫无防备的背影，悄然敛息跟了上去。

走在前头的顾海棠忽感背脊发凉，她还未来得及回头，就觉一道暗影将她笼罩，随即脖颈一酸，立时晕了过去。

朗月明看着倒在自己怀里的顾海棠，嘴角咧开，狞笑道：“我得不到的东西，你们都别想得到！”

第六十八章 ◎身世之谜◎

“老爷，不好了！”忙碌的施杭露工坊内，乍然响起一阵慌张的叫喊声，惊得工人们纷纷停下手中活计，朝声源处望去。

只见施管家仓促地跑向正在视察工作的施济周身边，压低声音道：“老爷，好多顾客来店里退货，说……说咱们的芙蓉露有问题，根本就没有神奇功效，用在脸上有些浮粉而且不持久，遇水遇热就容易脱妆。”

施济周不可置信地瞪大了眼，道：“不可能！顾海棠人呢？她告诉我已经完全复原他爹的配方，我曾经亲眼见过这个芙蓉露的神奇之处，怎么可能有问题！”

工坊负责人忙说一早上都未看到顾海棠来工坊。施济周预感不妙，气急败坏地将手中样品摔出，道：“老子被骗了！也许这个配方根本就没还原出来！”

若配方不对，那他斥资买的这批原料都用不上了！施济周眼底闪过恨意，恨声吩咐立即封锁芙蓉露有问题的消息，挖地三尺也要将顾海棠找出来。

可就在这个时候，又一个工人一惊一乍地跑来，惶恐地叫道：“老爷，胡老板来了！”

施济周面色一变，即使有再大的怒火也得压下，笑着脸迎了出去，道：“胡老板，怎么这么着急就来了？您放一百个心，这货少不了您的。”

胡老板抚掌笑道：“施老板，你误会了，我这回来，是专程给您介绍我的大老板的。实不相瞒，真正买你芙蓉露的人并不是我，我只是个跑腿的。”

施济周惊疑不定，一时间心里已转过无数个猜测，却在看到胡老板身后的朗月轩时大惊失色。

朗月轩意气风发地走到他面前，施施然道：“施老板，别来无恙啊。”

施济周用力指着朗月轩和胡老板，怒目喝问：“你们什么意思？”

朗月轩嗤笑一声，眉目间俱是冷意，道：“什么意思？施老板，我听说施杭露的芙蓉露还不完善，根本没有神奇功效。”

施济周脸色难看，没有说话。朗月轩也不等施济周回答，而是对身边的胡老板道：“胡老板，你是老生意人了，你倒是给我说说，要是这货不对板，我该怎么着呢？”

胡老板配合地上前一步，义正词严地道：“合约上都写明了，凡货物有质量问题，一律退货还款。除此之外，你还可以要求施老板赔付百分之五十的违约金。”

施济周胸中怒火翻滚，但还是努力维持镇定，讥讽地喊了声“朗老板”，反驳道:“这十日之后才是交货日期,你怎么就能肯定我到时候交不出芙蓉露？”

朗月轩淡淡瞥他一眼，嘴角挂着浅笑，言辞笃定，道：“因为我知道，你十日之内一定找不到顾海棠。就算你真的运气好找到了，她也没有一个完整的芙蓉露配方可以给你！”

施济周顿时明白了几分，他这是被朗月轩和顾海棠联合起来给耍了！他瞪着朗月轩,眼里的恨意几欲化成实质,阴仄仄道:“朗月轩,这步棋下得不错啊。”

朗月轩丝毫不惧，气定神闲，道：“棋还没下完，您别急着夸呀。我付了二十根金条，加上违约金，给你打个折，就给一百根金条吧。不过我看你估计是倾家荡产买原材料了，这会儿肯定拿不出这些钱。要不，我就搬点原材料抵钱算了。”

施济周脸色铁青，道：“你敢？”

朗月轩觉着好笑，道：“我有什么不敢的，白纸黑字，你我可是签了合约的，这东西由律法做主，施老板和我，都没权力决定。”说着，他大手一挥，招呼带来的仆人动手搬货。

施济周气得浑身发抖，却一句也反驳不了，只能眼睁睁地看着原材料被一车车拉走。他盯着朗月轩离开的背影，面露阴鸷，道：“和我玩鱼死网破，好，我就陪你们玩到底！”

而扬眉吐气的朗月轩压根没留意到施济周如淬了毒一般的目光，而是迫不及待来到顾海棠家门口，想要告诉她这个好消息。然而他敲门许久却无人回应，直到外出去朗家寻顾海棠无果的顾夏合回来，朗月轩这才知道顾海棠竟一夜未归！

朗月轩心神不宁，想着施济周的动作还不至于这么快，心念电转间忆起龙莫婳昨天提到朗月明看上去精神状况不大对劲，脑海中闪过一个猜测，转身便往朗府跑。

顾夏合想跟上去，但听朗月轩说顾海棠回来若见不到他定会着急，只得停下脚步，耐着性子在家里等。

日隐云遮，以往繁华奢贵的朗府，此时的衰败落寞已清晰可现。就如府中那座常年隐在古苍大树后的高耸阁楼，四处都透着一股子寂寥与森然。

顾海棠醒来的时候，便发现自己口被封住，动弹不得，已被朗月明囚禁在了这栋阁楼之中。她看着挂满自己画像的墙壁，只觉心中发寒，挣扎着想要逃脱。

坐在暗处的朗月明看着这一幕，喉间渗出古怪的笑意，道："怎么，想跑？海棠，你别怕，我不会伤害你。我做了那么多的努力，就是因为我爱你，我不会看着别人去伤害你，你只有待在我身边才是最安全的。"他说着，走上前抚摸顾海棠的脸，眼底爱恨交缠，"是你治好了我这张脸，我现在已经足够配得上你，可你为什么还是不喜欢我？朗月轩那么伤害你和你的家人，你们已经无法在一起了！如果你愿意把芙蓉露配方给我，我帮你赶走朗月轩。海棠，我无数次幻想跟你一起生活，出双入对，打理朗家的生意，你帮我一起实现好不好？"

明明是再温柔不过的语气，听在耳里却无端地让人头皮发麻。顾海棠呜咽着摇头，挣扎得更加厉害。

朗月明见此脸色骤变，躁怒地拿起桌上的瓶子，打开瓶口，堵到顾海棠面前，恶狠狠道："你还是喜欢他，对不对？我看到你们在一起了！"

瓶子里散发出的气味刺激难闻，呛得顾海棠眼泪直流，满脸痛苦。

朗月明忽地生出一股扭曲的快感，道："你知道这是什么吗？这是咱们工坊用来清洗铁锈的硫酸，它一下就能把铁器上的锈腐蚀得干干净净。你说，要是月轩的脸上沾上了这东西，你还会喜欢他吗？"

顾海棠瞳孔猛缩，就在这个时候，阁楼的门突然被推开，朗月轩冲了进来。

"哥，你在干什么！"眼前的场景让朗月轩心脏紧缩，直悬到了嗓子眼。他想上前给顾海棠松绑，朗月明却突然掏出刀架在顾海棠脖子上，讥讽道："朗月轩，你这回反应有点慢啊，我都等了一天了。"

朗月轩心惊胆战，不敢再往前，道："朗月明，你疯了！"

朗月明狞笑着把刀往前送了一分，道："是啊，我是疯了，你的存在已经把我逼疯了！朗月轩，我一直把你当兄弟，可你为什么总是要抢我的东西！"

朗月轩眉头紧皱，不知道朗月明怎么会有这样的想法，道："我从来没想过抢你什么……"

“你闭嘴！”朗月明情绪激动地呵断，“都是因为你！我为了赢你，才会和施济周合作，现在好了，我被他利用了，什么也得不到，朗里春也给我弄了个乱七八糟，这下他们又该说我不如你了。就连我倾尽全力去爱的女人，也根本不拿我当回事！这一切的一切都是因为你，所以我才会走投无路，什么都没了……”

朗月明说着绝望不已，眸底一片灰寂。

朗月轩心中五味杂陈，本想解释，却在感受到朗月明流露出的悲戚时苦涩转口，道：“哥，你要怎么样才会好受一点，才愿意放了海棠？你说，我一定照做。”

朗月明的颓丧之气瞬间收敛，好似刚刚的一切只是假象。他指着地上的两个瓶子，眸色阴冷，道：“这两个瓶子一个装着硫酸，一个装着水，你可以选一个泼到自己脸上。如果是水，我会放了海棠。如果是硫酸，那就是天意，老天也想让你跟我一样，尝尝我的痛苦！”

朗月轩深深地看了眼面露焦急的顾海棠，又看了眼一脸阴翳的朗月明，心一横，握拳道：“如果非要做个了断，好，我陪你！”说罢毫不迟疑地拿起地上某个瓶子，拧开了瓶盖。

刺鼻的味道顷刻溢出，朗月明看着不曾后退的朗月轩，脸上闪过一丝犹豫。

朗月轩举着瓶子，表情凝肃，道：“你保证，无论结果如何，你都会放了海棠。”

朗月明点点头，把手中利刃拿开，道：“我保证。”

眼见瓶中液体就要倒到朗月轩脸上，千钧一发之际，顾海棠猛地挣开手中绑绳朝朗月轩扑去，一把推掉朗月轩手中的瓶子，可瓶子却往朗月明方向飞去。

朗月明吓得呆立原地，惊恐万分地瞪大了眼。好在朗月轩反应及时，大叫着把朗月明推开。

“砰”的一声，硫泼到墙上，冒起“嗞嗞”响声，却仍有部分洒在了朗月轩脚上。

扯掉嘴中阻塞，顾海棠担忧地冲上去，问：“月轩！你怎么样？”

朗月轩蹲下身捂着脚，脱下表面腐化的鞋子，朝顾海棠扬起一抹笑，道：“还好，鞋子够厚。”

忽地，阁楼门再次被推开，朗太太不耐烦的声音响起，道：“一大早就乒乒乓乓的，这又是怎么了？”

朗太太看到三个人都在，愣了愣，随即皱起眉，瞪向顾海棠，问：“你在这干什么？”

朗月轩忙将顾海棠护在身后，笑道：“娘，没事，我和哥闹着玩呢。”

朗太太虽心里不痛快，但也知此时不是发作的时候，告诉大家朗斯年回来了的消息。

朗月轩大喜过望，却在前厅见到浑身狼狈的朗斯年时忧心骤起，忙问发生了何事。

朗斯年重重地叹了口气，将那日被追杀之事道出：“那批人来势汹汹，有计划地将我们困在昆杨城外，若不是全叔……我可能就回不来了……”

那天枪响之后，全叔带着他躲过一劫，后又不顾他的反对，在敌人再次发现他们之时，带着披上了他外衣的稻草人主动跳出，舍命吸引敌人视线，为他争取逃脱的时间。

朗斯年难过得说不下去，嘱咐朗太太把全叔的牌位列入朗家祠堂。

其间，朗月明站在一旁只字未说。朗斯年眉头蹙起，主动问他工坊近况。

朗月明眼神虚闪，本想瞒着，朗斯年却突然一拍桌子，怒道：“混账，到这时候了，你还想瞒我？”

朗月明大惊，就见朗斯年恨铁不成钢地看他一眼，重重地叹了口气，道：“我就知道我一走，施济周一定会对咱们朗家下手。还好我及时联系上月轩，才得知了情况，利用施济周的贪心将其算计，才得以反败为胜。”顿了顿，他又看向顾海棠，稍缓了语气，道，“只不过我千算万算，没想到施济周竟利用你来对付我，还暗中离间海棠与朗家的关系……海棠，对不起，让你受委屈了。”

顾海棠神色有些激动，道：“朗老爷，您回来就好，我只求您还我一个真相。”

朗斯年刚要开口，朗月明突然一阵冷笑道：“原来从头到尾你都没有信过我。”

朗斯年余怒未消，朝朗月明骂道：“闭嘴，这次的事情我对你很失望，你急于求成，为了证明自己不惜出卖朗里春，出卖我们这个家！”

朗月明面色狰狞，充斥着不甘与怨恨，道：“我出卖了这个家？你觉得这个家里只有我一个叛徒吗？你什么事都瞒着我和娘，你是何居心！”

朗太太见势不妙，挡在他们面前相劝。朗月轩也上前欲拉开朗月明，却被朗月明大力甩开，指着他朝朗斯年吼道：“你为什么处处为难我，我究竟哪里比朗月轩差？”

朗斯年眼里满是失望，疲惫地道：“你的心胸太狭窄了，你把自己的失败和不如意都归咎于他人，你从来都不会面对自己！”

朗月明额角青筋凸起，紧紧盯着朗斯年，终于忍不住把扎在心底的那根刺拔了出来，嚷道：“不是！你撒谎！不是因为我不够优秀，而是因为朗月轩就是你的亲生儿子！”

众人大为震惊，朗太太更是瞪大了眼，用力拉住朗月明的衣袖，迫切地问：“月明，是谁告诉你的？”

朗月明将朗斯年瞬间灰白的脸色看在眼底，冷笑一声，道：“是施济周亲口告诉我的。朗斯年年轻的时候有个情妇叫胭脂，朗月轩就是朗斯年和她的私生子！”

朗太太捂着脑袋，似乎苦不堪言，失神地喃喃道：“月轩是胭脂的儿子？不可能！这绝不可能……”

朗月轩同样错愕不已，心神震荡地冲到朗斯年面前，着急道：“爹，你说句话啊！”

沉默的朗斯年看着朗月轩那张与故人有几分神似的脸，眼底泛起红，忽地一拍桌子，沉声道：“月明，你够了！是，我承认，月轩就是胭脂的儿子，这个秘密隐藏在我心里太久了，这次回来，我就想把一切都跟你们说清楚……对不起。”

朗月轩只觉耳边“嗡”的一声，脑中一片乱，语无伦次道：“爹……你说什么……我……”

朗斯年没有回答，朗月轩却从他愧疚的眼神里得到了答案。他难以置信地往后退了两步，顾海棠连忙抱住他的肩膀安慰他。

朗太太彻底崩溃，眼泪涟涟，对朗斯年一阵控诉。

朗月明见此心中竟有一丝报复的得意感，痛快地喊道：“娘，你看清楚他们的真面目了吗？朗斯年凡事重用朗月轩，根本就是早有安排，我并不比朗月轩差，而是因为朗斯年心里一直住着一个叫胭脂的野女人……”

朗斯年气得给了朗月明一耳光，道：“闭嘴！都什么时候了，还要窝里斗！如果不是你糊涂，朗家怎么会到今天这个地步！”

朗月明捂着脸，气急反笑，恨声道：“我糊涂？朗斯年，如果你当年没有沾惹这份感情债，这个家里就不会有朗月轩，我的脸也不会被他毁掉！我更不会因为朗月轩去找施济周！一切都是因为你！”

朗斯年怒火攻心，面上青红交加，抄起一旁的棍棒就要去打朗月明。朗太太挺身挡在朗月明面前，道：“够了，朗斯年，月明说得没错，如果不是你，他能走到今天这一步吗？如果没有月轩……”她说着看向一旁怅然失措的朗月轩，忽然百感交集，剩下的话却怎么也说不出口了。

气氛凝滞间，施济周火急火燎地闯了进来，一脚踹开拦路的仆人，道：“都给我让开！”他一眼瞧清人群中的朗斯年，大吃一惊却又马上恢复镇定，咬牙切齿地喊道，“朗斯年，你竟然没死！”

施济周冲进前厅，见顾海棠也在，表情一转，立即装腔作势地质问顾海棠为何与朗家串通一气，对付施杭露。

事已至此，顾海棠不再与施济周虚与委蛇，怒斥施济周假惺惺不怀好意，非但将她当成赚钱的工具，甚至害死了她的母亲。

施济周面色愈加阴沉，不死心地想要反驳。朗月轩立即挡在顾海棠身前，隔绝开施济周的阴狠目光，稳住心神，道：“施济周，你已穷途末路，还来这里干什么？”

施济周收回视线，盯向朗月轩，冷笑一声道：“自然是来找你算账！你以为这个小小计谋就能扳倒我，不可能！”

他说着突然从怀中拿出一张纸拍在桌子上，得意地看向颓败的朗斯年，又看了眼发慌的朗月明，语气嘲弄不止，道：“朗斯年，你回来得正好，我就让你看看，朗家是如何毁在你的手里的！当然这一切还要谢谢你养了个好儿子朗月明！现在朗府的房契在我手上，我才是这个宅子的主人！”

朗斯年面色一变，被这个消息杀了个措手不及。他下意识看向因心虚而躲闪的朗月明，气得脸紫筋涨，张了张口想说什么，最终还是把所有的怒气对向了施济周：“施济周，你无耻！”

施济周阴恻恻地笑了起来，眼底满是报复的畅快，道：“我无耻？原本我也可以放你们一条生路，但是你非要闹得两败俱伤，好！斗了这么多年，是时候做个了断了！我费尽心力，就是要看着你朗斯年倒台的这一天。马副官的兵已经驻守在朗里春工坊和昆杨城门，朗家人既别想离开从头再来，更别想在昆杨有栖身之处，我就是要看着你们一个个流落街头，看着你们一个个如丧家之犬，落魄至极！”

朗斯年气得浑身发颤，大骂：“施济周，你欺人太甚！”

施济周下颌高扬，轻蔑地扫了眼朗斯年，讥讽道：“好了，朗府已经属于我，我给你们一天时间，立刻滚出这里！”

朗斯年怒不可遏，但骨气不灭，一甩衣袖，朗声道：“你以为一张房契就可以扳倒我吗？！”

施济周毫不在意地大笑，意味深长地看了朗月轩一眼，道：“朗斯年，在此之前，你还是想想怎么和朗月轩算算当年的那笔账吧。”

朗月轩眉头紧皱，戒备地盯着施济周，道：“我劝你省了挑拨离间的把戏，有账也是和你算。”

施济周踱步走近，笑眯眯地蛊惑道：“别着急，你先听听，说不定你有兴趣知道呢！”

朗斯年意识到施济周要说什么，面色突变，急忙开口阻止，道：“施济周！祸不及妻儿，我们之间的事，我们单独解决！”

施济周眼里暗芒闪动，咧嘴笑道：“可惜这件事就是关系到妻儿，不仅关系道你的妻儿，还有我的妻儿，我怎么能不当着他们的面说清楚呢？”

朗太太也意识到了不对劲，出声喝止：“施济周，你到底想干什么！”

施济周幽幽反问：“应该是朗太太你当年干了什么。”他说着，不顾朗斯年的阻止，直瞪瞪地看向朗月轩，不管不顾地撕开了藏了二十多年的那道口子：“月轩，你知道你娘是怎么死的吗？就是这个女人，杀了你娘！”

施济周说着猛地指向朗太太，奸笑道：“是不是啊？朗太太！当年朗斯年跟家里一个叫胭脂的丫鬟相好，迫于朗家的压力才娶了你为妻，这个叫胭脂的苦命丫鬟被你私下赶出朗家，但殊不知当时已经怀上了朗斯年的骨肉，你们应该能猜到，朗斯年这条血脉流到了谁的身上……胭脂就这样带着身孕嫁给了我，月轩，如果当时不是朗斯年非要把你带走，你可能就是我的儿子了……”

朗太太惊得坐倒在椅子上，脸上血色褪尽。

施济周却犹嫌不够，指端又移向朗斯年，阴沉的脸上闪过愤恨、嫉妒……最终化为一阵痛快，面容扭曲地笑道：“而你的亲爹，就是帮凶，帮着杀人凶手隐瞒了二十多年！月轩，你娘死得惨啊，这笔账，你说该不该算？！”

朗斯年呼哧呼哧地喘着粗气，心中郁怒堵塞，额头冷汗直冒，强撑道："施济周，你住口，这是我的家事，不用你在这挑拨离间！"

"怎么，敢做不敢当？"施济周发出一阵阴笑，满意地看着气急败坏的朗斯年，继续道，"事已至此也就算了，但想不到朗斯年并没有和嫁给了我的胭脂断了来往，于是，朗太太知道后，一怒之下杀了胭脂。朗太太以为自己做得天衣无缝，但想不到我当时目睹了一切。"他拿出准备好的簪子，放在桌上，"月轩，看好了，这就是朗太太当年杀死你娘的凶器！"

朗月轩脑海中似有什么在一点点地坍塌，他近乎崩溃地喊道："不可能，我不相信，不可能！爹！娘！你们说句话啊！"

施济周讥诮大笑，道："对，是该好好问问你爹和你娘。"

朗月轩气得要冲上去打施济周，被顾海棠及时拉住。

施济周眼见目的达到，不再多留，落井下石地道："明天我会准时来收房子！今天晚上你们就好好享受天伦之乐吧！"

朗斯年看着大摇大摆离开的施济周，气急攻心，突然在一片慌乱的叫喊声中倒了下去。

第六十九章 ◎惊心秘辛◎

黑云罩城，风雨欲临。黏稠闷窒的潮气充斥在朗府各个角落。顾海棠看着划破天空的闪电，心中焦躁不安。她强迫自己镇定，紧紧握住朗月轩的手，陪他来到朗斯年床边。

朗斯年已清醒多时。他无力地躺在床上，一时间似是苍老了十岁。若以往，朗月轩必会忧怀备至。可如今，他心乱如麻，只想求得一个真相。他上前两步，哑着声，眼眶泛红，问："爹，施济周说的都是真的吗？当年到底发生了什么？"

朗斯年抬起眼皮，看向那两张神似故人的脸，重重地叹了口气，道："月轩、海棠，是时候把所有真相告诉你们了。当年……"

当年的朗斯年确如施济周所说心悦胭脂。他为了能与胭脂在一起，不顾父母反对带着胭脂私奔，却最终抵不过家族阻拦被半路抓回。胭脂被赶出朗家，朗斯年被迫娶了冯春言。那时候初为人妻的冯春言，是想过与朗斯年张敞画眉，白头偕老的。只可惜天不遂人愿，冯春言终究还是发现朗斯年另有所爱。许是出于怨恨，又许是因为嫉妒不甘，冯春言逼迫胭脂嫁给了当时还是朗里春伙计的施济周。本以为这样就能断了朗斯年与胭脂的藕断丝连的感情，不承想胭脂竟早已生下了朗斯年的骨肉。冯春言再也无法抑制心中恚愤，怒气冲冲地找到胭脂，二话不说对其一顿推搡扭打。胭脂本就因孩子一事备受心存不快的施济周日日欺侮，此时根本就承受不住盛怒中的冯春言的毒打，不仅脸上挨了冯春言一簪子鲜血直流，还一头撞到墙角，彻底晕了过去。冯春言吓得胆战心惊，仓皇逃走时落下了沾血的发簪，而外出归来的施济周，正好瞧见了这一幕。

话说至此，外头忽地炸开"轰隆"厉响，带起了蓄势已久狂风骤雨，将朗府的门窗敲得哐哐直响。朗斯年的声音顿了顿，他满是疮痍的目光落在朗月轩身上，愧疚道："月轩，我对不起你……"

早已哭得泣不成声的朗太太上前打断，道："不，是我！是我嫉妒，是我错手杀死了胭脂，把这个家弄成这样，都是我没用，月轩，是娘……不，是我冯春言对不起你。”

朗月轩想恨又没法恨，握紧拳头狠狠捶打着墙，声泪俱下，道：“为什么？为什么会这样？你可是我从小最亲最爱的娘啊。”

顾海棠连忙拉住朗月轩劝，既心疼又无力。

朗太太见状悔恨交加，走近朗月轩道：“月轩，你不要折磨自己，要打要杀，就冲我来吧。”

朗月轩下意识地推开她，痛苦纠结地捂着头。

即使早料到揭开真相会有如此后果，朗斯年仍胸间郁涩，恨不得不要命地捶出个口子来。但在这之前，有些话他必须说完。他嗫嚅颤声道：“错在我，一切孽缘都是因我而起，害你们两个孩子失去了至亲啊。”

顾海棠闻言猛地抬头看向他，神情复杂地问：“我爹的死，是不是也和这件事有关？”

朗斯年悔恼地点头，道：“我赶到的时候，胭脂已经断了气。她的脸被划破，头受了重创，身上也没有几处是好的……我让全叔找来当时最负盛名的化妆师顾顺琪……就是你爹，来整理胭脂的遗容。我想让胭脂好好走完最后一程，但这件事我不想让太多人知道，就让你爹帮我保守这个秘密。”

朗斯年说着，似是想到了什么，脸上浮现几分感慨，道：“你爹的手法出神入化，胭脂跟活了一样……可也正是因为这样，施济周盯上了他精湛的技法和他手上的芙蓉露。我离开后，施济周对你爹威逼利诱无果，便设计将你爹囚禁了起来。如果不是因为那天尚师傅跑来告诉我月轩是我的儿子，我又去而复返，也许根本不会发现施济周的恶行……”

可朗斯年与全叔去得太迟，彼时的顾顺琪已被施济周在林中杀害，年幼的朗月轩也昏迷在了水潭边。眼见施济周连朗月轩都不愿放过，朗斯年急忙出声阻止。他本想让全叔把施济周抓去巡捕房，可施济周却拿出冯春言掉落的发簪出声威胁。他若是敢将今日之事捅出去，施济周便拿着发簪去巡捕房指认冯春言是杀害胭脂的凶手。相反，他若能守口如瓶，施济周便瞒下胭脂的死因，把朗月轩拱手相让。

朗斯年看着朗月轩那张稚嫩又熟悉的面庞，对胭脂复杂深沉的情感到底压过了他想为顾顺琪伸张正义的念头。于是他答应了施济周的条件，给了施济周一笔钱，而施济周正是拿着这笔钱创办了施杭露。

顾海棠怎么也不会想到事实的真相竟是如此！她心善的父亲出于好意相帮，结果却无端受到牵连，死于非命。她泪流满面，不肯接受朗斯年的歉意，痛斥朗斯年知情不报等同帮凶，崩溃地跑了出去。朗月轩也顾不得向朗太太讨要说法，担忧地追了上去。

大雨滂沱中，顾海棠冲进神庙，扑倒在顾顺琪的牌位前，自责地失声痛哭。紧跟其后的朗月轩一把将她抱住，苦苦安慰。

顾海棠倒在朗月轩怀中痛哭流涕：“为什么！为什么！这就是我们苦苦追寻的真相吗？”

朗月轩无法回答。他紧紧抱着她，伤神间看见了胭脂的牌位。他沉痛起身，默默给胭脂叩三个响头，然后对着顾顺琪的牌位，郑重地道：“顾叔叔，是朗家愧对于您，您放心，我会好好照顾海棠。”

朗月轩似是在这突如其来的变故间骤然成长。他带着失魂落魄的顾海棠回到海棠园，动作轻柔地用毛巾为她擦拭淋湿的地方，道：“海棠，对不起，要不是我爹当年对施济周的包庇，就不会发生这一切惨剧。我现在终于知道我爹为何处处受制于施济周了……”他说着自嘲一笑，双拳紧攥，眉眼间生起愤恨。

哭过一场的顾海棠情绪稍稳，转身握住朗月轩骨节泛白的手，轻声道：“月轩，你不必跟我说对不起，你也是受害者。”

顾海棠能清晰地感受到朗月轩身上的悲伤，她沉吟片刻，又安慰道：“其实你我都知道，朗老爷身上肩负了太多家族的重担，他不允许朗家背负任何污名，所以他选择了沉默。”

朗月轩不置可否，恨声道：“不，是他的懦弱、他的自私，让你爹和我娘这么冤死……”顾海棠站起身，将朗月轩的手放至心口，眼神温柔又坚定：“月轩，无论发生什么事情，我都会陪在你身边。我不希望你带着恨意生活。”

朗月轩眸光闪动，暖入心房，把顾海棠拥进怀中。

外头的风雨不知何时缓了几分，带走了些许沉闷。顾海棠本想回去，免得夏合挂心，但天色已晚，她又心神俱疲，便在朗月轩的劝说中留下休息。

谁知朗月轩半夜却深陷噩梦，不时发出痛苦的低吟声。浅眠的顾海棠被惊醒，忙跑到他身边安慰他。朗月轩就像溺水之人终于遇着了浮板，紧抓着她的手不放。

顾海棠无法，不知不觉陪着朗月轩睡着了。这才有了朗月轩一睁眼便瞧见顾海棠依偎在自己身侧的美好场景。只是他还未享受够佳人在侧的温情，便思及昨天发生的一幕幕，顿时心头郁结。他回忆起昨晚的模糊梦境，隐隐觉得心中缺了一块什么似的，捂着胸口郁郁道：“我不知为何，总感觉这样的天气会发生不幸的事情。”

顾海棠本想调侃几句，突然看到朗月轩脖颈上挂着的玉质吊坠，不由得大惊，问他吊坠来自何处。

朗月轩摸着吊坠，迷茫地摇头，道：“我也不知道，但自从我八岁那年失忆醒来后，我就一直挂着这个吊坠，看着它就特别有亲切感。”

顾海棠顿觉不可思议，道：“如果我没记错，这是我爹离开那天没来得及送给我的生日礼物。”

朗月轩讶异地睁大了眼，忙拿下吊坠递给顾海棠。

顾海棠细细端详起来，很快确认，道：“没错，这就是他本要送给我的礼物！”

激动间，顾海棠意外打开吊坠，发现里面藏着芙蓉露残本所缺失的最后一页！看着纸张上熟悉的字迹，顾海棠禁不住悲从心来，道：“这是我娘的字迹，我娘曾说芙蓉露秘方最关键的地方就在于最后一页，之前她一直想努力写下里面的配方，可是怎么也拼凑不齐。”

朗月轩也有些失神，道：“这个被无数人渴求的秘方竟然就挂在我的胸前十余年之久……”他喃喃着，忽地抬眸看向顾海棠，眼底凝聚着光亮，“海棠，也许冥冥之中，是你爹牵引着我们走在到一起。”

顾海棠心酸地落下泪来，道：“没错，爹一直都在保护我们，有了这个吊坠，我就可以完成爹的心愿，让真正的芙蓉露面世了！”

朗月轩见状心头猛揪，把吊坠给顾海棠戴上，想哄她开心，故意轻快地道：“物归原主，现在想来我算是你爹亲自选上的女婿，你可不能耍赖。”

顾海棠破涕为笑，但仍愁绪未消：“大仇未报，我哪有心思？”

就在这时，突然出现的朗斯年打断了他们的交谈。他略显拘谨地站在门口，希望朗月轩能与他聊聊。他本欲昨天就来，但朗月轩离家后，同样知道真相后的朗月明不仅没有放下对朗月轩的芥蒂，反是不顾父子情分，闹着要他立下朗家一切都与朗月轩无关的遗嘱，气得他咳嗽不止，休养了整整一晚才略有缓和。思罢，他看向朗月轩的目光更加羞愧。

朗月轩却一脸冷漠，但也没将人赶走。顾海棠识趣避开，给他们留下独处的空间。

朗斯年踌躇片刻，缓缓开口："月轩，对不起，我不奢求你的原谅，但我真的不是有意瞒你。我之所以一直没揭开这个真相，是因为我太想保护这个家，想守护这份安宁。这么多年，施济周就像个紧箍咒，时时提醒着我过去发生的一切，我多少次想告诉你们真相，却又退缩了，我想多享受一刻这眼前的平静。但当我真正做了决定的时候，一切却都来不及了，从施济周的嘴中说出真相，一切都像变了味，我成了包庇罪犯的帮凶。月轩，我不是想替自己开脱，只是想告诉你，我守着这个秘密，就是因为我太爱你们，不想失去这一切，我输不起……"

朗月轩突然问道："你爱我娘吗？"朗斯年苦涩地点头："爱，胭脂是我的初恋，我爱她，可是我们没有缘分，我一直把对她的亏欠都寄托在你的身上，所以我发誓一定要把你培养成人上人，这才对得起胭脂。"

朗月轩垂下眼眸，没再看他，道："好，有这个答案就够了，希望你能把娘的牌位带回去，供在朗氏家族的祠堂里，这样她的在天之灵才能够得到安息。"

朗斯年没有拒绝，也没有强求无法面对他的朗月轩回府。他诚心地向海棠致歉后便默默离开了。

顾海棠走到朗月轩跟前，同他看着朗斯年消失在视线中的苍老身影，问道："月轩，你恨他吗？"朗月轩微抬起头，逼回眼中湿润，心灰意懒，道："说不恨是违心的，但恨一个人真的好累，特别是曾经以为是至亲至爱的人。"

顾海棠知晓朗月轩心底的挣扎，却不愿他将来后悔，道："月轩，朗老爷错就错在知情不报，但施济周却是杀我爹的真凶。我怀疑，这一切兴许都是施济周的阴谋，事情或许并没有这么简单……"

朗月轩想起昨天梦中令人心悸又似曾相识的混沌影像，同样有所感，发誓定要将作恶多端的施济周绳之以法。顾海棠深觉此事不易，施济周已和龙德水狼狈为奸，在昆杨城几乎可以一手遮天。朗月轩却冷笑一声，道出施济周迟迟拖着龙德水的军费，暗地里还和与龙德水有夺妻之恨的胡副官来往的消息。他正打算借此拉拢龙德水，阻止施济周的恶行。

顾海棠重燃信心，与朗月轩说定后先行回家与顾夏合报平安，朗月轩则只身来到将军府。龙德水近日为军费之事烦透了心，又得女儿点醒，几乎在朗月轩说出施济周与胡副官勾结时便信了大半，更是在得知得力助手马副官出城办事一夜未归时隐隐有了猜测，立即与朗月轩站在同一战线。

然而计划赶不上变化，朗月轩刚离开将军府，转眼就从顾海棠收到的一封有着施迪文字迹的信上得知，龙莫婳落入叛变的马副官之手，速来相救的消息。

第七十章 ◎恨海如沸◎

冷云初散日浮开，似有骄阳与花开。幽幽转醒的龙莫婳，抬眼便看见头顶漏着微光的屋顶，周围狭仄潮湿。她愣了半晌后，才发觉自己被人绑架，于是二话不说挪动着受制的身子，朝门外看守的士兵破口大骂，直到看见了马副官。

龙莫婳见背后之人竟是父亲手下，不由扬声恶骂马副官见利忘义真小人，惹得马副官恼羞成怒，狠抽了她一巴掌，直言要给她个教训。好在施文迪及时出现，低声下气说尽好话，这才把马副官送走。

施文迪凑到龙莫婳身前，想与龙莫婳说话。但龙莫婳还记得昨天就是他把她弄晕骗到这，对他哪还有好脸色。他有苦难言，低声安抚龙莫婳说他此举也是出于无奈，但他绝不会做伤害她之事，希望她莫担忧，他已暗中通知朗月轩来救她。可龙莫婳根本不听他解释，痛斥他与施济周一路货色，背信弃义！

施迪文眼底满是哀伤，喉间滚动却一句话也说不出来。他知道，自施济周逼他杀人的那一刻起，他就再也回不去了……

他静静地坐在龙莫婳身边，垂头耷耳，任龙莫婳鄙夷嘲讽。但不知为何看到如此绝望的施迪文后，龙莫婳顿时没了骂人的心思。

不多时，马副官去而复返，要把龙莫婳带走与胡副官的人马会合。施迪文一惊，忙从地上站起，想拖延时间等朗月轩来。但马副官雷厉风行，不由分说将人押走，正好与匆匆赶来的朗月轩等人错过。

与此同时，胡副官正整编士兵向城里进发，准备利用龙莫婳威胁龙德水，给他来个瓮中捉鳖。只是没想到从朗月轩那得到消息的龙德水火速带人在街道上设下路障，亲自截断了他前进的道路。

胡副官虽暗恼，倒也不惧，迅速指挥士兵摆出进攻阵列，扬扬得意地朝龙德水喊着，语气里有藏不住的恨意：“龙德水，既然你亲自送上门来，我就早点取你狗命，以慰蓉蓉在天之灵！”

龙德水气定神闲，根本不将胡副官的威胁放在眼里。他一挥手，附近的街道上立即出现了一队士兵举着枪将胡副官包围。

胡副官心下一沉，暗中向埋伏在城外的士兵发出信号，不料却一点响应也无。

胡副官脸色骤变，龙德水似早有预料，仰天大笑，道：“我的人已经去了城外，你可以用钱收买我的人，我同样也可以用钱策反你的人，这么简单道理，还用我教你吗？”接着，他面无表情地看向胡副官身后的士兵，厉声道，“你们都是跟着我闯荡沙场最后落脚昆杨的兵，是昆杨城的人民养活了你们，是我给了你们安定的生活，可你们却恩将仇报，跟着胡副官造反！”说罢，他往地上扔下装满金条的皮口袋，指着散落的黄金，恩威并施道，“当然，我还会再给你们一次机会，愿意归顺的，我既往不咎，欢迎你们继续和我一起守护昆杨城。如果想告老还乡，我也不拦着，上我这里来领钱，回去买房子置地，我绝不亏待跟过我的每一个弟兄！”

此言一出，近乎大半的士兵们不顾胡副官阻拦，纷纷放下枪，举手进城投降。胡副官气急败坏，但随即想到他手里还握着一张王牌，狞笑着让马副官把堵住嘴的龙莫婳架出来，恶狠狠地把枪指在龙莫婳头上，要龙德水以命换命，否则今日就是龙莫婳的死期！

龙德水大惊失色，几乎没有犹豫地放下枪，一步步地走向龙莫婳。龙莫婳疯狂摇头，然龙德水不为所动，继续往前。这时，一直默默跟在龙莫婳身后的施迪文为她解开束缚，悄悄把手枪放在她怀里，用只有两个人能听到的声音道：“别怕，你要好好活着。”

龙莫婳还未回神，就被身后的士兵推搡着走向龙德水。两人越走越近，龙莫婳紧张地握着怀着的枪，冷汗直流。就在她与龙德水擦肩而过时，龙莫婳猛地转身，掏枪射向胡副官。然一击未中，反应过来的胡副官立马抽枪射向龙莫婳，战火瞬间点燃。

龙莫婳闪避不及，命悬一线之际，施迪文挺身相护。龙莫婳震惊地看着倒下的施迪文，内心升起一阵恐惧与心慌。她不顾身边的枪林弹雨，痛哭流涕地跑到施迪文身边，要他坚持住。

施迪文虚弱地握住龙莫婳的手，断断续续道：“莫婳，对不起，绑架你并不是我的本意，昨天我爹从朗家回来后，就和胡副官商量，要我绑架你来制衡龙大帅……我本不愿答应，可我又怕不配合我爹，他们还有其他招对付你，所以宁可负你的人是我，这样我才能保护你。”

龙莫婳心口颤动，道：“你为什么不早说！”

施迪文艰难扯出一抹笑，道：“遇见你，是我这辈子最幸运的事，我本以为我可以就这么追着你一辈子，但我已经一身脏，我不配喜欢你……”

龙莫婳泣不成声，道：“不，不是这样的，阿文……”

匆匆赶来的朗月轩和顾海棠正好目睹了眼前这一切，亦从龙莫婳口中得知了事情的经过。朗月轩悲痛万分，紧紧握住施迪文的手，欲将他送去医院。施迪文却不愿朗月轩白费气力，利用这最后的时间向他们忏悔，道：“我对不起你们……海棠，是我爹害了你娘，是他逼我杀了证人韩瑞斌……因为我的懦弱，我一直不敢告诉你们，如今我落得这般下场，也算是解脱了……”

话落，施迪文彻底没了声息。无论他们怎么呼喊，他都无法再醒来。朗月轩悲恸地替施迪文合上眼睛，眼前血泊涸流的景象，突然刺激得他头痛欲裂。他痛苦地捂着头，瞳孔里露出惊恐。连日来的模糊景象终于在此刻清晰起来，记忆里的那个女人，死前也是如此惨烈地倒在血泊中！

顾海棠担忧地握住朗月轩的肩膀，询问他怎么了。朗月轩抬起颤动的眼，神情激动，道：“我想起了，海棠，我都想起来了！施济周在说谎！”

顾海棠一头雾水，但朗月轩此时已经来不及多解释了，他忙振作起来，在龙莫婳的帮助下稳住局势，向抓住胡、马副官的龙德水借了一支军队，马不停蹄地赶到朗府。

今天是施济周收走朗府的日子，他一定会借机闹事。果不其然，他们远远便能瞧见朗府一片狼藉，而朗家众人正站在院中与咄咄逼人的施济周对峙。

施济周手上拿着枪，面色狰狞地对准朗家人。朗斯年忙把朗太太和朗月明护在身后，咬牙道:“施济周，这是我们之间的恩怨，要做了断也是我们两个人。”

施济周一阵冷笑，道：“看不出来啊朗斯年，你身后那两个，一个杀了你的心上人，一个摧毁了朗家基业，你竟然还愿意护着他们，既如此，我就成全你！”

幸而朗月轩等人终于入院，跟来的士兵立即把施济周团团围住。施济周心中生骇，看到龙莫婳的那一刻，他就猜到胡副官那边怕是失手了，而在顾海棠大骂他丧尽天良害死施文迪时，更是心知自己大势已去。他垂死挣扎，想利用胭脂的死继续挑拨离间，好趁机逃脱，奈何朗月轩已想起了一切，彻底戳穿了他的谎言。

原来杀害胭脂的真正凶手，不是朗太太，而是施济周！当年，施济周撞到仓皇逃跑的朗太太时，年幼的朗月轩刚好跟在施济周旁边。那时候的胭脂还活着，是施济周不甘于胭脂还爱着朗斯年，将她活活打死。

受惊的朗月轩在胭脂有意的掩护下跑回家，害怕地躲进柜子里。也正是因为这样，他才能在半夜的时候意外发现施济周囚禁虐待顾顺琪的事。对施济周已产生恐惧心理的朗月轩趁他不注意救出了顾顺琪，却在半道上被发现。

电闪雷鸣的雨夜里，朗月轩和顾顺琪拼命狂奔。眼见无法摆脱施济周的追杀，顾顺琪将芙蓉露秘方的最后一页撕下，藏进吊坠，交给朗月轩，而剩下的残本，则被追上来的施济周夺走。

后面的事，便如朗斯年所说，顾顺琪被施济周杀害，朗月轩则被朗斯年救下，带回朗家抚养。

真相终于大白，却无论如何也让人高兴不起来。龙莫婳还念着施迪文的死，她满腔愤怒，立刻吩咐士兵把施济周抓起来。施济周不肯就范，趁众人不注意时突然劫持朗月明，借此脱身。朗月轩等人安抚好惊厥的朗斯年和朗太太，带兵追了上去。

施济周把车开到码头，押着朗月明，准备走水路逃离。朗月明放弃反抗，宛若砧板上的鱼肉任人宰割，自嘲道："施济周，你绑错人了，没人会在乎我。"

谁知施济周闻言却大笑不止，道："错，朗家人最在乎的人就是你，你才是我最大的筹码。其实朗月轩早知道你之前干的这些勾当，但他没揭发你。可你呢，一次次主动和我联手，为了打倒他，不惜伤害朗里春的利益。不过我很欣赏你，像我，够狠才能成大事，只可惜你不够聪明，原本你可以在朗里春大展手脚，可你偏偏却要选择跟我联合，一起去对抗朗家，你说你是不是很愚蠢、很可悲？哈哈！"

朗月明神色微变，他看着出现在视线里的朗月轩，忽觉得自己是不是真的执念太深，才会落到如此地步。

"施济周，你放了我哥，我来替他！"一追上施济周，朗月轩就焦急地喊道。

施济周嘲弄地对朗月明道："看到没？你这个好弟弟到现在还在帮你呢！但是你说你这么对他，你还怎么有脸活在世上，你还是陪着我一块去地狱吧！"朗月轩大喊"不要"，但他根本无法说服施济周，只要他再往前一步，施济周就会开枪。

僵持间，顾海棠灵机一动，从身上拿出藏在吊坠里的秘方，道："施济周，你不是一直想要芙蓉露的配方吗？只要你放了月明，我就把真正的配方给你！有了它，你完全可以东山再起。"

顾海棠见施济周有些动摇，把纸上的配方念了出来。施济周蠢蠢欲动，命顾海棠把配方给他。顾海棠朝朗月轩点点头。朗月轩拿过配方，缓缓靠近，慢慢把纸递到施济周眼前。

施济周一手用枪抵着朗月明，另一只手贪婪去接那页纸。

忽然，朗月轩故意松开手，配方立时飞起。朗月明趁机挣脱，却被施济周用手枪砸倒在地，意外接住配方。

朗月轩拦住施济周未果，反被施济周用手枪钉在原地不敢动弹。施济周边注意朗月轩的动静，边逼近朗月明，威胁朗月明交出配方。朗月明护着配方不肯放手，施济周暴跳如雷，指着朗月轩的枪偏了些许，龙莫嫱即刻命令士兵开枪！施济周本想拿朗月轩挡子弹，惊心动魄间，朗月轩险险避开，施济周倒在血泊中。朗月明差点哭出来，后悔不已。

正当众人松了口气时，濒死的施济周却突然朝朗月轩开枪。

"嘭"的一声，顾海棠下意识挡在朗月轩身前。

金属嵌进血肉的感觉如此突兀，顾海棠张了张嘴，喉间涌起浓厚的血腥味。在失去意识时，她似乎看见朗月轩惊慌失措地朝她奔来，像是失去了什么最重要的东西一般……

尾声

◎海棠花开◎

时光匆匆映世影，莺飞草长春来报，转眼已是一年景。

三月的海棠园内，刚刚离了冬日的料峭，一草一木都生机勃勃，酝酿繁华。尤其那一簇簇海棠花，不怯春寒未了，不惜胭脂浓，独立蒙蒙花雨中。

朗青青陪着靠在躺椅上紧闭着眼的顾海棠，看了眼顾夏合，忧心忡忡地问："夏合，海棠姐什么时候才能醒过来啊？"

自一年前顾海棠受了枪伤后就一直昏迷不醒，连医生都说顾海棠清醒的概率几乎为零，偏偏朗月轩说他能治好，把顾海棠带回了家，这一治，就是一年。

这一年里，龙德水越来越得民心，彻底扎根昆杨；龙莫婳成了昆杨城家喻户晓的胭脂代言人，走到哪都有追求者；朗月明潜心学习胭脂配方亦是所得不小；朗斯年和朗太太都解开了心中疙瘩，越来越恩爱。

所有人都越来越好，只有顾海棠，日复一日，毫无好转的迹象。顾夏合掩去心底的害怕，执拗地道："她会醒过来的，月轩哥一直告诉我，她只是在睡觉在休息。"

就在这时，朗月轩抱了一盆含苞欲放的海棠花进来，把顾夏合和朗青青赶去上学。

朗月轩把花盆放在顾海棠身边，俯身温柔地帮她捋了捋被风吹乱的头发，轻声低喃："海棠，我做了个梦，梦见你穿着洁白的婚纱，告诉我，等那盆海棠花开，你就睡醒了。"

他说着，目光落到一侧的海棠花上，满是期待的眼里掺着一丝黯淡，宠溺地笑道："春心莫共花争发，一寸相思一寸灰，海棠，不要让我等太久了……"朗月轩说着，靠在躺椅上不知不觉睡着了。

天光大亮，醒来的朗月轩突然发现花盆中的花在晨曦中盛然绽放。朗月轩惊讶之余去看顾海棠，躺椅上却空空如也。

朗月轩惶恐不安，抱着花盆四处寻找顾海棠，最终在海棠园的一角看见了正在赏景的顾海棠。他忙放下花盆，激动又害怕地走到顾海棠面前，生怕这只是个梦。

顾海棠调皮地眨了眨眼，问：“我们认识吗？”朗月轩心尖发颤，四肢都在这一刻变得冰凉，道：“海棠，你不记得我了吗？我是月轩哪……”

顾海棠看朗月轩面色煞白，心中有几分懊恼，不再逗他，扑到他怀中，道：“记得，我一直都记得，在我昏迷的时候，你每天都跟我说话。月轩，谢谢你一直以来的陪伴，有句话我一直想告诉你，我爱你！我再也不会和你分开了！”

朗月轩眼眶一热，用力回抱顾海棠，道：“太好了，这回是真的，不是梦。”顾海棠靠在朗月轩温暖宽厚的怀中，眉眼都染上了甜意：“你一直在我的梦里，你是我的梦想，我们永远不会分开。”

朗月轩重重点头，哽咽道：“嗯，永远不分开。”

清风徐徐，翘立在一旁的海棠花迎风摇曳，无声地见证着这段历尽沧桑终圆月，经受风雨再识君的爱情，只道是：

海水桑田几翻覆，
棠棣辉荣并桂枝。
花间陌上佳人笑，
开尽春芳天地间 。